ANGELOLOGY

EL LIBRO DE LAS GENERACIONES

Planeta Internacional

Danielle Trussoni

ANGELOLOGY

EL LIBRO DE LAS GENERACIONES

Traducción de Gabriella Ellena Castellotti y
Francisco García Lorenzana

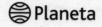

Obra editada en colaboración con Editorial Planeta – España

Título original: *Angelology*

© 2010, Danielle Trussoni

Derechos reservados

© 2010, Francisco García Lorenzana, por la traducción

© 2010, Editorial Planeta, S.A. – Barcelona, España

© 2010, Editorial Planeta Mexicana, S.A. de C.V.
Avenida Presidente Masarik núm. 111, 2o. piso
Colonia Chapultepec Morales
C.P. 11570 México, D.F.
www.editorialplaneta.com.mx

Primera edición impresa en España: junio de 2010
ISBN: 978-84-08-09385-5
ISBN: 978-06-7-002147-5, Viking adult, un sello de
Penguin, EE.UU., edición original

Primera edición impresa en México: septiembre de 2010
ISBN: 978-607-07-0485-7

Impreso en los talleres de Litográfica Ingramex, S.A. de C.V.
Centeno núm. 162, colonia Granjas Esmeralda, México, D.F.
Impreso en México – *Printed in Mexico*

Para Angela

La angelología, una de las ramas originales de la teología, cristaliza en la persona del angelólogo, cuyas atribuciones incluyen tanto el estudio teórico del sistema angélico como su ejecución profética a través de la historia de la humanidad.

Cueva de la Garganta del Diablo, montañas Ródope, Bulgaria
Invierno de 1943

Los angelólogos examinaron el cuerpo. Estaba intacto, sin indicios de descomposición; la piel, tan tersa y tan blanca como el pergamino. Los ojos sin vida color aguamarina, entornados hacia el cielo. Unos rizos pálidos caían sobre la frente alta y los hombros esculturales, formando un halo de cabello dorado. Incluso las ropas —de un material metálico de extremada blancura que ninguno de los presentes supo identificar— permanecían inmaculadas, como si la criatura hubiera muerto en una habitación de hospital en París, y no en una cueva en las profundidades de la tierra.

No debería haberles sorprendido encontrar el ángel en tal estado de conservación. Las uñas de las manos, nacaradas como el interior de la concha de una ostra; el abdomen, distendido y terso, sin ombligo; la inquietante translucidez de la piel; todos los rasgos de la criatura eran como sabían que debían ser, incluso la posición de las alas era la correcta. Y, aun así, era demasiado bello, demasiado vital para algo que sólo habían estudiado en bibliotecas mal ventiladas, en reproducciones de pinturas del siglo xv extendidas ante ellos como si de mapas de carreteras se tratara. Durante toda su carrera habían anhelado encontrarse ante aquello. Aunque ninguno de ellos lo habría admitido, en secreto sospechaban que se encontrarían un cadáver monstruoso, apenas huesos y jirones de fibras, como algo extraído de un yacimiento arqueológico. Pero en su lugar había eso: una mano esbelta y delicada, una nariz aquilina, unos labios rosados apretados en un beso eterno. Los angelólogos se inclinaron sobre el cuerpo contemplándolo con el aliento contenido, como si esperasen que en cualquier momento la criatura parpadeara y despertara.

LA PRIMERA ESFERA

Esta fábula sirva de advertencia a los que tienen puesto el pensamiento en la suprema soberana esencia; porque quien, sin hacer a lo violento de sus pasiones firme resistencia, vuelve los ojos a otro indigno asiento, pierde el gozar de lo que más desea, mientras en lo inferior la vista emplea.

BOECIO, *El consuelo de la filosofía*

Convento de Saint Rose, valle del río Hudson, Milton,
Nueva York
23 de diciembre de 1999, 4.45 horas

Evangeline se despertó antes de que saliera el sol, cuando el cuarto piso estaba aún a oscuras y en silencio. Sin hacer ruido, para no despertar a las hermanas que habían estado orando durante toda la noche, cogió sus zapatos, las medias y la falda, y caminó descalza hasta el cuarto de baño comunitario. Se vistió con rapidez, medio dormida, sin mirarse al espejo. Por una rendija de la ventana del lavabo, observó los jardines del convento, envueltos en la bruma del amanecer. Un amplio patio cubierto de nieve se extendía hasta la orilla del agua, donde una hilera de árboles desnudos marcaba el curso del Hudson. El convento de Saint Rose se ubicaba peligrosamente cerca del río, tanto que a plena luz del día parecían existir dos conventos distintos: uno en tierra y el otro meciéndose ligeramente por encima del agua, el primero fundiéndose con el siguiente, una ilusión rota en verano por las barcazas y en invierno por los dientes de hielo. Evangeline contempló cómo fluía el río, una ancha tira de negrura contra la nieve de un blanco purísimo. Pronto la mañana doraría el agua con la luz del sol.

Inclinada sobre el lavabo de porcelana, se echó agua fría en la cara, disolviendo los retazos del sueño. Aunque no podía recordarlo, seguía viva en su memoria la impresión que le había causado: una estela de premonición que había dejado un paño mortuorio sobre sus pensamientos, una

11

sensación de soledad y confusión que no podía explicar. Medio dormida, dejó caer al suelo su pesado camisón de franela y, sintiendo el frío del cuarto de baño, comenzó a temblar. De pie sólo con las bragas blancas y la camiseta de algodón —piezas de ropa estándar compradas al por mayor y distribuidas cada dos años entre todas las hermanas de Saint Rose—, se evaluó con ojo analítico: los brazos y las piernas delgados, el vientre plano, el cabello castaño y despeinado, el colgante de oro que descansaba sobre el esternón. La imagen que flotaba en el espejo delante de ella era la de una mujer joven y adormilada.

Evangeline se estremeció de nuevo a causa del frío y se volvió hacia donde estaba su ropa. Tenía cinco faldas idénticas de color negro que le llegaban hasta las rodillas, siete jerséis de cuello alto negros para los meses de invierno, siete discretas blusas de manga corta de algodón para el verano, un suéter de lana negro, quince pares de bragas blancas de algodón e innumerables medias negras de nailon: ni más ni menos de lo que era necesario. Se puso un jersey de cuello alto y ajustó una cinta sobre el cabello oscuro y corto, ciñéndola firmemente en la frente antes de sujetar el velo negro. Luego se puso unas medias y una falda de lana, abotonando, cerrando cremalleras y alisando las arrugas con un gesto rápido e inconsciente. En cuestión de segundos, desapareció su yo privado y se convirtió en la hermana Evangeline, hermana franciscana de la Adoración Perpetua. Con el rosario en la mano, se completó la metamorfosis. Depositó su camisón en el cesto para la ropa situado en el extremo más alejado del cuarto de baño y se preparó para enfrentarse a un nuevo día.

La hermana Evangeline había asistido cada día a la plegaria de las cinco de la mañana durante el último lustro, desde que completó su formación y tomó los votos a los dieciocho años. Sin embargo, vivía en Saint Rose desde los doce, y conocía el convento tan íntimamente como se conoce el temperamento de un amigo muy querido. Había convertido en una ciencia su ruta matinal por el recinto. Mientras atravesaba cada piso, sus dedos acariciaban las balaustradas de madera y sus zapatos se deslizaban por los rellanos. A esa hora el convento siempre estaba vacío, sepulcral, sumergido en un mar de sombras azuladas, pero después del amanecer Saint Rose rebosaría de vida, una colmena de trabajo y devoción, cada estancia brillando de actividad sagrada y oraciones. El silencio desaparecería pronto: las escaleras, las salas comunitarias, la biblioteca, el comedor y la docena de dormitorios del tamaño de un armario cobrarían muy pronto vida con el despertar de las hermanas.

Bajó corriendo los tres tramos de escalera. Podría haber llegado a la capilla con los ojos cerrados si ella hubiera querido.

Al alcanzar el primer piso, penetró en el imponente vestíbulo central, la columna vertebral del convento de Saint Rose. A lo largo de las paredes colgaban los retratos enmarcados de abadesas fallecidas mucho tiempo atrás, de hermanas distinguidas, así como de las diversas encarnaciones del propio edificio del convento. Cientos de mujeres miraban desde los cuadros, recordando a cada hermana que pasaba por allí, de camino a la plegaria, que formaba parte de un matriarcado antiguo y noble en el que todas las mujeres —tanto las vivas como las difuntas— estaban unidas en una misión común.

Aunque sabía que se arriesgaba a llegar tarde, la hermana Evangeline se detuvo en el centro del vestíbulo. Allí, la imagen de Rosa de Viterbo, la santa que daba nombre al convento, colgaba en un marco dorado, sus diminutas manos unidas en plegaria, una aureola evanescente brillaba alrededor de su cabeza. Santa Rosa había tenido una vida breve. Poco después de su tercer cumpleaños, los ángeles habían empezado a susurrarle, instándola a difundir su mensaje a todos los que quisieran escuchar. Rosa cumplió con su cometido y se ganó su santidad de joven, cuando, después de predicar la bondad de Dios y de Sus ángeles en una aldea pagana, fue condenada a muerte por brujería. La gente del pueblo la ató a una estaca y le prendió fuego. Para gran consternación de la muchedumbre, la joven no se quemó, sino que permaneció envuelta en llamas durante tres horas, conversando con los ángeles mientras las llamas lamían su cuerpo. Algunos creyeron que los ángeles habían rodeado a la muchacha, cubriéndola con una armadura transparente y protectora. Finalmente, murió por efecto de las llamas, pero la intervención milagrosa dejó su cuerpo intacto. El cadáver incorrupto de santa Rosa se llevaba en procesión a través de las calles de Viterbo cientos de años después de su muerte, sin evidenciar la más mínima marca de la ordalía en el cuerpo adolescente.

Recordando la hora, la hermana Evangeline se apartó del retrato y caminó hasta el fondo del vestíbulo, donde un gran pórtico de madera tallado con escenas de la Anunciación separaba el convento de la iglesia. A un lado del umbral, la hermana Evangeline se encontraba en la simplicidad del convento; al otro se levantaba la majestuosa iglesia. Oyó cómo se agudizaba el sonido de sus pasos cuando dejó atrás la moqueta para pisar un suelo de mármol rosa pálido con vetas verdes. Bastaba un paso para cruzar el umbral, pero la diferencia era inmensa. Allí, el aire era más denso, impregnado de incienso, y la luz procedente de los vitrales estaba saturada de color azul. Las paredes de yeso blanco daban paso a grandes lienzos de piedra. El techo se elevaba. Su vista se ajustó a la abundancia de dorados del neorococó. Cuando abandonó el convento, los compromisos terrenales de la hermana Evangeline con la comunidad y la caridad quedaron a un lado y entró en la esfera de lo divino: Dios, María y los ángeles.

En sus primeros años en Saint Rose, la cantidad de imágenes angelicales en la iglesia de Maria Angelorum le había parecido excesiva. De niña pensaba que eran abrumadoras, demasiado omnipresentes e inquietantes: las criaturas ocupaban hasta el último recoveco de la iglesia, dejando poco espacio para nada más. Los serafines rodeaban la cúpula central; los arcángeles de mármol sostenían las esquinas del altar. Las columnas presentaban incrustaciones de halos, trompetas, arpas y pequeñas alas de oro; los rostros tallados de los *putti* miraban desde los extremos de los bancos, hipnotizantes y compactos como murciélagos de la fruta. Aunque comprendía que la opulencia era una ofrenda al Señor, un símbolo de su devoción, secretamente, Evangeline prefería la sencilla funcionalidad del convento. Durante su formación había mantenido una actitud crítica para con las hermanas fundadoras, preguntándose por qué no habían utilizado tanta riqueza para fines mejores. Pero, como en tantas otras cosas, sus objeciones y sus preferencias habían desaparecido después de tomar los hábitos, como si la ceremonia de investidura hubiera provocado que una parte de ella se disipara y adoptara una forma nueva, más uniforme. Después de cinco años como profesa, la muchacha que había sido prácticamente había desaparecido.

Tras detenerse para sumergir el dedo índice en la pila de agua bendita, la hermana Evangeline se santiguó —frente, corazón, hombro izquierdo, hombro derecho— y avanzó a través de la estrecha basílica neorrománica, pasó por las catorce estaciones del vía crucis, los bancos de roble rojo y respaldo recto, y las columnas de mármol. Bajo la débil luz, la monja siguió el amplio pasillo central de la nave hasta la sacristía, donde cálices, campanillas y vestiduras esperaban encerrados en armarios la hora de la misa. Al final de la sacristía, llegó hasta una puerta. Respiró profundamente y cerró los ojos, como si se estuviera preparando para una mayor claridad. Posó la mano en el frío pomo de bronce y, con el corazón latiendo con fuerza, empujó la puerta.

La capilla de la Adoración apareció ante de ella, inundando su visión. Sus muros resplandecían, dorados, como si hubiera entrado en un huevo Fabergé esmaltado. La capilla privada de las Hermanas Franciscanas de la Adoración Perpetua tenía una elevada cúpula central y unas grandes vidrieras que ocupaban todas las paredes. La obra maestra central del recinto era un conjunto de vitrales bávaros que se extendían por encima del altar, representando las tres esferas angelicales: la primera esfera, la de los serafines, los querubines y los tronos; la segunda, la de las dominaciones, las virtudes y las potestades; y la tercera, la de los principados, los arcángeles y los ángeles. Las tres esferas juntas formaban el coro celestial, la voz colectiva del cielo. Todas las mañanas, la hermana Evangeline se quedaba mirando a los ángeles flotando en la extensión de vidrio resplandeciente e intentaba imaginar su brillo natural, la luz pura que irradiaba de ellos.

Evangeline observó a las hermanas Bernice y Boniface —que debían adorar todas las mañanas de cuatro a cinco—, de rodillas delante del altar. Juntas, las religiosas recorrían con los dedos las cuentas talladas de madera de su rosario de siete décadas, como si intentasen susurrar hasta la última sílaba de la oración con la misma concentración con que habían susurrado la primera. Se podía encontrar a dos hermanas de hábito completo, arrodilladas una al lado de la otra en la capilla, en cualquier momento del día y de la noche, sus labios moviéndose de forma sincronizada en la plegaria, unidas por el mismo propósito en el altar de mármol blanco. El objeto de su adoración estaba encerrado en un relicario dorado en forma de estrella colocado muy por encima del altar: una hostia suspendida en una explosión de oro.

Las Hermanas Franciscanas de la Adoración Perpetua habían rezado cada minuto de cada hora de cada día desde que la madre Francesca, su abadesa fundadora, había iniciado la adoración a principios del siglo XIX. Casi doscientos años después, el rezo proseguía, formando la cadena de oración continua más larga y más persistente del mundo. Para las religiosas, el tiempo transcurría entre la genuflexión y el suave chasquido de las cuentas del rosario, y con el viaje diario del convento a la capilla de la Adoración. Hora tras hora llegaban a la capilla, se persignaban y se postraban con humildad ante el Señor. Rezaban bajo la luz de la mañana; rezaban a la luz de las velas. Rezaban por la paz y la gracia y el fin de los sufrimientos humanos. Rezaban por África, Asia, Europa y las Américas. Rezaban por los muertos y por los vivos. Rezaban por su mundo caído en desgracia.

Tras persignarse al unísono, las hermanas Bernice y Boniface abandonaron la capilla. Las faldas negras de sus hábitos —vestidos largos y pesados de factura más tradicional que el atuendo posterior al Concilio Vaticano II de la hermana Evangeline— se arrastraron por el suelo de mármol pulido mientras dejaban paso a la siguiente pareja de hermanas para que ocupasen su lugar.

La hermana Evangeline se hundió en el cojín de espuma del reclinatorio, cuya superficie aún conservaba el calor de la hermana Bernice. Diez segundos después se unió a ella la hermana Philomena, su compañera diaria de oraciones. Juntas continuaron el rezo que se había iniciado generaciones antes, una plegaria que corría a través de cada hermana de su orden como si fuera una cadena de esperanza perpetua. Un reloj de péndulo dorado, pequeño e intrincado, con sus muescas y engranajes sonando con suave regularidad bajo una cúpula de cristal protectora, dio cinco campanadas. El alivio inundó la mente de Evangeline: todo en el cielo y en la tierra iba perfectamente a su hora. Inclinó la cabeza y empezó a rezar. Eran exactamente las cinco de la mañana.

En los últimos años, Evangeline había sido destinada a trabajar en la biblioteca del convento como asistente de su compañera de oración, la hermana Philomena. No cabía duda de que era una posición poco rutilante, en absoluto comparable a trabajar en la Oficina Misionera o ayudando en Reclutamiento, y no disfrutaba de ninguna de las recompensas de la labor caritativa. Como para subrayar la naturaleza ínfima de la posición, la oficina de Evangeline estaba ubicada en la parte más decrépita del convento, una sección expuesta a las corrientes de aire del primer piso, más allá de la sala de la propia biblioteca, con cañerías aquejadas de goteras y ventanas de la época de la guerra civil, una combinación que resultaba en humedad, moho y una gran abundancia de catarros todos los inviernos. De hecho, la hermana Evangeline había sufrido en los últimos meses una serie de infecciones respiratorias, que ella atribuía a las corrientes de aire.

Lo único bueno de la oficina de Evangeline era la vista. Su mesa de trabajo daba a una ventana orientada hacia la parte nororiental de los jardines, dominando el río Hudson. En verano el cristal transpiraba, dando la impresión de que el mundo exterior humeaba como una selva tropical; en invierno se helaba, y casi tenía la esperanza de que apareciera ante su vista una colonia de pingüinos. Evangeline astillaba la fina capa de hielo con un abrecartas y contemplaba cómo en el exterior los trenes circulaban a lo largo del río y las barcazas flotaban en él. Desde su mesa podía ver los gruesos muros de piedra que rodeaban los jardines, una frontera infranqueable entre las hermanas y el mundo exterior. Aunque el muro era una reliquia del siglo XIX, cuando las monjas se mantenían físicamente apartadas de la comunidad secular, seguía siendo una construcción sustancial en la imaginación de las Hermanas Franciscanas de la Adoración Perpetua. De un metro sesenta de alto y sesenta centímetros de ancho, formaba un obstáculo fiel entre un mundo puro y otro profano.

Todas las mañanas, después de oración a las cinco en punto, el desayuno y la misa matutina, Evangeline se sentaba frente a la desvencijada mesa bajo la ventana de su oficina. La llamaba su «escritorio», aunque no tenía cajones para guardar sus cosas ni nada que se acercase remotamente al brillo de caoba del secreter en la oficina de la hermana Philomena. Aun así, era amplia y estaba ordenada, con todos los útiles habituales. Todos los días alisaba la hoja del calendario, alineaba los lápices, se colocaba con esmero el cabello bajo el velo y empezaba a trabajar.

Tal vez porque la mayor parte del correo de Saint Rose estaba relacionado con su colección de imágenes angelicales —cuyo índice principal se encontraba en la biblioteca—, la correspondencia íntegra del convento acababa al cuidado de Evangeline. La religiosa recogía el correo todas las mañanas en la Oficina Misionera de la primera planta; llenaba una bolsa negra de algodón con las cartas y luego regresaba a su mesa para clasificarlas. Su tarea consistía en ordenar las cartas (primero por fecha, después por orden alfabético de apellidos) y responder a sus consultas en el papel oficial del convento, un trabajo que llevaba a cabo con la máquina de escribir eléctrica en la oficina de la hermana Philomena, un espacio mucho más cálido que se abría directamente hacia la biblioteca.

Era una labor pausada, sistemática y regular, características que se ajustaban a la personalidad de Evangeline. Con veintitrés años, se sentía satisfecha al creer que su apariencia y su carácter estaban fijados: tenía los ojos grandes y verdes, el cabello oscuro, la piel pálida y una actitud contemplativa. Después de pronunciar sus votos finales, había elegido vestir ropas oscuras y sencillas, un uniforme que seguiría llevando el resto de su vida. No lucía ningún adorno en absoluto, excepto el colgante de oro, una lira que había pertenecido a su madre. Aunque el colgante era precioso, la antigua lira finamente labrada en oro tenía para ella un valor puramente sentimental. Lo había heredado tras la muerte de su madre. Su abuela, Gabriella Lévi-Franche Valko, le había entregado el colgante a Evangeline durante el funeral. Tras llevar a su nieta hasta una pila de agua bendita, Gabriella había enjuagado con delicadeza el colgante en el agua y se lo había colocado alrededor del cuello. Evangeline vio que una lira idéntica brillaba en el cuello de Gabriella. «Prométeme que lo llevarás siempre, día y noche, como lo hacía Angela», le había dicho. La abuela pronunció el nombre de la madre de Evangeline con una cadencia musical, aspirando la primera sílaba y acentuando la segunda: «An-*gel*-a.» Evangeline prefería la pronunciación de su abuela a todas las demás y, de niña, había aprendido a imitarla a la perfección. Como sus padres, Gabriella se había convertido poco más que en un recuerdo poderoso. Sin embargo, sentía el peso colgante sobre su piel, una sólida conexión con su madre y con su abuela.

Evangeline suspiró y esparció ante sí el correo del día. Había llegado la hora de ponerse a trabajar. Tras escoger una misiva, rasgó el sobre con la hoja de plata de su abrecartas, alisó el papel doblado sobre la mesa y lo leyó. Al instante supo que ése no era el tipo de carta que abría habitualmente. No empezaba, como sucedía con la mayor parte de la correspondencia regular del convento, felicitando a las hermanas por sus doscientos años de adoración perpetua, o por sus numerosas obras de caridad, o por su dedicación al espíritu de la paz mundial. La carta tampoco incluía una donación o la promesa de un legado en un testamento, sino que comenzaba abruptamente con una petición:

Estimada representante del convento de Saint Rose:
En el transcurso de mis investigaciones para un cliente particular, ha llegado a mi conocimiento que la señora Abigail Aldrich Rockefeller, matriarca de la familia Rockefeller y mecenas de las artes, podría haber mantenido una breve correspondencia con la abadesa del convento de Saint Rose, la madre Innocenta, entre los años 1943 y 1944, cuatro años antes de la muerte de la señora Rockefeller. Recientemente he descubierto una serie de cartas de la madre Innocenta que sugieren una relación entre ambas mujeres. Como no logro encontrar ninguna referencia a ese vínculo en ninguna obra académica sobre la familia Rockefeller, les escribo para saber si los papeles de la madre Innocenta se encuentran archivados. De ser así, me gustaría pedirles que me permitieran visitar el convento de Saint Rose para verlos. Les aseguro que seré respetuoso con su tiempo y que mi cliente está dispuesto a cubrir todos los gastos. Muchas gracias por anticipado por su ayuda en esta cuestión.
Atentamente,

V. A. Verlaine

Evangeline la leyó dos veces y, en lugar de archivarla de la forma habitual, se encaminó directamente al despacho de la hermana Philomena, cogió una hoja de papel de carta de una pila que se encontraba sobre su escritorio, la introdujo en el carro de la máquina de escribir y, con más vigor que de costumbre, comenzó a escribir:

20

Estimado señor Verlaine:

Aunque las hermanas del convento de Saint Rose senti-mos un gran respeto por la investigación histórica, nuestra política actual no contempla el acceso a nuestro archivo o a nuestras colecciones de imágenes angelicales para investiga-ciones privadas o con propósitos editoriales. Por favor, acepte nuestras más sinceras disculpas.

Muchas bendiciones,

EVANGELINE ANGELINA CACCIATORE,
Hermanas Franciscanas de la Adoración Perpetua

Evangeline firmó con su nombre al pie de la misiva, selló la carta con el sello oficial de las Hermanas Franciscanas de la Adoración Perpetua y la introdujo doblada en un sobre. Tras mecanografiar la dirección de la ciudad de Nueva York en el mismo, le pegó un sello y colocó la carta en una pila de correo saliente que mantenía el equilibrio al borde de una mesa pulida a la espera de que Evangeline la llevara a la estafeta en New Paltz.

A algunos la respuesta podría parecerles algo severa, pero la hermana Philomena había dado órdenes específicas a Evangeline de que debía denegar el acceso a los archivos a todos los investigadores aficionados, cuyo número parecía ir en aumento los últimos años a raíz de la locura *new age* por los ángeles de la guarda y otros temas parecidos. De hecho, Evangeline había denegado el acceso a un grupo organizado con dichos fines hacía tan sólo seis meses. No le gustaba dis-criminar a los visitantes, pero las hermanas se enorgullecían de sus ángeles, y les incomodaba la visión que tenían de ellos los aficionados con sus cristales y sus barajas de tarot.

La religiosa miró con satisfacción el montón de cartas. Las llevaría a la estafeta esa misma tarde.

De repente cayó en la cuenta de que había algo extraño en la petición del señor Verlaine. Sacó la carta del bolsillo de su falda y releyó la línea que afirmaba que la señora Roc-kefeller había mantenido una breve correspondencia con la abadesa del convento de Saint Rose, la madre Innocenta, entre los años 1943 y 1944. Las fechas llamaron la atención de Evangeline. Algo trascendental había ocurrido en Saint Rose en 1944, algo tan trascendental para la tradición de las Hermanas Franciscanas de la Adoración Perpetua que habría sido imposible ignorar su importancia.

Recorrió la biblioteca pasando junto a las mesas de roble pulido, adornadas con pequeñas lámparas de lectura, hasta alcanzar una puerta antiincendios de metal negro en el extremo más lejano de la sala. Sacó un manojo de llaves del bolsillo y se dispuso a abrir el archivo. ¿Sería posible —se preguntó mientras abría la puerta—, que los sucesos de 1944 estuvieran de alguna manera relacionados con la petición del señor Verlaine?

Considerando la cantidad de información que contenía el archivo, se le había concedido un mísero espacio en la biblioteca. Alrededor de la estrecha habitación había estanterías metálicas con cajas cuidadosamente alineadas. El sistema era simple y ordenado: los recortes de periódico estaban guardados en cajas en el lado izquierdo de la sala; la correspondencia del convento y los efectos personales como cartas, diarios y manualidades de las hermanas fallecidas, a la derecha. Cada caja estaba etiquetada con el año y colocada cronológicamente en un estante. El año de la fundación del convento de Saint Rose, 1809, encabezaba la procesión, y el año en curso, 1999, la concluía.

Evangeline conocía muy bien la relación de artículos de periódico porque la hermana Philomena le había asignado la laboriosa tarea de proteger las delicadas hojas de papel entre acetatos. Después de numerosas horas manipulando y depositando los recortes en cajas de cartón libres de ácido, se sintió bastante mortificada por su falta de habilidad para localizarlos inmediatamente.

Recordaba con precisión y vívido detalle el suceso acaecido a principios de 1944: aquel invierno, un incendio había destruido la mayor parte de los pisos superiores del convento. Evangeline había archivado en su día una fotografía amarilleada del mismo, con el techo devorado por las llamas, el patio nevado lleno de anticuados camiones de bomberos Seagrave mientras cientos de monjas en hábitos de sarga —atuendo no demasiado diferente del que seguían vistiendo las hermanas Bernice y Boniface— contemplaban cómo ardía su hogar.

Evangeline había escuchado el relato del incendio de boca de las hermanas mayores. Aquel frío día de febrero, cientos de monjas temblorosas contemplaron desde los patios cubiertos de nieve cómo el convento era pasto de las llamas. Un grupo de temerarias hermanas regresaron al interior del mismo, subieron por la escalera del ala este —el único paso que no había caído preso de las llamas— y tiraron somieres de hierro, mesas y tantas sábanas como les fue posible por las ventanas de la cuarta planta, en un intento de salvar sus posesiones más preciadas. La colección de estilográficas de las religiosas, guardada en una caja de metal, fue arrojada al patio; se rompió al golpear el suelo helado, lanzando por los aires tinteros, que volaban como si de granadas se tratara y a su vez se hicieron añicos tras el impacto. Los tinteros estallaron en grandes salpicaduras de colores en el suelo, heridas rojas, negras y azules desangrándose en la nieve. Muy pronto en el patio se formó una montaña de inservibles muelles de cama retorcidos, colchones empapados, mesas rotas y libros deteriorados por el humo.

A los pocos minutos de detectarse, el fuego se propagó por el ala principal, atravesó la sala de costura, devorando rollos de muselina negra y algodón blanco, se desplazó después hacia la sala de bordado, donde incineró los pliegues de labores y encajes de estilo inglés que las hermanas habían estado guardando para venderlos en el bazar de Pascua, y finalmente alcanzó las alacenas de material de arte abarrotadas de un arco iris de papel de seda en forma de junquillos, narcisos y cientos de rosas multicolores. La lavandería, una factoría inmensa poblada de rodillos para escurrir la ropa de tamaño industrial y planchas calentadas al carbón, fue también pasto de las llamas. Explotaron recipientes de lejía que alimentaron el fuego y llenaron todos los pisos inferiores de un humo tóxico. Cincuenta hábitos de sarga recién lavados desaparecieron en un instante de calor. Para cuando el fuego quedó reducido a una lenta e hirviente columna de humo a última hora de la tarde, Saint Rose era un amasijo de madera carbonizada y placas metálicas del tejado al rojo vivo.

Finalmente, Evangeline dio con las tres cajas de 1944. Dando por supuesto que las noticias sobre el fuego se habrían extendido hasta mediados de ese año, bajó las tres, las apiló y se las llevó del archivo, cerrando luego la puerta con un golpe de cadera. A continuación regresó a su frío e inhóspito despacho para examinar el contenido.

Según un detallado artículo de un periódico de Poughkeepsie, el fuego se había iniciado en un lugar indeterminado de la cuarta planta del convento y se había propagado por todo el edificio. Una granulosa fotografía en blanco y negro mostraba el esqueleto del recinto con las vigas completamente calcinadas. El pie de foto rezaba: «El convento de Milton, asolado por un incendio matutino.» Al leer el artículo, Evangeline descubrió que seis mujeres, entre ellas la madre Innocenta, la abadesa que podría haber mantenido correspondencia con la señora Abigail Rockefeller, habían muerto asfixiadas.

Evangeline inspiró profundamente, impresionada al ver la imagen de su querido hogar engullido por las llamas. Abrió otra caja y hojeó las páginas de un fajo de recortes de periódico. Hacia el 15 de febrero, las hermanas se habían instalado en la planta baja del convento, durmiendo en catres, aseándose en la cocina, para ayudar en la reconstrucción de las zonas habitables. Siguieron con su acostumbrada rutina de oraciones en la capilla de la Adoración, que el fuego había respetado, manteniendo sus rezos de cada hora como si nada hubiera ocurrido. Repasando el artículo, Evangeline se detuvo de repente en una línea en la parte inferior de la página. Para su asombro leyó:

A pesar de la casi total destrucción de las propiedades del convento, se ha informado de que una generosa donación por parte de la familia Rockefeller permitirá a las Hermanas Franciscanas de la Adoración Perpetua reconstruir el convento de Saint Rose y la iglesia de Maria Angelorum.

24

Evangeline metió los artículos de nuevo en sus cajas, las apiló una encima de la otra y las devolvió a su lugar en el archivo. Una vez allí, se acercó lentamente hacia la parte trasera de la sala, donde encontró una caja marcada como «Documentos efímeros, 1940-1945». Si la madre Innocenta había mantenido correspondencia con una personalidad tan ilustre como Abigail Rockefeller, las cartas deberían estar archivadas entre dichos papeles. La monja depositó la caja en el frío suelo de linóleo, se sentó ante ella con las piernas cruzadas y se dispuso a examinar su contenido. Encontró toda suerte de documentos del convento: recibos de ropa, jabón y velas, un programa de 1941 de las celebraciones navideñas de Saint Rose y unas cuantas cartas de la madre Innocenta y el responsable de la diócesis sobre la llegada de las novicias. Para su frustración, no halló nada más.

Tal vez —razonó mientras devolvía los documentos a la caja correcta—, los documentos personales de Innocenta habían sido archivados en cualquier otra parte. Había una serie de cajas en las que podrían estar; «Correspondencia misionera» y «Caridad exterior» parecían especialmente prometedoras. Estaba a punto de seguir con otra caja cuando vislumbró un sobre de color pálido escondido bajo un paquete de recibos de suministros para la iglesia. Lo sacó y vio que iba dirigido a la madre Innocenta. El remitente estaba escrito con una caligrafía muy elegante: «Sra. A. Rockefeller, 10 W., calle Cincuenta y cuatro, Nueva York.» Evangeline notó cómo le subía la sangre a la cabeza. Tenía ante sí la prueba de que el señor Verlaine estaba en lo cierto: había existido una relación entre la madre Innocenta y Abigail Rockefeller.

Estudió atentamente el sobre y le dio un suave empujón. Una delgada hoja de papel cayó en sus manos.

14 de diciembre de 1943

Queridísima madre Innocenta:
Le envío buenas noticias de nuestros intereses en las montañas Ródope, donde nuestros esfuerzos han culminado con

25

un gran éxito. Sus consejos han sido de gran ayuda para el avance de la expedición, y me atrevo a decir que mi propia contribución también ha sido de utilidad. Celestine Clochette llegará a Nueva York a principios de febrero. Pronto recibirá más noticias al respecto. Hasta entonces se despide de usted, su segura servidora,

A. A. ROCKEFELLER

Evangeline se quedó mirando el papel que descansaba en sus manos. Aquello escapaba a su comprensión. ¿Por qué alguien como Abigail Rockefeller le escribiría a la madre Innocenta? ¿Qué significaba «nuestros intereses en las montañas Ródope»? ¿Y por qué había pagado la familia Rockefeller por la restauración de Saint Rose después del incendio? Nada de todo aquello tenía sentido. Por lo que Evangeline sabía, los Rockefeller no eran católicos y no tenían ninguna conexión con la diócesis. A diferencia de otras familias ricas de la Edad de Oro —de inmediato le vinieron los Vanderbilt a la cabeza—, no tenían una cantidad significativa de propiedades en los alrededores. Sin embargo, debía existir alguna explicación para un donativo tan generoso.

Plegó la carta de la señora Rockefeller y se la metió en el bolsillo. De regreso hacia la biblioteca, sintió al instante la diferencia de temperatura: el fuego había sobrecalentado la habitación. Retiró la carta que le había escrito al señor Verlaine del montón de correspondencia que esperaba a ser llevado a la estafeta y la arrojó a la chimenea. Cuando las llamas empezaron a lamer los bordes del sobre dibujando una fina línea negra en el grueso papel de carta rosa, una imagen de la martirizada Rosa de Viterbo acudió a la mente de Evangeline —la figura imaginada y temblorosa de una esbelta muchacha resistiéndose ante un fuego devorador— y luego desapareció como arrastrada por una voluta de humo.

Tren A, expreso de la Octava Avenida, estación de Columbus Circle, ciudad de Nueva York

Las puertas automáticas se abrieron y una corriente de aire helado recorrió el tren. Verlaine se subió la cremallera del abrigo y bajó al andén, donde lo recibió un estruendo de música navideña, una versión *reggae* de *Jingle bells* interpretada por dos hombres con rastas. La melodía se mezclaba con el calor y el movimiento de cientos de cuerpos que circulaban por el estrecho andén. Siguiendo a la multitud por unos escalones anchos y sucios, Verlaine ascendió al mundo cubierto de nieve de la superficie, sus gafas de montura metálica dorada se empañaron por el cambio de temperatura. Emergió al abrazo del helado mediodía invernal, medio ciego se abrió paso a tientas a través del frío que reinaba en la ciudad.

Cuando sus gafas se aclararon, comprobó que la temporada de compras navideñas estaba en pleno apogeo: el muérdago decoraba los accesos del metro y un Papá Noel no demasiado alegre del Ejército de Salvación agitaba una campana de latón dorado con una hucha para las donaciones esmaltada en rojo a su lado. Las luces navideñas rojas y verdes ganaban la partida a las farolas de la calle. Mientras las masas de neoyorquinos pasaban de prisa a su lado con bufandas y pesados abrigos que los protegían del gélido viento, Verlaine miró la fecha en su reloj, y para su sorpresa descubrió que sólo faltaban dos días para Navidad.

Cada año desembarcaban hordas de turistas en la ciudad para esas fechas, y cada año Verlaine juraba que no se acercaría al centro en el mes de diciembre, que se escondería en el apacible silencio de su estudio en Greenwich Village. De algún modo había logrado sortear durante años las Navidades en Manhattan sin tomar parte en ellas. Sus padres, que vivían en el Medio Oeste, le enviaban todos los años un paquete con regalos, que normalmente abría mientras hablaba con su madre por teléfono, pero hasta allí llegaba su espíritu navideño. El día de Navidad saldría a tomar unas copas con sus amigos y, después, achispado por los martinis, alquilaría una película de acción. Se había convertido en una tradición, una que esperaba con ganas, en especial ese año: había trabajado tanto los últimos meses que estaba encantado con la idea de tener un descanso.

Verlaine se abrió paso entre la multitud, la nieve medio derretida se pegaba a sus gastados zapatos *vintage* bicolor mientras avanzaba por la acera rociada de sal. La razón por la que su cliente había insistido en encontrarse con él en Central Park y no en un cálido y tranquilo restaurante seguía escapando a su imaginación. Si no se hubiera tratado de un proyecto tan importante —es más, de no ser su única fuente de ingresos en aquellos momentos—, habría insistido en enviarle su trabajo por correo y zanjar así el tema. Pero elaborar el dossier de la investigación le había llevado meses, y resultaba imperativo exponer sus hallazgos correctamente. Además, Percival Grigori le había dado órdenes a Verlaine de que siguiese sus estipulaciones al pie de la letra. Si Grigori quería quedar en la Luna, Verlaine habría tenido que encontrar un medio para llegar allí.

Esperó a que se despejase el tráfico. La estatua del centro de Columbus Circle se alzó ante él, una figura imponente de Cristóbal Colón colocada sobre un pilar de mármol y enmarcada por los árboles sinuosos y desnudos de Central Park. A Verlaine le parecía una escultura fea y amanerada, chillona y fuera de lugar. Cuando pasó a su lado, reparó en un ángel de piedra labrado en la base del plinto con un globo terráqueo de mármol entre las manos. El ángel era tan real que daba la impresión de que podía liberarse del monumento, elevarse sobre el caos de los taxis y levantar el vuelo hacia el cielo contaminado que coronaba Central Park.

Delante, el parque era un laberinto de árboles sin hojas y senderos cubiertos de nieve. Verlaine pasó junto a un vendedor de perritos calientes que se calentaba las manos sobre una vaharada de vapor, rebasó a niñeras que empujaban carritos de bebés y dejó a un lado un quiosco. Los bancos del parque estaban vacíos. Nadie en su sano juicio habría dado un paseo en un mediodía tan frío.

Volvió a consultar su reloj. Llegaba tarde, algo que no le preocuparía en circunstancias normales: con frecuencia iba con cinco o diez minutos de retraso sobre su agenda de citas, atribuyendo la tardanza a su temperamento artístico. Ese día, sin embargo, era importante que llegara puntual. Su cliente estaría contando los minutos, si no los segundos. Verlaine se ajustó la corbata, una Hermès de la década de 1960 de color azul brillante con un motivo de flores de lis amarillas que había comprado por eBay. Cuando no estaba seguro sobre una situación o se sentía inquieto, solía escoger la ropa más extravagante de su armario. Se trataba de una respuesta inconsciente, una especie de autosabotaje del que no se percataba hasta que era demasiado tarde. Las primeras citas y las entrevistas de trabajo eran particularmente malas. Solía presentarse como si acabara de salir de un circo, cada prenda sin conjuntar y demasiado colorida para la situación concreta. Resulta evidente que esa cita lo había alterado: junto con la corbata de coleccionista, vestía una camisa de rayas rojas, una americana de pana blanca, unos vaqueros y su par favorito de calcetines de Snoopy, regalo de una antigua novia. Realmente se había superado a sí mismo.

Ciñéndose el abrigo, y aliviado por tener la oportunidad de esconderse bajo la lana suave y de un gris neutral, Verlaine tomó una profunda bocanada de aire frío. Agarró con fuerza el dossier, como si el viento pudiera arrancárselo de los dedos, y se internó en Central Park a través de los remolinos que formaban los copos de nieve.

Corredor suroeste de Central Park, ciudad de Nueva York

Lejos de la agitación de los compradores navideños, oscurecida en un remanso de gélida tranquilidad, una figura fantasmagórica esperaba junto a un banco del parque. Alto, pálido, frágil como la porcelana china, Percival Grigori parecía poco más que una extensión de la nieve que se arremolinaba a su alrededor. Sacó un pañuelo de seda blanco del bolsillo de su abrigo y, en un espasmo violento, tosió en él. Su visión parpadeaba y se nublaba con cada ataque y, después, en un instante de respiro, volvía a enfocarse. El pañuelo de seda había quedado manchado con gotas de una sangre azul y luminosa, tan vívida como esquirlas de zafiros sobre la nieve. No valía la pena seguir negándolo. Su estado se había agravado más y más en los últimos meses. Mientras se despojaba de la tela ensangrentada en la acera, la piel de su espalda se erizó. Su incomodidad era tal que hasta el menor movimiento era una tortura.

Percival miró el reloj, un Patek Philippe de oro macizo. Había hablado con Verlaine la tarde anterior únicamente para confirmar la cita, y había sido muy claro con respecto a la hora: a las doce en punto. Eran las 12.05. Irritado, se sentó en el frío banco del parque, golpeando el suelo helado con su bastón. Le disgustaba tener que esperar, mucho más a un hombre al que estaba pagando tan generosamente. Su conversación telefónica del día anterior había sido rutinaria, funcional, sin cortesías. Percival no era amigo de hablar de asuntos de negocios por teléfono —nunca había confiado en semejantes conversaciones—, pero aun así le costó resistirse a preguntar por los detalles de los hallazgos de Verlaine. Percival y su familia habían acumulado una vasta información sobre docenas de conventos y abadías diseminados por todo el continente, y aun así Verlaine aseguraba que había encontrado algo de interés justo curso arriba del río Hudson.

Tras su primera reunión, había tomado a Verlaine por un recién licenciado de una escuela de negocios, un trepa aficionado al arte. Además, tenía el cabello negro y encrespado, unos modales atroces y no sabía vestir. Le había causado la impresión a Percival de ser del tipo artístico, del modo que lo suelen ser los hombres en esa etapa de sus vidas: todo, desde su atuendo hasta sus modales, era demasiado juvenil, demasiado a la moda, como si aún no hubiera encontrado su lugar en el mundo. Desde luego no era la clase de persona que Percival se encontraba trabajando para su familia. Más adelante descubrió que, además de su especialización en historia del arte, Verlaine era un pintor que daba clases a tiempo parcial en una universidad, tenía un segundo empleo en casas de subasta y realizaba trabajos de consultoría para ir tirando. No cabía duda de que se creía una especie de bohemio, con una bohemia falta de puntualidad. Aun así, el joven había demostrado ser bueno en su trabajo.

Al fin, Percival lo vislumbró caminando apresurado por el parque. Cuando llegó junto al banco, le tendió la mano.

—Señor Grigori —dijo sin aliento—. Siento el retraso.

Percival tomó la mano de Verlaine y la estrechó con frialdad.

—Según mi reloj, que es extremadamente preciso, llega usted con siete minutos de retraso. Si pretende seguir trabajando para nosotros, en el futuro deberá ser puntual. —Miró a los ojos a Verlaine, pero éste no parecía perturbado en lo más mínimo. Luego Percival hizo un gesto en dirección al parque—. ¿Damos un paseo?

—¿Por qué no? —El joven observó entonces el bastón de

Percival y añadió—: O podemos sentarnos aquí, si lo prefiere. Tal vez sea más cómodo.

Percival se puso en pie y echó a andar hacia el interior de Central Park por el sendero cubierto de nieve, la contera del bastón resonaba ligeramente en el hielo. No mucho tiempo atrás, Percival había sido tan atractivo y fuerte como Verlaine y no habría notado el viento, el hielo y el frío del día. Recordaba que una vez, durante un paseo invernal por Londres durante la helada de 1814, con el Támesis sólido y los vientos árticos, había recorrido kilómetros, sintiéndose tan abrigado como si no hubiera estado a la intemperie. Entonces era un ser diferente: estaba en el cenit de su fuerza y su belleza. Ahora el frío hacía que le doliera todo el cuerpo. El dolor en sus articulaciones lo empujaba a seguir adelante, a pesar de los calambres en las piernas.

—Tiene algo para mí —dijo finalmente, sin levantar la mirada.

—Como le prometí —contestó Verlaine sacando un sobre de debajo del brazo y presentándoselo con una floritura, mientras los rizos negros le caían sobre los ojos—. Los pergaminos sagrados.

Percival se detuvo, inseguro de cómo reaccionar ante el humor de Verlaine, y sopesó el sobre en la palma de la mano; era tan grande y pesado como un plato llano.

—Espero de veras que contenga algo que me impresione.

—Creo que estará bastante satisfecho. El informe empieza con la historia de la orden que le mencioné por teléfono. Incluye los perfiles personales de las residentes, la filosofía de la orden franciscana, algunas notas sobre la colección de incalculable valor de libros e imágenes de la biblioteca de las Hermanas Franciscanas de la Adoración Perpetua, y un resumen de la obra misionera que realizan en el extranjero. He catalogado mis fuentes y he fotocopiado documentos originales.

Percival abrió el sobre y hojeó las páginas, mirándolas con aire ausente.

—Toda esta información es bastante común —comentó

32

desdeñoso—. Para empezar, no logro ver nada que haya podido llamar su atención sobre ese lugar.

Entonces, de pronto, reparó en algo. Sacó un fajo de papeles del sobre y lo repasó con detenimiento; el viento doblaba los bordes de las hojas mientras desplegaba una serie de dibujos del convento: los planos de las plantas rectangulares, los torreones circulares, el estrecho vestíbulo que conectaba el convento con la iglesia, el ancho pasillo de entrada.

—Dibujos arquitectónicos —apostilló Verlaine.

—¿Qué clase de dibujos arquitectónicos? —inquirió Percival, mordiéndose el labio mientras hojeaba el legajo. En la primera página había un sello con la fecha: 28 de diciembre de 1809.

—Hasta donde yo sé, éstos son los bocetos originales de Saint Rose, sellados y aprobados por la abadesa fundadora del convento —respondió Verlaine.

—¿Abarcan todo el recinto? —preguntó Percival mientras examinaba los dibujos con mayor atención.

—Y también los interiores —añadió Verlaine.

—¿Dónde los encontró?

—En el archivo de un tribunal del condado, al norte del estado. Nadie parecía saber cómo habían acabado allí, y probablemente nunca se darán cuenta de que han desaparecido. Tras hacer algunas averiguaciones, descubrí que los planos fueron transferidos al edificio del condado en 1944, tras un incendio en el convento.

Percival se quedó mirando a Verlaine, y en su gesto se percibía un leve aire de desafío.

—¿Y usted considera que estos dibujos son significativos?

—En realidad no son dibujos normales y corrientes. Fíjese en éste. —Verlaine dirigió la atención de Percival hacia el tenue esbozo de una estructura octogonal, con las palabras «Capilla de la Adoración» escritas en la parte superior—. Es especialmente fascinante. Fue dibujado por alguien con un gran ojo para la escala y la perspectiva. La estructura se ha reproducido con tanta precisión, con tanto detalle, que no encaja de ninguna manera con todos los demás dibujos. Al principio pensé que no pertenecía al conjunto, tiene un estilo tan diferente, pero fue sellado y datado como todos los demás.

Percival miró con detenimiento el dibujo. La capilla de la Adoración había sido reproducida al detalle: el altar y la entrada habían recibido una atención especial. Dentro del plano de la capilla se habían dibujado una serie de anillos concéntricos. En el centro de las esferas, como un huevo en un nido de un material protector, había un sello dorado. Tras ojear todas las páginas, Percival se percató de que el sello había sido estampado en cada una de ellas.

—Dígame —empezó, colocando el dedo sobre el sello—, ¿qué supone usted que significa este sello?

—También despertó mi interés —contestó Verlaine; metió la mano en el abrigo y sacó un sobre—. Así que investigué un poco más. Se trata de la reproducción de una moneda de origen tracio, del siglo v a. J.C. La original fue desenterrada en una excavación arqueológica patrocinada por capital japonés en lo que en la actualidad es el este de Bulgaria y que en su día fue el centro de Tracia, algo así como el refugio cultural en la Europa del siglo v. La moneda original se encuentra en Japón, así que sólo dispongo de esta reproducción.

Abrió el sobre y le mostró a Percival una fotocopia ampliada de la imagen de una moneda.

—El sello se estampó en los dibujos arquitectónicos más de cien años antes de que fuera descubierta la moneda, lo que convierte el sello y los propios dibujos en algo bastante excepcional. Según mis investigaciones, parece que esta imagen es única entre las monedas tracias. Mientras que la mayor parte de las pertenecientes a ese período reproducen cabezas de figuras mitológicas como Hermes, Dioniso y Poseidón, esta moneda muestra un instrumento: la lira de Orfeo. Hay unas cuantas monedas tracias en el Metropolitan. Fui personalmente a verlas. Están en las galerías griega y romana, por si está interesado. Desgraciadamente, no hay nada parecido a esta moneda en exposición; es única en su género.

Percival Grigori se apoyó sobre la empuñadura de marfil cubierta de sudor de su bastón, tratando de contener la irritación que sentía. La nieve caía del cielo en copos grandes y húmedos que planeaban entre las ramas de los árboles y se acumulaban sobre el camino. Era patente que Verlaine no se daba cuenta de lo irrelevantes que los dibujos, o el sello, eran para sus planes.

—Muy bien, señor Verlaine —dijo irguiéndose tanto como pudo y fijando en él una mirada severa—. Pero seguramente tendrá algo más para mí, ¿no?

—¿Más? —preguntó Verlaine, perplejo.

—Estos dibujos que ha traído son piezas de lo más interesante —comentó Percival, devolviéndoselos con una floritura desdeñosa—, pero son secundarios para la tarea en curso. Si ha obtenido información que relacione a Abigail Rockefeller con ese convento en particular, espero que haya ideado una forma de acceder a ella... ¿Qué progresos ha hecho al respecto?

—Precisamente ayer envié una petición al convento —contestó Verlaine—. Estoy esperando la respuesta.

—¿Esperando? —exclamó Percival, elevando su voz a causa de la irritación.

—Necesito permiso para acceder a los archivos —replicó el joven.

Tan sólo mostró una ligera turbación, un rastro de color en las mejillas, el más ligero desconcierto en sus modales, pero Percival se abalanzó sobre su inseguridad con furiosa desconfianza.

—No habrá ninguna espera. O encuentra pronto la información que es de interés para mi familia, para la que se le ha proporcionado suficiente tiempo y recursos, o no será necesario que siga buscando.

—No hay nada más que pueda hacer sin tener acceso al convento.

—¿Cuánto tiempo le llevará conseguir ese acceso?

—No va a ser fácil. Necesito una autorización formal para llegar a la puerta principal. Si me dan el visto bueno, pueden pasar semanas antes de que halle algo que valga la pena. Tengo planeado un viaje al norte del estado después de Año Nuevo. Es un proceso largo.

Grigori plegó los mapas y se los devolvió a Verlaine con las manos temblorosas. Ocultando su fastidio, sacó un sobre repleto de dinero del bolsillo interior de su abrigo.

—¿Qué es esto? —preguntó Verlaine mirando el contenido e incapaz de esconder su perplejidad al encontrarse con un fajo de billetes de cien dólares nuevecitos.

Percival puso su mano sobre el hombro de Verlaine, sintiendo un calor humano que le resultaba extraño y atractivo al mismo tiempo.

—Es un buen trecho —explicó, dirigiendo a Verlaine en dirección a Columbus Circle—, pero creo que le dará tiempo de hacerlo antes del anochecer. Esta gratificación le compensará por los inconvenientes. En cuanto haya tenido oportunidad de completar su trabajo y me haya traído la verificación de la relación de Abigail Rockefeller con ese convento, proseguiremos con nuestra conversación.

Convento de Saint Rose, Milton, Nueva York

La hermana Evangeline caminó hasta el extremo más alejado de la cuarta planta, dejando atrás la sala de televisión, hasta alcanzar una desvencijada puerta de hierro forjado que daba acceso a una serie de escalones enmohecidos. Consciente del precario estado de la madera, ascendió siguiendo la curvatura de la húmeda pared de piedra hasta que se encontró en un estrecho torreón circular cuya altura dominaba los terrenos del convento. La torre era la única pieza de la estructura original que quedaba en pie en los pisos superiores. Su base estaba en la propia capilla de la Adoración, una escalera de caracol se elevaba perpendicular a los pisos segundo y tercero y se abría en la cuarta planta, dando a las hermanas acceso a la capilla desde sus dormitorios. Aunque el torreón había sido concebido para ofrecer a las religiosas un camino directo para sus devociones nocturnas, hacía mucho tiempo que había sido abandonado en favor de la escalera principal, que contaba con las ventajas del calor y la electricidad. Pese a que el incendio de 1944 no había alcanzado el torreón, Evangeline percibía el olor del humo que se había adherido a las vigas en su día, como si la sala hubiera inhalado el pegajoso alquitrán de los humos y hubiese dejado de respirar. Nunca se había instalado el cableado eléctrico, y la única luz procedía de una serie de ventanas ojivales de gruesos vidrios artesanales montados en vergas de plomo que cubrían la fachada oriental de la torre. Incluso entonces, a mediodía, el habitáculo estaba sumido en una gélida oscuridad mientras el implacable viento del norte repicaba en los cristales.

La monja apoyó las manos en los fríos paneles de la ventana. En el horizonte, un anémico sol invernal caía sobre una sucesión de suaves colinas. Incluso el más soleado de los días de diciembre proyectaba un paño mortuorio sobre el paisaje, como si la luz pasase a través de una lente desenfocada. En los meses de verano, una abundancia de luminosidad quedaba atrapada entre los árboles todas las tardes, dando a las hojas un halo iridiscente que la luz invernal, por brillante que fuera, no podía igualar. Un mes antes, quizá cinco semanas, las hojas tenían tonalidades rojizas, anaranjadas, amarillas, una amalgama de colores que se reflejaban en la superficie de color castaño del río. Evangeline se imaginaba a los excursionistas de la ciudad de Nueva York tomando el tren que recorría la orilla oriental del Hudson, contemplando el hermoso follaje en su periplo para recoger manzanas o calabazas. Ahora los árboles estaban desnudos; las colinas, cubiertas de nieve.

La religiosa sólo se refugiaba en la torre muy de tarde en tarde, quizá una o dos veces al año, cuando sus pensamiento la alejaban de la comunidad y la enviaban en busca de un lugar tranquilo para pensar. No correspondía al orden natural de las cosas que una de las hermanas se apartara del grupo para la contemplación y con frecuencia, muchos días después, Evangeline sentía remordimientos por su comportamiento. Aun así, no podía mantenerse completamente alejada del torreón. En cada visita se daba cuenta de cómo se serenaba su mente, cómo sus pensamientos se volvían claros y concisos a medida que ascendía los escalones, y aún más cuando observaba el paisaje que rodeaba el convento.

De pie ante la ventana, recordó el sueño que la había despertado esa mañana. Se le había aparecido su madre, hablando suavemente en una lengua que Evangeline no podía comprender. El dolor que había sentido cuando había intentado escuchar de nuevo la voz de su madre la había acompañado toda la mañana, pero aun así no se reprochaba que hubiera pensado en ella. Era de lo más natural. Ese día, 23 de diciembre, era el cumpleaños de Angela.

Evangeline sólo conservaba en la memoria retazos de su madre: el cabello rubio y largo de Angela; el sonido de su francés rápido y melifluo al hablar por teléfono; su costumbre de dejar el cigarrillo en un cenicero de cristal mientras el aire se llenaba de volutas de humo que se disolvían ante los ojos de Evangeline. Recordaba la increíble altura de la sombra de su madre, una oscuridad diáfana que se movía sobre las paredes de su apartamento en el parisino distrito Catorce.

El día que su madre murió, el padre de Evangeline la recogió de la escuela en su Citroën DS de color rojo. Iba solo, lo cual ya era un hecho inusual de por sí. Sus padres se dedicaban al mismo campo laboral, una vocación que ahora Evangeline sabía que era extremadamente peligrosa, y eran contadas las ocasiones en las que iban a algún sitio el uno sin el otro. La niña se percató en seguida de que su padre había estado llorando: tenía los ojos hinchados y la tez pálida. Después de subir al asiento trasero del coche, arreglándose el abrigo y colocando sobre su regazo la mochila con los libros, su padre le explicó que su madre ya no estaba con ellos.

—¿Se ha ido? —preguntó ella al tiempo que sentía cómo una confusión desesperada la embargaba mientras trataba de comprender lo que su padre quería decir—. ¿Adónde ha ido?

Él negó, aturdido, como si la respuesta fuera incomprensible.

—Nos la han arrebatado —contestó.

Más adelante, cuando Evangeline comprendió en toda su amplitud que Angela había sido secuestrada y asesinada, seguía sin poder entender por qué su padre había escogido precisamente esas palabras. Su madre no había sido sencillamente arrebatada: su madre había sido asesinada, borrada de la faz de la tierra con tanta contundencia como la luz abandona el cielo cuando el sol se hunde en el horizonte.

De niña, Evangeline no podía comprender lo joven que

era su madre cuando murió. Con el tiempo, sin embargo, empezó a medir su propia edad en relación con la vida de Angela, atesorando cada año como una valiosa reconstrucción. A los dieciocho, su madre había conocido a su padre. A los dieciocho, Evangeline había tomado los votos para ingresar en las Hermanas Franciscanas de la Adoración Perpetua. A los veintitrés, la edad que Evangeline tenía en ese momento, su madre se había casado con su padre, y a los treinta y nueve había sido asesinada. Al comparar la cronología de sus vidas, Evangeline tejía su existencia alrededor de su madre como si fuera una glicinia trenzándose en una celosía. No importaba el modo en que tratase de convencerse a sí misma de que había estado bien sin su madre y de que su padre lo había hecho lo mejor que había podido; sabía que, cada minuto de cada día, la ausencia de Angela era una presencia tangible en su corazón.

Evangeline había nacido en París. Vivían todos juntos —su padre, su madre y ella— en un apartamento en Montparnasse. Las habitaciones del mismo estaban grabadas a fuego en su memoria con tanta viveza que se sentía como si el día anterior hubiera estado viviendo allí. El apartamento era caótico, cada habitación conectaba con la siguiente, y tenía techos altos y artesonados además de inmensas ventanas que bañaban el espacio de una granulada luz grisácea. El cuarto de baño era anormalmente grande, tan grande como la sala de aseo comunitaria de Saint Rose, como mínimo. Recordaba la ropa de su madre colgada de la pared del baño: un ligero vestido primaveral, un pañuelo de brillante color rojo anudado alrededor del colgador y un par de sandalias de charol colocadas debajo de los mismos, dispuestas como si las vistiese una mujer invisible. En el centro de la sala de baño se agazapaba una bañera de porcelana, compacta y pesada como un ser vivo, sus bordes relucientes de agua, las garras de sus patas encogidas.

Otro recuerdo que Evangeline guardaba con celo y repetía sin cesar en su mente, como si de una película se tratara, era un paseo que había dado con su madre el año de su muerte. Cogidas de la mano, habían recorrido los callejones y las calles adoquinadas, caminando tan de prisa que Evangeline había tenido que correr para mantener el paso de Angela. Era primavera, o eso suponía por la abundancia de flores en las jardineras que asomaban de las ventanas de los bloques de apartamentos.

Aquella tarde, Angela estaba alterada. Apretando con fuerza la mano de su hija, la condujo a través del patio de una universidad; al menos Evangeline creyó que era una universidad, con su gran pórtico de piedra y la multitud de personas que se encontraban en el patio. El edificio parecía excepcionalmente antiguo, pero todo en París parecía antiguo en comparación con Norteamérica, en especial en Montparnasse y el Barrio Latino. Sin embargo, de una cosa estaba segura: Angela buscaba a alguien entre la muchedubre. Arrastró a Evangeline entre la gente, apretando su mano hasta que la niña empezó a sentir un hormigueo, lo que le indicaba que debía darse prisa para seguir el paso. Finalmente, una mujer de mediana edad se acercó a ellas y besó a su madre en ambas mejillas. Tenía el cabello negro y los mismos rasgos hermosos y cincelados de su madre, aunque ligeramente suavizados por la edad. Evangeline reconoció a su abuela, Gabriella, pero sabía que no le estaba permitido hablar con ella. Angela y Gabriella habían discutido, como sucedía a menudo, y Evangeline sabía que no debía interponerse entre ellas. Muchos años después, cuando ambas, Evangeline y su abuela, vivían en Estados Unidos, descubrió más cosas sobre ella. Sólo entonces llegó a comprender a su abuela un poco mejor.

Aunque habían pasado muchos años, a Evangeline aún seguía sorprendiéndole que lo que recordaba con extremada precisión del paseo con su madre fuera tan extrañamente mundano: el cuero reluciente de las botas altas hasta las rodillas que Angela llevaba por encima de unos vaqueros descoloridos. Por alguna razón, podía recordarlo todo sobre las botas —los tacones altos, las cremalleras que iban del tobillo hasta la pantorrilla, el sonido de las suelas sobre los adoquines—, pero aunque hubiera dado su vida a cambio no lograba recordar la forma de la mano de su madre o la curva de sus hombros. A través de la niebla del tiempo había perdido la esencia de su madre.

Lo que quizá torturaba a Evangeline por encima de todo era su incapacidad para recordar el rostro de su madre. Por las fotografías, sabía que Angela era alta, delgada y rubia, y que con frecuencia ocultaba su cabello bajo un sombrero a la manera que ella asociaba con las actrices francesas de belleza andrógina de la década de los sesenta. Pero en cada instantánea el rostro de Angela parecía tan diferente que a Evangeline le costaba componerse una imagen a partir de las mismas. De perfil, su nariz era afilada y sus labios delgados. En plano medio largo, sus pómulos eran altos y turgentes, casi asiáticos, y cuando miraba directamente a la cámara, sus enormes ojos azules eclipsaban todo lo demás. A Evangeline le parecía que la estructura del rostro de su madre cambiaba con la luz y la posición de la cámara, sin dejar nada sólido detrás.

Su padre no quiso hablarle de Angela tras su muerte. Si Evangeline preguntaba por su madre, él solía alejarse sin más, como si no la hubiera oído. Otras veces, si había descorchado una botella de vino durante el almuerzo, era posible que le relatara una incitante anécdota sobre ella: cómo acostumbraba a pasar toda la noche en su laboratorio y regresar a su apartamento al alba, por ejemplo. Cómo se implicaba tanto en su trabajo que dejaba libros y papeles por todas partes; cómo le habría gustado vivir cerca del mar, lejos de París; la felicidad que la llegada de Evangeline le había proporcionado. Durante los años que vivieron juntos, su padre había eludido cualquier conversación sustancial sobre ella. Pero cuando Evangeline preguntaba sobre su madre, algo se abría paso en sus gestos, como si agradeciera la presencia de un espíritu que traía consigo dolor y consuelo en igual medida. Odiando y amando el pasado al mismo tiempo, su padre parecía dar la bienvenida al fantasma de Angela a la vez que se persuadía de que no existía en absoluto. Evangeline estaba segura de que él nunca había dejado de amarla. Nunca había vuelto a casarse, y tenía pocos amigos en Estados Unidos. Durante muchos años había llamado a París todas las semanas, hablando horas sin fin en un idioma que Evangeline encontraba tan hermoso y musical que se quedaba sentada en la cocina, simplemente oyendo su voz.

Su padre la había llevado a Saint Rose a los doce años, confiándola al cuidado de las religiosas que acabarían convirtiéndose en sus mentoras, animándola a creer en su mundo cuando, si era honesta consigo misma, la fe le parecía una sustancia preciosa pero inalcanzable, algo poseído por muchos pero que a ella le era negado. Con el paso del tiempo, Evangeline había acabado comprendiendo que su padre valoraba la obediencia por encima de la fe, la formación por encima de la creatividad, y la contención por encima de las emociones. Con el paso del tiempo había caído en la rutina y el deber. Con el paso del tiempo había perdido de vista a su madre, a su abuela, a sí misma.

Su padre la visitaba a menudo en Saint Rose. Se sentaba con ella en la sala comunitaria, inmóvil en su asiento, contemplándola con gran interés, como si ella fuera un experimento cuyo resultado deseara observar. Se quedaba mirando fijamente su rostro como si fuera un telescopio a través del cual, si aguzaba la vista, pudiera ver los rasgos de su amada esposa. No obstante, en realidad, Evangeline no se parecía en absoluto a su madre. En su lugar, sus rasgos habían adoptado la apariencia de su abuela Gabriella, un parecido que su padre había decidido ignorar. Él había muerto hacía tres años, pero mientras vivió se mantuvo firme en su convicción de que su única hija se parecía a un fantasma.

Evangeline apretó el colgante en la mano hasta que la afilada punta de la lira se hundió profundamente en la piel de su palma. Sabía que debía darse prisa —la necesitaban en la biblioteca, y las hermanas podrían preguntarse adónde había ido—, así que dejó que los pensamientos sobre sus padres se desvanecieran y se centró en sus tareas inmediatas.

Agachándose en el suelo, deslizó los dedos sobre los ásperos ladrillos de la pared del torreón hasta que sintió el ligerísimo movimiento en la tercera fila desde el suelo. Insertó una uña en una hendidura, hizo palanca con el ladrillo suelto y lo sacó de la pared. Del hueco, Evangeline extrajo una caja de acero rectangular. El simple hecho de tocar el metal frío proporcionó alivio a su mente, como si la solidez contradijera la cualidad insustancial de la memoria.

Evangeline colocó la caja ante sí y levantó la tapa. Dentro había un pequeño diario encuadernado en piel y cerrado con un broche dorado en forma de ángel de cuerpo largo y esbelto. Un zafiro azul marcaba el ojo del ángel, y las alas, cuando las apretó, liberaron el cierre, de manera que las páginas quedaron abiertas sobre su regazo. El cuero estaba desgastado y lleno de marcas, y la encuadernación era flexible. En la primera página estaba grabada en oro la palabra «Angelología». Al pasar las hojas, paseó la vista sobre mapas trazados a mano, notas garabateadas en tintas de diversos colores, esbozos de ángeles e instrumentos musicales dibujados en los márgenes. Una partitura ocupaba la página central del cuaderno. Los análisis históricos y las tradiciones bíblicas ocupaban muchas páginas, y en el último cuarto del cuaderno se acumulaba una masa de números y cálculos que ella no comprendía. El diario había pertenecido a su abuela. Ahora era propiedad de Evangeline. Acarició la cubierta de cuero deseando ser capaz de comprender los secretos que albergaba.

Evangeline sacó una fotografía guardada en la parte de atrás del diario, un retrato de su madre y de su abuela abrazadas. La imagen había sido tomada el año del nacimiento de Evangeline; había comparado la fecha impresa en el borde de la fotografía con su propia fecha de nacimiento y había estimado que en ese momento su madre estaba embarazada de tres meses, aunque su estado no era en absoluto perceptible. Evangeline siguió contemplándolo con el corazón encogido. Angela y Gabriella eran felices en la foto. Ella lo habría dado todo, habría cambiado todo lo que tenía, por estar de nuevo con ellas.

Evangeline tuvo la precaución de regresar a la biblioteca con una expresión alegre, ocultando sus pensamientos lo mejor que podía. El fuego se había extinguido, y una bocanada de aire frío sopló desde la chimenea de piedra del centro de la sala y agitó el borde de su falda. Cogió un cárdigan negro de su mesa y se lo echó sobre los hombros antes de acercarse al centro de la sala rectangular de la biblioteca para echar un vistazo. La chimenea se usaba intensamente en los largos y fríos meses invernales, y una de las hermanas debía de haber dejado el tiro abierto. En lugar de cerrarlo, Evangeline abrió el tiro por completo. Cogió un nudoso leño de pino de la leñera, lo colocó sobre el enrejado de hierro y prendió a su alrededor papel a modo de astillas para encender fuego. Apretando los mangos de latón del fuelle, sopló unas sutiles bocanadas de aire hasta que el fuego prendió, animado.

Evangeline había dedicado muy poco tiempo a estudiar los textos angelicales que habían proporcionado a Saint Rose tanta fama en los círculos teológicos. Algunos de esos textos, entre ellos historias de la representación angelical en el arte y obras de angelología serias, incluyendo copias contemporáneas de los esquemas y estudios angelológicos medievales de santo Tomás de Aquino y las opiniones de san Agustín sobre el papel de los ángeles en el universo, se encontraban en la colección desde la fundación del convento, en 1809. También se podía hallar en sus estanterías una serie de estudios sobre angelomorfismo, aunque eran bastante académicos y no despertaban el interés de muchas hermanas, en especial de la generación más joven, que, la verdad sea dicha, no dedicaban demasiado tiempo a los ángeles. Asimismo, la vertiente más prosaica de la angelología también estaba representada, a pesar de los malos ojos con los que la comunidad miraba a los seguidores del *new age*: había libros sobre los diversos cultos de veneración a los ángeles en el mundo antiguo y moderno, así como sobre el fenómeno de los ángeles de la guarda. También había una serie de libros de arte que contenían numerosas reproducciones, incluido un excepcional volumen de los ángeles de Edward Burne-Jones que a Evangeline le gustaba en particular.

En la pared oeste estaba el atril del libro de registro de la biblioteca. En él, las hermanas anotaban los títulos de los volúmenes que retiraban, ya que podían llevarse los que desearan a sus celdas y devolverlos a voluntad. Era un sistema arriesgado que de algún modo funcionaba a la perfección, con la misma organización matriarcal intuitiva que caracterizaba a todo el convento. No obstante, no siempre había sido así. En el siglo XIX —antes del libro de registro—, los libros iban y venían asistemáticamente, apilándose en cualquier espacio de los estantes que estuviera disponible. La mundana tarea de encontrar un ensayo era tanto una cuestión de suerte como un milagro espontáneo. La biblioteca había estado entregada a semejante caos hasta que la hermana Lucrezia (1851-1923) impuso la alfabetización a principios del siglo XX. Cuando una bibliotecaria posterior, la hermana Drusilla (1890-1985), sugirió el sistema decimal Dewey, se armó un revuelo general. Antes que sucumbir a la vulgar sistematización, las hermanas acordaron someterse al libro de registro, apuntando el título de cada volumen en tinta azul en el grueso papel.

Los intereses de Evangeline eran más prácticos, y le habría gustado mucho más tener la oportunidad de velar por las obras de caridad locales que gestionaban las hermanas: el banco de alimentos en Poughkeepsie, el Grupo de estudios Espíritu de la Paz Mundial de Milton y la recogida anual de ropa para el Ejército de Salvación, que contaba con puntos de entrega en diversas localidades, desde Woodstock a Red Hook. No obstante, como todas las demás monjas que tomaban sus votos en el convento, Evangeline había aprendido lo básico sobre los ángeles. Sabía que éstos fueron creados antes de que se formase la tierra, que sus voces resonaron en el vacío mientras Dios moldeaba el cielo y la tierra (Génesis 1, 1-5). Sabía también que los ángeles eran inmateriales, etéreos e irradiaban luz y, aun así, hablaban en lenguas humanas: hebreo según los estudiosos judíos, latín o griego según los cristianos. Aunque la Biblia sólo contiene un puñado de casos de angelofonía —Jacob luchando con un ángel (Génesis 32, 24-30); la visión de Ezequiel (1, 1-14); la Anunciación (Lucas 1, 28-38)—, esos momentos eran excepcionales y divinos, ejemplos de los momentos en los que se abría la tenue cortina entre el cielo y la tierra y toda la humanidad era testigo del prodigio de los seres etéreos. Evangeline pensaba con frecuencia en ese encuentro entre hombre y ángel, lo material y lo inmaterial rozándose el uno al otro como el viento y la piel. Al final, había llegado a la conclusión de que intentar capturar un ángel con la mente era un poco como coger agua con un colador. Sin embargo, las hermanas de Saint Rose no habían cejado en su empeño. Cientos y cientos de libros sobre ángeles se alineaban en los estantes de su biblioteca.

Para sorpresa de Evangeline, la hermana Philomena se reunió con ella junto al fuego. El cuerpo de la monja era redondo y moteado como una pera, su estatura había menguado a causa de la osteoporosis. Recientemente, la joven había empezado a preocuparse por la salud de la hermana Philomena, cuando ésta comenzó a olvidar reuniones y a perder sus llaves. Las monjas de la generación de Philomena —conocidas por las más jóvenes como las «hermanas mayores»— no podían retirarse de sus deberes hasta que eran muy mayores, pues el número de integrantes de las órdenes había disminuido drásticamente en los años subsiguientes a las reformas del Concilio Vaticano II. La hermana Philomena en particular siempre parecía demasiado atareada y agitada. En algunos aspectos, el Concilio Vaticano II le había robado la jubilación a la generación más anciana.

Evangeline, por su parte, creía que las reformas eran en su mayor parte beneficiosas: ella había tenido la libertad de escoger un uniforme cómodo en lugar del anticuado hábito franciscano, había participado de las actuales oportunidades educativas y se había licenciado en historia en el cercano Bard College. En comparación, las opiniones de las hermanas mayores parecían estancadas en el tiempo. No obstante, por extraño que pareciera, con frecuencia opinaba de manera parecida a las hermanas mayores, cuyas visiones del mundo se habían forjado durante la era de Roosevelt, la Depresión y la segunda guerra mundial. La joven se había dado cuenta de que admiraba las opiniones de la hermana Ludovica, la monja más anciana, de ciento cuatro años, que le ordenaba que se sentara a su lado y escuchara las historias de los viejos tiempos. «No existía este *laissez-faire*, esta tontería del "haz lo que quieras con tu tiempo" —comentaba Ludovica inclinándose hacia delante en su silla de ruedas, con sus delgadas manos temblando ligeramente sobre el regazo—. ¡Nos enviaban a orfanatos y escuelas parroquiales a enseñar antes de que hubiéramos aprendido el temario! ¡Trabajábamos todo el día y rezábamos toda la noche! ¡No había calefacción en las celdas! Nos bañábamos en agua fría y cenábamos avena y patatas cocidas. Cuando no había libros, memoricé entero el poema *El Paraíso perdido*, de John Milton para poder recitar ante mi clase sus preciosas palabras: "La infernal Serpiente. Ella, con su malicia animada por la envidia y el deseo de venganza, engañó a la Madre del género humano. Por su orgullo había sido arrojada del cielo con toda su hueste de ángeles rebeldes y con el auxilio de éstos, no bastándole eclipsar la gloria de sus próceres, confiaba en igualarse al Altísimo si el Altísimo se le oponía. Para llevar a cabo su ambicioso intento contra el trono y la monarquía de Dios, movió en el cielo una guerra impía, una lucha temeraria que le fue inútil." ¿Los niños también memorizaban a Milton? ¡Sí! Ahora, estoy harta de decirlo, la educación no es más que diversión y juegos.»

Aun así, a pesar de las grandes disensiones sobre los cambios, las hermanas vivían como una armoniosa familia. Estaban protegidas de las vicisitudes del mundo exterior de un modo en que los seglares no lo estaban. Las tierras y los edificios de Saint Rose habían sido comprados al contado a finales del siglo XIX, y a pesar de la tentación de modernizar sus alojamientos, no se hipotecaban. Cultivaban frutas y verduras en los huertos, el gallinero daba cuatro docenas de huevos todos los días, y la despensa estaba llena de conservas. El convento era un lugar tan seguro, tan abundantemente abastecido de comida y medicamentos, tan bien equipado para sus necesidades intelectuales y espirituales, que las hermanas a veces bromeaban diciendo que, si el segundo Diluvio alcanzase el valle del río Hudson, las monjas de Saint Rose sencillamente podrían cerrar las pesadas puertas de hierro de la entrada principal y la trasera, tapiar las ventanas y seguir rezando como siempre durante muchos años en el interior de su arca autosuficiente.

La hermana Philomena cogió del brazo a Evangeline y la condujo hasta su despacho, donde, inclinándose sobre su mesa, con las anchas mangas de su hábito barriendo las teclas de la máquina de escribir, comenzó a rebuscar entre los papeles. Semejantes búsquedas en su oficina no eran inusuales. Philomena estaba casi ciega y llevaba unas gruesas gafas que ocupaban una porción exagerada de su rostro; con frecuencia Evangeline la ayudaba a localizar objetos que estaban ocultos a plena vista.

—Quizá me puedas ayudar —dijo finalmente la hermana Philomena.

—Lo haré encantada —se ofreció Evangeline—, si me dice qué está buscando.

—Creo que hemos recibido una carta relacionada con nuestra colección angelical. La madre Perpetua ha recibido una llamada telefónica de un joven de Nueva York, un investigador o consultor o algo por el estilo. Asegura haber escrito una carta. ¿Ha llegado algo parecido a tu mesa? Sé que no habría pasado por alto una petición semejante. La madre Perpetua quiere asegurarse de que nos ceñimos a la política de Saint Rose. Le gustaría que le enviásemos una respuesta de inmediato.

—La carta ha llegado hoy —respondió Evangeline.

La hermana Philomena miró a través de los cristales de sus gafas, sus ojos se veían grandes y acuosos mientras los forzaba para ver a Evangeline.

—Entonces, ¿la has leído?

—Por supuesto —contestó la joven—. Abro el correo tan pronto como llega.

—¿Se trataba de una petición de información?

Evangeline no estaba acostumbrada a que la interrogaran tan directamente sobre su trabajo.

—En realidad —respondió—, era una petición para visitar nuestro archivo en busca de información específica sobre la madre Innocenta.

Una sombra cruzó por el rostro de Philomena.

—¿Has contestado a la carta?

—Con nuestra respuesta habitual —contestó Evangeline, obviando el hecho de que había destruido la carta antes de enviarla, un acto de duplicidad que le resultaba profundamente ajeno. Era inquietante su capacidad para mentir a Philomena con tanta facilidad. No obstante, prosiguió—: Tengo presente que no permitimos la entrada al archivo a investigadores aficionados. Le escribí que nuestra política habitual es rechazar peticiones de esa naturaleza; por supuesto, de forma muy educada.

—Bien —dijo Philomena, examinando a Evangeline con particular interés—. Debemos tener mucho cuidado cuando abrimos nuestro hogar a extraños. La madre Perpetua dio en su día órdenes específicas de denegar todas las peticiones.

A Evangeline no le sorprendía en absoluto que la madre Perpetua se tomase un interés tan personal en su colección. Era una figura brusca y distante en el convento, alguien a quien Evangeline no veía a menudo, una mujer con opiniones muy contundentes y un estilo de gestión prudente, a la que las hermanas mayores admiraban por su frugalidad y criticaban por su visión moderna. Además, la madre Perpetua había presionado a las hermanas mayores para implantar los cambios más benevolentes del Concilio Vaticano II, instándolas a que cambiasen sus anticuados hábitos de lana por otros de tejidos más ligeros, sugerencia que no habían aceptado.

Cuando Evangeline se disponía a abandonar la oficina, la hermana Philomena se aclaró la garganta, señal de que aún no había terminado y de que la joven debía quedarse un momento.

—Yo he trabajado en el archivo durante muchos años, mi querida niña —empezó Philomena—, y he sopesado cada petición con sumo cuidado. He rechazado a muchos investigadores, escritores y pseudorreligiosos molestos. Es una gran responsabilidad ser la guardiana de la puerta. Me gustaría que me informases de cualquier correspondencia inusual.

—Por supuesto —replicó Evangeline, confusa por el celo en la voz de Philomena. La curiosidad pudo más que ella y añadió—: Hay algo que me estaba preguntando, hermana.

—¿Sí? —respondió Philomena.

—¿Sucedió algo fuera de lo corriente relacionado con la madre Innocenta?

—¿Fuera de lo corriente?

—¿Algo que pudiera despertar el interés de un investigador o consultor privado cuya especialidad es la historia del arte?

—No tengo ni la más remota idea de qué puede interesar a semejantes personas, querida —contestó la hermana Philomena, chasqueando la lengua mientras caminaba hacia la puerta—. Cabría esperar que en el mundo existieran suficientes pinturas y esculturas para mantener ocupado a un historiador del arte de forma indefinida. Sin embargo, al parecer, nuestra colección de imágenes angelicales es irresistible. Nunca se es lo suficientemente cuidadoso, niña. ¿Me informarás si llega de nuevo cualquier petición?

—Por supuesto —repuso Evangeline al tiempo que sentía cómo su corazón latía con una rapidez nada habitual.

La hermana Philomena debió de percatarse de la inquietud de su joven asistente y, acercándose, de tal modo que Evangeline pudo oler algo vagamente mineral en ella —polvos de talco quizá, o un ungüento para la artritis—, cogió sus manos y las calentó entre sus regordetas palmas.

—Bueno, no hay ninguna razón para preocuparse. No los dejaremos entrar. Por mucho que lo intenten, mantendremos las puertas cerradas.

—Estoy segura de que tiene usted razón, hermana —respondió Evangeline, sonriendo a pesar de su desconcierto—. Gracias por su preocupación.

—Para eso estoy, niña —dijo Philomena, bostezando—. Si ocurre algo más, estaré en la cuarta planta el resto de la tarde. Casi es la hora de mi siesta.

En el mismo instante en que desapareció Philomena, Evangeline se sumió en una ciénaga de culpabilidad y especulaciones sobre lo que acababa de ocurrir entre ambas. Se arrepentía de haber engañado a su superior de esa forma, pero también se cuestionaba la extraña reacción de Philomena ante la carta y su deseo de mantener a los visitantes alejados de las propiedades de Saint Rose. Naturalmente, Evangeline comprendía la necesidad de proteger el entorno de calma contemplativa que todas se esforzaban tanto en crear, pero la reacción de la hermana Philomena ante la carta le había parecido excesiva. No obstante, ¿qué la había movido a mentir de una forma tan flagrante e injustificable? Pero así era: le había mentido a una hermana mayor. Aun así, esa infracción no había colmado su curiosidad. ¿Cuál era la naturaleza de la relación entre la madre Innocenta y la señora Rockefeller? ¿Qué había querido decir la hermana Philomena cuando había dicho que no abrirían las puertas de su hogar a extraños? ¿Qué podría tener de malo compartir su maravillosa colección de libros e imágenes? ¿Qué tenían que esconder? En los años que Evangeline había pasado en Saint Rose —casi la mitad de su vida—, no había ocurrido nada fuera de lo ordinario. Las Hermanas Franciscanas de la Adoración Perpetua llevaban vidas ejemplares.

Evangeline metió la mano en su bolsillo y sacó la delgada y manoseada carta en papel de cebolla. La letra era florida y clara, sus ojos se deslizaron con facilidad por los bucles y los trazos descendentes de la misma: «Sus consejos han sido de gran ayuda para el avance de la expedición, y me atrevo a decir que mi propia contribución también ha sido de utilidad. Celestine Clochette llegará a Nueva York a principios de febrero. Pronto recibirá más noticias al respecto. Hasta entonces se despide de usted, su segura servidora, A. A. Rockefeller.»

Releyó la carta intentando desentrañar su significado. Luego dobló de nuevo el fino papel con sumo cuidado y lo guardó en el bolsillo, sabiendo que no podría continuar con su trabajo hasta que entendiese la importancia de la carta de Abigail Rockefeller.

Quinta Avenida, Upper East Side, Nueva York

Percival Grigori daba golpecitos con la punta de su bastón mientras esperaba el ascensor, un ritmo de agudos clics metálicos que marcaban los segundos. Estaba tan habituado al vestíbulo revestido de roble de su edificio —una exclusiva construcción anterior a la guerra con vistas a Central Park— que ya no le prestaba atención. La familia Grigori había ocupado el ático durante más de medio siglo. En su día, debió percatarse de la deferencia del portero, de la opulencia del arreglo de las orquídeas de la entrada, del marco de ébano pulido y nácar del ascensor, del fuego que arrojaba una cascada de luz y calor sobre el suelo de mármol. Pero ahora Percival Grigori no prestaba atención a nada en absoluto, salvo el dolor que le subía por las articulaciones, el crujido de sus rodillas a cada paso. Cuando las puertas del ascensor se abrieron y entró en él cojeando, contempló su imagen encorvada en los relucientes ornamentos de bronce del ascensor y apartó rápidamente la mirada.

En el piso decimotercero, salió a un vestíbulo de mármol y abrió la puerta del apartamento de los Grigori. Al instante, los reconfortantes elementos de su vida privada —en parte antiguos, en parte modernos, en parte madera brillante, en parte cristal reluciente— colmaron sus sentidos, relajando la tensión de sus hombros. Arrojó las llaves sobre un cojín de seda al pie de un jarrón de porcelana china, lanzó su pesado abrigo de cachemir sobre una silla tapi-

53

zada con el respaldo delicadamente tallado y atravesó la galería de travertino. Ante él se abrían amplias estancias: una sala de estar, una biblioteca, un comedor con una lámpara veneciana de cuatro brazos colgada del techo. Los numerosos ventanales ofrecían el caótico ballet de la tormenta de nieve.

En el extremo más alejado del apartamento, la curvatura de una gran escalinata conducía al conjunto de las habitaciones de su madre. Percival echó un vistazo hacia arriba y vislumbró una fiesta de los amigos de ésta en el salón de recibir. Prácticamente a diario acudían invitados al apartamento para almorzar o cenar, reuniones informales que permitían a su madre mantener una corte de sus amigos favoritos entre el vecindario. Se trataba de un ritual al que ella se había ido acostumbrando paulatinamente, sobre todo por el poder que le otorgaba: seleccionaba a las personas que deseaba ver, las encerraba en la guarida revestida de maderas oscuras de sus habitaciones privadas y dejaba que el resto del mundo siguiera adelante con su tedio y su miseria. En el transcurso de los años, había abandonado sus habitaciones en contadas ocasiones, siempre acompañada por Percival o su hermana, y sólo de noche. Su madre se había acomodado tanto a la situación y su círculo se había vuelto tan regular que raras veces se quejaba de su confinamiento.

En silencio, para no llamar la atención sobre su presencia, Percival entró en un cuarto de baño situado al final del vestíbulo, cerró la puerta con suavidad a su espalda y echó el pestillo. En una sucesión de rápidos movimientos, se quitó una chaqueta de lana confeccionada a medida y una corbata de seda, dejando caer cada pieza de ropa sobre las baldosas de cerámica. Con dedos temblorosos, desabrochó seis botones en forma de perla, empezando por abajo y acabando en el cuello. Se quitó la camisa y se irguió hasta alcanzar toda su estatura delante de un enorme espejo que colgaba de la pared.

Pasándose los dedos sobre el pecho, palpó un entramado de tiras de cuero que se entretejían las unas sobre las otras. El artefacto lo envolvía como un elaborado arnés, creando un sistema de sujeción que, cuando estaba completamente ajustado, tenía la apariencia externa de un corsé negro. Las tiras estaban tan tensas que le cortaban la piel. De algún modo, no importaba cómo lo ajustara, el cuero se ceñía con demasiada fuerza. Luchando por respirar, Percival soltó una tira, después la siguiente, retirando el cuero con prudencia de las pequeñas hebillas de plata, hasta que, con un último tirón, el artefacto cayó al suelo y el cuero golpeó las baldosas.

Su torso desnudo era suave y liso, sin ombligo ni pezones, la piel tan blanca que parecía de cera. Haciendo girar los omóplatos, podía ver el reflejo de su cuerpo en el espejo: los hombros, los largos y delgados brazos, la curvatura escultural. Sobre el centro de su espina dorsal, cubiertas de sudor, deformadas por la ingente presión del arnés, había dos delicadas protuberancias óseas. Con una mezcla de asombro y dolor se percató de que sus alas —en un tiempo íntegras, fuertes y arqueadas como cimitarras doradas— se habían desintegrado. Los restos estaban cubiertos de una pátina negra por la enfermedad; las plumas mustias, los huesos atrofiados. En medio de su espalda, dos heridas abiertas, azules y en carne viva por el roce, fijaban los huesos ennegrecidos en un charco gelatinoso de sangre coagulada. Vendas, reiteradas curas: ningún cuidado ayudaba a sanar las heridas o a aliviar su dolor. Sin embargo, comprendía que la verdadera agonía llegaría cuando no quedara ya nada de sus alas. Todo lo que lo había distinguido, todo lo que los demás le habían envidiado, habría desaparecido.

Los primeros síntomas de la enfermedad se habían manifestado diez años antes, cuando unas finas líneas de moho se materializaron a lo largo del astil y las barbas interiores de las plumas, un hongo verde fosforescente que se propagaba como el cardenillo sobre el cobre. Percival pensó que se trataba de una simple infección. Hizo que le limpiaran y le arreglaran las alas, especificando que cada pluma fuera tratada con aceites. No obstante, la pestilencia persistió. En unos meses, la envergadura de sus alas se redujo a la mitad. El brillo dorado de las alas sanas desapareció. En su día había sido capaz de compactarlas con facilidad, plegando su majestuoso plumaje limpiamente contra su espalda. La etérea masa de plumas doradas encajaba en los huecos arqueados a lo largo de su espina dorsal, una maniobra que hacía que fuera completamente indetectable. Aunque físicas en su sustancia, la estructura de las alas sanas les otorgaba las propiedades visuales de un holograma. Como los cuerpos mismos de los ángeles, sus alas eran objetos materiales que no se sometían a las leyes de la materia. Percival había sido capaz de desplegar sus alas a través de gruesas capas de ropa con la misma facilidad que si las moviera a través del aire.

Ahora descubrió que ya no podía retraerlas en absoluto y se habían convertido en una presencia perpetua, un recordatorio de su caída en desgracia. El dolor lo abrumó; había perdido toda capacidad de volar. Su familia, alarmada, había llamado a especialistas que confirmaron lo que los Grigori más temían: Percival había contraído una enfermedad degenerativa que llevaba un tiempo extendiéndose por su comunidad. Los médicos predijeron que las alas morirían y a continuación los músculos también. Quedaría confinado a una silla de ruedas y, luego, cuando las alas se hubieran marchitado por completo y sus raíces se hubieran descompuesto, Percival moriría. Años de tratamientos habían ralentizado el avance de la enfermedad pero no la habían detenido.

Se volvió hacia el grifo y se lavó la cara con agua fría, intentando disipar la fiebre que lo había asaltado. El arnés lo ayudaba a mantener la espina dorsal erguida, una tarea cada vez más difícil a medida que se debilitaban sus músculos. En los meses que habían pasado desde que se había vuelto imperativo llevar el arnés, el dolor no había hecho más que agudizarse. No lograba acostumbrarse al mordisco del cuero en la piel, las hebillas tan punzantes como alfileres contra el cuerpo, la quemazón de la carne lacerada. Muchos de su especie decidían vivir lejos del mundo cuando contraían la enfermedad. Pero ése era un destino al que Percival no conseguía resignarse.

Tomó entre las manos el sobre de Verlaine. Sintiendo su peso con placer, abrió el dossier con la delicadeza de un gato rondando a un pájaro atrapado, desplegando el papel con deliberada lentitud y colocando las páginas en la superficie de mármol del lavabo. Leyó el informe con la esperanza de encontrar algo que pudiera serle de utilidad. El resumen de Verlaine era un documento detallado y concienzudo —cuarenta páginas a un solo espacio, formando una columna negra y musculosa de letras desde el principio hasta el fin—, pero por lo que podía ver no había nada nuevo.

Tras devolver los documentos al sobre, inspiró profundamente y deslizó de nuevo el arnés sobre su cuerpo. El apretado cuero le causaba muchos menos problemas ahora que el color había regresado a su piel y sus dedos habían dejado de temblar. Una vez vestido, vio que había echado por tierra cualquier esperanza de tener un aspecto presentable. Su ropa estaba arrugada y manchada de sudor, el cabello le caía sobre la cara en mechones rubios y alborotados, y tenía los ojos inyectados en sangre. Su madre se avergonzaría cuando lo viera tan demacrado.

Alisándose el cabello, Percival salió del cuarto de baño y se dirigió a su encuentro. El sonido de las copas de cristal, el murmullo de un cuarteto de cuerda y las carcajadas de sus amigos aumentaron al subir por la gran escalinata. Percival se detuvo para recobrar el aliento en el umbral de la sala: el más mínimo esfuerzo lo dejaba exhausto.

Las habitaciones de su madre siempre estaban repletas de flores, sirvientes y rumores, como si de una condesa que celebrara una recepción nocturna se tratara, pero Percival se dio cuenta de que la reunión en curso era incluso más elaborada de lo que había esperado, con cincuenta invitados o más. Un techo voladizo y translúcido se elevaba sobre la fiesta, la luminosidad habitual amortiguada por una capa de nieve. Las paredes del piso superior estaban cubiertas con pinturas que su familia había adquirido a lo largo de quinientos años, la mayoría de las cuales los Grigori las habían escogido de museos y coleccionistas para su disfrute particular. La mayor parte de las pinturas eran obras maestras, y todas eran originales: habían proporcionado copias excelsas de las pinturas para que circularan por todo el mundo, conservando los originales para sí. Sus obras de arte requerían un cuidado meticuloso, desde el control de la temperatura ambiental a un equipo de limpiadores profesionales, pero la colección bien merecía las molestias. Había numerosos maestros flamencos, unos pocos del Renacimiento y algunos ejemplos de grabados del siglo xix. Una pared entera en el centro de la sala de estar estaba dedicada al famoso tríptico de El Bosco *El jardín de las delicias*, una representación deliciosamente macabra del paraíso y el infierno. Percival había crecido estudiando sus imágenes grotescas; el gran panel central representaba la vida en la tierra, y lo había provisto de las primeras lecciones sobre la conducta del género humano. Encontraba especialmente fascinante que la representación que El Bosco había hecho del infierno contuviera espeluznantes instrumentos musicales, flautas y tambores en diversos estados de disección. Una copia perfecta de la pintura se exponía en el Museo del Prado de Madrid, una reproducción que su padre había encargado personalmente.

Aferrándose a la empuñadura de marfil de su bastón, Percival se abrió paso entre la multitud. Normalmente podía tolerar aquella disipación pero ahora —en su estado actual— sentía que le sería difícil atravesar la estancia. Le dirigió un gesto de saludo al padre de un antiguo compañero de escuela —un miembro del círculo de su familia hacía muchos siglos— que estaba algo apartado de la multitud, con sus alas de un blanco inmaculado desplegadas. Percival sonrió ligeramente a una modelo que en una ocasión había invitado a cenar, una criatura encantadora de cristalinos ojos color azul que procedía de una acomodada familia suiza. Era demasiado joven para que hubieran aparecido sus alas, de manera que no tenía forma de hacer gala de sus orígenes, pero Percival sabía que su familia era antigua e influyente. Antes de que le golpease la enfermedad, su madre había intentado convencerlo para que se casara con la muchacha. Algún día sería un miembro poderoso de la comunidad.

Percival podía tolerar a los amigos de las familias con solera —debía hacerlo por su bien—, sin embargo, sus últimas relaciones, una colección de nuevos ricos del sector financiero, magnates de los medios de comunicación y otros advenedizos que se habían granjeado el favor de su madre, le resultaban repugnantes. Obviamente no eran como los Grigori, pero la mayoría eran lo suficientemente cercanos para comprender el delicado equilibrio entre deferencia y discreción que la familia Grigori requería. Solían congregarse alrededor de su madre, agasajándola con cumplidos y halagando su sentido de *noblesse oblige*, asegurándose así de ser invitados al apartamento de los Grigori la tarde siguiente.

Si de Percival dependiera, llevarían vidas privadas, pero su madre no podía soportar estar sola. Él sospechaba que se rodeaba de diversiones para alejar la terrible verdad de que su especie había perdido su lugar en el orden de las cosas. Su familia había formado alianzas generaciones atrás y dependía de una red de amistades y relaciones para mantener su posición y su prosperidad. En el Viejo Mundo estaban profunda e inextricablemente conectados con la historia de su familia. En Nueva York, tenían que recrearla en cada lugar al que iban.

Otterley, su hermana menor, estaba junto a la ventana, iluminada por una luz mortecina. Era de estatura media —un metro noventa centímetros—, delgada, e iba embutida en un vestido demasiado escotado acorde con su estilo. Se había recogido el cabello rubio en un severo moño y se había pintado los labios de color rosa brillante, un tono demasiado juvenil para ella. Otterley había sido espectacular en su época —incluso más encantadora que la modelo suiza que se encontraba cerca de ella—, pero se había quemado durante su juventud en una sucesión de fiestas que se prolongaron a lo largo de un siglo y en relaciones inconvenientes que la habían dejado —a ella y a su fortuna— significativamente deteriorada. Ahora se encontraba en el ecuador de su existencia, bien entrada en su bicentenario, y a pesar de los esfuerzos para ocultarlo, su piel parecía la de un maniquí de plástico. Por mucho que lo intentase, no lograría recobrar el aspecto que tenía en el siglo XIX.

Al ver a Percival, se acercó tranquilamente a él, deslizó un brazo desnudo por debajo del suyo y lo condujo entre la multitud como si fuera un inválido. Cada hombre y cada mujer en la habitación observaron a Otterley. Si no habían hecho negocios con ella, la conocían por su trabajo en varios consejos familiares o por la incesante agenda social que mantenía. Los amigos y los conocidos de Percival temían a su hermana. Nadie podía permitirse contrariar a Otterley Grigori.

—¿Dónde te has estado escondiendo? —le preguntó Otterley a Percival estrechando los ojos en una mirada viperina. Otterley se había criado en Londres, donde aún residía su padre, y su pronunciado acento británico adquiría un filo especialmente agudo cuando se irritaba.

—Dudo mucho que te hayas sentido sola —respondió Percival mirando a la multitud.

—Una no está nunca sola con madre —replicó ella, con aspereza—. Cada semana que pasa hace estas cosas más elaboradas.

—Supongo que está aquí, en alguna parte, ¿no?

La expresión de Otterley se endureció, irritada.

—La última vez que lo comprobé estaba recibiendo admiradores en su trono.

Caminaron hasta el extremo más alejado de la habitación, más allá de una pared de ventanales que parecían invitar a traspasar sus gruesas y transparentes profundidades y flotar sobre la ciudad cubierta de niebla y nieve. Un anakim, la clase de sirviente que empleaban los Grigori y las familias de buena cuna, se cruzó en su camino y se apartó, diciendo: «¿Más champán, señor? ¿Señora?» Vestido completamente de negro, el anakim era de menor estatura y de constitución más ligera que la clase de seres a los que servía. Aparte de su uniforme negro, su madre insistía en que

60

llevasen sus alas expuestas para distinguirlos de los invitados. La diferencia en forma y envergadura era considerable. Donde la clase pura de los invitados tenía alas musculosas y emplumadas, las alas de los sirvientes eran ligeras como velos, un entramado de gasa que parecía estar bañado en capas de gris opalescencia. A causa de la estructura de las alas —muy parecidas a las de un insecto—, los sirvientes volaban con movimientos rápidos que les permitían una gran precisión. Tenían unos grandes ojos amarillos, pómulos pronunciados y la piel pálida. Percival había sido testigo de un ataque aéreo de anakim durante la segunda guerra mundial, cuando un enjambre de sirvientes había descendido sobre una caravana de humanos que huían del bombardeo de Londres. Los sirvientes destrozaron a la harapienta multitud con facilidad. Después de aquel episodio, Percival comprendió por qué se tenía a los anakim por seres caprichosos e impredecibles, útiles sólo para servir a sus superiores.

Cada pocos pasos, Percival reconocía a amigos y conocidos de la familia. El cristal de sus copas de champán refractaba la luz. Las conversaciones se mezclaban en el aire, creando el efecto de un zumbido continuo y aterciopelado de rumores. Captó retazos de charlas sobre vacaciones, yates y negocios, conversaciones que caracterizaban a los amigos de su madre tanto como el brillo de los diamantes y la efervescente crueldad de sus risas. Los invitados lo miraban desde todos los rincones, fijándose en sus zapatos, su reloj, deteniéndose para examinar el bastón y finalmente —al ver a Otterley— dándose cuenta de que el caballero enfermo y despeinado era Percival Grigori III, heredero del nombre y la fortuna de los Grigori.

Al fin llegaron al lugar donde estaba su madre, Sneja Grigori, recostada en su diván favorito, una pieza bella e imponente de mobiliario gótico con serpientes talladas en la estructura de madera. Sneja había ganado peso en las décadas que siguieron a su mudanza a Nueva York y sólo vestía túnicas sueltas y vaporosas que envolvían su cuerpo en pliegues de seda. A su espalda estaban extendidas sus exuberantes alas de brillantes colores, desplegadas y arregladas para causar sensación, como si estuviera exhibiendo las joyas de la familia. Cuando Percival se acercó, quedó casi cegado por su luminosidad: cada delicada pluma brillaba como una lámina de metal tornasolado. Las alas de Sneja eran el orgullo de la familia, la culminación de su belleza y la prueba de la pureza de su linaje. Era una marca de distinción que la abuela materna de Percival hubiera sido agraciada con unas alas multicolores que se desplegaban hasta casi alcanzar los once metros, una envergadura que no se había visto en un millar de años. Se rumoreaba que dichas alas habían servido como modelo para los ángeles de Fra Angelico, Lorenzo Monaco y Botticini. Las alas, le había explicado en una ocasión Sneja a Percival, eran un símbolo de su sangre, de su cuna, del predominio de su posición en la comunidad. Mostrarlas de la forma adecuada atraía poder y prestigio, y no era una decepción menor que ni Otterley ni Percival le hubieran dado a Sneja un heredero que perpetuara su linaje.

Precisamente, ésa era la razón por la cual a Percival le irritaba que Otterley escondiera sus alas. En lugar de desplegarlas, como cabría esperar, ella insistía en mantenerlas retraídas, como si fuera un híbrido común y no un miembro de una de las familias angelicales más prestigiosas de Estados Unidos. Percival comprendía que aquella habilidad era una herramienta excepcional, sobre todo para frecuentar la sociedad mixta. Además, proporcionaba la posibilidad de moverse entre los humanos sin ser detectado, pero en privado resultaba una ofensa mantenerlas ocultas.

Sneja Grigori saludó a Otterley y a Percival, ofreciendo una mano para que sus hijos pudieran besarla.

—Mis querubines —dijo, con voz profunda, su acento vagamente germánico, un recuerdo de su infancia austríaca en la Casa de Habsburgo. Callando durante un instante, entornó los ojos y examinó el collar de Otterley: un solitario globular de color rosa engastado en un engarce antiguo—. Una joya de primera calidad —comentó como si se sorprendiera de descubrir semejante tesoro alrededor del cuello de su hija.

—¿No lo reconoces? —preguntó Otterley a la ligera—. Es una de las piezas de la abuela.

—¿De veras? —Sneja tomó el diamante entre el pulgar y el índice de manera que la luz incidiera en su superficie facetada—. Supongo que debería reconocerlo, pero lo cierto es que no es así. ¿Es de mi habitación?

—No —contestó Otterley, guardando las formas.

—No será de la cámara de seguridad, ¿verdad? —preguntó Percival.

Otterley frunció los labios y le dirigió una mirada que al instante le reveló que la había delatado.

—Ah, bueno, eso explicaría el misterio —apostilló Sneja—. Hace tanto tiempo que no voy a la cámara que he olvidado por completo sus contenidos. ¿Son todas las piezas de mi madre tan brillantes como ésta?

—Son preciosas, madre —replicó Otterley, turbada. Había estado llevándose joyas de la cámara durante años sin que su madre se diera cuenta.

—Me encanta ésta en particular —comentó Sneja—. Quizá haga una excursión a la cámara de seguridad a medianoche. Puede que haya llegado el momento de hacer inventario.

Sin dudarlo, Otterley se quitó el collar y lo depositó en la mano de su madre.

—Lucirá espléndido en tu cuello, madre —la halagó y, sin esperar la reacción de Sneja, o quizá para enmascarar la angustia que sintió al entregar semejante joya, giró sobre sus tacones de aguja y se mezcló de nuevo con la multitud, el vestido adherido a su cuerpo como si estuviera húmedo.

Sneja levantó el collar, que estalló en una bola de fuego líquido bajo la luz, antes de introducirlo en su *clutch* de pedrería. Después se volvió hacia Percival, como si recordase de repente que su único hijo había presenciado su victoria.

—Resulta divertido —comentó Sneja—. Otterley cree que no me he dado cuenta de que ha estado robando mis joyas durante los últimos veinticinco años.

Percival rió.

—No has dejado caer que lo sabías. Si lo hubieras hecho, Otterley habría parado hace una eternidad.

Su madre desechó su observación, como si fuera una mosca, con un gesto de la mano.

—Sé todo lo que pasa en esta familia —recalcó, acomodándose en el diván de manera que la curvatura de una ala capturase la luz—. Incluido el hecho de que no has estado cuidándote adecuadamente. Debes descansar más, comer más, dormir más. Las cosas no pueden seguir como siempre. Ha llegado la hora de llevar a cabo algunos preparativos para el futuro.

—Eso es precisamente lo que estoy haciendo —replicó Percival, molesto porque su madre insistiera en dirigirlo como si estuviera en su primer siglo de vida.

—Ya veo —soltó Sneja, evaluando la irritación de su hijo—. Has acudido a tu cita.

—Como estaba previsto —contestó Percival.

—Y ésa es la razón por la que has subido con una expresión tan amargada en la cara: quieres informarme de los progresos que estás haciendo. ¿La reunión no se ha desarrollado como esperabas?

—¿Acaso es así alguna vez? —replicó Percival, aunque su decepción era evidente—. Lo admito: tenía muchas esperanzas depositadas en ésta.

—Sí —asintió Sneja mirando más allá de su hijo—. Todos las teníamos.

—Vamos. —Percival cogió la mano de su madre y la ayudó a levantarse del diván—. Deja que hable contigo a solas durante un rato.

—¿No puedes hablar conmigo aquí?

—Por favor —suplicó él dirigiendo una mirada de repulsión a la fiesta—. Es completamente imposible.

Con su público de admiradores alrededor, Sneja abandonó el diván con gran teatralidad. Desplegando sus alas, las alejó de sus hombros de manera que la envolvieron como si de una capa se tratara. Percival la contempló; una punzada de envidia le dejó helado donde estaba. Las alas de su madre eran espléndidas, brillantes, saludables, con las plumas intactas. Una gradación de suave color irradiaba desde los extremos, donde las plumas eran finas y rosadas, y avanzaba hacia el centro de su espalda, donde las plumas eran grandes y relucientes. Las alas de Percival, cuando las tenía, eran incluso más grandes que las de su madre, angulosas y espectaculares, las plumas con la forma precisa de una daga de brillante oro viejo. No podía mirar a su madre sin desear estar sano de nuevo.

Sneja Grigori se detuvo, permitiendo a sus invitados que admiraran la belleza de sus atributos celestiales y, después, con una gracia que su hijo encontró deliciosa, acercó las alas a su cuerpo, plegándolas a la espalda con la misma facilidad que una geisha cerraría con un gesto un abanico de papel de arroz.

Percival condujo a su madre del brazo al descender la gran escalinata. La mesa del comedor estaba dispuesta con flores y una vajilla de porcelana a la espera de los invitados. Un lechón asado con una pera en la boca yacía entre los centros florales, sus lados cortados en tajadas rosadas y húmedas. A través de las ventanas, Percival divisó a la gente apresurándose en la calle, pequeños y negros como roedores abriéndose camino contra el viento helado. A resguardo, el entorno era cálido y confortable. Un fuego ardía en la chimenea, y el débil sonido de la conversación amortiguada y de la música suave descendía sobre ellos desde el piso superior.

Sneja se acomodó en una silla.

—Ahora dime, ¿qué quieres? —preguntó, algo más que un poco molesta porque la hubieran sacado de la fiesta. Cogió un cigarrillo de una pitillera de platino y lo encendió—. Si se trata otra vez de dinero, Percival, sabes que tendré que hablar con tu padre. No tengo ni la más remota idea de cómo puedes gastar tanto con tanta rapidez. —Su madre sonrió, repentinamente indulgente—. Bueno, en realidad sí tengo una ligera idea, querido, pero es con tu padre con quien debes hablar de ello.

Percival cogió un cigarrillo de la pitillera de su madre y permitió que ella se lo encendiera. En el preciso instante en que dio la primera calada supo que había cometido un error: los pulmones le ardían. Tosió, intentando respirar. Sneja empujó un cenicero de jade hacia él para que pudiera apagar el cigarrillo.

—Mi fuente ha resultado inútil —dijo Percival después de recuperar el aliento.

—Era de esperar —comentó Sneja inhalando el humo del cigarrillo.

—El descubrimiento que asegura haber hecho no tiene ningún valor para nosotros —añadió él.

—¿Descubrimiento? —se interesó su madre abriendo unos ojos como platos—. ¿Qué clase de descubrimiento exactamente?

Mientras Percival le relataba la reunión, subrayando la ridícula obsesión de Verlaine por los dibujos arquitectónicos de un convento en Milton, Nueva York, y su igualmente irritante preocupación con vaguedades acerca de monedas antiguas, su madre lo escuchaba acariciando con sus dedos largos y blancos como la cal la mesa finamente lacada. De pronto se detuvo abruptamente.

—Resulta sorprendente —dijo por fin—. ¿Realmente crees que no ha encontrado nada de utilidad?

—¿Qué quieres decir?

—De alguna manera, en tu celo por rastrear los contactos de Abigail Rockefeller, has perdido completamente de vista el objetivo principal. —Sneja aplastó el cigarrillo y encendió otro—. Esos dibujos arquitectónicos pueden ser exactamente lo que estamos buscando. Dámelos. Querría verlos por mí misma.

—Le dije a Verlaine que los guardase —contestó Percival, dándose cuenta mientras hablaba de que sus palabras la enfurecían—. Además, descartamos el convento de Saint Rose después del ataque de 1944. No quedó nada después del incendio. No creerás que pasamos algo por alto, ¿no?

—Me gustaría verlo por mí misma —replicó Sneja sin

preocuparse en ocultar su frustración—. Sugiero que vayamos de inmediato a ese convento.

Percival se abalanzó sobre la oportunidad de redimirse.

—Ya me he ocupado de eso —dijo—. En este mismo instante mi fuente se encuentra de camino a Saint Rose para verificar lo que ha encontrado.

—Tu fuente... ¿es uno de los nuestros?

Él se quedó mirando a su madre durante un momento, inseguro de cómo seguir. Sneja se pondría furiosa si supiera que había depositado tantas esperanzas en Verlaine, que no formaba parte de su red de espías.

—Sé lo que opinas sobre recurrir a extraños, pero no hay razón para preocuparse. Ordené que lo investigaran a fondo.

—Por supuesto que sí —asintió Sneja, exhalando el humo del cigarrillo—. De la misma forma que investigaste a los demás en el pasado.

—Estamos en una nueva era —replicó Percival. Midió meticulosamente sus palabras, decidido a conservar la serenidad ante las críticas de su madre—. No se nos puede traicionar con tanta facilidad.

—Sí, tienes razón, vivimos en una nueva era —contestó ella—. Vivimos en una era de libertad y comodidad, una era de pasar inadvertidos, de riqueza sin precedentes. Somos libres de hacer lo que nos venga en gana, de viajar a donde queramos, de vivir como se nos antoje. Pero ésta es también una era en la que los mejores de nuestra especie se han vuelto complacientes y débiles. Es una era de enfermedad y degeneración. Ni tú, ni yo ni ninguna de las criaturas ridículas que merodean en este mismo instante por mi sala de estar están libres de ser detectados.

—¿Crees que he sido complaciente? —preguntó Percival, subiendo la voz a pesar de sus esfuerzos. Cogió el bastón y se dispuso a marcharse.

—No creo que puedas ser nada más en tus condiciones —dijo Senja—. Es esencial que Otterley te ayude.

—Es lo lógico —replicó Percival—. Otterley lleva trabajando en esto tanto como yo.

—Y tu padre y yo hemos estado trabajando en ello mucho antes que vosotros —le interrumpió Sneja—. Y mis padres estuvieron trabajando en ello antes de que yo naciese, y sus padres antes que ellos. Sólo eres uno de muchos.

Percival golpeó el suelo de madera con la contera de su bastón.

—Me gustaría pensar que mi situación añade una urgencia nueva.

Sneja miró el bastón.

—Es verdad: tu enfermedad le da un nuevo significado a la caza. Pero tu obsesión por curarte te ha cegado. Otterley nunca habría renunciado a esos dibujos, Percival. Es más, ella estaría ahora mismo en ese convento, verificándolos. ¡Mira el tiempo que has perdido! ¿Qué ocurrirá si tu estupidez nos cuesta el tesoro?

—Entonces moriré —contestó él.

Sneja Grigori posó su mano suave y blanca sobre la mejilla de Percival. La mujer frívola a la que había acompañado allí desde el diván se endureció hasta convertirse en una criatura escultural llena de ambición y orgullo, las mismas cualidades que él admiraba y envidiaba en ella.

—No llegaremos a eso. No permitiré que lleguemos a eso. Ahora vete a descansar. Yo me ocuparé del señor Verlaine.

Percival se puso en pie y, apoyándose pesadamente en el bastón, salió cojeando de la estancia.

Convento de Saint Rose, Milton, Nueva York

Verlaine aparcó ante Saint Rose su coche, un Renault de 1989 que había comprado de segunda mano cuando aún era estudiante universitario. Una cancela de hierro forjado cerraba el camino de acceso, lo que no le dejó otra elección que escalar el grueso muro de piedra caliza que rodeaba el terreno. Visto de cerca, el convento resultó ser como lo había imaginado: aislado y sereno, como un castillo encantado por un hechizo de sueño. Los arcos y los torreones neogóticos se elevaban hacia el cielo gris; los abedules y otros árboles de hoja perenne se erguían por todas partes en espesos y protectores macizos. El musgo y la hiedra se adherían a los ladrillos, como si la naturaleza se hubiera embarcado en una campaña lenta e insaciable para apropiarse de la estructura. En el extremo más alejado de la propiedad, el Hudson se deslizaba a lo largo de una orilla cubierta de nieve y hielo.

Mientras caminaba por un sendero adoquinado rociado de nieve, Verlaine temblaba. Sentía un frío fuera de lo corriente. La sensación lo había asaltado en el momento de abandonar Central Park, y había permanecido pesada y sofocante durante el trayecto en coche hasta Milton. Había puesto la calefacción del vehículo en un intento de librarse de los escalofríos, pero aun así sus manos y sus pies seguían entumecidos. No conseguía desentrañar qué efecto había tenido en él la reunión o por qué lo inquietaba descubrir lo gravemente enfermo que estaba en realidad Percival Grigori. Había algo espeluznante y perturbador en él, algo que no alcanzaba a comprender. Verlaine tenía mucha intuición con respecto a la gente: era capaz percibir muchas cosas de una persona a los pocos minutos de conocerla, y era muy raro que se equivocase en esa impresión inicial. Desde su primer encuentro, Grigori había provocado una fuerte reacción física en él, tan fuerte que se sentía instantáneamente debilitado en su presencia, vacío y sin vida, sin ningún rastro de calor.

La reunión del mediodía había sido la segunda, tal vez la última, suponía con alivio. Si él mismo no ponía fin a su acuerdo —algo que podría ocurrir muy pronto si su viaje de investigación iba como había planeado—, existía una posibilidad real de que, en cualquier caso, Grigori no siguiera durante mucho tiempo más entre los vivos. Su piel tenía un color tan mortecino que Verlaine había podido distinguir las redes de venas azules bajo la superficie pálida y delgada. Los ojos de Grigori ardían de fiebre, y casi no podía sostenerse con el bastón. Resultaba absurdo que el hombre abandonase la cama, y mucho más que celebrase una reunión de negocios al aire libre en plena ventisca.

Sin embargo, era todavía más absurdo que hubiera enviado a Verlaine al convento sin cumplir los requisitos previos. Aquel hombre era impetuoso y poco profesional, justo la clase de cosas que Verlaine debería haber esperado de un fantasioso coleccionista de arte como él. Los protocolos habituales de investigación exigían permisos para visitar bibliotecas privadas, y esa biblioteca era mucho más conservadora que la mayoría. Imaginaba que sería pequeña, pintoresca, llena de helechos y de espantosas pinturas al óleo de corderos y niños; la clase de decoración cursi que las monjas encontraban adorable. Suponía que la bibliotecaria tendría unos setenta años, una mujer sombría y enjuta, una criatura severa y pálida que no apreciaría en absoluto la colección de imágenes que custodiaba. Belleza y placer, los elementos que hacían soportable la vida, seguramente serían inhallables en el convento de Saint Rose. Aunque tampoco había estado nunca antes en un convento; él procedía de una familia de agnósticos y académicos, personas que se reservaban sus creencias para sí mismos, como si al hablar de la fe pudieran provocar su desaparición inmediata.

Verlaine subió los amplios escalones de piedra de la entrada y se topó con unas puertas de madera. Llamó dos, tres veces, y a continuación buscó un picaporte o un portero automático, algo para llamar la atención de las hermanas, pero no encontró nada. Siendo él mismo una persona que no cerraba con llave la puerta de su apartamento la mitad de las veces, le extrañó que un grupo de monjas contemplativas dispusieran de un sistema de seguridad impenetrable. Enfadado, caminó hacia el lateral del edificio, sacó una fotocopia de los planos arquitectónicos del bolsillo interior de su abrigo y empezó a mirar los dibujos con la esperanza de localizar otra entrada.

Utilizando el río como punto de referencia, descubrió que la entrada principal debería estar ubicada en el lado meridional del edificio. En realidad, la entrada estaba en la fachada occidental, frente al portón principal. Según el mapa (como consideraba ahora el dibujo), las estructuras de la iglesia y de la capilla deberían dar a la parte trasera de la propiedad, y el convento lo formaría una ala estrecha en la parte delantera. Pero, a menos que hubiera interpretado los bocetos de manera incorrecta, los edificios estaban situados en una configuración completamente diferente. Cada vez cabían menos dudas de que los planos arquitectónicos no se ajustaban a la estructura que tenía ante sí. Picado por la curiosidad, recorrió el perímetro del convento, comparando el contorno sólido de los ladrillos con los dibujados a pluma y tinta. De hecho, ninguno de los edificios era en absoluto como debería ser. En lugar de dos estructuras diferenciadas, encontró un complejo enorme que presentaba una mezcla de ladrillos y mortero viejos y nuevos, como si los dos edificios hubieran sido cortados y unidos en un *collage* surrealista de albañilería.

Verlaine no tenía ni idea de qué interpretaría Grigori de aquello. Su primer encuentro había sido en una subasta de arte, en la que él asistía en la venta de pinturas, muebles, libros y joyas pertenecientes a familias famosas de la Edad de Oro. Había un magnífico conjunto de plata que había pertenecido a Andrew Carnegie, un juego de mazos de cróquet con remates de oro y las iniciales de Henry Flagler grabadas y una estatuilla de mármol de Neptuno de «Breakers», la mansión en Newport de Cornelius Vanderbilt II. La subasta era un asunto menor, con ofertas muy por debajo de lo esperado. Percival Grigori llamó la atención de Verlaine al pujar muy alto por una serie de objetos que habían pertenecido a la esposa de John D. Rockefeller, Laura *Cettie* Celestia Spelman.

Verlaine sabía suficientes cosas de la familia Rockefeller como para darse cuenta de que el lote de objetos por el que había pujado Percival Grigori no tenía nada de especial. Aun así, el hombre lo quería a toda costa, y pagó por él un precio muy por encima de su valor. Después, cuando estuvieron adjudicados todos los lotes, Verlaine se acercó para felicitarlo por su compra. Empezaron a charlar sobre los Rockefeller; después siguieron su disección de la Edad Dorada con una botella de vino en un bar situado al otro lado de la calle. Grigori admiró el conocimiento de Verlaine sobre la familia Rockefeller, expresó curiosidad sobre su investigación en el MoMA, y le preguntó si estaría interesado en realizar un trabajo privado sobre el tema. Se quedó con su número de teléfono y poco después Verlaine se convirtió en su empleado.

Verlaine sentía un afecto especial por la familia Rockefeller: había hecho su tesis doctoral sobre los primeros años del Museo de Arte Moderno, una institución que no habría existido sin la visión y el patrocinio de Abigail Aldrich Rockefeller. En un principio, el acercamiento de Verlaine a la historia del arte surgió a partir de su interés por el diseño. Asistió a algunas clases del Departamento de Historia del Arte en Columbia, después, a unas cuantas más, hasta que descubrió que su atención se desplazaba del diseño contemporáneo hacia las ideas inspiradoras del modernismo —el primitivismo, el mandato de romper con la tradición, el valor del presente por encima del pasado—, y por último hacia la mujer que había contribuido a construir uno de los museos de arte moderno más importantes del mundo: Abigail Rockefeller. Verlaine sabía muy bien, y su tutor se lo había recordado con frecuencia, que en el fondo no era un académico. Era incapaz de sistematizar la belleza, de reducirla a teorías y notas a pie de página. Prefería el vibrante y vertiginoso color de un Matisse a la rigidez intelectual de los formalistas rusos. A lo largo de sus cursos de doctorado, no se había vuelto más intelectual en su forma de ver el arte. En cambio, había aprendido a apreciar las motivaciones que había detrás de la creación.

Mientras trabajaba en su tesis, había llegado a admirar el gusto de Abigail y, tras años de investigación en la materia, se consideraba a sí mismo un experto menor en los negocios de la familia Rockefeller relacionados con el arte mundial. El año anterior, una parte de su tesis había sido publicada en una prestigiosa revista de arte académica, lo cual había dado pie a un contrato para impartir clases en Columbia.

Suponiendo que todo fuera como estaba previsto, Verlaine reestructuraría la tesis, encontraría la forma de darle un enfoque más general y, si los planetas se alineaban, algún día la publicaría. Sin embargo, en su estado actual, era un caos. Sus notas habían crecido hasta convertirse en una maraña de datos, con hechos y retazos biográficos mezclados entre sí. Tenía cientos de documentos fotocopiados guardados en carpetas y, de alguna manera, Grigori lo había persuadido para que copiase, para su uso personal, prácticamente cada dato, cada documento, cada informe que había encontrado a lo largo de su investigación. Verlaine estaba convencido de que su archivo era exhaustivo, de modo que para él fue una sorpresa descubrir que, durante el período en el que se había especializado, los años en los que Abigail Rockefeller había estado profundamente involucrada en su trabajo en el Museo de Arte Moderno, había existido una correspondencia entre ella y el convento de Saint Rose.

Descubrió la relación en un viaje de investigación que había realizado al Rockefeller Archive Center a principios de año. Había conducido cuarenta kilómetros al norte de Manhattan hasta Sleepy Hollow, un pintoresco pueblo de bungalows y casitas de madera con tejado a dos aguas a orillas del río Hudson. El centro, encaramado a una colina que se levantaba por encima de casi diez hectáreas de terreno, se albergaba en una extensa mansión de piedra que había pertenecido a la segunda esposa de John D. Rockefeller Jr., Martha Baird Rockefeller. Verlaine aparcó su Renault, se colgó la mochila al hombro y subió la escalera de entrada. Resultaba sorprendente comprobar la fortuna que había amasado la familia y cómo habían sido capaces de rodearse de una belleza aparentemente sin fin.

Un archivero examinó la acreditación de Verlaine —una identificación como profesor de la Universidad de Columbia con su categoría de adjunto claramente marcada— y lo condujo hasta la sala de lectura de la segunda planta. Grigori pagaba bien —un día de investigación cubría el alquiler de Verlaine—, y por eso se tomó su tiempo, disfrutando de la tranquilidad de la biblioteca, el olor de los libros, el ordenado sistema de distribución de archivos y folios. El archivero sacó varias cajas de documentos de la cámara de temperatura controlada, un gran anexo de hormigón de la mansión, y las dejó ante Verlaine. Los papeles de Abby Rockefeller estaban divididos en siete categorías: «Correspondencia de Abby Aldrich Rockefeller», «Papeles personales», «Colecciones de arte», «Filantropía», «Papeles familiares Aldrich/Greene», «Muerte de Abby Aldrich Rockefeller» y «Biografía de Chase». Cada parte contenía cientos de documentos. El simple hecho de revisar todo el volumen de papeles le llevaría semanas. Verlaine se sumergió en ellos, tomó notas e hizo fotocopias.

Antes de emprender el viaje había releído todo lo que había podido encontrar sobre ella, intentando descubrir algo original que pudiera ayudarlo, algún dato que se les hubiera pasado por alto a los demás historiadores de arte moderno. Había leído varias biografías y sabía mucho sobre su infancia en Providence, Rhode Island, su boda con John D. Rockefeller Jr. y su vida en Nueva York. Leyó descripciones de sus cenas, de sus cinco hijos y de su hija rebelde, todo lo cual parecía anodino en comparación con sus intereses y sus pasiones artísticas. Aunque los detalles de sus vidas no podían ser más diferentes —Verlaine vivía en un estudio y llevaba una existencia caótica y financieramente precaria como profesor universitario a tiempo parcial, mientras que Abby Rockefeller se había casado con uno de los hombres más ricos del siglo xx—, se sentía muy cercano a ella. Tenía la íntima impresión de que comprendía sus gustos y las misteriosas pasiones que la habían empujado a amar la pintura moderna. Verlaine era consciente de que no debía de existir prácticamente ningún aspecto de su vida personal que no hubiera sido examinado miles de veces, de que había pocas esperanzas de hallar nada nuevo para Grigori. Si hallaba una veta desconocida —o al menos descubría un fragmento de material que pudiera ser de utilidad para su jefe—, sería un asombroso golpe de suerte.

De modo que Verlaine pasó por encima de las pilas de papeles y cartas que ya habían sido saqueadas por los estudiosos, tachó de su lista los archivos de la biografía de Chase y abordó la caja correspondiente a las adquisiciones artísticas y a la planificación del MoMA: las colecciones de arte, serie III: inventarios de obras de arte compradas, donadas, prestadas o vendidas; información sobre grabado chino y japonés y arte popular norteamericano, así como notas de marchantes sobre la colección de arte Rockefeller. Sin embargo, después de horas de lectura, no encontró nada excepcional entre el material.

Finalmente, devolvió las cajas de la serie III y le pidió al archivero que le llevase la serie IV: «Filantropía.» No tenía ninguna razón en particular para hacerlo, salvo que las donaciones de los Rockefeller eran quizá el único ángulo que no había examinado en exceso, ya que solía tratarse de meras hojas de contabilidad. Cuando llegaron las cajas y empezó a revisarlas, comprobó que, a pesar de la aridez del tema, la vida de Abby Rockefeller lo intrigaba casi tanto como su gusto en pintura. Estuvo leyendo durante una hora antes de descubrir un extraño conjunto de cartas: cuatro misivas en medio de un caos de papeles. Estaban mezcladas con informes sobre donaciones de caridad, cuidadosamente dobladas en sus sobres originales sin comentarios ni añadidos. De hecho, Verlaine se dio cuenta al consultar el catálogo de esa serie de que las cartas no figuraban en el listado. No podía atribuirles ninguna explicación, y a pesar de eso estaban allí, amarilleadas por el paso de los años, delicadas al tacto, dejando un rastro de polvo en sus dedos como si hubiera tocado las alas de una mariposa.

Las desdobló y las alisó bajo la luz de la lámpara para observarlas con mayor claridad. De inmediato comprendió la razón de que no se las hubiera tenido en cuenta: las cartas no guardaban relación directa con la familia, la vida social o la labor artística de Abigail Rockefeller. No existía una categoría definida para ellas. Ni siquiera habían sido escritas por Abigail, sino por una mujer llamada Innocenta, la abadesa de un convento de Milton, Nueva York, un pueblo del que nunca había oído hablar. Tras consultar un atlas, averiguó que Milton se encontraba a escasas horas de viaje, al norte de la ciudad de Nueva York, a orillas del río Hudson.

Al leer las cartas, el asombro de Verlaine fue en aumento. La caligrafía de Innocenta era fina y anticuada, presentaba estrechos numerales europeos y letras apretadas y entrelazadas, sin duda trazados a pluma y tinta. A partir de las mismas dedujo que la madre Innocenta y la señora Rockefeller habían compartido un interés por la obra religiosa, la caridad y las actividades para recaudar fondos, más acusado de lo esperable en dos mujeres de sus respectivas posiciones. El tono de Innocenta se mostraba deferente y de humildad cortés, aunque crecía en calidez con cada carta, lo que sugería que había tenido lugar una comunicación regular entre las dos mujeres. Verlaine no encontró nada concreto en las cartas que fundamentara aquel presentimiento, pero tenía la corazonada de que detrás de todo aquello había una pieza de arte religioso. Y se convenció cada vez más de que

76

esas cartas lo llevarían a alguna parte si conseguía entenderlas. Eran exactamente la clase de descubrimiento que necesitaba su carrera.

Veloz, antes de que el archivero tuviera oportunidad de verlo, Verlaine deslizó las cartas en el bolsillo interior de su mochila. Diez minutos más tarde circulaba de regreso a casa, hacia Manhattan, con las misivas robadas descansando en su regazo. Por qué se había llevado las cartas continuaba siendo un misterio para él incluso en ese momento, puesto que no tenía más motivación que su deseo desesperado de comprenderlas. Sabía que debía compartir su descubrimiento con Grigori —después de todo, el hombre le había pagado para que hiciese el viaje—, pero a la vez parecía que había poca información concreta en la que basarse, y por eso decidió esperar para informarle de la existencia de las misivas hasta que hubiera verificado su importancia.

Ahora, delante del convento, se sentía de nuevo desconcertado al comparar los dibujos arquitectónicos con la estructura edilicia que tenía ante sí. Los haces de luz invernal atravesaban las páginas de bocetos, las sombras puntiagudas de los abedules se alargaban sobre la superficie de la nieve. La temperatura descendía con rapidez. Verlaine se subió el cuello del abrigo y emprendió la segunda excursión alrededor del complejo, empapado por la nieve medio derretida. Grigori tenía razón en una cosa: no sabrían nada más sin acceder al convento de Saint Rose.

A mitad de camino, descubrió un tramo de escalones cubiertos de escarcha. Bajó, agarrándose a un pasamanos metálico para no resbalar. En medio de una entrada de piedra en forma de arco había una puerta. Hizo girar el pomo y descubrió que no estaba cerrada; un instante después se encontraba en un espacio oscuro y húmedo que olía a piedra mojada, madera en descomposición y polvo. Cuando sus ojos se acomodaron a la exigua luz, cerró la puerta y la aseguró con firmeza a sus espaldas antes de echar a andar por un pasillo abandonado e internarse en el convento de Saint Rose.

Biblioteca de imágenes angelicales, convento de Saint Rose,
Milton, Nueva York

Siempre que llegaban visitantes, las hermanas confiaban a Evangeline la tarea de ejercer de enlace entre el reino sagrado y el profano. Tenía una habilidad especial para que los no iniciados se sintieran cómodos, además de un aire de juventud y modernidad del que carecían las otras hermanas, y con frecuencia se encontraba traduciendo para los desconocidos el funcionamiento interno de la comunidad. Los visitantes esperaban que los recibiera una monja envuelta en un hábito completo, con velo negro y adustos zapatos de cuero con cordones, la Biblia en una mano y el rosario en la otra; una anciana cuyo rostro fuera el reflejo de una infinita tristeza. En cambio, los recibía Evangeline, una joven hermosa y despierta que les hacía olvidar rápidamente su estereotipo que tenían en mente. Bromeaba sobre algo o comentaba un tema aparecido en la prensa, rompiendo la imagen de severidad que presentaba el convento. En las ocasiones en las que Evangeline conducía a los visitantes por los sinuosos pasillos, les explicaba que la suya era una comunidad moderna, abierta a las nuevas ideas; les contaba que, a pesar de los tradicionales hábitos, las hermanas de mediana edad calzaban zapatillas Nike para los paseos matutinos junto al río en otoño o sandalias Birkenstock cuando limpiaban la maleza del jardín durante el verano. Las apariencias externas, les explicaba, significaban poco. Las rutinas establecidas hacía doscientos años, rituales reverenciados y mantenidos con una persistencia férrea, eran lo más importante. Cuando los seglares se asombraban ante la quietud de sus salas, la regularidad de sus oraciones y la uniformidad de las monjas, Evangeline tenía la habilidad de hacer que pareciera de lo más normal.

Esa tarde, sin embargo, su actitud fue completamente diferente, ya que nunca antes se había llevado la sorpresa de encontrar a alguien en la entrada de la biblioteca. Un movimiento en el extremo más alejado de la sala había llamado su atención. Al volverse descubrió a un hombre joven apoyado contra el marco de la puerta que observaba con un interés inusual. Una sensación de alarma, tan poderosa como una descarga eléctrica, recorrió su cuerpo. La tensión se concentró en sus sienes, una sensación que se manifestó empañándole la vista y con un ligero pitido en los oídos. Se enderezó, asumiendo inconscientemente el papel de guardiana de la biblioteca, y decidió enfrentarse al intruso.

Aunque no sabía cómo, Evangeline comprendió que el hombre que se hallaba en la puerta de la biblioteca era el mismo cuya carta había leído esa mañana. Era extraño que hubiera reconocido a Verlaine. Se había imaginado al autor de la carta como un marchito profesor de cabello gris, con barriga, mientras que el hombre que tenía delante era mucho más joven de lo que había supuesto. Las gafas de montura metálica, su pelo negro y alborotado, y el gesto dubitativo con el que aguardaba en la puerta le resultaron infantiles. Cómo había conseguido penetrar en el convento y, más aún, cómo había encontrado el camino hasta la biblioteca sin que fuera interceptado por ninguna de las hermanas eran misterios inescrutables para Evangeline. No sabía si debía saludarlo o pedir ayuda para que lo echasen del edificio.

Se alisó la falda cuidadosamente y decidió que cumpliría su deber al pie de la letra. Se acercó a la puerta y fijó en él una mirada fría.

—¿Puedo ayudarlo en algo, señor Verlaine? —Su voz sonaba rara, como si estuviera oyéndola a través de un túnel de viento.

—¿Sabe quién soy? —dijo Verlaine.

—No me ha costado deducirlo —replicó Evangeline, con maneras más severas de lo que pretendía.

—Entonces sabrá —dijo Verlaine con un rubor en las mejillas, una señal de timidez que provocó que la religiosa se ablandase a pesar de sí misma— que hablé con alguien por teléfono, Perpetua creo que era su nombre, sobre una visita a la biblioteca con el objeto de una investigación. También escribí una carta para concertar una cita.

—Mi nombre es Evangeline. Yo recibí su carta y por eso conozco su petición. También sé que habló con la madre Perpetua sobre sus intenciones de desarrollar una investigación en estas instalaciones pero, hasta donde yo sé, no se le ha concedido permiso para acceder a la biblioteca. De hecho, no me explico cómo ha logrado entrar aquí, sobre todo a esta hora del día. Puedo comprender que alguien se despiste y se interne en zonas restringidas después de la misa dominical; el público está invitado a orar con nosotras y ha ocurrido antes que alguna persona curiosa penetre en nuestros recintos privados, pero ¿a media tarde? Me sorprende que no se haya encontrado con ninguna de las hermanas en su camino hasta la biblioteca. En cualquier caso, debe usted registrarse en la Oficina Misionera, ése es el protocolo para todos los visitantes. Creo que será mejor que vayamos allí de inmediato, o al menos hablemos con la madre Perpetua, por si existiera algún...

—Lo siento —la interrumpió Verlaine—. Sé que esto está completamente fuera de lugar y que no debería haber venido sin permiso, pero confío en que me ayudará. Sus conocimientos podrían sacarme de una situación difícil. Desde luego no he venido con intención de causarle ningún problema...

Evangeline miró a Verlaine durante un momento, como si intentase valorar su sinceridad. Entonces, haciendo un gesto hacia la mesa de madera que había junto a la chimenea, dijo:

—No existe ningún problema que no pueda manejar, señor Verlaine. Siéntese, por favor, y explíqueme cómo puedo ayudarlo.

—Gracias. —Él se sentó en una silla mientras Evangeline ocupaba la de enfrente—. Seguramente sabrá por mi carta que estoy intentando encontrar pruebas de que existió una correspondencia entre Abigail Rockefeller y la abadesa del convento de Saint Rose durante el invierno de 1943.

Evangeline asintió, recordando el texto de la misiva.

—Sí, bueno, en mi carta no lo mencionaba, pero estoy escribiendo un libro, en realidad era mi tesis doctoral, pero espero convertirla en un libro, sobre Abigail Rockefeller y el Museo de Arte Moderno. He leído prácticamente todo lo publicado sobre el tema y también muchos documentos inéditos, y en ningún lugar existe ninguna referencia a una relación entre los Rockefeller y el convento de Saint Rose. Como puede imaginar, semejante correspondencia podría ser un descubrimiento significativo, al menos en mi área de especialización dentro del mundo académico. Es el tipo de cosa que podría cambiar completamente el porvenir de mi carrera.

—Eso es muy interesante —comentó Evangeline—, pero no veo cómo puedo ayudarle yo.

—Permítame que le enseñe algo.

Verlaine metió la mano en el bolsillo interior de su abrigo y dejó sobre la mesa un fajo de papeles. Los folios estaban cubiertos con dibujos que a primera vista parecían poco más que una serie de formas rectangulares y circulares pero, al mirarlos con mayor atención, se convertían en la representación de un edificio.

—Éstos son los planos arquitectónicos de Saint Rose —explicó alisando los papeles con los dedos.

Evangeline se inclinó sobre la mesa para estudiarlos con más claridad.

—¿Éstos son los originales?

—De hecho, sí. —Verlaine volvió la página para mostrarle los diferentes bocetos del convento—. Fechados en 1809 y firmados por la abadesa fundadora.

—La madre Francesca —dijo Evangeline, atraída por la antigüedad y lo intrincado de los planos—. Francesca levantó el convento y fundó nuestra orden. Ella misma diseñó buena parte de la iglesia. La capilla de la Adoración es íntegramente obra suya.

—Su firma se encuentra en todas las páginas —comentó Verlaine.

—Lógico —replicó ella—. Era algo así como una mujer del Renacimiento: debió de insistir en dar personalmente el visto bueno a los planos.

—Mire esto —pidió Verlaine extendiendo los papeles sobre la superficie de la mesa—. Una huella dactilar.

Evangeline se acercó. No cabía duda, un óvalo pequeño y difuminado de tinta, su centro tan intrincado y nudoso como el corazón de un árbol milenario, manchaba la página amarillenta. La religiosa sopesó la idea de que la propia Francesca hubiera dejado su huella.

—Veo que ha estudiado estos dibujos con gran atención —observó.

—Pero hay una cosa que no entiendo —repuso él apoyándose de nuevo en el respaldo de la silla—. La disposición de los edificios es significativamente diferente de su emplazamiento en los planos arquitectónicos. He paseado un poco alrededor, comparándolos, y difieren de forma notable. Por ejemplo, el convento debería estar en una ubicación distinta dentro de la propiedad.

—Sí —contestó Evangeline. Había estado tan absorbida por los dibujos que había olvidado el recelo que le despertaba ese hombre—. Los edificios fueron reparados y reconstruidos. Todo cambió después del incendio que quemó por completo este lugar.

—El incendio de 1944 —confirmó Verlaine.

Evangeline arqueó una ceja.

—¿Sabe lo del incendio?

—Ésa fue la razón por la que sacaron los dibujos del convento. Los encontré enterrados en un depósito de viejos planos de edificios. Saint Rose recibió la aprobación de un permiso de obras en febrero de 1944.

—¿Le permitieron llevarse estos planos del depósito de un archivo público?

—Los tomé... prestados —contestó él, avergonzado. Presionando el sello con el borde de la uña hasta que se formó una delgada luna creciente en la estampación, preguntó—: ¿Sabe qué indica este sello?

Evangeline miró de cerca el sello dorado. Estaba situado en el centro de la capilla de la Adoración.

—Está más o menos donde se encuentra el altar —contestó—. Pero no parece demasiado preciso.

Evaluó a Verlaine, escrutándolo con renovado interés. Mientras que inicialmente lo había considerado poco más que un oportunista que había acudido allí a saquear su biblioteca, ahora se daba cuenta de que tenía la inocencia y la candidez de un adolescente a la caza de un tesoro. No podía comprender por qué eso hacía que se sintiera más cercana a él, pero así era.

Desde luego, no tenía ni la más mínima intención de dejar trascender esa simpatía a Verlaine, pero ahora el hombre parecía menos dubitativo, como si hubiera detectado el cambio de su parecer. La estaba mirando a través de los cristales manchados de las gafas como si la estuviera viendo por primera vez.

—¿Qué es eso? —preguntó sin quitarle los ojos de encima.

—¿Qué es qué?

—Su colgante —precisó, acercándose.

Evangeline se echó hacia atrás, temerosa de que Verlaine pudiera tocarla, y a punto estuvo de volcar la silla en el proceso.

—Lo siento —se disculpó él—. Es sólo que...

—No hay nada más que pueda decirle, señor Verlaine —le interrumpió ella, con la voz rasposa.

—Espere un segundo. —Él rebuscó entonces entre los dibujos arquitectónicos, sacó una hoja del montón y se la mostró a Evangeline—. Creo que la respuesta está en su colgante.

La religiosa cogió el papel y lo estiró sobre la mesa. Tenía ante sí una magnífica representación de la capilla de la Adoración, su altar, sus estatuas, su forma octogonal que reproducía con precisión el original que había visto a diario durante tantos años. Estampado en el dibujo, en el mismo centro del altar, había un sello dorado.

—La lira —dijo Verlaine—. ¿Lo ve? Es la misma.

Con dedos temblorosos, Evangeline se desabrochó el colgante y lo retiró de su cuello para a continuación colocarlo con cuidado sobre el papel, la cadena de oro se arrastraba tras él como la estela brillante de un meteorito. El collar de su madre era idéntico al sello dorado.

Evangeline sacó de su bolsillo la carta que había encontrado en el archivo, la misiva de 1943 de Abigail Rockefeller a la madre Innocenta, y la depositó sobre la mesa. No comprendía la conexión entre el sello y el colgante, y la posibilidad de que Verlaine pudiera conocerla hizo que de repente se sintiera ansiosa por compartir con él su descubrimiento.

—¿Qué es? —preguntó él, cogiéndola.

—Quizá pueda decírmelo usted.

Pero mientras Verlaine desplegaba el papel quebradizo y leía superficialmente las líneas de la carta, de repente Evangeline fue presa de las dudas. Recordando la advertencia de la hermana Philomena, se preguntó si realmente estaría traicionando a su orden al compartir ese documento con alguien ajeno a ella. Sentía la desazón de estar cometiendo un grave error. Aun así, se quedó observando a Verlaine con gran expectación mientras éste leía la hoja.

—Esta carta confirma la relación entre Innocenta y Abigail Rockefeller —dijo por fin él—. ¿Dónde la encontró?

—Esta mañana, después de leer su solicitud, he estado un rato en el archivo. No albergaba la más mínima duda de que usted se equivocaba sobre la madre Innocenta. Tenía la certeza de que no existía dicha conexión. No creía posible que hubiera nada en nuestros archivos que la relacionase con una mujer seglar como la señora Rockefeller, mucho menos un documento que confirmase la correspondencia entre ambas; resulta sencillamente extraordinario que quedase cualquier prueba física. De hecho, fui al archivo para probar que estaba usted equivocado.

La mirada de Verlaine seguía fija en la carta, y Evangeline se preguntó si había escuchado una sola palabra de lo que ella había dicho. Finalmente sacó un trozo de papel de su bolsillo y apuntó en él su número de teléfono.

—¿Me ha dicho que sólo encontró una carta de Abigail Rockefeller?

—Sí —respondió ella—. La que acaba de leer.

—Y, aun así, todas las cartas de Innocenta a Abigail Rockefeller eran respuestas. Lo cual significa que hay tres, quizá cuatro, cartas de la señora Rockefeller en algún lugar en su archivo.

—¿Sinceramente cree que habríamos pasado por alto esas cartas?

Verlaine le dio su número de teléfono.

—¿Me llamará si encuentra algo?

Evangeline cogió el papel y lo miró. No sabía qué responder. Le sería imposible llamarlo, aun en el caso de que encontrara lo que él estaba buscando.

—Lo intentaré —contestó finalmente.

—Gracias —dijo Verlaine mirándola, agradecido—. Mientras tanto, ¿le importa si hago una fotocopia de esta carta?

Evangeline recuperó el colgante, volvió a colocárselo alrededor del cuello y acompañó al hombre hasta la puerta de la biblioteca.

—Venga conmigo —le pidió a continuación.

Tras escoltar a Verlaine hasta la oficina de Philomena, la monja cogió de una pila una hoja de papel de carta de Saint Rose y se la entregó.

—Puede transcribirla aquí —dijo.

Verlaine sacó un bolígrafo y se puso a ello. Después de copiar el original y devolvérselo a Evangeline, ella se dio cuenta de que él quería preguntarle algo. Lo conocía desde hacía tan sólo diez minutos, sin embargo, de algún modo, podía comprender los derroteros por los que iba su mente.

—¿De dónde proviene este papel de carta? —preguntó él al fin.

Evangeline levantó otra hoja de grueso papel rosáceo de una pila que descansaba junto a la mesa de Philomena y la sostuvo entre los dedos. La sección superior estaba ornamentada con una cabecera de rosas y ángeles barrocos, imágenes que había visto en infinidad de ocasiones antes.

—No es más que nuestro papel de carta habitual —contestó—. ¿Por qué?

—Es el mismo papel que Innocenta utilizó en sus misivas a Abigail Rockefeller —respondió Verlaine, tomando la hoja en blanco y examinándola más de cerca—. ¿De cuándo data el diseño?

—Nunca he reparado en ello —dijo Evangeline—. Pero imagino que debe de tener cerca de doscientos años. El emblema de Saint Rose fue creado por nuestra abadesa fundadora.

—¿Me permite? —preguntó él, cogiendo algunas hojas de papel de carta y doblándolas para metérselas en el bolsillo.

—Desde luego —repuso ella, perpleja por el interés del hombre en algo que a ella encontraba trivial—. Coja todas las que quiera.

—Gracias —dijo Verlaine, sonriendo a Evangeline por primera vez durante su conversación—. Probablemente no debería estar ayudándome de esta forma.

—En realidad, tendría que haber llamado a la policía en cuanto lo vi —replicó ella.

—Espero que haya alguna forma en que pueda agradecérselo.

—La hay —respondió Evangeline mientras empujaba a Verlaine hacia la puerta—. Váyase antes de que lo descubran. Y si por casualidad se topa con alguna de las hermanas, no me ha visto ni ha puesto los pies en la biblioteca.

Convento de Saint Rose, Milton, Nueva York

Fuera se había acumulado aún más nieve durante el tiempo que había permanecido en el interior del convento. Caía del cielo en cortinas, se recolectaba en las esbeltas ramas de los abedules y ocultaba a la vista la senda de adoquines. Aguzando la vista, Verlaine intentó localizar su Renault azul en la oscuridad más allá de la cancela de hierro forjado, que seguía cerrada, pero escaseaba la luz y su visión no podía competir con la creciente capa de nieve. A sus espaldas, el convento había desaparecido en la bruma; delante de sí no percibía nada más que un vacío cada vez más profundo. Lidiando con el hielo que se acababa de formar, Verlaine patinó hasta que hubo abandonado los terrenos del convento.

El aire fresco en sus pulmones —tan delicioso después del calor sofocante de la biblioteca— sólo contribuía a subrayar lo exultante que se sentía gracias a su triunfo. De alguna manera, para su asombro y deleite, lo había conseguido. Evangeline —no conseguía pensar en ella como la hermana Evangeline; había algo demasiado seductor, demasiado atractivo intelectualmente, demasiado femenino en ella para que fuera una monja— no sólo le había dado acceso a la biblioteca, ella misma le había mostrado el objeto que anhelaba encontrar. Había visto la carta de Abigail Rockefeller con sus propios ojos y ahora podía afirmar con certeza que esa mujer había estado trabajando en alguna clase de asunto con las hermanas del convento de Saint

Rose. Aunque no había podido hacerse con una fotocopia de la carta, había reconocido la autenticidad de la letra. Seguramente, el resultado satisfaría a Grigori y, lo más importante, impulsaría su propia investigación. Lo único que podría haber superado a eso hubiera sido que Evangeline le hubiera entregado directamente la carta original. O, mejor aún, que hubiera tenido tantas cartas de Abigail Rockefeller como él poseía de Innocenta y le hubiera dado los originales.

Delante, al otro lado de los barrotes de la cancela, un destello de faros atravesó el remolino de copos de nieve. Un todoterreno Mercedes de color negro mate apareció a continuación y estacionó al lado del Renault. Verlaine se apresuró a ocultarse entre unos pinos, un acto reflejo que lo protegió de los penetrantes haces de luz de los faros. Entre los intersticios de las agujas de los pinos, observó cómo salían del vehículo un hombre con un gorro de lana seguido de otro hombre, rubio y más grande, que llevaba una palanca en la mano. La repulsión física que Verlaine había sentido más temprano ese día —de la que sólo se había recuperado por completo hacía poco— regresó al verlos. A la luz de los faros, los hombres parecían más amenazadores, más grandes de lo que era posible, sus siluetas emitían un resplandor blanco. El contraste entre la iluminación y las sombras oscurecía sus ojos y sus mejillas, confiriendo a sus rostros el aspecto de siniestras máscaras de carnaval. Los había enviado Grigori —Verlaine lo supo en cuanto los vio—, pero se le escapaba por completo el motivo.

Utilizando un extremo de la palanca, el hombre más alto retiró la nieve de una de las ventanillas del Renault, deslizando la punta de metal sobre el cristal. Entonces, con una violencia que lo sorprendió, asestó un golpe seco con la palanca contra la ventanilla, destrozando el cristal al instante. Tras limpiar las esquirlas, el otro hombre metió la mano y abrió el seguro de la puerta; cada movimiento fue rápido y eficiente. Entre los dos registraron la guantera, el asiento trasero y, después de abrirlo desde dentro, también el maletero. Mientras registraban sus pertenencias —destripando su bolsa de gimnasia y cargando en el Mercedes sus libros, muchos de ellos préstamos de la biblioteca de la Universidad de Columbia—, Verlaine se dio cuenta de que Grigori debía de haber enviado a sus hombres para que le robasen sus papeles.

No regresaría a Nueva York en su Renault, de eso no cabía duda. Con el propósito de alejarse de aquellos matones tanto como fuera posible, Verlaine se puso a cuatro patas y gateó por el suelo. La nieve blanda crujía bajo su peso. Al arrastrarse a través del espeso pinar, el penetrante aroma a savia de pino invadió sus sentidos. Si conseguía permanecer a cubierto en el bosque siguiendo el sendero de regreso al convento, tal vez lograría escapar. En el límite de la arboleda se puso en pie, jadeaba y su ropa estaba moteada de nieve ya cuajada; un claro entre el bosque y el río no le dejaba más alternativa que exponerse a que lo vieran. Su única esperanza era que los hombres estuvieran demasiado ocupados destrozando su coche para reparar en él. Echó a correr en dirección al Hudson y no miró por encima del hombro hasta que alcanzó la orilla. En la distancia, los matones estaban subiendo al Mercedes. Pero no se fueron. Estaban esperando a Verlaine.

El lecho del río estaba helado. Al fijarse en sus zapatos bicolor *vintage*, cuya piel ahora estaba totalmente empapada, sintió una oleada de rabia y frustración. ¿Cómo se suponía que iba a volver a casa? Estaba tirado en medio de ninguna parte. Los matones de Grigori se habían llevado todos sus cuadernos de notas, sus archivos, todo su trabajo de los últimos años, y por el camino habían destrozado su coche. ¿Tendría Grigori la más remota idea de lo difícil que era encontrar recambios para un Renault 5 de 1984? ¿Cómo se suponía que iba a atravesar a pie aquel descampado cubierto de nieve y hielo con un par de zapatos *vintage* que resbalaban?

Decidió abordar el terreno dirigiéndose hacia el sur a lo largo de la orilla del río, con cuidado de no caer. Pronto se encontró ante una verja de alambre de espino. Supuso que la alambrada demarcaba el límite de las propiedades del convento, una delgada y puntiaguda extensión del imponente muro de piedra que rodeaba Saint Rose, aunque para él sólo era otro obstáculo más en su huida. Tras pisar el alambre de espino, pasó por encima de él, enganchándose el abrigo.

Hasta que no hubo andado durante algún tiempo y dejado atrás los terrenos del convento para internarse en una carretera regional mal iluminada y cubierta de nieve, no se dio cuenta de que se había cortado la mano al trepar la alambrada. Estaba tan oscuro que no pudo discernir el corte, pero supuso que debía de ser grave quizá necesitase puntos. Se quitó su corbata Hermès favorita, se subió la manga de la camisa ensangrentada y enrolló la corbata alrededor de la herida, formando un vendaje apretado.

El sentido de la orientación de Verlaine era terrible. Con la tormenta de nieve ocultando el cielo nocturno y su absoluto desconocimiento de los pueblos del curso del Hudson, no tenía ni idea de dónde se encontraba. El tráfico era escaso. Cuando en la distancia aparecían unos faros, descendía de inmediato del arcén de grava hasta los árboles en el lindero del bosque y se ocultaba. Podía haberse topado con cualquiera de los cientos de carreteras y autopistas que había, pero no podía dejar de pensar que los hombres de Grigori, que ahora lo estarían buscando en serio, podían aparecer en cualquier momento. Ya sentía la piel irritada y enrojecida a causa del viento; los pies se le habían quedado entumecidos cuando la mano empezó a latirle con fuerza, de manera que se detuvo a examinarla. Mientras apretaba la corbata alrededor de la herida, se dio cuenta con un asombrado distanciamiento de la elegancia con la que la seda absorbía y retenía la sangre.

Después de lo que le parecieron horas, se encontró con una carretera principal del condado mucho más transitada; dos carriles de pavimento cuarteado con una señal que limitaba la velocidad a ochenta kilómetros por hora. Girando hacia Manhattan, o lo que suponía que era la dirección de Manhattan, anduvo por el arcén de hielo y grava mientras el viento seguía azotándole la piel. El tráfico se intensificó mientras andaba. Camiones con anuncios pintados en el remolque, camiones con plataforma cargados de mercancías industriales, furgonetas y coches pasaron por su lado a toda velocidad. Los gases de escape mezclados con el aire gélido creaban una sopa espesa y tóxica que le hacía doloroso respirar. El tramo aparentemente interminable de carretera, el viento glacial, la fealdad de la escena que entumecía su mente; parecía que hubiera caído en una obra de arte postindustrial de pesadilla. Apretando el paso, escrutó el tráfico que pasaba, con la esperanza de parar un coche de policía, un autobús, cualquier cosa que lo sacase del frío. Pero el tráfico se movía en una caravana imparable y distante. Finalmente, Verlaine sacó el pulgar.

Con un resoplido de aire caliente y gaseoso, un camión articulado redujo la velocidad y, unos cien metros por delante de él, los frenos chirriaron al detenerse las ruedas. La puerta del copiloto se abrió y Verlaine corrió hacia la cabina brillantemente iluminada. El conductor era un hombre gordo con una gran barba enmarañada y una gorra de béisbol que miró a Verlaine compasivo.

—¿Adónde va?

—A Nueva York —respondió Verlaine, disfrutando ya del calor de la calefacción de la cabina.

—No voy tan lejos, pero puedo dejarlo en el próximo pueblo si quiere.

Verlaine hundió las manos en el abrigo, protegiéndolas.

—¿Dónde está eso? —preguntó.

—A unos veinticuatro kilómetros al sur, en Milton —contestó el camionero, echándole un vistazo—. Parece que ha tenido usted un día de perros. Suba.

Avanzaron durante quince minutos antes de que el conductor se detuviera y lo dejara en una pintoresca y nevada calle principal flanqueada de tiendecitas. La calle estaba totalmente desierta, como si todo el pueblo se hubiera encerrado a causa de la tormenta de nieve. Los escaparates estaban a oscuras y el aparcamiento ante la estafeta estaba vacío. Una pequeña taberna en una esquina, con un anuncio luminoso de cerveza en la ventana, constituía la única señal de vida.

Verlaine tanteó sus bolsillos en busca de la cartera y las llaves. Había metido el sobre con el dinero en el bolsillo interior con botón de su abrigo. Tras sacar el sobre, comprobó que no había perdido el dinero. Para su alivio, estaba todo allí. Sin embargo, su enfado aumentó al pensar en Grigori. ¿Qué hacía él trabajando para un tipo que ordenaba que lo siguieran, le destrozaba el coche y lo aterrorizaba? Verlaine empezaba a preguntarse si habría cometido una locura al involucrarse con Percival Grigori.

Ático de los Grigori, Upper East Side, Nueva York

La familia Grigori había adquirido el ático a finales de la década de 1940 de mano de la hija de un magnate norteamericano acosada por las deudas. Era espacioso y espléndido, demasiado para un soltero que sentía aversión por las grandes fiestas, de manera que fue un relativo alivio para él que su madre y Otterley ocuparan los pisos superiores. Cuando vivía allí solo, Percival se había pasado horas jugando al billar, las puertas cerradas a los sirvientes que limpiaban por los pasillos. Cerraba las pesadas cortinas de terciopelo verde, reducía la intensidad de la luz de las lámparas y bebía whisky escocés mientras alineaba golpe tras golpe, apuntando con el taco e introduciendo las bolas pulidas en las troneras con red.

Con el paso del tiempo redecoró varias habitaciones del apartamento, pero dejó la sala de billar exactamente como había sido en los años cuarenta: muebles tapizados de cuero ligeramente desgastados, la radio de válvulas con botones de baquelita, una alfombra persa del siglo XVIII y una gran abundancia de libros viejos y mohosos ocupando las estanterías de cerezo, casi ninguno de los cuales había intentado leer. Los volúmenes eran puramente decorativos, admirados por su antigüedad y valor. Había ejemplares encuadernados en cuero de ternero sobre los orígenes y las hazañas de sus múltiples relaciones: historias, memorias, novelas épicas de batallas, romances. Algunos de esos libros habían sido enviados desde Europa después de la guerra; otros fueron adquiridos a un venerable librero del vecindario, un viejo amigo de la familia que se había trasladado allí desde Londres. El hombre tenía un afinado sentido para lo que más deseaba la familia Grigori: relatos de conquistas europeas, gloria colonial, y el poder civilizador de la cultura occidental.

Incluso el aroma distintivo de la sala de billar seguía siendo el mismo: jabón y cuero pulido, un ligero olor a puro. Percival continuaba pasando allí las horas, llamando con frecuencia a la doncella para que le llevase una bebida fría. Se trataba de una joven anakim maravillosamente silenciosa. Dejaba un vaso de whisky a su lado y retiraba el anterior, vacío, haciendo que él se sintiera cómodo con su eficiencia. Con un gesto de la muñeca, despedía a la sirvienta, que desaparecía en un instante. Le satisfacía que la joven siempre se marchase sigilosamente, cerrando las amplias puertas de madera a su espalda con un suave clic.

Percival se sentó aparatosamente en una butaca acolchada, haciendo girar su whisky escocés en el vaso de cristal tallado. Estiró las piernas —lentamente, con delicadeza— sobre un escabel. Pensó en su madre y en su absoluto desprecio por sus esfuerzos para hacerles llegar tan lejos. El hecho de que hubiera obtenido información definitiva sobre el convento de Saint Rose debería haber infundido fe en él. Pero, en vez de eso, Sneja había dado instrucciones a Otterley para que supervisase a las criaturas que ella había enviado al norte del estado.

Tras dar un sorbo a su bebida, Percival intentó contactar con su hermana. Al no obtener respuesta, consultó su reloj, molesto. Ya debería haber llamado.

A pesar de todos sus defectos, Otterley era como su padre: puntual, metódica y extremadamente fiable bajo presión. Percival estaba seguro de que habría pedido consejo a su padre en Londres y habría trazado un plan para neutralizar y eliminar a Verlaine. De hecho, no le sorprendería que hubiera sido su padre quien hubiese diseñado el plan desde su oficina, facilitándole a Otterley todo lo que necesitase para ejecutar sus deseos. Ella era su favorita. A ojos de su padre, no podía hacer nada mal.

Mirando de nuevo el reloj, vio que sólo habían pasado dos minutos. Quizá había ocurrido algo que explicase el silencio de su hermana. Quizá sus esfuerzos habían fracasado. No sería la primera vez que se habían visto arrastrados a una situación aparentemente inocua y acababan acorralados.

Percival sentía cómo le latían y le temblaban las piernas, como si los músculos se rebelasen contra el reposo. Tomó otro sorbo de whisky, deseando que le calmara, pero cuando se encontraba en semejante estado no había nada que funcionase. Prescindiendo del bastón, se levantó de su sillón y cojeó hasta una estantería, de la que cogió un volumen encuadernado en piel y lo depositó con cuidado sobre la mesa de billar. El lomo crujió cuando abrió la tapa, como si las páginas estuvieran a punto de desprenderse de la encuadernación. Percival no había abierto *El libro de las generaciones* en muchos, muchos años, no desde que el matrimonio de uno de sus primos lo había impulsado a consultar las conexiones familiares por parte de la novia; siempre resultaba terrible llegar a una boda y no saber quién era importante y quién no, en especial cuando la novia pertenecía a la familia real danesa.

El libro de las generaciones era una amalgama de historia, leyenda, genealogía y predicciones relacionadas con su especie. Todos los niños nefilim recibían un volumen encuadernado en piel idéntico al concluir sus estudios, una especie de regalo de despedida. Las historias narraban batallas, el descubrimiento de países y reinos, las alianzas mediante pactos de lealtad, las Cruzadas, la caballería y las búsquedas y conquistas sangrientas; eran los grandes relatos de la tradición nefilim. Percival deseaba a menudo haber nacido en aquellos tiempos, cuando sus acciones no eran tan visibles, cuando eran capaces de ocuparse de sus negocios con tranquilidad, sin el peligro de ser descubiertos. Su poder había podido medrar gracias al silencio, cada victoria se erigía sobre la anterior. Todo el legado de sus ancestros estaba allí, recogido en *El libro de las generaciones*.

Leyó la primera página, impresa en una letra de trazo grueso. Se trataba de una lista de nombres que documentaba la extensión de la historia del linaje de sangre nefilim, un catálogo de familias que comenzaba en los tiempos de Noé y se ramificaba en las dinastías gobernantes. Jafet, hijo de Noé, había emigrado a Europa, sus descendientes poblaron Grecia, Partia, Rusia y el norte de Europa, y aseguraron el dominio de su estirpe. La familia de Percival descendía directamente de Javán, cuarto hijo de Jafet, el primero en colonizar las «islas de los gentiles», que algunos creían que era Grecia y otros consideraban que eran las islas británicas. Javán tuvo seis hermanos, cuyos nombres se recogen en la Biblia, y una serie de hermanas cuyos nombres no constan, y entre todos ellos crearon la base de su influencia y poder por toda Europa. En muchos aspectos, *El libro de las generaciones* era una recapitulación de la historia del mundo. O, como preferían creer los nefilim contemporáneos, de la supervivencia de los más aptos.

Repasando la lista de familias, Percival constató que en el pasado su influencia había sido absoluta. En los últimos trescientos años, sin embargo, las familias nefilim habían entrado en decadencia. Antes existía un equilibrio entre ellos y los humanos. Después del Diluvio habían nacido casi a partes iguales. Pero los nefilim se sentían profundamente atraídos por los humanos y se habían emparentado con familias humanas, lo que había provocado un debilitamiento genético de sus cualidades más poderosas. Ahora abundaban los nefilim que poseían predominantemente características humanas, mientras que los que tenían rasgos angelicales puros eran poco frecuentes.

Con miles de humanos nacidos por cada nefilim, existía un debate entre las buenas familias sobre la relevancia de sus parientes de origen humano. Algunas querían excluirlos, empujarlos hacia el reino humano, mientras que otras creían en su valor, o al menos en su utilidad para la causa general. Cultivar las relaciones con los miembros humanos de las familias nefilim era un movimiento táctico que podía dar grandes resultados. Un niño nacido de padres nefilim, sin el más mínimo rasgo angelical, podía a su vez concebir un descendiente nefilim. Desde luego era un acontecimiento poco habitual, pero no completamente imposible. Habida cuenta de la existencia de esa posibilidad, los nefilim mantenían un sistema de gradación, una casta que no estaba relacionada con la riqueza o la posición social —aunque esos criterios también importaban—, sino con los rasgos físicos, con el linaje, con el parecido a sus ancestros, un grupo de ángeles llamados los guardianes. Aunque los humanos tenían el potencial genético para crear un hijo nefilim, los propios nefilim encarnaban el ideal angelical. Sólo un ser nefilim podía desarrollar alas. Percival había sido el más magnífico que nadie había visto en quinientos años.

Pasó las páginas de *El libro de las generaciones* y se detuvo al azar en una sección intermedia del volumen, donde había un grabado de un noble mercader envuelto en terciopelo y seda, con una espada en una mano y una bolsa de oro en la otra. Una procesión interminable de mujeres y esclavos se arrodillaban a su alrededor aguardando sus órdenes, mientras una concubina tendida en un diván a su lado le rodeaba el cuerpo con los brazos. Acariciando la imagen, Percival leyó la sucinta biografía del mercader, que lo describía como «un noble escurridizo que mandaba flotas a todos los rincones del mundo sin civilizar, colonizando territorios salvajes y organizando a los nativos». Tantas cosas habían cambiado en los últimos tres siglos, tantos territorios habían sido sometidos, que sin duda el mercader no reconocería el mundo en el que vivían en la actualidad.

Percival volvió otra página y tropezó con uno de sus relatos favoritos del libro, la historia de un tío famoso por el lado de su padre: sir Arthur Grigori, un nefilim de gran riqueza y renombre al que él recordaba como un maravilloso contador de historias. Nacido a principios del siglo XVII, sir Arthur había invertido con inteligencia en muchas de las incipientes compañías navieras del Imperio británico. Sólo su fe en la Compañía de las Indias Orientales le había proporcionado enormes beneficios, y buena prueba de ello eran su casa señorial y su residencia de campo, sus tierras de labranza y sus apartamentos en la ciudad. Aunque nunca se había ocupado directamente de la supervisión de sus negocios en el extranjero, Percival sabía que su tío había viajado alrededor del globo y había reunido una vasta colección de tesoros. Viajar siempre le había proporcionado un gran placer, en especial cuando exploró los rincones más exóticos del planeta, pero el motivo principal de sus lejanas incursiones habían sido los negocios. Sir Arthur era conocido en su época por sus hipnóticas habilidades para convencer a los humanos de que hiciesen todo lo que él les pedía. Percival colocó el libro sobre su regazo y leyó:

El barco de sir Arthur llegó semanas después del infame levantamiento de mayo de 1857. Desde los mares hasta la llanura del Ganges, en Meerut, Delhi, Kanpur, Lucknow, Jhansi y Gwalior, se extendió la revuelta, provocando la discordia entre las jerarquías que gobernaban la tierra. Los campesinos asaltaron a sus amos, matando y mutilando a los británicos con palos y sables, y con cualquier arma que pudieran fabricar o robar para proseguir con su traición. Se informó de que en Kanpur habían sido masacrados en una sola mañana doscientas mujeres y niños europeos, mientras que en Delhi los campesinos esparcieron pólvora por las calles hasta que éstas parecieron cubiertas de pimienta. Un imbécil encendió una cerilla para prender su *bidi*, provocando una deflagración que hizo volar todo y a todos en pedazos.

Sir Arthur, viendo que la Compañía de las Indias Orientales se había sumido en el caos y temiendo que se vieran afectados sus beneficios, convocó una tarde al gobernador general en sus apartamentos para discutir lo que podrían hacer entre ambos para rectificar el curso de tan terribles acontecimientos. El gobernador general, un hombre sonrosado y corpulento con una conocida debilidad por el *chutney*, llegó a la hora más calurosa del día rodeado de una bandada de niños: uno sujetando la sombrilla, otro el abanico y otro más sosteniendo en equilibrio un vaso de té helado encima de una bandeja. Sir Arthur lo recibió con las persianas cerradas para mantener alejadas la luz deslumbrante del sol y las miradas de los paseantes curiosos.

—Debo decir, gobernador general —empezó sir Arthur—, que una revuelta no es un gran recibimiento.

—No, señor —contestó el otro, ajustando un monóculo de oro pulido sobre un bulboso ojo azul—. Y tampoco es una gran despedida.

Viendo que se entendían a la perfección, ambos hombres discutieron el asunto. Durante horas diseccionaron las causas y los efectos de la revuelta. Al final, sir Arthur planteó una sugerencia.

—Hay que dar un castigo ejemplar —propuso al tiempo que sacaba un gran puro de una caja tallada de madera de abeto y lo prendía a continuación con un encendedor grabado con el blasón de la familia Grigori—. Es esencial despertar el temor en sus corazones. Hemos de crear un espectáculo que los aterrorice tanto que se sometan. Elegiremos juntos una aldea. Cuando hayamos acabado con ellos, no habrá más revueltas.

Aunque la estratagema que sir Arthur enseñó a los soldados británicos era bien conocida en los círculos nefilim —de hecho, habían estado practicando esas tácticas terroristas en privado durante cientos de años—, era muy raro que se utilizara con grupos tan grandes. Bajo el diestro mando de sir Arthur, los soldados acorralaron a la gente de la aldea elegida —hombres, mujeres y niños— y los condujeron hasta el mercado. Él eligió a una niña, una criatura de ojos almendrados, cabello negro y sedoso y una tez del color de las castañas. La chica miró al hombre con curiosidad, tan alto, rubio y delgado, como si dijera: «Incluso entre los británicos, cuya apariencia es tan peculiar, este hombre es extraño.» Pero aun así lo siguió, obediente.

Indiferente a las miradas de los nativos, sir Arthur condujo a la pequeña ante los prisioneros de guerra —que era como llamaban ahora a los aldeanos—, la levantó en el aire y la depositó en la boca de un cañón cargado, largo y ancho, que se tragó completamente a la niña; quedaron a la vista únicamente sus manos, que se agarraban con fuerza al borde de hierro, sosteniéndola como si fuera la parte superior de un pozo en el que pudiera hundirse.

—Prended la mecha —ordenó a continuación sir Arthur.

Cuando el joven soldado, con dedos temblorosos, encendió una cerilla, la madre de la pequeña gritó desde la multitud.

La explosión fue la primera de muchas durante esa mañana. Doscientos niños de la aldea —el número exacto de británicos asesinados en la masacre de Kanpur— fueron conducidos uno a uno al cañón. El hierro se volvió tan caliente que abrasaba los dedos de los soldados que depositaban los pesados fardos de carne en movimiento, todo cabello y uñas, en el interior del cañón. Controlados a punta de fusil, los aldeanos observaban. Acabada la sangrienta ejecución, los soldados volvieron sus mosquetes contra los aldeanos y les ordenaron que limpiaran la plaza del mercado. Los pedazos de sus hijos colgaban de las tiendas, los arbustos y los carros. La sangre teñía la tierra de color naranja.

Las noticias del horror se propagaron con rapidez entre las aldeas cercanas y, desde esas aldeas, por la llanura del Ganges, hasta Meerut, Delhi, Kanpur, Lucknow, Jhansi y Gwalior. La revuelta, como había predicho sir Arthur, se disolvió.

La lectura de Percival fue interrumpida por el sonido de la voz de Sneja mientras se inclinaba por encima de su hombro.

—Ah, sir Arthur —comentó. La sombra de sus alas se proyectaba sobre las páginas del libro—. Fue uno de los mejores Grigori, mi favorito entre los hermanos de tu padre. ¡Qué valor! Aseguró nuestros intereses por todo el globo. Ojalá su final hubiera sido tan glorioso como el resto de su vida.

Percival sabía que su madre se refería a la triste y patética muerte del tío Arthur. Él había sido uno de los primeros de la familia en contraer la enfermedad que ahora afligía a Percival. Sus alas antaño gloriosas se habían convertido en unos muñones pútridos y ennegrecidos y, tras una década de terribles sufrimientos, sus pulmones habían fallado. Había muerto humillado y dolorido, sucumbiendo a la enfermedad en su quinto siglo de vida, momento en el que debería haber estado disfrutando de su retiro. Muchos creyeron que la enfermedad era el resultado de su exposición a las clases más bajas de la vida humana —los desdichados nativos de los diversos puestos coloniales—, pero la verdad del asunto era que los Grigori no conocían el origen de la misma. Sólo sabían que quizá existiera una cura. En la década de 1980, Sneja se había apoderado del trabajo de una científica humana dedicada a las propiedades terapéuticas de ciertos géneros musicales. El nombre de la científica era Angela Valko, hija de Gabriella Lévi-Franche Valko, una de las angelólogas en activo de más renombre de Europa. Según las teorías de Angela Valko, existía una forma de hacer que Percival y toda su especie recuperaran su perfección angelical.

Como de costumbre, Sneja parecía estar leyendo la mente de su hijo.

—A pesar de todos tus esfuerzos por sabotear tu propia curación, creo que tu historiador del arte nos ha puesto en la dirección correcta.

—¿Habéis encontrado a Verlaine? —preguntó Percival cerrando *El libro de las generaciones* y volviéndose hacia su madre. Se sentía de nuevo como un niño, deseando ganarse la aprobación de Sneja—. ¿Tenía los dibujos?

—En cuanto tengamos noticias de Otterley, lo sabremos con seguridad —contestó ella, tomando el libro de manos de Percival y hojeándolo—. Resulta evidente que pasamos algo por alto durante nuestro asalto. Pero no te quepa duda, encontraremos el objeto que buscamos. Y tú, mi ángel, serás el primero en beneficiarte de sus propiedades. Después de que te hayas restablecido, nos convertiremos en los salvadores de nuestra especie.

—Magnífico —asintió Percival, imaginándose sus alas y lo exuberantes que serían cuando las tuviera de vuelta—. Iré personalmente al convento. Si está allí, quiero ser yo mismo quien lo encuentre.

—Estás demasiado débil. —Sneja miró el vaso de whisky—. Y bebido. Deja que Otterley y tu padre se ocupen de esto. Tú y yo nos quedaremos aquí.

Sneja se puso *El libro de las generaciones* bajo el brazo y, tras besar a Percival en la mejilla, abandonó la sala de billar.

La idea de estar atrapado en Nueva York durante uno de los momentos más importantes de su vida lo enfureció. Cogiendo el bastón, se acercó al teléfono y marcó una vez más el número de Otterley. Mientras esperaba que contestase, se aseguró a sí mismo que pronto recobraría las fuerzas. Sería de nuevo bello y poderoso. Con la restauración de sus alas, todo el sufrimiento y la humillación que había soportado se transformarían en gloria.

Convento de Saint Rose, Milton, Nueva York

Abriéndose paso entre la multitud —hermanas de camino al trabajo y otras de camino a rezar—, Evangeline intentó mantener la serenidad ante las escrutadoras miradas de sus superiores. Existía poca tolerancia en Saint Rose para las manifestaciones públicas de emociones: ni placer, ni miedo, ni dolor, ni remordimiento. Y a la vez resultaba prácticamente imposible esconder nada en el convento. Día tras día, las hermanas comían, oraban, limpiaban y descansaban juntas, de manera que incluso el más insignificante cambio en el estado de felicidad o ansiedad de una de ellas se transmitía a través de todo el grupo como conducido por un cable invisible. Evangeline sabía, por ejemplo, cuándo la hermana Carla estaba irritada: sobre su boca aparecían tres tensas arrugas. Sabía cuándo la hermana Wilhelmina se había quedado dormida y no había dado su paseo matutino por el río: su mirada parmanecía vidriosa durante la misa. La privacidad no existía. Una sólo podía ponerse una máscara y esperar que las demás estuvieran demasiado ocupadas para darse cuenta.

La imponente puerta de roble que conectaba el convento con la iglesia permanecía abierta día y noche, como unas fauces abiertas a la espera de alimento. Las hermanas iban de un edificio a otro a voluntad, pasando de la penumbra del convento a la gloriosa luminiscencia de la capilla. Para Evangeline, regresar a Maria Angelorum a lo largo del día era como regresar a casa, como si el espíritu quedase ligeramente liberado de las limitaciones del cuerpo.

Intentando mitigar el miedo que le había despertado lo ocurrido en la biblioteca, se detuvo ante el tablón de anuncios que estaba al lado de la puerta de la iglesia. Una de sus responsabilidades, además de sus obligaciones en la biblioteca, era la preparación del Programa de Rezos de Adoración, o PRA. Cada semana apuntaba el horario habitual de las hermanas e indicaba las variaciones o sustituciones, después colgaba el PRA en un enorme tablero de corcho junto con una relación de compañeras de oración alternativas en caso de enfermedad. La hermana Philomena solía decir: «¡No subestimes nuestra dependencia del PRA!», una afirmación que a Evangeline le parecía bastante correcta. Con frecuencia, las hermanas que debían orar por las noches recorrían el vestíbulo entre el convento y la iglesia en pijama y zapatillas, con el cabello blanco recogido bajo unos sencillos pañuelos de algodón. Comprobaban el PRA, miraban el reloj y corrían a rezar, confiadas de la validez del programa que había mantenido la oración perpetua viva durante doscientos años.

Complacida por la exactitud de su trabajo, Evangeline dejó el PRA, mojó un dedo en agua bendita e hizo una genuflexión. Mientras atravesaba la iglesia, se sintió tranquilizada por la regularidad de sus acciones, y cuando llegó junto a la capilla sentía una serenidad renovada. En el interior, las hermanas Divinia y Davida, compañeras de oración de tres a cuatro, estaban arrodilladas ante el altar. Sentándose en la parte trasera, con cuidado de no molestar a las religiosas, sacó su rosario del bolsillo y empezó a pasar las cuentas. Pronto su rezo tomó ritmo.

Para Evangeline —que siempre había intentado analizar sus pensamientos con un ojo clínico e incisivo— rezar era una oportunidad para hacer examen de conciencia. En sus años de infancia en Saint Rose, mucho antes de tomar los votos y, con ellos, la responsabilidad de su turno de oración a las cinco de la madrugada, solía visitar la capilla de la Adoración numerosas veces al día con el único propósito de tratar de comprender la anatomía de sus recuerdos: un conjunto descarnado y aterrador que con frecuencia deseaba dejar atrás. Durante muchos años el ritual la había ayudado a olvidar.

No obstante, esa tarde, el encuentro con Verlaine la había perturbado profundamente. Sus preguntas habían llevado los pensamientos de Evangeline, por segunda vez ese día, de vuelta a los sucesos que quería olvidar.

Tras la muerte de su madre, ella y su padre se habían trasladado desde Francia a Estados Unidos, donde habían alquilado un reducido y adusto apartamento de planta rectangular en Brooklyn. Algunos fines de semana tomaban el tren a Manhattan para pasar allí el día, tras llegar temprano por la mañana. Empujando los tornos, recorrían los abarrotados pasillos subterráneos y salían a la claridad de las calles de la superficie. Una vez en la ciudad, nunca tomaban taxis o el metro; siempre iban a pie. Avanzaban manzana tras manzana a lo largo de las avenidas, los ojos de Evangeline reparaban en los chicles pegados en las grietas de las aceras, en maletines y bolsas de compras, y en el movimiento cambiante y continuo de las personas que se apresuraban para llegar a sus citas para almozar, reuniones y encuentros; una existencia frenética muy diferente de la tranquila vida que compartían su padre y ella.

Habían llegado a Norteamérica cuando Evangeline tenía siete años. A diferencia de su padre, que tenía dificultades para expresarse en inglés, ella aprendió con rapidez su nueva lengua, embebiéndose de sus sonidos y adquiriendo el acento americano con facilidad. Su maestra de primaria la había ayudado con el temido *th*, un sonido que se solidificaba en la lengua de Evangeline como una gota de aceite, rezagando el desarrollo de sus destrezas para comunicar sus pensamientos. Repetía las palabras «*this*», «*the*», «*that*» y «*them*» una y otra vez hasta que las pronunciaba correctamente. Una vez desaparecida dicha dificultad, su pronunciación era tan clara y tan intachable como la de una niña nacida en Estados Unidos. Cuando estaban solos, su padre y ella hablaban en italiano, la lengua materna de su padre, o en francés, la lengua materna de su madre, como si aún estuvieran viviendo en Europa. Sin embargo, muy pronto Evangeline empezó a necesitar el inglés como se necesita comida o amor. En público repetía las melódicas palabras italianas de su padre en un inglés nuevo impecablemente articulado.

De niña, Evangeline no se había dado cuenta de que sus viajes a Manhattan, que se repetían varias veces cada mes, eran algo más que excursiones de placer. Su padre no le desvelaba su propósito, sino que tan sólo le prometía que la llevaría al carrusel en Central Park, a su restaurante preferido o al Museo de Historia Natural, donde se maravillaba ante la inmensa ballena suspendida del techo, conteniendo el aliento mientras examinaba su barriga abierta. Aunque esos periplos de un día eran aventuras para Evangeline, cuando creció se percató de que el objetivo real de sus viajes a la ciudad eran las reuniones de su padre y sus contactos: un intercambio de documentos en Central Park, una conversación susurrada en un bar cerca de Wall Street o un almuerzo con diplomáticos extranjeros que hablaban con rapidez en lenguas ininteligibles mientras corría el vino e intercambiaban información. De niña no había comprendido el trabajo de su padre o su creciente dependencia del mismo tras la muerte de su madre. Evangeline sencillamente creía que la llevaba a Manhattan como un regalo.

Aquella ilusión se desmoronó una tarde, cuando tenía nueve años. El día era brillantemente soleado, los primeros rigores del invierno se adivinaban entretejidos en el viento. En lugar de caminar hacia un destino acordado de antemano como hacían habitualmente, cruzaron el puente de Brooklyn, con su padre encabezando la marcha en silencio bajo los gruesos cables metálicos. En la distancia, la luz del sol se derramaba sobre los rascacielos de Manhattan. Caminaron durante kilómetros, hasta que finalmente se detuvieron en el parque de Washington Square, donde él insistió en que descansaran un momento en un banco. A Evangeline, el comportamiento de su padre le pareció muy extraño esa tarde. Estaba visiblemente alterado y las manos le temblaban cuando encendió el cigarrillo. Lo conocía lo suficientemente bien como para saber que el más mínimo reflejo nervioso —el tic de un dedo o los labios temblorosos— revelaba un pozo de ansiedad oculta. Evangeline sabía que algo iba mal, pero aun así no dijo nada.

De joven, su padre había sido un hombre muy atractivo. En las fotos de Europa, el cabello oscuro y rizado le caía sobre un ojo, y vestía ropa de un corte impecable y elegante. Pero aquella tarde, allí sentado, tembloroso, en un banco del parque, parecía que de repente había envejecido y estaba agotado. Sacó un pañuelo del bolsillo del pantalón y se enjugó el sudor de la frente. Pero seguía en silencio. Si ella hubiera hablado, habría roto un acuerdo tácito entre ellos, la comunicación silenciosa que habían desarrollado tras la muerte de su madre. En eso consistía su relación, en un respeto tácito por su soledad compartida. Él nunca le hubiera contado qué le preocupaba verdaderamente. Él no le hacía confidencias. Quizá la extraña actitud de su padre fue lo que provocó que Evangeline prestara especial atención a los detalles de esa tarde, o tal vez la magnitud de lo ocurrido ese día era la causa de que lo reviviese una y otra vez, grabando a fuego los acontecimientos en su memoria, porque lo cierto era que Evangeline podía recordar cada instante, todas y cada una de las palabras y de los gestos, incluso el cambio más ligero en sus sentimientos, como si aún estuviese allí.

—Vamos —dijo su padre metiendo el pañuelo doblado en el bolsillo de la chaqueta y poniéndose de repente en pie, como si llegasen tarde a una cita.

Las hojas crujían bajo las merceditas de charol de Evangeline. Su padre insistía en que se vistiera de la forma que él consideraba apropiada para una joven, lo que la dejaba con un armario de pichis de algodón almidonados, faldas de tablas, chaquetas de sastre y zapatos caros importados desde Italia, ropa toda ella que la alejaba del resto de sus compañeras de clase, que vestían vaqueros y camisetas, y la última marca de zapatillas deportivas. Se internaron en un lúgubre vecindario de brillantes carteles luminosos en los que se leía: «Cappuccino», «Gelato», «Vino». Evangeline reconoció en seguida el barrio: en el pasado habían ido con frecuencia a Little Italy y conocía bien la zona.

Se detuvieron delante de un café con mesas de metal desperdigadas por la acera. Tras agarrarla de la mano, su padre la condujo a una sala abarrotada, donde los recibió una ráfaga dulzona de vapor. Las paredes estaban llenas de fotografías de Italia en blanco y negro con marcos dorados y tallados. En la barra, los hombres tomaban *espresso*, tenían periódicos extendidos ante ellos y los sombreros inclinados sobre los ojos. Un mostrador repleto de dulces llamó la atención de Evangeline, que se detuvo, hambrienta, deseando que su padre le permitiera escoger entre las distintas tartas decoradas con merengue que estaban expuestas bajo la suave luz. Antes de que tuviera la oportunidad de hablar, un hombre salió de detrás del mostrador, se limpió las manos en un delantal rojo y estrechó la de su padre.

—Luca —exclamó sonriendo con calidez.

—Vladimir —dijo su padre devolviéndole la sonrisa al hombre, y entonces Evangeline comprendió que en realidad debían de ser viejos amigos; era muy raro que su padre mostrara afecto en público.

—Ven, come algo —ofreció Vladimir en un inglés con un fuerte acento, y retiró una silla para que tomara asiento.

—Nada para mí. —Su padre hizo un gesto hacia Evangeline al sentarse—. Pero creo que mi hija le ha echado el ojo a *i dolci*.

Para delicia de Evangeline, Vladimir abrió el expositor de cristal y le permitió elegir lo que quisiese. Ella escogió un pastelito glaseado de color rosa con delicadas flores de mazapán azul distribuidas sobre su superficie. Sosteniendo el plato en sus manos como si fuera a romperse, caminó hasta una mesa alta de metal y se sentó con sus merceditas trabadas en las patas del taburete metálico. Las sólidas tablas del suelo de tarima relucían debajo. Vladimir le llevó un vaso de agua y lo colocó al lado del pastel, al tiempo que le pedía que fuera una buena chica y esperara allí mientras él hablaba con su padre. A Evangeline le pareció una anciano —su cabello era de un blanco puro y su piel estaba surcada de arrugas—, pero había algo juguetón en su actitud, como si fueran cómplices de una broma secreta. Le guiñó el ojo a la niña y ella comprendió que los dos hombres tenían asuntos de los que ocuparse.

Feliz de obedecer lo que le habían pedido, Evangeline hundió la cucharilla en el centro del pastel y descubrió que estaba relleno de una crema de mantequilla con un sutil sabor a castaña. Su padre era muy estricto con su dieta —no gastaban dinero en tales extravagancias—, de manera que Evangeline se hizo mayor sin desarrollar una especial inclinación por las comidas sustanciosas. Un pastel era un raro placer y se propuso comérselo muy despacio para que durase tanto como fuera posible. Mientras comía, su atención se concentró únicamente en el puro deleite que le producía. La calidez de la cafetería, la algarabía de los clientes, la luz del sol que transformaba el suelo en una plancha de bronce; todo eso quedaba lejos de su percepción. Seguramente tampoco se habría fijado en la conversación de su padre, si no hubiera sido por la intensidad con la que le hablaba a Vladimir. Estaban sentados a unas mesas de distancia, cerca de la ventana, aunque lo bastante cerca para que ella alcanzara a escucharlos.

—No tengo otra elección que verlos —estaba diciendo su padre, encendiendo un cigarrillo mientras hablaba—. Casi han pasado tres años desde que perdimos a Angela.

Escucharle pronunciar el nombre de su madre era tan inusual que Evangeline se quedó helada.

—No tienen ningún derecho a ocultarte la verdad —replicó Vladimir.

Ante eso, su padre dio una profunda calada al cigarrillo y prosiguió:

—Tengo derecho a comprender qué ocurrió, en especial después de lo mucho que ayudé a Angela durante su investigación; las interrupciones a medianoche cuando estaba en su laboratorio, el estrés que le causó durante el embarazo... Estuve a su lado desde el principio. Apoyé sus decisiones. Yo también hice sacrificios. Al igual que Evangeline.

—Por supuesto —dijo Vladimir. Llamó a un camarero y pidió que les llevara café—. Tienes derecho a saberlo todo. Lo único que te pido es que consideres si esa información vale el riesgo que vas a correr para obtenerla. Piensa en lo que puede ocurrir. Aquí estás seguro. Tienes una nueva vida. Ellos se han olvidado de ti.

Evangeline estudiaba su pastel, con la esperanza de que su padre no se diera cuenta del vivo interés que su conversación le había despertado. No hablaban sólo de la vida y la muerte de su madre. Pero cuando la niña se inclinó hacia delante, ávida de escuchar más, hizo que la mesa se tambaleara. El vaso de agua cayó al suelo y los trozos de hielo resbalaron por la tarima. Sorprendidos, los hombres miraron a Evangeline. Ella trató de ocultar su vergüenza secando el agua de la mesa con una servilleta y regresando a su pastel como si no hubiera ocurrido nada. Con una mirada de reproche, su padre cambió de posición en la silla y reanudó la conversación, sin darse cuenta de que su secretismo no hacía sino despertar mayor interés en ella.

Vladimir suspiró con fuerza.

—Por si quieres saberlo, los retienen en el almacén. —Hablaba tan bajo que Evangeline apenas podía oír su voz—. Recibí una llamada anoche. Tienen a tres de ellos, una hembra y dos machos.

—¿De Europa?

—Fueron capturados en los Pirineos —explicó Vladimir—. Llegaron ayer de madrugada. Iba a ir allí personalmente, pero, para serte sincero, no me veo capaz de seguir haciéndolo. Nos estamos haciendo viejos, Luca.

Un camarero se detuvo ante su mesa y depositó dos tazas de café ante ellos.

Su padre sorbió el *espresso*.

—¿Siguen con vida, verdad?

—Por supuesto —asintió Vladimir—. He oído que son unas criaturas horripilantes, muy puras. No entiendo cómo han conseguido traerlas hasta Nueva York. En los viejos tiempos, habrían sido necesarios un barco y una tripulación completa para traerlos con tanta rapidez. Si realmente son de la pureza que aseguran, debió de ser casi imposible contenerlos. No creía que fuera posible.

—Angela hubiera sabido mucho más sobre los pormenores de sus capacidades físicas que yo —comentó su padre, entrelazando las manos y mirando por la ventana como si la madre de Evangeline fuera a aparecer tras el cristal iluminado por el sol que tenía delante—. Era el eje central de sus estudios. Pero creo que existe consenso con respecto a que los «hombres famosos» se han debilitado, incluso los más puros entre ellos. Quizá son tan débiles que se los puede capturar con mayor facilidad.

Vladimir se inclinó hacia su padre, con los ojos muy abiertos.

—¿Insinúas que se están extinguiendo?

—No exactamente —contestó Luca—. Pero se ha especulado que su vitalidad está en seria decadencia. Su fuerza está disminuyendo.

—Pero ¿cómo es posible? —preguntó Vladimir, atónito.

—Angela solía decir que algún día su sangre estaría demasiado mezclada con la sangre humana. Creía que se volverían como nosotros, demasiado humanos para conservar sus propiedades físicas únicas. Tengo entendido que se trata de algo relacionado con la evolución negativa: se han reproducido con especímenes inferiores, seres humanos, demasiadas veces. —Apagó el cigarrillo en un cenicero de plástico y tomó otro sorbo del *espresso*—. Sólo pueden conservar los rasgos de ángeles un tiempo limitado y sólo con la condición de que no se mezclen. Llegará un momento en que su humanidad los dominará y todos sus hijos nacerán con características que sólo se podrán describir como inferiores: expectativas de vida más cortas, susceptibilidad a las enfermedades, tendencia hacia la moralidad. Su última esperanza será infundirse a sí mismos rasgos puramente angelicales y eso, como sabemos, está más allá de sus capacidades. Están plagados de rasgos humanos. Angela llegó a plantearse la hipótesis de que los nefilim estén empezando a sentir emociones, igual que nosotros. Compasión, amor, amabilidad... Todo aquello por lo que nos definimos nosotros puede estar surgiendo en ellos. De hecho, ellos consideran que se trata de una gran debilidad.

Vladimir se recostó en la silla y cruzó las manos sobre el pecho, como si estuviera reflexionando.

—Su desaparición no es imposible —dijo al fin—. Aunque ¿cómo podemos decir qué es posible y qué no lo es? Su misma existencia desafía el intelecto. Pero nosotros los hemos visto, tú y yo. Hemos perdido mucho por ellos, amigo mío. —Vladimir miró a los ojos a su padre.

—Angela creía que el sistema inmune de los nefilim reaccionaba negativamente ante elementos químicos de fabricación humana y la contaminación. Creía que dichos elementos antinaturales conseguían romper las estructuras celulares heredadas de los guardianes, lo que originaba una forma de cáncer mortal. Otra de sus teorías era que el cambio en su dieta durante los últimos doscientos años había alterado la química de sus cuerpos y afectado a la reproducción. Angela estudió a una serie de criaturas con enfermedades degenerativas que acortaban drásticamente su esperanza de vida, pero no llegó a ninguna conclusión definitiva. Nadie sabe a ciencia cierta qué lo está causando, pero sea cual sea el origen, esas criaturas están seguramente desesperadas por detenerlo.

—Tú sabes muy bien qué lo detendría —replicó Vladimir con suavidad.

—Exactamente —reconoció Luca—. Con ese propósito, Angela incluso empezó a comprobar muchas de tus teorías, con el fin de determinar si tus especulaciones musicológicas tenían también un significado biológico. Sospecho que estaba a punto de conseguir algo colosal y por eso la mataron.

Vladimir jugueteó con su taza.

—La musicología celestial no es ninguna arma. Sus usos en ese sentido son, en el mejor de los casos, una quimera, por no mencionar que es extraordinariamente peligroso investigarla. Entre todas las personas, Angela debería haberlo sabido.

—Quizá sea extraordinariamente peligroso —replicó su

padre—, pero piensa en lo que ocurriría si encuentran una cura para la degeneración. Si conseguimos evitarlo, perderán sus propiedades angélicas y se acercarán a los seres humanos. Enfermarán y morirán.

—No creo que sea tan grave —repuso Vladimir al tiempo que negaba con la cabeza—. Es una conjetura.

—Quizá —concedió su padre.

—E incluso si fuera así, ¿qué significaría para nosotros? ¿O para tu hija? ¿Por qué deberías poner en peligro la felicidad de que disfrutas para perseguir incertidumbres?

—Igualdad —contestó Luca—. Nos liberaríamos del pérfido control sobre nuestra civilización. Tendríamos el control de nuestro destino por primera vez en la historia moderna.

—Un sueño maravilloso —replicó Vladimir, melancólico—, pero una fantasía al fin y al cabo. No podemos controlar nuestro destino.

—Quizá sea el plan de Dios debilitarlos poco a poco —sugirió su padre, haciendo caso omiso a su amigo—. Quizá decidió exterminarlos paulatinamente en lugar de hacerlos desaparecer con un golpe único y repentino.

—Hace años que me harté de los planes de Dios —dijo Vladimir, cansado—. Y tú también, Luca.

—Entonces, ¿no volverás con nosotros?

Vladimir miró a su padre durante un momento como si estuviera midiendo sus palabras.

—Dime la verdad, ¿Angela estaba trabajando en mis teorías musicológicas cuando se la llevaron?

Evangeline dio un respingo, insegura acerca de si había oído bien a Vladimir. Angela había fallecido hacía años y ella seguía sin saber los detalles precisos que rodeaban su muerte. Se cambió de posición en el taburete para observar mejor la cara de su padre. Para su sorpresa, sus ojos se habían llenado de lágrimas.

—Estaba trabajando en una teoría genética sobre la decadencia de los nefilim. La madre de Angela, a la que culpo de todo esto tanto como a todos los demás, patrocinaba la mayor parte del trabajo, recababa fondos y animó a Angela a encargarse del proyecto. Supongo que Gabriella pensó que era el nicho más seguro de la organización; ¿por qué otra razón la habría escondido en aulas y bibliotecas si no lo hubiera creído prudente? Angela colaboraba en el desarrollo de modelos de laboratorio, bajo la supervisión de su madre, por supuesto.

—¿Responsabilizas a Gabriella de su secuestro? —preguntó Vladimir.

—¿Quién puede decir a quién hay que culpar? Estaba en peligro en todas partes. Desde luego, su madre no la protegió de ellos. Pero cada día vivo con la incertidumbre. ¿Es Gabriella responsable? ¿Lo soy yo? ¿Podría haberla protegido? ¿Fue un error permitir que siguiera con su trabajo? Por eso, mi viejo amigo, tengo que ver ahora a esas criaturas. Si alguien puede comprender esta enfermedad, esta horrible adicción a descubrir la verdad, eres tú.

De repente, un camarero se detuvo ante la mesa de Evangeline, obstruyendo la visión de su padre. Había estado tan absorta escuchando que se había olvidado por completo del pastel. Éste yacía a medio comer en el plato, la crema rezumaba desde el centro. El camarero limpió la mesa, secando lo que quedaba del agua derramada y, con una cruel eficiencia, se llevó el dulce. Cuando la niña volvió a mirar hacia la mesa de su padre, Vladimir había encendido un cigarrillo. La silla de Luca estaba vacía.

Dándose cuenta de su preocupación, Vladimir le hizo un gesto para que se acercara. Evangeline saltó del taburete buscando a su padre.

—Luca me ha pedido que me quede a cargo de ti mientras está fuera —dijo Vladimir sonriendo con amabilidad—. Seguro que no lo recuerdas, pero nos conocimos cuando eras una niña muy pequeña, cuando tu madre te llevó a nuestras oficinas en Montparnasse. Tuve oportunidad de conocer a tu madre en París. Trabajamos juntos algún tiempo y nos hicimos amigos íntimos. Aunque no lo creas, antes de pasar los días haciendo pasteles yo era académico. Espera un momento, te enseñaré una foto que tengo de Angela.

114

Cuando Vladimir desapareció en la trastienda del café, Evangeline corrió hacia la puerta y salió al exterior. A dos manzanas de distancia, a través de la multitud, vislumbró la chaqueta de su padre. Sin pensar en Vladimir o en lo que diría su padre si lo alcanzaba, se precipitó hacia la masa de gente, dejando atrás a la carrera tiendas, ultramarinos, coches aparcados y puestos de verduras. En la esquina pisó la calzada y a punto estuvo de tropezar con el bordillo. Su padre estaba allí delante; podía verlo claramente entre la gente.

Giró en una esquina y se dirigió hacia el sur. Durante muchas manzanas, Evangeline lo siguió, atravesando Chinatown y edificios de aspecto industrial, siempre adelante, los dedos de los pies doloridos en sus apretados zapatos de charol.

Su padre se detuvo finalmente en una calle sórdida y sucia. Evangeline observó cómo golpeaba el portón de un gran almacén de acero corrugado. Preocupado por el asunto que se traía entre manos, no se dio cuenta de que ella estaba caminando hacia él. Estaba a punto de llamarlo cuando se abrió la puerta y él entró en el almacén. Ocurrió con tanta rapidez que Evangeline se quedó clavada en el sitio unos instantes.

Luego empujó la pesada puerta y penetró en un pasillo polvoriento. Subió un tramo de escalones de aluminio, equilibrando con cuidado el peso, suavemente, para que las suelas de los zapatos no alertaran de su presencia a su padre, o a quienquiera que se encontrase también en el interior del almacén. En lo alto de la escalera, se acuclilló, apoyando la barbilla en las rodillas, esperando que nadie la descubriera. En los últimos años, todos los esfuerzos de Luca habían estado dirigidos a mantener a Evangeline alejada de su trabajo. Su padre se pondría furioso si supiera que lo había seguido hasta allí.

A sus ojos les llevó un momento adaptarse al espacio desprovisto del sol y de aire, pero cuando lo hicieron vio que el almacén era enorme y estaba vacío, excepto por un grupo de hombres que estaban de pie debajo de tres jaulas suspendidas, cada una de ellas tan grande como un coche.

Las jaulas colgaban de unas cadenas de acero ancladas a las vigas del techo. Dentro, atrapados como pájaros en cubos de malla metálica, había tres criaturas, una en cada jaula. Una de ellas parecía prácticamente enloquecida de rabia, se aferraba a los barrotes y gritaba obscenidades a sus captores, que se encontraban debajo de ella. Las otras dos estaban apáticas, yacían inmóviles y hurañas, como si estuvieran drogadas o les hubieran golpeado hasta someterlas.

Estudiándolas con mayor atención, Evangeline vio que las criaturas estaban completamente desnudas, aunque la textura de su piel, una membrana luminiscente de un suave color dorado, hacía que pareciesen revestidas de luz pura. Una de las criaturas era una hembra: tenía el cabello largo, pequeños senos y una cintura estrecha. Las otras dos eran machos. Escuálidos y lampiños, con el pecho plano, eran más altos que la hembra, y al menos medían unos sesenta centímetros más que un hombre adulto. Los barrotes de la jaula estaban manchados con un fluido brillante y parecido a la miel que goteaba lentamente por el metal en dirección al suelo.

El padre de Evangeline se encontraba entre los hombres, con los brazos cruzados. Parecía que el grupo estaba llevando a cabo alguna clase de experimento científico. Un hombre sostenía una carpeta y otro, una cámara. Había una enorme caja de luz con tres conjuntos de radiografías del pecho colgadas en ella: los pulmones y la caja torácica destacaban en un blanco fantasmal sobre un mortecino fondo gris. En una mesa cercana habían desplegado instrumental médico: jeringas, vendajes y numerosos instrumentos cuyo nombre Evangeline desconocía.

La criatura femenina empezó a pasear por su jaula mientras seguía gritándoles a sus captores, tirándose del cabello rubio. Sus gestos eran ejecutados con tal fuerza que la cadena empezó a crujir por encima de la jaula, como si fuera a romperse. Entonces, con un movimiento violento, la hembra se dio la vuelta. Evangeline parpadeó, incapaz de creer lo que estaba viendo. En el centro de su espalda larga y flexible crecían un par de alas majestuosas y articuladas. La niña se tapó la boca con ambas manos, temerosa de que se le escapara un grito por la sorpresa. La criatura contrajo los músculos y las alas se abrieron, ocupando toda la anchura de la jaula. Blancas y grandiosas, las alas brillaban con una suave y dorada luminosidad. Mientras la jaula se mecía bajo el peso del ángel, trazando una lenta parábola a través del aire viciado, Evangeline sintió que se le aguzaban los sentidos. El corazón le latía en los oídos; su respiración se aceleró. Las criaturas eran encantadoras y horribles al mismo tiempo. Eran bellos e iridiscentes monstruos.

Contempló a la hembra recorrer la jaula con las alas desplegadas, como si los hombres bajo ella fueran poco más que ratones sobre los que pudiera abalanzarse y devorarlos.

—Soltadme —gruñó la criatura, su voz chirriante, gutural, angustiada. Las puntas de sus alas se deslizaron entre los barrotes de la jaula, afiladas y puntiagudas.

El padre de Evangeline se volvió hacia el hombre de la carpeta.

—¿Qué vais a hacer con ellos? —preguntó como si se refiriese a una red llena de mariposas exóticas.

—No sabremos adónde enviar los restos hasta que obtengamos los resultados del último test.

—Lo más probable es que los enviemos a nuestros laboratorios en Arizona para su disección, documentación y preservación. Sin duda son ejemplares extraordinarios.

—¿Habéis determinado su fuerza? ¿Se observa algún signo de decadencia? —preguntó el padre de Evangeline. La niña detectó un hálito de esperanza en sus preguntas, y aunque no estaba segura, presintió que tenía algo que ver con su madre—. ¿Algo en las pruebas de fluidos?

—Si estás preguntando si tienen la fuerza de sus ancestros —dijo el hombre—, la respuesta es no. Son los más fuertes de su especie que he visto en años y, aun así, su vulnerabilidad a nuestros estímulos es pronunciada.

—Son buenas noticias —exclamó el padre de Evangeline acercándose a las jaulas. Al dirigirse a las criaturas, su voz adquirió un tono autoritario, como si estuviera hablando con animales—. Demonios —dijo.

Esto sacó de su letargo a una de las criaturas masculinas, que rodeó los barrotes de la jaula con sus blancos dedos y se irguió en toda su estatura.

—Ángel y demonio —replicó—. Uno no es más que la sombra del otro.

—Llegará un día —prosiguió el padre de Evangeline— en que desapareceréis de la faz de la tierra. Algún día nos libraremos de vuestra presencia.

Antes de que Evangeline pudiera esconderse, su padre se volvió y caminó rápidamente hacia la escalera. Aunque había tenido cuidado de ocultarse en la oscuridad, no había planeado su salida. No tenía más alternativa que correr escaleras abajo, atravesar la puerta y salir al brillante sol de la tarde. Una vez fuera, cegada por la luz, corrió y corrió.

Milton Bar and Grill, Milton, Nueva York

Mientras Verlaine se abría camino por la sala abarrotada, los latidos en su cabeza se disolvieron en una oleada de música country. Estaba helado, el corte en la mano le ardía y no había comido nada desde el desayuno. Si estuviera en Nueva York, estaría pidiendo comida para llevar en su restaurante tailandés favorito o habría quedado con sus amigos para tomar una copa en el Village. No tendría nada de lo que preocuparse, salvo qué ver en televisión. En vez de eso, estaba tirado en un antro en medio de ninguna parte, intentando averiguar cómo iba a salir de allí. Aun así, el bar era un refugio cálido y le proporcionaba un lugar donde podría pensar con calma. Se frotó las manos, intentando devolver la vida a sus dedos. Si conseguía entrar en calor, quizá sería capaz de decidir qué demonios iba a hacer a continuación.

Tras ocupar una mesa junto a la ventana que daba a la calle —el único sitio aislado en el lugar—, pidió una hamburguesa y una Coronita. Bebió la cerveza con rapidez para calentarse y pidió otra. La segunda la bebió despacio, permitiendo que el alcohol lo devolviese poco a poco a la realidad. Los dedos le cosquilleaban; los pies se descongelaban. El dolor de la herida remitió. Cuando llegó la comida, Verlaine se sentía cómodo y alerta, mejor predispuesto para abordar los problemas a los que se enfrentaba.

Sacó la hoja de papel del bolsillo, la colocó sobre la mesa laminada y releyó las frases que había copiado. Una luz tenue y cargada de humo parpadeaba sobre sus manos maltratadas por el frío, la botella medio llena de Coronita, el papel rosa pálido. La comunicación era corta, sólo cuatro frases directas y sin adornos, pero para Verlaine abrían un mundo de posibilidades. Por supuesto, la relación entre la madre Innocenta y Abigail Rockefeller seguía siendo misteriosa —quedaba claro que habían colaborado en algún proyecto y habían tenido éxito con su trabajo en las montañas Ródope—, pero podía vaticinar un artículo largo, quizá incluso un libro completo sobre el objeto que la mujer había traído desde las montañas. Sin embargo, lo que intrigaba a Verlaine casi tanto como el objeto en sí era la presencia en la aventura de una tercera persona, una mujer llamada Celestine Clochette. Intentó recordar si había encontrado a alguien con ese nombre en sus investigaciones. ¿Podría haber sido Celestine una de las socias de Abigail Rockefeller? ¿Era una marchante de arte europea? La perspectiva de comprender el triángulo era la verdadera razón de que le gustase la historia del arte: en cada pieza yacía el misterio de la creación, la aventura de su distribución y las particularidades de su preservación.

El interés de Grigori por el convento de Saint Rose hacía que la información fuera aún más desconcertante. Era muy posible que un hombre como él no pudiera encontrar belleza y significado en el arte. Las personas como él vivían toda su vida sin comprender que detrás de un Van Gogh había algo más que superar un récord de puja en una subasta. De hecho, el objeto en cuestión debía de tener un valor monetario o Grigori no habría perdido ni un segundo de su tiempo intentando conseguirlo. Cómo se había visto él involucrado con semejante persona escapaba realmente a su comprensión.

Verlaine miró hacia el exterior y escrutó la oscuridad al otro lado del cristal. La temperatura debía de haber vuelto a descender; el calor del interior del local reaccionaba con la ventana fría, creando una película de condensación sobre el cristal. Fuera, de vez en cuando pasaba algún coche, con sus luces traseras dejando un rastro naranja sobre el hielo.

Verlaine miraba y esperaba, preguntándose cómo iba a volver a casa.

Durante un momento consideró la posibilidad de llamar al convento. Quizá la monja joven y bella que había conocido en la biblioteca tuviera alguna sugerencia. Pero entonces lo asaltó la idea de que ella también podía estar en peligro. Siempre existía la posibilidad de que los matones que había visto frente a Saint Rose entraran a buscarle en el interior. No obstante, no había manera de que pudieran saber en qué lugar del convento había estado, y tampoco sabrían que había hablado con Evangeline. A ella no le había gustado su encuentro, y probablemente no volvería a hablar con él nunca más. En cualquier caso, lo importante era ser práctico. Tenía que llegar a una estación de tren o encontrar un autobús que lo llevara de vuelta a la ciudad, y dudaba que nada de eso fuese factible en Milton.

Convento de Saint Rose, Milton, Nueva York

Evangeline no conocía demasiado bien a la hermana Celestine. A sus setenta y cinco años, estaba confinada en una silla de ruedas y no pasaba demasiado tiempo entre las monjas más jóvenes. Aunque asistía a diario a la misa matutina —una de las hermanas empujaba su silla de ruedas hasta la parte delantera de la iglesia—, Celestine vivía en una posición de aislamiento y protección tan sacrosanta como la de una reina. Siempre le servían las comidas en su habitación, y de vez en cuando Evangeline era enviada a su celda desde la biblioteca con una pila de libros de poesía y novelas históricas en los brazos. Ocasionalmente incluso había entre ellos obras en francés que la hermana Philomena había conseguido a través del préstamo interbibliotecario. Éstas, según había notado, hacían especialmente feliz a Celestine.

Al pasar por el primer piso, Evangeline vio que estaba repleto de hermanas trabajando, una gran masa de hábitos negros y blancos en movimiento bajo la débil luz de las bombillas encastadas en apliques metálicos, mientras llevaban a cabo los quehaceres diarios. Las hermanas pululaban por los pasillos, abrían los armarios de la limpieza, sacaban mopas, trapos y botes de detergentes disponiéndose a emprender la limpieza de la tarde. Las religiosas se ajustaron delantales a la cintura, se arremangaron sus amplias mangas y se pusieron guantes de látex. Quitaron el polvo de las cortinas

122

y abrieron las ventanas para evitar que arraigasen el moho y el musgo perenne propios del clima húmedo y frío. Las mujeres se enorgullecían de su capacidad para realizar la mayor parte de las labores del convento por sí mismas. La alegría de los grupos de limpieza de la tarde disfrazaba de alguna manera el hecho de que estuvieran barriendo, encerando y limpiando el polvo, y en su lugar creaba la ilusión de que estaban contribuyendo a la creación de algún proyecto maravilloso, uno con mucho más significado que sus pequeñas tareas individuales. Y, de hecho, así era: cada piso fregado, cada pináculo de los pasamanos abrillantado se convertían en una ofrenda y en un tributo a un bien mayor.

Evangeline subió los estrechos escalones desde la capilla de la Adoración hasta la cuarta planta. La habitación de Celestine era una de las celdas más grandes del convento. Se trataba de un dormitorio a dos vientos con un cuarto de baño privado en el que había una gran ducha equipada con una silla plegable de plástico. Evangeline se preguntaba a menudo si el confinamiento de Celestine la liberaba de participar diariamente en las actividades comunitarias, ofreciéndole un placentero respiro en sus deberes, o si el aislamiento convertía en una prisión la vida de la monja en el convento. A la joven, semejante inmovilidad le parecía terriblemente restrictiva.

Llamó a la puerta con tres golpes indecisos.

—¿Sí? —respondió Celestine con voz débil. Había nacido en Francia y, a pesar de llevar medio siglo en Estados Unidos, su acento era acusado.

Evangeline entró en la habitación y cerró la puerta a sus espaldas.

—¿Quién está ahí?

—Soy yo —respondió en voz baja, temerosa de importunar a la anciana—. Evangeline. De la biblioteca.

Celestine estaba acurrucada en su silla de ruedas cerca de la ventana con una manta de ganchillo sobre el regazo. Ya no llevaba velo y le habían cortado bastante el pelo, de manera que su rostro quedaba enmarcado por una mata de canas. En el extremo más alejado de la habitación, un humidificador lanzaba vapor al aire. En otro rincón, las bobinas al rojo de una estufa calentaban el cuarto como si de una sauna se tratara. Parecía que Celestine tenía frío, a pesar de la manta. La cama estaba cubierta con una colcha de ganchillo muy parecida, la típica que las jóvenes hacían para las hermanas mayores. Celestine entornó los ojos, intentando deducir el motivo de la presencia de Evangeline.

—¿Tienes más libros para mí?

—No —respondió Evangeline, tomando asiento al lado de la silla de rueda de Celestine, donde una pila de libros descansaba sobre una mesita de caoba, con una lupa encima de la pila—. Parece que tiene mucho por leer.

—Sí, sí —confirmó Celestine, mirando por la ventana—, siempre hay más que leer.

—Lamento mucho molestarla, hermana, pero tenía la esperanza de poder hacerle una pregunta. —Evangeline sacó del bolsillo la carta de la señora Rockefeller a la madre Innocenta y la alisó sobre sus rodillas.

Celestine entrelazó sus largos dedos blancos sobre el regazo —un sello de oro de las Hermanas Franciscanas de la Adoración Perpetua brillaba en su dedo anular—, y observó a Evangeline con una mirada fría y calculadora. Era posible que la anciana no pudiera recordar lo que había comido de almuerzo, mucho menos los acontecimientos que habían tenido lugar hacía décadas.

Evangeline se aclaró la voz.

—Esta mañana estaba trabajando en los archivos cuando encontré una carta en la que se mencionaba su nombre. Realmente no sé dónde archivarla y me preguntaba si podría ayudarme a comprender de qué trata, de manera que pueda colocarla en el lugar adecuado.

—¿Lugar adecuado? —preguntó Celestine, dubitativa—. En estos momentos no sé si puedo ser de mucha ayuda para poner nada en su lugar adecuado. ¿Qué dice la carta?

Evangeline le entregó la hoja a la hermana Celestine, que dio vueltas al papel entre las manos.

—La lupa —pidió, alargando los dedos hacia la mesilla.

La joven depositó la lupa en sus manos, mirando con intensidad el rostro de Celestine a medida que la lente se movía sobre las líneas, transformando el papel sólido en una lámina de luz acuosa. Por su expresión quedaba claro que estaba luchando con sus pensamientos, aunque Evangeline no podría haber dicho si las palabras en la hoja habían sido las causantes de la confusión. Después de un momento, la anciana dejó la lupa sobre su regazo y Evangeline lo supo de inmediato: Celestine había reconocido la carta.

—Es muy antigua —dijo finalmente, arrugando el papel y descansando sobre él su mano de venas azules—. Escrita por una mujer llamada Abigail Rockefeller.

—Sí —confirmó Evangeline—. He leído la firma.

—Me sorprende que hayas encontrado esto en los archivos. Pensé que se lo habían llevado todo.

—Esperaba —se aventuró la joven— que usted pudiera arrojar algo de luz sobre su significado.

Celestine suspiró profundamente y apartó la vista, sus ojos estaban enmarcados en pliegues de piel arrugada.

—Esta carta se escribió antes de que yo viniese a Saint Rose. No llegué hasta principios de 1944, más o menos una semana antes del gran incendio. Estaba débil a causa del viaje y no hablaba ni una palabra de inglés.

—¿Sabe por qué motivo la señora Rockefeller podría haber enviado una carta como ésta a la madre Innocenta? —insistió Evangeline.

Celestine se enderezó en la silla de ruedas, ciñendo la manta de ganchillo alrededor de sus piernas.

—Fue la señora Rockefeller la que me trajo aquí —respondió, reservada, como si temiera hablar demasiado—. Llegamos en un Bentley, creo, aunque nunca he sabido mucho acerca de los coches fabricados fuera de Francia. Desde luego era un vehículo digno de Abigail Rockefeller. Era una anciana entrada en carnes envuelta en un abrigo de pieles; yo no podría haber sido más opuesta a ella: era joven e increíblemente delgada. De hecho, vestida como iba con mi anticuado hábito franciscano, del tipo que aún llevaban en Portugal, donde tomé los votos antes de embarcarme en el viaje, me parecía mucho más a las hermanas congregadas en la entrada en forma de herradura, con sus abrigos negros y sus bufandas blancas. Era Miércoles de Ceniza. Lo recuerdo porque las hermanas lucían en sus frentes cruces de ceniza negra, bendiciones de la misa que se había celebrado aquella mañana.

»Nunca olvidaré la bienvenida que me prodigaron mis compañeras. La multitud de monjas me susurró cuando pasé por su lado, sus voces suaves y rítmicas como una canción. «Bienvenida», decían las religiosas del convento de Saint Rose. «Bienvenida, bienvenida, bienvenida a casa.»

—Las hermanas me saludaron de forma similar a mi llegada —comentó Evangeline, recordando cómo había deseado que su padre la llevase de vuelta a Brooklyn.

—Sí, lo recuerdo —confirmó Celestine—. Eras muy joven cuando viniste a nosotras. —Se detuvo, como si estuviera comparando la llegada de Evangeline con la suya—. La madre Innocenta me dio la bienvenida, y entonces me percaté de que las dos mujeres ya se conocían. Cuando la señora Rockefeller contestó: «Es extraordinario conocerla al fin», me pregunté de pronto si las hermanas realmente habían estado dándome la bienvenida a mí o si era la señora Rockefeller la que había captado su atención. Yo era consciente de mi aspecto: tenía unas profundas ojeras y estaba muchos kilos por debajo de mi peso. No podría haber dicho qué había causado más daño, si las privaciones en Europa o el viaje a través del Atlántico.

Evangeline intentó imaginarse el espectáculo de la llegada de Celestine. Le resultaba difícil pensar en ella como en una mujer que una vez hubiera sido joven. Cuando llegó a Saint Rose, debía de ser más joven que Evangeline en la actualidad.

—Abigail Rockefeller debía de estar preocupada por su bienestar —sugirió.

—Tonterías —replicó la anciana—. La señora Rockefeller me empujó hacia delante para que Innocenta me inspeccionase, como si fuera una matrona que presenta a su hija debutante en su primer baile. Pero Innocenta simple-

126

mente abrió la pesada puerta de madera de par en par, reteniéndola con su peso para que las hermanas pudieran regresar a sus tareas. Al pasar, pude percibir el olor de los productos de limpieza en sus hábitos: abrillantador y cera para madera, amoníaco..., pero la señora Rockefeller no pareció darse cuenta. Lo que llamó su atención, según recuerdo, fue la estatua de mármol del arcángel Miguel, cuyo pie aplasta la cabeza de la serpiente. Puso una mano enguantada sobre el pie de la estatua y recorrió delicadamente con el dedo el punto exacto de presión que rompería el cráneo del demonio. Me fijé en el collar de perlas color crema que adornaba su cuello, orbes color mantequilla que relucían bajo la tenue luz, objetos de una belleza que, a pesar de mi inmunidad habitual ante el mundo material, captaron mi atención durante un momento y me cautivaron. No podía dejar de pensar en lo injusto que era que tantos hijos de Dios languidecieran enfermos y arruinados en Europa, mientras que en Norteamérica se adornaban con pieles y perlas.

Evangeline se quedó mirando a Celestine, con la esperanza de que prosiguiera. La anciana mujer no sólo conocía la relación entre Innocenta y Abigail Rockefeller, sino que parecía ser el centro de la misma. Deseaba pedirle que continuara pero temía que una pregunta directa pusiera en guardia a Celestine.

—Imagino que usted debe de saber qué fue lo que la señora Rockefeller le escribió a la madre Innocenta... —dijo por fin.

—Fue mi trabajo el que nos llevó a las Ródope —replicó Celestine mirándola a los ojos con una dureza que la inquietó—. Fueron mis esfuerzos los que nos condujeron a lo que encontramos en la gruta.

—¿La gruta? —preguntó Evangeline, cada vez más confusa.

—Nuestra planificación fue meticulosa. Disponíamos del equipo y cámaras más modernos que nos permitieron documentar nuestros descubrimientos. Tuvimos cuidado de proteger las cámaras y las películas. Los hallazgos estaban todos en orden, envueltos en telas y algodón. Muy seguros, de hecho. —Celestine se quedó mirando por la ventana como si estuviera midiendo la crecida del río.

—No estoy segura de comprender —intervino Evangeline con la esperanza de conseguir una explicación—. ¿Qué gruta? ¿Qué hallazgos?

La hermana Celestine la miró una vez más a los ojos.

—Atravesamos las Ródope en coche, entrando desde Grecia. Era el único camino durante la guerra. Los americanos y los británicos habían empezado su campaña de bombardeos en el oeste, en Sofía. Los daños eran más graves cada semana, y sabíamos que era posible que la gruta recibiera algún impacto, aunque no era probable, por supuesto; era una cueva entre miles. Aun así, lo pusimos todo en marcha. Todo ocurrió con gran rapidez en cuanto contamos con la financiación de Abigail Rockefeller. Todos los angelólogos se reunieron para seguir adelante con su trabajo.

—Angelólogos... —repitió la joven. Aunque la palabra le era familiar, no se atrevió a admitirlo ante Celestine.

Si la anciana detectó un cambio en Evangeline, no lo demostró.

—Nuestros enemigos no nos atacaron en la Garganta del Diablo, pero nos siguieron al regresar a París. —La mujer pareció animarse de repente y se volvió hacia ella con los ojos muy abiertos—. Empezaron a perseguirnos de inmediato. Pusieron a trabajar a sus redes de espías y capturaron a mi estimada maestra. Yo no podía quedarme en Francia. Era demasiado peligroso seguir en Europa. Debía venir a Norteamérica, aunque no tenía el más mínimo deseo de hacerlo. Se me otorgó la responsabilidad de traer el objeto a un lugar seguro: nuestro descubrimiento fue dejado a mi cuidado, y no había nada que yo pudiera hacer sino huir. Aún tengo la sensación de que traicioné nuestra resistencia al irme, pero no tenía elección. Era mi cometido. Mientras otros morían, yo subí a un barco con destino a Nueva York. Todo había sido dispuesto.

Evangeline luchaba por enmascarar su reacción ante los

extraños detalles de la historia de Celestine, pero cuanto más escuchaba, más difícil le resultaba seguir en silencio.

—¿La señora Rockefeller la ayudó en eso? —preguntó.

—Ella organizó mi salida del infierno en el que se había convertido Europa. —Ésa era la primera respuesta directa que la monja le proporcionaba—. Me trasladaron de incógnito a Portugal. Los demás no tuvieron tanta suerte; al irme sabía que los que quedaban atrás estaban condenados. En cuanto dieran con nosotros, los horribles demonios nos matarían. Ésa era su forma de hacer las cosas, ¡criaturas crueles, malvadas e inhumanas! No descansarían hasta que nos hubieran exterminado a todos. Incluso ahora nos persiguen.

Evangeline se quedó mirando a Celestine, aterrada. No sabía gran cosa acerca de la segunda guerra mundial o de cómo había influido en los temores de la anciana mujer, pero estaba preocupada por que semejante agitación fuera perjudicial.

—Por favor, hermana, todo está bien. Le aseguro que ahora está a salvo.

—¿A salvo? —Los ojos de Celestine reflejaban terror—. Una nunca está a salvo. *Jamais*.

—Dígame —dijo Evangeline, con voz firme para ocultar su creciente inquietud—, ¿de qué peligro está hablando?

La voz de Celestine era poco más que un susurro cuando dijo:

—«*A cette époque-là, il y avait des géants sur la terre, et aussi après que les fils de Dieu se furent unis aux filles des hommes et qu'elles leur eurent donné des enfants. Ce sont ces héros si fameux d'autrefois.*»

Evangeline comprendía el francés, de hecho era la lengua materna de su madre, y ella le hablaba exclusivamente en francés. Pero no lo había oído hablar desde hacía más de quince años.

La voz de Celestine era clara, rápida, vehemente al repetir las palabras:

—«Había gigantes en la tierra en aquellos días, y también después, cuando los hijos de Dios se unieron a las hijas de los hombres, y éstas les engendraron hijos. Éstos son los héroes de los tiempos antiguos, los hombres famosos.»

El pasaje le resultaba familiar a Evangeline, y en su mente apareció con claridad su ubicación en la Biblia.

—Es del Génesis —confirmó, aliviada de que al menos hubiera comprendido una fracción de lo que estaba diciendo la religiosa—. Conozco el pasaje. Ocurre justo antes del Diluvio.

—¿Perdón? —Celestine la miró como si no la hubiera visto antes.

—El pasaje que ha citado del Génesis —repitió Evangeline—. Lo conozco bien.

—No —replicó la anciana, con la mirada de repente animosa—. No entiendes nada.

Evangeline puso su mano sobre la de ella para calmarla, pero era demasiado tarde, Celestine estaba furiosa.

—En el principio —susurró—, las relaciones humanas y divinas eran simétricas. Había orden en el cosmos. Las legiones de ángeles estaban organizadas en estrictos regimientos; hombre y mujer, los más queridos por Dios, hechos a su imagen y semejanza, vivían dichosos, libres de dolor. El sufrimiento no existía; la muerte no existía; el tiempo no existía. No había ninguna razón para esos elementos. El universo era perfectamente estático y puro en su rechazo a moverse hacia delante. Pero los ángeles no podían permanecer en dicho estado, y se volvieron celosos de los hombres. Los ángeles oscuros tentaron a la humanidad por orgullo, pero también para causar dolor a Dios. Y así cayeron los ángeles a la vez que caía el hombre.

Percatándose de que sólo le causaría más dolor a la hermana Celestine si permitía que siguiera hablando del tema, Evangeline tiró de la carta que descansaba bajo sus dedos temblorosos, liberándola con decisión. Luego la dobló y la escondió en su bolsillo mientras se levantaba.

—Perdóneme, hermana —se disculpó—. No pretendía perturbarla de esta manera.

—¡Vete! —exclamó Celestine, temblando con violencia—. ¡Vete de una vez y déjame en paz!

130

Confusa y más que un poco asustada, Evangeline cerró la puerta de la estancia a su espalda y se apresuró por el estrecho pasillo hasta la escalera.

La mayoría de las tardes, las siestas de la hermana Philomena duraban hasta que la llamaban para la cena, y por eso no resultaba sorprendente que la biblioteca estuviera vacía cuando llegó Evangeline, la chimenea apagada y el carrito repleto de volúmenes que esperaban que los devolvieran a las estanterías. Ignorando el caos de libros, la joven se ocupó de encender el fuego para calentar la habitación helada. Apiló dos trozos de madera en el enrejado, llenó la parte inferior con papel de periódico arrugado y encendió una cerilla. Cuando las llamas empezaron a prender, se levantó y se alisó la falda con sus manos pequeñas y frías, como si eso pudiera ayudarla a centrarse. Algo estaba claro: iba a necesitar toda la concentración que pudiera reunir para comprender la historia de Celestine. Sacó un papel doblado del bolsillo de la falda, lo desplegó y leyó la carta del señor Verlaine:

En el transcurso de mis investigaciones para un cliente particular, ha llegado a mi conocimiento que la señora Abigail Aldrich Rockefeller, matriarca de la familia Rockefeller y mecenas de las artes, podría haber mantenido una breve correspondencia con la abadesa del convento de Saint Rose, la madre Innocenta, entre los años 1943 y 1944.

No era más que una inofensiva nota solicitando visitar el convento, el tipo de carta que instituciones con colecciones de libros e imágenes poco comunes recibían de forma regular, el tipo de carta que Evangeline debería haber contestado con una negativa rápida y eficiente y, una vez enviada por correo, debería haber olvidado para siempre. Sin embargo, esa sencilla petición lo había puesto todo patas arriba. Se sentía a la vez recelosa y mortificada por la intensa curiosidad que le suscitaban la hermana Celestine, la

131

señora Abigail Rockefeller, la madre Innocenta y la práctica de la angelología. Anhelaba comprender el trabajo que habían desempeñado sus padres, y a pesar de eso ansiaba el lujo de la indiferencia. Las palabras de Celestine habían hecho mella en lo más profundo de su ser, como si hubiera llegado a Saint Rose con el único propósito de escucharlas. Aun así, la posible conexión entre la historia de la anciana monja y la suya propia provocaba en Evangeline la más profunda agitación.

Su único consuelo era que la biblioteca estuviera completamente tranquila. Se sentó a la mesa cerca del fuego, apoyó sus delgados codos sobre la superficie de madera y descansó la cabeza en las manos, intentando aclararse la mente. Aunque el fuego había prendido, una corriente de aire helado surgía de la chimenea, creando una corriente de calor intenso y frío cortante que daba como resultado una extraña mezcla de sensaciones sobre su piel. Trató de reconstruir la embrollada historia lo mejor que pudo y, tras coger un trozo de papel y un rotulador rojo de un cajón de la mesa, apuntó las palabras en una lista:

Cueva de la Garganta del Diablo
Montañas Ródope
Génesis 6
Angelólogos

Cuando necesitaba orientación, Evangeline era más parecida a una tortuga que a una mujer joven: se retiraba a un espacio frío y oscuro en su interior, se quedaba totalmente inmóvil y esperaba a que pasase la confusión. Durante media hora se quedó mirando las palabras que había escrito: «Garganta del Diablo, montañas Ródope, Génesis 6, angelólogos.» Si el día anterior alguien le hubiera dicho que escribiría esas palabras, que se enfrentaría a ellas cuando menos lo esperaba, se habría echado a reír. Sin embargo, esas mismas palabras eran los pilares de la historia de la hermana Celestine. Dado el papel de la señora Abigail Rockefeller en el misterio —como indicaba la carta que había encontrado—, Evangeline no tenía más remedio que descifrar su relación.

A pesar de que su impulso era analizar la lista hasta que la conexión se revelase mágicamente por sí sola, era consciente de que no podía esperar. Cruzó la biblioteca, que ya se había caldeado, y cogió un enorme atlas mundial de una estantería. Tras abrirlo sobre una mesa, encontró una entrada para las montañas Ródope en el índice y buscó la página correspondiente en el centro del volumen. Las Ródope resultaron ser una cordillera montañosa menor en el sureste de Europa que se extendía desde el norte de Grecia hasta el sur de Bulgaria. Evangeline examinó el mapa con la esperanza de encontrar alguna referencia a la Garganta del Diablo, pero toda la región estaba moteada de montículos sombreados y triángulos que representaban el terreno elevado.

Recordó que Celestine había mencionado que había accedido a las Ródope a través de Grecia y, así, deslizando su dedo hacia el sur, hacia la península griega rodeada por el mar, Evangeline halló un punto en el que las montañas se elevaban desde las llanuras. El verde y el gris cubrían las zonas cercanas a las montañas, lo que indicaba un bajo índice de población. Las únicas carreteras importantes parecían partir de Kavala, una ciudad portuaria en el mar de Tracia donde una red de carreteras se extendía hacia las ciudades y los pueblos más pequeños en el norte. Siguiendo con la vista hacia el sur de la cadena montañosa y bajando hacia la península, vio los nombres más familiares de Atenas y Esparta, lugares sobre los que había leído en sus estudios de literatura clásica. Allí se encontraban las ciudades antiguas que ella siempre había asociado con Grecia. Nunca había oído hablar de la remota línea de montañas que caía sobre su frontera más septentrional con Bulgaria.

Dándose cuenta de que no podría averiguar más que eso acerca de la región a partir de un mapa, Evangeline se volvió hacia un conjunto de enciclopedias de la década de 1960 y localizó una entrada dedicada a las montañas Ródope. En el centro de la página halló una fotografía en blanco y negro de una cueva enorme. Bajo la foto leyó:

La Garganta del Diablo es una caverna que penetra profundamente en el corazón de la cadena montañosa de las Ródope. Una estrecha grieta abierta en el interior de la inmensa roca de la ladera de la montaña, la caverna desciende profundamente bajo tierra, formando un sobrecogedor espacio hueco en el granito sólido. El pasadizo está marcado por una gran cascada interna que se precipita sobre las rocas, nivelándose para formar un río subterráneo. Una serie de recintos naturales en el fondo de la garganta son fuente de leyenda desde hace mucho tiempo. Los primeros exploradores informaron de luces extrañas y sentimientos de euforia al entrar en esas discretas cuevas, un fenómeno que se podría explicar por la existencia de bolsas de gases naturales.

Evangeline siguió leyendo y descubrió que la Garganta del Diablo había sido declarada patrimonio natural por la Unesco en la década de 1950 y se consideraba un tesoro internacional por su belleza vertiginosa y su importancia histórica y mitológica para los tracios, que vivían en la zona en los siglos IV y V a. J.C. Aunque la descripción física de la cueva era bastante interesante, sentía curiosidad por conocer más sobre su importancia histórica y mitológica. Abrió un libro de mitología griega y tracia y, después de una serie de capítulos que referían las recientes excavaciones arqueológicas de las ruinas tracias, leyó:

Los antiguos griegos creían que la Garganta del Diablo era la entrada al averno mitológico que atravesó Orfeo, rey de la tribu tracia de los cicones, para salvar a su amada Eurídice del olvido del Hades. En la mitología griega se consideraba que Orfeo había dado a la humanidad la música, la escritura y la medicina, y con frecuencia se ha pensado que promovió el culto a Dioniso. Apolo entregó a Orfeo una lira de oro y le enseñó a tañer música que tenía el poder de domar a los animales, dar vida a los objetos inanimados y calmar todo lo creado, incluidos los moradores del averno. Muchos arqueólogos e historiadores sostienen que instigó las prácticas extáticas y místicas entre la gente común. Es más, se especula que los tracios practicaban sacrificios humanos durante sus rituales extáticos dionisíacos, dejando que los cuerpos descoyuntados se descompusiesen en la cueva cárstica de la Garganta del Diablo.

Evangeline estaba absorta en la lectura de la historia de Orfeo y su lugar en la mitología antigua; sin embargo, la información no tenía nada que ver con el relato de Celestine. Ella no había mencionado a Orfeo, ni tampoco los cultos dionisíacos que supuestamente él había inspirado. Motivo por el cual fue toda una sorpresa que su atención se desviase totalmente al leer el párrafo siguiente:

En la era cristiana se creía que la cueva de la Garganta del Diablo era el lugar donde habían caído los ángeles rebeldes después de su expulsión del cielo. Los cristianos que vivían en la zona creían que el pronunciado descenso vertical en la entrada de la cueva fue abierto por el cuerpo abrasador de Lucifer al precipitarse a través de la tierra hacia el infierno, de ahí el nombre de la caverna. Además, se presumía desde hacía tiempo que la cueva no era sólo prisión del contingente original de ángeles caídos, sino también la prisión de los «hijos de Dios», las tan discutidas criaturas del pseudoepigráfico Libro de Enoch. Conocidos como los «guardianes» por Enoch y como los «hijos del cielo» en la Biblia, ese grupo de ángeles desobedientes se granjeó el rechazo de Dios después de unirse con mujeres humanas y dar origen a la especie de híbridos angélico-humanos llamados nefilim (véase Génesis 6). Los guardianes fueron encarcelados bajo tierra después de su crimen. Su prisión subterránea aparece citada a lo largo de toda la Biblia (véase Judas 1, 6).

Dejando el libro abierto, Evangeline se levantó y fue hasta la Nueva Biblia Americana, que descansaba sobre un velador de roble en el centro de la biblioteca. Hojeándola, pasó de largo la Creación, la Caída y el asesinato de Abel a manos de Caín. Se detuvo en Génesis 6 y leyó:

1 Cuando los hombres comenzaron a multiplicarse sobre la faz de la tierra, y les nacieron hijas, sucedió 2 que los hijos de Dios vieron que las hijas de los hombres eran hermosas y

se tomaron por mujeres a aquéllas que de entre todas escogieron. 3 Y dijo Yahvé: «No permanecerá para siempre mi espíritu en el hombre, porque es todavía carne; serán sus días ciento veinte años.» 4 En aquel tiempo había gigantes sobre la tierra, y también después, cuando los hijos de Dios se unieron a las hijas de los hombres, y éstas les engendraron hijos. Éstos son los héroes de los tiempos antiguos, los hombres famosos. 5 Vio Yahvé que la maldad del hombre sobre la tierra era grande, que todo el objeto de los pensamientos de su corazón era siempre el mal. 6 Y Yahvé se arrepintió de haber hecho al hombre sobre la tierra, y le entristeció en su corazón. 7 Y dijo Yahvé: «Exterminaré al hombre que he creado de sobre la faz de la tierra, desde el hombre hasta los animales, y hasta los reptiles y las aves del cielo, pues me arrepiento de haberlos hecho.»

Esa misma tarde, Celestine había citado parte de ese pasaje. Aunque Evangeline había leído cientos de veces esa parte del Génesis —de niña, cuando su madre se lo leía en voz alta, había sido su primera gran pasión narrativa, la historia más dramática, cataclísmica, sobrecogedora que había escuchado nunca—, jamás se había parado a pensar en esos detalles: el nacimiento de criaturas extrañas llamadas nefilim, la condena de los hombres a vivir sólo ciento veinte años, la decepción del Creador con su creación, la maldad del Diluvio. En toda su formación, en toda su preparación como novicia, en todas las horas de estudio de la Biblia en las que había participado con otras hermanas de Saint Rose, nunca habían analizado ese pasaje. Volvió a leer el texto, deteniéndose en el versículo: «En aquel tiempo había gigantes sobre la tierra, y también después, cuando los hijos de Dios se unieron a las hijas de los hombres, y éstas les engendraron hijos. Éstos son los héroes de los tiempos antiguos, los hombres famosos.» Después buscó a Judas y leyó: «Asimismo a los ángeles que no conservaron su propia dignidad, sino que abandonaron su propia morada, los tiene reservados para el juicio final del gran día, atados con cadenas eternas, sepultados en tinieblas.»

Sintiendo que comenzaba a dolerle la cabeza, Evangeline cerró la biblia. La voz de su padre llenó su mente, y una vez más subió la escalera de un almacén frío y polvoriento, sus merceditas de charol pisando con suavidad los escalones metálicos. El borde afilado de una ala, la luminosidad de un cuerpo, la presencia extraña y bella de las criaturas enjauladas, amenazantes por encima de sus cabezas. Desde hacía tiempo sospechaba que esas visiones eran invenciones de su propia imaginación. La idea de que esas bestias fueran reales —y de que fueron la razón por la que su padre la llevó a Saint Rose— era más de lo que podía soportar.

Evangeline se puso en pie y caminó hasta la parte trasera de la habitación, donde una hilera de libros del siglo XIX se alineaba en los estantes de una vitrina cerrada con llave. Aunque los libros eran los más antiguos de la biblioteca, llevados allí el año de la fundación del convento, eran modernos en comparación con los textos que se analizaban y se discutían en sus páginas. Tras coger la llave de un gancho en la pared, abrió el armario y sacó uno de los volúmenes, acunándolo con cuidado en sus brazos mientras se acercaba a una amplia mesa de roble situada cerca de la chimenea. Examinó el libro, *Anatomía de los ángeles oscuros*, y recorrió con el dedo la suave encuadernación de cuero con gran ternura, temerosa de que, en sus prisas por abrirlo, pudiera dañar el lomo.

Tras ponerse un par de guantes de algodón, abrió con delicadeza la cubierta y miró en el interior, encontrando a su disposición cientos de páginas de datos sobre el lado oscuro de los ángeles. Cada página, cada diagrama, cada esquema narraba de alguna manera la transgresión de las criaturas angélicas que habían desafiado el orden natural. El libro recogía desde la exégesis bíblica hasta la postura franciscana sobre el exorcismo. Evangeline recorrió las páginas, deteniéndose en una revisión de los demonios en la historia de la Iglesia. Aunque nunca se hablaba entre las hermanas y era un enigma para ella, lo demoníaco había sido una vez fuente de numerosas discusiones teológicas en el seno de la Iglesia. Santo Tomás de Aquino, por ejemplo, había afirmado que era dogma de fe que los demonios tenían poder para provocar vientos, tormentas y una lluvia de fuego caída del cielo. La población demoníaca —7.405.926 divididos en setenta y dos compañías, según el recuento talmúdico— no estaba directamente censada en las obras cristianas, y ella dudaba de que esa cifra pudiera ser algo más que una especulación numérica, pero aun así le pareció una cifra asombrosa. Los primeros capítulos del libro contenían información histórica sobre la rebelión angelical. Cristianos, judíos y musulmanes habían discutido sobre la existencia de los ángeles oscuros durante miles de años. La referencia más concreta a los ángeles desobedientes se podía encontrar en el Génesis, pero hubo textos apócrifos y pseudoepigráficos que circularon ampliamente a lo largo de los siglos después de Cristo y que configuraron la concepción judeocristiana de los ángeles. Abundaban las historias de visitaciones angelicales, y la desinformación sobre la naturaleza de los ángeles prevalecía en el mundo antiguo al igual que en la época actual. Era un error habitual, por ejemplo, confundir a los guardianes —de los que se creía que habían sido enviados a la tierra por Dios con el propósito específico de espiar a la humanidad— con los ángeles rebeldes, seres angelicales que se habían hecho populares por *El paraíso perdido* y que habían seguido a Lucifer y sido expulsados del cielo. Los guardianes eran del décimo orden de los bene elohim, mientras que Lucifer y los ángeles rebeldes —el diablo y sus demonios— pertenecían a los malakim, que incluían los órdenes más perfectos de los ángeles. Mientras que el diablo había sido condenado al fuego eterno, los guardianes sólo estaban encarcelados durante un período de tiempo indeterminado. Detenidos en lo que se traducía de forma muy diversa como una zanja, un agujero o una cueva, esperaban la libertad.

Después de leer durante algún tiempo, Evangeline se dio cuenta de que, sin querer, había aplastado las páginas del libro hasta dejarlas lisas encima de la mesa de roble. Su mirada se desplazó del libro a la puerta de la biblioteca, donde, sólo unas pocas horas antes, había visto por primera vez a Verlaine. Había sido un día tan extraordinariamente extraño que la progresión desde sus abluciones matutinas a su estado actual de ansiedad era más similar a un sueño que algo real. Verlaine se había precipitado en su vida con tanta fuerza que parecía ser —como los recuerdos de su familia— una creación de su mente, real e irreal al mismo tiempo.

Tras sacar la carta del bolsillo y alisarla sobre la mesa, la leyó una vez más. Había habido algo en las maneras de aquel hombre —su franqueza, su familiaridad, su inteligencia— que había atravesado la concha en la que ella había vivido en los últimos años. Su aparición le había recordado que existía otro mundo en el exterior, más allá de los muros del convento. Le había dejado su número de teléfono en un trozo de papel. Evangeline sabía que, a pesar de su deber para con las hermanas y del peligro de ser descubierta, debía hablar de nuevo con él.

Una sensación de urgencia se apoderó de ella mientras recorría los ajetreados pasillos del primer piso. Pasó de largo con rapidez al lado de una reunión informativa de compañeras de oración que tenía lugar en la sala de la Paz Perpetua y de una clase de labores en el Centro de Arte Santa Rosa de Viterbo. No se detuvo en el guardarropa comunitario para buscar su chaqueta, y tampoco se paró en la Oficina Misionera y de Reclutamiento para recoger el correo del día. Ni siquiera se detuvo para comprobar que el Programa de Rezos de Adoración estaba en orden. Simplemente salió por la puerta principal hacia el gran garaje de ladrillo en la parte sur de la propiedad, donde cogió un manojo de llaves de una caja metálica gris en la pared y arrancó el coche del convento. Evangeline sabía por experiencia que el único lugar verdaderamente privado para una hermana franciscana de la Adoración Perpetua en el convento de Saint Rose era el sedán marrón de cuatro puertas.

Estaba segura de que nadie se opondría a que cogiera el coche. Solía esperar con ganas la tarea de conducir hasta la estafeta. Todas las tardes metía la correspondencia del convento en una bolsa de algodón y salía a la 9W, una autovía de dos carriles que serpenteaba junto al río Hudson. Sólo un puñado de hermanas tenían carnet de conducir, de manera que Evangeline se presentaba voluntaria para realizar la mayoría de los encargos más allá de sus deberes con el correo: recoger recetas médicas, comprar suministros para la oficina y escoger regalos para las celebraciones de cumpleaños de las religiosas.

Algunas tardes conducía hasta el otro lado del río, tomando el puente metálico de Kingston-Rhinecliff para internarse en Dutchess County. Tras reducir la velocidad al cruzar el puente, solía bajar la ventanilla y contemplar las propiedades que se dispersaban como champiñones demasiado crecidos a lo largo de ambas orillas del agua: las tierras monásticas de varias comunidades religiosas, incluidas las torres del convento de Saint Rose y, en algún lugar al girar una curva, la Mansión Vanderbilt, parapetada tras varias hectáreas de tierra. Desde aquella altura podía divisar varios kilómetros a la redonda. Sintió cómo el coche viraba levemente a causa del viento, enviando un escalofrío de miedo por todo su cuerpo. Estaba tan alto por encima del agua, tan alto que, mirando hacia abajo, comprendió durante un segundo cómo sería volar. Siempre le había gustado la sensación de libertad que sentía al pasar sobre el agua, un afición que había adquirido durante sus muchos paseos con su padre por el puente de Brooklyn. Cuando llegase al otro extremo del puente, daría media vuelta y conduciría de regreso al otro lado, dejando que sus ojos recorrieran la cresta púrpura y azul de las montañas Catskills en el cielo occidental. La nieve había empezado a caer, levantándose y dispersándose en el viento. Una vez más, mientras el puente la llevaba cada vez más alto sobre la tierra y la estructura de pilares la mantenía en las alturas, sintió la sensación placentera de haber salido de su propio cuerpo, una sensación de vértigo similar a la que percibía algunas mañanas en la capilla de la Adoración; una pura reverencia por la inmensidad de la creación.

Evangeline confiaba en sus tardes de excursión para aclarar la mente. Hasta antes de ese día, sus pensamientos se habían vuelto invariablemente hacia el futuro, que parecía extenderse ante sí como un pasillo oscuro y sin fin que podría recorrer para siempre sin encontrar su destino. Ahora, al girar hacia la 9W, no pensaba en nada más que en el extraño relato de Celestine y la intempestiva entrada de Verlaine en su vida. Deseó que su padre estuviera vivo para poder preguntarle qué habría hecho él, con toda su experiencia y su sabiduría, en una situación similar.

Bajando la ventanilla, dejó que el coche se llenara del aire helado. A pesar del hecho de que estaban en lo más crudo del invierno y ella había abandonado el convento sin una chaqueta, le ardía la piel. El sudor empapaba su ropa, haciendo que se sintiera pegajosa. Se miró en el espejo retrovisor y vio que su cuello se había cubierto de marcas rojas de urticaria, manchas en forma de ameba que teñían la carne de un pálido color carmesí. La última vez que le había ocurrido eso había sido en el año de la muerte de su madre, cuando desarrolló una serie de alergias inexplicables que desaparecieron tras su llegada a Saint Rose. Era posible que los años de vida contemplativa hubieran creado una burbuja de tranquilidad y comodidad a su alrededor, pero habían contribuido muy poco a prepararla para enfrentarse al pasado.

Tras abandonar la autovía principal, condujo por las estrechas carreteras azotadas por el viento que conducían a Milton. Pronto los árboles ralearon y el bosque se retiró para revelar una extensión de cielo encapotado cargado de nieve. En Main Street, las aceras estaban vacías, como si la nieve y el frío hubieran empujado a todo el mundo a resguardarse en el interior de sus casas. Evangeline se detuvo en una gasolinera, llenó el depósito de combustible sin plomo y entró para utilizar el teléfono. Con dedos temblorosos, introdujo una moneda de veinticinco centavos, marcó el número que le había dado Verlaine y esperó con el corazón latiéndole con fuerza en el pecho. El teléfono sonó cinco, siete, nueve veces antes de que saltara el contestador automático. Escuchó la voz de Verlaine en el mensaje, pero colgó el auricular sin decir nada, perdiendo la moneda. Verlaine no estaba en casa.

A continuación arrancó el coche y consultó el reloj del salpicadero. Eran casi las siete. Se había saltado las tareas vespertinas y también la cena. La hermana Philomena seguramente la estaría esperando a su regreso, deseosa de que le proporcionara una explicación que justificase su ausencia. Disgustada, se preguntó qué diablos le ocurría para conducir hasta el pueblo y llamar a un hombre que no conocía para discutir un tema que seguramente él encontraría absurdo, si no completamente disparatado. Evangeline estaba a punto de dar media vuelta y regresar a Saint Rose cuando lo vio. Al otro lado de la calle, detrás de un gran ventanal escarchado, estaba Verlaine.

Milton Bar and Grill, Milton, Nueva York

Cómo había sabido Evangeline que él la necesitaba —que estaba herido y atrapado y, ahora, considerablemente borracho de cerveza mexicana— era un hecho que Verlaine juzgó como milagroso e intuitivo, quizá incluso un truco que ella había aprendido durante sus años en el claustro; algo, en cualquier caso, que escapaba a su comprensión. Aun así, allí estaba ella, caminando lentamente hacia la puerta de la taberna, su postura demasiado perfecta, su cabello corto sujeto detrás de las orejas, su ropa negra, parecida, si hacía un esfuerzo mental, al atuendo deprimente de las chicas con las que solía salir en la universidad, esas chicas oscuras, artísticas y misteriosas a las que hacía reír pero a las que nunca había podido convencer de que se acostasen con él. En cuestión de segundos, Evangeline había atravesado la sala del bar y se había sentado frente a él, una mujer delicada y menuda con unos grandes ojos verdes, que evidentemente nunca había estado en un sitio como el Milton Bar and Grill.

Él la contempló mientras ella miraba por encima del hombro, examinando el escenario, echando un vistazo a la mesa de billar, la máquina de discos y la diana. O no se daba cuenta o no le preocupaba en absoluto que pareciese estar totalmente fuera de lugar entre aquel gentío. Mirándolo de arriba abajo de la misma forma en que se examina un pájaro herido, frunció las cejas y esperó a que Verlaine le explicase lo que le había ocurrido en las horas transcurridas desde su conversación.

—He tenido un problema con el coche —explicó él, evitando la versión más complicada de su situación—. He caminado hasta aquí.

—¿Con la tormenta? —preguntó Evangeline verdaderamente sorprendida.

—Seguí la autovía durante casi todo el tiempo, aunque me perdí un poco.

—Hay mucha distancia para ir andando —comentó ella con un ápice de escepticismo en la voz—. Me sorprende que no se haya quedado helado.

—Conseguí que me trajeran en coche la mitad de camino. Desde luego, fue una suerte, de lo contrario seguiría ahí fuera con el culo helado.

Evangeline lo escrutó durante un buen rato y Verlaine se preguntó si pondría objeciones a su lenguaje. A fin de cuentas, ella era monja y él debería intentar comportarse con corrección, aunque le resultaba imposible interpretar la expresión de su rostro. Ella era demasiado diferente de su (tenía que admitir que estereotípica) visión de cómo debería ser una monja. Era joven, irónica y demasiado guapa para encajar en el perfil que había esbozado en su mente de las severas y sin sentido del humor Hermanas de la Adoración Perpetua. No sabía cómo lo hacía, pero había algo en Evangeline que hacía que se sintiera como si pudiera contarle cualquier cosa.

—¿Y usted por qué está aquí? —preguntó, esperando que su broma fuera bien recibida—. ¿No se supone que debería estar rezando, haciendo buenas obras o cualquier otra cosa?

—De hecho, vine a Milton para llamarlo —contestó ella, sonriendo.

Ahora era su turno de sorprenderse. Nunca hubiera imaginado que ella quisiera verlo de nuevo.

—Está de broma...

—En absoluto —replicó Evangeline, apartando un mechón de cabello oscuro de sus ojos. Se había puesto nuevamente seria—. En Saint Rose no existe la privacidad. No podía arriesgarme a llamar desde allí. Y sabía que tenía que preguntarle algo que debe quedar entre nosotros. Se trata de un asunto muy delicado, un asunto sobre el que espero que pueda usted aconsejarme. Se trata de las cartas que ha encontrado.

Verlaine dio un sorbo a su Coronita, impresionado por lo vulnerable que parecía ahora, sentada en el borde de la silla del bar, sus ojos enrojecidos por el denso humo de los cigarrillos, la piel de sus dedos largos y sin anillos agrietada por el frío invernal.

—No hay nada de lo que me gustaría más hablar —respondió él.

—Entonces no le importará —dijo ella inclinándose sobre la mesa— contarme dónde encontró esas cartas.

—En el archivo de los documentos personales de Abigail Aldrich Rockefeller —contestó Verlaine—. Las cartas no estaban catalogadas. Habían pasado totalmente desapercibidas.

—¿Las robó? —preguntó Evangeline.

Verlaine sintió cómo le ardían las mejillas ante la reprimenda.

—Las tomé prestadas. Las devolveré cuando comprenda su significado.

—¿Y cuántas tiene?

—Cinco. Se escribieron a lo largo de un período de cinco semanas en 1943.

—¿Todas ellas de Innocenta?

—Sí. Ni una de Rockefeller.

Evangeline sostuvo la mirada de Verlaine, esperando que él dijera algo más. La intensidad de la mirada de Evangeline le sorprendió. No sabía si era por el interés que ella demostraba en su trabajo —su investigación había sido infravalorada, incluso por Grigori— o por la sinceridad de su actitud, pero lo cierto es que se sintió ansioso por complacerla. Todos los miedos, la frustración y el sentido de futilidad que acarreaba con él se desvanecieron de repente.

—Necesito saber si se dice algo en esas cartas sobre las hermanas de Saint Rose —exigió Evangeline, interrumpiendo sus pensamientos.

—No estoy seguro —respondió él, reclinándose en su silla—, pero no lo creo.

—¿Mencionaba algo sobre una colaboradora de Abigail Rockefeller? ¿Algo sobre el convento, la iglesia o las monjas?

Verlaine estaba perplejo por la dirección que estaba tomando Evangeline.

—No he memorizado las cartas, pero, por lo que puedo recordar, no dice nada sobre las monjas de Saint Rose.

—Pero en la carta de Abigail Rockefeller a Innocenta —repuso ella, levantando la voz por encima de la música y perdiendo un poco la compostura— mencionaba específicamente a la hermana Celestine: «Celestine Clochette llegará a Nueva York a principios de febrero.»

—¿Celestine Clochette era una monja? Llevo toda la tarde intentando imaginar quién debió de ser.

—*Es* —replicó Evangeline bajando la voz, de manera que casi resultaba inaudible a causa de la música—. Celestine *es* una monja. Está viva. Fui a verla después de que usted se marchó. Es muy anciana, y no se encuentra muy bien, pero estaba al corriente de la correspondencia entre Innocenta y Abigail Rockefeller. Conocía la expedición mencionada en la carta. Dijo una serie de cosas bastante terroríficas sobre...

—¿Sobre qué? —preguntó Verlaine, más preocupado cada segundo que pasaba—. ¿Qué fue lo que dijo?

—No lo comprendí exactamente. Era como si estuviera hablando en clave. Cuando intenté desentrañar el significado de sus palabras, todavía tenía menos sentido.

Verlaine se debatía entre el impulso de abrazar a Evangeline, cuyo rostro había palidecido completamente, y el deseo de sacudirla. En lugar de eso, pidió un par de Coronitas y deslizó sobre la mesa su copia manuscrita de la carta Rockefeller.

—Vuelva a leer esto. Quizá Celestine Clochette trajo al convento de Saint Rose algún objeto de las montañas Ródope. ¿Le contó algo acerca de la expedición? —Olvidando

146

que prácticamente no conocía a Evangeline, extendió la mano sobre la mesa y tocó la suya—. Quiero ayudarla.

La religiosa retiró inmediatamente la mano, lo miró con suspicacia y luego consultó su reloj.

—No puedo quedarme. Ya he estado fuera demasiado tiempo. Evidentemente, usted no sabe mucho más que yo sobre esas cartas.

Mientras la camarera ponía delante de ellos las dos cervezas, Verlaine dijo:

—Debe de haber más cartas, al menos cuatro más. Está claro que Innocenta estaba contestando a Abigail Rockefeller. Usted podría buscarlas, o quizá Celestine Clochette sepa dónde podemos encontrarlas...

—Señor Verlaine —lo interrumpió Evangeline en un tono imperioso que a él le pareció forzado—, me solidarizo con su investigación y su deseo de cumplir las expectativas de su cliente, pero no puedo participar en algo así.

—Esto no tiene nada que ver con mi cliente —confesó él, tomando un largo sorbo de su bebida—. Su nombre es Percival Grigori. Es un hombre horrible; nunca debería haber aceptado trabajar para él. De hecho, acaba de ordenar a unos matones que destrocen mi coche y se lleven todos los documentos de mi investigación. Está claro que va detrás de algo y si ese algo es la correspondencia que hemos encontrado, que, por cierto, no le enseñé, entonces debemos hallar las cartas que faltan antes de que lo haga él.

—¿Destrozado su coche? —preguntó Evangeline, incrédula—. ¿Por eso está aquí?

—No importa —contestó él con la esperanza de parecer despreocupado—. Bueno, en realidad, sí importa. Me veo obligado a pedirle que me acerque a una estación de tren. Y necesito saber qué trajo Celestine Clochette a Estados Unidos. El convento de Saint Rose es el único lugar en el que puede estar. Si usted pudiera encontrarlo, o al menos buscase esas cartas, nos acercaríamos a comprender de qué va todo esto.

La expresión de Evangeline se suavizó ligeramente, como si estuviera valorando detenidamente su petición.

—No puedo prometerle nada, pero echaré un vistazo —dijo al fin.

Verlaine quería abrazarla, decirle lo feliz que lo hacía haberla conocido, pedirle que volviera con él a Nueva York y empezaran a trabajar esa misma noche, pero viendo la turbación que le provocaban sus atenciones, decidió no hacer nada de todo eso.

—Venga —ordenó Evangeline al tiempo que recogía las llaves del coche de la mesa—. Lo acercaré a la estación de tren.

Convento de Saint Rose, Milton, Nueva York

Evangeline se había perdido la cena comunitaria en el comedor, al igual que el almuerzo, por lo que estaba hambrienta. Sabía que encontraría algo para comer en la cocina si decidía echar un vistazo —las neveras de tamaño industrial siempre estaban llenas de sobras—, pero pensar en comida hacía que se sintiera indispuesta. Haciendo caso omiso del hambre, pasó de largo junto a la escalera que conducía al comedor y siguió caminando en dirección a la biblioteca.

Cuando abrió la puerta y encendió la luz vio que habían limpiado la sala durante su ausencia: el libro de registro encuadernado en cuero (que había dejado esa tarde abierto sobre la mesa) estaba cerrado; los volúmenes apilados en el sofá habían sido devueltos a su sitio; una mano meticulosa había pasado el aspirador por las alfombras de felpa. Obviamente, una de las hermanas había hecho la limpieza en su lugar. Sintiéndose culpable, prometió limpiar el doble la tarde siguiente, quizá se presentaría voluntaria para las tareas de lavandería, aunque, con la abundancia de velos a lavar a mano, era una tarea muy odiosa. Había estado mal dejar su trabajo a las demás. Cuando una está ausente, las demás deben soportar su carga.

Se agachó ante la chimenea para encender el fuego. Pronto se extendió por el suelo una luz difusa. Evangeline se hundió en los mullidos cojines del sofá, cruzó las piernas

149

e intentó ordenar las piezas dispersas del día. Era un laberinto de información tan extraordinario que luchó por mantenerlo en orden en su cabeza. El fuego era tan reconfortante y el día había sido tan duro que Evangeline se echó en el sofá y pronto se quedó dormida.

Una mano en el hombro la despertó sobresaltándola. Incorporándose, descubrió a la hermana Philomena de pie a su lado, mirándola con cierta severidad.

—Hermana Evangeline —dijo Philomena, que seguía tocando su hombro—, ¿qué está haciendo?

Ella parpadeó. Se había quedado tan profundamente dormida que casi no conseguía orientarse. Le parecía como si viera la biblioteca —con sus estanterías de libros y la chimenea parpadeante— desde las profundidades del agua. Con rapidez, bajó los pies al suelo y se sentó.

—Estoy segura de que eres consciente —empezó Philomena, sentándose junto a ella en el sofá—, de que la hermana Celestine es una de las integrantes más ancianas de nuestra comunidad. No sé lo que ha ocurrido esta tarde, pero lo cierto es que se encuentra bastante alterada. He pasado toda la tarde con ella. No ha sido fácil tranquilizarla.

—Lo siento mucho —se disculpó Evangeline, notando cómo sus sentidos se centraban de inmediato ante la mención de Celestine—. Fui a verla para preguntarle sobre algo que hallé en el archivo.

—En menudo estado se encontraba cuando fui a verla... —comentó Philomena—. Exactamente, ¿qué le dijiste?

—No fue mi intención alterarla —volvió a disculparse Evangeline, consciente de lo insensato que había sido hablar con Celestine sobre las cartas. Había sido muy ingenuo por su parte pensar que una conversación tan explosiva podría mantenerse en secreto.

La hermana Philomena se quedó mirando a Evangeline como si estuviera calibrando su voluntad de cooperar.

—Estoy aquí para decirte que a Celestine le gustaría hablar de nuevo contigo —le informó finalmente—. Y para pedirte que me informes de todo lo que suceda en su celda.

A Evangeline le dio la impresión de que el comportamiento de la hermana Philomena era extraño, no alcanzaba a imaginar cuáles podían ser sus motivaciones, pero aun así asintió.

—No podemos permitir que vuelva a alterarse de nuevo de ese modo. Por favor, ten cuidado con lo que le dices.

—Muy bien —replicó Evangeline, levantándose y quitándose unas pelusas del sofá del jersey y de la falda—. Iré inmediatamente.

—Dame tu palabra —dijo Philomena con severidad mientras la acompañaba hasta la puerta de la biblioteca— de que me informarás de todo lo que te diga Celestine.

—Pero ¿por qué? —preguntó ella de pronto, sorprendida por las bruscas maneras de su compañera.

Ante esa respuesta, Philomena se detuvo, como si estuviera arrepentida.

—Celestine no es tan fuerte como aparenta, mi niña. No queremos ponerla en peligro.

En las horas transcurridas desde la última visita de Evangeline, la hermana Celestine había sido trasladada a la cama. Su cena —caldo de pollo, biscotes y agua— permanecía intacta en una bandeja sobre la mesilla de noche. Un humidificador lanzaba vapor al aire, envolviendo la habitación en un neblina húmeda. Habían plegado la silla de ruedas en una esquina de la habitación, cerca de la ventana, abandonada. Las cortinas cerradas daban a la estancia el aspecto de una sombría habitación de hospital, un efecto que aumentó cuando Evangeline cerró la puerta con suavidad a su espalda, amortiguando el sonido de las hermanas que se encontraban en el pasillo.

—Pasa, pasa —la invitó Celestine, haciendo gestos para que se acercara a la cama.

La anciana entrelazó las manos sobre el pecho. Evangeline sintió la urgencia de cubrir sus dedos blancos y frágiles con los suyos, para protegerlos, aunque no habría sabido decir de qué. Philomena tenía razón: Celestine era dolorosamente frágil.

—¿Ha pedido verme, hermana? —dijo.

Con gran esfuerzo, Celestine se incorporó sobre un montón de almohadas.

—Debo pedirte que perdones mi comportamiento de esta tarde —empezó, mirándola a los ojos—. No sé cómo explicarme. No he hablado de esas cosas durante muchos, muchos años. Ha sido una gran sorpresa descubrir que, a pesar del tiempo, los acontecimientos de mi juventud siguen estando tan vivos y me alteran tanto. El cuerpo puede envejecer, pero el alma sigue siendo joven, tal como la hizo Dios.

—No hay necesidad de que se disculpe —replicó Evangeline mientras apoyaba la mano sobre el brazo de la anciana, tan delgado como una ramita bajo la tela de su camisón—. Fue culpa mía que se alterara de esa manera.

—En verdad —contestó Celestine endureciendo la voz, como si estuviera recurriendo a una reserva de rabia—, simplemente me cogiste desprevenida. No había tenido que enfrentarme a esos acontecimientos en muchos, muchos años. Sabía que llegaría el momento en que debería contártelo, pero esperaba que fuera más adelante.

Una vez más, Celestine la había confundido. Tenía una curiosa forma de alterar su delicado equilibrio interior, perturbándola.

—Ven —ordenó Celestine mirando a su alrededor—. Acerca esa silla y siéntate conmigo. Hay mucho que contar.

La joven cogió una silla de madera de un rincón y la aproximó a la cama. Luego se sentó dispuesta a escuchar con atención la débil voz de la hermana Celestine.

—Creo que sabes —empezó Celestine— que nací y fui educada en Francia, y que llegué al convento de Saint Rose durante la segunda guerra mundial.

—Sí —contestó Evangeline con suavidad—. Lo sabía.

—También es posible que sepas... —Celestine se detuvo mirándola a los ojos, como si quisiera encontrar en ellos algún juicio— que lo dejé todo, mi trabajo y mi país, en manos de los nazis.

—Imagino que la guerra obligó a muchos a buscar refugio en Estados Unidos.

—Yo no busqué refugio —replicó Celestine, enfatizando cada palabra—. Las privaciones a causa de la guerra eran severas, pero creo que podría haber sobrevivido si me hubiera quedado. Quizá no lo sepas, pero en Francia no era una hermana profesa. —Tosió en un pañuelo—. Tomé los votos en Portugal, de camino a Estados Unidos. Antes de eso era miembro de otra orden, una que compartía buena parte de sus objetivos con la nuestra, sólo que... —Celestine reflexionó durante un momento— seguíamos una vía diferente para conseguirlos. Huí de ese grupo en diciembre de 1943.

Evangeline observó mientras la anciana se incorporaba un poco más en la cama y tomaba un sorbo de agua.

—Dejé ese grupo —prosiguió al fin Celestine—, pero ellos aún no habían acabado conmigo. Antes de abandonarlos debía cumplir con un último deber. Los miembros de dicho grupo me dieron instrucciones de que trajera a Norteamérica una maleta y se la entregase a un contacto en Nueva York.

—Abby Rockefeller —aventuró Evangeline.

—Al principio, la señora Rockefeller no era más que una patrocinadora rica que asistía a las reuniones en Nueva York. Como tantas mujeres de la alta sociedad, había participado estrictamente como observadora. Supongo que estaba interesada en los ángeles de la misma forma que los ricos se interesan por las orquídeas: con mucho entusiasmo y con muy poco conocimiento real. Honestamente, no puedo decir cuáles eran sus verdaderos intereses antes de la guerra. Sin embargo, cuando estalló, se volvió muy sincera en su compromiso. Mantuvo con vida nuestro trabajo. La señora Rockefeller envió equipos, vehículos y dinero para ayudarnos en Europa. Nuestros estudiosos no estaban afiliados abiertamente a ninguno de los bandos; éramos pacifistas de corazón, con fondos privados, como había sido desde el principio.

Celestine parpadeó, como si una mota de polvo le hubiera irritado los ojos, después continuó:

—Y por eso, como puedes suponer, los donantes priva-

153

dos eran esenciales para nuestra supervivencia. La señora Rockefeller protegió a nuestros miembros en la ciudad de Nueva York, consiguiendo los pasajes desde Europa, recibiéndolos en los muelles, proporcionándoles refugio. A través de su apoyo fui capaz de emprender la misión más importante: una expedición a las profundidades de la tierra, al verdadero centro del mal. El viaje fue planeado durante muchos años, a partir del descubrimiento de un relato que describía una expedición anterior a la gruta. Ese relato salió a la luz en 1919. Se emprendió una segunda expedición en 1943. Era muy arriesgado conducir por las montañas, mientras las bombas caían sobre los Balcanes, pero, gracias a las excelentes provisiones donadas por la señora Rockefeller, íbamos muy bien equipados. Se podría decir que la señora Rockefeller fue nuestro ángel de la guarda durante la guerra, aunque muchos no estarían dispuestos a decir lo mismo.

—Pero usted se fue —señaló Evangeline con delicadeza.

—Sí, me fui. No voy a entrar en los detalles de mis motivos, pero basta con decir que no quería seguir participando en nuestra misión. Sabía que estaba acabada incluso antes de llegar a Norteamérica.

Un acceso de tos sobrecogió a la anciana. Evangeline la ayudó a incorporarse para que bebiera un sorbo de agua.

—La noche en la que regresamos de las montañas —continuó Celestine—, vivimos una tragedia terrible. Seraphina, mi mentora, la mujer que me había reclutado cuando tenía quince años y me había formado, estaba en peligro. Yo amaba profundamente a la doctora Seraphina. Ella me había dado la oportunidad de estudiar y avanzar que habían tenido muy pocas chicas de mi edad. Seraphina creía que yo podría ser una de las mejores. Tradicionalmente, nuestros miembros habían sido monjes y estudiosos, y por eso mis habilidades académicas eran especialmente atractivas para ellos, porque había sido bastante precoz en la escuela y tenía conocimientos prácticos de numerosas lenguas antiguas. La doctora me prometió que me admitirían como miembro de pleno derecho, dándome acceso a sus vastos recursos, tanto espirituales como intelectuales, después de la expedición. Yo quería mucho a Seraphina. Después de aquella noche, mi trabajo perdió de repente todo su significado. Me culpaba de lo que le había ocurrido.

Evangeline podía ver que Celestine estaba profundamente afectada, pero no tenía ni idea de cómo consolarla.

—Seguramente hizo todo lo que pudo.

—Había mucho de lo que lamentarse en aquellos días. Puede que te resulte difícil imaginarlo, pero millones de personas estaban muriendo en Europa. En ese momento sentía que nuestra misión en las Ródope era de vital importancia. No comprendía la extensión de lo que estaba ocurriendo en el mundo en su conjunto. Sólo me preocupaba por mi trabajo, mis objetivos, mi avance personal, mi causa. Esperaba impresionar a los miembros del consejo, que decidían el destino de jóvenes estudiosos como yo. Por supuesto, me equivocaba al estar tan ciega.

—Perdóneme, hermana —la interrumpió Evangeline—, pero sigo sin comprender. ¿Qué misión? ¿Qué consejo?

La joven pudo ver cómo crecía la tensión en la expresión de Celestine mientras ésta analizaba la pregunta, recorriendo con sus arrugados dedos los colores brillantes de la colcha de ganchillo.

—Te lo explicaré directamente, tal como me lo refirieron mis maestros —respondió finalmente—. Sólo que ellos contaron con la ventaja de poder presentarme a otros como yo y de mostrarme la sede de la Sociedad Angelológica en París. Además, me mostraron pruebas sólidas e incuestionables que pude ver y tocar; tú, en cambio, tienes que creer en mi palabra. Mis maestros fueron capaces de introducirme con suavidad en el mundo que estoy a punto de revelarte, algo que yo no podré hacer por ti, mi niña.

Evangeline se disponía a decir algo, pero una mirada de la anciana hizo que se interrumpiera.

—Para decirlo en pocas palabras —prosiguió Celestine—, estamos en guerra.

Incapaz de reaccionar, la joven sostuvo la mirada de la mujer.

—Se trata de una lucha espiritual que se disputa sobre el escenario de la civilización humana —continuó la anciana—. Nosotros seguimos lo que empezó hace mucho tiempo, cuando nacieron los gigantes. Entonces vivían en la tierra, y también viven en la actualidad. La humanidad los combatió entonces y nosotros los combatimos ahora.

—Lo extrapola a partir del Génesis —intervino Evangeline.

—¿Cree literalmente las palabras de la Biblia, hermana? —replicó Celestine con dureza.

—Mis votos se basan en eso —respondió Evangeline, sorprendida por la prontitud con que la interpelaba Celestine, con una nota de represión en la voz.

—Algunos interpretan el capítulo sexto del Génesis como una metáfora, como una especie de parábola. Pero ésa no es mi interpretación ni mi experiencia.

—Pero nosotras nunca hablamos de esas criaturas, de esos gigantes... Ni una sola vez he oído mencionarlos a las hermanas de Saint Rose.

—Gigantes, nefilim, los hombres famosos..., todos ésos son los nombres antiguos de los hijos de los ángeles. Los primeros estudiosos cristianos argumentaron que los ángeles eran inmateriales. Los definieron como luminosos, espectrales, evanescentes, incorpóreos, sublimes. Los ángeles eran los mensajeros de Dios, infinitos en número, creados para transmitir Su voluntad de un reino al contiguo. Los humanos, menos perfectos, creados a imagen de Dios aunque de barro, sólo podían contemplar con sobrecogimiento la llameante incorporeidad de los ángeles. Eran criaturas superiores que se caracterizaban por sus cuerpos iridiscentes, su velocidad y sus propósitos sagrados, su belleza adecuada a su papel como intermediarios entre Dios y la creación. Y entonces, algunos de ellos, unos pocos rebeldes, se mezclaron con la humanidad. Los gigantes fueron la desgraciada consecuencia.

—¿Se mezclaron con la humanidad? —inquirió Evangeline.

—Las mujeres dieron a luz a los hijos de los ángeles.

—Celestine se detuvo, buscando los ojos de la joven para asegurarse de que la había comprendido—. Los detalles técnicos de la fusión han sido objeto de un intenso escrutinio desde hace mucho tiempo. Durante siglos, la Iglesia negó incluso que hubiera existido semejante reproducción. El pasaje del Génesis resulta embarazoso para los que creen que los ángeles no tienen atributos físicos. Para explicar el fenómeno, la Iglesia afirmó que el proceso reproductivo entre ángeles y humanos había sido asexual, una fusión de espíritus que dejó encintas a las mujeres, una especie de nacimiento virginal a la inversa, en el que los descendientes eran malvados en vez de sagrados. Mi maestra, la doctora Seraphina, de la que te he hablado antes, creía que eso era una soberana tontería. Al reproducirse con mujeres, afirmaba, los ángeles demostraron que eran seres físicos, capaces de mantener relaciones sexuales. Creía que el cuerpo angelical estaba mucho más cerca del cuerpo humano de lo que se podría esperar. Durante el transcurso de nuestro trabajo, documentamos los genitales de un ángel, tomando fotografías que debían demostrar de una vez por todas que los seres angélicos estaban..., ¿cómo decirlo?..., equipados del mismo modo que los humanos.

—¿Tiene fotografías de un ángel? —preguntó Evangeline, dejándose llevar por la curiosidad.

—Fotografías de un ángel asesinado en el siglo x, un espécimen masculino. Los ángeles que se enamoraron de mujeres humanas fueron, en todos los casos, varones. Pero eso no excluye la posibilidad de que existan miembros femeninos en las huestes celestiales. Se ha dicho que un tercio de los guardianes no se enamoraron. Esas criaturas obedientes regresaron al cielo, a su hogar celestial, donde han permanecido hasta la actualidad. Sospecho que eran ángeles femeninas, que no se sintieron tentadas de la misma forma que los ángeles masculinos.

Celestine inspiró profunda y trabajosamente y se acomodó en la cama antes de proseguir.

—Los ángeles que permanecieron en la tierra eran extraordinarios en muchos aspectos. Siempre me ha parecido asombroso lo humanos que parecían. Su desobediencia fue un acto de libre albedrío, una cualidad muy humana, reminiscencia de la mala elección de Adán y Eva en el Edén. Los ángeles desobedientes también eran capaces de desplegar una variedad de amor totalmente humana, amaban de forma completa, ciega, imprudente. En definitiva, cambiaron los cielos por la pasión, un cambio que es difícil comprender en su totalidad, en especial porque tú y yo hemos renunciado completamente a cualquier esperanza de experimentar un amor semejante.

Celestine le sonrió, como si se compadeciera de la vida sin amor que aguardaba a la joven.

—En ese aspecto son fascinantes, ¿no te parece? Su habilidad para sentir y sufrir por amor despierta nuestra simpatía por sus acciones erróneas. El cielo, sin embargo, no demostró una empatía similar. Los guardianes fueron castigados sin piedad. Los descendientes de las uniones entre los ángeles y las mujeres fueron criaturas monstruosas que trajeron grandes sufrimientos al mundo.

—Y usted cree que aún están entre nosotros —apostilló Evangeline.

—Sé que aún están entre nosotros —replicó Celestine—. Pero han evolucionado a lo largo de los siglos. En los tiempos modernos esas criaturas se han escondido bajo nombres nuevos y diferentes. Se ocultan bajo el auspicio de antiguas familias, muy ricas, y corporaciones a las que no se les puede seguir el rastro. Resulta difícil imaginar que viven en nuestro mundo, entre nosotros, pero te aseguro que, una vez que has abierto los ojos a su presencia, descubres que están en todas partes.

Celestine miró con atención a Evangeline, como si quisiera evaluar cómo digería toda aquella información.

—Si estuviéramos en París, sería posible mostrarte pruebas concretas e irrefutables: leerías relatos de testigos, quizá verías incluso las fotografías de la expedición. Te hablaría de las enormes y maravillosas contribuciones que los pensadores angelológicos han realizado a lo largo de los siglos (san Agustín, santo Tomás de Aquino, Milton, Dante), hasta que nuestra causa apareciese clara y cristalina ante ti. Te conduciría a través de los salas de mármol hasta una habitación en la que se conservan los registros históricos. Teníamos los más elaborados e intrincados esquemas, llamados angelologías, que situaban a todos y cada uno de los ángeles en su lugar exacto. Semejante trabajo aporta orden al universo. La mente francesa es extremadamente ordenada, la obra de Descartes es una prueba de ello, no su origen, y había algo en esos sistemas que era extremadamente balsámico para mí. Me pregunto si tú también los encontrarías así.

Evangeline no sabía qué contestar, y por eso esperó a que la monja siguiera explicándose.

—Pero, por supuesto, los tiempos han cambiado —prosiguió Celestine—. En su momento, la angelología fue una de las grandes ramas de la teología. En su época, los reyes y los papas validaban la labor de los teólogos y pagaban a grandes artistas para que pintaran ángeles. En esos tiempos, los órdenes y los propósitos de la hueste celestial eran discutidos por los estudiosos más brillantes de Europa. Ahora los ángeles no tienen cabida en nuestro universo.

Celestine se inclinó hacia ella, como si revelar la información le diera nuevas fuerzas.

—A pesar de que los ángeles fueron una vez el epítome de belleza y bondad, ahora, en nuestra época, son irrelevantes. El materialismo y la ciencia los han desterrado hacia la no existencia, una esfera tan indeterminada como el purgatorio. En el pasado, la humanidad creía en ellos de forma implícita, intuitiva, no con nuestra mente, sino con nuestra propia alma. Ahora necesitamos pruebas. Necesitamos datos materiales, científicos, que verifiquen su realidad sin lugar a dudas. Sin embargo, ¡imagina la crisis que estallaría si existiesen dichas pruebas! ¿Qué ocurriría si se pudiera verificar la existencia material de los ángeles?

La anciana guardó silencio. Quizá se había cansado, o sencillamente se había perdido en sus pensamientos. Por el contrario, Evangeline estaba empezando a alarmarse. El giro que estaba tomando el relato de Celestine se estaba aproximando terriblemente a la mitología de la que ella se había empapado esa misma tarde. Había albergado la esperanza de encontrar una razón para rechazar la existencia de esas criaturas monstruosas, no para confirmarla. Parecía que la anciana religiosa se estaba acercando peligrosamente a la agitación que había mostrado durante la tarde.

—Hermana —dijo Evangeline, deseando que Celestine confesara que todo lo que había dicho era una ilusión, una metáfora de algo práctico e inocuo—, dígame que no está hablando usted en serio.

—Es la hora de mis pastillas —respondió ella, haciendo un gesto hacia la mesilla de noche—. ¿Me las puedes traer?

Mientras se volvía hacia la mesilla de noche, la joven se detuvo de repente. Donde durante la tarde había dispuestas pilas de libros, ahora se encontraban frascos y más frascos de medicamentos, suficientes para sugerir que Celestine sufría una enfermedad seria y avanzada. Evangeline cogió uno de los botes de plástico naranja para examinarlo. En la etiqueta se leía su nombre, la dosis y el nombre de la droga, una sarta de sílabas impronunciables que no había oído nunca antes. Ella siempre había estado sana, y sus recientes problemas con los catarros eran la única experiencia que había tenido con la enfermedad. Su padre había estado sano hasta el mismo instante de su muerte, y su madre había desaparecido en la flor de la vida. Desde luego, Evangeline nunca había estado en contacto con alguien tan deteriorado por la enfermedad. Le sorprendió no haber pensado nunca en la compleja combinación de remedios que se necesitaba para mantener y aliviar un cuerpo dañado, y su falta de sensibilidad la cubrió de vergüenza.

Abrió el cajón de la mesilla de noche. Allí encontró un folleto que explicaba los posibles efectos secundarios de la medicación contra el cáncer y, junto a él, una ordenada columna de nombres de fármacos y un plan de tomas. Contuvo la respiración. ¿Por qué no la habían informado de que Celestine tenía cáncer? ¿Había estado absorbida de una forma tan egoísta en su propia curiosidad que había pasado por alto su estado? Se sentó al lado de la anciana y contó la dosis correcta.

—Gracias —dijo Celestine. Cogió las pastillas y las tragó con un poco de agua.

Evangeline se consumía a causa de los remordimientos por su ceguera. Se había resistido a preguntarle demasiado a Celestine, y a pesar de ello estaba desesperada porque le explicase todo lo que había empezado a contarle en su anterior visita. Incluso ahora, mientras contemplaba cómo la anciana luchaba por tragarse las pastillas, sentía un enorme deseo de que llenase los huecos que aún existían. Quería conocer la conexión entre el convento, su rica patrona y el estudio de los ángeles. Aún más, necesitaba saber de qué modo formaba ella parte de esa extraña red de asociaciones.

—Perdóneme por presionarla —se disculpó, sintiéndose culpable por su persistencia al tiempo que proseguía—, pero ¿por qué nos ayudó la señora Rockefeller?

—Por supuesto —respondió Celestine, sonriendo ligeramente—. Aún quieres saber cosas de la señora Rockefeller. Muy bien. Pero te sorprenderá saber que siempre has tenido la respuesta.

—¿Cómo es posible? —replicó Evangeline—. Me he enterado hoy mismo de su interés por Saint Rose.

La anciana suspiró profundamente.

—Permíteme que empiece por el principio —prosiguió—. En la década de 1920, uno de los estudiosos principales de nuestro grupo, el doctor Raphael Valko, esposo de mi maestra, la doctora Seraphina Valko...

—Mi abuela se casó con un hombre llamado Raphael Valko —la interrumpió Evangeline.

Celestine la miró con frialdad.

—Sí, lo sé, aunque su boda tuvo lugar después de que yo abandoné París. Mucho antes de eso, el doctor Valko localizó unos archivos históricos que demostraban que uno de nuestros padres fundadores, el padre Clematis, había descubierto una antigua lira en una caverna. Hasta ese momento la lira había sido fuente de numerosos estudios y especulaciones entre nuestros estudiosos. Conocíamos la leyenda, pero no sabíamos si la lira existía. Hasta el hallazgo del doctor Raphael Valko, la cueva sólo había estado asociada con el mito de Orfeo. No sé si lo sabes, pero Orfeo existió realmente, fue alguien que obtuvo relevancia y poder gracias a su carisma y a sus dotes artísticas y, por supuesto, también a su música. Como muchos otros hombres, se convirtió en un símbolo después de su muerte. La señora Rockefeller supo de la lira a través de sus contactos dentro de nuestro grupo. Financió nuestra expedición con la creencia de que podríamos apoderarnos de la lira.

—¿Su interés era artístico?

—Tenía un exquisito gusto artístico, pero también comprendía el valor del objeto. Creo que llegó a preocuparse por nuestra causa, pero su ayuda inicial surgió por motivos financieros.

—¿Era una especie de socia comercial?

—Dicha participación no disminuye la importancia de la expedición. Durante años habíamos estado planeando la expedición para hallar la lira. Su ayuda sólo se utilizó como un medio para alcanzar un fin. Siempre tuvimos nuestros propios objetivos. Pero sin la ayuda de la señora Rockefeller no lo habríamos conseguido. Con los peligros de la guerra y la crueldad y el poder de nuestros enemigos, resulta sorprendente que pudiéramos emprender el viaje hacia la caverna. Sólo puedo explicar nuestro éxito con la asistencia y la protección del cielo.

Celestine luchaba por respirar, y Evangeline pudo ver que estaba empezando a cansarse. Aun así, la anciana monja siguió adelante.

—En cuanto llegué a Saint Rose, entregué la maleta que contenía nuestros descubrimientos en las Ródope a la madre Innocenta, que a su vez confió la lira a la señora Rockefeller. La familia Rockefeller tenía tanto dinero que los que estábamos en París difícilmente podíamos imaginar semejante fortuna, y sentí un gran alivio de que el instrumento quedara al cuidado de la señora Rockefeller.

Celestine hizo una pausa, como si estuviera sopesando los peligros de la lira.

—Mi parte en la búsqueda del tesoro había terminado, o eso pensé entonces —dijo finalmente—. Creí que el instru-

162

mento estaría protegido. No me di cuenta de que Abigail nos traicionaría.

—¿Traicionarlos? —preguntó Evangeline, sin aliento por la sorpresa—. ¿Cómo?

—La señora Rockefeller aceptó guardar los objetos de las Ródope. Hizo un trabajo excelente. Murió el 5 de abril de 1948, cuatro años después de tomar posesión de ellos. De hecho, no le reveló el escondite a nadie. La ubicación del instrumento murió con ella.

Los pies de Evangeline se habían quedado entumecidos de estar sentada. Se levantó, caminó hasta la ventana y apartó la cortina. Hacía dos días que había habido luna llena, pero esa noche el cielo estaba negro a causa de las nubes.

—¿Tan valiosa es? —preguntó al fin.

—Más allá de cualquier estimación —contestó Celestine—. Más de mil años de investigaciones condujeron a nuestros hallazgos en la caverna. Las criaturas, que durante tanto tiempo habían prosperado sobre el suelo humano, floreciendo gracias al trabajo de la humanidad, imitaron nuestros esfuerzos con igual vigor. Nos vigilaban, estudiaban nuestros movimientos, infiltraban espías entre nosotros y, de vez en cuando, sólo para mantener nuestro nivel de terror, secuestraban y asesinaban a nuestros agentes.

Evangeline pensó inmediatamente en su madre. Llevaba tiempo sospechando que le había ocurrido algo más de lo que le había revelado su padre, pero la idea de que las criaturas descritas por Celestine pudieran ser responsables de ello era demasiado horrible.

—Pero ¿por qué sólo unos pocos? —preguntó, decidida a comprender—. Si eran tan poderosos, ¿por qué no los mataron a todos? ¿Por qué no destruir simplemente toda la organización?

—Es cierto que podrían habernos exterminado con facilidad. Desde luego disponían de la fuerza y los medios para hacerlo. Pero iría en contra de sus propios intereses limpiar el mundo de la angelología.

—¿Por qué? —quiso saber Evangeline, desconcertada.

—Con todo su poder, tienen una debilidad remarcable:

son criaturas sensuales, totalmente cegadas por los placeres de la carne. Poseen riqueza, fuerza, belleza física y una crueldad que es difícilmente concebible. Cuentan con antiguas conexiones familiares que los han mantenido a flote durante los períodos tumultuosos de la historia. Han desarrollado refugios financieros en prácticamente todos los rincones del mundo. Son los ganadores en un sistema de poder que ellos mismos han creado. Pero lo que no tienen es la destreza intelectual, o el enorme almacén de recursos académicos e históricos que tenemos nosotros. En esencia, nos necesitan para que pensemos por ellos. —Celestine suspiró una vez más, como si el tema le produjese dolor. Luego, luchando por continuar, añadió—: Esa táctica estuvo a punto de funcionar en 1943. Mataron a mi mentora, y cuando supieron que yo había escapado a Estados Unidos, destruyeron nuestro convento y una docena más estuvo buscándome a mí y el objeto que había traído conmigo.

—La lira —apostilló Evangeline, mientras las piezas del rompecabezas se unían de repente.

—Sí. Querían la lira, no porque supieran lo que podía hacer, sino porque nosotros la valorábamos y temíamos que ellos la poseyeran. Por supuesto, desde el principio fue un propósito arriesgado desenterrar el tesoro. Debíamos encontrar a alguien que pudiera protegerlo, y por eso se lo confiamos a uno de nuestros contactos más ilustres en la ciudad de Nueva York, una mujer poderosa y rica que juró servir a nuestra causa.

Una mueca de dolor se deslizó de pronto en el rostro de la anciana.

—La señora Rockefeller era nuestra última gran esperanza en Nueva York. No tengo la menor duda de que se tomó en serio su papel. Es más, estaba tan comprometida que su secreto se ha mantenido oculto hasta la actualidad. Las criaturas matarán hasta al último de nosotros para descubrirlo.

Evangeline tocó su colgante en forma de lira, el oro cálido bajo la yema de sus dedos. Al fin comprendía el significado del regalo de su abuela.

Celestine sonrió.

—Veo que lo has entendido. El colgante te señala como una de nosotros. Tu abuela acertó al dártelo.

—¿Conoce a mi abuela? —preguntó Evangeline, sorprendida y confusa de que Celestine supiera la procedencia exacta de su colgante.

—Conocí a Gabriella hace muchos años —respondió la anciana, con un ligero dejo de tristeza en la voz—. Y aun entonces no la conocía en realidad. Gabriella era mi amiga, era una especialista brillante y una luchadora entregada a nuestra causa, pero para mí siempre fue un misterio. El corazón de Gabriella era algo que nadie, ni siquiera su amiga más cercana, podía comprender.

Habían pasado siglos desde la última vez que Evangeline había hablado con su abuela. Con el transcurso de los años, empezó a creer que Gabriella había muerto.

—Entonces, ¿sigue con vida? —preguntó.

—Por supuesto —respondió Celestine—. Estaría orgullosa de ti si te viera ahora.

—¿Dónde está? ¿En Francia? ¿En Nueva York?

—Eso no puedo decírtelo. Pero si tu abuela estuviera aquí, sé que te lo explicaría todo. Como no está, sólo puedo intentar, con mis propios medios, ayudarte para que comprendas.

Incorporándose en la cama, Celestine le hizo un gesto para que fuera al otro lado de la habitación, donde en un rincón había un antiguo baúl con los acabados de cuero desgastados. Un cierre de bronce brillaba bajo la luz, de él colgaba un candado, como si de una pieza de fruta se tratara. Evangeline se acercó y sostuvo en la mano el candado frío. Una llave diminuta sobresalía de la cerradura.

Asegurándose de que la anciana lo aprobaba, giró la llave. El candado se abrió de golpe. Lo retiró, lo depositó con suavidad en el suelo y abrió la pesada tapa de madera del baúl. Los goznes de bronce, que no habían visto el aceite durante décadas, chirriaron con un agudo gemido felino, dando luego paso al olor terroso de sudor rancio y polvo que se mezclaba con el aroma más refinado y almizclado del perfume que se ha ido evaporando con los años. En el interior, Evangeline encontró una hoja de papel de seda amarillento pulcramente colocada sobre la superficie, tan ligera que parecía flotar sobre los bordes del baúl. Levantó el papel, con cuidado para no arrugarlo, y debajo encontró pilas de ropa planchada. Sacándolas del baúl, examinó las prendas una a una: un pichi de algodón negro, pantalones de montar marrones y manchados de negro en las rodillas y un par de botas de cuero de mujer con cordones y con las suelas de madera muy desgastadas. Luego Evangeline desplegó un par de pantalones de lana de perneras anchas que parecían más adecuados para un hombre joven que para Celestine. Pasando la mano por encima de ellos, sus uñas se engancharon en la tela rugosa y pudo oler el polvo atrapado en el material.

Al seguir su incursión, los dedos de Evangeline rozaron algo suave como el terciopelo en el fondo del baúl: un bulto de satén yacía arrugado en un rincón. Cuando lo sacudió con un golpe seco de la muñeca, éste se desplegó revelando un vestido color escarlata brillante. Lo colgó de su brazo y lo examinó de cerca. Nunca había tocado un material tan suave, se deslizaba sobre su piel como si fuera agua. El vestido era como los que se veían en las películas en blanco y negro, cortado al bies, con un pronunciado escote, un talle que se iba estrechando y una ceñida falda que caía hasta el suelo. Una serie de botones pequeños y forrados en satén subían por el costado izquierdo. Luego encontró una etiqueta cosida en una costura: «Chanel». Debajo había impresos una serie de números. Acercando el vestido, intentó imaginarse a la mujer que había llevado una prenda semejante, y se preguntó cómo sería llevar un vestido tan bonito como aquél.

Evangeline estaba devolviendo el vestido al baúl cuando, envuelto entre prendas viejas, encontró un paquete de cartas. Verde, rojo y blanco, los sobres eran de colores navideños. Estaban atados con una ancha cinta de satén que acarició con el dedo, una senda negra, suave y lisa.

—Tráemelas —pidió Celestine con suavidad, el cansancio empezaba a hacer mella en la anciana.

Dejando el baúl abierto, Evangeline le llevó los sobres. Con dedos temblorosos, la anciana desató el lazo y le devolvió los sobres. Ojeándolos, Evangeline descubrió que las fechas de los matasellos correspondían a las Navidades de años sucesivos, empezando en 1988, el año en que se convirtió en pupila del convento de Saint Rose, y terminando en las Navidades de 1998. Para su sorpresa, el nombre del remitente era «Gabriella Lévi-Franche Valko». La abuela de Evangeline le había enviado aquellas cartas a Celestine.

—Las mandó para ti —dijo la anciana con voz trémula—. Las he reunido y guardado durante muchos años, once para ser precisa, pero ha llegado el momento de que las tengas. Me gustaría poder explicarte más, pero me temo que esta noche ya he agotado mis fuerzas. Hablar del pasado ha sido más difícil para mí de lo que puedas imaginar; explicar la complicada historia entre Gabriella y yo lo sería aún más. Coge las cartas. Creo que contestarán a gran parte de tus preguntas. Cuando las hayas leído, regresa a mi lado. Hay mucho de lo que tenemos que hablar.

Con sumo cuidado, Evangeline volvió a atar las cartas con la cinta de satén negro, asegurando el nudo con un fuerte lazo. La apariencia de Celestine había cambiado de forma dramática a lo largo de la conversación: había palidecido y casi no podía mantener los ojos abiertos. Durante un momento Evangeline se preguntó si debía pedir ayuda, pero estaba claro que la anciana no necesitaba nada más que descansar. Estiró la colcha de ganchillo, colocando los bordes sobre los frágiles brazos y hombros de Celestine, asegurándose de que estuviera abrigada y cómoda y, con el paquete de cartas en la mano, la dejó dormir.

Celda de la hermana Celestine, convento de Saint Rose, Milton, Nueva York

Celestine entrelazó las manos sobre el pecho bajo la colcha de ganchillo, esforzándose por ver más allá de sus colores brillantes. La habitación era poco más que una bruma de sombras. Aunque había contemplado los contornos de su dormitorio cada día durante más de cincuenta años y conocía el emplazamiento de cada objeto de su propiedad, el cuarto presentaba una falta de familiaridad sin forma que la confundía. Sus sentidos habían disminuido. El crujido de los radiadores era distante y apagado. Por mucho que lo intentaba, no podía distinguir el baúl en el extremo más alejado de la estancia. Sabía que estaba allí, preservando su pasado como una cápsula del tiempo. Había reconocido la ropa que la hermana Evangeline había sacado de su descanso: las botas desgastadas que Celestine había conservado de la expedición, el incómodo pichi que tanto la había torturado como colegiala, y el fantástico vestido rojo que —durante una velada maravillosa— la había hecho bella. Celestine pudo detectar incluso el aroma de perfume mezclado con el olor a rancio, prueba de que el frasco de cristal tallado que había traído desde París —uno de los pocos tesoros que se había permitido quedarse en los frenéticos minutos previos a su huida de Francia— seguía allí, enterrada en polvo pero potente. Si hubiera tenido fuerzas, se habría acercado al baúl para tomar el frío frasco en sus manos. Habría levantado el tapón de cristal y se habría permitido inhalar el aroma de su pasado, una sensación tan deliciosa y prohibida que apenas podía imaginársela. Por primera vez en muchos años le dolió el corazón al añorar los tiempos de su adolescencia.

El parecido de la hermana Evangeline con Gabriella era tan pronunciado que había habido momentos en los que la mente de Celestine —debilitada por el cansancio y la enfermedad— había caído presa de la confusión. Los años desaparecieron y, para su desesperación, no pudo discernir el tiempo, el lugar o la razón de su confinamiento. Mientras se adormecía, las imágenes de su pasado se deslizaron a través de las capas evanescentes de su mente, surgiendo y desapareciendo como colores en una pantalla, cada uno disolviéndose en el siguiente. La expedición, la guerra, la escuela, los días de clases y estudio, todos esos acontecimientos de su juventud le parecieron tan claros y vibrantes como los del presente. Gabriella Lévi-Franche, su amiga y rival, la joven cuya amistad había alterado tanto el curso de su vida, apareció ante ella. Mientras Celestine entraba y salía del sueño, las barreras del tiempo cayeron y le permitieron ver de nuevo el pasado.

LA SEGUNDA ESFERA

Alabadle al son de trompetas;
alabadle con arpa y con cítara.
Alabadle con tímpano y con danza;
alabadle con instrumentos
de cuerdas y con flauta.
Alabadle con címbalos sonoros;
alabadle con címbalos retumbantes.

S<small>ALMO</small> 150

Academia Angelológica de París, Montparnasse
Otoño de 1939

Había pasado menos de una semana de la invasión de Polonia, cuando una tarde durante mi segundo año como estudiante de angelología, la doctora Seraphina Valko me envió a buscar a mi impredecible compañera de clase, Gabriella, con el fin de que la llevase de vuelta al ateneo. Gabriella llegaba tarde a nuestra tutoría, una costumbre que había adquirido en el transcurso de los meses de verano y que había mantenido, para desesperación de nuestra profesora, hasta bien entrados los días más fríos de septiembre. No la encontré en ningún lugar de la escuela —ni en el patio al que iba a menudo para estar sola durante los descansos, ni en ninguna de las aulas en las que estudiaba habitualmente—, y por eso supuse que estaría en la cama, durmiendo. Como mi dormitorio estaba al lado del suyo, sabía que no había regresado hasta bien pasadas las tres de la madrugada, cuando puso un disco en el fonógrafo y escuchó una grabación de *Manon Lescaut*, su ópera favorita, hasta el amanecer.

Recorrí las estrechas calles cercanas al cementerio, pasando junto a un café lleno de hombres que escuchaban las noticias acerca de la guerra en una radio, y atajé por un callejón hasta nuestro apartamento compartido en la rue Gassendi. Vivíamos en el tercer piso y nuestras ventanas se abrían por encima de las copas de los almendros, una altura que nos alejaba del ruido de la calle y llenaba las habitaciones de luz. Subí la amplia escalera, abrí la puerta y entré en el silencioso y soleado apartamento. Disponíamos de abundante espacio: dos grandes dormitorios, un estrecho comedor, un cuarto de servicio con acceso a la cocina y un inmenso baño con una bañera de porcelana. El apartamento era demasiado lujoso para dos estudiantes; lo supe en el mismo instante en que puse un pie sobre el parquet pulido. A Gabriella sus conexiones familiares le habían proporcionado lo mejor que podía ofrecer nuestra escuela. Que me hubieran destinado a compartir con ella semejante alojamiento era un misterio para mí.

Nuestro apartamento de Montparnasse había supuesto un gran cambio en mis circunstancias. En los meses posteriores a mi mudanza, disfruté de su lujo, cuidando de mantenerlo todo en perfecto orden. Antes de llegar a París, no había visto nunca un apartamento similar, mientras que Gabriella había vivido bien durante toda su existencia. Éramos opuestas en muchos aspectos, e incluso nuestra apariencia parecía confirmar dichas diferencias. Yo era alta y clara, con unos enormes ojos color avellana, labios finos y el mentón retraído que siempre había considerado la marca de mi ascendencia norteña. Gabriella, sin embargo, era una belleza morena y clásica. Había algo en ella que incitaba a que los demás la tomasen en serio, a pesar de su debilidad por la moda y las novelas de Claudine. Yo había llegado a París con una beca, las tasas y la matrícula pagadas enteramente a través de donaciones; por su parte, Gabriella procedía de una de las familias angelológicas más antiguas y prestigiosas de la ciudad. Yo me sentía afortunada de que se me permitiese estudiar con las mejores mentes de nuestro campo, y ella había crecido en su compañía, absorbiendo su brillo como si fuera la luz del sol. Yo trabajaba con esmero en los textos, memorizando y categorizando con la misma meticulosidad que un buey ara un campo; Gabriella tenía un intelecto elegante, sorprendente y ágil. Yo sistematizaba cada pormenor en cuadernos de notas, elaborando esquemas y gráficos para retener mejor la información, mientras que nunca vi que ella tomara notas. Y, aun así, era capaz de responder a cuestiones teológicas o de disertar sobre un tema mitológico o histórico con una facilidad asombrosa. Juntas, estábamos a la cabeza de nuestra clase; no obstante, yo siempre sentí que me había colado en los círculos elitistas que le correspondían por cuna a Gabriella.

Una vez en nuestro apartamento, lo encontré prácticamente como lo había dejado aquella mañana. Un grueso libro encuadernado en piel, una obra de san Agustín, yacía abierto sobre la mesa del comedor, junto a un plato con los restos de mi desayuno, un trozo de pan y mermelada de fresa. Recogí la mesa y llevé el libro a mi habitación, donde lo deposité en medio del caos de papeles sueltos de mi mesa de estudio. Allí había montañas de libros que esperaban a ser leídos, tinteros e infinidad de cuadernos de notas inacabados. Junto a una fotografía amarillenta de mis padres —dos campesinos robustos y curtidos por las inclemencias de la vida a la intemperie, que aparecían rodeados por las sinuosas colinas de nuestros viñedos— había una imagen descolorida de mi abuela, Baba Slavka, con el cabello recogido con un pañuelo como era costumbre en su aldea extranjera. Mis estudios me habían absorbido tan completamente que no había estado en casa desde hacía más de un año.

Era hija de vinicultores, una chica tímida y sobreprotegida de campo, con aptitudes académicas y unas fuertes e inquebrantables creencias religiosas. Mi madre procedía de un linaje de *vignerons*, cuyos ancestros habían sobrevivido discretamente a golpe de trabajo duro y tenacidad, vendimiando auxerrois blanc y pinot gris, siempre ocultando los ahorros de la familia en los muros de la granja a la espera de los días en que volviera la guerra. Mi padre era extranjero. Originario de Europa del Este, había emigrado a Francia tras la primera guerra mundial, se había casado con mi madre y adoptado el apellido de la familia de ella antes de ponerse al frente de los viñedos.

A pesar de que mi padre no había estudiado, supo reconocer en mí ese don. Desde el momento en que fui lo sufi-

175

cientemente mayor para caminar, puso libros en mis manos, muchos de ellos teológicos. Cuando cumplí catorce años, hizo planes para que cursara mis estudios en París; me llevó a la escuela en tren para la prueba de acceso y, después, una vez concedida la beca, a mi nueva escuela. Juntos empaquetamos todas mis pertenencias en un baúl de madera que había pertenecido a su madre. Más tarde, cuando descubrí que mi abuela había aspirado a estudiar en el mismo colegio al que yo asistiría, comprendí que mi destino como angelóloga llevaba años forjándose. Mientras intentaba localizar a mi bien conectada e impuntual amiga, me asombré ante mi disposición para abandonar la forma de vida que había conocido con mi familia. Si Gabriella no estaba en nuestro apartamento, simplemente me encontraría a solas con la doctora Seraphina en el ateneo.

Al salir de mi cuarto, algo en el enorme cuarto de baño situado al final del pasillo captó mi atención. La puerta estaba cerrada, pero el movimiento detrás del cristal esmerilado me alertó de la presencia de alguien. Gabriella debía de haberse preparado un baño, algo extraño cuando tendría que haber estado en la escuela. Podía ver el contorno de nuestra gran bañera, que debía de estar llena hasta el borde de agua caliente. Las nubes de vapor se habían apoderado de la estancia, cubriendo el cristal de la puerta con un vaho espeso y lechoso. Oí la voz de Gabriella, y aunque me pareció extraño que estuviera hablando sola, no se me ocurrió que hubiera nadie más con ella. Levanté la mano para llamar, preparada para advertirle de mi presencia, cuando percibí un destello dorado. Una imponente figura pasó por detrás del cristal. No podía creer lo que veían mis ojos, pero aun así parecía que el baño estaba inundado de una suave luz.

Me acerqué y abrí la puerta con el propósito de comprender la escena que se desarrollaba ante mí. Había un revoltijo de ropa desparramado sobre las baldosas: una falda de lino blanco y una blusa estampada de rayón que reconocí como pertenecientes a Gabriella. Mezclados con las prendas de mi amiga también distinguí un par de pantalones

176

arrugados como un saco de harina, claramente arrojados con prisas. Resultaba obvio que Gabriella no estaba sola; sin embargo, no me fui. Me acerqué todavía más. Estudiando en profundidad el cuarto de baño, me encontré ante una escena que perturbó mis sentidos con tanta fuerza que no pude hacer otra cosa que contemplarla en un estado de sobrecogimiento horrorizado.

En el extremo más alejado del baño, envuelta en una nube de vapor, estaba Gabriella entre los brazos de un hombre. La piel de él era de un blanco luminoso y me pareció —tan sorprendida como estaba por su presencia— que tenía un brillo sobrenatural. Había aprisionado a mi amiga contra la pared, como si quisiera aplastarla bajo su peso, un acto de dominio que ella no intentaba repeler. Al contrario, sus pálidos brazos rodeaban su cuerpo, abrazándolo.

Salí furtivamente del cuarto de baño, con cuidado para ocultar mi presencia a Gabriella, y huí del apartamento. Al regresar a la academia, pasé algún tiempo vagabundeando por las laberínticas salas, intentando recobrar la compostura antes de presentarme ante la doctora Seraphina Valko. Los edificios ocupaban varias manzanas y estaban unidos por estrechos pasillos y pasajes subterráneos que conferían a la escuela una misteriosa irregularidad que yo encontraba extrañamente tranquilizadora, como si su asimetría se ajustara a mi estado mental. Había poca grandeza en las instalaciones, y aunque a menudo las estancias eran inadecuadas para nuestras necesidades —las salas de conferencias eran demasiado pequeñas y las aulas tenían una calefacción deficiente—, yo estaba tan absorbida por mi trabajo que no prestaba atención a dichas incomodidades.

Paseando por las oficinas a oscuras de los estudiosos que ya habían abandonado la ciudad, intenté comprender la turbación que había sentido al hallar a Gabriella con su amante. Dejando a un lado que estaban prohibidos los visitantes masculinos en nuestro apartamento, había algo inquietante en aquel hombre, algo estremecedor y anormal que no lograba identificar del todo. Mi incapacidad para entender lo que había visto y la caótica mezcla de lealtad y rivalidad que sentía hacia mi amiga hacían que me resultara imposible contárselo a la doctora Seraphina, aunque sabía en lo más profundo de mi corazón que ése era el camino correcto. En su lugar, reflexioné el significado de las acciones de Gabriella. Especulé sobre el dilema moral que me provocaba su aventura. Debía darle a la doctora una explicación de mi tardanza, pero ¿qué podía decir? No podía traicionar a la ligera el secreto de Gabriella, porque, aunque era mi única amiga, Gabriella Lévi-Franche y yo también éramos rivales acérrimas.

En realidad, mis tribulaciones carecían de sentido. Cuando regresé a la oficina de la doctora Seraphina, Gabriella ya había llegado. Sentada en una silla Luis XIV, su aspecto era lozano; su actitud, serena, como si hubiera pasado la mañana en un parque leyendo a Voltaire a la sombra de los árboles. Llevaba un vestido de color verde oscuro de crepé de China, unas medias de seda blancas y olía intensamente a Shalimar, su perfume favorito. Cuando me saludó con su parquedad habitual, besándome con indiferencia en ambas mejillas, comprendí con alivio que no sabía que yo la había visto en el apartamento.

La doctora Seraphina me saludó con calidez y preocupación, preguntándome qué me había retenido. La reputación de la doctora no se basaba sólo en sus propios logros, sino en el calibre y los éxitos de los estudiantes que tutelaba personalmente, y yo me sentía mortificada porque mi búsqueda de Gabriella se hubiera traducido en una tardanza por mi parte. No me llamaba a engaño respecto a la seguridad de mi estatus en la academia. Yo, a diferencia de Gabriella con sus conexiones familiares, era prescindible, aunque la doctora Seraphina no lo habría dicho jamás de una forma tan clara.

La popularidad de los Valko entre la mayoría de sus estudiantes no tenía ningún misterio. Seraphina Valko estaba casada con el igualmente brillante doctor Raphael Valko, y a menudo impartía lecciones conjuntas con su marido. Cada otoño se agotaban las plazas para sus clases, y a ellas asistían multitud de estudiosos jóvenes y entusiastas, aparte por supuesto de los estudiantes de primer curso que estaban obligados a acudir. Nuestros dos profesores más distinguidos estaban especializados en el campo de la geografía antediluviana, una rama pequeña pero vital de la arqueología angelical. Sin embargo, las clases que impartían los Valko iban más allá de su especialidad: recorrían la historia de la angelología desde sus orígenes teológicos hasta su práctica moderna. Sus clases hacían que el pasado cobrara vida, hasta el punto de que la textura de las antiguas alianzas y batallas —y su papel en los males del mundo moderno— quedaba clara para todos los asistentes. De hecho, en el desarrollo de sus cursos, la doctora Seraphina y el doctor Raphael tenían el poder de conducir a todos y cada uno de los alumnos a comprender que el pasado no era un lugar remoto de mitos y leyendas, que no era únicamente un compendio de vidas truncadas por guerras, pestilencias y desgracias, sino que la historia vivía y respiraba en el presente, existiendo diariamente entre nosotros, ofreciendo una ventana hacia el paisaje nublado del futuro. La habilidad de los Valko para hacer que el pasado fuera tangible para sus estudiantes aseguraba su popularidad y su posición en nuestra escuela.

La doctora Seraphina miró su reloj.

—Será mejor que nos pongamos en marcha —comentó recogiendo algunos papeles de su mesa mientras se preparaba para levantarse—. Ya llegamos tarde.

Caminando con rapidez, con los tacones de madera de sus zapatos resonando en el suelo, la doctora nos guió por los estrechos y oscuros pasillos hasta el ateneo. Aunque el nombre sugería una noble biblioteca rematada con columnas corintias y con ventanas altas y bañadas de luz, el ateneo eran tan oscuro como una mazmorra, sus paredes de piedra caliza y sus suelos de mármol casi no podían discernirse en la neblina perpetua de una penumbra sin ventanas. De hecho, muchas de las salas destinadas a la formación estaban ubicadas en recintos similares escondidos en estrechos edificios por todo Montparnasse, apartamentos independientes adquiridos a lo largo de los años y conectados por caóticos pasillos. Poco después de mi llegada a París supe que nuestra seguridad dependía de que permaneciésemos ocultos. La naturaleza laberíntica de las habitaciones garantizaba que pudiéramos seguir con nuestro trabajo sin que nos molestasen, una tranquilidad amenazada por la inminente guerra. Muchos estudiosos ya habían abandonado la ciudad.

A pesar del adusto entorno, el ateneo me había ofrecido gran consuelo en mi primer año de estudios. Atesoraba una importante colección de libros, muchos de los cuales habían permanecido en sus estantes intactos durante décadas. La doctora Seraphina me había mostrado nuestra biblioteca angelológica el año anterior, subrayando que contábamos con material que incluso el propio Vaticano envidiaría, con textos que databan de los primeros años de la era posdiluviana. Sin embargo, yo no había examinado nunca textos tan antiguos, ya que estaban guardados en una cámara fuera del alcance de los estudiantes. Con frecuencia iba allí en mitad de la noche, encendía una pequeña lámpara de aceite y me sentaba en un rincón con una pila de libros a mi lado y el olor dulce y polvoriento del papel añejo a mi alrededor. Yo no pensaba en mis horas de estudio como en un signo de ambición, aunque seguramente eso era lo que les parecía a los alumnos que me encontraban estudiando al amanecer. Para mí, el suministro interminable de libros servía como puente hacia mi nueva vida: era como si, al entrar en el ateneo, la historia del mundo surgiera de entre la niebla, infundiéndome la sensación de que no estaba sola en mi tarea, sino que formaba parte de una vasta red de estudiosos que habían analizado textos similares muchos siglos antes de mi nacimiento. Para mí, el ateneo representaba todo lo que era civilizado y ordenado en el mundo.

Por eso me resultaba aún más doloroso ver las salas de la biblioteca en un estado de total desmembramiento. Mientras la doctora Seraphina nos conducía a las profundidades del lugar, vi que habían dado instrucciones a un equipo de ayudantes de dividir la colección. El procedimiento se ejecutaba de forma sistemática —con una colección tan grande y valiosa, era la única forma de hacer un traslado—, no obstante, me seguía pareciendo que el ateneo se había sumido en el caos más absoluto. Los libros se apilaban a gran altura sobre las mesas de la biblioteca y había enormes cajas de madera, muchas de ellas llenas hasta arriba, desperdigadas por toda la sala. Sólo unos meses antes, los estudiantes se habían sentado en silencio ante las mesas preparándose para los exámenes, cumpliendo sus deberes como otras muchas generaciones de estudiantes habían hecho antes que ellos. Ahora tenía la impresión de que todo se había perdido. ¿Qué quedaría cuando todos nuestros textos estuvieran ocultos? Aparté la mirada, incapaz de contemplar la perdición de mi santuario.

En realidad, la imperiosa mudanza no era ninguna sorpresa. Con los alemanes cada vez más cerca, no era seguro permanecer en una ubicación tan vulnerable. Sabía que pronto suspenderíamos las clases e iniciaríamos lecciones privadas en grupos pequeños y bien escondidos fuera de la ciudad. Durante las últimas semanas, la mayor parte de las clases se habían cancelado. Interpretaciones de la creación y psicología angelical, mis dos asignaturas preferidas, se habían suspendido indefinidamente. Sólo las clases de los Valko continuaban, y éramos conscientes de que pronto se desmantelarían. Sin embargo, el peligro de la invasión no me pareció real hasta el momento en que descubrí el ateneo sumido en el caos.

La doctora Seraphina estaba tensa e inquieta mientras nos llevaba hasta una habitación en la parte trasera de la biblioteca. Su estado de ánimo reflejaba el mío: no podía calmarme después de lo que había presenciado esa mañana. Le dirigía miradas furtivas a Gabriella, como si su apariencia pudiera verse alterada por sus acciones, pero ella parecía tan imperturbable como de costumbre. La doctora Seraphina se detuvo, se acomodó un mechón de pelo detrás de la oreja y se alisó el vestido; su ansiedad era patente. En ese momento creí que mi retraso la había contrariado y que estaba preocupada porque llegaríamos tarde a su clase, pero cuando llegamos a la parte trasera del ateneo y nos encontramos una reunión de un carácter muy diferente en marcha, comprendí que el comportamiento de la doctora era debido a algo más.

Un grupo de prestigiosos angelólogos estaban sentados alrededor de una mesa, inmersos en un acalorado debate. Yo conocía a los miembros del consejo por su reputación —muchos de ellos habían sido profesores invitados durante el año anterior—, pero nunca los había visto a todos reunidos en una situación tan íntima. El consejo estaba compuesto por grandes hombres y mujeres que ocupaban posiciones de poder por toda Europa: políticos, diplomáticos y líderes sociales cuya influencia se extendía mucho más allá de nuestra escuela. Ellos eran los estudiosos cuyas obras se habían acumulado en los estantes del ateneo, científicos cuyas investigaciones sobre las propiedades físicas y la química de los cuerpos angelicales habían modernizado nuestra disciplina. Una monja cubierta con un pesado hábito de sarga negra —una angelóloga que repartía su tiempo entre el estudio teológico y el trabajo de campo— estaba sentada junto al tío de Gabriella, el doctor Lévi-Franche, un anciano angelólogo especializado en el arte de la invocación angélica, un campo peligroso e intrigante que yo deseaba estudiar. Los mejores angelólogos de nuestro tiempo estaban allí reunidos, observando mientras la doctora Seraphina nos llevaba a su presencia.

Con un gesto nos indicó que nos sentásemos al fondo de la habitación, a un paso de los miembros del consejo. Profundamente intrigada por la causa que podría haber motivado una reunión tan extraordinaria, me di cuenta de que me costaba un enorme esfuerzo evitar mirarlos de forma descortés, de modo que centré mi atención en una serie de grandes mapas de Europa que colgaban de las paredes. Los puntos rojos señalaban las ciudades de interés: París, Londres, Berlín, Roma. Pero lo que realmente despertó mi curiosidad fue que habían resaltado una serie de ciudades aparentemente sin importancia: había marcas sobre diversas ciudades a lo largo de la frontera entre Grecia y Bulgaria, que trazaban una línea roja entre Sofía y Atenas. El territorio me resultaba especialmente interesante, ya que en esa recóndita región, en la zona más remota de Europa, había nacido mi padre.

El doctor Raphael estaba de pie junto a los mapas, esperando para comenzar. Era un hombre serio, uno de los pocos miembros completamente seglares que había conseguido llegar hasta el consejo mientras conservaba un puesto de profesor en la academia. Seraphina había mencionado en una ocasión que el doctor Raphael ostentaba la misma posición dual de administrador y estudioso que Roger Bacon, el angelólogo inglés del siglo XIII que había impartido clases sobre Aristóteles en Oxford y teología franciscana en París. El equilibrio de Bacon entre el rigor intelectual y la humildad espiritual era un logro que se contemplaba con gran respeto en toda la sociedad; yo no podía evitar ver al doctor Raphael como su sucesor. Cuando la doctora Seraphina tomó asiento, el doctor Raphael empezó a hablar.

—Como estaba diciendo —prosiguió haciendo un gesto hacia los estantes medio vacíos y los ayudantes que envolvían y embalaban los libros en las cajas diseminadas por todo el ateneo—, se nos agota el tiempo. Muy pronto todos nuestros recursos estarán guardados en lugares seguros en el campo. Por supuesto, ésa es la única solución: nos protegemos de las contingencias del futuro. Pero el traslado llega en el peor momento posible. Nuestro trabajo no se puede posponer durante la guerra. No hay duda de que debemos tomar una decisión ahora mismo.

Su voz era grave cuando continuó:

—No creo que caigan nuestras defensas, todo indica que estamos listos para cualquier batalla que se presente en el futuro, pero debemos estar preparados para lo peor. Si esperamos mucho más, corremos el riesgo de quedar rodeados.

—Mire el mapa, profesor —intervino un miembro del consejo llamado Vladimir, un joven estudioso enviado a París por la clandestina Academia Angelológica de Leningrado al que yo sólo conocía de nombre. Su rostro era aniñado y atractivo, tenía unos ojos azul pálido y era de complexión flexible. Los modales tranquilos y seguros que demostraba en todo momento le otorgaban la prestancia de un hombre adulto, aunque en realidad no debía de tener más de diecinueve años—. Parece que ya estamos rodeados —concluyó.

—Existe una profunda diferencia entre las maquinaciones de las potencias del Eje y nuestros enemigos —replicó el doctor Lévi-Franche—. El peligro terrenal no es nada en comparación con el que representan nuestros enemigos espirituales.

—Debemos estar dispuestos para desafiar ambos —dijo Vladimir.

—Exactamente —confirmó la doctora Seraphina—. Y para ello debemos redoblar nuestros esfuerzos para encontrar y destruir la lira.

La afirmación de la doctora fue recibida con silencio. Los miembros del consejo no supieron cómo reaccionar ante una afirmación tan audaz.

—Ya conocen mi opinión sobre este tema —intervino el doctor Raphael—. Enviar a un equipo a las montañas es nuestra mayor esperanza.

El velo de la monja arrojó una sombra sobre su rostro mientras miraba alrededor de la mesa del consejo.

—El área que propone el doctor Raphael es demasiado extensa para que pueda cubrirla nadie, incluidos nuestro equipos, sin unas coordenadas exactas —dijo—. Es necesario localizar la ubicación exacta de la gruta antes de emprender semejante expedición.

—Con los recursos adecuados —replicó la doctora Seraphina—, nada es imposible. Hemos recibido una ayuda muy generosa de nuestra benefactora americana.

—Y el equipo suministrado por la familia Curie será totalmente adecuado —añadió el doctor Raphael.

—Consideremos en primer lugar los hechos reales, ¿no les parece? —propuso el doctor Lévi-Franche, claramente escéptico con respecto al proyecto—. ¿Cuáles son las dimensiones de la zona en cuestión?

—Tracia formaba parte del Imperio romano oriental, que posteriormente pasó a llamarse Bizancio. Su territorio estaba formado por tierras de las actuales Turquía, Grecia y Bulgaria —explicó el doctor Raphael—. El siglo x fue una época de grandes cambios territoriales para los tracios, pero basándonos en el relato de la expedición del venerable Clematis, podemos limitar un poco nuestra investigación. Sabemos que Clematis nació en la ciudad de Smolyan, en el corazón de la cadena montañosa de las Ródope, en Bulgaria. Él escribió que viajó a la tierra de su nacimiento durante su expedición. Por lo tanto, podemos acotar la zona al norte de Tracia.

—Ésa, como ha señalado correctamente mi colega, es una zona inmensa —intervino el doctor Lévi-Franche—. ¿Acaso supone usted que podremos explorar una fracción de ese terreno sin que nos detecten? Incluso con recursos y miles de agentes, nos llevaría años, quizá décadas, arañar la superficie, no hablemos de ir bajo tierra. No tenemos ni los fondos ni el personal para llevar a cabo semejante empresa.

—No faltarán voluntarios para la misión —repuso Vladimir.

—Es importante recordar —añadió la doctora Seraphina— que el peligro que supone la guerra no se reduce meramente a la destrucción de nuestros textos y de la estructura física de nuestra escuela. Nos enfrentamos a la pérdida de mucho más si los detalles de la gruta y del tesoro que ésta esconde salen a la luz.

—Es posible —replicó la monja—, pero nuestros enemigos vigilan constantemente las montañas.

—Cierto —confirmó Vladimir, cuyo campo de estudio era la musicología celestial—. Y ésa es precisamente la razón por la que tenemos que ir allí ahora.

—¿Por qué? —preguntó el doctor Lévi-Franche, bajando la voz—. Hemos buscado y protegido instrumentos celestiales menores mientras dejábamos de lado el más peligroso de todos. ¿Por qué no esperar hasta que pase la amenaza de la guerra?

—Los nazis han desplegado destacamentos por toda la zona —contestó la doctora Seraphina—. Adoran las antigüedades, en especial las de significado mitológico para su régimen, y los nefilim utilizarán esta oportunidad para hacerse con una herramienta tan poderosa.

—Los poderes de la lira son notorios —continuó Vladimir—. De todos los instrumentos celestiales, es el único que puede ser utilizado con fines desastrosos. Es posible que su fuerza destructiva sea más insidiosa que cualquier cosa que puedan hacer los nazis. Pero, por otra parte, el instrumento es demasiado valioso para ignorarlo. Usted sabe tan bien como yo que los nefilim siempre han deseado esa lira.

—Sin embargo, resulta obvio —repuso el doctor Lévi-Franche, que parecía cada vez más turbado— que los nefilim seguirán a nuestro grupo en cualquier expedición que emprendamos. Aunque tengamos la milagrosa suerte de encontrar la lira, no tenemos ni la más remota idea de qué les ocurre a los que la poseen. Puede que sea peligrosa. O peor, podrían arrebatárnosla. Cualquier esfuerzo que hagamos podría representar una ayuda para nuestros enemigos, y entonces seríamos responsables de los horrores que provocara la música de esa lira.

—Quizá no sea tan poderosa como cree —intervino la monja, irguiéndose en la silla—. Nadie ha visto nunca el instrumento. Gran parte del terror que ha provocado surge de leyendas paganas. Existen muchas posibilidades de que el mal que puede infligir la lira sea simplemente algo legendario.

Mientras los angelólogos valoraban las palabras de la religiosa, el doctor Raphael intervino:

—Por eso nos enfrentamos al dilema de actuar o no hacer nada.

—Una acción imprudente es peor que una retirada a tiempo —sentenció el doctor Lévi-Franche.

No pude evitar que me disgustara la suficiencia de su respuesta, tan divergente de los serios intentos de mis profesores por persuadir a los demás.

186

—En nuestro caso —repuso el doctor Raphael, que estaba cada vez más agitado—, la inacción es la opción más imprudente. Nuestra pasividad tendrá consecuencias terribles.

—Precisamente por eso debemos actuar ahora —confirmó Vladimir—. Está en nuestras manos encontrar y proteger la lira.

—Si me permiten la interrupción —intervino la doctora Seraphina con delicadeza—, me gustaría hacer una propuesta. —Aproximándose al lugar donde estábamos sentadas Gabriella y yo, y atrayendo la atención de los miembros del consejo sobre nosotras, la doctora prosiguió—: Muchos de ustedes ya las conocen, pero para los que no, me gustaría presentarles a dos de nuestras jóvenes angelólogas más brillantes. Gabriella y Celestine han estado trabajando conmigo para poner en orden nuestras posesiones durante la transición. Han estado muy ocupadas catalogando textos y transcribiendo notas. Su trabajo me ha resultado de gran utilidad. De hecho, ha sido la atención que han dedicado a los minuciosos detalles de nuestra colección y la información que han extraído cuidadosamente de nuestros documentos históricos lo que nos ha dado al doctor Raphael y a mí una idea de cómo proceder en esta importante encrucijada.

—Como muchos de ustedes saben —dijo el doctor Raphael—, además de nuestros deberes aquí, en la academia, la doctora Seraphina y yo hemos estado trabajando en una serie de proyectos privados, entre ellos intentar localizar el emplazamiento exacto de la gruta. En el proceso hemos acumulado una plétora de anexos y notas de campo que hasta ahora se habían pasado por alto.

Miré a Gabriella con la esperanza de encontrar algún tipo de complicidad en nuestra posición, pero ella se limitó a apartar la mirada, desdeñosa como de costumbre. De pronto me pregunté si ella comprendería los pormenores de lo que estaban discutiendo los miembros del consejo. Existía la posibilidad de que tuviera información privilegiada que yo desconocía. La doctora Seraphina no me había hablado nunca de ninguna lira, ni tampoco de la necesidad de mantenerla apartada de nuestros enemigos. El hecho de que hubiera confiado en Gabriella y no en mí hizo que me sintiera celosa.

—Cuando comprendimos que la inminente guerra podía poner en jaque nuestro trabajo —prosiguió Seraphina—, decidimos asegurarnos de que nuestros documentos quedaran a buen recaudo pasara lo que pasase. Con esto en mente, les pedimos a Gabriella y a Celestine que nos ayudasen a clasificarlos y a completar las notas de investigación. Empezaron hace algunos meses. Se trataba de una tarea agotadora, el poco agradecido trabajo de recolectar hechos, pero han demostrado ingenio y determinación para completar el proyecto antes del traslado. Nos hemos quedado impresionados con sus progresos. Su juventud les permite aplicar cierta paciencia a lo que a la mayoría de nosotros nos puede parecer simple trabajo administrativo, pero su diligencia ha dado excelentes resultados. Los datos han sido increíblemente útiles y nos han permitido revisar una enorme cantidad de información que ha permanecido oculta durante décadas.

La doctora Seraphina se acercó entonces a los mapas y, tras sacar un bolígrafo del bolsillo de su cárdigan, dibujó un triángulo sobre las montañas Ródope, desde Grecia hasta Bulgaria.

—Sabemos que el lugar que buscamos se encuentra dentro de estos límites. Sabemos que ha sido explorado con anterioridad y que han existido numerosos intentos académicos de describir la geología y el paisaje que rodea la gruta. Nuestros estudiosos han sido escrupulosos en su trabajo desde el punto de vista intelectual, pero nuestros métodos organizativos han sido, quizá, mucho menos perfectos. Aunque no disponemos de las coordenadas exactas, creo que si repasamos todos los textos que tenemos a nuestra disposición, incluidos los relatos que no han sido examinados anteriormente para este propósito, podremos arrojar una nueva luz sobre la localización.

—¿Y creen —intervino la monja— que con ese método descubrirán las coordenadas de la gruta?

—Nuestra propuesta es la siguiente —dijo el doctor Raphael, tomando el relevo de su esposa—: Si somos capaces de acotar nuestra investigación a un radio de cien kilómetros, queremos una autorización sin restricciones para la segunda expedición.

—Si no logramos restringir el radio de la investigación —prosiguió la doctora Seraphina—, ocultaremos la información lo mejor que podamos, nos exiliaremos como está planeado y rezaremos para que nuestros mapas no caigan en manos del enemigo.

Me sorprendió la rapidez con la que los miembros del consejo aprobaron el plan después de un debate tan acalorado. Quizá la doctora Seraphina sabía que la promoción de Gabriella era una baza para obtener la aprobación del doctor Lévi-Franche. Fuera cual fuese su estrategia, había funcionado. Aunque yo estaba confusa sobre la naturaleza del tesoro que buscábamos, mi ambición se había visto recompensada. Estaba exultante de alegría. Nos habían colocado en el núcleo de la búsqueda de los Valko de la gruta que servía de prisión a los ángeles.

A la mañana siguiente llegué al despacho de la doctora Seraphina una hora antes de lo habitual. Había dormido muy mal la noche anterior. En la habitación de al lado, Gabriella no había parado de moverse, abriendo la ventana, fumando sin cesar, poniendo una y otra vez su disco favorito, una interpretación de los *Douze études* de Debussy, mientras paseaba de un extremo al otro de su dormitorio. Imaginé que su relación secreta contribuía a su insomnio, como también al mío, aunque en realidad los sentimientos de mi amiga constituían un misterio para mí. Era la persona que mejor conocía en París, y aun así no la conocía en absoluto.

Seguía tan turbada por los acontecimientos de aquella tarde que no había tenido ni un instante para considerar la magnitud del papel que los Valko nos habían asignado en la búsqueda de la caverna. El hecho de que no pudiera pensar en nada más que en Gabriella abrazada a un extraño no hacía más que aumentar mis recelos hacia mi amiga. De modo que abandoné la cama antes del amanecer, recogí mis libros y salí con el propósito de pasar las primeras horas de la mañana estudiando en mi rincón del ateneo.

Estar sola entre nuestros textos me dio la oportunidad de reflexionar sobre la reunión del consejo del día anterior. Me costaba creer que una expedición tan trascendental se pudiera llevar a cabo sin conocer la localización exacta de la gruta. El mapa —el componente esencial de cualquier misión— no existía. Incluso un estudiante de primer año de inteligencia media sabría que una expedición no podía considerarse un éxito sin una prueba cartográfica completa. Sin la localización geográfica precisa del viaje, los estudiosos del futuro no podrían reproducir la misión. En resumen, sin un mapa no existía ninguna prueba sólida.

Seguramente yo no habría dado tanta importancia al mapa de no haber sido por los años que había pasado con los Valko, cuyos análisis de la cartografía y de las formaciones geológicas bordeaban lo obsesivo. De la misma forma que un científico se apoya en la replicación para verificar los experimentos, el trabajo de los Valko en geología antediluviana surgía de su pasión por la reproducción precisa y concreta de expediciones anteriores. Sus exposiciones clínicas sobre minerales y formaciones rocosas, actividad volcánica, el desarrollo de simas, variedades de suelo y topografía cárstica no dejaban lugar a dudas de que eran científicos en sus métodos. No podía haber ningún error. Si existía la posibilidad de hallar un mapa, el doctor Raphael lo habría localizado. Habría reconstruido el viaje paso a paso, roca a roca.

Cuando amaneció, llamé con suavidad a la puerta de la doctora Seraphina y, al oír su voz, la abrí. Para mi sorpresa, Gabriella estaba sentada con nuestra maestra en un sofá tapizado en seda de color bermellón, con un servicio de café ante ella. Me di cuenta de que estaban profundamente enfrascadas en una conversación. La Gabriella ansiosa de la noche anterior había desaparecido; en su lugar encontré a la Gabriella aristócrata, perfumada, empolvada e inmaculadamente vestida, su cabello arreglado de un negro brillante. Una vez más, mi amiga me había derrotado e, incapaz de ocultar mi consternación, me quedé de pie en el umbral, como si no estuviera segura de cuál era mi lugar.

—¿Qué haces ahí, Celestine? —preguntó la doctora Seraphina con un leve matiz irritado en la voz—. Entra y únete a nosotras.

Había visitado el despacho de la doctora muchas veces en el pasado, y sabía que era una de las mejores habitaciones de la escuela. Ubicada en el piso superior de un edificio de estilo Haussmann, tenía una vista magnífica del vecindario; la plaza delante de la escuela, con su fuente y sus palomas, prevalecía sobre todo lo demás. El sol matutino caía sobre las cristaleras, una de las cuales estaba abierta para dejar entrar el aire fresco de la mañana, inundando la habitación de un aroma a tierra y agua, como si hubiera llovido durante toda la noche, dejando a su paso un rastro de limo. La estancia era amplia y elegante, con estanterías empotradas, molduras acanaladas y una mesa de mármol. Era un despacho más propio de la orilla derecha del Sena que de *la rive gauche*, donde se encontraba realmente. La oficina del doctor Raphael, una habitación polvorienta, con manchas en las paredes a causa del humo de tabaco y abarrotada de libros era la más representativa de nuestra escuela. Con frecuencia se podía encontrar al doctor descansando en las soleadas profundidades del despacho inmaculado de su esposa, discutiendo los puntos más delicados de una conferencia o —como estaba haciendo Gabriella esa mañana— bebiendo café en el servicio de Sèvres de Seraphina.

El hecho de que Gabriella me hubiera ganado llegando antes que yo al despacho de Seraphina me alteró más de lo que demostré. Desconocía sus motivos, pero tenía la impresión de que se había citado en privado, excluyéndome a mí en su beneficio. Como mínimo, Gabriella había aprovechado la oportunidad para hablar con la doctora sobre la tarea que íbamos a emprender, quizá pidiendo la oportunidad de elegir su labor. Yo sabía que el resultado de nuestros esfuerzos podía cambiar nuestras respectivas posiciones en la escuela. Si los Valko quedaban satisfechos con los resultados, habría un puesto vacante en el equipo expedicionario. Y sólo una de nosotras lo obtendría.

Nos habían consignado trabajos basándose en nuestras especialidades académicas, que eran tan opuestas como nuestra apariencia. A mí me interesaban los aspectos técnicos de nuestras asignaturas —la fisiología de los cuerpos angelicales, los niveles de materia frente a espíritu en la composición de los seres de la Creación y la perfección matemática de las primeras taxonomías—, en cambio Gabriella se sentía más atraída por los elementos más artísticos de la angelología. Le gustaba leer las grandes historias épicas de las batallas entre los angelólogos y los nefilim; podía contemplar pinturas religiosas y encontrar simbolismos que seguramente a mí me habrían pasado desapercibidos; desmenuzaba los textos antiguos con tanto cuidado que uno llegaba a creer que el significado de una sola palabra tenía el poder de cambiar el curso del futuro. Ella tenía fe en el progreso del bien, y a lo largo de nuestro primer año de estudios también me hizo creer a mí que dicho progreso era posible. En consecuencia, la doctora Seraphina asignó a Gabriella la tarea de revisar los textos míticos, dejándome a mí la labor más sistemática de analizar los datos empíricos de intentos anteriores de encontrar la gruta, filtrando información geológica de varias épocas y comparando mapas antiguos.

Por la expresión de satisfacción en el rostro de Gabriella, debían de llevar hablando algún tiempo. En el centro de la oficina había una serie de cajas de madera, cuyos bordes aplastaban la alfombra oriental de filigranas rojas y doradas. Cada caja contenía notas de campo y papeles sueltos, como si los hubieran guardado con prisas.

Mi sorpresa ante la presencia de Gabriella, por no mencionar mi curiosidad por las cajas llenas de cuadernos de notas, no pasó desapercibida. La doctora Seraphina me hizo un gesto para que pasase, pidiéndome que cerrara la puerta y me incorporara a la reunión.

—Entra, Celestine —repitió mientras me indicaba que

192

me sentara en un diván cerca de las librerías—. Me preguntaba cuándo llegarías.

Como para enfatizar el comentario de la doctora Seraphina, un reloj de pie en el otro extremo de la oficina dio las ocho en punto. Llegaba con una hora de antelación.

—Creía que comenzábamos a las nueve —repliqué.

—Gabriella quería empezar pronto —contestó Seraphina—. Hemos estado revisando parte del nuevo material que vais a catalogar. Estas cajas son los documentos de Raphael. Las trajo desde su despacho anoche.

Acercándose a la mesa, la doctora cogió una llave y abrió un armario. Los estantes estaban repletos de cuadernos de notas, cada uno de ellos ordenado con meticulosidad.

—Y éstos son los míos. Los he ordenado por tema y fecha, los de época de estudiante se encuentran en los estantes inferiores, y las notas más recientes, en su mayoría citas y borradores para artículos, están en la parte de arriba. Durante años me he resistido a catalogar mi trabajo. El secreto ha sido un factor muy importante, pero más importante ha sido que estaba esperando a los ayudantes adecuados. Ambas sois estudiantes brillantes con conocimientos en los campos básicos de la angelología: teología, frecuencias trascendentales, teorías de angelología mórfica, taxonomía... Aunque habéis estudiado todo esto a un nivel introductorio, también habéis aprendido un poco sobre nuestro campo de estudio, la geología antediluviana. Trabajáis duro y sois meticulosas, fiables, y tenéis talentos en ámbitos diferentes, pero no estáis especializadas. Espero que emprendáis la tarea con energías renovadas. Si en las cajas hay algo que hayamos pasado por alto, sé que vosotras lo encontraréis. También os voy a pedir que asistáis a mis clases. Soy consciente de que el año pasado completasteis mi curso introductorio, pero el temario es especialmente importante para nuestra tarea.

Pasando los dedos a lo largo de una fila de diarios, extrajo una serie de volúmenes y los colocó sobre la mesita de café, entre nosotras. Aunque mi instinto inicial fue coger uno de ellos, esperé, tratando de seguir el ejemplo de Gabriella; no quería parecer demasiado ansiosa.

—Es posible que queráis empezar con éstos —dijo Seraphina sentándose con delicadeza en el sofá—. Creo que descubriréis que es todo un reto poner en orden los archivos de Raphael.

—Hay tantos... —comenté embelesada con la cantidad de material que había que revisar y preguntándome cómo íbamos a documentar toda aquella información.

—Ya le he dado a Gabriella instrucciones precisas sobre nuestra metodología para catalogar los documentos —me informó Seraphina—. Ella te pondrá al día de dichas instrucciones. Sólo existe una directriz que voy a repetir: debéis recordar que estos cuadernos de notas son excepcionalmente valiosos. Conforman el núcleo de nuestras investigaciones originales. Aunque hemos sacado de ellos los materiales para las publicaciones, ninguno ha sido copiado en su totalidad. Os pido que tengáis un cuidado especial en preservar los cuadernos más delicados, en especial los textos que describen nuestras expediciones. Lamento deciros que estos papeles no pueden abandonar mi oficina. Pero en cuanto analicéis el material como es debido, los podéis leer a voluntad. Creo que hay mucho que aprender, por muy desordenados que estén los documentos. Además, tengo la esperanza de que vuestro trabajo os ayudará a comprender la historia de nuestra lucha y, con suerte, nos permitirá descubrir lo que estamos buscando.

»Éstos son algunos de mis escritos de los años de estudiante —me dijo entregándome un cuaderno de notas encuadernado en cuero que acababa de coger—. Son notas de las clases, algunas hipótesis sobre la angelología y su desarrollo histórico. Hace tanto tiempo que no lo había visto que no puedo anticiparte con exactitud qué te encontrarás. En su momento, yo también fui una estudiante ambiciosa y, como tú, Celestine, me pasé muchas, muchas horas en el ateneo. Con tanta información sobre la historia de la angelología, tenía la impresión de que necesitaba condensarlo todo un poco. Me temo que también estarán incluidas mis

194

especulaciones más ingenuas, que deberás tomar con un poco de escepticismo.

Traté de imaginarme a la doctora Seraphina de estudiante, aprendiendo lo mismo que estábamos aprendiendo nosotras. Resultaba difícil imaginar que alguna vez hubiera sido ingenua con respecto a nada.

—Las notas de años posteriores tal vez sean más interesantes —continuó Seraphina—. Reescribí el material de este diario en un relato, ¿cómo lo diría?, más sucinto de la historia de nuestro trabajo. Un objetivo que nuestros estudiosos y agentes han intentado alcanzar es que la angelología sea puramente funcional: utilizamos nuestros estudios como una herramienta específica. La teoría sólo es buena en la medida en que se pueda ejecutar, y en nuestro caso la investigación histórica desempeña un papel fundamental en nuestra capacidad para combatir a los nefilim. Personalmente, tengo una mente bastante empírica. No destaco a la hora de comprender abstracciones y por eso utilizo la narrativa para explicarme las teorías angelológicas de forma más tangible. Se trata, más o menos, del mismo método con el que organizo mis clases. A pesar de que el uso de la narrativa es habitual en muchos aspectos de la teología (las alegorías y otras cosas por el estilo), la Iglesia evitó un acercamiento similar al hablar de los sistemas angelológicos. Como quizá sepas, los sistemas jerárquicos se idearon en muchos casos como una suerte de argumento por parte de los Padres de la Iglesia. Creían que al igual que Dios creó jerarquías de ángeles, también estableció jerarquías en la tierra. Explicar las primeras iluminaría las segundas. Por ejemplo, los serafines son inteligencias angélicas superiores a los querubines y lo mismo ocurre con el arzobispo de París con respecto a los campesinos. ¿Ves cómo debía funcionar?: Dios creó jerarquías y cada uno debía permanecer en el lugar que Él le había señalado. Y debía pagar sus impuestos, *bien sûr*. Las jerarquías angélicas de la Iglesia reforzaban las estructuras sociales y políticas. También ofrecían un relato del universo, una cosmología que aportaba orden al aparente caos de las vidas de la gente ordinaria.

195

Los angelólogos, por supuesto, se apartaron de esa senda. Nosotros observamos una estructura horizontal, una que nos permite alcanzar la libertad intelectual y el progreso a través del mérito. Nuestro sistema es bastante excepcional.

—¿Cómo ha podido sobrevivir semejante sistema? —preguntó Gabriella—. Seguramente la Iglesia no lo permitía.

Sorprendida por la insolente pregunta de Gabriella, bajé la vista hacia mis manos. Yo nunca sería capaz de cuestionar a la Iglesia tan abiertamente. Quizá iba en mi detrimento mi fe en la solidez de la institución.

—Creo que esa pregunta se ha formulado muchas veces antes de ahora —respondió la doctora Seraphina—. Los padres fundadores de la angelología delimitaron el perímetro de nuestro trabajo en una gran reunión de angelólogos en el siglo x. Existe un relato maravilloso de la reunión, redactado por uno de los padres asistentes. —La doctora regresó a la estantería y cogió un libro. Mientras pasaba las páginas, prosiguió—: Os sugiero que lo leáis cuando tengáis la oportunidad, que no será ahora, por supuesto, ya que esta mañana tenéis por delante trabajo de sobra.

Seraphina dejó el libro sobre la mesa.

—Cuando os embarquéis en la historia de nuestro grupo, descubriréis que en la angelología hay mucho más que estudio y debate. Nuestra labor nace de las sabias decisiones de un colectivo de hombres serios y espirituales. La primera expedición angelológica, el primer intento físico de los angelólogos por hallar la prisión de los ángeles, surgió cuando los venerables padres, invitados por sus hermanos tracios, organizaron el Consejo de Sozopol. Ésa fue la reunión fundacional de nuestra disciplina, y según el venerable padre Bogomil, uno de los más destacados de los padres fundadores, el consejo fue un gran éxito, no sólo porque estableció las bases de nuestro trabajo, sino también porque congregó a los pensadores religiosos más destacados de su época; desde el Concilio de Nicea no se había reunido una asamblea tan extensa de representantes extraconfesionales. Sacerdotes, diáconos, acólitos, rabinos y hombres santos maniqueos participaron en un agitado debate sobre el dogma en el salón principal. Pero en otro lugar tuvo lugar una reunión secreta. Un anciano sacerdote llamado Clematis, un obispo de origen tracio residente en Roma, había convocado a un selecto grupo de padres que compartían su gran pasión por encontrar la caverna de los guardianes. De hecho, había desarrollado una teoría sobre la localización de la misma, suponiendo que, al igual que los restos del arca de Noé, había de encontrarse en las proximidades de la costa del mar Negro. Al final, Clematis se internó en las montañas para comprobar dicha teoría. El doctor Raphael y yo asumimos que Clematis trazó un mapa aunque no tenemos pruebas para fundamentar nuestra hipótesis.

—Pero ¿cómo puede estar tan segura de que allí hay algo? —preguntó Gabriella—. ¿Qué evidencias tenemos? ¿Qué pasará si no existe la gruta y se trata sólo de una leyenda?

—Debe de haber un trasfondo de verdad en ella... —repuse, sintiendo que Gabriella corría demasiado en su deseo de retar a nuestra maestra.

—Clematis encontró la cueva —dijo la doctora Seraphina—. El venerable padre y su equipo son las únicas personas que han podido descubrir la verdadera localización de la gruta, los únicos que han descendido por ella y los únicos en muchos miles de años que han visto a los ángeles desobedientes. Clematis murió por tener ese privilegio. Afortunadamente, dictó un breve relato de la expedición antes de su muerte. El doctor Raphael y yo hemos utilizado ese relato como fuente primaria de nuestra investigación.

—Seguramente la narración señala la localización —comenté, ansiosa por conocer los detalles de la expedición de Clematis.

—Sí, en el texto se menciona una localización —respondió Seraphina.

Cogiendo un trozo de papel y una pluma, escribió una serie de letras en cirílico y nos las mostró.

Гяурското Бърло

—El nombre que aparece en el relato de Clematis es Gyaurskoto Burlo, que significa «Prisión de los Infieles» en búlgaro antiguo o, de forma menos literal, el «Escondite de los Infieles», una descripción bastante precisa de los guardianes, que eran llamados desobedientes o infieles por los cristianos de esa época. Los turcos ocuparon la región aledaña a las montañas Ródope desde el siglo xiv, hasta que los rusos ayudaron a los búlgaros a expulsarlos en 1878. Lo cual complica la búsqueda hoy en día: los musulmanes se referían a los cristianos búlgaros como infieles, añadiendo otra capa de significado a la descripción original de la cueva. Realizamos una serie de viajes a Grecia y Bulgaria en la década de los años 20, pero para nuestra gran desilusión no encontramos ninguna cueva que llevase ese nombre. Cuando preguntamos, los aldeanos asociaban el nombre con los turcos, o decían que nunca habían oído hablar de la gruta. Después de años de investigación cartográfica fuimos incapaces de encontrar el nombre en ningún mapa de la región. Ya sea por descuido o de manera intencionada, la gruta no existe sobre el papel.

—Tal vez sería más correcto concluir que Clematis se equivocó y que la cueva no existe —intervino Gabriella.

—Ahí te equivocas —replicó la doctora; la rapidez de su respuesta probaba su pasión por el tema—. La prisión de los ángeles desobedientes existe. He apostado mi carrera a que es así.

—Entonces debe existir una forma de encontrarla —añadí, comprendiendo por primera vez en toda su magnitud el deseo de los Valko de resolver el acertijo—. Es necesario que estudiemos el relato de Clematis.

—Eso —repuso Seraphina acercándose de nuevo al armario— será en otro momento, cuando hayáis concluido el trabajo que tenéis por delante.

Abrí el volumen que se hallaba delante de mí, intrigada por lo que encontraría bajo sus tapas. No podía evitar sentirme satisfecha de que mis ideas fueran tan afines al trabajo de la doctora Seraphina y de que Gabriella —que habitualmente se ganaba la admiración de los Valko— se hubiera enfrentado a nuestra maestra. Pero, para mi consternación, mi amiga no parecía en absoluto afectada por la desaprobación de la doctora. De hecho, parecía que estaba pensando en algo completamente diferente. Resultaba evidente que Gabriella no sentía la misma rivalidad que yo. Ella no tenía necesidad de demostrar nada.

Al ver lo ansiosa que yo estaba por empezar, la doctora Seraphina se levantó.

—Os dejaré trabajar —anunció—. Quizá veáis algo en estos papeles que yo haya pasado por alto. He descubierto que nuestros textos hablan a lo más profundo de la persona o no dicen nada en absoluto. Depende de vuestra sensibilidad con respecto al tema. La mente y el espíritu maduran a su propio ritmo y manera. Puede estar sonando una música hermosa, pero no todo el mundo que tiene oídos puede percibirla.

Desde mis primeros días de estudiante, había tomado por costumbre llegar temprano a las clases de los Valko para asegurarme un buen lugar entre la multitud de estudiantes. A pesar de que Gabriella y yo habíamos asistido a sus clases durante el curso anterior, seguíamos yendo todas las semanas. A mí me atraía el ambiente de investigación apasionada y la ilusión de unidad académica que ofrecían las lecciones, mientras que Gabriella parecía disfrutar de su estatus de estudiante de segundo año de una conocida familia. Los alumnos más jóvenes la observaban durante toda la clase como si calibraran sus reacciones ante las afirmaciones de los Valko. Las clases se impartían en una pequeña capilla de piedra caliza construida en las fortificaciones de un templo romano, sus paredes eran tan gruesas y calcificadas como si se hubieran levantado desde las canteras que se extendían más abajo. El techo de la capilla era de ladrillo en fase de descomposición y estaba apuntalado por vigas de madera, la apariencia del conjunto era tan precaria que, cuando el ruido de los coches de la calle aumentaba, yo temía que el edificio se derrumbase.

Gabriella y yo nos sentamos al fondo de la capilla mientras la doctora Seraphina disponía sus papeles y empezaba la lección.

—Hoy quiero compartir algo con vosotros que de una u otra forma a muchos os resultará familiar. Como relato fundacional de nuestra disciplina, su posición central en la historia es incuestionable; su belleza poética, indiscutible. Empezamos en los años anteriores al Diluvio Universal, cuando el cielo envió a una armada de doscientos ángeles llamados guardianes para controlar las actividades de la creación. El guardián jefe, según esos relatos, tenía por nombre Semyaza; era bello y autoritario, la viva imagen del comportamiento angelical. Su piel blanca como la cal, sus ojos claros y su cabello dorado establecían el ideal de la belleza celestial. Al mando de doscientos ángeles atravesando la bóveda celeste, Semyaza se detuvo a descansar en el mundo material. Entre los que estaban a su cargo se encontraban Arakiba, Rameel, Tamiel, Ramuel, Danel, Ezeqeel, Baraqel, Asael, Armaros, Batrael, Anane, Zagiel, Samsaveel, Satarel, Turael, Yomyael, Kokabel, Araqiel, Shamsiel y Sariel.

»Los ángeles se movían entre los hijos de Adán y Eva sin ser vistos, vivían tranquilamente en las sombras, escondidos en las montañas, refugiándose donde la humanidad no pudiera encontrarlos. Viajaban de región en región siguiendo los movimientos de los hombres, y de esta forma descubrieron las populosas civilizaciones a orillas del Ganges, el Nilo, el Jordán y el Amazonas. Habitaban en silencio en las regiones periféricas a la actividad humana, observando, como era su deber, el comportamiento de los hombres.

»Una tarde, en tiempos de Jared, cuando los guardianes estaban reunidos en el monte Hermón, Semyaza vio a una mujer bañándose en un lago, con el cabello castaño arremolinado a su alrededor. Llamó a los guardianes al borde la montaña y, juntos, los majestuosos seres contemplaron a la mujer. Según numerosas fuentes doctrinales, fue entonces cuando Semyaza sugirió a los guardianes que escogiesen mujeres entre las hijas de los hombres.

»En cuanto hubo pronunciado esas palabras, Semyaza se vio asaltado por la ansiedad. Consciente del castigo a la desobediencia —había presenciado la caída de los ángeles rebeldes—, se reafirmó en su plan. Dijo: «Las hijas de los hombres deben ser nuestras, pero, si no me seguís, sufriré en solitario el castigo por este gran pecado.»

»Los guardianes hicieron un pacto con Semyaza y juraron que sufrirían el castigo con su líder. Sabían que la unión estaba prohibida y que su pacto transgredía todas las leyes del cielo y de la tierra. Aun así, descendieron del monte Hermón y se presentaron ante las mujeres humanas. Éstas tomaron por maridos a las extrañas criaturas y pronto quedaron embarazadas. Después de algún tiempo nacieron los hijos de los guardianes y de sus esposas. Las nuevas criaturas recibieron el nombre de nefilim.

»Los guardianes observaron a sus hijos mientras crecían. Vieron que eran diferentes de sus madres y también eran diferentes de los ángeles. Sus hijas eran más altas y más elegantes que las mujeres humanas, eran intuitivas y psíquicas, poseían la belleza física de los ángeles. Los niños eran más altos y más fuertes que los hombres normales, razonaban con sagacidad, poseían la inteligencia del mundo espiritual. Como regalo, los guardianes reunieron a sus hijos y los instruyeron en el arte de la guerra. Enseñaron a los varones los secretos del fuego: cómo encenderlo y mantenerlo, cómo utilizarlo para cocinar y para obtener energía. Ese regalo fue tan preciado que los guardianes se convirtieron en mitos en las leyendas humanas, en particular en la historia de Prometeo. Enseñaron a sus hijos la metalurgia, un arte que los ángeles habían perfeccionado pero que habían mantenido oculto a la humanidad. Les mostraron el arte de convertir los metales preciosos en brazaletes, anillos y collares. El oro y las piedras preciosas fueron extraídos del suelo, pulidos y convertidos en objetos, y se les asignó un valor. Los nefilim acumularon su riqueza, atesorando oro y grano. Los guardianes mostraron a sus hijas cómo utilizar los tintes para la tela y cómo dar color a sus párpados con relucientes minerales molidos en polvo.

Adornaron a sus hijas, desatando los celos de las mujeres humanas.

»Los guardianes enseñaron a sus hijos cómo diseñar herramientas que los harían más fuertes que los hombres, instruyéndolos para que fundieran metales y forjaran espadas, cuchillos, escudos, petos y puntas de flecha. Comprendiendo el poder que les daban las herramientas, los nefilim ocultaron arsenales de armas resistentes y afiladas. Cazaron y almacenaron carne. Protegieron sus pertenencias con violencia.

»Y hubo otros regalos que los guardianes dieron también a sus hijos. Enseñaron a sus esposas y a sus hijas secretos aún más poderosos que el fuego o la metalurgia. Separaron a las mujeres de los hombres, alejándolas de la ciudad e internándose con ellas en las profundidades de las montañas, donde les mostraron cómo hacer conjuros y utilizar hierbas y raíces como medicinas. Compartieron con ellas el secreto de las artes mágicas, enseñándoles un sistema de símbolos para recordar sus hechizos. Muy pronto circularon rollos de pergamino entre ellas. Las mujeres, que hasta entonces habían estado a merced de la fuerza de los hombres, se volvieron poderosas y peligrosas.

»Los guardianes revelaron cada vez más secretos celestiales a sus esposas y a sus hijas:

»Baraqel les enseñó astrología.

»Kokabel les enseñó a leer presagios en las constelaciones.

»Ezeqeel les dio el conocimiento de las nubes.

»Araqiel las instruyó en las señales de la tierra.

»Shamsiel trazó el curso del sol.

»Sariel dibujó las señales de la luna.

»Armaros les enseñó a romper hechizos.

»Con estos dones los nefilim se organizaron como una tribu, se armaron y se apoderaron de la tierra y de los recursos. Perfeccionaron el arte de la guerra. Acapararon cada vez más poder sobre la humanidad. Se tenían por los señores de la tierra, y se apoderaron de grandes extensiones de terreno y reclamaron los reinos como suyos. Esclavizaron a otros e hicieron banderas para representar a sus ejércitos.

Dividieron sus reinos, destinaron a los hombres a ser soldados, mercaderes y jornaleros a su servicio. Pertrechados de los secretos eternos y su ansia de poder, los nefilim dominaron a la humanidad.

»Mientras ellos gobernaban sobre la tierra y los hombres perecían, la humanidad pidió ayuda al cielo. Miguel, Uriel, Rafael y Gabriel, los arcángeles que habían observado a los guardianes desde que bajaron al mundo, también controlaban el progreso de los nefilim.

»Cuando se les ordenó, los arcángeles se enfrentaron a los guardianes, rodearon a sus hermanos con un anillo de fuego y los desarmaron. Una vez derrotados, les pusieron grilletes y los condujeron a una caverna remota y despoblada en lo más alto de las montañas. Al borde del abismo, cargados con pesadas cadenas, se ordenó a los guardianes que descendieran. Éstos cayeron a través de una grieta en la corteza terrestre, descendiendo cada vez más hasta que llegaron a una prisión de oscuridad. Desde las profundidades se lamentaron por el aire, la luz y la libertad que habían perdido. Separados del cielo y de la tierra, esperando el día de su liberación, rezaron por el perdón del cielo. Llamaron a sus hijos para que los salvasen. Pero Dios ignoró sus súplicas. Y los nefilim no acudieron.

»El arcángel Gabriel, mensajero de las buenas nuevas, no pudo soportar el tormento de los guardianes y, en un momento de piedad, arrojó su lira a sus hermanos caídos para que pudieran apaciguar su sufrimiento con un poco de música. Mientras la lira caía, Gabriel se dio cuenta de su error: la música del instrumento era seductora y poderosa. La lira se podía usar en beneficio de los guardianes.

»Con el paso del tiempo, la prisión de granito de los guardianes fue conocida como el averno, la tierra de los muertos a la que descendían los héroes para encontrar la vida eterna y la sabiduría. Tártaro, Hades, Kurnugia, Annwn, infierno... Las leyendas crecieron mientras que los guardianes, encadenados en su gruta, gritaban por su liberación. Incluso en la actualidad, en algún lugar de las profundidades de la tierra, gritan para ser salvados.

»La razón por la cual los nefilim no acudieron a la llamada de sus padres ha sido una fuente de especulación —concluyó la doctora Seraphina—. Seguramente los nefilim habrían sido más fuertes con la ayuda de los guardianes, y seguramente los habrían ayudado a liberarse si hubieran tenido el poder para hacerlo. Pero la prisión de los guardianes sigue siendo un lugar desconocido. Es en este misterio donde está el origen de nuestro trabajo.

La doctora Seraphina era una oradora formidable, con grandes dotes dramáticas para infundir vida a sus lecciones ante los alumnos de primer curso, un talento que no poseían muchos de nuestros profesores. A causa de sus esfuerzos, con frecuencia parecía exhausta al final de una clase de una hora, y ese día no fue una excepción. Levantando la vista de sus notas, anunció una breve pausa. Gabriella me hizo un gesto para que la siguiera y, tras abandonar la capilla por la salida lateral, atravesamos una serie de estrechos pasillos hasta que alcanzamos un patio vacío. Había oscurecido, y un cálido atardecer de otoño se abatía sobre nosotras, proyectando sombras sobre las losas. Una imponente haya se elevaba en el patio, su corteza era extrañamente moteada, como si padeciera lepra. Las clases de los Valko podían durar horas, extendiéndose a menudo hasta la noche, y yo estaba deseosa de tomar un poco el aire. Quería pedirle a Gabriella su opinión sobre la clase —de hecho, había acabado convirtiéndome en su amiga a través de esos análisis—, pero vi que no estaba de humor.

Sacó una cajetilla de cigarrillos de un bolsillo de la chaqueta y me ofreció uno. Cuando lo rechacé, como siempre, ella simplemente se encogió de hombros. Era un gesto que había llegado a conocer, un ademán ligero pero despreocupado que dejaba claro lo mucho que desaprobaba mi incapacidad para divertirme. «Celestine la ingenua», parecía decir el gesto; «Celestine, la chiquilla de provincias». Gabriella me había enseñado mucho con sus desdenes y silencios, y yo siempre la había observado con especial atención, fijándome en la manera en que vestía, lo que leía, la forma en que se peinaba. En las últimas semanas su ropa se había vuelto más bonita, más atrevida. Su maquillaje, que siempre había sido discreto, era ahora más oscuro y pronunciado. El espectáculo que había presenciado la mañana anterior me sugería la razón de esos cambios, pero aun así su comportamiento despertaba mi interés. A pesar de todo, la miraba como se mira a una hermana mayor.

Gabriella encendió el cigarrillo con un precioso mechero de oro e inhaló profundamente, como para mostrarme todo lo que me estaba perdiendo.

—Qué bonito —comenté cogiendo el encendedor y dándole vueltas en mi mano; el oro bruñido adquiría un tono rosado bajo la luz de la tarde. Me sentí tentada de pedirle a Gabriella que me explicase cómo había llegado a su poder un encendedor tan caro, pero me abstuve. Mi amiga desalentaba hasta las preguntas más superficiales. Incluso después de un año de vernos a diario, hablábamos muy poco de nuestras vidas personales. Por eso me ceñí a hacer un simple comentario sobre los hechos—. No lo había visto antes.

—Es de un amigo —respondió sin mirarme a los ojos.

Gabriella no tenía más amigos que yo. Comía conmigo, estudiaba conmigo y, si estaba ocupada, prefería la soledad a hacer nuevas amistades; por eso supe que pertenecía a su amante. Seguramente había deducido que su secreto despertaría mi curiosidad. No pude contenerme de plantearle una pregunta directa.

—¿Qué clase de amigo? —dije—. Lo pregunto porque últimamente parece que estás algo distraída.

—La angelología es más que estudiar textos antiguos —respondió Gabriella. Su mirada de reproche sugería que mi visión de nuestro cometido en la escuela estaba profundamente errada—. Yo estoy entregada a mi trabajo.

—Tu atención se ha visto desbordada por otra cosa, Gabriella —comenté, incapaz de ocultar mis sentimientos.

—No sabes nada de los poderes que me controlan —replicó ella. Aunque pretendía responder con su altivez habitual, detecté un destello de desesperación en su comportamiento. Mi pregunta la había sorprendido y herido.

—Sé más de lo que crees —repuse, esperando que una confrontación directa la empujase a confesarlo todo. Nunca antes había adoptado con ella un tono tan elevado. El error de mi aproximación quedó en evidencia incluso antes de terminar de hablar.

Tras arrebatarme el encendedor de un manotazo y metérselo en el bolsillo de la chaqueta, Gabriella tiró el cigarrillo sobre las losas de pizarra y se fue.

Cuando regresé a la capilla, retomé mi asiento junto a ella. Gabriella había colocado su chaqueta en mi silla, reservándola para mí, pero se negó siquiera a mirarme mientras me sentaba. Me di cuenta de que había estado llorando: un suave cerco negro manchaba los bordes de sus ojos donde las lágrimas se habían mezclado con el kohl. Quería hablar con ella, ansiaba que me abriera su corazón, y deseaba ayudarla a superar cualquier error de juicio en el que hubiera incurrido. No obstante, no era el momento de hablar. El doctor Raphael Valko ocupó el lugar de su esposa detrás del atril y puso en orden unos papeles, mientras se preparaba para impartir su parte de la clase. Yo apoyé la mano en el brazo de mi amiga y sonreí para hacerle saber que lo sentía, pero mi gesto fue recibido con hostilidad. Gabriella apartó el brazo bruscamente, negándose a mirarme. Se recostó en la rígida silla de madera, cruzó las piernas y esperó a que el doctor Raphael comenzase.

Durante mis primeros meses de estudio descubrí que había dos grandes grupos de opiniones sobre los Valko. La mayoría de los estudiantes los adoraban. Atraídos por su inteligencia, sus conocimientos arcanos y su dedicación a la pedagogía, estos alumnos bebían cada una de sus palabras. Yo, como la mayoría, pertenecía a ese grupo. Pero una minoría de nuestros iguales los adoraban en menor medida. Encontraban dudosos los métodos de los Valko y pretenciosas sus clases conjuntas. Aunque Gabriella nunca habría permitido que la considerasen de ninguno de los grupos, y nunca había confesado qué opinaba sobre las clases del doctor Raphael y la doctora Seraphina, yo sospechaba que era crítica con ellos, de la misma forma que lo había sido su tío en la asamblea reunida en el ateneo. Los Valko eran advenedizos que se habían abierto camino hasta la cima de la academia, mientras que la posición de la familia de Gabriella le otorgaba a ella un rango instantáneo. Con frecuencia había escuchado las opiniones de mi amiga sobre nuestros maestros, y sabía que sus ideas divergían a menudo de las de los Valko.

El doctor Raphael dio unos golpecitos en el borde del atril pidiendo silencio y empezó con su lección.

—Los orígenes del primer cataclismo angelical se han debatido con frecuencia —empezó—. De hecho, repasando los diversos relatos de esta batalla decisiva en nuestra propia colección, descubrí treinta y nueve teorías contradictorias únicamente sobre cómo comenzó y cómo acabó. Tal y como la mayoría de vosotros sabéis, los métodos académicos para diseccionar los acontecimientos históricos de esta naturaleza han cambiado, evolucionado, hay quienes dirían que involucionado, de manera que voy a ser franco con vosotros: mi método, como el de mi esposa, ha variado a lo largo del tiempo, incorporando múltiples perspectivas históricas. Nuestras lecturas de los textos y las narraciones que creamos a partir de material fragmentario reflejan nuestros objetivos principales. Por supuesto, como futuros estudiosos, vosotros también elaboraréis vuestras propias teorías sobre el primer cataclismo angelical. Si hemos tenido éxito, abandonaréis esta clase con el germen de la duda que inspira una investigación individual y original. En consecuencia, escuchad con atención. Creed y dudad, aceptad y rechazad, transcribid y revisad todo lo que aprendáis hoy. De esta forma, el futuro de la especialidad angelológica será saludable.

El doctor Raphael sostenía un volumen encuadernado en piel en las manos. Lo abrió y con voz firme y seria empezó su lección:

—En lo alto de las montañas, bajo un saliente que los protegía de la lluvia, los nefilim estaban juntos, suplicando consejo a las hijas de Semyaza y a los hijos de Azazel, a los que consideraban sus líderes después de que los guardianes hubieran sido arrojados bajo tierra. El hijo mayor de Azazel dio un paso al frente y se dirigió a la multitud interminable de pálidos gigantes que llenaban el valle a sus pies.

»Dijo: «Mi padre nos enseñó los secretos de la guerra. Nos enseñó a utilizar la espada y el cuchillo, a labrar flechas, a hacer la guerra contra nuestros enemigos. No nos enseñó a protegernos del cielo. Pronto estaremos rodeados de agua. Incluso con nuestra fuerza y nuestro número, es imposible construir un navío como el de Noé. También resulta imposible atacar abiertamente a Noé y apoderarnos de su nave. Los arcángeles están protegiendo a Noé y a su familia.»

»Era bien conocido que Noé tenía tres hijos y que estos hijos habían sido escogidos para ayudarlo en la construcción de su arca. El hijo de Azazel anunció que iría hasta la costa en la que Noé estaba cargando su barco con animales y plantas, y que descubriría una forma de infiltrarse en el arca. Llevando consigo a la hechicera más poderosa, la hija mayor de Semyaza, abandonó a los nefilim diciendo: «Mis hermanos y hermanas, debéis quedaros aquí, en el punto más elevado de la montaña. Es posible que las aguas no lleguen a esta altura.»

»Juntos, el hijo de Azazel y la hija de Semyaza descendieron el empinado sendero de montaña bajo la incesante lluvia y se abrieron camino hasta la costa. En el mar Negro, reinaba el caos. Noé había advertido del Diluvio durante muchos meses, pero sus paisanos no le habían prestado la más mínima atención. Habían seguido con sus fiestas, sus bailes y sus sueños, felices al borde de la destrucción total. Se habían reído de Noé, y algunos incluso se habían acercado al arca, burlándose, mientras él cargaba a bordo comida y agua.

»Durante algunos días, el hijo de Azazel y la hija de Semyaza contemplaron las idas y venidas de los hijos de Noé. Se llamaban Sem, Cam y Jafet, y cada uno era diferente de los demás. Sem, el mayor, tenía el cabello oscuro y los ojos verdes, unas manos elegantes y una forma brillante de hablar; Cam era más moreno que Sem, con unos enormes ojos castaños, una gran fuerza y buenos sentidos; Jafet tenía la piel clara, el cabello rubio y los ojos azules, era el más frágil y delgado de los tres. Sem y Cam no se cansaban mientras ayudaban a su padre a cargar los animales, los sacos de comida y las jarras de agua; en cambio, Jafet trabajaba con lentitud. Los tres hermanos llevaban casados mucho tiempo, y de ellos Noé tenía muchos nietos.

»La hija de Semyaza vio que la apariencia de Jafet era muy parecida a la de los suyos, por lo que decidió que ése era el hermano que debía tomar su compañero. Los nefilim esperaron durante muchos días, vigilando, hasta que Noé hubo cargado los últimos animales en el arca. El hijo de Azazel se acercó al gran barco y su inmensa sombra lo cubrió mientras llamaba a Jafet.

»El benjamín de Noé se asomó por la borda del arca, sus mechones rubios caían sobre sus ojos. El hijo de Azazel le pidió entonces a Jafet que lo acompañara lejos de la orilla por un sendero que conducía a las profundidades del bosque. Los arcángeles, de guardia en la proa y en la popa del arca, inspeccionando cada objeto que entraba y salía de la nave para que se ajustase a los dictados de Dios, no prestaron atención a Jafet cuando éste abandonó el navío y siguió hacia el bosque al luminoso desconocido.

»Mientras Jafet seguía al hijo de Azazel hacia la floresta, las gotas golpeaban las hojas de las copas de los árboles, reverberando como truenos. Jafet estaba sin aliento cuando alcanzó al majestuoso extraño y, con la voz entrecortada, preguntó: «¿Qué quieres de mí?»

»El hijo de Azazel no contestó sino que rodeó el cuello del hijo de Noé con sus dedos y apretó hasta que sintió cómo se rompían los frágiles huesos de la garganta. En ese instante, antes incluso de que el Diluvio barriese de la faz de la tierra a las malvadas criaturas, fracasó el plan de Dios de purgar el mundo. El futuro de la raza nefilim se consolidó y el nuevo mundo se materializó.

»La hija de Semyaza abandonó su escondite en el bosque y puso las manos sobre la cara del hijo de Azazel. Conocía de memoria los encantamientos que le había enseñado su padre, y al tocar al hijo de Azazel su aspecto cambió: su belleza luminosa se atenuó, y sus rasgos angelicales desaparecieron. Ella susurró palabras en su oído y él se transformó en la viva imagen de Jafet. Debilitado por la transformación, se alejó tambaleante de la hija de Semyaza y atravesó el bosque de regreso al arca.

»Cuando la esposa de Noé miró a su hijo supo al instante que había cambiado. Su rostro era el mismo y su apariencia también, pero algo en su comportamiento resultaba extraño, y por eso le preguntó dónde había estado y qué le había ocurrido. El hijo de Azazel no sabía hablar la lengua de los hombres, de manera que permaneció en silencio, aterrorizando aún más a su madre. Mandó llamar entonces a la esposa de Jafet, una mujer encantadora que conocía a su hijo desde la infancia. Ella también descubrió la corrupción de su Jafet, pero como su apariencia externa era idéntica a la del hombre con el que se había casado, no acertó a decir en qué había cambiado. Los hermanos de Jafet le rehuían, temerosos de su presencia. Aun así, Jafet permaneció a bordo del arca cuando el agua empezó a arrasar la tierra. Era el decimoséptimo día del segundo mes. El Diluvio había comenzado.

»La lluvia cayó sobre el arca, anegando valles y ciudades. El agua alcanzó el pie de las montañas y después las cimas. Los nefilim contemplaron cómo ésta subía cada vez más, hasta que no pudieron ver la tierra. Lo guepardos y los leopardos, aterrorizados, se encaramaban a los árboles; los terribles aullidos de los lobos moribundos reverberaban en el aire. Una jirafa se encontraba en lo alto de una solitaria colina, con el agua cubriendo su cuerpo mientras estiraba más y más el cuello hasta que el agua la sumergió. Los cuerpos de humanos, animales y nefilim flotaban como libélulas sobre la superficie del mundo, meciéndose con las mareas, pudriéndose y hundiéndose hasta el fondo del océano. Marañas de cabellos y extremidades golpeaban contra la proa del arca de Noé, emergiendo y desapareciendo en el agua espesa. El aire se volvió dulce por el olor de la carne asada al sol.

»El arca flotó a la deriva sobre la tierra hasta el vigesimoséptimo día del segundo mes del año siguiente, un total de trescientos setenta días. Noé y su familia no se encontraron con nada, excepto con una muerte infinita y una agua infinita, una sábana gris de lluvia en constante movimiento, un horizonte cubierto de olas hasta donde alcanzaba la vista, agua y más agua, un mundo sin costas, carente de solidez. Flotaron sobre la superficie del mar durante tanto tiempo que agotaron sus reservas de vino y grano, y sobrevivieron a base de huevos de gallina y agua.

»Cuando el arca encalló y las aguas se retiraron, Noé y su familia liberaron a los animales del vientre del barco, cogieron sus sacos de semillas y las plantaron. Al poco tiempo, los hijos de Noé empezaron a repoblar el mundo. Los arcángeles, cumpliendo la voluntad de Dios, acudieron en su ayuda, otorgando gran fertilidad a los animales, la tierra y las mujeres. Las cosechas contaron con sol y lluvia; los animales hallaron suficiente alimento; las mujeres no perecían al dar a luz. Todo crecía. Nada moría. El mundo empezó de nuevo.

»Los hijos de Noé reclamaban como propio todo lo que veían. Se convirtieron en patriarcas, cada uno fundó una raza de la humanidad. Emigraron a todos los confines del planeta, estableciendo dinastías que incluso en la actualidad distinguimos. Sem, el hijo mayor, viajó a Oriente Medio y fundó las tribus semitas; Cam, el segundo, se trasladó hasta el ecuador, internándose en África, y creó la tribu camita, y Jafet, o mejor dicho, la criatura que se hacía pasar por Jafet, tomó la zona entre el Mediterráneo y el Atlántico y fundó lo que un día llamaríamos Europa. La progenie de Jafet nos ha acosado desde entonces. Como europeos que somos debemos considerar nuestra relación con nuestros orígenes ancestrales. ¿Estamos libres de asociaciones diabólicas, o de alguna manera estamos conectados con los hijos de Jafet?

La lección del doctor Raphael concluyó abruptamente. Dejó de hablar, cerró su cuaderno de notas y nos animó a volver a su siguiente clase. Yo sabía por experiencia que el doctor Raphael terminaba las clases de esa forma a propósito; dejaba a sus alumnos con el deseo de saber más. Era una herramienta pedagógica que llegué a respetar después de asistir a sus clases como alumna de primer curso (no me había perdido ni una sola de ellas). Los crujidos de los papeles y el arrastrar de los pies se propagó por la sala mientras los estudiantes formaban grupos, organizándose para la cena o para estudiar por la noche. Como los demás, recogí mis pertenencias. El relato del doctor Raphael me había sumido en algo parecido a un trance, y descubrí que me resultaba especialmente difícil centrarme entre todas aquellas personas, muchas de las cuales eran verdaderos extraños para mí. La presencia familiar de Gabriella a mi lado resultaba reconfortante. Me volví para preguntarle si quería regresar andando a nuestro apartamento para preparar la cena.

Sin embargo, cuando la miré me detuve en seco. La apariencia de Gabriella había cambiado. Su cabello estaba empapado de sudor; su piel, pálida y pegajosa. La raya de kohl que enmarcaba sus ojos —un exceso de maquillaje que yo había llegado a clasificar como el morboso sello personal de Gabriella— se había corrido aún más, ya fuera por el sudor o por las lágrimas, no podía decirlo. Sus enormes ojos verdes miraban hacia delante, pero parecía que no veían nada en absoluto. Su estado le confería un aspecto tétrico, como si fuera víctima de los devastadores efectos de una tuberculosis. Fue entonces cuando me percaté de las quemaduras sangrantes que acribillaban la carne de su antebrazo y de que tenía el precioso encendedor de oro cogido con fuerza en una mano. Quise hablar con ella, para pedirle una explicación por su extraño comportamiento, pero una mirada suya me detuvo antes de que tuviera oportunidad de articular palabra. Leí en sus ojos una fuerza y una determinación que yo no poseía. Sabía que seguiría siendo inescrutable. Fueran cuales fuesen los secretos oscuros y terribles que atesoraba Gabriella, nunca los compartiría conmigo. Por alguna razón, aunque no comprendía cuál, esa certeza me reconfortaba y me horrorizaba a la vez.

Más tarde, cuando regresé a nuestro apartamento, encontré a Gabriella sentada en la cocina. Ante ella, sobre la mesa, había unas tijeras y unas vendas. Al ver que mi amiga podría necesitar mi ayuda, me acerqué a ella. En la atmósfera alegre de nuestro apartamento, la siniestra quemadura adquirió un color espantoso: la llama había ennegrecido la carne y exudaba una sustancia clara. Corté una tira de venda.

—Gracias, pero puedo cuidar de mí misma —dijo Gabriella.

Mi frustración aumentó cuando me arrebató la venda y procedió a cubrirse la herida. La observé unos instantes y a continuación le espeté:

—¿Cómo has podido hacer algo así? ¿Se puede saber qué te pasa?

Sonrió como si hubiera dicho algo que le hubiera hecho gracia. Incluso llegué a pensar durante un momento que se reiría de mí. Pero simplemente volvió a ocuparse del vendaje de su brazo.

—No lo comprenderías, Celestine. Tú eres demasiado buena, demasiado pura para comprender lo que me ocurre —respondió al fin.

En los días siguientes, cuanto más me esforzaba yo por desentrañar el misterio de las acciones de Gabriella, más reservada se volvía ella. Empezó a pasar las noches fuera de nuestro apartamento compartido de la rue Gassendi, lo cual me hacía preocupar por su paradero y por su seguridad. Regresaba a casa sólo cuando yo estaba fuera, y detectaba sus idas y venidas por la ropa que dejaba atrás o que desaparecía de su armario. Recorría el apartamento y encontraba un vaso con un cerco de carmín; un cabello oscuro, el aroma de Shalimar que desprendía de su ropa... Comprendí que Gabriella me estaba evitando. Sólo durante el día, cuando trabajábamos juntas en el ateneo, con las cajas de cuadernos y los documentos extendidos ante nosotras, estaba en compañía de mi amiga, pero incluso entonces era como si ella no estuviera allí.

Peor aún, empecé a creer que Gabriella examinaba mis papeles durante mis ausencias, que leía mis notas y comprobaba mis avances en varios libros que debíamos leer, como si estuviera valorando mis progresos y comparándolos con los suyos. Era demasiado astuta para dejar pruebas de sus intrusiones, y nunca encontré ninguna evidencia de su presencia en mi habitación, de manera que extremé el cuidado de lo que dejaba sobre mi mesa. No tenía la menor duda de que sería capaz de robar cualquier cosa que le fuera útil, a pesar de que mantuviera una actitud apática y despreocupada hacia la tarea que compartíamos en el ateneo.

Con el paso de los días, me adapté a la nueva rutina. Nuestro trabajo fue tedioso al principio; a grandes rasgos, consistía en leer cuadernos de notas y marcar los pasajes con información potencialmente útil. A Gabriella le habían encargado un trabajo que se ajustaba a su interés en los aspectos mitológicos e históricos de la angelología, mientras que a mí me habían asignado la tarea más mecánica de categorizar cuevas y desfiladeros con el propósito de determinar la ubicación de la lira.

Una tarde de octubre, Gabriella estaba sentada frente a mí. Veía como su cabello negro se rizaba en torno a su barbilla, cuando saqué un cuaderno de notas de una de las muchas cajas que teníamos delante y lo examiné con atención. Se trataba de un cuaderno poco habitual, pequeño y más bien grueso, con una tapa dura y arañada. Una tira de cuero, unida por un cierre dorado, mantenía cerradas las tapas. Al mirar con mayor detenimiento el cierre, descubrí que se trataba de un ángel labrado en oro no más grande que un meñique. Era estrecho y alargado, con un rostro estilizado que tenía engastados dos zafiros azules a modo de ojos, y llevaba una ondeante túnica, además de contar con un par de alas en forma de hoz. Pasé los dedos por el frío metal. Al presionar las alas, noté cierta resistencia y después un clic satisfactorio al ceder el mecanismo. El cuaderno se abrió y lo puse sobre mi regazo, alisando las páginas bajo mis dedos. Miré furtivamente a Gabriella para comprobar si se

214

había percatado de mi hallazgo, pero estaba absorta en su lectura y, para mi alivio, no había visto el bellísimo cuaderno que tenía entre las manos.

Deduje de inmediato que se trataba de uno de los diarios que Seraphina había mencionado que llevó en sus últimos años de estudiante: eran, ni más ni menos, sus observaciones resumidas y destiladas en un sucinto manual. De hecho, el diario contenía mucho más que simples apuntes de clase. Volviendo las hojas hasta el principio, encontré la palabra «Angelología» estampada con tinta dorada en la primera página. El contenido era un compendio de notas resumidas, especulaciones, preguntas surgidas durante las clases o durante la preparación para un examen. Mientras leía, detecté el creciente interés de la doctora Seraphina por la geología antediluviana: en las páginas había meticulosos dibujos de mapas de Grecia, Macedonia, Bulgaria y Turquía, como si hubiera trazado el contorno exacto de las fronteras de cada país, esbozando cada montaña y cada lago. Los nombres de cuevas, puertos de montaña y desfiladeros aparecían en griego, latín o cirílico, dependiendo del alfabeto de la región. En los márgenes había anotaciones en letra diminuta; era evidente que los dibujos se habían realizado en preparación para una expedición. Seraphina había puesto su corazón en una segunda expedición desde que era una estudiante. Me di cuenta de que resumiendo el trabajo de la doctora en esos mapas, yo misma tenía la oportunidad de descubrir el misterio geográfico de la expedición de Clematis.

Al proseguir la lectura, encontré los esbozos de la doctora Seraphina diseminados como tesoros entre las estrechas columnas de palabras. Había halos, trompetas, alas, arpas y liras, los garabatos de hacía treinta años de una estudiante soñadora que se distraía durante las clases. Había páginas llenas de dibujos y citas extraídas de las primeras obras sobre angelología. En el centro del cuaderno me tropecé con algunas páginas con cuadros numéricos, o cuadrados mágicos, como se los conocía habitualmente. Los cuadros contenían una serie de números que sumaban la misma cifra en cada fila, diagonal y columna: una constante mágica. Naturalmente, conocía la historia de los cuadrados mágicos —su presencia en Persia, India y China, y su primera aparición en Europa en los grabados de Alberto Durero, un artista cuya obra me entusiasmaba—, pero nunca había tenido la oportunidad de examinar uno.

Las palabras de la doctora Seraphina estaban escritas a lo largo de la página en desvaída tinta roja:

> Uno de los cuadros más famosos —y el que se utiliza más a menudo para nuestros propósitos— es el cuadrado de Sator-Rotas, cuyo ejemplo más antiguo fue descubierto en Herculano, o Ercolano como se llama en la actualidad, una ciudad italiana parcialmente destruida por la erupción del monte Vesubio en el año 79 de nuestra era. El Sator-Rotas es un palíndromo latino, un acróstico que se puede leer de diferentes maneras. Tradicionalmente, el cuadro se ha utilizado en angelología para indicar la presencia de una pauta o patrón. El cuadro no es un código, como se ha considerado erróneamente con frecuencia, sino un símbolo para alertar al angelólogo de la presencia de un elemento de mayor importancia esquemática. En determinados casos, el cuadro nos avisa de que algo se encuentra oculto en las cercanías, quizá una misiva o una comunicación. Los cuadrados mágicos siempre han tenido un rol en las ceremonias religiosas y éste no es una excepción. El uso de los mismos data de antiguo, y nuestro grupo no ha participado en ningún caso en su desarrollo en este aspecto. De hecho, se han hallado cuadros en China, Arabia, India y Europa e incluso fueron formulados por Benjamin Franklin en Estados Unidos en el siglo XVIII.

S	A	T	O	R
A	R	E	P	O
T	E	N	E	T
O	P	E	R	A
R	O	T	A	S

216

La página siguiente contenía el Cuadrado de Marte, cuyos números atrajeron mi vista casi como si fueran un imán.

11	24	7	20	3
4	12	25	8	16
17	5	13	21	9
10	18	1	14	22
23	6	19	2	15

Debajo del mismo, Seraphina había escrito:

El Sigilo de Miguel. «Sigilo» deriva del latín *sigillum*, que significa «sello», o del hebreo *segulah*, que significa «palabra con efecto espiritual». En las ceremonias, cada sigilo representa a un ser espiritual —ya sea blanco o negro— cuya presencia el angelólogo puede invocar, especialmente los órdenes mayores de ángeles y demonios. La invocación se realiza a través de conjuros, sigilos y una serie de intercambios favorables entre el espíritu y el agente invocante. Nota bene: la convocatoria mediante conjuros es una empresa extraordinariamente peligrosa, que con frecuencia resulta fatal para el médium. Sólo se debe utilizar como un esfuerzo último y final para atraer a los seres angelicales.

Al pasar otra página hallé numerosos esbozos de instrumentos musicales: un laúd, una lira y una arpa bellamente reproducidos, similares a los dibujos que llenaban las primeras páginas del cuaderno. Dichos instrumentos me decían muy poco. No podía imaginar el sonido que emitirían los instrumentos al tocarlos, ni tampoco sabía leer partituras. Mis puntos fuertes siempre habían sido numéricos, razón por la cual había estudiado matemáticas y ciencias, y no sabía casi nada de música. La musicología celestial —que Vladimir, el angelólogo ruso, tan bien conocía— me había desconcertado hasta entonces, los modos y las escalas me obnubilaban.

Tras permanecer un rato ocupada en esos pensamientos, finalmente levanté la vista de mi lectura. Gabriella se había trasladado a mi lado en el sofá, su barbilla descansaba en su mano, sus ojos se movían con languidez sobre las líneas de unos folios encuadernados. Llevaba ropa que no había visto antes: una blusa de *twill* de seda y unos pantalones de pernera ancha que parecían cortados a medida para que se ajustasen a su figura. La esquina de un vendaje asomaba bajo la diáfana manga de seda de su brazo izquierdo, el único rastro que quedaba de la herida que había visto después de la clase del doctor Raphael unas semanas antes. Ahora parecía una persona completamente diferente de la chica aterrorizada que se había lacerado el brazo.

Examinando el libro en sus manos, vislumbré el título *Libro de Enoch* estampado en el lomo. Por mucho que deseara compartir mi descubrimiento con Gabriella, sabía que no debía interrumpir. De modo que ajusté de nuevo el cierre dorado del diario, apretando las delicadas alas en forma de hoz hasta que se engancharon e hicieron clic. Después, decidida a seguir adelante con nuestro deber de catalogación, me hice una trenza en el pelo —un largo y revoltoso cabello que me habría gustado cortar a la altura de la barbilla, como había hecho Gabriella— y empecé con la tediosa tarea de clasificar sola los papeles de los Valko.

La doctora Seraphina acudía cada día a mediodía para supervisar nuestro trabajo con un cesto con pan, queso, un bote de mostaza y una botella de agua fría para nuestro almuerzo. Habitualmente se me hacía cuesta arriba esperar su llegada, pero esa mañana estaba tan enfrascada en mi trabajo que no me di cuenta de que era la hora del descanso hasta que entró en la habitación y depositó el cesto en la mesa que teníamos ante nosotras. En las horas que habían transcurrido, prácticamente no me había percatado de nada aparte de lo que parecía la interminable suma de datos, en especial los de las notas de campo de la primera expedición de los Valko, un viaje extenuante a través de los Pirineos, que ocupaba hasta diez cuadernos con mediciones de cuevas, sus grados y densidades de granito. Hasta que la doctora Seraphina no se sentó con nosotras, no fui capaz de levantar la cabeza de mi trabajo; ni siquiera me había dado cuenta de lo hambrienta que estaba. Despejando la mesa, recogí los papeles y cerré los cuadernos de notas. Me acomodé en el sofá, mi falda de tela de gabardina resbalando sobre la rica seda bermellón, y me preparé para el almuerzo.

Tras apartar el cesto a un lado, la doctora Seraphina se volvió hacia Gabriella.

—¿Estás haciendo progresos?

—He estado leyendo el relato de Enoch sobre los guardianes —contestó ella.

—Ah —exclamó la doctora—. Debería haber imaginado que te sentirías atraída por Enoch. Es uno de los textos más interesantes en nuestro canon, y también uno de los más extraños.

—¿Extraño? —pregunté mirando a Gabriella. Si Enoch era tan brillante, ¿por qué Gabriella no me había hecho partícipe?

—Es un texto fascinante —prosiguió mi amiga, su rostro desbordaba inteligencia, la apasionada genialidad que yo habitualmente admiraba—. No tenía ni idea de su existencia.

—¿Cuándo fue escrito? —pregunté, una vez más celosa de que Gabriella se hubiera adelantado en el juego—. ¿Es contemporáneo?

—Es una profecía apócrifa escrita por un descendiente directo de Noé —respondió Gabriella—. Enoch aseguraba que había estado en el cielo y había tenido acceso directo a los ángeles.

—Hoy en día, el Libro de Enoch ha sido descartado como la ensoñación de un patriarca loco —añadió la doctora Seraphina—. Pero se trata de nuestra referencia primaria de la historia de los guardianes.

Yo había descubierto una historia similar en el diario de nuestra profesora, y empecé a preguntarme si habría leído el mismo texto.

—Copié algunos pasajes de Enoch en el diario que has estado leyendo, Celestine —dijo la doctora Seraphina como si hubiera leído mis pensamientos. Cogiendo el diario con el cierre en forma de ángel, le dio la vuelta—. Seguramente te habrás tropezado con los pasajes, pero el Libro de Enoch es tan detallado, tiene tanta información maravillosa, que te recomiendo que lo leas entero. De hecho, el doctor Raphael os lo hará leer en vuestro tercer año. Si es que podemos impartir clases el año que viene.

—Hay un pasaje que me ha impresionado en especial —comentó Gabriella.

—¿Sí? —preguntó la doctora Seraphina, que parecía encantada—. ¿Lo recuerdas?

Gabriella recitó el pasaje:

«En esto se me aparecieron dos varones de una estatura descomunal, tal como yo no había tenido ocasión de ver sobre la tierra. Su faz era como un sol refulgente, sus ojos semejaban antorchas ardiendo y de sus labios salía fuego... Sus alas brillaban más que el oro y la blancura de sus manos superaba la de la nieve.»

Sentí cómo me ardían las mejillas. Los talentos de Gabriella, que una vez habían despertado mi afecto, ahora tenían el efecto contrario en mí.

—Excelente —elogió la doctora Seraphina, pareciendo a la vez complacida y circunspecta—. ¿Y por qué te ha llamado la atención ese pasaje?

—Esos ángeles no son los dulces querubines a las puertas del cielo ni las figuras luminosas que vemos en las pinturas del Renacimiento —comentó Gabriella—. Son criaturas temibles y espantosas. Mientras leía la descripción que da Enoch de ellos, me parecía que eran horribles, casi monstruosos. Para ser sincera, me aterrorizan.

Me quedé mirando incrédula a Gabriella. Ella me devolvió la mirada y sentí —durante el más breve de los instantes— que estaba intentando decirme algo pero no podía. Deseé que dijera más, que se explicase, pero de nuevo me respondió con su indiferencia.

La doctora Seraphina reflexionó durante un momento

sobre el comentario de Gabriella, y me pregunté si sabía algo más que yo sobre mi amiga. Se puso en pie y se acercó al armario, donde abrió un cajón y sacó un cilindro de cobre batido. Después de ponerse un par de guantes blancos, lo giró, retiró una tapa de cobre tan fina como una oblea y le dio un suave golpe para extraer un rollo. Alisándolo sobre la mesa de café que se encontraba delante de nosotras, levantó un pisapapeles de cristal tallado y sujetó uno de sus extremos sobre la mesa. El otro lo sostuvo con la palma de su larga y delgada mano. Me quedé mirando el rollo amarillo y ajado que la doctora había desplegado.

Gabriella se inclinó hacia delante y tocó el borde del papel.

—¿Es ésta la profecía de Enoch? —preguntó.

—Una copia —contestó la doctora Seraphina—. Hubo cientos de manuscritos similares en circulación durante el siglo II a. J.C. Según nuestro archivero más importante, tenemos unos cuantos de los originales, todos ligeramente diferentes, como sucede normalmente con esta clase de textos. Nuestro interés por preservarlos surgió cuando el Vaticano empezó a destruirlos. Éste no es en ningún caso tan valioso como los de la cámara de seguridad.

El rollo era de un papel grueso parecido al cuero, la rúbrica estaba en latín y las palabras habían sido trazadas en una caligrafía precisa y clara. Los márgenes estaban iluminados con esbeltos ángeles dorados cuyos ropajes plateados se ondulaban enmarcados en unas alas doradas y plegadas.

La doctora Seraphina se volvió hacia nosotras.

—¿Sabéis leerlo?

Yo había estudiado latín, así como griego y arameo, pero la caligrafía era difícil de interpretar y el latín parecía extraño y poco habitual.

—¿Cuándo fue copiado el rollo? —preguntó Gabriella.

—En el siglo XVII, aproximadamente —respondió la doctora Seraphina—. Se trata de una reproducción moderna de un manuscrito mucho más antiguo, uno anterior a los textos que se convirtieron en la Biblia. El original está guardado en nuestra cámara de seguridad, a buen recaudo, como centenares de otros manuscritos. Hemos sido carroñeros de textos desde que iniciamos nuestro trabajo. Es nuestra mayor fortaleza: somos los poseedores de la verdad y esa información nos protege. De hecho, descubriréis que muchos de los fragmentos están reunidos en la propia Biblia, así como otros tantos que deberían estar pero no fueron incluidos, se hallan en nuestro poder.

—Es difícil de leer —comenté, acercándome al rollo—. ¿Es de la Vulgata?

—Dejad que os lo lea yo —se ofreció la doctora Seraphina, alisando el rollo una vez más con la mano enguantada—. «De nuevo me cogieron aquellos hombres y me llevaron al segundo cielo, donde me mostraron tinieblas mucho más densas que las de la tierra. Allí vi unos cautivos en cadenas, colgados y esperando el juicio sin medida. Estos ángeles tenían un aspecto más tétrico que las tinieblas de la tierra y se lamentaban sin cesar a cada instante. Y pregunté a los hombres que me acompañaban: "¿Por qué razón están éstos sometidos a un tormento continuo?"»

Di vueltas a esas palabras en la cabeza. Aunque me había pasado años leyendo textos antiguos, nunca antes había escuchado nada parecido.

—¿Qué es?

—Enoch —contestó Gabriella inmediatamente—. Acaba de entrar en el segundo cielo.

—¿El segundo? —pregunté, confusa.

—Hay siete —respondió Gabriella con autoridad—. Enoch visitó cada uno y escribió lo que allí encontró.

—Ahí —dijo la doctora Seraphina, haciendo un gesto hacia una librería que ocupaba toda la pared de la habitación—. En el estante más alejado encontrarás las biblias.

Seguí sus indicaciones y, después de escoger una biblia que me pareció especialmente bella —con una gruesa tapa de cuero y la encuadernación cosida a mano, un volumen pesado y difícil de manejar—, la llevé de vuelta a la mesa y la coloqué ante mi profesora.

—Has elegido mi preferida —comentó la doctora Seraphina, como si mi elección hubiera confirmado su fe en mi buen juicio—. Vi esta misma biblia de joven, cuando anuncié al consejo que quería ser angelóloga. Fue en la famosa conferencia de 1919, después de que Europa fuera asolada por la guerra. Sentía una atracción instintiva por la profesión. En mi familia no había habido ningún angelólogo, lo cual es bastante extraño, ya que la angelología es hereditaria. Pero con dieciséis años sabía exactamente lo que sería y no sentía ningún pudor. —La doctora Seraphina se detuvo y prosiguió—: Ahora, acércate más. Tengo algo que mostraros.

Abrió las páginas de la biblia con lentitud y sumo cuidado.

—Aquí está, Génesis 6. Léelo.

Leímos el pasaje, tomado de la traducción de 1297 de Guyart des Moulins:

> Y acaeció que, cuando comenzaron los hombres a multiplicarse sobre la faz de la tierra, y les nacieron hijas, viendo los hijos de Dios que las hijas de los hombres eran hermosas, tomáronse mujeres, escogiendo entre todas.[1]

—Eso lo he leído hoy —dijo Gabriella.

—No —la corrigió la doctora Seraphina—. Esto no es Enoch. Aunque aparece una versión muy similar en el Libro de Enoch, ésta es diferente. Procede del Génesis y es el único punto en el que la versión aceptada de los acontecimientos, aquellos que los teólogos contemporáneos aceptan como verdaderos, coincide con la apócrifa. En el pasado, Enoch fue estudiado con detenimiento, pero como ocurre a menudo en el seno de las instituciones dogmáticas como la Iglesia, consideraron que era peligroso y decidieron retirarlo del canon.

Gabriella parecía desolada.

—Pero ¿por qué? —preguntó—. Este material podría ser de gran ayuda, en especial para los estudiosos.

1. Para la traducción de este pasaje hemos tomado la versión en castellano de Casiodoro de Reina, publicada en 1569 en la Biblia del Oso. (*N. de los t.*)

—¿De ayuda? No veo cómo. Es natural que la Iglesia quisiera suprimir esta información —respondió con brusquedad la doctora Seraphina—. El Libro de Enoch era peligroso para su versión de la historia. Esta versión —prosiguió, destapando el cilindro y sacando otro rollo— fue escrita muchos años después de la leyenda oral. De hecho, procede de la misma fuente. El autor la redactó en la misma época en que fueron escritos muchos de los textos del Antiguo Testamento, es decir, en el momento en el que fueron compuestos los textos talmúdicos.

—Pero eso no explica las razones de la Iglesia para suprimirlo —insistió Gabriella.

—Sus razones eran obvias. La versión de Enoch de la historia está relatada con un lenguaje extático, visionario, por lo que los estudiosos conservadores lo calificaron como un conjunto de exageraciones o, peor aún, de desvaríos. Las reflexiones personales de Enoch sobre lo que él llama «el elegido» eran especialmente perturbadoras. Existen muchos pasajes sobre las conversaciones de Enoch con Dios. Como puedes imaginar, la mayoría de los teólogos tacharon la obra de blasfema. Para decirlo todo, Enoch fue considerado controvertido durante los primeros años del cristianismo. Sin embargo, el Libro de Enoch es el texto angelológico más significativo que poseemos. Es el único relato sobre el origen real del mal en la tierra escrito por un hombre y transmitido entre los hombres.

La envidia que sentía hacia Gabriella desapareció, sustituida por una curiosidad intensa por lo que nos estaba contando la doctora Seraphina.

—Cuando los estudiosos de la religión empezaron a interesarse por la restitución del Libro de Enoch, un explorador escocés llamado James Bruce halló una versión del texto en Etiopía. Otra copia fue encontrada en Belgrado. Como podéis imaginar, esos descubrimientos interferían con el propósito de la Iglesia de intentar hacer desaparecer por completo el libro. Sin embargo, os sorprenderá saber que los hemos ayudado a ello, retirando de circulación copias de Enoch y guardándolas en nuestra biblioteca. El deseo del Vaticano de hacer ver que los nefilim y los angelólogos no existimos es equivalente a nuestro deseo de permanecer ocultos. Supongo que nuestro acuerdo mutuo de fingir que el otro no existe funciona bastante bien.

—Resulta sorprendente que no trabajemos juntos —señalé.

—En absoluto —replicó Seraphina—. En su momento la angelología fue el centro de atención de los círculos religiosos, una de las ramas más apreciadas de la teología. Pero eso cambió con rapidez. Después de las cruzadas y de los ultrajes de la Inquisición, sabíamos que había llegado el momento de distanciarnos de la Iglesia. Sin embargo, incluso antes de eso, habían trasladado la mayor parte de nuestros esfuerzos a la clandestinidad, buscando solos a los hombres famosos. Siempre hemos sido una fuerza de resistencia, un grupo de partisanos si lo preferís, luchando contra ellos desde una distancia segura. Cuanto menos visibles seamos, mejor, sobre todo porque los propios nefilim han conseguido crear un secretismo en torno suyo casi perfecto. El Vaticano está al tanto de nuestras actividades, por supuesto, pero ha decidido dejarnos en paz, al menos por ahora. Los progresos de los nefilim bajo la apariencia de operaciones financieras y gubernamentales los vuelven anónimos. Su mayor logro en los últimos trescientos años ha sido esconderse a plena luz del día. Nos tienen sometidos a una vigilancia constante, emergen sólo para atacarnos, para beneficiarse de las guerras o de oscuras transacciones, y después vuelven a desaparecer en silencio. Por supuesto, también han hecho un trabajo impecable separando a los intelectuales de los religiosos. Se han asegurado de que la humanidad no vuelva a tener un Newton o un Copérnico, pensadores que reverenciaban tanto la ciencia como a Dios. El ateísmo ha sido su invención más importante. La obra de Darwin, a pesar de la extrema dependencia del hombre de la religión, fue tergiversada y difundida por ellos. Los nefilim han conseguido que la gente crea que la humanidad es autogenerada, autosuficiente, exenta de lo divino, sui géneris. Es una ilusión que dificulta mucho más nuestro trabajo y hace que su detección sea casi imposible.

Con cuidado, la doctora Seraphina plegó el rollo y lo deslizó dentro del cilindro de cobre. Luego, volviéndose hacia el cesto de mimbre que contenía nuestro almuerzo, lo abrió y colocó delante de nosotras una barra de pan y un trozo de queso, animándonos a comer. Estaba hambrienta. Noté el pan caliente y esponjoso en mis manos, además dejó un ligerísimo rastro de mantequilla en mis dedos cuando lo partí.

—El padre Bogomil, uno de nuestros padres fundadores, compiló nuestra primera angelología independiente en el siglo x a modo de herramienta pedagógica. Diversas angelologías posteriores incorporaron taxonomías de los nefilim. Como la mayoría de nuestros miembros vivía en monasterios por toda Europa, las angelologías se copiaban a mano y eran custodiadas por las comunidades monásticas, habitualmente dentro del propio monasterio. Fue un período muy fructífero de nuestra historia. Al margen del exclusivo grupo de los angelólogos, cuya misión se centraba únicamente en nuestros enemigos, floreció el estudio de las propiedades generales, los poderes y los propósitos de los ángeles. Para los angelólogos, la Edad Media fue una época de grandes avances. El conocimiento sobre los poderes angelicales, tanto buenos como malos, llegó a su cenit. Santuarios, estatuas y pinturas brindaban una información omnipresente de los principios básicos de la presencia angélica al público general. El sentido de la belleza y la esperanza pasó a formar parte de la vida cotidiana, a pesar de las enfermedades que hacían estragos entre la población. Aunque existían magos, gnósticos y cátaros, sectas que exaltaban o distorsionaban la realidad angelical, fuimos capaces de defendernos de las maquinaciones de las criaturas híbridas, o gigantes, como nos referimos a ellos con frecuencia. La Iglesia, pese a todo el daño que infligió, protegió a la civilización bajo el manto de la fe. Francamente, aunque mi marido diría lo contrario, ésa fue la última vez que les sacamos ventaja a los nefilim.

La doctora Seraphina se detuvo para observar cómo acababa mi almuerzo; quizá llegó a la conclusión de que mis estudios me habían dejado famélica, aunque Gabriella —que no había comido nada— parecía haber perdido por completo el apetito. Avergonzada por mi falta de modales, me limpié las manos en la servilleta de lino que tenía sobre el regazo.

—¿Cómo lo consiguieron los nefilim? —pregunté.

—¿Su predominio? —dijo la doctora—. Es muy sencillo. Después de la Edad Media, cambió el equilibrio de poder. Los nefilim empezaron a recuperar textos paganos perdidos, las obras de los filósofos griegos, mitologías sumerias, textos médicos y científicos persas, y los hicieron circular por los centros intelectuales de Europa. El resultado, por supuesto, fue una hecatombe para la Iglesia. Y ése fue sólo el principio. Los nefilim se aseguraron de que el materialismo se pusiera de moda entre las familias de la élite. Los Habsburgo son sólo un ejemplo de cómo los gigantes se infiltraron y tomaron el control de una familia; los Tudor, otro. Aunque estamos de acuerdo con los principios de la Ilustración, fue una gran victoria para los nefilim. La Revolución francesa, en la que se certificó la separación entre la Iglesia y el Estado así como la ilusión de que los humanos sólo debíamos apoyarnos en el racionalismo en lugar del mundo espiritual, fue otra. Con el paso del tiempo, el programa de los nefilim se fue desarrollando en la tierra. Impulsaron el ateísmo, el humanismo secular, el darwinismo y el materialismo más radical. Elucubraron la idea de progreso. Crearon una nueva religión para las masas: la ciencia.

»En el siglo xx, nuestros genios eran ateos y nuestros artistas, relativistas. Los creyentes se habían fracturado en miles de denominaciones que compiten entre sí. Divididos, hemos sido fáciles de manipular. Por desgracia, nuestros enemigos se han integrado plenamente en la sociedad humana, estableciendo redes de influencia en gobiernos, industrias y medios de comunicación. Durante cientos de años se habían limitado a alimentarse del trabajo de la humanidad sin ofrecer nada a cambio, robando y robando, y construyendo su imperio. Sin embargo, su mayor victoria ha sido ocultar su presencia ante nosotros. Nos han hecho creer que somos libres.

—¿Y no lo somos? —pregunté.

—Mira a tu alrededor, Celestine —repuso la doctora Seraphina, visiblemente irritada a causa de mi ingenua pregunta—. Toda nuestra academia está siendo desmantelada y forzada a pasar a la clandestinidad. Estamos completamente indefensos ante su avance. Los nefilim buscan la debilidad humana, uniéndose a los más hambrientos de poder y a los ambiciosos, y hacen prosperar su causa a través de ellos. Por fortuna, su poder es limitado. Se los puede burlar.

—¿Cómo puede estar tan segura? —preguntó Gabriella—. Quizá sea la humanidad la que se vea burlada.

—Es muy posible —respondió la doctora Seraphina, estudiando a Gabriella—. Pero Raphael y yo haremos todo lo que esté en nuestra mano para evitar que eso ocurra. La primera expedición angelológica marcó el inicio de la oposición. El padre Clematis, el hombre erudito y valiente que la dirigió, dictó el relato de sus esfuerzos para encontrar la lira. El relato de ese viaje estuvo perdido durante siglos. Raphael, como seguramente sabréis, lo recuperó. Lo utilizaremos para encontrar la localización de la gruta.

El trascendental descubrimiento del relato de la expedición de Clematis era legendario entre aquellos estudiantes que adoraban a los Valko. El doctor Raphael Valko había recuperado el diario del padre Clematis en 1919, en una aldea del norte de Grecia, donde estuvo enterrado entre otros muchos papeles durante siglos. En aquella época era un estudioso joven, sin ningún prestigio. Ese hallazgo lo catapultó a los niveles más altos de los círculos angelológicos. El texto era un valioso relato de la expedición, pero lo más importante era que ofrecía la esperanza de que los Valko pudieran reproducir el viaje de Clematis. Si hubiera sido posible discernir en el texto las coordenadas precisas de la caverna, haría años que los Valko se habrían embarcado en su propia expedición.

—Creía que la traducción de Raphael no había tenido una gran acogida —comentó Gabriella, una observación que, sin importar su veracidad, me pareció insolente.

La doctora Seraphina, sin embargo, no parecía molesta.

—La sociedad ha estudiado exhaustivamente ese texto, intentando comprender con exactitud qué ocurrió durante la expedición. Pero tienes razón, Gabriella, al final hemos descubierto que el relato de Clematis es estéril.

—¿Por qué? —pregunté, sorprendida de que un texto tan significativo pudiera quedar arrinconado.

—Porque se trata de un documento impreciso. La parte crucial del relato fue recogida durante las últimas horas de vida de Clematis, cuando desvariaba a causa de los estragos que le había producido el viaje a la cueva. El padre Deopus, el hombre que transcribió las palabras de Clematis, no pudo apuntar cada detalle de manera precisa. No dibujó un mapa y el original que llevó a Clematis a la gruta no se encontró entre sus papeles. Después de muchos intentos aceptamos la triste verdad de que el mapa debió de perderse en la propia cueva.

—Lo que no acabo de entender —intervino Gabriella— es por qué Clematis no hizo una copia. Se trata de un procedimiento básico en cualquier expedición.

—Está claro que algo fue terriblemente mal —contestó la doctora Seraphina—. El padre Clematis regresó a Grecia muy atribulado y se sumió en un severo estado de confusión durante las últimas semanas de su vida. Todos los integrantes de su expedición habían perecido, los suministros se habían extraviado, incluso los asnos se habían perdido o habían sido robados. Según los relatos de sus coetáneos, en particular el del padre Deopus, Clematis parecía un hombre que hubiera despertado de un sueño. Despotricaba y rezaba de la forma más horrorosa, como si fuera presa de un brote de locura. De este modo, para responder a tu pregunta, Gabriella, comprendimos que había ocurrido algo, pero no estamos seguros exactamente de qué.

—Y ¿tiene alguna teoría? —preguntó Gabriella.

—Por supuesto —respondió la doctora Seraphina, sonriendo—. Todo se encuentra en su relato, dictado en su lecho de muerte. Mi marido realizó un gran esfuerzo para traducir el texto con precisión. Yo creo que Clematis encontró exactamente lo que estaba buscando en la caverna. Fue el descubrimiento de los ángeles en su prisión lo que volvió loco al pobre hombre.

No sabía por qué, pero las palabras de la doctora Seraphina me causaban verdadero desasosiego. Había leído muchas fuentes secundarias sobre la primera expedición angelológica y, sin embargo, me aterraba totalmente la imagen de Clematis atrapado en las profundidades de la tierra, rodeado de criaturas sobrenaturales.

—Algunos dicen que la primera expedición angelológica fue una locura e innecesaria —prosiguió la doctora—. Yo, como ambas sabéis, creo que fue esencial. Era nuestro deber verificar que las leyendas que rodeaban a los guardianes y el génesis de los nefilim eran, de hecho, ciertas. La primera expedición fue básicamente una misión para discernir la verdad: ¿estaban los guardianes encarcelados en la cueva de Orfeo?, y, si era así, ¿seguían en posesión de la lira?

—Resulta confuso que fueran encarcelados por una simple desobediencia —comentó Gabriella.

—No hay nada simple en la desobediencia —replicó con dureza Seraphina—. Recuerda que Satán fue en su momento uno de los ángeles más majestuosos, un noble serafín, hasta que desobedeció las órdenes de Dios. Los guardianes no sólo desobedecieron también sus órdenes, sino que trajeron a la tierra tecnologías divinas y enseñaron a sus hijos el arte de la guerra, que a su vez éstos transmitieron a la humanidad. El mito griego de Prometeo ilustra la percepción antigua de esta transgresión. Se creía que era el más dañino de los pecados, porque dicho conocimiento alteró el equilibrio de la sociedad humana posterior a la Caída. Ya que tenemos delante el Libro de Enoch, dejadme que os lea lo que le hicieron al pobre Azazel. Fue bastante espantoso.

La doctora Seraphina tomó el libro que Gabriella había estado estudiando y empezó a leer:

—«Y dijo también el Señor a Rafael: "Encadena a Azazel de manos y pies y arrójalo a la tiniebla; hiende el desierto que hay en Dudael y arrójalo allí. Echa sobre él piedras ásperas y agudas y cúbrelo de tinieblas; permanezca allí eternamente; cubre su rostro, que no vea la luz, y en el gran día del juicio sea enviado al fuego."»

—¿Nunca podrán ser liberados? —preguntó Gabriella.

—En realidad, no tenemos ni idea de cuándo, o de si pueden ser liberados siquiera. El interés de nuestros estudiosos en los guardianes se centra sólo en lo que nos puede explicar de nuestros enemigos terrenales —respondió quitándose los guantes blancos—. Los nefilim no se detendrán ante nada para recuperar lo que perdieron en el Diluvio. Ésa es la catástrofe que intentamos evitar. El venerable padre Clematis, el más intrépido de los miembros fundadores, se echó a la espalda iniciar la batalla contra nuestros viles enemigos. Sus métodos fracasaron, pero aun así hay mucho que aprender del estudio del relato de Clematis sobre su viaje. Yo lo encuentro de lo más fascinante, a pesar del misterio que deja tras de sí. Sólo espero que lo leáis algún día con atención.

Gabriella se quedó mirando con intensidad a su maestra, entornando los ojos.

—Quizá haya algo en Clematis que le haya pasado por alto —sugirió.

—¿Algo nuevo en Clematis? —replicó la doctora Seraphina, divertida—. Es un objetivo ambicioso, pero bastante improbable. El doctor Raphael es el estudioso de la primera expedición angelológica de mayor prestigio. Él y yo hemos repasado miles de veces cada palabra del relato de Clematis y no hemos hallado nada nuevo.

—Pero es posible —añadí yo para que Gabriella no me superase una vez más—. Siempre existe la posibilidad de que surja nueva información sobre la localización de la cueva.

—Francamente, será de mucha más utilidad que empleéis vuestro tiempo centrándoos en los detalles menores de nuestro trabajo —repuso la doctora, echando por tierra nuestras ilusiones con un gesto de la mano—. Hasta el momento, los datos que habéis recopilado y organizado constituyen la mayor esperanza de encontrar la caverna. Por supuesto, podéis probar suerte con Clematis. Sin embargo, debo advertiros que puede ser un verdadero rompecabezas. Nos hace señas para que nos acerquemos, con la promesa de desvelar el misterio de los guardianes, y después permanece inquietantemente callado. Es una esfinge angelológica. Si sois capaces de sacar a la luz algo nuevo de Clematis, queridas, vosotras seréis las primeras en acompañarme en la segunda expedición.

A lo largo de las restantes semanas de octubre, Gabriella y yo pasamos nuestros días en la oficina de la doctora Seraphina, trabajando con silenciosa determinación mientras catalogábamos y organizábamos las montañas de información. La intensidad de nuestro calendario y la pasión con la que personalmente intentaba comprender los materiales que tenía delante me dejaban demasiado exhausta para reflexionar sobre el comportamiento cada vez más extraño de mi compañera. Pasaba poco tiempo en nuestro apartamento y había dejado de asistir a las clases de los Valko. Su labor de catalogación iba con retraso, ya que sólo acudía unos cuantos días a la semana al despacho de la doctora y yo, en cambio, estaba allí diariamente. Fue un alivio estar tan ocupada como para olvidar el abismo que se había abierto entre nosotras. Durante un mes entero confeccioné diagramas con los datos matemáticos conocidos de la profundidad de las formaciones geológicas balcánicas, una tarea tan tediosa que empecé a cuestionarme si valdría la pena. Sin embargo, y a pesar del volumen aparentemente interminable de información que habían reunido los Valko, seguí adelante sin quejarme, sabiendo que el objetivo final era mucho más importante. La presión de nuestro inminente traslado y los peligros de la guerra sólo añadían más urgencia a mi labor.

Una soporífera tarde de principios de noviembre, con un cielo gris y opresivo extendiéndose al otro lado de las grandes ventanas de la oficina de la doctora Seraphina, nuestra profesora llegó y nos anunció que tenía algo de interés que mostrarnos. Gabriella y yo teníamos tanto trabajo por delante, tantos papeles por revisar, que empezamos a poner objeciones a su interrupción.

—Vamos —dijo Seraphina con una leve sonrisa—, habéis trabajado duro todo el día. Un descanso os despejará la cabeza.

Se trataba de un propuesta inusual —la doctora nos había advertido con frecuencia que se nos acababa el tiempo—, pero en cualquier caso era un alivio. Yo agradecí el receso, y Gabriella, que se había mostrado agitada durante la mayor parte del día por razones que yo sólo podía suponer, también parecía necesitar un respiro.

La doctora Seraphina nos condujo a través de pasillos laberínticos hacia los dominios más alejados de la escuela, a una oscura galería desde donde se accedía a una serie de oficinas abandonadas. En el interior, bajo la penumbra de las bombillas eléctricas, un elevado número de empleados estaba colocando pinturas, estatuas y otras obras de arte dentro de cajas de madera. El serrín cubría el suelo de mármol, de manera que bajo la agonizante luz de la tarde la sala tenía el aspecto de las ruinas de una exposición. El poderoso aprecio que Gabriella sentía por esas obras de arte la llevó a deambular de objeto en objeto, contemplando con atención cada uno de ellos como si los estuviera memorizando antes de su traslado. Me volví hacia la doctora Seraphina con la esperanza de que nos explicara la naturaleza de nuestra visita, pero ella estaba totalmente absorta estudiando a Gabriella. Observaba cada uno de sus movimientos, valorando sus reacciones.

Sobre la mesas, esperando a ser empaquetados, descansaban incontables manuscritos. La visión de tantos objetos preciosos reunidos en un solo lugar me hizo desear estar en compañía de la Gabriella que había conocido el año anterior. Entonces, nuestra amistad se basaba en un intenso interés por el conocimiento y en el respeto mutuo. Un año atrás, Gabriella y yo nos habríamos detenido a comentar las bestias exóticas de miradas lascivas de los cuadros: la mantícora, con su rostro humano y el cuerpo de león; la arpía, la anfisbena, parecida a un dragón, y el impúdico centauro. Gabriella me lo habría explicado todo con detalles precisos: cómo esas representaciones eran artísticas ilustraciones del mal, cada una de ellas una manifestación de lo grotesco del demonio. Yo solía maravillarme ante su habilidad para retener un catálogo enciclopédico de angelología y demonología, el simbolismo académico y religioso que con tanta frecuencia eludía a mi mente, mucho más matemática. Pero ahora, aunque no hubiera estado presente la doctora Seraphina, Gabriella se habría reservado sus observaciones. Se había alejado totalmente de mí, y mi anhelo de sus análisis era el deseo por una amistad que había dejado de existir.

Seraphina estaba cerca, contemplando nuestras reacciones ante los objetos que nos rodeaban, prestando especial atención a Gabriella.

—Éste es el punto de salida de todos los tesoros a este lado de la Línea Maginot —comentó finalmente la doctora—. Una vez estén convenientemente empaquetados y catalogados, serán trasladados a lugares seguros por todo el país. Mi única preocupación —se detuvo delante de un díptico labrado en marfil depositado sobre un lecho de terciopelo azul, un abanico de un pálido papel de seda arrugado cerca de sus bordes— es que no los podamos sacar a tiempo.

La inquietud que sentía ante la posible invasión por parte de los alemanes había hecho mella en su aspecto: había envejecido considerablemente en los últimos meses, su belleza se había atenuado por el cansancio y la preocupación.

—Éstas —prosiguió señalando una serie de cajas de madera que ya estaban cerradas— serán enviadas a una localización segura en los Pirineos. Y esta hermosa imagen de Miguel —dijo llevándonos ante una brillante pintura barroca de un ángel en armadura romana, su espada levantada y su coraza de plata reluciente— pasará de contrabando por

España y será enviada a coleccionistas privados en América, junto con otras piezas valiosas.

—¿Las han vendido? —quiso saber Gabriella.

—En tiempos como éstos —contestó Seraphina—, la propiedad importa menos que el hecho de que estén protegidas.

—Pero ¿no respetarán París? —pregunté, dándome cuenta en ese mismo momento de lo estúpido que era lo que acababa de decir—. ¿Corremos tanto peligro?

—Querida —respondió la doctora Seraphina, sorprendida por mis preguntas—, si se salen con la suya, no quedará nada de Europa, menos aún de París. Venid, hay algunos objetos que quiero enseñaros. Es posible que pasen muchos años antes de que los volvamos a ver.

Se detuvo ante una caja de madera a medio llenar, sacó un pergamino protegido por dos láminas de vidrio y limpió el serrín de su superficie. Luego depositó el manuscrito sobre una mesa.

—Esto es una angelología medieval —nos informó, su imagen se reflejaba en el cristal de protección—. Es una investigación extensa y meticulosa, como nuestras mejores angelologías modernas, pero su diseño es un poco más recargado, como era la moda de aquella época.

Reconocí las marcas medievales del manuscrito: la jerarquía estricta y ordenada de coros y esferas; la exquisita reproducción de las alas doradas, los instrumentos musicales y los halos; la cuidada caligrafía.

—Y este minúsculo tesoro —continuó Seraphina, deteniéndose delante de una pintura del tamaño de una mano extendida— data de principios de siglo. En mi opinión es precioso, aunque está pintado en un estilo moderno y se centra únicamente en la representación de los tronos, una clase de ángeles que ha sido el centro del interés de los angelólogos durante muchos siglos. Los tronos forman la primera esfera de los ángeles, junto con los serafines y los querubines. Son intermediarios entre los mundos físicos y poseen una gran capacidad de movimiento.

—Increíble —exclamé observando la pintura con lo que debió de ser un sobrecogimiento obvio.

La doctora Seraphina se echó a reír.

—Sí, lo es —señaló—. Nuestras colecciones son inmensas. Estamos construyendo una red de bibliotecas por todo el mundo, Oslo, Budapest, Barcelona, sólo para albergarlas. Confiamos en abrir algún día una sala de lectura en Asia. Estos manuscritos nos recuerdan la base histórica de nuestro trabajo. Todos nuestros esfuerzos parten de estos textos. Dependemos de la palabra escrita. Es la luz que creó el universo y la luz que nos guía por él. Sin la palabra no sabríamos de dónde venimos o adónde vamos.

—¿Por eso estamos tan interesados en preservar estas angelologías? —pregunté—. ¿Son guías para el futuro?

—Sin ellas estaríamos perdidos —respondió Seraphina—. Juan dice que en el principio fue el Verbo y el Verbo estaba con Dios. Lo que no dice es que para que el verbo tenga significado necesita ser interpretado. Ése es nuestro papel.

—¿Estamos aquí para interpretar nuestros textos? —preguntó Gabriella a la ligera—. ¿O para protegerlos?

La doctora Seraphina la miró fríamente, evaluándola.

—¿Tú qué crees, Gabriella?

—Creo que, si no protegemos nuestras tradiciones de aquellos que quieren destruirlas, muy pronto no quedará nada que interpretar.

—Ah, entonces también eres una guerrera —replicó Seraphina, desafiándola—. Siempre hay quien quiere ponerse una armadura e ir a la batalla. Pero la verdadera genialidad reside en encontrar la forma de conseguir lo que deseas sin tener que morir por ello.

—En tiempos como éstos —repuso Gabriella, alejándose—, no hay elección.

A continuación examinamos una serie de objetos en silencio hasta que llegamos a un voluminoso libro en el centro de una mesa. La doctora Seraphina llamó a Gabriella, observándola a la vez con intensidad, como si estuviera interpretando sus gestos por alguna razón, aunque yo no sabía cuál.

—¿Se trata de una genealogía? —pregunté examinando

las columnas de casillas impresas en su superficie—. Está llena de nombres humanos.

—No todos son humanos —me corrigió Gabriella, acercándose para leer el texto—. Hay un Zadkiel, un Sandalphon y un Raziel.

Escudriñando el manuscrito, vi que tenía razón: había ángeles mezclados en los linajes humanos.

—Los nombres no están ordenados en una jerarquía vertical de esferas y coros, sino con otro tipo de patrón.

—Estos diagramas son las tablas especulativas —explicó la doctora Seraphina con un tono de voz serio que me hizo pensar que nos había llevado a través de ese laberinto de tesoros para que llegásemos finalmente allí y no a otra parte—. A lo largo del tiempo hemos tenido angelólogos judíos, cristianos y musulmanes, las tres religiones reservan un lugar central a los ángeles en sus cosmologías, pero también hemos tenido estudiosos menos habituales: gnósticos, sufís, una serie de representantes de las religiones asiáticas. Como podréis imaginar, el trabajo de nuestros agentes se ha desviado de forma crucial. Las angelologías especulativas son obra de un grupo de brillantes estudiosos judíos del siglo XVII que se ocuparon de trazar las genealogías de las familias nefilim.

Yo procedía de una familia católica tradicional y, al haber recibido una educación muy estricta, sabía muy poco sobre las doctrinas de otras religiones. Sin embargo, sabía que mis compañeros de estudios procedían de contextos muy diferentes. Gabriella, por ejemplo, era judía, y la doctora Seraphina —quizá la mente más empírica y escéptica de todos mis maestros, a excepción de su marido— aseguraba ser agnóstica, para disgusto de muchos de los profesores. No obstante, aquélla fue la primera vez que entendí de veras el alcance de las afiliaciones religiosas incorporadas en la historia y en el canon de nuestra disciplina.

—Nuestros angelólogos estudiaron con mucha atención las genealogías judías —prosiguió Seraphina—. Históricamente, los estudiosos judíos mantenían meticulosos registros genealógicos debido a las leyes hereditarias, pero también porque comprendían la importancia de poder trazar la historia de uno hasta sus mismas raíces, para que los relatos puedan ser comparados y verificados. Cuando era más joven que vosotras e intentaba investigar los puntos esenciales de la angelología, estudié las prácticas genealógicas judías. De hecho, recomiendo que todos los estudiantes serios aprendan esos métodos, ya que son extremadamente precisos.

La doctora volvió entonces las páginas del libro y se detuvo en un bello documento enmarcado en pan de oro.

—Ésta es una genealogía del árbol familiar de Jesús, dibujado en el siglo xii por uno de nuestros estudiosos. Según el diagrama cristiano, Jesús era descendiente directo de Adán. Aquí tenemos el árbol genealógico de María, como aparece en Lucas: Adán, Noé, Sem, Abraham, David. —El dedo de la doctora Seraphina trazó la línea a través del diagrama—. Y aquí está la historia familiar de José, escrita por Mateo: Salomón, Josafat, Zorobabel y todos los demás.

—Estas genealogías son bastante comunes, ¿verdad? —comentó Gabriella. Resultaba evidente que ya había visto genealogías similares. Como yo no había estado antes en contacto con ese tipo de textos, mi reacción no podía ser más diferente.

—Por supuesto —contestó Seraphina—, ha habido numerosas genealogías que plasmaban cómo los linajes coincidían con las profecías del Antiguo Testamento: las promesas hechas a Adán, a Abraham, a Judá, a Isaí, y a David. Ésta, sin embargo, es un poco diferente.

Los nombres se ramificaban uno al lado de otro, creando una enorme red de parentescos. Para mí fue un ejercicio de humildad imaginar que cada nombre correspondía a una persona que había vivido y muerto, había adorado y luchado, quizá sin conocer su propósito en la gran telaraña de la historia.

La doctora Seraphina tocó la página, su uña brilló bajo la suave luz procedente del techo. Había cientos de nombres escritos en tintas de colores y un sinfín de ramas finísimas que surgían de un pequeño tallo.

—Después del Diluvio, Sem, el hijo de Noé, fundó la raza semítica. Jesús, naturalmente, surge de esa línea. Cam fundó las razas de África. Jafet, o, como aprendisteis en la clase de Raphael semanas atrás, la criatura que había ocupado el lugar de Jafet, ha recibido el crédito de la propagación de la raza europea, incluidos los nefilim. Lo que Raphael no enfatiza en su lección, y yo creo que es de gran importancia que comprendan los alumnos más avanzados, es que la dispersión genética de la humanidad y de los nefilim es mucho más compleja de lo que parece a primera vista. Jafet tuvo numerosos hijos con su esposa humana, lo que dio como resultado toda una serie de descendientes. Algunos de esos hijos fueron totalmente nefilim; otros, híbridos. Los hijos que Jafet, el Jafet humano asesinado por la criatura nefilim que lo sustituyó, tuvo antes de su muerte eran totalmente humanos. Y por eso los descendientes de Jafet fueron humanos, nefilim e híbridos. Los enlaces matrimoniales entre ellos dieron lugar a la población de Europa.

—Es tan complicado —comenté, intentando diferenciar los distintos grupos—. Casi no los puedo distinguir.

—Ésa es la verdadera razón para proteger estas tablas genealógicas —apostilló la doctora Seraphina—. Sin ellas nos encontraríamos sumidos en el caos.

—He leído que una serie de estudiosos creen que el linaje de Jafet se mezcló con el de Sem —intervino Gabriella, señalando una rama de la genealogía especulativa y aislando tres nombres: Aber, Natán y Amón—. Aquí, aquí y aquí.

Me acerqué para leer los nombres.

—¿Cómo pueden saberlo?

Gabriella sonrió en una actitud algo cruel, como si hubiera anticipado mi pregunta.

—Me parece que existe algún tipo de información, pero en realidad no pueden estar ciento por ciento seguros.

—Por eso se llama angelología especulativa —concluyó la doctora Seraphina.

—Pero muchos estudiosos lo creen —prosiguió Gabriella—. Se trata de una parte válida y en activo de la angelología.

—Seguramente los angelólogos modernos no creen en esto —intervine, tratando de ocultar la intensidad de mi reacción ante esa información. Mis creencias religiosas eran fuertes incluso entonces, y una especulación tan cruda sobre la paternidad de Cristo no era una doctrina aceptada. La tabla, que sólo unos segundos antes me había parecido maravillosa, ahora me ofendía sobremanera—. La idea de que Jesús comparta la sangre de los guardianes es absurda.

—Quizá —replicó la doctora Seraphina—, pero en los estudios angelológicos existe un campo dedicado en exclusiva a ese tema. Se llama angelomorfismo y trabaja estrictamente con la idea de que Jesucristo ni siquiera era humano, sino un ángel. Después de todo, el nacimiento virginal ocurrió después de la visita del ángel Gabriel.

—Creo que he leído algo sobre eso —intervino Gabriella—. Los gnósticos también creían en los orígenes angelicales de Jesús.

—Hay, o más bien debería decir había, cientos de libros sobre la cuestión en nuestra biblioteca —explicó Seraphina—. Personalmente no me preocupa quiénes eran los ancestros de Jesús. Mi interés se centra en algo completamente diferente. Esto, por ejemplo, es algo que encuentro extremadamente fascinante, sea o no especulativo —comentó la doctora Seraphina conduciéndonos hasta la siguiente mesa, donde había un libro abierto, a la espera de nuestro examen—. Ésta es una angelología nefilim que se inicia con los guardianes, pasa a través de la familia de Noé y se ramifica con gran detalle a través de las familias gobernantes de Europa. Se titula *El libro de las generaciones*.

Miré la página en su conjunto, leyendo la escala descendente de nombres a medida que la angelología pasaba por las diferentes generaciones. Aunque comprendía el poder y la influencia que los nefilim tenían sobre la actividad humana, me sobresaltó descubrir que las líneas familiares se movían a través de casi todos los linajes reales europeos: los Capeto, los Habsburgo, los Estuardo, la dinastía carolingia. Era como leer la historia de Europa dinastía por dinastía.

—No podemos estar totalmente seguros de que se infiltraran en estos linajes —prosiguió la doctora Seraphina—, pero existen suficientes pruebas para convencernos a la mayoría de que las grandes familias de Europa han estado, y aún están, gravemente infectadas de sangre nefilim.

Gabriella absorbía todo lo que decía Seraphina como si estuviera memorizando una cronología de datos para un examen o —y era más probable que fuera lo que subyacía en su actitud— estudiando a nuestra maestra para descubrir sus motivos para señalarnos ese texto tan extraño.

—Pero en la lista figuran los nombres de casi todas las familias nobles —comentó finalmente Gabriella—. ¿Todas ellas están implicadas en los horrores que han perpetuado?

—Desde luego. Los nefilim fueron los reyes y las reinas de Europa, sus deseos moldearon las vidas de millones de personas. Mantuvieron su fortaleza a través del matrimonio, la primogenitura y la fuerza militar —explicó la doctora—. Sus reinos recaudaban impuestos, esclavos, propiedades y todo tipo de riquezas minerales y agrícolas, además aplastaban cualquier grupo que adquiriese el más mínimo grado de independencia. Su influencia no tuvo rival durante el período medieval, de manera que ni siquiera se preocuparon por ocultarse como habían hecho con anterioridad. Según los relatos de los angelólogos del siglo xiii, existieron cultos dedicados a los ángeles caídos que fueron totalmente orquestados por los nefilim. Muchos de los males atribuidos a las brujas (las acusadas casi siempre eran mujeres) en realidad formaban parte de los rituales nefilim. Creían en el culto a los antepasados y celebraban el regreso de los guardianes. Esas familias existen en la actualidad. De hecho —prosiguió Seraphina, dirigiendo a Gabriella una mirada extraña y casi acusadora—, los seguimos muy de cerca. Esas familias en particular están bajo vigilancia.

Mientras miraba la página y leía una serie de nombres, ninguno de los cuales tenía para mí ningún significado especial, las palabras de Seraphina produjeron un intenso efecto en Gabriella. Al leer los nombres, dio un paso atrás atemorizada. Su actitud me recordó el trance de horror del que había sido testigo y que la sobrecogió durante la clase del doctor Raphael. Ahora parecía al borde de la histeria.

—Está equivocada —dijo, alzando la voz—. Nosotros no vigilamos a esas familias. Ellas nos vigilan a nosotros.

Y, tras decir eso, dio media vuelta y salió corriendo de la sala. Me quedé mirando como se iba, preguntándome qué podría haber provocado semejante estallido emocional. Me parecía que se había vuelto loca. Volviéndome de nuevo hacia el manuscrito, no vi nada más que una página llena de apellidos, la mayoría de ellos desconocidos para mí, algunos de antiguas y prestigiosas familias. Era tan poco destacable como cualquier otra página de cualquier libro de historia que hubiéramos estudiado juntas, ninguna de las cuales había provocado semejante aflicción a Gabriella.

No obstante, la doctora Seraphina pareció comprender a la perfección la reacción de Gabriella. De hecho, por la actitud optimista con la que había observado la reacción de mi compañera, parecía como si Seraphina no sólo hubiera esperado que reculara ante el libro, sino que lo había planeado. Al ver mi confusión, cerró el libro y se lo metió bajo el brazo.

—¿Qué ha ocurrido? —pregunté, asombrada tanto por su proceder como por el extraño comportamiento de Gabriella.

—Me duele contártelo —empezó la doctora Seraphina mientras salíamos de la sala—, pero creo que nuestra Gabriella se ha metido en un lío terrible.

Mi primer impulso fue confesárselo todo a la doctora. La carga de la doble vida de Gabriella y la pesadumbre que ésta imprimía en mis días se había vuelto casi insoportable. Pero justo cuando estaba a punto de hablar, la sorpresa me dejó muda. Una figura apareció ante nosotras saliendo de un oscuro pasillo como si fuera un demonio vestido de negro. Contuve la respiración, momentáneamente desconcertada por la interrupción. Después de un breve examen vi que se trataba de una religiosa con su pesado velo, la monja del consejo que había conocido meses antes en el ateneo. Bloqueaba nuestro camino.

—¿Puedo hablar un momento con usted, doctora Seraphina? —Hablaba en voz baja, ceceando, de una manera que me pareció, para mi vergüenza, inmediatamente repulsiva—. Hay algunas cuestiones en referencia al envío a Estados Unidos.

Me alivió ver que la doctora Seraphina se tomaba con calma la presencia de la monja y le hablaba con su autoridad habitual.

—¿Qué cuestiones puede haber a una hora tan tardía? Todo ha sido dispuesto.

—Correcto —aceptó la monja—. Pero me gustaría asegurarme de que las pinturas de la galería se enviarán a Estados Unidos junto con los iconos.

—Sí, por supuesto —contestó Seraphina, siguiendo a la monja hacia el recibidor, donde una larga serie de cajones y cajas aguardaban el traslado—. Serán recibidos por nuestro contacto en Nueva York.

Mirando los cajones, vi que la mayoría de ellos estaban marcados para embarcar.

—El cargamento saldrá mañana —añadió la doctora—. Sólo tenemos que asegurarnos de que todo está aquí y de que llega a puerto.

Mientras la religiosa y la doctora Seraphina seguían con su conversación sobre el cargamento y sobre cómo habían conseguido garantizar la evacuación de los objetos más valiosos, teniendo en cuenta el calendario cada vez más apretado de los barcos que abandonaban los puertos de Francia, yo regresé al vestíbulo. Guardé para mí las palabras que había querido pronunciar y me alejé en silencio.

Recorrí los pasillos de piedra sumidos en la oscuridad, pasé junto a aulas vacías y salas de conferencias abandonadas, mis pasos resonaban a través del silencio omnipresente que había invadido meses antes las salas. El ateneo estaba igual de silencioso. Los bibliotecarios habían terminado por esa tarde, apagando las luces y cerrando las puertas. Utilicé mi llave —la que me había dado la doctora Seraphina al comenzar mis estudios— para poder entrar. Al abrir las puertas y examinar la sala alargada y en penumbra, me sentí tremendamente aliviada de estar a solas. No era la primera vez que agradecía que la biblioteca estuviera vacía —con frecuencia me encontraba allí la medianoche, inmersa en mi trabajo después de que todo el mundo hubiera abandonado la escuela—, pero ésa era la primera vez que llegaba allí desesperada.

Los estantes vacíos se alineaban a lo largo de las paredes, los escasos volúmenes dispuestos al azar. Por todos lados di con cajas de libros esperando a que los transportasen desde nuestra escuela a lugares seguros desperdigados por toda Francia. Dónde podían estar esos lugares no lo sabía, pero veía que íbamos a necesitar muchos sótanos para ocultar una colección tan vasta. Me temblaban las manos cuando registré una de las cajas. Los libros estaban tan desordenados que empezó a preocuparme que no fuera a encontrar el que había ido a buscar. Después de algunos minutos, el pánico aumentando con cada decepción, localicé por fin la caja con las obras originales y las traducciones de Raphael Valko. Siguiendo las instrucciones del doctor, el contenido no estaba dispuesto en ningún orden discernible. Encontré un infolio que contenía mapas detallados de diversas cuevas y desfiladeros, esbozos realizados durante expediciones de exploración a través de las cordilleras de Europa —los Pirineos en 1923, los Balcanes en 1925, los Urales en 1930 y los Alpes en 1936—, junto con páginas sobre la historia de cada cadena montañosa. Examiné los textos comentados en los márgenes y legajos de notas de clase, comentarios y guías pedagógicas. Comprobé el título y la fecha de cada uno de los trabajos del doctor Raphael, y descubrí que había escrito incluso más libros e infolios de los que había imaginado. Aun así, después de hojear cada uno de los textos del doctor, no hallé el único que deseaba leer: la traducción del viaje de Clematis a la cueva de los ángeles desobedientes no se encontraba en el ateneo.

Dejé los libros desordenados sobre la mesa y me desplomé en el duro asiento de una silla mientras intentaba disipar la niebla de decepción que se había abatido sobre mí. Como si quisieran desafiar mi determinación, las lágrimas inundaron mis ojos, disolviendo el ateneo en penumbra en un remolino de colores pálidos. Mi ambición por progresar me consumía. Las incertidumbres sobre mis habilidades, sobre mi lugar en nuestra escuela y sobre el futuro pesaban muchísimo en mi mente. Quería saber de antemano mi destino, sellado y establecido, de manera que pudiera seguirlo con precisión. Más que ninguna otra cosa anhelaba tener un propósito y ser útil. La sola idea de que no fuera digna de mi vocación, de que me enviarían de regreso con mis padres al campo, o de que fracasaría en asegurarme un puesto entre los estudiosos que admiraba me llenaba de temor.

Me incliné sobre la mesa de madera y enterré la cara entre los brazos, cerrando los ojos y hundiéndome en un estado momentáneo de desesperación. No sé cuánto tiempo permanecí así, pero de repente noté un movimiento en la sala, un levísimo cambio en la densidad del aire. El distintivo perfume de mi amiga —una fragancia oriental de vainilla y láudano— me alertó de la presencia de Gabriella. Levanté los ojos y vi, a través de un mar de lágrimas, un borrón de tela escarlata tan brillante que parecía una cinta con rubíes engastados.

—¿Qué te ocurre? —preguntó.

Una vez mi vista se hubo aclarado, la capa de tela enjoyada se transformó en un vestido de satén sin mangas cortado al bies. Era tan extremadamente hermoso que sólo pude mirarlo boquiabierta, pero mi evidente asombro irritó a Gabriella. Se sentó con delicadeza en una silla frente a mí y arrojó un bolso bordado sobre la mesa. Un collar de piedras preciosas talladas rodeaba su cuello, y un par de guantes de ópera negros y largos se extendían hasta sus codos, cubriendo la cicatriz de su antebrazo. La temperatura había bajado en el ateneo, pero a Gabriella parecía no afectarle en lo más mínimo; incluso con el vestido fino sin mangas y las medias de seda transparentes su piel retenía un destello de calor, mientras que yo había empezado a temblar.

—Dime, Celestine —dijo—. ¿Qué ha ocurrido? ¿Estás enferma?

—Estoy bien —contesté recuperando la compostura tanto como pude. No estaba acostumbrada a ser objeto de su escrutinio; de hecho, no se había interesado en absoluto por mí en las últimas semanas y, por eso, con la esperanza de distraer su atención, pregunté—: ¿Vas a alguna parte?

—Una fiesta —contestó sin mirarme a los ojos, un claro indicio de que iba a encontrarse con su amante.

—¿Qué clase de fiesta? —insistí.

—No tiene nada que ver con nuestros estudios y no te interesará —respondió, bloqueando así cualquier posibilidad de seguir con el interrogatorio—. Pero, dime, ¿qué estás haciendo aquí? ¿Por qué estás tan alterada?

—He estado buscando un texto.

—¿Cuál?

—Algo que me ayudase con las tablas geológicas que estoy haciendo —respondí a sabiendas de que sonaba poco convincente.

Gabriella miró más allá de mí los libros que había dejado sobre la mesa y, al ver que todos estaban firmados por el doctor Valko, dedujo cuál era mi objetivo.

—El diario de Clematis no está en circulación, Celestine.

—Acabo de descubrirlo —repliqué, deseando haber devuelto los libros del doctor Raphael a sus cajas.

—Deberías saber que nunca dejarían a la vista un texto como ése.

—Entonces, ¿dónde está? —pregunté, cada vez más agitada—. ¿En la oficina de la doctora Seraphina? ¿En la cámara de seguridad?

—El relato de Clematis de la primera expedición angelológica contiene información muy importante —contestó Gabriella, sonriendo con placer por su ventaja—. Su ubicación es un secreto que sólo conocen unos pocos.

—¿Así que tú lo has leído? —le espeté; mis celos ante el acceso de Gabriella a textos restringidos me había hecho perder todo sentido de la prudencia—. ¿Cómo es que tú, que parece que te preocupas muy poco de nuestros estudios, has leído a Clematis y yo, que lo he dedicado todo a nuestra causa, ni siquiera puedo tocarlo?

Inmediatamente lamenté lo que había dicho. El silencio que habíamos establecido era una tregua incómoda, pero la artimaña me había permitido seguir adelante con mi trabajo.

Gabriella se puso en pie, recogió el bolso bordado de la mesa y en un tono antinaturalmente tranquilo dijo:

—Crees que entiendes lo que has visto, pero es más complicado de lo que parece.

—Supongo que resulta bastante obvio que te has liado con un hombre mayor —repliqué—. Y sospecho que la doctora Seraphina también lo cree.

Por un momento pensé que Gabriella daría media vuelta y se iría, como se había acostumbrado a hacer cada vez que la arrinconaban. Pero, por el contrario, se quedó donde estaba, desafiante.

—Yo que tú no hablaría de ello con la doctora Seraphina ni con ninguna otra persona.

Sintiendo que al fin estaba en una posición de poder, continué presionando.

—¿Y por qué no?

—Si alguien descubre lo que crees que sabes —repuso ella—, todos nosotros padeceremos el mayor de los males.

Aunque no podía comprender del todo el sentido de su amenaza, la urgencia en su voz y el terror genuino de su expresión me dejaron helada. Habíamos llegado a un punto muerto y ninguna de las dos sabía cómo seguir.

Finalmente, Gabriella rompió el silencio.

—No es imposible acceder al relato de Clematis —confesó—. Si uno quiere leerlo, sólo necesita saber dónde mirar.

—Creía que el texto no estaba en circulación —dije.

—No lo está —repuso Gabriella—. Y no debería ayudarte a encontrarlo, en especial cuando está claro que no me reportará ningún beneficio. Pero me da la impresión de que quizá estarías dispuesta a ayudarme.

La miré a los ojos, preguntándome exactamente qué podía querer decir con eso.

—Mi propuesta es la siguiente —continuó, conduciéndome desde el ateneo al oscuro vestíbulo de la escuela—. Te diré cómo puedes encontrar el texto, y tú, a cambio, guardarás silencio. No dirás ni una sola palabra a Seraphina sobre mí o sobre tus especulaciones sobre mis actividades. No hablarás de mis idas y venidas del apartamento. Esta noche estaré fuera. Si alguien va a buscarme al apartamento, le dirás que no sabes dónde estoy.

—Me estás pidiendo que les mienta a nuestros maestros.

—No —respondió—. Te estoy pidiendo que les digas la verdad. Tú no sabes dónde voy a estar esta noche.

—Pero ¿por qué? —pregunté—. ¿Por qué haces esto?

Un leve rastro de cansancio cruzó el rostro de Gabriella, una señal de desesperación que me hizo creer que se abriría y lo confesaría todo; una esperanza que se vio aplastada tan pronto como nació.

—No tengo tiempo para esto —contestó—. ¿Estás de acuerdo o no?

No hacía falta que dijera nada. Gabriella me comprendió perfectamente. Haría cualquier cosa para acceder al texto de Clematis.

Una hilera de bombillas desnudas iluminaba nuestro camino hacia el ala medieval de la escuela. Gabriella se movía con rapidez, sus zapatos de plataforma taconeaban al ritmo veloz y errático de sus pies, y cuando se detuvo, parándose bruscamente en medio de un paso, tropecé con ella, sin aliento.

Aunque estaba claramente molesta por mi torpeza, Gabriella no dijo nada. En su lugar, se volvió hacia una puerta, una de los centenares de puertas idénticas que había en el edificio, todas del mismo tamaño y color, sin placas con números o nombres que indicasen adónde conducían.

—Ven —me dijo, mirando el dintel abovedado encima de la puerta, un conjunto de bloques de piedra caliza desmenuzada que se levantaban hasta lo alto—. Eres más alta que yo. Quizá llegues a la piedra angular.

Estirándome cuanto podía, me arañé los dedos contra la piedra granulosa. Para mi sorpresa, el bloque se movió bajo la presión de mis dedos y, con un ligero meneo, se desplazó de su sitio, dejando una cuña de espacio abierto. Siguiendo las instrucciones de Gabriella, metí la mano y saqué un frío objeto de metal del tamaño de una pluma.

—¡Es una llave! —exclamé, sosteniéndola asombrada ante mí—. ¿Cómo sabías que estaba ahí?

—Te permitirá entrar en los sótanos de la escuela —respondió ella al tiempo que me indicaba con un gesto de la mano que devolviera la piedra a su lugar—. Detrás de esta puerta hay un tramo de escaleras. Síguelas y encontrarás una segunda puerta. La llave la abrirá. Es la entrada a las cámaras privadas de los Valko; la traducción del doctor Raphael del relato de Clematis está guardada allí.

Intenté recordar si había oído hablar antes de dicho espacio, pero no fui capaz. Por supuesto, tenía sentido que tuviéramos lugares seguros para nuestros tesoros, y respondía a la pregunta de dónde estaban escondiendo los libros del ateneo. Quería hacer muchas más preguntas, pedirle que me explicase las características de ese lugar oculto, pero Gabriella levantó la mano para zanjar cualquier intento de interrogatorio.

—Llego tarde y no tengo tiempo para explicaciones. No puedo conducirte personalmente hasta el libro, pero estoy segura de que tu curiosidad te ayudará a encontrar lo que estás buscando. Ve, y recuerda que cuando hayas acabado tienes que devolver la llave a su escondite y que no debes mencionarle esta noche a nadie.

Con esto, Gabriella se dio media vuelta y se alejó por el vestíbulo, con su vestido de satén rojo capturando la débil luz. Quería llamarla para que volviese, para que me guiase por las cámaras subterráneas, pero se había ido. Sólo quedaba un ligero rastro de su perfume.

Siguiendo sus instrucciones, abrí la puerta y escruté la oscuridad. Una lámpara de queroseno colgaba de un gancho en lo alto de la escalera, la tulipa acanalada de cristal estaba negra a causa de la combustión. Encendí la mecha y la sostuve delante de mí. Un tramo de toscos escalones de piedra descendía en un ángulo muy pronunciado, cada losa cubierta de musgo, lo que hacía que el paso fuera peligrosamente resbaladizo. Por la humedad del aire y el hedor a moho, tuve la sensación de estar bajando al sótano de la casa de piedra de la granja de mi familia, un enorme búnker subterráneo, frío y húmedo, abarrotado de millares de botellas de vino añejando.

Al pie de la escalera me encontré con una cancela de hierro similar a la entrada a una celda. A ambos lados se abrían pasillos de ladrillo que penetraban en una oscuridad prácticamente absoluta. Levanté la lámpara para poder ver el espacio delante de mí. Donde se habían desmigajado los ladrillos, pude ver parches de piedra caliza clara y sin labrar, la misma roca que formaba los cimientos de nuestra ciudad. La llave abrió con facilidad, de manera que el único obstáculo que me quedaba era la urgencia irresistible de dar media vuelta, subir por la escalera y volver al mundo familiar de la superficie.

No tardé mucho en llegar a una serie de habitaciones. Aunque la lámpara no me permitía ver con gran claridad, descubrí que la primera sala estaba llena de cajas de armas: Luger, Colt 45 y M1 Garand. Había cajas con suministros médicos, sábanas y ropa, objetos que seguramente necesitaríamos en caso de un conflicto prolongado. En otra sala descubrí muchos de los mismos cajones que había visto empaquetar semanas antes en el ateneo, sólo que ahora estaban cerrados. Intentar abrirlos sin las herramientas adecuadas habría resultado prácticamente imposible.

Siguiendo por la oscuridad del pasillo de ladrillos, la lámpara más pesada a cada paso, empecé a comprender la enormidad del traslado de los angelólogos a la clandestinidad. No había imaginado lo elaborada y calculada que sería nuestra resistencia. Habíamos transferido todas las necesidades vitales bajo la ciudad. Allí había camas, lavabos improvisados, cañerías de agua y unas cuantas estufas pequeñas de queroseno. Armas, alimentos, medicinas, todo lo que tenía valor se encontraba bajo Montparnasse, escondido en madrigueras y túneles excavados en la piedra caliza. Por primera vez me di cuenta de que, cuando empezase la batalla, muchos no huirían de la ciudad, sino que se instalarían en esas cámaras y lucharían.

Tras examinar algunas celdas, penetré en otro espacio excavado y húmedo, más similar a un hueco en medio de la blanda piedra caliza que a una zona de almacenamiento. Allí encontré numerosos objetos, algunos de los cuales reconocí de mis visitas a la oficina del doctor Raphael, y de inmediato supe que había dado con la cámara privada de los Valko. En un rincón, bajo una pesada lona de algodón, había una mesa cubierta de libros, la luz de la lámpara de queroseno iluminaba el polvoriento cuarto.

Descubrí el texto sin demasiados problemas aunque, para mi sorpresa, se parecía más a un fajo de notas encuadernadas que a un libro. El volumen no era más extenso que un folleto, cosido a mano, cuya cubierta carecía de inscripción. En mi mano era ligero como una crep, demasiado insustancial para contener nada importante, pensé. Al abrirlo, vi que el texto había sido escrito a mano en cuartillas holandesas translúcidas con manchas de tinta, cada letra estaba garabateada en el papel con la presión desigual de una mano descuidada. Tras recorrer las letras con los dedos, sintiendo las hendiduras y eliminando el polvo de sus páginas, pude leer: «*Notas sobre la primera expedición angelológica del año 925 d. J.C., por el venerable padre Clematis de Tracia. Traducidas del latín y glosadas por el doctor Raphael Valko.*»

Bajo esas palabras, estampado en la superficie rugosa de la página, había un sello dorado que encerraba la imagen de una lira, un símbolo que no había visto antes pero que a partir de ese día entendí que era el núcleo de nuestra misión.

Apretando el folleto con fuerza contra mi pecho, repentinamente asustada porque pudiera disolverse antes de que tuviera la oportunidad de leer su contenido, coloqué la lámpara en una zona nivelada del suelo de caliza y me senté a su lado. La luz incidía sobre mis dedos y, al abrir de nuevo el folleto, vi que la caligrafía del doctor Raphael se volvía legible. El relato de Clematis de la expedición me cautivó desde la primera línea.

Notas sobre la primera expedición angelológica del año 925 d. J.C, por el venerable padre Clematis de Tracia.
Traducidas del latín y glosadas por el Dr. Raphael Valko.

I*

¡Bendecidos sean los siervos de Su divina visión en la tierra! ¡Que el Señor, que plantó la semilla de nuestra misión, la haga fructificar!

II

Con nuestras mulas cargadas de provisiones y nuestras almas ligeras y expectantes, iniciamos el viaje a través de las provincias de los helenos, más abajo de la poderosa Mesia, penetrando en Tracia. Las carreteras, calzadas regulares y bien conservadas construidas por Roma, señalaron nuestra llegada a la cristiandad. Sin embargo, y a pesar del destello de la civilización, la amenaza de los asaltos persiste. Han pasado muchos años desde que puse por última vez los pies en la patria montañosa de mi padre y del padre de mi padre. Mi lengua nativa seguramente me sonará extraña, acostumbrado como estoy a la lengua de Roma. Cuando iniciemos nuestro ascenso a las montañas, temo que incluso mis ropajes y los sellos de la Iglesia servirán de poco para proteger-

* Aunque el manuscrito original de la expedición del venerable Clematis no estaba organizado en secciones diferenciadas, el traductor ha impuesto un sistema de entradas numeradas para esta edición. Estas divisiones se han creado con el objetivo de aportar claridad. Los fragmentos originales —puesto que el cuaderno de notas recuperado no se puede definir nada más que como el más burdo de los escritos personales, apuntes de pensamientos y reflexiones garabateados durante el transcurso del viaje, quizá con la intención de funcionar como una clave mnemotécnica para la eventual redacción de un libro sobre la primera búsqueda para localizar a los ángeles caídos— carecen de este sistema. La división impuesta intenta ordenar el cuaderno de forma cronológica y ofrecer algo de cohesión al manuscrito. R. V.

nos una vez abandonemos los asentamientos más grandes. Rezo porque nos encontremos con pocos aldeanos en nuestro viaje por los senderos de montaña. No llevamos armas y tendremos pocos recursos excepto depender de la buena voluntad de los extraños.

III

Mientras descansábamos junto al camino en nuestro trayecto de subida a la montaña, el hermano Francis, un fervoroso erudito, me habló de la angustia que lo acosaba con respecto a nuestra misión. Llevándome aparte, me confesó que creía que nuestra misión era obra de los espíritus oscuros, que nuestras mentes habían sido seducidas por los ángeles desobedientes. Su intranquilidad no es poco corriente. De hecho, muchos de nuestros hermanos han expresado sus reservas sobre la expedición, pero la afirmación de Francis me estremeció hasta el alma. En lugar de interrogarlo sobre ese sentimiento, escuché sus temores, entendiendo que sus palabras eran otra señal del cansancio creciente fruto de la búsqueda. Al abrir mis oídos a sus preocupaciones, las cargué sobre mí, aligerando así su espíritu apesadumbrado. Ésta es la carga y la responsabilidad de un hermano mayor, pero mi papel es aún más crucial ahora, cuando nos preparamos para lo que seguramente será nuestro viaje más difícil. Alejando la tentación de reprocharle nada al hermano Francis, pasé en silencio las horas de viaje que nos quedaban.

Más tarde, en soledad, intenté comprender su angustia, rezando por consejo y sabiduría para ayudarlo a superar sus dudas. Es bien conocido que los eruditos han errado completamente el blanco en expediciones anteriores. Yo estoy seguro de que eso cambiará pronto. Aun así, las palabras de Francis, «hermandad de soñadores», plagan mis pensamientos. La más sutil brisa de la duda empieza a perturbar mi fe inquebrantable en nuestra misión. Pero me pregunto ¿qué ocurrirá si hemos actuado de forma temeraria en nuestros esfuerzos? ¿Cómo podemos estar seguros de que nuestra misión es la encomendada por Dios? Sin embargo, la semilla de la incredulidad que anida en mi mente queda fácilmente segada cuando pienso en la necesidad de nuestra labor. La batalla se ha librado durante generaciones antes de nosotros, y continuará durante generaciones después. Debemos animar a nuestros jóvenes a pesar de las pérdidas recientes. Debemos esperar el miedo. Es natural que tengamos presente el incidente de Roncesvalles,* que todos hemos estudiado. Y, aun así, mi fe no me permite dudar que Dios se encuentra detrás de nuestras acciones, animando nuestros cuerpos y nuestros espíritus mientras subimos la montaña. Persistiré en mi creencia de que la esperanza revivirá pronto entre nosotros. Debemos tener fe en que este viaje, a diferencia de nuestros recientes fracasos, acabará en éxito.**

IV

En la cuarta noche de nuestro viaje, cuando el fuego se convertía en brasas y nuestra humilde partida estaba reunida después de la cena, la discusión derivó hacia la historia de nuestro enemigo. Uno de los hermanos jóvenes preguntó cómo había ocurrido que nuestra tierra, desde la punta de Iberia hasta los montes Urales,*** hubiera sido colonizada por la negra semilla de ángeles y mujeres.

* El incidente en el puerto de Roncesvalles ocurrió durante una misión exploratoria en los Pirineos en el año 778 d. J.C. Se conoce muy poco del viaje, excepto que la misión perdió a la mayoría de sus hombres en una emboscada. Los testigos describieron a los atacantes como gigantes de fuerza sobrehumana, armas superiores y una belleza física sorprendente, descripciones perfectamente acordes con los retratos contemporáneos de los nefilim. Uno de los testimonios relata que unas figuras aladas descendieron sobre los gigantes en un estallido de fuego, sugiriendo un contraataque por parte de arcángeles, una afirmación que los expertos han estudiado con cierta fascinación ya que indicaría la tercera angelofonía con el propósito de batalla. Una versión alternativa se recoge en *La canción de Roldán*, un relato que difiere significativamente de los archivos angelológicos.

** La búsqueda de objetos y reliquias por parte de los venerables padres por toda Europa está bien documentada en *Las misiones sagradas de los venerables padres: 925-954 d. J.C.*, de Frederic Bonn, que incluye copias de los mapas, las profecías y los oráculos utilizados en dichos viajes.

*** Siempre que ha sido posible se han sustituido los topónimos del siglo x por los nombres modernos.

Cómo nosotros, humildes siervos de Dios, habíamos recibido el encargo de limpiar la tierra del Señor. El hermano Francis, cuya melancolía había influido tanto en mis pensamientos, se preguntó en voz alta cómo Dios había permitido que el mal hubiera infestado Sus dominios con su presencia. ¿Cómo —se dijo—, podía existir el bien puro en presencia de la maldad pura? Y así, a medida que refrescaba la noche y la luna helada colgaba del cielo, expliqué a nuestro grupo cómo esas semillas del mal fueron sembradas en suelo sagrado:

En las décadas posteriores al Diluvio, los hijos y las hijas de Jafet de procedencia puramente humana se separaron de los falsos hijos y las hijas de Jafet, de raíces angelicales, formando dos ramas de un mismo árbol, una pura y la otra envenenada, una débil y la otra fuerte. Se diseminaron a lo largo de las grandes rutas marítimas del norte y del sur, y se asentaron en los ricos golfos aluviales. Pasaron por encima de las montañas en enormes rebaños y se agazaparon como murciélagos en las estribaciones más altas de Europa. Se establecieron a lo largo de las costas rocosas y de las grandes llanuras fértiles, morando a las orillas de las vías fluviales, el Danubio, el Volga, el Rin, el Dniéster, el Ebro, el Sena, hasta que cada región se hubo llenado de la semilla de Jafet. Donde descansaban, crecían los asentamientos. A pesar del ancestro común, seguía existiendo una profunda desconfianza entre los dos grupos. La crueldad, la avaricia y el poder físico de los nefilim condujeron a la esclavización gradual de sus hermanos humanos. Europa, afirmaban los gigantes, era suya por derecho de nacimiento.

Las primeras generaciones de los herederos mancillados de Jafet vivió con gran salud y felicidad, dominando todo río, montaña y llanura del continente, seguros de su poder sobre sus hermanos más débiles. No obstante, al cabo de unas décadas apareció un defecto en su raza, tan claro como una fisura sobre la brillante superficie de un espejo. Nació un bebé que parecía más débil que los demás: delgado, quejumbroso, incapaz de inhalar suficiente aire en sus débiles pulmones para llorar. Al crecer el bebé, vieron que era más pequeño que los demás, más lento, y con una tendencia a enfermar desconocida en su raza. El niño era humano, na-

cido del linaje de sus tatarabuelas, las hijas de los hombres.*
No tenía nada, ni la belleza, ni la fuerza ni la forma angelical
de los guardianes. Cuando el niño alcanzó la edad adulta,
fue lapidado hasta morir.

Durante muchas generaciones, ese bebé fue una anomalía. Entonces, Dios deseó poblar los dominios de Jafet con
sus propios hijos. Envió una multitud de bebés humanos a
los nefilim, revivificando el Espíritu Santo sobre la tierra
caída. En sus primeras apariciones, las criaturas morían
con frecuencia en la infancia. Con el tiempo, aprendieron a
cuidar a los niños débiles, prodigándoles atenciones hasta
el tercer año de vida antes de permitir que se unieran a los
otros niños más fuertes.** Si sobrevivían hasta la edad adulta, eran cuatro cabezas más bajos que sus padres. Empezaban a envejecer y declinar en la tercera década de vida, y
morían antes de llegar a la octava. Las mujeres humanas
fallecían al dar a luz. Las enfermedades y las dolencias hicieron necesario el desarrollo de medicamentos, e incluso
después de tratados, los humanos vivían sólo una fracción

* La reciente recuperación y sistematización del trabajo de Gregor
Mendel, monje agustino y miembro de los Estudiosos Angelológicos de
Viena de 1857 a 1866, ha contribuido en gran medida a arrojar luz sobre
lo que había sido un misterio milenario para los historiadores del crecimiento nefilim y humano en Europa. Se puede ver que, según la teoría
cromosómica de la herencia de Mendel, los rasgos humanos recesivos
de las hijas de los hombres se transmitieron a través del linaje nefilim de
Jafet, esperando resurgir en generaciones futuras. Aunque las repercusiones cromosómicas del cruce humano-nefilim son para los investigadores modernos un resultado obvio de semejante reproducción, la aparición de seres humanos entre los nefilim debió de causar una gran
impresión en la población y fue considerada como obra de Dios. En los
primeros escritos, el propio venerable Clematis escribió que los niños
humanos fueron introducidos por el mismo Dios en el linaje nefilim de
Jafet. Los nefilim, por supuesto, tenían una interpretación bastante diferente de semejante calamidad genética.

** Existen varios documentos sobre la fuerza física superior de
los descendientes nefilim y sobre la inevitabilidad genética de la aparición de humanos entre los hijos de los guardianes y las mujeres,
en especial el análisis de la demografía nefilim del doctor G. D. Holland en *Cuerpos humanos y angelicales: una investigación médica*
(Gallimard, 1926).

de los años de sus hermanos nefilim. El dominio inviolable de los nefilim había sido corrompido.*

Con el paso del tiempo, los niños humanos se casaron con otros de su misma especie, y la raza humana creció junto a los nefilim. A pesar de su inferioridad física, los niños puros de Jafet progresaron bajo el gobierno de sus hermanos nefilim. Se produjeron ocasionalmente matrimonios mixtos, lo que ocasionó una mayor hibridación de la raza, pero dichas uniones eran desalentadas. Cuando a un nefilim le nacía un niño humano, era enviado fuera de las murallas de la ciudad, donde moría entre los humanos expuesto a los elementos. Cuando un niño nefilim nacía en la civilización humana, era arrebatado a sus padres y acogido en el seno de la raza de los amos.**

Muy pronto, los nefilim se retiraron a castillos y casas señoriales. Construyeron fortificaciones de granito, refugios en las cimas de las montañas, santuarios de lujo y poder. Aunque serviles, los hijos de Dios habían recibido la gracia de la protección divina. Sus mentes eran agudas, sus almas bendecidas y su voluntad fuerte. Mientras las dos razas vivieron la una junto a la otra, los nefilim se refugiaron tras la riqueza y las fortificaciones. Los seres humanos, dejados atrás para sufrir bajo los embates de la pobreza y la

* Entre ciertas tribus nefilim se popularizó la práctica del sacrificio de niños humanos. Se ha especulado que esto fue tanto una forma de controlar el crecimiento de la población humana, que era una amenaza para la sociedad nefilim, como un ruego a Dios para que perdonara los pecados de los guardianes, que seguían encarcelados en las profundidades de la tierra.

** Aunque ésta no es la primera aparición del término «raza de los amos» al hablar de los nefilim, como existen numerosos lugares en los que las criaturas nefilim se califican como pertenecientes a la «raza de los amos» o a la «superraza», desde luego es la fuente más famosa y más citada. Resulta irónico que la noción de Clematis de superraza o de superhombre, que los angelólogos tenían como marca de la automitología nefilim, haya sido apropiada y reinventada en los tiempos modernos por estudiosos como el conde Arthur de Gobineau, Friedrich Nietzsche y Arthur Schopenhauer como un componente del pensamiento filosófico humano, que a su vez fue utilizado en círculos nefilim para apoyar la teoría racial de *die Herrenrasse*, una noción que ha crecido en popularidad en la Europa contemporánea.

enfermedad, se convirtieron en esclavos de amos invisibles y poderosos.

V

Al alba nos levantamos y caminamos durante horas por escarpados senderos hacia la cima de la montaña mientras el sol se elevaba por detrás de los enormes pináculos de piedra y extendía su glorioso manto dorado sobre la creación. Provistos con mulas robustas, gruesas sandalias de cuero y buen tiempo, seguimos adelante. Cerca de media mañana divisamos una aldea formada por casas construidas con piedras de la montaña que se erigía en un peñasco, las tejas de arcilla anaranjada alineadas sobre la pizarra. Después de consultar nuestro mapa, parecía que habíamos llegado a la estribación más alta de la montaña en las cercanías de la gruta que los lugareños llamaban Gyaurskoto Burlo. Refugiándonos en el hogar de un aldeano, nos bañamos, comimos y descansamos antes de preguntar por un guía que nos condujera hasta la caverna. Inmediatamente trajeron ante mí a un pastor. Bajo y robusto como los montañeses tracios, su barba ya salpicada de blanco pero con el cuerpo fuerte, el pastor escuchó con atención mientras le describía nuestra misión en la gruta. Lo encontré inteligente, elocuente y con ganas de ayudar, aunque nos dejó claro que nos llevaría hasta la entrada de la gruta pero no más allá. Tras negociar durante un rato, acordamos un precio. El pastor prometió proporcionarnos equipo y dijo que nos conduciría allí a la mañana siguiente.

Discutimos nuestras perspectivas ante una comida a base de *klin* y carne seca, un ágape sencillo pero saludable que nos daría fuerzas para el viaje del día siguiente. Luego desplegué un pergamino sobre la mesa, extendiéndolo para que los demás pudieran ver. Mis hermanos se acercaron, esforzándose por discernir las suaves sombras del dibujo trazado a tinta.

—El lugar está aquí —dije moviendo el dedo sobre el mapa a lo largo de una cuña de montañas marcadas con tinta de color azul oscuro—. No deberíamos tener problemas para cruzar.

—Aun así —intervino uno de mis hermanos, con su barba desaliñada rozando la mesa mientras se inclinaba—, ¿cómo podemos estar seguros de que es el lugar correcto?

—Ha habido avistamientos —confirmé.

—Ya los hubo en el pasado —apostilló el hermano Francis—. Los campesinos miran con otros ojos. Con frecuencia sus visiones no conducen a ningún sitio.

—Los aldeanos afirman que han visto a las criaturas.

—Si seguimos las historias fantásticas de todos los aldeanos de las montañas, tendremos que viajar a todas las aldeas de Anatolia.

—En mi humilde opinión, vale la pena que les prestemos atención —repliqué—. Según nuestros hermanos de Tracia, la boca de la cueva se abre abruptamente hacia un abismo. En las profundidades discurre un río subterráneo, tal como se describe en la leyenda. Los aldeanos dicen que han oído emanaciones al borde del abismo.

—¿Emanaciones?

—Música —respondí intentando ser cauto en mis afirmaciones—. Los aldeanos celebran fiestas a la entrada de la cueva, para percibir el sonido, aunque débil, surgir de la caverna. Dicen que la música tiene un poder inusual sobre los aldeanos. Los enfermos sanan. Los ciegos ven. Los tullidos andan.

—Es extraordinario —comentó el hermano Francis.

—La música surge de las profundidades de la tierra, y nos guiará en nuestro avance.

A pesar de mi confianza en nuestra causa, mi pulso flaquea ante los peligros del abismo. Años de preparación han fortalecido mi voluntad, y aun así temo que la posibilidad del fracaso se cierna sobre mí. ¡Cómo acosan mi memoria los fiascos del pasado! ¡Cómo mis hermanos perdidos visitan mis pensamientos! Mi inquebrantable fe me empuja adelante y el bálsamo de la gracia de Dios alivia mi alma apesadumbrada.* Mañana al amanecer descenderemos a la gruta.

---

* Precisamente en este punto la escritura de Clematis da paso a unos garabatos vacilantes. Este deterioro se debe, sin duda, a la presión extrema por la misión en curso, pero también, quizá, a un cansancio creciente. El venerable padre tenía cerca de sesenta años en 925 d. J.C., y sus fuerzas seguramente se vieron menguadas por el viaje de subida a la montaña. El traductor ha puesto gran esmero en su intento por descifrar el texto y hacerlo accesible al lector moderno.

VI

Como el mundo regresa al sol, así la tierra corrompida retorna a la luz de la Gracia. Como las estrellas iluminan el cielo oscuro, así los hijos de Dios se alzarán algún día a través de la bruma de injusticias, libres al fin de sus perversos amos.

VII

En las tinieblas de mi desesperación, me volví a Boecio como un ojo se vuelve hacia la llama: mi Señor, mi excelencia se ha perdido en la cueva del Tártaro.*

VIII**

Soy un hombre desahuciado. Hablo a través de labios quemados, mi voz suena hueca en mis oídos. Mi cuerpo yace quebrado; mi carne carbonizada supura con llagas abiertas. Espero que el ángel etéreo y delicado en cuyas alas me alcé para encontrar mi desdichado destino quede aplastado para siempre. Sólo mi voluntad de relatar el horror que he visto me empuja a abrir mis labios ulcerados y abrasados. A ti, próximo buscador de libertad, futuro acólito de la justicia, te contaré mi desgracia.

La mañana de nuestro viaje amaneció fría y clara. Como es mi costumbre, me desperté muchas horas antes de la salida

* Clematis se refiere aquí al famoso verso de *El consuelo de la filosofía*, 3.55, asociado con el mito de Orfeo y Eurídice: «Porque aquel que vence debería volver su mirada hacia la cueva del Tártaro, cualquiera que sea la excelencia que lleve consigo la perderá cuando mire hacia abajo.»

** Las siguientes secciones del relato de Clematis están escritas por la mano de un monje, el padre Deopus, a quien se le asignó el cuidado de Clematis inmediatamente después de la expedición. A petición de Clematis, Deopus se sentó a su lado para que pudiera dictarle. Según el relato personal de Deopus de los días que pasó junto al lecho de muerte del venerable padre, cuando no estaba ocupado como escriba, confeccionaba tinturas y compresas que colocaba sobre el cuerpo de Clematis para aliviar el dolor de su piel abrasada. Que Deopus fuera capaz de recoger con tanta exactitud el relato de la desastrosa primera expedición angelológica en semejantes circunstancias, cuando las heridas del venerable padre seguramente dificultaban la comunicación, es una gran suerte para los estudiosos. El descubrimiento de la transcripción del padre Deopus en 1919 abrió la puerta a posteriores investigaciones sobre la primera expedición angelológica.

del sol y, dejando a los demás en su sueño, me acerqué hasta el hogar de la pequeña casa. La señora estaba atareada en el humilde espacio, partiendo ramas para el fuego. Una olla de cebada hervía sobre las llamas. Con la intención de resultar útil, me ofrecí a remover la mezcla, calentándome con el fuego al hacerlo. Cómo me asaltaron los recuerdos de mi niñez mientras me cernía sobre el hogar. Cincuenta años antes, yo era un muchacho con los brazos tan finos como una rama que ayudaba a mi madre en las mismas tareas domésticas, oyendo cómo susurraba una melodía mientras enjuagaba la ropa en un barreño de agua limpia. Mi madre, ¿cuánto tiempo hace que no había pensado en su bondad? Y mi padre, con su amor por el Libro y su devoción a Nuestro Señor, ¿cómo he vivido tantos años sin recordar su gentileza?

Estos pensamientos se disiparon cuando mis hermanos, quizá oliendo el aroma de su desayuno al fuego, descendieron hasta el hogar. Juntos, comimos. A la luz de la lumbre, preparamos nuestras mochilas: cuerda, cincel y martillo, pergamino y tinta, un cuchillo afilado fabricado en una aleación fina, y un rollo de tela de algodón para los vendajes. Con la aurora, nos despedimos de nuestros anfitriones y partimos para encontrarnos con nuestro guía.

En el extremo más alejado de la aldea, donde el sendero se transformaba en una escalera ascendente de grietas de piedra, nos aguardaba el pastor con una gran mochila de lana al hombro y un bastón tallado en la mano. Dándonos los buenos días con un gesto, dio media vuelta y comenzó a subir por la montaña, su cuerpo era tan compacto y sólido como el de una cabra. Su actitud me resultó excesivamente lacónica, y su expresión permaneció tan sombría que temía que se olvidase de su deber y nos abandonase en medio del sendero. Sin embargo, continuó adelante, de forma lenta y constante, conduciendo a nuestro grupo hasta la gruta.

Quizá porque la mañana se había vuelto cálida y nuestro desayuno había sido agradable, iniciamos nuestro viaje de buen humor. Los hermanos hablaban entre sí, clasificando las flores salvajes que crecían a lo largo de la senda y comentando la extraña variedad de árboles: abedules, píceas y altísimos cipreses. Su humor jovial era un alivio; disipaba las dudas que flotaban en torno a nuestra misión. La melancolía de los días anteriores nos había afectado a todos. Empezamos la mañana con un espíritu renovado. Mis propias ansiedades eran considerables, aunque las mantenía ocultas. La risa bulliciosa de los hermanos inspiró mi propia alegría, y pronto nos sentimos alegres y ligeros de ánimo. No podíamos prever que ésa sería la última vez que ninguno de nosotros oiría el sonido de la risa.

Nuestro pastor siguió ascendiendo por la montaña durante media hora más antes de penetrar en un bosquecillo de abedules. A través del follaje vi la boca de la cueva, un corte profundo en una pared de sólido granito. En el interior, el aire era frío y húmedo. Crecían en las paredes colonias de hongos de varios colores. El hermano Francis señaló una serie de ánforas pintadas alineadas contra la pared más alejada de la cueva, tinajas de cuello estrecho y cuerpos bulbosos reposaban elegantes como cisnes sobre el sucio suelo. Las tinajas más grandes contenían agua, las más pequeñas, aceite, lo que me llevó a pensar que esa caverna se había utilizado como refugio improvisado. El pastor confirmó mi hipótesis, aunque no supo decirme quién se atrevería a descansar tan por encima de la civilización ni qué necesidad empujaría a alguien a hacerlo.

Sin vacilar, el pastor descargó su mochila. Sobre el suelo de la cueva colocó dos grandes picas de hierro, un mazo y una escala de cuerda. Ésta última era impresionante e hizo que los hermanos más jóvenes se reunieran a su alrededor para examinarla. Dos largas tiras de cáñamo trenzado formaban el eje vertical de la escala, mientras que unas barras de metal aseguradas con unos pernos al cáñamo formaban los peldaños. Su maestría era innegable. Era sólida y fácilmente transportable. Al verla, creció mi admiración por la destreza de nuestro guía.

El pastor utilizó el mazo para clavar las picas de hierro en la roca. Después sujetó la escalera de cuerda a las picas con unos cierres metálicos; los pequeños artefactos, no más grandes que monedas, aseguraban la estabilidad de la misma. Cuando concluyó los preparativos, lanzó la escala al abismo y dio un paso atrás como para maravillarse de la distancia a la que caía. Más allá, el rugido del agua fustigaba las rocas.

Nuestro guía nos explicó que el río fluía bajo la superficie de la montaña, su curso atravesaba la roca, alimentándose de reservas y corrientes antes de caer en un estallido de presión en el interior de la gruta. Desde la cascada, el río serpenteaba y descendía más y más hacia un laberinto de cavernas subterráneas antes de emerger a la superficie de la tierra. Los aldeanos, según nos informó el pastor, lo llamaban el río Estigia, y creían que los cuerpos de los muertos cubrían como una alfombra el fondo de piedra de la gruta. Aseguraban que la cueva era la entrada al infierno, y la llamaban la Prisión de los Infieles. Mientras hablaba, su rostro se cubrió de aprensión, un primer indicio de que podía tener miedo de continuar. Con prisa, declaró que era hora de descender por el pozo.*

IX

A duras penas puede alguien figurarse nuestra dicha al encontrar el acceso hacia el abismo. Sólo Jacob en su visión de la colosal procesión de los mensajeros sagrados pudo dar fe de una escala más oportuna y majestuosa. Para nuestro propósito divino, descendimos hacia la terrible oscuridad del pozo maldito, encomendados a Su protección y Su gracia.

Mientras bajaba por los gélidos travesaños de la escala, el rugido del agua ensordecía mis oídos. Me movía con rapidez, rindiéndome a la poderosa atracción de las profundidades, las manos resbalando en la humedad y el metal frío, las rodillas golpeando la superficie desnuda de las rocas. El miedo atenazaba mi corazón. Murmuré una plegaria pidiendo amparo, fuerza y guía ante lo desconocido. Mi voz desapareció bajo el ruido arrollador y ensordecedor de la cascada.

El pastor fue el último en descender; llegó abajo algunos minutos después. Tras abrir su mochila, sacó una reserva de velas de cera de abeja, yesca y pedernal, con los que las encendió. En cuestión de minutos nos rodeó un círculo de luz. A pesar del frío del aire, el sudor caía en mis ojos. Unimos las manos y rezamos, creyendo que, incluso en esas profundidades, la grieta más oscura del infierno, nuestras voces serían escuchadas.

* Según un relato del padre Deopus, Clematis pasó varias horas agónicas desvariando estas palabras antes de lacerar su carne quemada en un ataque de locura, arrancando los vendajes y las compresas que protegían su piel abrasada. El acto de automutilación de Clematis dejó un rastro de sangre en las páginas del cuaderno, manchas que son claramente visibles incluso ahora, en el momento de la traducción.

Recogí mi hábito y me aproximé a la orilla del río. Los otros me siguieron, dejando a nuestro guía junto a la escala. La cascada caía en la distancia, sábanas de agua torrencial e interminable. El propio río fluía en una ancha arteria a través del centro de la caverna como si el Estigia, el Flegetonte, el Aqueronte y el Cocito —los cuatro ríos que convergían en el infierno— se hubieran fundido en uno solo. El hermano Francis fue el primero en vislumbrar el bote, una pequeña embarcación de madera atada a la orilla del río, flotando en un remolino de volutas de niebla. Pronto estuvimos reunidos alrededor de su proa, evaluando nuestro sendero. Por detrás, un tramo de piedras lisas nos separaba de la escala. Por delante, al otro lado del río, había un panal de cuevas que aguardaba nuestra inspección. La elección era clara: partimos para descubrir qué se escondía al otro lado del río traicionero.

Siendo cinco y todos lozanos, mi primera preocupación fue que no cupiéramos en el estrecho bote. Subí a él, manteniéndome en pie a pesar de los violentos vaivenes del agua que tenía debajo. No me cabía la menor duda de que, si volcaba la embarcación, la corriente despiadada me arrastraría hacia el laberinto de rocas. Realizando algunas maniobras, conseguí equilibrarme y sentarme con seguridad al timón. Los otros me siguieron, y pronto nos internamos en la corriente, el hermano Francis empujando el bote penosamente hacia la orilla opuesta con una pértiga de madera, el río alejándonos de la entrada de la caverna y encaminándonos hacia nuestra perdición.

X*

Las criaturas sisearon desde sus celdas de roca cuando nos aproximamos, venenosas como serpientes, con sus asombrosos ojos azules fijos en nosotros. Sus poderosas alas golpeaban las rejas de su prisión. Cientos de ángeles oscuros

---

* El salto narrativo que se produce en esta sección puede ser consecuencia de una omisión en la transcripción del padre Deopus, pero es más probable que sea un reflejo preciso del estado mental incoherente de Clematis. Se debe recordar que el venerable padre no se encontraba en condiciones de explicar con claridad sus experiencias en la caverna. Que el padre Deopus fuera capaz de conseguir una narración de semejante extensión del balbuceo de Clematis es testimonio de su ingenio.

impenitentes rasgaban sus deslumbrantes ropas blancas, pidiendo a gritos su salvación, suplicándonos a nosotros, los emisarios de Dios, para que los liberásemos.

XI

Mis hermanos cayeron de rodillas, transfigurados por el horrible espectáculo que se desarrollaba delante de nosotros. En las profundidades de la montaña, extendiéndose hasta donde alcanzaba la vista, había innumerables celdas que contenían cientos de criaturas majestuosas. Me acerqué, intentando comprender lo que veía. Eran criaturas de otro mundo, e irradiaban una luz tan cegadora que no podía dirigir la mirada a las profundidades de la cueva sin lastimarme los ojos. Sin embargo, de la misma forma que uno desea observar el centro de la llama, quemando su visión con el corazón de color azul pálido del fuego, así ansiaba yo ver a las criaturas celestiales delante de mí. Al final pude discernir que cada estrecha celda contenía sólo un ángel aprisionado. El hermano Francis me agarró del brazo aterrorizado, pidiéndome que regresara al bote, pero, en mi fervor, no lo escuché. Me volví hacia los demás y les ordené que se levantaran y me siguieran al interior.

Los gemidos cesaron cuando entramos en la prisión. Las criaturas nos contemplaban desde detrás de los gruesos barrotes de hierro, sus protuberantes ojos seguían cada uno de nuestros movimientos. Su deseo de libertad no constituía una sorpresa: llevaban miles de años encadenados en el interior de la montaña, esperando a ser liberados. No obstante, no había nada horrible en ellos. Sus cuerpos emitían una intensa luminosidad, una luz áurea que surgía de su piel transparente, creando un nimbo dorado a su alrededor. Físicamente, superaban en mucho a la humanidad: altos y elegantes, con unas alas que se plegaban sobre ellos desde los hombros hasta los tobillos, cubriendo sus esbeltos cuerpos como túnicas de un blanco purísimo. Semejante belleza no era parecida a nada que hubiera visto o imaginado antes. Al final comprendí cómo esas criaturas celestiales habían seducido a las hijas de los hombres y por qué los nefilim admiraban tanto su patrimonio. Al internarnos más en la gruta, la expectación creciendo a cada paso, me asaltó la idea de que nos habíamos abierto camino hasta el abismo para cumplir un propósito que no nos habíamos figurado. Yo creía que nuestra misión era la recuperación del tesoro angelical, pero ahora la terrible verdad se hizo patente: habíamos ido al pozo para liberar a los ángeles desobedientes.

Desde la parte más oculta de una lúgubre celda, una criatura con una gran lustrosa cabellera dorada dio un paso al frente. Sostenía en la mano una refinada lira de vientre voluminoso.* Tras levantar el instrumento en sus brazos, tañó las cuerdas hasta que una música deliciosa y celestial reverberó a través de la caverna. No puedo decir si fue la resonancia particular de la cueva o la calidad del instrumento, pero el sonido era rico y pleno, una música encantadora que colmó todos mis sentidos hasta que pensé que me volvería loco de dicha. Al poco, el ángel empezó a cantar, su voz subiendo y bajando con la lira. Como si de un pie a esa progresión divina se tratara, los demás se unieron en coro, cada voz elevándose para crear la música del cielo, una confluencia digna de la congregación descrita por Daniel, diez mil veces diez mil ángeles. Nos quedamos transfigurados, completamente desarmados por el coro celestial. La melodía se ha quedado grabada a fuego en mi mente; incluso ahora la escucho.**

* La referencia a la lira de oro del arcángel Gabriel es el pasaje más tentador y frustrante que se puede encontrar en el relato del venerable Clematis de su viaje al Hades. Según una comunicación escrita del padre Deopus, el venerable padre tenía en su poder un pequeño disco de metal después de escapar de la caverna que, tras su muerte, fue enviado a París para su examen. Tras el escrutinio de los musicólogos celestiales, se descubrió que Clematis había hallado un plectro, una púa de metal que se utiliza para tocar instrumentos de cuerda, sobre todo la lira. Como tradicionalmente el plectro se encuentra unido al instrumento por un cordel de seda, puede decirse que, de hecho, Clematis estuvo en contacto con la lira, o con un instrumento que requiriera un plectro similar. Por tanto, queda la localización de la lira como un tema abierto a la especulación. Si Clematis sacó el instrumento de la gruta, es posible que lo perdiese a la entrada del pozo o quizá lo extraviase al huir de la montaña. El plectro descarta la posibilidad de que la lira fuera un producto del estado alucinatorio del venerable padre o una creación de su mente atribulada.

** Es una creencia aceptada que Deopus, a petición del Venerable Clematis, transcribió la melodía del coro celestial de los ángeles. Aunque la partitura no ha sido nunca encontrada, se conserva la gran esperanza de que exista una partitura completa de esta progresión armónica.

Desde donde me encontraba, contemplaba al ángel. Con gentileza, levantó sus brazos largos y delgados y extendió sus inmensas alas. Me acerqué a la puerta de su celda, retiré un gancho muy calcificado y, en un exabrupto de fortaleza que me arrojó al suelo, la criatura abrió de golpe la puerta y quedó libre. Pude vislumbrar el placer que sentía por su liberación. Los ángeles encarcelados rugieron desde sus celdas, celosos por la victoria de su hermano, criaturas viciosas y hambrientas que exigían la libertad.

Fascinado por la visión de los ángeles, no me había percatado del efecto que la música había tenido sobre mis hermanos. De repente, antes de que pudiera percibir que su mente era presa de un encantamiento a causa de esa interpretación demoníaca, el hermano Francis corrió hacia el coro angelical y, en lo que parecía un estado de locura, se arrodilló suplicante ante las criaturas. El ángel dejó caer la lira, deteniendo de inmediato el coro de música sublime, y tocó al hermano Francis, irradiando una luz tan densa sobre el hombre desconcertado que parecía que lo habían bañado en bronce. Jadeando, Francis cayó al suelo y se llevó las manos a los ojos mientras la intensa luz quemaba su carne. Horrorizado, contemplé cómo sus ropas se disolvían sobre su cuerpo y su carne se derretía, dejando músculos y huesos calcinados. El hermano Francis, que minutos antes había agarrado mi brazo suplicándome que regresara al bote, había muerto a causa de la luz venenosa del ángel.*

XII

Los minutos posteriores a la muerte de Francis son de una de confusión total para mí. Recuerdo el sonido de los

---

* Después de un cuidadoso examen del relato de Clematis sobre la muerte del hermano Francis y de las heridas que condujeron a la muerte del venerable padre, la conclusión general de los angelólogos ha sido que el hermano Francis falleció a causa de una exposición extrema a la radiación. Tras una generosa donación de la familia de Marie Curie se iniciaron diversos estudios sobre las propiedades radiactivas de los ángeles y en la actualidad se están llevando a cabo por parte de un grupo de estudiosos angelólogos en Hungría.

ángeles siseando desde sus celdas. Recuerdo el horrible cadáver del hermano, ennegrecido y deforme ante mí. Pero todo lo demás se ha perdido en la oscuridad. De alguna manera, la lira del ángel, el tesoro que me había llevado al pozo, estaba al alcance de mi mano. Tan aprisa como pude, cogí el tesoro de la criatura caída, acuné el objeto en mis manos quemadas y lo metí luego en mi zurrón para que no sufriera ningún daño.

Después me encontré ya sentado en la proa del bote de madera, con el hábito desgarrado y hecho jirones. Me dolía todo mi ser. La carne se despegaba de mis brazos, desprendiéndose en tiras sangrientas y chamuscadas. Algunas partes de mi barba se habían quemado hasta la raíz. Fue entonces cuando me di cuenta de que yo, al igual que Francis, había recibido la radiación de la horrible luz del ángel.

Lo mismo había ocurrido con los otros hermanos. Dos de ellos estaban junto a mí en el bote, empujando desesperadamente con la pértiga contra la corriente, sus ropas calcinadas, su piel cubierta de severas quemaduras. El miembro restante de nuestro grupo yacía muerto a mis pies, sus manos presionadas contra el rostro, como si hubiera perecido a causa del terror. Al acercarse el bote a la orilla opuesta del río bendecimos a nuestro hermano martirizado y desembarcamos, dejando que la embarcación fuera arrastrada por la corriente.

XIII

Con consternación, descubrimos que el ángel asesino estaba en la orilla, aguardando nuestra llegada. Su bello rostro estaba sereno, como si acabase de despertar de una reparadora siesta. Al ver a la criatura, mis hermanos cayeron al suelo rezando y suplicando, deshechos de terror; el ángel estaba hecho de oro. El miedo estaba justificado. La criatura vertió sobre ellos su luz venenosa y los mató del mismo modo que había matado a Francis. Yo caí de rodillas, rezando por su salvación, sabiendo que habían muerto por una buena causa. Tras mirar a mi alrededor, vi que no había ninguna esperanza de recibir ayuda. El pastor había desertado, dejándonos abandonados en la gruta, quedando sólo su mochila tejida y la escala, una traición que lamenté amargamente. Habríamos necesitado de su ayuda.

El ángel me examinó, con expresión insípida, como si fuera poco más que un médium del viento. Con una voz más agradable que cualquier música, habló. Aunque no pude distinguir el idioma, de alguna manera entendí su mensaje con claridad. Dijo: «Nuestra libertad ha tenido un gran coste. Por eso tu recompensa será grande en el cielo y en la tierra.»

El sacrilegio de las palabras del ángel me afectó más de lo que me habría llegado a imaginar. No podía comprender que un ente maligno se atreviese a prometer una recompensa celestial. En un estallido terrible de furia, me abalancé sobre él y lo tiré al suelo. Mi ira cogió por sorpresa a la criatura celestial, proporcionándome una superioridad que aproveché en mi favor. A pesar de su brillo, era un ser físico compuesto de una sustancia diferente de la mía, y en un instante rasgué sus imponentes alas, agarrando la carne desnuda y delicada donde los apéndices se unían a la espalda.

Tras asir con fuerza el hueso cálido de la base de las alas, lancé a la criatura luminosa contra la roca fría y dura. La pasión me dominaba, porque no recuerdo las medidas que adopté para conseguir mi objetivo. Sólo sé que, en mi lucha por mantener controlada a la bestia y en mi desesperación por escapar del pozo, el Señor me bendijo con una fuerza sobrenatural. Arrancando las alas con una ferocidad que me costaba creer que surgiera de mis ancianas manos, mutilé a la criatura. Noté un crujido, como si hubiera roto el fino cristal de una ampolla, y una repentina exhalación escapó de su cuerpo, un suave suspiro que dejó a la criatura indefensa a mis pies.

Examiné el cuerpo desmadejado ante mí. Había arrancado una ala de cuajo, rasgando la carne rosada de tal forma que las plumas de un color blanco puro se doblaban en un ángulo asimétrico contra el torso. El ángel gemía en su agonía, y un fluido de un color azul pálido manaba de las heridas que había abierto en su espalda. Un sonido inquietante surgía de su pecho, como si los humores, una vez liberados de sus recipientes internos, se hubieran mezclado en una alquimia desastrosa. Pronto comprendí que la criatura mutilada se estaba asfixiando, y que ese horrible calvario era consecuencia de la herida en sus alas.* De esta forma se extinguió su aliento. La violencia de mis acciones contra una criatura celestial me atormentó más allá de lo imaginable, y al final caí de hinojos y pedí al Señor misericordia y perdón porque había destrozado una de las creaciones más sublimes del cielo.

Sólo entonces fui capaz de oír un leve grito: el pastor, acuclillado en las rocas, me llamaba por mi nombre. Tras hacerme numerosas señas para que lo siguiera, comprendí que quería ayudarme a subir la escala. Moviéndome con toda la rapidez que me permitía mi cuerpo maltrecho, me abandoné en brazos del pastor, que, por la gracia de Dios, era fuerte y diestro. Me cargó sobre su hombro tembloroso y me sacó del pozo.**

* Las propiedades físicas de la estructura de las alas angélicas fueron descritas de forma definitiva en el influyente estudio de 1907 *Fisiología del vuelo angelical*, una obra cuya superioridad en la descripción de las propiedades esqueléticas y pulmonares de las alas la ha convertido en la pieza clave de todas las discusiones sobre los guardianes. Mientras que en su momento se creyó que las extremidades aladas eran apéndices externos al cuerpo, sostenidos exclusivamente a través de la musculatura, ahora se cree que las alas de los ángeles son en sí mismas una extensión de los pulmones, y que cada una de ellas desempeña una doble función: como herramienta para el vuelo y como un órgano externo de gran delicadeza. A partir de modelos posteriores se ha llegado a determinar que las extremidades aladas se originan en los capilares del tejido pulmonar, ganando masa y fuerza al extenderse desde los músculos de la espalda. Una ala madura actúa como un sistema de respiración externa anatómicamente complejo en el que se absorbe oxígeno y se elimina dióxido de carbono a través de unos minúsculos sacos parecidos a los alvéolos que se encuentran en la estructura de la misma. Se ha estimado que sólo el diez por ciento de las funciones respiratorias se llevan a cabo a través de la boca y la tráquea, propiciando así que las alas sean esenciales para la función respiratoria. Ésta es, quizá, la única debilidad física en la estructura angelical, un talón de Aquiles en un organismo por otro lado perfecto, una debilidad con la que Clematis tropezó con gran provecho.

** Según las notas dejadas por Deopus, Clematis murió antes de concluir su historia, por lo que su narración termina abruptamente.

Cerré las páginas incapaz de apaciguar los contradictorios sentimientos que albergaba al terminar de leer la traducción que el doctor Raphael había hecho del relato del venerable Clematis sobre la primera expedición angelológica. Me temblaban las manos de excitación, o de miedo, o de anticipación, no lograba identificar qué emoción se había apoderado de mí. Y aun así estaba segura de una cosa: el venerable Clematis me había abrumado con la historia de su viaje. Me sentía a la vez impresionada por la audacia de su misión y aterrorizada por el horror de su encuentro con los guardianes. El hecho de que un hombre hubiera podido contemplar a esas criaturas celestiales, que hubiera tocado su carne luminosa y que hubiera escuchado su música celestial era algo inconcebible para mí.

Quizá escaseaba el oxígeno en las instalaciones subterráneas de nuestra escuela, porque poco después de dejar el folleto empecé a sentirme mareada. El aire en la cámara parecía más denso y más opresivo que unos minutos antes. Las habitaciones pequeñas y sin ventilación, de ladrillo y piedra caliza cubierta de humedad, se convirtieron, durante un momento, en las profundidades de la prisión subterránea de los ángeles. Casi esperaba oír de un momento a otro el rugido del río o el tañido de la música celestial de los guardianes, y aunque sabía que no era más que una fantasía morbosa, no podía permanecer ni un minuto más bajo tierra. En lugar de dejar la traducción del doctor Raphael en su correspondiente lugar, metí el folleto doblado en el bolsillo de mi falda, llevándomelo conmigo del sótano y saliendo al delicioso aire frío de la escuela.

A pesar de que ya hacía rato que había llegado la medianoche y sabía que la escuela debía de estar desierta, no podía arriesgarme a que me descubrieran. Con rapidez, retiré la piedra de su lugar en el dintel abovedado y, tras ponerme de puntillas, deslicé de nuevo la llave en su minúsculo escondite. Después de colocar la piedra en su lugar, nivelándola con la pared, di un paso atrás y comprobé mi labor. La puerta tenía el mismo aspecto que los centenares de puertas semejantes de toda la escuela. Nadie podría sospechar lo que se escondía detrás de aquella piedra.

Abandoné la escuela y caminé por la fría noche otoñal siguiendo mi trayecto habitual hasta mi apartamento en la rue Gassendi, con la esperanza de encontrar a Gabriella en su dormitorio y poder plantearle algunas preguntas. El apartamento estaba completamente a oscuras. Después de llamar a la puerta del cuarto de mi compañera y no recibir respuesta, me retiré a la privacidad de mi dormitorio, donde podría leer por segunda vez las páginas de la traducción del doctor Raphael. El texto se apoderó de mí y, antes de darme cuenta, había leído por tercera vez el relato de Clematis, y después por cuarta vez. Con cada lectura descubría que el venerable padre me provocaba cada vez más confusión. Mi desasosiego se inició como un sentimiento amorfo, una sensación sutil pero persistente de incomodidad que no lograba identificar, pero que, al avanzar la noche, me condujo a un estado de ansiedad terrible. Había algo en el manuscrito que no encajaba con la concepción de la primera expedición angelológica que tenía anteriormente, un elemento de la historia que chirriaba al cotejarlo con las lecciones que había estudiado. Aunque estaba exhausta por la tensión experimentada a lo largo del día, no pude dormir. En su lugar, diseccioné cada etapa del viaje buscando la razón precisa de mi ansiedad. Al final, después de revivir muchas veces más la ordalía de Clematis, comprendí a qué se debía mi aflicción: en todas mis horas de estudio, en todas las conferencias a las que había asistido, en mis meses de trabajo en el ateneo, los Valko no habían mencionado ni una sola vez el papel que desempeñaba el instrumento musical que Clematis había descubierto en la caverna. Ése era el objetivo de nuestra expedición, una fuente de temor frente al avance nazi, y aun así la doctora Seraphina se había negado a explicar la verdadera naturaleza de su significado.

Sin embargo, como dejaba claro el relato del venerable padre, la lira era el mismo núcleo de la primera expedición. Recordé la historia del regalo de la lira a los guardianes por

272

parte del arcángel Gabriel de una de las clases de los Valko, pero incluso en esa explicación superficial habían evitado mencionar el significado del instrumento. El hecho de que pudieran mantener en secreto un detalle tan importante me llenaba de asombro. Mi frustración aumentó cuando me di cuenta de que Gabriella debía de haber leído hacía tiempo el relato de Clematis y por eso era consciente de la importancia de la lira. Aun así, ella, como los Valko, había guardado silencio al respecto. ¿Por qué yo había sido excluida de su confidencia? Empecé a rememorar con sospechas el tiempo pasado en Montparnasse. Clematis hablaba de «una música encantadora que colmó todos mis sentidos hasta que pensé que me volvería loco de dicha», pero ¿qué efectos tenía dicha música celestial? No podía por menos que preguntarme por qué aquellos en quienes más había confiado, aquellos en quienes había depositado mi lealtad más absoluta, me habían engañado. Si no habían sido capaces de decirme la verdad sobre la lira, seguramente existían más datos que también me habían ocultado.

Éstas eran las dudas que atribulaban mi mente cuando oí el rumor de un coche bajo la ventana del dormitorio. Apartando las cortinas, me sorprendió descubrir que el cielo había clareado en un tono gris pálido, tiñendo las calles del brumoso presentimiento del amanecer. La noche se había ido y yo no había dormido en absoluto. Pero no era la única que había pasado la noche en vela. Bajo la luz mortecina vi a Gabriella descender del coche, un Citröen Traction Avant de color blanco. Aunque llevaba el mismo vestido que en el ateneo, el satén continuaba irradiando todo su lustre líquido, Gabriella había cambiado drásticamente en las horas que habían transcurrido. Su cabello estaba desarreglado, y sus hombros caían, exhaustos. Se había quitado los guantes de ópera negros, revelando así sus pálidas manos. Mi amiga volvió la cabeza hacia el edificio de apartamentos, como si estuviera valorando qué debía hacer, y entonces, apoyándose en el coche, hundió la cabeza entre los brazos y rompió a llorar. El conductor, un hombre cuyo rostro no pude distinguir, se apeó del vehículo y, aunque yo no tenía forma de saber sus intenciones, me pareció que intentaba hacerle aún más daño a Gabriella.

A pesar del enfado que sentía hacia ella, mi primera reacción fue ayudar a mi amiga. Salí corriendo del apartamento y bajé los sucesivos tramos de la escalera, con la esperanza de que Gabriella no se fuera antes de que consiguiera alcanzar la calle. Sin embargo, cuando llegué a la entrada, vi que estaba equivocada. En lugar de hacerle daño, el hombre la abrazaba, sosteniéndola entre sus brazos mientras ella lloraba. Me quedé en el umbral de la puerta, contemplándolos confusa. El hombre acariciaba su cabello con ternura mientras le hablaba con lo que me pareció la actitud de un amante, aunque a los quince años a mí nadie me había tocado nunca de esa manera. Abriendo la puerta con sigilo, de modo que no pudieran detectar mi presencia, escuché a Gabriella. Entre sollozos, repetía «No puedo, no puedo», la desesperación impregnaba su voz. Aunque tenía una idea remota de lo que inspiraba los remordimientos de Gabriella —quizá su conciencia había registrado por fin sus acciones—, mi asombro fue descomunal al escuchar las palabras que pronunció el hombre.

—Pero debes —dijo, mientras la abrazaba con fuerza—. No tenemos más alternativa que continuar.

Reconocí la voz. Fue entonces cuando vi, bajo la luz creciente del amanecer, que el hombre que estaba consolando a Gabriella no era sino el doctor Raphael Valko.

Después de regresar al apartamento, me senté en mi habitación esperando oír los pasos de mi amiga en la escalera. Sus llaves tintinearon al abrir la puerta y entrar en el recibidor. En lugar de retirarse a su cuarto como yo me imaginaba que haría, se fue a la cocina, donde un ruido de cacharros me indicó que estaba preparando café. Luchando contra la urgencia por unirme a ella, aguardé en las sombras de mi dormitorio, aguzando el oído, como si el ruido que hacía pudiera ayudarme a comprender lo que había ocurrido en la calle y cuál era la naturaleza de su relación con el doctor Valko.

Algunas horas después llamé a la puerta del despacho de la doctora Seraphina. Seguía siendo muy temprano, aún no eran ni las siete, pero sabía que ella estaría allí trabajando como de costumbre. Estaba sentada frente a su escritorio, el cabello peinado hacia atrás en un moño severo, la pluma colocada sobre un cuaderno de notas abierto, como si la hubiera interrumpido en mitad de una frase. Aunque mis visitas a su oficina se habían convertido en una rutina —de hecho, había estado trabajando en el sofá de color bermellón cada día durante muchas semanas catalogando los papeles de los Valko—, mi cansancio y mi ansiedad tras leer el diario de Clematis debieron de resultar evidentes. La doctora sabía que ésa no era una visita ordinaria. Se acercó en seguida al sofá, se sentó a mi lado y me preguntó qué me había llevado a verla a su oficina tan pronto.

Saqué la traducción del doctor Raphael y la dejé entre ambas. Atónita, Seraphina recogió el folleto y pasó las delgadas páginas, rememorando las palabras que su marido había traducido hacía tantos años. Mientras leía, vi —o imaginé ver— un brillo de juventud y felicidad que regresaba a sus rasgos, como si el tiempo se fuera alejando a medida que volvía las páginas.

—Mi marido descubrió el cuaderno de notas del venerable Clematis hace casi veinticinco años —comentó finalmente—. Estábamos investigando en Grecia, en una pequeña aldea al pie de la cadena montañosa de las Ródope, un lugar que Raphael había rastreado después de tropezar con una carta de un monje llamado Deopus. La carta había sido escrita en una aldea de montaña de tan sólo un millar de habitantes, donde murió Clematis poco después de su expedición, y daba indicios de que Deopus había transcrito de boca del venerable padre el último fragmento del relato de la expedición. En la carta sólo existía la más vaga promesa de un descubrimiento, pero aun así Raphael creía en sus intuiciones y emprendió lo que muchos pensaron que era una misión quijotesca en Grecia. Fue un momento trascendental en su carrera; en las de ambos, en realidad. El descubrimiento tuvo consecuencias colosales para nosotros, nos otorgó reconocimiento e invitaciones para hablar en los principales institutos de Europa. La traducción consolidó su reputación y aseguró nuestro puesto aquí, en París. Recuerdo lo feliz que le hacía venir aquí, el optimismo que nos embargaba.

La doctora Seraphina se detuvo de repente, como si hubiera hablado más de lo que pretendía.

—Siento gran curiosidad por saber dónde has encontrado esto —agregó al cabo de un momento.

—En los sótanos de la escuela —contesté sin vacilar. No habría sido capaz de mentirle a mi maestra aunque hubiera querido.

—Los almacenes subterráneos son una zona restringida —replicó ella—. Las puertas están cerradas. Debes tener la llave para entrar.

—Gabriella me mostró dónde encontrarla —contesté—. La devolví a su escondite en la piedra angular.

—¿Gabriella? —preguntó sorprendida—. Pero ¿cómo conoce Gabriella el escondite?

—Pensé que usted lo sabría. O... —proseguí, midiendo mis palabras, ansiosa por no revelar más de lo que era prudente— quizá lo sepa el doctor Raphael.

—Yo desde luego no lo sé, y estoy segura de que mi marido tampoco sabe nada de esto. Dime, Celestine, ¿has notado algo raro en el comportamiento de Gabriella?

—¿Qué quiere decir? —pregunté recostándome en la seda fría del sofá y esperando con gran expectación que la doctora Seraphina me ayudase a comprender el rompecabezas que representaba Gabriella.

—Déjame que te explique lo que yo he observado —respondió levantándose y acercándose a la ventana, donde quedó bañada por la pálida luz matinal—. En los últimos meses, Gabriella me resulta una persona irreconocible. Se ha retrasado en sus trabajos académicos. Sus dos últimos ensayos estaban redactados claramente por debajo de su nivel, aunque éste es tan avanzado que sólo un maestro que la conociese tan bien como yo se daría cuenta. Ha pasado mucho tiempo fuera de la escuela, especialmente de noche. Su aspecto ha cambiado para acercarse al de las chicas que se ven en el barrio de Pigalle. Y, quizá lo peor de todo, ha empezado a autolesionarse.

La doctora Seraphina se volvió hacia mí como si esperase que yo no estuviera de acuerdo con sus afirmaciones. Como no dije nada, continuó.

—Hace algunas semanas vi cómo se quemaba durante una de las clases de mi marido. Estás al tanto del episodio al que me refiero. Fue la experiencia más inquietante de mi carrera y, créeme, he tenido muchas. Gabriella acercó la llama a su muñeca desnuda, impasible mientras se quemaba la piel. Sabía que yo la estaba observando y, como si me estuviera desafiando, me miraba, retándome a que interrumpiera la lección para salvarla de sí misma. En su comportamiento había algo más que desesperación, más que el habitual deseo infantil de llamar la atención. Había perdido el control de sus acciones.

Quería poner objeciones, decirle a la doctora Seraphina que estaba equivocada, que no había notado el inquietante comportamiento que estaba describiendo; quería decirle que Gabriella se había quemado accidentalmente, pero no pude.

—Ni que decir tiene que la escena me dejó aturdida —siguió la doctora—. Consideré la posibilidad de abordar a Gabriella de inmediato; después de todo, necesitaba atención médica, pero lo pensé mejor. Su comportamiento apunta a una serie de enfermedades, psicológicas, y si ése es el caso, no querría exacerbar el problema. Sin embargo, temo que haya otra causa, una que no tiene nada que ver con el estado mental de Gabriella, sino con otra fuerza.

Seraphina se mordió el labio como si estuviera valorando cómo seguir, pero yo la animé a continuar. Mi curiosidad por Gabriella era tan fuerte como la de la doctora, quizá incluso mayor.

—Ayer, como recordarás, coloqué *El libro de las generaciones* entre los tesoros que estamos enviando lejos para ponerlos a salvo. De hecho, ese libro no se va a enviar a Estados Unidos, es demasiado importante, y se quedará conmigo o con otro estudioso de alto nivel, pero el caso es que lo puse allí, con los demás tesoros, para que Gabriella tropezase con él. Dejé el libro abierto en cierta página, una en la que quedaba a la vista el apellido Grigori. Para mí resultaba esencial coger a Gabriella por sorpresa: debía ver el libro y leer los nombres escritos en las páginas sin tener tiempo para enmascarar sus sentimientos. Igualmente importante era mi deseo de ser testigo de su reacción. ¿Te diste cuenta?

—Por supuesto —repuse, recordando su violento arrebato, su sufrimiento físico ante los nombres que había leído—. Fue terrorífico y extraño.

—Extraño —replicó la doctora—, pero predecible.

—¿Predecible? —pregunté, cada vez más confusa. Las reacciones de Gabriella eran un completo misterio para mí—. No comprendo.

—Al principio el libro sólo le resultó incómodo. Después, cuando reconoció el apellido Grigori y quizá también otros nombres, su incomodidad se transformó en histeria, en puro temor animal.

—Sí, es verdad —confirmé—. Pero ¿por qué?

—Gabriella mostró todas las características de alguien que ha sido descubierto en una trama perversa. Reaccionó como una persona atormentada por la culpa. Lo he visto antes, sólo que los otros eran mucho más aptos para ocultar su vergüenza.

—¿Cree que Gabriella está trabajando contra nosotros? —pregunté, mi voz traslucía mi asombro.

—No lo sé con seguridad. Es muy posible que se haya visto atrapada en una relación desafortunada, una que le haya arrebatado lo mejor de sí misma. Sin embargo, se mire como se mire, está comprometida. En cuanto uno empieza una vida de duplicidad, es muy difícil escapar. Es una pena que Gabriella se haya convertido en un caso ejemplar, pero se trata de un caso ejemplar, y quiero que prestes atención.

Demasiado atónita para contestar, me quedé mirando a la doctora Seraphina con la esperanza de que dijera algo que aliviara mi ansiedad. Aunque ella no tenía pruebas de sus sospechas, yo sí.

—Las salas subterráneas de la escuela están completamente fuera de los límites, sus entradas están selladas por la seguridad de todos nosotros. No debes revelar a nadie lo que has encontrado allí. —Seraphina se acercó al escritorio, abrió un cajón y sacó una segunda llave—. Sólo existen dos llaves del sótano. Yo tengo una. La otra la escondió Raphael.

—Quizá el doctor Raphael le mostró el escondite de la llave —aventuré. Recordaba las palabras que el doctor Raphael y Gabriella habían intercambiado esa misma mañana, y sabía que ésa era de hecho la respuesta, sólo que no me veía capaz de contárselo a la doctora Seraphina.

—Imposible —replicó ella—. Mi marido no revelaría nunca a una estudiante una información tan importante.

Me sentía profundamente incómoda por lo que ahora sospechaba que era la relación íntima entre el doctor Raphael y Gabriella, e igualmente dudosa sobre la naturaleza de los crímenes de mi amiga pero, aun así, para mi disgusto, sentía un perverso placer por haberme ganado la confianza de Seraphina. Nunca antes mi maestra había hablado conmigo con semejante seriedad y camaradería, como si no fuera simplemente su asistente, sino una colega.

Por eso resultaba aún más difícil analizar los engaños de Gabriella. Si las conclusiones a las que había llegado eran correctas, mi compañera no sólo estaba trabajando contra los angelólogos, sino que con su relación con el doctor Raphael había traicionado personalmente a Seraphina. Antes creía que Gabriella se había involucrado con un hombre ajeno a nuestra escuela, ahora sabía que su asunto era más insidioso de lo que en un principio había imaginado. De hecho, el doctor Raphael podría estar trabajando con ella en contra de nuestros intereses. Era consciente de que debía decírselo a la doctora Seraphina, pero no pude convencerme de hacerlo. Necesitaba tiempo para comprender mis propios sentimientos antes de confesar a nadie lo que sabía.

Puesto que me pareció que era necesario hablar de otra cosa, abordé el asunto que me había llevado a su oficina.

—Perdone que cambie de tema —dije con suavidad, evaluando su reacción—. Hay algo que debo preguntarle sobre la primera expedición angelológica.

—¿Por eso has venido hasta aquí esta mañana?

—Me he pasado la mayor parte de la noche estudiando el texto de Clematis —contesté—. Lo leí muchas veces y cada vez me despertaba más dudas. No podía comprender por qué me inquietaba el relato, hasta que me di cuenta de la razón: nunca me ha hablado usted de la lira.

La doctora Seraphina sonrió, su serenidad profesional regresó a sus gestos.

—Ésa fue la razón por la que mi marido se rindió con Clematis —respondió—. Pasó más de una década intentando encontrar información sobre la lira, investigando en bibliotecas y tiendas de antigüedades por toda Grecia, escribiendo cartas a los estudiosos, incluso rastreando las relaciones del hermano Deopus. Pero todo fue en vano. Si Clematis encontró la lira en la caverna, y creemos que así fue, o bien se perdió o bien fue destruida. Al no tener los medios para hallar el instrumento por nosotros mismos, acordamos guardar silencio sobre él.

—¿Y si tuvieran los medios?

—No habría más necesidad de silencio —contestó Seraphina—. Si tuviéramos el mapa, nuestra posición sería diferente.

—Pero no necesitan un mapa —repliqué. Todas mis preocupaciones sobre Gabriella, el doctor Raphael y las sospechas de la doctora Seraphina desaparecieron a la luz de mis expectativas; tomé el folleto entre mis manos y lo abrí por la página que había alentado mi intriga—. No necesita un mapa. Todo está escrito aquí, en el relato de Clematis.

—¿Qué quieres decir? —preguntó Seraphina al tiempo que me miraba como si acabara de confesar un asesinato—. Hemos repasado cada palabra de cada frase del texto. No se menciona la localización precisa de la cueva. Sólo aparece una montaña inexistente en algún lugar cerca de Grecia, y Grecia es un país muy grande, querida.

—Es posible que hayan repasado cada palabra —repuse—, pero dichas palabras los han confundido. ¿Existe aún el manuscrito original?

—¿La transcripción original del hermano Deopus? —preguntó la doctora Seraphina—. Sí, por supuesto. Está guardada en nuestras cámaras de seguridad.

—Si me da acceso al texto original —afirmé—, estoy segura de que puedo mostrarle la localización de la cueva.

Cueva de la Garganta del Diablo,
montañas Ródope, Bulgaria
Noviembre de 1943

Condujimos a través de estrechas carreteras de montaña, subiendo por cañones escarpados, cubiertos de niebla. Había estudiado la geología de la región antes de embarcarnos en la expedición, y aun así el paisaje de las montañas Ródope no era como había supuesto. A partir de las descripciones de mi abuela y de las historias de la niñez de mi padre, había imaginado aldeas atrapadas en un verano interminable, llenas de árboles frutales, viñedos y piedras doradas por el sol. En mi fantasía infantil, había creído que las montañas eran como castillos de arena golpeados por las olas, bloques de piedra caliza desmenuzándose con estrías y acanaladuras hendidas en su superficie clara y suave. Pero mientras ascendíamos a través de los bancos de niebla, descubrí un macizo montañoso sólido y amenazador formado por picos de granito, cada uno tapando al siguiente como dientes putrefactos, recortados contra el cielo gris. En la distancia, las cimas cubiertas de hielo se levantaban sobre valles nevados; peñascos como dedos que se aferraban al cielo de color azul pálido. Las montañas Ródope se erguían oscuras y majestuosas delante de mí.

El doctor Raphael se había quedado en París realizando los preparativos para nuestro regreso, un proceso delicado en el contexto de la ocupación y que además dejó a la doctora Seraphina como líder de la expedición. Para mi sorpresa, no tenía la impresión de que hubiera cambiado nada en su relación de pareja después de mi conversación con la doctora, o al menos eso me pareció a mí, que los estudié con una ávida atención hasta que la guerra alcanzó París. Aunque me había preparado para los inconvenientes que iba a provocar la contienda, no podía anticipar la velocidad con la que cambiaría mi vida en cuanto los alemanes ocuparan Francia. A petición del doctor Raphael, me fui a vivir con mi familia en Alsacia, donde estudiaba los pocos libros que había llevado conmigo mientras esperaba noticias. La comunicación era difícil, y por primera vez durante meses no tuve contacto alguno con la angelología. A pesar de la urgencia de la misión, todos los planes de nuestra expedición se vieron suspendidos hasta finales de 1943.

La doctora Seraphina iba en la parte delantera de la furgoneta, hablando con Vladimir —el joven angelólogo ruso al que yo admiraba desde nuestro primer encuentro— en una mezcla de ruso y francés. Vladimir conducía con rapidez, acercándose tanto al borde del precipicio que parecía que íbamos a seguir el veloz reflejo de la furgoneta, precipitándonos por la superficie, desapareciendo para siempre. Mientras descendíamos, la carretera se estrechó hasta convertirse en una senda sinuosa a través de suelos de pizarra y un bosque espeso. De vez en cuando aparecía una aldea bajo la carretera, un puñado de casas de montaña diseminadas en pequeños valles como persistentes champiñones. Más allá, a lo lejos, se elevaban en la montaña las ruinas de las murallas romanas, medio cubiertas por la nieve. La belleza feroz y premonitoria de la escena me llenó de aprensión hacia el país de mi abuela y de mi padre.

De vez en cuando, cuando los neumáticos topaban con un surco nevado, teníamos que descargar y cavar para liberar las ruedas. Con nuestros pesados abrigos de lana y las botas forradas de piel de oveja, podrían habernos confundido perfectamente con aldeanos de las montañas atrapados en la ventisca. Sólo la calidad de nuestro vehículo —una cara furgoneta K-51 americana adaptada para llevar una radio y con cadenas para los neumáticos, un regalo de la generosa benefactora estadounidense de los Valko— y el equipo que habíamos colocado dentro, cuidadosamente asegurado con arpillera y cuerdas, nos delataba.

El venerable Clematis de Tracia habría envidiado nuestro paso vacilante. Él había hecho el viaje a pie, con sus suministros cargados en mulas. Siempre había creído que la primera expedición angelológica había sido mucho menos arriesgada que la segunda: nosotros nos proponíamos entrar en la caverna al final del invierno, durante una guerra; y aun así Clematis tuvo que enfrentarse a peligros notablemente mayores. Los fundadores de la angelología se encontraron con la presión añadida de tener que enmascarar sus esfuerzos y ocultar su trabajo. Vivieron en una época de conformismo y sus acciones se vieron sometidas a un escrutinio constante. Como consecuencia, sus avances fueron muy lentos, sin los saltos hacia delante de la angelología moderna. Sus estudios les permitieron un progreso laborioso que, a lo largo de los siglos, puso los cimientos de todo cuanto yo había aprendido. Si los hubieran descubierto, los habrían declarado herejes, excomulgándolos de la Iglesia y quizá encarcelándolos. Sabía que la persecución no habría detenido su misión —los miembros fundadores de la angelología habían sacrificado mucho para hacer avanzar su causa—, pero habría supuesto un importante retraso. Ellos creían que sus órdenes procedían de una autoridad más alta, de la misma forma que yo pensaba que había sido llamada a mi misión.

Aunque la expedición de Clematis se había enfrentado a la amenaza del robo y de la mala fe de los aldeanos, para nosotros el mayor temor era que nos interceptaran nuestros enemigos. Después de la ocupación de París en junio de 1940, nos vimos forzados a ocultarnos, una acción que había retrasado la expedición. Durante años nos habíamos preparado en secreto para el viaje, almacenando suministros y reuniendo información sobre el terreno, limitándonos a una densa red de estudiosos de confianza y miembros del consejo, angelólogos cuyos muchos años de dedicación y sacrificio aseguraban su lealtad. Sin embargo, las medidas de seguridad cambiaron cuando el doctor Raphael encontró una benefactora, una rica norteamericana cuya admiración por nuestra labor la había llevado a ayudarnos. Al aceptar el apoyo de una extraña, nos arriesgamos a ser detectados. Con el dinero y la influencia de nuestra benefactora, nuestros planes avanzaron al mismo ritmo que crecían nuestros temores. Nunca supimos con certeza si los nefilim habían descubierto nuestras intenciones. No había forma de averiguar si se encontraban en las montañas, siguiendo cada paso de nuestro camino.

En el interior de la furgoneta, temblaba mareada a causa de la violentas sacudidas mientras avanzábamos sobre el hielo y las carreteras irregulares. Era consciente de que debía de estar helada por la falta de calefacción, pero todo mi cuerpo ardía, expectante. Los miembros de nuestro grupo —tres experimentados angelólogos— estaban sentados a mi lado, hablando de la misión que nos aguardaba con una confianza que yo apenas podía creer. Esos hombres eran mucho mayores que yo y habían trabajado juntos durante tantos años como yo llevaba viva, pero había sido yo la que había resuelto el misterio de la localización, y eso me otorgaba una posición especial entre ellos. Gabriella, que en su momento había sido mi única rival para lograrlo, había abandonado la escuela en 1940, desapareciendo sin despedirse siquiera. Sencillamente se había llevado sus cosas de nuestro apartamento y se había esfumado. En aquel momento pensé que había recibido alguna clase de reprimenda, incluso que la habían expulsado y que su partida en silencio se debía a que estaba avergonzada. Si se había exiliado o había pasado a la clandestinidad, no lo sabía. Aunque entendía que mis esfuerzos me habían otorgado mi puesto en la expedición, me quedaba la duda. En secreto me preguntaba si su ausencia era la razón de que me hubieran seleccionado a mí para la misión.

La doctora Seraphina y Vladimir estaban analizando los pormenores de nuestro descenso a la gruta. Sin embargo, yo no me uní a su conversación; tan perdida estaba en mis propios y turbados pensamientos sobre el viaje. Era perfectamente consciente de que podía ocurrir cualquier cosa. De repente, todas las posibilidades se alinearon delante de mí. Era posible que completásemos nuestra tarea en la gruta con facilidad, o que quizá nunca regresásemos a la civilización. Contábamos al menos con una certeza: en las próximas horas triunfaríamos o lo perderíamos todo.

Con el viento aullando de fondo y el lejano rugido de un avión tronando sobre nuestras cabezas, no podía evitar pensar en el terrible final de Clematis. Reflexioné acerca de las dudas que había expresado el hermano Francis. Había calificado al grupo expedicionario de «hermandad de soñadores», y al aparecer finalmente en la cima de la montaña, pasando junto a un peñasco de granito cubierto de hielo, yo me preguntaba si la afirmación de Francis no serviría también para nosotros tantos siglos después. ¿Buscábamos un tesoro fantasma? ¿Perderíamos nuestras vidas por una vana fantasía? Nuestro viaje podía ser, como creía la doctora Seraphina, la culminación de todo lo que nuestros estudiosos se habían esforzado por alcanzar, o precisamente lo que había temido el hermano Francis: la alucinación de un grupo de soñadores que habían perdido el rumbo.

En su incontenible pasión por desentrañar los detalles del relato del venerable Clematis, el doctor Raphael y la doctora Seraphina habían pasado por alto un hecho mucho más sutil: el hermano Deopus era un monje búlgaro de la región tracia que, aunque instruido en el lenguaje de la Iglesia y totalmente capaz de recoger las palabras de Clematis en latín, también era casi con toda seguridad un hablante nativo de la lengua local; una variedad del búlgaro antiguo forjado a partir del cirílico antiguo de san Cirilo y san Metodio en el siglo ix. El venerable Clematis también era un hablante nativo del búlgaro antiguo, ya que había nacido y se había educado en las montañas Ródope. Mientras leía y releía la traducción del doctor Raphael en aquella noche trascendental cuatro años antes, se me había pasado por la cabeza que en el curso del relato enloquecido que Clematis había hecho de su descenso a la cueva era posible que hubiera vuelto a la comodidad y la facilidad de su lengua materna. El venerable padre y el hermano Deopus seguramente se habían comunicado en su lengua común, en especial si hablaban de tradiciones que no podían traducirse con facilidad al latín. Quizá el hermano Deopus había escrito esas palabras en cirílico, su escritura nativa, salpicando el manuscrito con palabras en búlgaro antiguo. Si se había sentido avergonzado por una ejecución literaria tan poco elegante como ésa —porque el latín era la lengua culta de su época—, posiblemente debió de copiar su transcripción en un latín correcto. Suponiendo que fuera eso lo que había ocurrido, yo albergaba la esperanza de que se hubiera preservado la versión original. Si el doctor Raphael había utilizado esa copia para ayudarse en su traducción de la transcripción del hermano Deopus, yo podría comprobar las palabras para asegurarme de que no se habían producido errores al traducir el latín al francés moderno.

Tras llegar a esa conclusión, recordé que había leído en una de las numerosas notas a pie de página del doctor Raphael que el manuscrito contenía manchas de sangre medio borradas, presumiblemente procedentes de las heridas de Clematis en la cueva. Si ése era de veras el caso, el manuscrito original de Deopus no había sido destruido. Si se me daba la oportunidad de consultarlo, no tenía ninguna duda de que podría comprender las letras en cirílico repartidas por el texto, una grafía que había aprendido de mi abuela, Baba Slavka, un mujer instruida que leía novelas rusas en su lengua original y escribía volúmenes de poesía en su búlgaro nativo. Con el manuscrito original podría extraer las palabras cirílicas y, con la ayuda de mi abuela, encontraría la traducción correcta del búlgaro antiguo al latín y después, por supuesto, al francés. Se trataba sencillamente de trabajar hacia atrás desde las lenguas modernas a las antiguas. El secreto de la localización de la cueva se podría desvelar, pero sólo si podía estudiar el manuscrito original.

Una vez explicado el alambicado razonamiento que había formulado mi mente para llegar a esa conclusión, la doctora Seraphina —cuya excitación sobre mis especulaciones crecía a medida que yo hablaba— me llevó directamente ante el doctor Raphael y me pidió que repitiera mi teoría.

Como ella, Raphael aprobó la lógica de la idea, pero me advirtió que había tenido mucho cuidado al traducir las palabras del hermano Deopus y que no había hallado caracteres cirílicos en el manuscrito. Aun así, los Valko me condujeron a la cámara acorazada del ateneo, donde se guardaba el manuscrito original. Ambos se pusieron guantes blancos de algodón y me dieron un par a mí. El doctor Raphael sacó el manuscrito de un estante. Después de retirar una gruesa tela de algodón que lo protegía, lo colocó delante de mí para que pudiera examinarlo. Al apartarse, nuestros ojos se encontraron y no pude evitar recordar su encuentro al alba con Gabriella, ni tampoco dejar de preguntarme sobre los secretos que habría mantenido alejados de todo el mundo, incluida su esposa. Sin embargo, la apariencia del doctor Raphael era la misma de siempre: encantador, erudito y totalmente inescrutable.

El manuscrito que tenía delante de mí absorbió rápidamente mi atención. El papel era tan delicado que temí dañarlo. El sudor había emborronado la tinta y algunas manchas de sangre ennegrecida cubrían una serie de páginas. Como había supuesto, el latín del hermano Deopus era imperfecto —su ortografía no era siempre correcta y tenía tendencia a confundir las declinaciones— pero, para mi gran decepción, el doctor Raphael tenía razón: no había caracteres cirílicos en el manuscrito. Deopus lo había escrito por entero en latín.

Mi frustración podría haber sido devastadora —anhelaba impresionar a mis maestros y asegurarme un puesto en cualquier expedición futura—, si no hubiera sido por el genio del doctor Raphael. Cuando yo ya empezaba a perder la esperanza, su rostro se transfiguró en una expresión de euforia. Nos contó que durante los meses que había pasado traduciendo las secciones del manuscrito de Deopus del latín al francés se había tropezado con algunos vocablos que no le eran familiares. Había especulado que Deopus, bajo la presión extraordinaria de reproducir las palabras de Clematis, que debieron de haber sido pronunciadas a una velocidad vertiginosa, había latinizado una serie de términos a partir de su lengua materna. Habría sido muy natural, explicó, porque el cirílico era una novedad bastante reciente que no se había sistematizado hasta un siglo antes del nacimiento de Deopus. El doctor Raphael recordaba muy bien las palabras y su ubicación en el relato. Sacó un papel del bolsillo, una pluma y copió una serie de términos búlgaros latinizados del manuscrito —«oro», «mundo», «espíritu»—, hasta formar una lista de unos quince.

Luego explicó que había necesitado apoyarse en diccionarios para traducir la lista de palabras del búlgaro al latín, que después trasladó al francés. Había investigado una serie de textos de referencia del eslavo antiguo y descubierto que de hecho existían correspondencias con los sonidos representados en latín. Con el objetivo de superar las inconsistencias, el doctor Raphael ofreció lo que creía que eran los términos correctos, comprobando cada uno de ellos en el contexto para asegurarse de que tenían sentido. En su momento, la falta de precisión le había parecido desafortunada pero rutinaria, el tipo de suposiciones que solían hacerse con los manuscritos antiguos. Ahora veía que ese método como mínimo había corrompido la integridad del lenguaje y, en el peor de los casos, lo había llevado a cometer errores trascendentales en la traducción.

Examinando juntos la lista, aislamos con rapidez las palabras en búlgaro antiguo que habían sido malinterpretadas. Como los vocablos eran bastante elementales, cogí la pluma del doctor y demostré los errores. Deopus había escrito la palabra злото («maldad»), el doctor Raphael había interpretado que se trataba de злато («oro»), y había traducido la frase «el ángel estaba hecho de maldad» como «el ángel estaba hecho de oro». De manera parecida, Deopus había escrito дух («espíritu»), que el doctor Raphael había malinterpretado como дъх («aliento»), y traducido la frase «De esta forma se extinguió el espíritu» como «De esta forma se extinguió su aliento». Sin embargo, para nuestro propósito, la pregunta más intrigante era si Gyaurskoto Burlo, el nombre que Clematis había dado a la caverna, era un topónimo en búlgaro antiguo o si se había corrompido de alguna manera. Con la pluma del doctor Raphael, transcribí Gyaurskoto Burlo en mi cirílico rudimentario y después en letras latinas.

Гяурското Бърло
GYAURSKOTO BURLO

Me quedé mirando el papel como si la forma exterior de las letras pudiera abrirse y la esencia del significado derramarse sobre la página. A pesar de todos mis esfuerzos, no conseguía ver cómo podrían haberse construido mal las palabras. A pesar de que la cuestión de la etimología de Gyaurskoto Burlo estaba mucho más allá de mis capacidades, sabía que había una persona que podría comprender la historia del nombre y de las malas interpretaciones que había sufrido a manos de su traductor. El doctor Raphael metió el manuscrito en su funda de cuero y lo envolvió después en la tela de algodón para protegerlo. Al anochecer, los Valko y yo llegamos a mi pueblo natal para hablar con mi abuela.

El privilegio de acceder a los pensamientos de los Valko —por no hablar de sus manuscritos— era algo que había deseado durante mucho tiempo. Sólo unos meses antes, no me prestaban atención; para ellos yo era una simple estudiante que deseaba hacer méritos. Ahora, los tres nos encontrábamos en el vestíbulo de la casa de mi familia, colgando los abrigos y limpiándonos los zapatos mientras mi madre y mi padre se presentaban. El doctor Raphael estuvo tan educado y tan afable como siempre, ejemplificando la verdadera encarnación del decoro, mientras yo me preguntaba si mi interpretación de la escena entre él y Gabriella había sido la correcta. No podía conciliar al perfecto caballero que tenía delante con el sinvergüenza que había visto estrechando en sus brazos a una estudiante de quince años.

Nos sentamos a la mesa de madera pulida de la cocina de la casa de piedra de mis padres mientras Baba Slavka examinaba el manuscrito. Aunque había vivido en nuestro pueblo francés durante muchos años, nunca había llegado a adoptar la apariciencia de las mujeres nacidas allí. Llevaba un pañuelo de un brillante colorido en la cabeza, unos enormes pendientes de plata y un vistoso maquillaje en los ojos. Sus dedos relucían con oro y piedras preciosas. El doctor Raphael expuso nuestras dudas a Baba Slavka y le mostró el manuscrito y la lista de palabras que había extraído del relato de Deopus. Mi abuela leyó la lista y, tras estudiar el manuscrito durante algún tiempo, se levantó, fue a su habitación y regresó con una colección de hojas sueltas que pronto comprendí que eran mapas. Cogió una página y nos mostró un mapa de las Ródope. Leí los nombres de los pueblos escritos en cirílico: Smolyan, Kesten, Zhrebevo, Trigrad, todos ellos sitios cercanos al lugar de nacimiento de mi abuela.

Gyaurskoto Burlo, explicó, significaba «Escondite o Prisión de los Infieles», como había traducido correctamente del latín el doctor Raphael.

—No resulta sorprendente —continuó mi abuela— que nunca se haya encontrado un lugar llamado Gyaurskoto Burlo, porque no existe. —Colocando el dedo cerca del pueblo de Trigrad, Baba Slavka señaló una caverna que se ajustaba a la descripción de la que buscábamos, una cueva que se consideraba un lugar místico desde hacía mucho tiempo, el punto de partida del viaje de Orfeo al infierno, una maravilla geológica y una fuente de grandes prodigios para los lugareños—. Esta cueva tiene las características que describes, pero no se llama Gyaurskoto Burlo, sino Dyavolskoto Gurlo, la Garganta del Diablo. —Señalando el mapa, mi abuela prosiguió—: El nombre no está escrito aquí, ni en ningún otro lugar, y aun así yo misma he caminado hasta la abertura en la montaña. He oído la música que emana de la gruta. Eso fue lo que me hizo desear que prosiguieras con tus estudios, Celestine.

—¿Has estado en la caverna? —pregunté, asombrada de que la respuesta a la investigación de los Valko hubiera estado tan cerca durante todo el tiempo.

Mi abuela nos ofreció una sonrisa extraña y misteriosa.

—Fue cerca del antiguo pueblo de Trigrad donde conocí a tu abuelo, y fue en Trigrad donde nació tu padre.

Tras mi participación en la localización de la caverna, esperaba regresar a París para ayudar a los Valko en los preparativos de la expedición. Pero con el peligro creciente de invasión, el doctor Raphael no quiso ni oír hablar de ello. Habló con mi padre, convinieron que mis pertenencias serían enviadas en tren, y después los Valko se marcharon. Al ver cómo se alejaban, sentí que todos mis sueños y todo mi trabajo habían sido en vano. Abandonada en Alsacia, me quedé esperando las noticias de nuestro inminente viaje.

Finalmente nos estábamos aproximando a la Garganta del Diablo. Vladimir detuvo la furgoneta junto a una desvencijada señal de madera con una serie de letras cirílicas pintadas en negro. De acuerdo con las instrucciones de la doctora Seraphina, siguió la señal hasta el pueblo, conduciendo por una carretera estrecha y cubierta de nieve que ascendía pronunciadamente hacia la montaña. La cuesta era empinada y estaba helada. Cuando la furgoneta patinó hacia atrás, Vladimir redujo de marcha, revolucionando el motor para contrarrestar los efectos de la gravedad. Los neumáticos giraron sobre la nieve aplastada, ganaron tracción y nos lanzaron hacia delante, penetrando en las sombras.

Cuando llegamos al final de la carretera, Vladimir aparcó la furgoneta en un saliente de la montaña. Ante nosotros se abría un enorme espacio desierto y nevado. La doctora Seraphina se volvió hacia nosotros.

—Todos ustedes han leído el relato del viaje del venerable Clematis. Y todos hemos repasado la logística para internarnos en la caverna. Todos son conscientes de que los peligros que nos esperan no son comparables con nada a lo que nos hayamos enfrentado antes. El proceso físico de descender a la gruta agotará nuestras fuerzas. Debemos hacerlo con precisión y rapidez. No tenemos margen de error. Nuestro equipo será de gran ayuda, pero hay algo más aparte del desafío físico. Una vez estemos en el interior de la caverna propiamente dicha, debemos estar preparados para enfrentarnos a los guardianes.

—Cuya fuerza es formidable —añadió Vladimir.

—La palabra «formidable» —prosiguió la doctora Seraphina, mirándonos con detenimiento, toda la gravedad de la misión se reflejaba en su expresión— no describe adecuadamente lo que vamos a encontrar. Numerosas generaciones de angelólogos han soñado que algún día tendríamos la capacidad para enfrentarnos a los ángeles encarcelados. Si tenemos éxito, conseguiremos algo que ningún otro grupo ha hecho antes.

—¿Y si fracasamos? —pregunté, casi sin permitirme pensar en esa posibilidad.

—Los poderes que conservan, así como la destrucción y el sufrimiento que pueden ocasionar a la humanidad, son inimaginables —respondió Vladimir.

La doctora Seraphina se abotonó el abrigo de lana y se puso un par de guantes militares de cuero, preparándose para soportar el viento frío de la montaña.

—Si estoy en lo cierto, la gruta se encuentra en la cima de este paso —comentó, saliendo de la furgoneta.

Anduve hasta el borde del saliente y contemplé el extraño mundo cristalino que se había materializado a mi alrededor. Más arriba, un muro de roca negra se alzaba hasta el cielo, proyectando su sombra sobre nuestro grupo; en cambio, por delante, un valle cubierto de nieve caía en picado. Sin entretenerse, la doctora Seraphina caminó hacia la montaña. Siguiéndola de cerca, trepé sobre montones de nieve, abriendo un camino con mis pesadas botas de cuero. Mientras agarraba firmemente en la mano un maletín de instrumental médico, intenté que mis pensamientos se concentraran en lo que teníamos delante. Sabía que nuestros esfuerzos debían ser precisos por fuerza mayor. No sólo debíamos enfrentarnos al escarpado descenso por la gruta, sino que también podría ser necesario orientarse por los espacios más allá del río, el panal de cavernas en las que Clematis había encontrado a los ángeles. No habría lugar para los errores.

En la entrada de la cueva, nos recibió una pesada oscuridad. El espacio interior estaba desierto y helado, invadido del ominoso eco de la cascada subterránea que Clematis había descrito. En la roca lisa de la entrada no había ninguna de las marcas y las acanaladuras verticales que había esperado encontrar de acuerdo con mis estudios sobre geología balcánica, sino que había sido cubierta con una capa gruesa y nivelada de depósito glacial. La cantidad de nieve y hielo prensada sobre la roca hacía casi imposible saber lo que yacía debajo.

La doctora Seraphina encendió una linterna y deslizó el haz de luz por el interior rocoso. Había carámbanos y, en la cúpula de la cueva, los murciélagos permanecían suspendidos de la piedra en apretados montones. La luz recayó sobre las paredes, que parecían cortadas a cuchilla, parpadeando sobre vetas de mineral, siguiendo por el suelo de piedra desigual y, después, con el más ligero de los ajustes, el haz se disolvió en la oscuridad al desaparecer por encima del borde de la gruta. Mirando alrededor, me pregunté qué habría sido de los objetos que describía Clematis. Las ánforas y las tinajas de arcilla debían de haber sucumbido a la humedad mucho tiempo atrás, si no se las habían llevado los lugareños para almacenar aceite de oliva y vino. En la cueva no había ánfora alguna; sólo quedaban las rocas y la gruesa capa de hielo.

Sosteniendo con ambas manos el maletín de instrumental médico, caminé hacia el borde. El sonido del agua era más nítido a cada paso. Mientras la doctora Seraphina movía el foco de la linterna ante ella, algo pequeño y brillante me llamó la atención. Me agaché y, colocando la mano sobre la fría roca, noté el metal helado de una pica de hierro, la cabeza fusionada con el suelo de la cueva a martillazos.

—Esto es un resto de la primera expedición —dijo la doctora Seraphina arrodillándose a mi lado para examinar mi descubrimiento.

Al seguir la forma de la pica de hierro con la punta del dedo, me sobrevino un poderoso sentimiento de asombro: todo lo que había estudiado, incluida la escala que había descrito el padre Clematis, era real.

Y, sin embargo, no había tiempo para valorar esa verdad. Con prisas, la doctora Seraphina se puso de cuclillas al borde del precipicio y examinó la caída en picado. La grieta se hundía en una verticalidad recta y exenta de luz. Cuando sacó la escala de cuerda de su mochila, mi corazón empezó a latir con mayor rapidez ante la perspectiva de alejarme del saliente y confiar en la oscura insustancialidad del aire y la gravedad. Los travesaños estaban atados a dos tiras de cuerda sintética de una clase que yo no había visto nunca antes, muy probablemente la última tecnología debida al esfuerzo de guerra. Me arrodillé al lado de Seraphina mientras ella tiraba la cuerda al fondo de la gruta.

Con la ayuda de un martillo, Vladimir aseguró las picas de hierro en la roca y ajustó la cuerda con cierres metálicos al tiempo que la doctora se cernía sobre él, observando sus movimientos con gran atención. Al concluir el trabajo Seraphina dio un fuerte tirón a la escala, una prueba para determinar si aguantaría. Cuando estuvo satisfecha de su resistencia, dio instrucciones a los hombres —que llevaban las pesadas bolsas con el equipo, de veinte kilos cada una— para que ajustaran sus mochilas y nos siguieran hacia abajo.

Agucé el oído, intentando determinar qué se ocultaba en las profundidades. En el vientre de la caverna, el agua golpeaba la roca. Mirando por encima del borde no podía estar segura de si la tierra debajo de mí seguía siendo estable o si era yo la que había empezado a temblar. Apoyé la mano en el hombro de la doctora Seraphina para mantener el equilibrio frente al hechizo nauseabundo que la cueva había lanzado contra mí.

—Debes calmarte antes de bajar —me dijo, cogiéndome de la mano—. Respira profundamente y no pienses en lo lejos que tienes que ir. Yo iré delante. Mantén una mano en el travesaño y otra en la cuerda. Si resbalas, no perderás pie por completo, y si caes, yo estaré justo debajo de ti para cogerte.

Entonces, sin pronunciar una sola palabra más, empezó a descender. Yo agarré el frío metal con las manos desnudas y me dispuse a seguirla. Intentando encontrar consuelo, recordé el relato alegre que Clematis había escrito sobre la escala. La simplicidad de su gozo me había inspirado a memorizar las palabras que había escrito: «Resulta difícil imaginar nuestra dicha al encontrar el acceso hacia el abismo. Sólo Jacob en su visión de la colosal procesión de los mensajeros sagrados pudo dar fe de una escala más oportuna y majestuosa. Para nuestro propósito divino, descendimos hacia la terrible oscuridad del pozo maldito, encomendados a Su protección y Su gracia.»

Formamos una fila, cada angelólogo bajando con lentitud por la cara de la roca hacia la oscuridad, el sonido del agua aumentaba a medida que descendíamos. El aire se volvió gélido al penetrar más profundamente en la tierra. Una sorprendente pesadez empezó a extenderse por mis extremidades, como si me hubieran inyectado en la sangre un vial de mercurio. Parecía que no importaba la frecuencia con la que parpadeara, pues mis ojos estaban constantemente llenos de lágrimas. En mi estado de pánico imaginé que las estrechas paredes de la caverna se aproximarían y quedaría atrapada en un torno de granito, fijada para siempre en una oscuridad sofocante. Aferrándome al hierro frío y húmedo, con el rugido de la cascada en los oídos, me sentía como si me estuviera moviendo en el ojo de un torbellino.

Seguí adelante con rapidez, dejando que la gravedad me abrazase. Al ahondar en la grieta, la oscuridad se espesó hasta convertirse en una sopa fría y densa. No podía ver más allá del blanco de mis nudillos agarrados al travesaño de la escalera. Las suelas de madera de mis botas resbalaban sobre el metal, haciendo que perdiera ligeramente el equilibrio. Apreté con fuerza el maletín que llevaba pegado a un costado, como si así pudiera recobrar el equilibrio, y reduje el ritmo. Midiendo cada paso, coloqué los pies con cuidado, con delicadeza, uno después del otro. El pulso de la circulación de la sangre resonaba en mis oídos al mirar cómo se disolvía el rastro de la escala hacia arriba. En el centro del vacío, no me quedaba otra elección que continuar hacia la oscuridad acuosa. Un pasaje bíblico asaltó entonces mis pensamientos y no tuve más remedio que susurrarlo, sabiendo que la ruidosa cascada se llevaría mi voz en cuanto pronunciase las palabras: «Entonces, dijo Dios a Noé: He decidido el fin de todo ser, porque la tierra está llena de violencia a causa de ellos. He aquí, pues, que voy a exterminarlos de la tierra.»

Cuando el descenso terminó y las suelas de mis botas hubieron abandonado el último travesaño oscilante de la escala de cuerda y tocado la tierra sólida, supe que la doctora Seraphina había descubierto algo trascendental. Los angelólogos desempaquetaron con agilidad las bolsas de arpillera, encendieron nuestros faroles alimentados con pilas y los dispusieron a intervalos sobre el suelo de roca lisa de la caverna, de manera que una luz intermitente y aceitosa rompió las tinieblas. El río, descrito en el relato de Clematis como la frontera de la prisión de los ángeles, fluía en la distancia como una reluciente cinta negra en movimiento. Divisé a la doctora Seraphina más adelante, gritando órdenes, pero el ruido de la cascada se llevaba sus palabras.

Cuando la alcancé, se encontraba junto al cuerpo del ángel. Al ocupar mi lugar a su lado, yo también caí bajo el trance de la criatura. Era incluso más bella de lo que había imaginado y durante algún tiempo no pude hacer nada más que contemplarla, tan abrumada estaba por su perfección. Sus características físicas eran idénticas a las de la descripción que había leído en el ateneo: torso alargado, rasgos faciales esculpidos, grandes manos y pies. Sus mejillas retenían el lustre de un ser vivo. Su ropa era de un blanco prístino, de un material metálico que envolvía todo el cuerpo en lujosos pliegues.

—La primera expedición angelológica tuvo lugar en el siglo x y el cuerpo aún conserva la apariencia de vitalidad —comentó Vladimir. Se inclinó sobre la criatura y levantó el vestido metálico blanco, frotando la tela entre los dedos.

—Tenga cuidado —advirtió la doctora Seraphina—. El nivel de radiactividad es muy elevado.

Vladimir observó al ángel.

—Siempre he creído que no podían morir.

—La inmortalidad es un don que se puede retirar con la misma facilidad con la que se ha otorgado —replicó Seraphina—. Clematis estaba convencido de que el Señor derribó al ángel como venganza.

—¿Es eso lo que cree usted también? —pregunté.

—Después de traer al mundo a los nefilim, matar a esta criatura demoníaca parece perfectamente justificado —contestó la doctora.

—Su belleza es inaprensible —señalé, luchando por conciliar el hecho de que la belleza y la maldad pudieran estar tan entrelazadas en un mismo cuerpo.

—Lo que sigue siendo un misterio para mí —dijo Vladimir mirando más allá del cuerpo del ángel, hacia el extremo más alejado de la caverna— es que se permitiera vivir a los demás.

El grupo se dividió en equipos. La mitad se quedó a documentar el cuerpo —sacaron de las pesadas bolsas de arpillera cámaras y objetivos, y la caja de aluminio llena de aparatos para pruebas biológicas— y la otra mitad emprendió la búsqueda de la lira. Vladimir dirigía este último grupo, mientras que la doctora Seraphina y yo nos quedamos con el ángel. A nuestro lado, los restantes miembros de nuestro grupo examinaban los huesos medio enterrados de dos esqueletos humanos. Los cuerpos de los hermanos de Clematis habían permanecido exactamente donde habían caído mil años antes.

Por orden de la doctora Seraphina, me puse unos guantes de protección y levanté la cabeza del ángel en mis manos. Pasando mis dedos a través del cabello brillante de la criatura, acaricié su frente como si estuviera consolando a un niño enfermo. Mi caricia se veía entorpecida por los guantes, pero me pareció que el ángel estaba caliente y lleno de vida. Alisando el vestido metálico, desabroché dos botones dorados a la altura de la clavícula y retiré la tela. Ésta cayó a un lado y reveló un torso liso, suave, sin pezones, una fila de costillas que presionaban contra una piel tensa y traslúcida.

De pies a cabeza, la criatura parecía medir más de dos metros, una altura que, en el antiguo sistema de medición que utilizaban los padres fundadores, se traducía en 4,8 codos romanos. Excepto por los rizos dorados que caían sobre los hombros, en el cuerpo no había rastro alguno de vello y, para delicia de la doctora Seraphina, que había apostado su reputación profesional en esta cuestión en particular, la criatura tenía órganos sexuales diferenciados. El ángel era varón, como todos los guardianes encarcelados. Como testimoniaba el relato de Clematis, una de las alas había sido arrancada y colgaba del cuerpo en un extraño ángulo. No cabía la menor duda de que se trataba de la misma criatura que había matado el venerable padre.

Juntas levantamos al ángel, lo giramos hacia un lado y le quitamos por completo la ropa, exponiendo la piel a la penetrante luz de los faroles. El cuerpo era flexible; las articulaciones, móviles. Bajo la dirección de la doctora Seraphina, empezamos a fotografiarlo con cuidado. Era importante capturar los pequeños detalles. El desarrollo de la tecnología fotográfica, en especial de la película en color multicapa, nos infundía la esperanza de que conseguiríamos una gran precisión, quizá incluso capturar el color de los ojos: demasiado azules para ser de verdad, como si alguien hubiera mojado lapislázuli en aceite y lo hubiera extendido sobre un cristal bañado de sol. Estas características quedarían documentadas en nuestras notas y añadidas a su debido tiempo a nuestros informes del viaje, pero las pruebas fotográficas eran esenciales.

Después de completar la primera serie de fotografías, la doctora Seraphina sacó una cinta métrica de la bolsa de arpillera de la cámara y la extendió junto a la criatura. Colocando la cinta a lo largo del cuerpo, tomó medidas y convirtió el resultado en codos para compararlo mejor con la documentación antigua sobre los gigantes. Al calcular las medidas en codos, decía la cifra en voz alta para que yo pudiera anotarla. Las medidas fueron las siguientes:

Brazos = 2,01 codos
Piernas = 2,88 codos
Perímetro de la cabeza = 1,85 codos
Perímetro del pecho = 2,81 codos
Pies = 0,76 codos
Manos = 0,68 codos

Me temblaban las manos mientras garabateaba los datos en un cuaderno, dejando un rastro de anotaciones casi ilegibles que repasé leyendo los números en voz alta para que la doctora pudiera comprobar que cada medida era correcta. A partir de las cifras, estimé que la criatura era un treinta por ciento más grande que un ser humano medio. Dos metros trece era una altura impresionante que inspiraba temor incluso en nuestra época moderna, pero en los tiempos antiguos debía de parecer poco menos que un milagro. Una altura tan extrema explicaba el terror que las culturas antiguas asociaban con los gigantes, y el temor que había rodeado a los nefilim como Goliat, uno de los más famosos de su raza.

Se produjo un sonido en la caverna, pero cuando me volví hacia la doctora Seraphina parecía que ella no se estuviera fijando en nada más que en mí. Me estaba observando mientras tomaba las notas de campo, quizá preocupada porque la tarea pudiera apabullarme. Mi inquietud se había vuelto más visible. Había empezado a temblar, y sólo podía imaginar el aspecto que debía de presentar a sus ojos. Comencé a preguntarme si habría enfermado durante el viaje a través de las montañas: el trayecto había sido frío y húmedo, y ninguno de nosotros iba lo suficientemente bien equipado para protegerse de los vientos de la montaña. El lápiz se sacudía en mi mano, y me castañeteaban los dientes. De vez en cuando dejaba de escribir y me volvía hacia la oscuridad que se extendía más allá, en una cavidad que parecía no tener fin. De nuevo oí algo en la distancia, un sonido terrorífico que lanzaba ecos desde las profundidades.

—¿Te encuentras bien? —me preguntó Seraphina, su mirada fija en mis manos temblorosas.

—¿No lo ha oído? —dije.

La doctora detuvo su labor y se alejó del cuerpo en dirección a la orilla del río. Después de aguzar el oído durante algunos minutos, regresó a mi lado.

—Es tan sólo el sonido del agua —comentó.

—Hay algo más —repliqué—. Están aquí, esperando. Esperan que los liberemos.

—Han estado esperando durante miles de años, Celestine. Y si tenemos éxito, esperarán durante unos cuantos miles más.

La doctora Seraphina regresó hacia el ángel y me ordenó que hiciera lo mismo. A pesar de mi miedo, me sentía atraída por la extraña belleza de la criatura: su piel traslúcida, la luz suave y continua que emanaba, la postura escultural de su reposo. Existían muchas especulaciones sobre la luminosidad de los ángeles, siendo la teoría predominante que los cuerpos angélicos contenían un material radiactivo que era el responsable de su resplandor inagotable. Nuestra ropa de protección sólo minimizaba la exposición. La radiactividad explicaba también la horrible muerte sufrida por el hermano Francis durante la primera expedición y la enfermedad que se llevó a Clematis.

Sabía que debía tener el mínimo contacto posible con el cuerpo —fue una de las primeras cosas que aprendimos mientras nos preparábamos para la expedición—, pero, con todo, no podía evitar acercarme a él. Me quité los guantes y me arrodillé a su lado, apoyando las manos sobre su frente. Sentí la piel fría y húmeda contra mi palma, conservaba la elasticidad de las células vivas. Era como tocar la piel suave y tornasolada de una serpiente. Aunque llevaba sumergido en las profundidades de la caverna más de mil años, el cabello, de un rubio blanquecino, resplandecía. Los sorprendentes ojos azules, tan desconcertantes a primera vista, tuvieron ahora el efecto contrario en mí. Mirando en ellos, sentí que el ángel estaba sentado a mi lado, calmándome con su presencia, alejando todos mis temores y proporcionándome un inquietante alivio opiáceo.

—Vamos —le dije a la doctora Seraphina—. De prisa.

Los ojos de mi maestra se abrieron exorbitadamente al ver mi mano sobre la criatura; incluso una angelóloga tan joven e inexperta como yo debería haber sabido que el contacto físico rompía nuestro protocolo de seguridad. Sin embargo, también era posible que ella se sintiese tan atraída por el ángel como yo. Seraphina se sentó a mi lado y colocó sus palmas en la frente, tocando con la punta de los dedos la raíz de su cabello. Al instante vi el cambio en su expresión. Mi maestra cerró los ojos y una sensación de felicidad pareció atravesarla. La tensión de su cuerpo se relajó hasta alcanzar la más absoluta serenidad.

De pronto, una sustancia caliente y pegajosa se extendió sobre la piel de mis palmas. Levantando las manos, entorné los ojos, intentando determinar qué había ocurrido. Una película gomosa dorada, transparente y brillante como la miel, cubría mis manos, y cuando las puse bajo la luz de la piel del ángel, la sustancia la refractó, diseminando un polvo reflectante sobre el suelo de la caverna, como si mis palmas estuvieran cubiertas por millones de cristales microscópicos.

Con rapidez, antes de que los demás angelólogos vieran lo que habíamos hecho, nos limpiamos las manos en las paredes de la caverna y volvimos a introducirlas en los guantes.

—Ven, Celestine —me ordenó Seraphina—. Terminemos con el cuerpo.

Cogí el instrumental médico y lo dispuse a su lado. Todo —escalpelos, hisopo húmedo, un paquete de hojas de afeitar, pequeños viales de vidrio con tapones de rosca— estaba fijado en el interior del maletín con bandas elásticas. Puse el brazo de la criatura sobre mi regazo, agarrándolo por el codo y la muñeca mientras la doctora Seraphina raspaba la superficie de una uña con el filo de una hoja de afeitar. De las uñas se desprendieron escamas, que reunimos en el fondo de un vial de vidrio, gruesas y minerales como sal marina. Girando la hoja para tener ángulo, la doctora realizó dos incisiones paralelas a lo largo de la cara interna del antebrazo y, con cuidado de no desgarrar la piel, tiró de ella. Una capa de piel se desprendió, dejando expuesta la musculatura. Atrapado entre las láminas de cristal de un portamuestras, el trozo de piel destellaba, dorado, radiante y reflectante bajo la débil luz.

Me asaltó una oleada de náusea al ver el músculo al descubierto y, temiendo que fuera a vomitar, me disculpé y me alejé. A cierta distancia del grupo expedicionario, respiré hondo, intentando calmarme. El aire era tremendamente frío, cargado con una humedad densa que se aferraba a mi pecho. La caverna se abría delante de mí. Consistía en una serie de concavidades interminables y oscuras que me empujaban a penetrar en ellas. La sensación de náusea se disipó al fin y fue reemplazada por un sentimiento de asombrada curiosidad. ¿Qué había más allá, oculto en la oscuridad?

Saqué de mi bolsillo una pequeña linterna metálica y me volví hacia las profundidades de la caverna. A medida que me internaba más en ella, la luz perdía fuerza, como si fuera engullida por la niebla pegajosa y feroz. Sólo podía ver a un metro, quizá a dos, por delante de mí. A mi espalda, la voz enérgica e impaciente de la doctora Seraphina dirigía el trabajo de los demás. Más adelante, otra voz —una voz suave, insistente, melódica— me llamaba. Me detuve, dejando que la oscuridad se cerniera sobre mí. Estaba delante del río, que me separaba de los guardianes. Me había aventurado demasiado lejos de los demás, poniéndome así en peligro. Sabía que algo me esperaba en el corazón de la gruta. Sólo tenía que descubrirlo.

Estaba justo en la orilla del río. El agua negra pasaba a gran velocidad, precipitándose más allá, en la oscuridad. Mientras recorría el borde, se materializó junto a mí un bamboleante bote de remos, igual que la embarcación que había utilizado Clematis para cruzar al otro lado. Su imagen, o quizá la sombra de su voz, me animaba a seguir su senda. El dobladillo de mis pantalones se empapó cuando arrastré el bote hacia la orilla, la pesada lana se oscurecía al acariciar la superficie de la corriente. La barca estaba atada con una cuerda a una polea —prueba de que otros, quizá historiadores locales, se habían aventurado en el río—, de manera que al tirar de la cuerda fui capaz de cruzar sin la ayuda de remos. Desde mi asiento vi una cascada en la cabecera del río, una densa niebla levantándose ante el vacío interminable de la cueva, y comprendí por qué la leyenda designaba el río como el Estigia, el río de los muertos: tirando del bote a través del agua, sentí descender sobre mí una presencia mortal, un oscuro vacío tan absoluto que tuve la sensación de que me arrebataría la vida.

Las aguas me transportaron con rapidez a la orilla opuesta. Dejé el bote, que estaba bien atado a la cuerda de la polea, y desembarqué en la otra orilla. Las formaciones minerales de la cueva eran más impresionantes a medida que me alejaba del agua: había estalactitas, vetas de minerales, formaciones cristalinas, y un abanico de cuevas que se abrían por todas partes. La llamada indescifrable que me había arrastrado lejos de la doctora Seraphina era cada vez más clara. Podía oír el sonido diferenciado de una voz, subiendo y bajando, como si marcase el ritmo de mis pasos. Si conseguía alcanzar la fuente de la música, sabía que podría ver a las criaturas que habían vivido durante tanto tiempo en mi imaginación.

De repente, el suelo de roca desapareció bajo mis pies y, antes de que pudiera recuperar el equilibrio, caí de cabeza contra el granito húmedo y liso. Dirigiendo la linterna al suelo, vi que había tropezado con un zurrón. Me levanté, lo cogí y lo abrí. El cuero, podrido, daba la sensación de que iba a desintegrarse en cuanto lo tocase. Pasando la luz de la linterna por el interior del zurrón, percibí un brillo metálico. Arranqué un trozo de piel hecho jirones y sostuve la lira, su oro brillaba como si acabaran de pulirlo. Había hallado el objeto que habíamos rezado por encontrar.

Sólo podía pensar en llevarle la lira a la doctora Seraphina. Impelida por ese deseo, envolví el tesoro en la cartera de cuero y me dispuse a regresar a través de la oscuridad, teniendo cuidado de no dar un traspiés en el granito húmedo. El río se hallaba cerca, y alcanzaba a vislumbrar el bote meciéndose en el agua negra cuando un rayo de luz procedente de las profundidades de una cueva llamó mi atención. Al principio, la fuente de la iluminación permaneció oculta. Creía que había dado con los miembros de nuestra expedición, recorriendo con la luz de sus linternas las paredes rocosas de la caverna. Pero, al acercarme para ver mejor, sentí que la luz tenía una calidad completamente diferente de la de las potentes bombillas que habíamos llevado a la gruta. Con la esperanza de discernir lo que estaba viendo, me aventuré aún más cerca de la entrada de la cueva.

Un ser de una apariencia maravillosa estaba de pie en su interior, sus grandes alas desplegadas, como si se preparase para volar. El ángel era tan brillante que casi no podía mirarlo directamente. Para aliviar mis ojos, aparté la mirada. En la distancia estaba el coro de ángeles, cuyas pieles emanaban una luz tenue y clara que iluminaba la penumbra de sus celdas.

Me resultaba imposible apartar los ojos de las criaturas. Allí había entre cincuenta y cien ángeles, cada uno más majestuoso y encantador que el anterior. Su piel parecía moldeada en oro líquido; sus alas, talladas en marfil; sus ojos, compuestos por esquirlas de cristal de un fulgurante color azul. Una nebulosa de luz lechosa flotaba sobre ellas, uniendo sus masas de rizos rubios. Aunque había leído sobre su apariencia sublime y había intentado imaginármela, nunca había supuesto que las criaturas tendrían sobre mí un efecto tan seductor. A pesar del terror que sentía, me atraían con una fuerza casi magnética. Quería dar media vuelta y huir, y aun así era incapaz de moverme.

Los seres cantaban en jubilosa armonía. El coro que reverberaba en la caverna no tenía nada que ver con la naturaleza demoníaca que durante tanto tiempo había asociado a los ángeles encarcelados, por lo que mis temores se desvanecieron. Su música era sobrenatural y bella. En sus voces entendí la promesa del paraíso. A medida que la música me sometía a su encantamiento, descubrí que no podía alejarme. Para mi asombro, deseaba tañer las cuerdas de la lira.

Apoyando la base de la lira sobre las rodillas, pasé los dedos por las tensas cuerdas de metal. Nunca había tocado un instrumento semejante —mi formación musical se había limitado a leer un capítulo de un libro sobre musicología celestial—, y aun así el sonido que surgió de la lira fue exuberante y melodioso, como si el instrumento tocase por sí solo.

Al oír la lira, los guardianes dejaron de cantar. Miraron alrededor de la cueva, y el horror que sentí cuando las criaturas fijaron en mí su atención se vio atemperado por el sobrecogimiento: los guardianes se encontraban entre las criaturas más perfectas de Dios, físicamente luminosos, ingrávidos como pétalos de flores. Paralizada, apreté la lira contra mi cuerpo, como si ésta fuera a infundirme fuerzas contra las criaturas.

Cuando los ángeles se abalanzaron contra los barrotes de metal de sus celdas, me bañó una luz cegadora que me arrojó al suelo. Me invadió un calor intenso, pegajoso, como si estuviera sumergida en aceite hirviendo. Aullé de dolor, aunque mi voz no parecía la mía. Agazapándome en el suelo, me cubrí la cara con el zurrón de cuero cuando un segundo estallido de calor abrasador se abatió sobre mí, más intenso y doloroso que el primero. Me pareció que mi gruesa ropa de lana —destinada a protegerme del frío— se iba a derretir, como se habían disuelto los ropajes del hermano Francis. A lo lejos, las voces de los ángeles se elevaron una vez más en una dulce armonía. Fue bajo su embrujo que perdí el conocimiento, con la lira apretada entre los brazos.

Pasaron algunos minutos antes de que emergiera de las profundidades de la inconsciencia y descubriera a la doctora Seraphina inclinada sobre mí con una expresión de preocupación en el rostro. Susurró mi nombre y, por un instante, creí que había muerto y había renacido al otro lado de la existencia, cayendo dormida en un mundo y despertándome en otro, como si Caronte me hubiera llevado realmente a la otra orilla del Estigia, el río de los muertos. Pero entonces una oleada de dolor estremeció mis sentidos y supe que me habían herido. Sentía mi cuerpo entumecido y caliente, y fue entonces cuando recordé cómo me habían herido. La doctora Seraphina tomó la lira de mis manos y, demasiado sorprendida para hablar, la examinó. Me ayudó a sentarme, se puso el instrumento bajo el brazo y, con una seguridad en el paso que yo deseaba imitar, me condujo de regreso al bote.

Cruzamos las aguas tirando de la cuerda unida a la polea. Mientras la proa ascendía y caía con la corriente, la doctora se quitó unos tapones de cera de las orejas. Prepa-

306

rada como era habitual, mi maestra había sido capaz de protegerse de la música de los ángeles.

—En el nombre de Dios, ¿qué estabas haciendo? —preguntó sin volverse hacia mí—. Sabías muy bien que no debías alejarte sola.

—¿Y los demás? —pregunté, pensando que de alguna manera había puesto en peligro al grupo expedicionario—. ¿Dónde están?

—Han ascendido hasta la cueva y nos están esperando allí —contestó—. Te hemos buscado durante tres horas. Llegué a pensar que te habíamos perdido. Seguramente los demás querrán saber lo que te ha ocurrido. No debes decírselo bajo ninguna circunstancia. Prométemelo, Celestine: no debes hablar de lo que has visto al otro lado del río.

Al llegar a la orilla, la doctora Seraphina me prestó ayuda para bajar del bote. Cuando vio que estaba dolorida, su actitud se suavizó.

—Recuerda, nuestro trabajo nunca ha estado del lado de los guardianes, mi querida Celestine —señaló—. Nuestro deber es para con el mundo en el que vivimos y al que debemos regresar. Queda mucho por hacer. Aunque estoy terriblemente desilusionada por tu decisión de cruzar el río, has descubierto el objeto que culmina nuestra misión aquí. Bien hecho.

Con el cuerpo doliéndome a cada paso, regresamos a la escala, pasando junto a los restos del ángel. La ropa había sido dejada de lado y el cuerpo cuidadosamente diseccionado. Aunque era poco más que el envoltorio de su apariencia anterior, los restos del cuerpo emitían un brillo amortiguado y fosforescente.

En la superficie todo estaba a oscuras. Llevamos las bolsas de arpillera cargadas con nuestras preciosas muestras a través de la nieve. Después de colocar todo el equipo con cuidado en la furgoneta, nos subimos al vehículo e iniciamos el descenso de la montaña. Estábamos exhaustos, cubiertos de barro y lastimados: Vladimir tenía una herida sobre el ojo, un corte profundo y sangrante que se había hecho al golpearse con el borde de una roca mientras ascendía, y yo había estado expuesta a una luz perniciosa.

Mientras nos abríamos camino por la montaña, rodando con rapidez por las carreteras heladas, quedó claro que había estado nevando durante algún tiempo. Sobre las rocas se acumulaban voluminosos montones, y la nieve nueva caía en espesos copos desde el cielo. El hielo cubría la carretera por delante y por detrás, determinando nuestra ruta serpenteante. Consulté mi reloj y me quedé sorprendida al descubrir que eran cerca de las cuatro de la madrugada. Habíamos estado en la Garganta del Diablo más de quince horas. Llevávamos tanto retraso sobre el plan previsto que no podíamos parar para dormir. Sólo nos detendríamos para repostar con la gasolina almacenada en bidones en la parte trasera de la furgoneta.

A pesar de los esfuerzos de Vladimir, llegamos muchas horas tarde al aeródromo, justo en el momento en que amanecía. El avión modelo 12 Electra-Junior, bimotor y listo para volar, se encontraba en la pista de despegue, igual que lo habíamos dejado el día anterior. El hielo colgaba de sus alas como si fueran colmillos, prueba del terrible frío. Había sido difícil volar hasta nuestro destino, pero habría resultado totalmente imposible llegar por carretera. Nos habíamos visto obligados a tomar una serie de desvíos en nuestro vuelo hasta Grecia —primero habíamos volado hasta Túnez y después hasta Turquía para evitar que nos detectasen—, y el regreso no sería más sencillo. El avión era suficientemente grande para seis pasajeros, el equipo y los suministros. Cargamos a bordo nuestros materiales y muy pronto el aparato remontó a través del aire cargado de nieve, elevándose con estruendo.

Doce horas más tarde, mientras aterrizábamos a las afueras de París, vi que un Panhard et Levassor Dynamic esperaba, apartado; se trataba de un lujoso vehículo con una calandra reluciente y amplios neumáticos de carreras, un coche sorprendente en medio de las grandes privaciones de la guerra. Sólo me cabía suponer cómo habíamos adquirido semejante tesoro, pero sospechaba que, al igual que el 12 Electra Junior y el K-51, se habían conseguido a través de benefactores extranjeros. Las donaciones nos habían mantenido a flote los años anteriores y me sentí agradecida de ver el vehículo; aunque cómo habíamos logrado ocultar semejante tesoro ante los alemanes era una cuestión completamente diferente, que no me atrevía a plantear.

Yo permanecí sentada en silencio mientras el coche avanzaba veloz, atravesando la noche. A pesar de las horas de sueño en el avión, seguía exhausta por el viaje de regreso desde la gruta. Cerré los ojos y, antes de darme cuenta, me había quedado profundamente dormida. Los neumáticos rebotaban sobre las carreteras llenas de baches, y los demás susurraban en la periferia de mi percepción; sin embargo, el significado de sus palabras se perdía. Mis sueños fueron una mezcla de las imágenes que había visto en la cueva. La doctora Seraphina, Vladimir y los otros miembros del grupo aparecían delante de mí; la caverna, profunda y terrorífica, se abría por debajo, y la legión de ángeles luminosos, con su deslumbrante palidez irradiando a su alrededor, bailaban ante mis ojos.

Al despertar, reconocí las adoquinadas calles desiertas de Montparnasse, una zona de resistencia y de extrema pobreza durante la ocupación. Pasamos junto a edificios de apartamentos y cafés en penumbra, había árboles desnudos alzándose a ambos lados, y la nieve congelaba sus ramas. El conductor redujo la velocidad, giró en dirección al Cimetière du Montparnasse y se detuvo ante una imponente puerta de hierro. Hizo sonar el claxon un breve instante y la puerta se abrió, traqueteando a un lado mientras el coche rodaba hacia delante. El interior del cementerio estaba en silencio y helado, cubierto de escarcha que relucía bajo la luz de los faros, y durante un instante sentí que aquel lugar había sido preservado de la fealdad y las privaciones de la guerra. El conductor detuvo el vehículo ante la estatua de un ángel que se cernía sobre un pedestal de piedra: *El genio del sueño eterno*, un guardián de bronce que vigilaba a los muertos.

Bajé del coche, aún aturdida por el cansancio. Aunque la noche era clara y las estrellas titilaban en lo alto del cielo, el aire se solidificaba sobre las lápidas a causa de la humedad, lo que provocaba una ligera aura de niebla. Un hombre salió de pronto de detrás de la estatua, con el evidente objetivo de interceptar el coche, y en ese mismo instante empecé a temer. Iba vestido de sacerdote. No lo había visto nunca, ni en nuestras reuniones o asambleas, y me habían enseñado a sospechar de todo el mundo. Sólo el mes anterior, los nefilim habían seguido y asesinado al doctor Michael, uno de los principales miembros del consejo, profesor de musicología celestial, y se habían llevado toda su colección de escritos musicológicos. Era un inequívoco ejemplo de un estudioso de grado superior perdiendo información de incalculable valor. El enemigo estaba al acecho de oportunidades similares.

La doctora Seraphina parecía conocer al sacerdote y se apresuró a ir tras él. Urgiendo al grupo para que lo acompañásemos, el sacerdote nos condujo hasta una estructura de piedra en ruinas en un rincón del cementerio, uno de los edificios que quedaban de un monasterio abandonado mucho tiempo atrás. Antes, el edificio era la sala de conferencias de los Valko. Ahora permanecía vacío. El sacerdote abrió una puerta de madera medio podrida y nos dejó entrar.

Ninguno de nosotros, ni siquiera la doctora Seraphina, que había establecido relación con los miembros más importantes del consejo —de hecho, el doctor Raphael Valko dirigía la resistencia en París—, sabía exactamente dónde nos reuniríamos durante la guerra. No teníamos un horario regular, y todos los mensajes se transmitían de palabra o —como ése— en silencio. Las asambleas se convocaban en lugares inverosímiles: cafés en calles poco frecuentadas, pueblos pequeños a las afueras de París, iglesias abandonadas... Pero incluso con esas precauciones extremas, yo sabía que lo más probable era que nos estuvieran controlando en todo momento.

El sacerdote nos condujo hasta un vestíbulo en el santuario, se detuvo delante de una puerta y dio tres golpes fuertes. La puerta se abrió, revelando una sala de piedra alumbrada por bombillas desnudas; más suministros valiosos comprados en el mercado negro con dólares procedentes de Estados Unidos. Las estrechas ventanas estaban cubiertas con pesadas telas negras para evitar que la luz se viera desde el exterior. Parecía que la reunión ya había empezado, pues los miembros del consejo estaban sentados alrededor de una mesa circular. Mientras el sacerdote nos urgía a entrar, los miembros del consejo se pusieron en pie, examinándonos con gran interés. No se me permitía asistir a las reuniones del consejo y no tenía forma de saber cuáles eran sus procedimientos habituales, pero dio la incontestable impresión de que habían estado esperando la llegada de nuestra expedición.

El doctor Raphael Valko, actuando como presidente del consejo, estaba sentado a la cabecera de la mesa. La última vez que lo había visto había sido cuando se alejaba de la granja de mis padres en Alsacia dejándome en el exilio, un abandono que no le podría perdonar, aunque era consciente de que había sido lo mejor. Había cambiado significativamente desde entonces. Su cabello había encanecido en las sienes y su actitud había alcanzado un nuevo nivel de gravedad. Lo habría tomado por un extraño si me lo hubiera cruzado en la calle.

Saludándonos escuetamente, el doctor Raphael señaló una serie de sillas vacías e inició lo que yo sabía que iba a ser el primero de una serie de interrogatorios sobre la expedición.

—Tienen mucho de lo que informar —empezó, entrelazando las manos sobre la mesa—. Cuando quieran...

La doctora Seraphina ofreció una descripción detallada de la gruta: la caída vertical, los salientes rocosos que salpicaban las regiones inferiores de la caverna, y el sonido inconfundible de la cascada en la distancia. Describió el cuerpo del ángel, reproduciendo una lista de medidas exactas y detallando las características que había recogido en su cuaderno de campo, mencionando con evidente orgullo los genitales diferenciados. Luego informó de que las fotografías revelarían nuevos datos sobre la naturaleza física de los ángeles. La expedición había sido un gran éxito.

Mientras hablaban los demás miembros de la expedición, cada uno de ellos presentando un relato elaborado del viaje, sentí cómo me replegaba hacia mi interior. Me quedé mirando mis manos bajo la luz mortecina: estaban destrozadas por el frío y el hielo de la gruta, y quemadas por el ángel. Me sorprendí ante la sensación de dislocación que me embargaba. ¿Había estado en las montañas sólo unas horas antes? Mis dedos temblaban con tanta fuerza que los metí en los bolsillos del abrigo de lana para ocultarlos. En mi mente, los ojos aguamarina del ángel me miraban fijamente, brillantes y limpios como cristal pintado. Recordaba cómo Seraphina había levantado los largos brazos y piernas de la criatura, cada extremidad tan pesada como si fuera un trozo de madera. La criatura parecía tan vital, tan llena de vida, que no podía dejar de pensar que había estado viva sólo unos minutos antes de que llegáramos. Me di cuenta de que en realidad nunca había llegado a creer de veras que el cuerpo pudiera estar allí, que a pesar de mis estudios no había esperado verlo de verdad, tocarlo, clavar agujas en su piel para extraer fluidos. Quizá en el fondo de mi mente albergaba la esperanza de que estuviéramos equivocados. Cuando retiramos la piel del brazo y pusimos bajo la luz la muestra de carne, me sentí sobrecogida por el horror. Veía la escena una y otra vez: la cuchilla seccionando bajo la piel blanca, cortando, levantando, el brillo de la membrana bajo la débil luz. Siendo como era la más joven entre ellos, sentía que era imperativo que mi comportamiento fuera impecable, cargando a mis espaldas más de lo que me tocaba. Siempre me había obligado a dedicar más horas a trabajar y estudiar que los demás. Los últimos años los había pasado desmostrándome a mí misma que era merecedora de mi puesto en la expedición —leyendo textos, asistiendo a conferencias, recopilando información para el viaje—, pero nada de todo eso me había ayudado a prepararme para enfrentarme a la gruta. Para mi propia desazón, había reaccionado como una neófita.

—¿Celestine? —dijo el doctor Raphael, sacándome de mis pensamientos.

Me sorprendí al ver que los otros me miraban con intensidad, como si esperasen que hablara. Aparentemente, el doctor Raphael me había planteado una pregunta.

—Lo siento —murmuré, sintiendo cómo me ardían las mejillas—. ¿Me ha preguntado algo?

—La doctora Seraphina le estaba explicando al consejo que realizaste un descubrimiento crucial en la caverna —me aclaró el doctor Raphael, examinándome con atención—. ¿Te importaría explicarlo con mayor detalle?

Temerosa de traicionar la promesa secreta que le había hecho a Seraphina, e igualmente aterrorizada de revelar lo tonta que había sido al cruzar el río, no dije nada en absoluto.

—Resulta obvio que Celestine no se encuentra bien —intervino la doctora, intercediendo por mí—. Si no les importa, me gustaría que tuviera la oportunidad de descansar por el momento. Permítanme que yo misma describa el descubrimiento.

La doctora Seraphina pasó a explicar el hallazgo a los miembros del consejo.

—Encontré a Celestine cerca de la orilla, con la bolsa destrozada en los brazos. Supe en seguida por el cuero podrido que debía de ser muy antigua. Si lo recuerdan ustedes, existe una mención a un zurrón en el relato del venerable padre de la primera expedición angelológica.

—Sí —confirmó el doctor Raphael—. Tiene razón. Recuerdo con precisión la frase: «Tan aprisa como pude, cogí el tesoro de la criatura caída, acuné el objeto en mis manos quemadas y lo metí luego en mi zurrón para que no sufriera ningún daño.»

—Sólo después de abrir el zurrón y de examinar la lira supe con certeza que había pertenecido a Clematis —prosiguió la doctora Seraphina—. El venerable padre debía de estar demasiado débil para cargar con él hasta el exterior de la gruta. Ése es precisamente el zurrón que descubrió Celestine.

Los miembros del consejo se quedaron sobrecogidos al escuchar la noticia. Se volvieron hacia mí con la evidente expectativa de que les refiriera un informe pormenorizado de lo sucedido, pero no podía articular palabra. Es más, apenas podía dar crédito a que yo, entre todos los miembros del grupo, hubiera realizado un descubrimiento esperado desde hacía tanto tiempo.

El doctor Raphael permaneció en silencio durante un momento, como si estuviera valorando la magnitud del éxito de la expedición. Después, con un repentino estallido de energía, se puso en pie y se volvió hacia los miembros del consejo.

—Pueden retirarse —dijo despidiendo al grupo—. Hay comida en las habitaciones del piso de abajo. Seraphina y Celestine, ¿podéis quedaros un momento?

Mientras los demás se marchaban, la doctora me dirigió una mirada amistosa, como para asegurarme que todo iría bien. El doctor Raphael acompañó al grupo hasta la salida, irradiando una serenidad confiada que admiré; su capacidad para contener las emociones era un virtud que me habría gustado imitar.

—Dime, Seraphina, ¿actuaron los miembros de la expedición según esperabas?

—En mi opinión, ha sido un gran éxito —contestó ella.

—¿Y Celestine? —inquirió Raphael.

Sentí cómo el estómago me daba un vuelco: ¿acaso la expedición había sido algún tipo de prueba?

—Para ser una angelóloga joven —respondió Seraphina—, me ha impresionado. El descubrimiento es prueba suficiente de sus habilidades.

—Muy bien —señaló él, volviéndose hacia mí—. ¿Estás contenta con tu trabajo?

Miré a la doctora Seraphina y luego a su esposo, insegura de cómo debía responder. Decir que estaba satisfecha con mi trabajo sería mentir, pero hablar en detalle de lo sucedido supondría romper la promesa que le había hecho a la doctora.

—Habría deseado estar más preparada —susurré al fin.

—Nos preparamos durante toda la vida para momentos así —replicó Raphael, cruzando los brazos sobre el pecho al tiempo que me dirigía una mirada crítica—. Cuando llega el día, sólo podemos esperar que hayamos aprendido lo suficiente para triunfar.

—Actuaste con destreza —añadió Seraphina—. Tu labor ha sido soberbia.

—No puedo explicar mi reacción en la gruta —dije sin más rodeos—. La misión ha sido profundamente perturbadora. Ni siquiera ahora me he recuperado.

El doctor Raphael abrazó a su esposa y la besó en la mejilla.

—Ve con los demás, Seraphina. Hay algo que me gustaría mostrarle a Celestine.

La doctora se volvió hacia mí y me cogió la mano.

—Has sido muy valiente, Celestine. Algún día serás una excelente angelóloga.

Tras decir aquello, me besó en la mejilla y se fue. No volvería a verla nunca.

El doctor Raphael me sacó entonces de la sala de reuniones y me condujo a un pasillo que olía a tierra y moho.

—Sígueme —dijo bajando rápidamente los escalones e internándose en la oscuridad.

Al pie de la escalera había otro corredor, más largo que el primero. Noté la fuerte inclinación del suelo al caminar y tuve que equilibrar el peso para no perder apoyo. Mientras avanzábamos a toda prisa, el aire se tornó más frío y el olor, intensamente rancio. La humedad traspasaba mis ropas, colándose en la pesada chaqueta de lana que había llevado en la caverna. Pasé las manos por las húmedas paredes y me di cuenta de que los fragmentos irregulares no eran piedras, sino huesos apilados dentro de las cavidades de la pared. Al instante comprendí dónde nos encontrábamos: nos estábamos moviendo bajo Montparnasse a través de las catacumbas.

Subimos por un segundo pasillo, salvamos una escalera y llegamos a otro edificio. El doctor Raphael abrió una serie de puertas, la última de las cuales daba al aire frío y limpio de un callejón. Las ratas se dispersaron en todas direcciones, dejando restos de comida a medio roer: peladuras podridas de patatas y achicoria, un sustituto del café en tiempos de guerra. El doctor me cogió del brazo y me condujo hacia otra calle volviendo una esquina. Nos hallábamos a unas cuantas calles del cementerio, pero allí estaba el Panhard et Levassor, esperándonos con el motor encendido. Al acercarnos al coche, me di cuenta de que en la ventanilla había un papel escrito en alemán. Aunque no entendí qué decía, supuse que se trataba de un salvoconducto alemán que nos permitiría pasar los distintos puestos de control repartidos por la ciudad. Ahora comprendía cómo habíamos logrado conservar un coche tan lujoso y obtener combustible: el Panhard et Levassor pertenecía a los alemanes. El doctor Valko, que supervisaba nuestras operaciones encubiertas entre las filas alemanas, se las había arreglado para conseguirlo, al menos por esa noche.

El conductor abrió la puerta, yo me deslicé en el cálido asiento trasero y el doctor se sentó a mi lado. Volviéndose hacia mí, tomó mi cara entre sus frías manos y me observó con imparcialidad.

—Mírame —ordenó, examinando mis rasgos como si estuviera buscando algo en particular.

Le devolví la mirada, viéndolo de cerca por primera vez. Tenía al menos cincuenta años, la piel surcada de arrugas y el cabello incluso más encanecido de lo que me había percatado antes. Nuestra proximidad me sorprendió. Nunca había estado tan cerca de un hombre.

—¿Tienes los ojos azules? —preguntó.

—Color avellana —respondí, confundida por tan extraña pregunta.

—Suficiente —replicó abriendo una pequeña maleta de viaje situada entre los dos.

De ella sacó un traje de noche de satén, unas medias de seda y un liguero, y un par de zapatos. Reconocí el vestido inmediatamente. Era el mismo vestido rojo que había llevado Gabriella unos años antes.

—Ponte esto —me ordenó. Mi sorpresa debió de ser evidente, porque añadió—: Pronto verás por qué es necesario.

—Pero es de Gabriella —objeté sin poder evitarlo.

No me sentía capaz de tocar el vestido, sabiendo todo lo que sabía sobre las actividades de mi antigua amiga. Recordé al doctor Raphael y a Gabriella juntos y deseé no haber dicho nada.

—¿Y qué? —exigió él.

—La noche que ella llevó este vestido... —contesté, incapaz de mirarlo a los ojos—, los vi a los dos juntos. Estaban en la calle, frente a nuestro apartamento.

—Y crees que comprendiste lo que viste —señaló.

—¿Cómo lo podría haber malinterpretado? —murmuré mirando a través de la ventanilla los edificios de color gris mortecino, la sucesión de farolas, el rostro deprimente de París en invierno—. Resultaba bastante obvio lo que estaba ocurriendo.

—Ponte el vestido —ordenó de nuevo el doctor Raphael con voz severa—. Deberías depositar un poco más de fe en los motivos de Gabriella. La amistad debería ser más fuerte que unas vagas sospechas. En tiempos como éstos, la confianza es lo único que tenemos. Hay muchas cosas que no sabes aún. Muy pronto comprenderás los peligros a los que se ha enfrentado Gabriella.

Lentamente me desprendí de las pesadas prendas de lana. Desabotoné los pantalones, pasé el grueso jersey —que llevaba como protección contra los vientos helados de la montaña— por encima de la cabeza y me enfundé el vestido con cuidado de no rasgarlo. Era demasiado grande; lo noté al instante. Cuatro años antes, cuando lo había llevado Gabriella, el vestido me habría quedado pequeño a mí, pero había perdido diez kilos durante la guerra y ahora era poco más que piel y huesos.

El doctor Valko se sometió a un cambio similar de vestuario. Mientras yo me vestía, extrajo de la maleta la chaqueta y los pantalones negros del uniforme nazi de un Allgemeine SS, y un par de botas de montar rígidas, negras y relucientes, de debajo del asiento. El uniforme se encontraba en perfecto estado, sin el desgaste o el olor característicos de las prendas compradas en el mercado negro. Supuse que era otra útil adquisición de uno de nuestros agentes dobles en las SS, alguien con conexiones nazis. El uniforme me produjo escalofríos, transformó por completo al doctor Raphael. Cuando acabó de vestirse se aplicó un líquido de color claro sobre el labio superior y presionó sobre él un fino bigote postizo. Después se peinó el pelo hacia atrás con gomina y ajustó un distintivo de las SS en la solapa, un pequeño pero preciso detalle que me hizo sentir repulsión.

Luego el doctor entornó los ojos y me examinó, comprobando atentamente mi apariencia. Yo crucé los brazos sobre el pecho, como si quisiera ocultarme de él. Resultaba evidente que no me había metamorfoseado a su gusto. Para mi gran bochorno, me estiró el vestido y me acomodó el cabello de la misma forma que solía hacer mi madre antes de llevarme de niña a la iglesia.

El coche, que circulaba por las calles de la ciudad, se detuvo junto al Sena. Un soldado en el puente dio una serie de rítmicos golpes en el cristal con la culata de una Luger. El conductor bajó la ventanilla y le habló en alemán, mostrando un fajo de papeles. El soldado miró entonces hacia la parte trasera del vehículo y su vista recayó sobre el doctor Raphael.

—*Guten Abend* —saludó él en lo que me pareció un acento perfectamente alemán.

—*Guten Abend* —murmuró el soldado, examinando los papeles antes de hacer una seña indicando que podíamos cruzar el puente.

Mientras ascendíamos la escalinata de piedra hacia una sala de banquetes municipal cuya fachada clásica ostentaba una columnata, pasamos junto a hombres vestidos de etiqueta con bellas mujeres cogidas del brazo. Los soldados alemanes montaban guardia en la puerta. Comparada con las elegantes mujeres que allí había, sabía que yo debía de parecer enfermiza y exhausta, demasiado delgada y pálida. Me había recogido el cabello en un moño y me había aplicado un poco de colorete procedente de la maleta del doctor Raphael, pero aun así era muy diferente de ellas, con sus peinados de peluquería y su aire distendido. Los baños calientes, los polvos, los perfumes y la ropa nueva no existían para mí, para ninguno de nosotros, en la Francia ocupada. Gabriella había dejado atrás un frasco de cristal tallado de Shalimar, un recuerdo precioso de tiempos más felices, que yo había atesorado desde su desaparición, pero no me atrevía a utilizar ni una gota de la esencia por temor a malgastarla. Recordaba las comodidades como algo propio de mi niñez, algo que había tenido una vez y después ya nunca más, como los dientes de leche. Había pocas posibilidades de que pudieran confundirme con una de aquellas mujeres. Aun así, iba del brazo del doctor Raphael intentando mantener la calma. Él andaba con soltura, con confianza, y, para mi sorpresa, los soldados nos dejaron pasar sin ningún problema. De repente estábamos en el interior cálido, ruidoso y deslumbrante de la sala de banquetes.

El doctor me guió hasta el extremo más alejado de la sala y, una vez allí, subimos por un tramo de escalera hasta una mesa privada en la galería. Me llevó un momento acostumbrarme al ruido y a la peculiar iluminación pero, cuando lo hice, vi que el comedor era largo y profundo, con un techo alto y las paredes cubiertas de espejos que reflejaban a la multitud, capturando la nuca de una mujer aquí, el brillo de un reloj de bolsillo allí. Las banderas rojas con esvásticas negras colgaban a intervalos por toda la sala. Las mesas estaban cubiertas de mantelería blanca, vajilla a juego, centros de flores en su máximo esplendor; rosas en mitad de una guerra, un milagro menor. Las arañas de cristal proyectaban una luz titilante sobre el suelo de baldosas oscuras, que se reflejaba en los zapatos de charol. Champán, joyas y gente hermosa reunidos a la luz de las velas. La sala estaba a rebosar de manos que levantaban copas de vino: «*Zum Wohl! Zum Wohl!*» La abundancia de vino que corría de un extremo al otro de la sala me cogió por sorpresa. Aunque los alimentos eran difíciles de adquirir en general, el buen vino era casi imposible para los que no estaban conectados con las fuerzas de ocupación. Yo había oído que los alemanes requisaban a miles las botellas de champán, y habían dejado la bodega de mi familia seca. Para mí incluso una botella resultaba un lujo extremo. Sin embargo, allí corría como el agua. De repente comprendí lo diferentes que eran las vidas de los vencedores en comparación con las de los conquistados.

Desde lo alto de la galería examiné más de cerca a los juerguistas. A primera vista la multitud parecía como cualquier otra que asistiera a una reunión elegante. Pero tras una inspección más atenta descubrí una serie de invitados de singular apariencia. Eran delgados y con rasgos marcados, pómulos altos y amplios, ojos felinos, como si los hubieran fabricado con un molde. El cabello rubio, la piel traslúcida y la altura poco habitual los señalaban como invitados nefilim.

Las voces se elevaban hasta la galería mientras los camareros se movían entre la multitud repartiendo copas de champán.

—Esto —comentó el doctor Raphael, haciendo un gesto hacia los centenares de invitados a nuestros pies— era lo que quería que vieras.

Contemplé una vez más a la multitud, sintiendo como si fuera a vomitar de un momento a otro.

—Tanta alegría mientras Francia se muere de hambre...

—Mientras Europa se muere de hambre —me corrigió él.

—¿Cómo pueden tener tanta comida? —pregunté—. ¿Tanto vino, tanta ropa de lujo, tantos pares de zapatos?

—Ahora lo entiendes —contestó el doctor Raphael sonriendo ligeramente—. Quería que comprendieras para qué estamos trabajando, qué está en juego. Eres joven; es posible que te resulte difícil darte cuenta al ciento por ciento de con qué nos enfrentamos.

Me incliné sobre la barandilla de bronce perfectamente pulido, mis brazos desnudos ardían sobre el frío metal.

—La angelología no es sólo una especie de ajedrez teórico —prosiguió—. Sé que en los primeros años de estudio, cuando uno se enreda en san Buenaventura y san Agustín, puede parecerlo. Pero tu trabajo no consiste únicamente en ganar debates sobre hilemorfismo y memorizar las taxonomías de los ángeles guardianes. —Hizo un gesto hacia la multitud a nuestros pies—. Tu trabajo tiene lugar aquí, en el mundo real.

Percibí sin demora la pasión con la que hablaba el doctor Raphael, y la similitud con que sus palabras se hacían eco de la advertencia de Seraphina cuando penetramos en la Garganta del Diablo: «Nuestro deber es para con el mundo en el que vivimos y al que debemos regresar.»

—¿Te das cuenta —continuó— de que no estamos ante una mera batalla entre un puñado de luchadores de la resistencia y un ejército de ocupación? Ésta ha sido una guerra de desgaste. Ha sido una lucha continua desde el inicio. Santo Tomás de Aquino creía que los ángeles negros cayeron a los veinte segundos de la creación, y que su naturaleza malvada corrompió la perfección del universo casi instantáneamente, dejando una fisura terrible entre el bien y el mal. Durante veinte segundos el universo fue puro, perfecto, íntegro. Imagina qué debió de ser existir en esos veinte segundos, vivir sin miedo a la muerte, sin dolor, sin la duda con la que nosotros vivimos. Imagínatelo.

Cerré los ojos e intenté recrear semejante universo en mi mente. Pero no pude.

—Hubo veinte segundos de perfección —repitió el doctor Valko, aceptando una copa de champán de un camarero y cogiendo otra para mí—. A nosotros nos ha tocado el resto.

Tomé un sorbo del frío champán seco. Su sabor era tan maravilloso que mi lengua se retiró como si la hubieran pinchado.

—En nuestra época se ha impuesto el mal —continuó él—. Sin embargo, continuamos la lucha. Existen miles de nosotros en cualquier parte del mundo. Y miles, quizá cientos de miles, de ellos.

—Se han vuelto tan poderosos... —dije examinando la riqueza desplegada en el salón de baile—. Tengo que creer que no ha sido así siempre.

—Los padres fundadores de la angelología se deleitaron planeando el exterminio de sus enemigos. Sin embargo, se trata de un hecho más que contrastado que los padres sobrestimaron sus capacidades: creían que la batalla sería rápida. No comprendieron el mal carácter que podían llegar a ostentar los guardianes y sus hijos, cuánto gozaban del subterfugio, la violencia y la destrucción. Mientras que los guardianes eran criaturas angelicales que conservaban la belleza celestial de sus orígenes, sus hijos estaban corrompidos por la violencia. Y ellos, a su vez, corrompían todo lo que tocaban.

El doctor Raphael se detuvo como si estuviera tratando de resolver un acertijo.

—Piensa —dijo al fin— en la desesperación que debió de sentir el Creador al destruirnos, la pena de un padre matando a sus hijos, lo extremado de sus acciones. Los millones de criaturas ahogadas y las civilizaciones perdidas y, aun así, los nefilim prevalecieron. Avaricia económica, injusticia social, guerra..., ésas son las manifestaciones del mal en nuestro mundo. Ha quedado claro que exterminando la vida de la faz de la tierra no se elimina el mal. A pesar de toda su sabiduría, los venerables padres no tuvieron en cuenta esas cosas. No estaban realmente preparados para la lucha. Ellos son un ejemplo de cómo incluso los angelólogos más devotos pueden equivocarse al ignorar la historia.

»Nuestro trabajo recibió un duro golpe con la Inquisición, aunque poco después recuperamos el terreno perdido —prosiguió el doctor Raphael—. El siglo XIX fue igualmente preocupante, cuando las teorías de Spencer, Darwin y Marx se malversaron para convertirse en sistemas de manipulación social. Pero, así como en el pasado siempre recuperamos el terreno perdido, ahora estoy cada vez más preocupado. Nuestra fuerza está disminuyendo. Los campos de concentración rebosan de los nuestros. Los nefilim se han apuntado una victoria importante con los alemanes. Llevaban bastante tiempo esperando una oportunidad como ésta.

Había surgido la ocasión de plantear una pregunta que llevaba tiempo escondida en el fondo de mi mente.

—¿Cree que los nazis son nefilim?

—No exactamente —respondió el doctor Raphael—. Los nefilim son parásitos, se alimentan de la sociedad humana. Después de todo, son una mezcla, parte ángel, parte humano. Eso les da cierta flexibilidad para entrar y salir de las civilizaciones. A lo largo de la historia se han unido a grupos como los nazis, los han promocionado, los han ayudado desde el punto de vista financiero y militar, y les han allanado el camino para que triunfen. Se trata de una práctica muy antigua y de mucho éxito. Una vez alcanzada la victoria, los nefilim absorben las recompensas, repartiéndose en silencio los despojos y regresando a sus existencias privadas.

—Pero se los llama los «hombres famosos» —repuse.

—Sí, y muchos de ellos lo son. Pero su riqueza les proporciona protección y privacidad. Aquí se encuentran unos cuantos de ellos. De hecho, está presente un caballero muy influyente al que me gustaría presentarte.

El doctor Raphael se puso en pie y estrechó la mano de un hombre alto y rubio enfundado en un espléndido esmoquin de seda que me resultaba extremadamente familiar, aunque no sabía por qué. Quizá nos habíamos visto antes, porque él me examinó con un interés similar, evaluando mi vestido con atención.

—Herr Reimer —dijo el hombre. La familiaridad de ese saludo sumada al nombre falso del doctor Raphael, me indicó que el otro no tenía ni idea de quién era realmente. De hecho, le hablaba como si fueran colegas—. Este mes no lo he visto mucho por París, ¿la guerra se interpone en sus placeres?

El doctor Raphael rió con voz mesurada.

—No —contestó—, sólo estoy pasando algún tiempo con esta joven y encantadora dama. Es mi sobrina Christina. Christina, este caballero es Percival Grigori.

Me puse en pie y ofrecí mi mano al hombre. Él la besó, sus fríos labios presionaron mi piel caliente.

—Una muchacha encantadora —comentó el hombre, aunque casi ni me había mirado, tan impresionado como estaba por mi vestido.

Tras decir aquello, sacó una pitillera del bolsillo, invitó a un cigarrillo al doctor Raphael y, para mi sorpresa, le ofreció fuego con el mismo encendedor que Gabriella había tenido en su poder cuatro años antes. En un instante de horroso reconocimiento, se me reveló la identidad del hombre. Percival Grigori era el amante de Gabriella, el hombre en cuyos brazos la había descubierto una mañana. Durante unos minutos presencié, aturdida, cómo el doctor Raphael hablaba a la ligera de política y teatro, tocando de pasada los acontecimientos más destacables de la guerra. Al cabo de un rato, tras dirigirnos un gesto de saludo, Percival Grigori se retiró.

Me senté en la silla, incapaz de comprender cómo era posible que el doctor conociera a ese hombre, o cómo Gabriella se había visto involucrada con él. En mi confusión, decidí tomar el camino más prudente: guardar silencio.

—¿Te sientes mejor? —preguntó el doctor Raphael.

—¿Mejor?

—Te habías puesto enferma durante el viaje.

—Sí —contesté mirando mis brazos, que estaban más rojos de lo que habían estado nunca, como quemados por el sol—. Creo que estoy bien. Tengo la piel muy clara. Necesitará algunos días para curar. —Ansiosa por cambiar de tema, dije—: No ha acabado de contarme lo de los nazis. ¿Están totalmente bajo el control nefilim? Si es así, ¿cómo podemos ganar contra ellos?

—Los nefilim son criaturas muy fuertes, pero cuando son derrotados, y hasta ahora siempre han sido vencidos, desaparecen con rapidez, dejando que sus anfitriones humanos se enfrenten solos al castigo, como si las acciones malvadas fueran sólo cosa suya. El partido nazi está lleno de nefilim, pero los que ocupan las posiciones de poder son ciento por ciento humanos. Por eso son tan difíciles de exterminar. La humanidad entiende, incluso desea, el mal. Hay algo en nuestra naturaleza que se siente seducido por el mal. Somos fáciles de convencer.

—De manipular —señalé.

—Sí, quizá «manipular» sea el término correcto. Es una palabra más generosa.

Me hundí en mi silla de terciopelo, la tela suave aliviaba la piel de mi espalda. Tenía la impresión de que no había sentido tanto calor desde hacía años. La música empezó a sonar en la sala y las parejas iniciaron el baile, llenando la pista.

—Doctor Raphael —pregunté, el champán hacía que me sintiera atrevida—, ¿puedo hacerle una pregunta?

—Por supuesto —contestó, él.

—¿Por qué me ha preguntado si mis ojos eran azules?

El doctor me miró y durante un instante pensé que existía la posibilidad de que me contase algo sobre sí mismo, algo que pudiera revelar la vida interior que había mantenido oculta a sus alumnos.

—Eso es algo que deberías haber aprendido en mis clases —dijo con voz suave—. ¿La apariencia de los gigantes? ¿Su composición genética?

Recordé sus lecciones y enrojecí, avergonzada. «Por supuesto —pensé—. Los nefilim tenían unos luminosos ojos azules, el cabello rubio y una estatura por encima de la media.»

—Ah, sí —respondí—. Ahora lo recuerdo.

—Eres bastante alta —observó—. Y delgada. Pensé que pasarías con más facilidad ante los guardias si tus ojos eran azules.

Terminé lo que quedaba de champán con un sorbo rápido. No me gustaba equivocarme, especialmente en presencia del doctor Raphael.

—Dime —planteó él a continuación—, ¿comprendes por qué te enviamos a la gruta?

—Con fines científicos —respondí—. Para estudiar el ángel y recoger pruebas empíricas. Para preservar el cuerpo para nuestros archivos. Para encontrar el tesoro que Clematis dejó atrás.

—Por supuesto, la lira era el objetivo principal del viaje. Pero ¿te has preguntado por qué se enviaría en una misión de ese calibre a una angelóloga sin experiencia como tú? ¿Por qué dirigió el equipo Seraphina, que sólo tiene cuarenta años, y no uno de los miembros más viejos del consejo?

Negué con la cabeza. Sabía que la doctora Seraphina tenía sus propias ambiciones profesionales, pero me había resultado extraño que el doctor Raphael no hubiera ido personalmente a la montaña, en especial después de sus primeros trabajos sobre Clematis. Daba por sentado que mi inclusión había sido una recompensa por descubrir la localización de la gruta, pero quizá había algo más detrás de ello.

—Seraphina y yo queríamos enviar a un angelólogo joven a la cueva —prosiguió el doctor Raphael mirándome a los ojos—. Tú no has estado sobreexpuesta a nuestras prácticas profesionales. No podías empañar la expedición con tus prejuicios.

—No estoy segura de qué quiere decir —repliqué, dejando sobre la mesa la copa de cristal vacía.

—Si hubiera ido yo —explicó—, sólo habría visto lo que esperaba ver. Tú, en cambio, viste lo que había allí. De hecho, descubriste algo que los demás no fueron capaces de ver. Dime la verdad: ¿cómo la encontraste? ¿Qué ocurrió en la gruta?

—Creo que la doctora Seraphina le ha informado —contesté, repentinamente inquieta acerca de las intenciones del doctor Raphael al llevarme allí.

—Ella describió los detalles físicos, el número de tomas fotográficas que realizasteis, el tiempo que tardasteis en llegar desde la cima hasta el fondo. Desde el punto de vista logístico, ha sido muy exhaustiva. Pero eso no es todo, ¿verdad? Hubo algo más, algo que te asustó.

—Lo siento, pero no comprendo qué quiere decir.

El doctor Valko encendió un cigarrillo y se recostó en la silla, la diversión iluminaba sus rasgos. Y todavía me inquietaba más lo atractivo que me parecía.

—Incluso ahora, a salvo en París, estás asustada —comentó.

—No sé cómo describirlo exactamente —respondí mientras recolocaba la tela de satén del vestido cortado al bies—. Había algo profundamente horripilante en la caverna. Al descender por la gruta todo se volvió tan... oscuro...

—Eso parece bastante normal —replicó él—. Se encuentra a gran profundidad bajo la superficie de la montaña.

—No se trataba de una oscuridad física —corregí, dudando si incluso con eso estaba diciendo demasiado—. Tenía una cualidad completamente diferente. Una oscuridad elemental, una oscuridad pura, el tipo de oscuridad que uno siente en mitad de la noche al despertarse en una habitación fría y vacía con el ruido de las bombas cayendo en la distancia y una pesadilla en el subconsciente. La clase de oscuridad que demuestra la naturaleza perversa de nuestro mundo.

El doctor Raphael se me quedó mirando, aguardando a que continuara.

—No estábamos solos en la Garganta del Diablo —proseguí—. Los guardianes estaban allí, esperándonos.

Él seguía evaluándome, con lo que no sabía si era una expresión de diversión o de miedo o —como anhelaba en secreto— de admiración.

—No me cabe duda de que los demás lo habrían mencionado de ser así —dijo.

—Estaba sola —empecé, rompiendo la promesa que había hecho a la doctora Seraphina—. Me separé del grupo y crucé el río. Estaba desorientada y no puedo recordar exactamente los detalles de lo que ocurrió. Lo que sé seguro es que los vi. Encerrados en celdas oscuras, igual que cuando Clematis se encontró con ellos. Hubo un ángel que me miró. Sentí su deseo de libertad, de estar en compañía de la humanidad, de recibir un trato privilegiado. Llevaba allí miles de años, esperando nuestra llegada...

El doctor Raphael Valko y yo acudimos a la reunión de urgencia del consejo de madrugada. El lugar de celebración se había decidido atropelladamente, pero todo el mundo se había trasladado desde el lugar de encuentro anterior hasta nuestras dependencias en Montparnasse, en el ateneo. El noble e imponente edificio había quedado en desuso durante los años de ocupación. El sitio que una vez había estado lleno de libros y estudiantes, con el crujido de las páginas y los susurros de los bibliotecarios, estaba ahora vacío, y los rincones, cubiertos de telarañas. No había puesto el pie en la biblioteca desde hacía muchos años, y la transformación me hizo añorar la época en la que no tenía más preocupaciones que mis estudios.

El cambio de ubicación se había realizado como una simple medida de seguridad, sin embargo, las precauciones se habían traducido en una pérdida de tiempo. Al abandonar el baile, un joven soldado en bicicleta nos informó de la reunión y solicitó nuestra presencia inmediata. En cuanto llegamos al lugar designado, nos dieron un segundo mensaje con una serie de pistas que nos llevarían al lugar sin ser detectados. Eran cerca de las dos de la madrugada cuando tomamos asiento en las sillas de respaldo alto que flanqueaban la estrecha mesa en el ateneo.

Dos lámparas pequeñas alumbraban la estancia desde el centro de la mesa de reuniones y arrojaban una luz mortecina y acuosa sobre todos los presentes. En la sala había un ambiente de tensión y energía que me hizo sentir claramente que había ocurrido algo trascendental. Esa percepción se vio confirmada por la sobriedad con la que nos saludaron los miembros del consejo. Era como si hubiéramos interrumpido un funeral.

El doctor Raphael tomó asiento a la cabecera de la mesa, haciéndome un gesto para que me sentase en un banco a su lado. Para mi gran sorpresa, Gabriella Lévi-Franche estaba sentada en el extremo opuesto de la mesa. Habían pasado cuatro años desde la última vez que la había visto. En apariencia, estaba igual que como la recordaba. Llevaba el cabello negro cortado a la altura de la mandíbula, sus labios pintados de rojo brillante, y su expresión era de plácida expectativa. La mayoría de nosotros habíamos caído en un estado anémico de agotamiento durante la guerra, sin embargo, Gabriella tenía el aspecto de una mujer mimada y bien protegida. Iba mejor vestida y estaba mejor alimentada que cualquiera de los angelólogos en el ateneo.

Al darse cuenta de que había llegado con el doctor, arqueó una ceja; en sus ojos verdes se insinuaba una acusación. Estaba claro que nuestra rivalidad no había terminado. Gabriella no se fiaba de mí ni yo de ella.

—Explíquenmelo todo —exigió el doctor Valko con la voz rota por la emoción—. Quiero saber exactamente cómo ocurrió.

—El coche se detuvo para una inspección en el puente de Saint-Michel —contestó una angelóloga anciana, la monja que había conocido hacía algunos años. El pesado velo negro de la monja y la falta de luz hacían que pareciera una extensión de la habitación en sombras. No alcanzaba a ver nada más que sus dedos nudosos descansando sobre la lustrosa superficie de la mesa—. Los guardias los obligaron a bajar del coche y los registraron. Se los llevaron.

—¿Se los llevaron? —preguntó el doctor Raphael—. ¿Adónde?

—No tenemos forma de saberlo —respondió el doctor Lévi-Franche, el tío de Gabriella. Sus gafas redondas resbalaban sobre su nariz—. Hemos alertado a nuestras células en todos los distritos de la ciudad. Nadie los ha visto. Lamento decir que podrían estar en cualquier parte.

—¿Y qué ha sucedido con su cargamento? —inquirió el doctor Raphael.

Gabriella se levantó y depositó una pesada maleta sobre la mesa.

—Llevaba la lira conmigo —informó, descansando sus pequeños dedos sobre la maleta de piel marrón—. Viajaba en el coche que iba detrás de la doctora Seraphina. Cuando vimos que arrestaban a nuestros agentes, ordené al conductor que diera media vuelta y regresara a Montparnasse. Afortunadamente, la maleta con los hallazgos iba conmigo.

Los hombros del doctor Raphael se hundieron en una clara señal de alivio.

—La maleta está segura —confirmó—. Pero tienen a nuestros agentes.

—Por supuesto —afirmó la monja—. Nunca liberarán a unos prisioneros tan valiosos sin pedir a cambio algo igual de valioso.

—¿Cuáles son las condiciones? —quiso saber el doctor Valko.

—Un intercambio: los tesoros por los angelólogos —contestó la monja.

—¿Y qué quieren decir exactamente con «tesoros»? —preguntó Raphael con tranquilidad.

—No lo han especificado —respondió la religiosa—. Pero de alguna manera saben que hemos recuperado algo valioso en las Ródope. Creo que deberíamos aceptar su oferta.

—De ningún modo —intervino el doctor Lévi-Franche—. Eso está simplemente fuera de discusión.

—En mi opinión, no saben lo que el grupo encontró realmente en las montañas, sólo que es valioso —afirmó Gabriella, enderezándose en su silla.

—Quizá los agentes capturados les han contado lo que sacaron de la caverna —sugirió la monja—. Bajo presión, sería lo natural.

—Creo que nuestros angelólogos respetarán nuestro código —replicó el doctor Raphael con un matiz de rabia en el tono de voz—. Conociendo a Seraphina, no permitirá que los demás hablen. —Se volvió y pude ver un ligero rastro de sudor formándose en su frente—. Soportará sus interrogatorios, aunque todos sabemos que sus métodos pueden ser horriblemente crueles.

La atmósfera se tornó lúgubre. Todos teníamos conocimiento de la brutalidad de la que podían hacer gala los nefilim con nuestros agentes, en especial si querían algo. Yo había oído historias de los métodos de tortura que utilizaban, y sólo podía imaginarme lo que podían llegar a hacerles a mis colegas para sonsacarles información. Cerré los ojos y susurré una oración. Era imposible prever lo que iba a ocurrir, pero comprendí la trascendencia de aquella noche: si perdíamos lo que habíamos recuperado de la caverna, nuestro trabajo habría sido en vano. Los descubrimientos eran muy valiosos, pero ¿sacrificaríamos a cambio y voluntariamente a todo un equipo de angelólogos?

—Algo es seguro —afirmó la monja, mirando su reloj de pulsera—. Aún siguen con vida. Recibimos la llamada hará unos veinte minutos. Hablé personalmente con Seraphina.

—¿Pudo hablar libremente? —preguntó el doctor Raphael.

—Nos urgía a que cerrásemos el trato. Pidió específicamente que el doctor Raphael siguiera adelante.

Raphael entrelazó las manos. Parecía que estaba examinando algo diminuto en la superficie de la mesa.

—¿Qué opinan acerca de ese trato? —preguntó dirigiéndose al consejo.

—No tenemos muchas alternativas —intervino el doctor Lévi-Franche—. Semejante acuerdo va en contra de nuestro protocolo. En el pasado nunca hemos cerrado tratos parecidos, y no creo que debamos hacer una excepción, sin importar lo mucho que valoramos a la doctora Seraphina. No podemos darles los objetos y el material recuperados en la gruta. Sacarlos de allí ha supuesto cientos de años de planificación.

Estaba horrorizada de oír al tío de Gabriella hablar de mi maestra en términos tan fríos. Mi indignación se vio levemente mitigada cuando vi a su sobrina mirándolo enojada, con la misma expresión que en su momento me reservaba a mí.

—Aun así —intervino la monja—, los conocimientos de la doctora Seraphina nos han llevado hasta el tesoro. Si la perdemos a ella, ¿cómo avanzaremos?

—Es imposible cerrar ese trato —insistió Lévi-Franche—. Aún no hemos tenido oportunidad de examinar las notas de campo o de revelar las fotografías. La expedición se convertirá en un desperdicio.

—Y la lira —intervino Vladimir—. No puedo imaginar siquiera las consecuencias que podría tener para todos nosotros, para todo el mundo, que cayera en sus manos.

—Estoy de acuerdo —afirmó el doctor Raphael—. El instrumento debe permanecer fuera de su alcance a cualquier precio. Seguramente debe de haber alternativas.

—Soy consciente de que mis puntos de vista no son muy populares entre ustedes —dijo la monja—, pero ese instrumento no vale el precio de una vida humana. Sin duda debemos cerrar un trato.

—Pero ese tesoro es la culminación de toda una serie de grandes esfuerzos —objetó Vladimir con un fuerte acento ruso. El corte sobre su ojo había sido limpiado y suturado, y tenía la apariencia de un bordado basto y siniestro—.

Imagino que no se referirá usted a que destruyamos algo por lo que hemos trabajado tan duro...

—Eso es exactamente a lo que me refiero —replicó la religiosa—. Existe un punto en el que debemos darnos cuenta de que no tenemos poder alguno en estos asuntos. Se nos ha escapado de las manos. Debemos encomendarnos a Dios.

—Eso es ridículo —concluyó Vladimir.

Mientras se recrudecían las discusiones entre los miembros del consejo, estudié al doctor Raphael, que estaba sentado tan cerca que alcanzaba a oler el aroma agridulce del champán que habíamos tomado sólo unas horas antes. Me daba cuenta de que estaba formulando sus pensamientos en silencio, esperando a que los demás agotasen sus argumentos. Finalmente se puso en pie y pidió calma al grupo con un gesto de la mano.

—¡Silencio! —exclamó en un tono de voz tan alto como no le había oído nunca.

Los miembros del consejo se volvieron hacia él, sorprendidos ante la repentina imperiosidad en su voz. Aunque era la cabeza del consejo y nuestro estudioso de mayor prestigio, era muy raro que hiciera uso de su autoridad.

—A primera hora de la noche he llevado a esta joven angelóloga a una reunión —prosiguió—. Se trataba de un baile ofrecido por nuestros enemigos. Creo que puedo decir que era una celebración bastante suntuosa, ¿no estás de acuerdo, Celestine?

Al no encontrar las palabras, simplemente asentí.

—Las razones que me han llevado a hacer algo así eran prácticas —continuó Raphael—. Quería mostrarle al enemigo de cerca. Quería que comprendiera que las fuerzas contra las que estamos luchando están aquí, viviendo a nuestro lado, en nuestras ciudades, robando, matando y saqueando mientras nosotros miramos, impotentes. Creo que la lección la ha impresionado. Sin embargo, ahora veo que a muchos de ustedes les habría beneficiado dicho episodio educativo. Resulta obvio que hemos olvidado lo que estamos haciendo aquí.

Hizo un gesto hacia la maleta de piel que descansaba ante ellos.

—No somos nosotros los que perderemos una batalla. Los venerables padres, que se arriesgaron a ser acusados de herejía al fundar nuestra orden, que preservaron los textos durante las purgas y las quemas de la Iglesia, que copiaron las profecías de Enoch y arriesgaron sus vidas para transmitir la información y los recursos..., ésa es la batalla que estamos librando. San Buenaventura, cuyos *Comentarios sobre las sentencias* demostraron con tanta elocuencia la metafísica fundacional de la angelología, que los ángeles son en sustancia tanto materiales como espirituales. Los padres escolásticos. Duns Escoto. Los cientos de miles que se han esforzado por derrotar las maquinaciones de los malvados. ¿Cuántos han sacrificado sus vidas por nuestra causa? ¿Cuántos volverían a hacerlo gustosos? Ésa fue su lucha. Y aun así, todos esos cientos de años han conducido a este momento singular en el que hay que elegir. De alguna manera, el peso recae sobre nuestros hombros. Se nos ha confiado el poder de decidir el futuro. Podemos seguir en la lucha o podemos rendirnos. —Se puso en pie, se acercó a la maleta y la tomó en sus manos—. Pero tenemos que decidirlo ahora. Cada miembro debe votar.

Cuando el doctor Raphael pidió que el consejo votase, los distintos miembros levantaron las manos. Para mi gran sorpresa, Gabriella —a la que nunca se le había permitido asistir a las reuniones y mucho menos tomar decisiones— había obtenido el privilegio de votar, mientras que yo, que había pasado años trabajando, preparándome para la expedición y había arriesgado mi vida en la caverna, no fui invitada a participar. Gabriella era una angelóloga y yo seguía siendo una novicia. Lágrimas de rabia y derrota llenaron mis ojos, emborronando la sala; casi no pude vislumbrar la votación. Gabriella levantó la mano a favor del intercambio, al igual que el doctor Raphael y la monja. Sin embargo, muchos de los demás querían seguir siendo fieles a nuestros códigos. Después de hacer recuento quedó claro que muchos estaban a favor de cerrar el trato y un número igual en contra.

—Ha habido empate —anunció el doctor Raphael.

Los presentes se miraron unos a otros preguntándose quién estaría dispuesto a cambiar su voto.

—Sugiero —propuso finalmente Gabriella, dirigiéndome lo que me pareció que era una mirada esperanzada— que le demos a Celestine la oportunidad de votar. Ha participado en la expedición. ¿Acaso no se ha ganado el derecho a participar?

Todos los ojos se volvieron hacia mí, que permanecía sentada en silencio detrás del doctor Raphael. Los miembros del consejo estuvieron de acuerdo. Mi voto decidiría la cuestión. Evalué las alternativas que se me presentaban, sabiendo que mi decisión me situaba finalmente entre los demás angelólogos.

El consejo esperó a que hiciera mi elección.

Después de dar mi voto, pedí disculpas al consejo, salí al vestíbulo vacío y corrí tan aprisa como pude. A través de los pasillos, tras bajar un tramo de amplios escalones de piedra y salir por la puerta en dirección a la noche, corrí con mis zapatos marcando el ritmo de mi corazón sobre los adoquines. Sabía que en el patio trasero podría estar sola; era el lugar al que Gabriella y yo solíamos ir años antes, el mismo en el que había visto por primera vez el encendedor de oro que aquel monstruo nefilim había utilizado en mi presencia a primera hora de la noche. El patio estaba siempre vacío, incluso durante las horas diurnas, y yo necesitaba estar a solas. Las lágrimas diluían los bordes de mi visión: la verja de hierro que rodeaba la antigua estructura se fundía, la majestuosa haya del patio se disolvía, incluso la afilada hoz de la luna creciente suspendida en el cielo se emborronó hasta convertirse en un halo sin forma.

Tras mirar a mi alrededor para comprobar que no me había seguido nadie, me puse en cuclillas contra la pared del edificio, hundí la cara entre las manos y sollocé. Lloré por la doctora Seraphina y por los otros miembros de la expedición a los que había traicionado. Lloré por la carga que mi voto había colocado sobre mi conciencia. Estaba convencida de que mi decisión había sido la correcta, pero el sacrificio me rompía por dentro, ensombreciendo mi confianza en mí misma, en mis colegas y en nuestro trabajo. Había traicionado a mi maestra, a mi mentora. Me había desentendido de la mujer a la que amaba tanto como amaba a mi propia madre. Se me había concedido el privilegio de votar, pero al hacer uso de él había perdido la fe en la angelología.

Aunque vestía una pesada chaqueta de lana, no llevaba nada debajo aparte del fino vestido que me había dado el doctor Raphael para acudir a la fiesta. Me enjugué las lágrimas con el dorso de la mano y me estremecí. La noche era gélida, completamente silenciosa y tranquila, más fría de lo que había sido sólo unas horas antes. Tras recuperar el control, respiré profundamente y me preparé para regresar a la sala del consejo. Entonces, desde algún punto cercano a la entrada lateral del edificio, me llegó el suave susurro de una voz.

Volviendo a las sombras, esperé, preguntándome quién habría abandonado el edificio por una salida tan poco convencional, cuando lo habitual era atravesar el pórtico de la entrada principal. En cuestión de segundos, Gabriella salió al patio, hablando en voz baja y apenas audible con Vladimir, que la escuchaba como si le estuviera explicando algo de gran importancia.

Escruté en la oscuridad para verlos mejor. Gabriella estaba especialmente atractiva bajo la luz de la luna: su cabello negro relucía y el lápiz de labios rojo definía sus labios con precisión sobre la blancura de su piel. Llevaba un lujoso abrigo color camel ajustado por un cinturón, claramente cortado a medida. Yo no lograba imaginar dónde podría haber encontrado esa ropa y cómo la habría pagado. Gabriella siempre había tenido buen gusto para vestir, pero para mí las prendas que ella llevaba sólo existían en las películas.

Incluso después de tantos años separadas, conocía muy bien sus expresiones. El surco en la frente significaba que estaba evaluando alguna cuestión que le había planteado Vladimir. Un repentino destello en sus ojos, acompañado de una sonrisa mecánica, significaba que le había contestado, con su aplomo habitual, con una agudeza, un aforismo o algo mordaz. Él escuchaba con suma atención. Su mirada no la abandonó ni un instante.

Mientras Gabriella y Vladimir hablaban, yo casi no podía ni respirar. Teniendo en cuenta los acontecimientos de esa noche, Gabriella debería haber estado tan angustiada como yo. La desaparición de cuatro angelólogos y la amenaza de perder nuestros descubrimientos de la expedición deberían haber bastado para aplastar toda alegría, incluso si la relación entre la doctora Seraphina y Gabriella hubiera sido superficial. Sin embargo, y a pesar de todo, las dos habían estado excepcionalmente unidas en su momento, y yo sabía que mi antigua amiga quería a nuestra maestra. Pero en el patio Gabriella parecía —casi no podía pensar en la palabra— «feliz». Hablaba con un claro aire de triunfo, como si hubiera alcanzado una victoria tras una ardua lucha.

Un haz de luz se diseminó por el patio al detenerse un coche, sus faros alumbrando a través de la verja de hierro e iluminando la gran haya, cuyas ramas se alargaban en el aire húmedo como si de tentáculos se tratara. Un hombre bajó del vehículo. Gabriella miró por encima del hombro, su cabello negro enmarcando el rostro como si fuera una campana. El hombre era atractivo, alto, con una elegante chaqueta cruzada y unos zapatos a los que habían sacado brillo. Su presencia me pareció extraordinariamente refinada. Tanta riqueza era una visión exótica durante la guerra, y esa noche había estado rodeada de ella. Al acercarse, vi que era Percival Grigori, el nefilim que había conocido durante el baile. Gabriella lo reconoció en seguida. Le hizo un gesto para que esperase en el coche y, besando a Vladimir con rapidez en ambas mejillas, dio media vuelta y se encaminó por las losas hacia su amante.

Me acurruqué aún más con la esperanza de que no descubrieran mi presencia. Gabriella sólo se encontraba a unos metros, tan cerca que podría haberle susurrado algo al pasar. Fue gracias a esa proximidad que lo vi: la maleta que contenía nuestro tesoro de la montaña. Gabriella se la estaba entregando a Percival Grigori.

Aquel descubrimiento tuvo tal efecto sobre mí que perdí la compostura por un instante. Salí a la luz de la luna. Gabriella se quedó parada, cogida por sorpresa al verme allí. Cuando nuestras miradas se encontraron, me di cuenta de que no importaba lo que el consejo hubiera votado: desde el primer momento, Gabriella había planeado entregar la maleta a su amante. En ese instante, los años del extraño comportamiento de Gabriella: sus desapariciones, su promoción imparable en las filas angelológicas, su alejamiento de la doctora Seraphina, el dinero que parecía lloverle del cielo..., todo cobró repentinamente sentido para mí. Seraphina tenía razón: Gabriella estaba trabajando con nuestros enemigos.

—¿Qué estás haciendo? —pregunté, oyendo mi propia voz como si perteneciera a otra mujer.

—Vuelve adentro —repuso ella, claramente sorprendida por mi aparición, en voz muy baja, como si tuviera miedo de que nos oyesen.

—No puedes hacer esto —susurré—. Ahora no, después de todo lo que hemos sufrido...

—Te estoy ahorrando mayores sufrimientos —replicó, y, librándose de mi mirada, caminó hasta el coche y subió al asiento trasero, seguida de cerca por Percival Grigori.

El desconcierto por el comportamiento de Gabriella me dejó momentáneamente paralizada, pero cuando el coche se sumergió en el laberinto de oscuridad de las calles estrechas, desperté. Atravesé corriendo el patio y entré en el edificio, mientras el miedo me empujaba cada vez con mayor velocidad a través del vasto y frío vestíbulo.

De repente oí una voz que me llamaba desde el fondo del pasillo.

—Celestine —repitió el doctor Raphael, interponiéndose en mi camino—. Gracias a Dios que no te han herido.

—No —contesté mientras intentaba recuperar el aliento—. Pero Gabriella se ha ido con la maleta. Ahora mismo vengo del patio. La ha robado.

—Sígueme —ordenó él.

Sin más explicaciones, me condujo por un vestíbulo abandonado de vuelta al ateneo, donde el consejo había celebrado su reunión tan sólo media hora antes. Vladimir también había regresado. Me saludó con sequedad, con expresión seria. Miré detrás de él y vi que las ventanas en el extremo más alejado de la sala estaban rotas, y una brisa fría y penetrante se abatía sobre los cuerpos mutilados de los miembros del consejo, sus cadáveres yacían en el suelo sobre charcos de sangre.

La visión me golpeó con tanta fuerza que era incapaz de pensar ni decir nada. Me apoyé en la mesa donde habíamos votado la entrega de la vida de mi maestra sin conseguir discernir si la visión que tenía ante mí era real o una horrible fantasía que se había apoderado de mi imaginación. La brutalidad de los asesinatos era indescriptible. A la monja le habían disparado a quemarropa en la cabeza, dejando su hábito empapado en sangre. El tío de Gabriella, el doctor Lévi-Franche, yacía en el suelo de mármol, también ensangrentado, las gafas aplastadas. Otros dos miembros del consejo habían caído sobre la propia mesa.

Cerré los ojos y di la espalda a tan espantosa escena. Mi único consuelo llegó cuando el doctor Raphael, cuyo brazo rodeaba mis hombros, me sostuvo. Me apoyé en él y el aroma de su cuerpo me proporcionó un alivio agridulce. Imaginé que abriría los ojos y todo volvería a ser como había sido hacía unos años: el ateneo estaría lleno de cajas y papeles y ayudantes muy ocupados empaquetando nuestros textos. Los miembros del consejo estarían sentados alrededor de la mesa, estudiando los mapas de la Europa en guerra del doctor Raphael. Nuestra escuela estaría abierta, los miembros del consejo seguirían con vida. Pero cuando abrí de nuevo los ojos volvió a golpearme el horror de la masacre. No había forma de escapar a su realidad.

—Ven —me ordenó el doctor Raphael conduciéndome fuera de la sala, guiándome a la fuerza por el vestíbulo y hasta la entrada principal—. Respira. Estás en estado de *shock*.

338

—¿Qué ha ocurrido? —pregunté mirando a mi alrededor como si estuviera en un sueño—. No lo entiendo. ¿Gabriella ha hecho eso?

—¿Gabriella? —exclamó Vladimir, uniéndose a nosotros en el pasillo—. No, por supuesto que no.

—Gabriella no tiene nada que ver con esto —explicó Raphael—. Eran espías. Sabíamos desde hacía algún tiempo que estaban vigilando al consejo. Formaba parte del plan matarlos de esta manera.

—¿Lo ha hecho usted? —dije, sorprendida—. ¿Cómo ha podido...?

El doctor Raphael me miró y percibí una ligerísima sombra de tristeza en su rostro, como si le hiciera daño ser testigo de mi desilusión.

—Es mi trabajo, Celestine —respondió finalmente, mientras me cogía por el brazo y me guiaba a través del vestíbulo—. Algún día lo comprenderás. Ven, tenemos que sacarte de aquí.

Al acercarnos a la entrada principal del ateneo, el entumecimiento que me había provocado la escena había empezado a desvanecerse y me vi asaltada por la náusea. El doctor me condujo hasta el frío aire nocturno, donde el Panhard et Levassor nos estaba esperando para sacarnos de allí. Mientras bajábamos por los anchos escalones de piedra, puso una maleta en mi mano. La maleta era idéntica a la que Gabriella sostenía en el patio: la misma piel marrón, los mismos cierres relucientes.

—Toma esto —me dijo—. Todo está dispuesto. Esta noche te conducirán hasta la frontera. Luego, me temo que tendremos que confiar en nuestros colaboradores en España y Portugal para que puedas pasar.

—¿Pasar adónde?

—A Estados Unidos —respondió el doctor Raphael—. Llevarás esta maleta contigo. Tú y el tesoro de la gruta estaréis a salvo allí.

—Pero yo vi cómo Gabriella se marchaba —repliqué, examinando la maleta como si fuera una ilusión—. Se llevó el instrumento. Se ha ido.

—Era una réplica, querida Celestine, un señuelo —repuso él—. Gabriella está entreteniendo al enemigo para que tú puedas escapar y podamos liberar a Seraphina. Le debes mucho, incluida tu presencia en la expedición. La lira está ahora a tu cargo. Gabriella y tú habéis tomado caminos distintos, pero siempre debéis recordar que vuestro trabajo es por una causa común. El suyo estará aquí, y el tuyo en América.

LA TERCERA ESFERA

En esto se me aparecieron dos varones de una
estatura descomunal, tal como yo no había tenido ocasión de ver sobre la tierra. Su faz era
como un sol refulgente, sus ojos semejaban antorchas ardiendo y de sus labios salía fuego...
Sus alas brillaban más que el oro y la blancura
de sus manos superaba la de la nieve.

LIBRO DE ENOCH

Celda de la hermana Evangeline, convento de Saint Rose,
Milton, Nueva York
24 de diciembre de 1999, 0.01 horas

Evangeline se acercó a la ventana, apartó las pesadas cortinas y miró la oscuridad. Desde la cuarta planta podía ver
con claridad hasta el otro lado del río. Todos los días, a las
horas establecidas, el tren de pasajeros cruzaba la noche,
abriendo una senda reluciente en el paisaje. La presencia del
tren nocturno consoló a Evangeline: era tan fiable como las
labores del convento de Saint Rose. El tren pasaba, las hermanas se encaminaban a rezar, el calor emanaba desde los
radiadores, el viento azotaba las ventanas. El universo se
movía en ciclos regulares. El sol saldría en unas horas y, entonces, Evangeline iniciaría una nueva jornada, siguiendo el
estricto horario que habría seguido cualquier otro día: oración, desayuno, misa, trabajo en la biblioteca, almuerzo,
oración, limpieza, trabajo en la biblioteca, misa, cena. Su
vida se movía en esferas tan regulares como las cuentas de
un rosario.

En ocasiones, observaba el tren e imaginaba la figura
envuelta en las sombras de un viajero abriéndose camino a
duras penas por el pasillo. El tren y el hombre pasarían
como un fogonazo y, entonces, con un traqueteo de metal y
luces de neón, proseguirían hacia un destino desconocido.
Contemplando la oscuridad, Evangeline deseó que el tren
que llevaba a Verlaine pasase mientras ella miraba.

Su habitación tenía el tamaño de un armario de ropa
blanca y, como correspondía, olía a sábanas recién lavadas.

Recientemente había encerado el suelo de madera de pino, limpiado las telarañas de los rincones y quitado el polvo de la celda del suelo al techo y del revestimiento de madera de la pared al alféizar de la ventana. Las sábanas blancas de su cama parecían urgirla a que se quitara los zapatos y se echara a dormir. En cambio, sirvió en un vaso agua de una jarra que había sobre la mesa y bebió. Después abrió la ventana y respiró profundamente. Sintió el aire frío y denso en los pulmones, aliviándola como el hielo en una herida. Estaba tan exhausta que apenas podía pensar. El visor digital del reloj dio la hora. Acababa de pasar la medianoche. Estaba empezando un nuevo día.

Se sentó en la cama, cerró los ojos y dejó que todos los pensamientos del día anterior se apaciguaran. Cogió el fajo de cartas que le había dado la hermana Celestine y las contó. Había once sobres, cada uno de ellos de un año diferente; la dirección del remitente —un lugar de la ciudad de Nueva York que no reconoció—, era idéntica en todos. Su abuela había enviado cartas con una constancia encomiable; todos los matasellos llevaban la fecha del 21 de diciembre. Cada año había llegado una tarjeta, desde 1988 a 1998. Sólo faltaba la del año en curso.

Con cuidado de no romper los sobres, Evangeline sacó las tarjetas y las examinó, alineándolas en orden cronológico sobre la cama, de la primera a la última. Las tarjetas tenían ilustraciones a pluma y tinta, gruesos trazos azules que no parecían formar ninguna imagen concreta. Los dibujos eran a mano; sin embargo, Evangeline no comprendía ni su propósito ni su significado. En una de las tarjetas había un esbozo de un ángel subiendo una escalera, una ilustración elegante y moderna sin los excesos de las imágenes angelicales de Maria Angelorum.

Aunque muchas de las hermanas no estaban de acuerdo con ella, Evangeline prefería las representaciones artísticas de los ángeles a las terroríficas descripciones bíblicas. Las ruedas de Ezequiel, por ejemplo, se describían en la Biblia como de crisólito y circulares, con cientos de ojos alineados en sus bordes exteriores. Se decía que los querubines tenían cuatro caras: de hombre, de buey, de león y de águila. Estas visiones antiguas de los mensajeros de Dios eran desconcertantes, casi grotescas, cuando se comparaban con los trabajos de los pintores del Renacimiento, que cambiaron para siempre la estética de los ángeles. Seres celestiales tocando trompetas, o con arpas en las manos, ocultos tras delicadas alas: ésos eran los ángeles que apreciaba Evangeline, sin importarle lo alejados que se encontraran de la realidad bíblica.

Examinó las tarjetas una a una. En la primera de ellas, fechada en diciembre de 1988, aparecía la imagen de un ángel tocando una trompeta dorada, con las vestiduras blancas perfiladas en oro. Al abrirla, descubrió un trozo de papel color crema pegado en el interior. El mensaje, escrito en tinta carmesí en la elegante caligrafía de su abuela, decía:

Quedas advertida, querida Evangeline: comprender el significado de la lira de Orfeo ha demostrado ser una prueba. La leyenda rodea a Orfeo con tanta fuerza que no podemos discernir los contornos precisos de su vida mortal. No sabemos el año de su nacimiento, su verdadero linaje o la medida real de su talento con la lira. Se le atribuía haber nacido de la musa Calíope y del dios del río Eagro, pero esto, por supuesto, es mitología, y nuestro trabajo consiste en separar lo mitológico de lo histórico, extirpar la leyenda de los hechos, discernir la magia de la verdad. ¿Regaló la poesía a la humanidad? ¿Descubrió la lira en su legendario viaje al infierno? ¿Fue tan influyente durante su vida como asegura la historia? En el siglo VI a. J.C. era conocido en todo el mundo griego como el maestro de las canciones y de la música, pero cómo tropezó con el instrumento de los ángeles es motivo de un amplio debate entre los historiadores. El trabajo de tu madre sólo confirmó teorías largamente mantenidas sobre la importancia de la lira.

Evangeline dio la vuelta al papel con la esperanza de que la tinta roja continuara. No cabía duda de que el mensaje era un fragmento de una comunicación más extensa, pero no logró encontrarla.

Miró el dormitorio que la rodeaba —sus sólidos contornos se habían suavizado con el progresivo aumento de su cansancio— y luego se volvió de nuevo hacia las tarjetas. Abrió una y después otra. Cada tarjeta tenía pegada en el interior una página de color crema idéntica a la primera, todas contenían un texto que comenzaba y concluía sin ninguna lógica discernible. De las once tarjetas, sólo la que se dirigía a ella tenía un punto de partida o un final definido. Las páginas no estaban numeradas y el orden no correspondía a la cronología de los envíos. De hecho, a Evangeline le dio la impresión de que las páginas eran sencillamente un torrente interminable de palabras. Además, estaban escritas en una letra tan pequeña que tenía que forzar la vista para leerlas.

Después de examinar las páginas durante algún tiempo, devolvió cada tarjeta a su sobre, asegurándose de colocarlos por la fecha del matasellos. El esfuerzo de intentar comprender el laberinto de páginas con las palabras de su abuela le provocó dolor de cabeza. No podía pensar con claridad, en sus sienes sentía agudos latidos. Hacía horas que debería haberse acostado. Ató juntas las tarjetas y las metió debajo de la almohada, con cuidado de no doblar o arrugar los bordes. Sería incapaz de hacer nada más hasta que no hubiera dormido un poco.

Sin tomarse la molestia de ponerse el pijama, se quitó los zapatos y se desplomó sobre la cama. Notaba las sábanas agradablemente frescas y suaves sobre su piel. Se subió el edredón hasta la barbilla y, moviendo los dedos de los pies enfundados en las medias de nailon, se precipitó en la caída libre del sueño.

Tren de la línea Hudson del ferrocarril Metro-North,
en algún lugar entre Poughkeepsie y la estación
de la calle 125, Harlem, Nueva York

Verlaine había cogido el último tren en dirección sur de la noche. A su derecha, el río Hudson avanzaba paralelo a las vías; a su izquierda, las colinas cubiertas de nieve se alzaban para encontrarse con el cielo nocturno. En el interior del vagón, el ambiente era cálido, estaba bien iluminado y vacío. Las Coronitas que había tomado en el bar de Milton y el ritmo lento y bamboleante del tren se habían combinado, calmándolo hasta alcanzar un estado de resignación, si no de satisfacción. Aunque no le gustaba la idea de abandonar su Renault, la realidad era que probablemente no conseguiría que su coche volviera a funcionar. Se trataba de un modelo cuyas sencillas líneas recordaban a los primeros Renault de la posguerra, coches que Verlaine sólo había visto en fotografías, ya que nunca se habían exportado a Estados Unidos y él nunca había estado en Francia. Y ahora estaba destrozado.

Sin embargo, aún peor que la pérdida de su coche era la de toda su investigación. Además del material meticulosamente organizado que había empleado como fuente de su tesis doctoral —una carpeta con fotos en color, notas e información general sobre la labor de Abigail Rockefeller en el Museo de Arte Moderno—, había cientos de páginas fotocopiadas y notas que había tomado en el último año de trabajo para Percival Grigori. Aunque sus argumentos no eran exactamente originales, eran todo cuanto tenía. Todo estaba en el asiento trasero, en la bolsa que se habían llevado los hombres de Grigori. Había realizado copias de la mayor parte de su trabajo, pero con Grigori presionándolo había sido algo más desorganizado de lo habitual. No podía recordar cuánto del material Saint Rose/Rockefeller tenía duplicado en la actualidad, ni tampoco estaba completamente seguro de qué había metido en la bolsa o había dejado en sus archivos. No obstante, de momento no tenía ninguna esperanza de haber sido lo suficientemente cuidadoso y conservar una copia de los documentos más importantes. A pesar de todo lo ocurrido en las últimas horas, de dos cosas estaba seguro: las cartas originales de Innocenta a Abigail Rockefeller estaban guardadas bajo llave en su oficina y llevaba consigo los planos del convento de Saint Rose.

Deslizó la mano herida hasta las profundidades del bolsillo interior de su abrigo y sacó el fajo de planos. Tras la actitud desdeñosa que había mostrado Grigori hacia el material en Central Park, casi se había convencido de que no tenían ningún valor. Pero si no eran valiosos, ¿por qué iba a enviar Grigori a unos matones para que asaltaran su coche?

Extendió los planos sobre el regazo, reparando en el sello de la lira. La peculiar coincidencia de que el icono del sello fuera igual que el colgante de Evangeline era un misterio que Verlaine ardía en deseos de desentrañar. De hecho, todo lo relacionado con la lira —desde su presencia en la moneda tracia que había encontrado hasta su preeminencia como insignia de Saint Rose— parecía más grande que la propia vida, casi mitológico. Era como si sus vivencias personales hubieran asumido las características del simbolismo y de las diferentes capas de significado histórico que solía aplicar a sus investigaciones sobre historia del arte. Quizá estaba proyectando su formación académica a la situación, formulando conexiones donde no las había, dando un sesgo romántico a su trabajo y sacándolo todo de su justa medida. Ahora que se había acomodado en el asiento del tren y tenía la serenidad mental para reflexionar sobre todo lo sucedido, Verlaine empezó a cuestionarse si no habría reaccionado de manera exagerada ante el colgante de la lira. Además, existía la posibilidad de que los hombres que habían asaltado su Renault no tuvieran nada que ver con Grigori. Quizá había una explicación diferente y completamente lógica para los extraños acontecimientos que habían tenido lugar durante ese día.

Verlaine cogió las hojas en blanco del papel de carta del convento de Saint Rose y las puso encima de los dibujos arquitectónicos. El papel era grueso y con un alto contenido en algodón, rosado, con una intrincada cabecera de rosas y ángeles entrelazados ejecutada en el exuberante estilo de la época victoriana que, para su propio asombro, le gustaba bastante, a pesar de su debilidad por el modernismo. No lo había mencionado en su momento, pero Evangeline estaba equivocada sobre el diseño de la papelería del convento por parte de la madre fundadora doscientos años antes: la invención del método químico para fabricar papel a partir de pulpa de madera, una revolución tecnológica que impulsó el servicio postal y permitió crear papel de carta individualizado, no ocurrió hasta mediados de la década de 1850. Lo más probable era que el papel de Saint Rose hubiera sido diseñado a finales del siglo XIX, utilizando las ilustraciones de la madre fundadora para el encabezamiento. De hecho, esa costumbre se había vuelto extraordinariamente popular durante la Edad de Oro. También Abigail Rockefeller había encargado imprimir en menús de almuerzos, tarjetas de visita, invitaciones y sobres y papel de carta personalizados arabescos similares, incluyendo siempre los símbolos y los blasones de la familia y utilizando papel de la más alta calidad. El propio Verlaine había vendido en subastas, a lo largo de los años, una serie de juegos en blanco de esa papelería personalizada.

Ahora se daba cuenta de que no había corregido el error de Evangeline porque ella lo había cogido desprevenido. Si hubiera sido una mujer desagradable, con mal carácter y recelosa con los archivos, habría estado perfectamente preparado para tratar con ella. En sus años de peticiones de acceso a las bibliotecas había aprendido a ganarse a las bibliotecarias, o al menos su comprensión. Pero al ver a Evangeline se había quedado indefenso. Era guapa, inteligente, extrañamente reconfortante y, como monja, estaba completamente fuera de su alcance. Quizá él le gustaba..., un poco al menos. Incluso cuando había estado a punto de echarlo del convento había sentido un conexión extraña entre ellos. Cerrando los ojos, intentó recordar su apariencia exacta mientras estaba sentada en el bar en Milton. Dejando de lado el hábito negro, parecía una persona normal que estaba disfrutando de una salida nocturna normal. Verlaine no creía posible que pudiera olvidar la forma en que había sonreído, sólo un poco, cuando él le tocó la mano.

Permitió que el traqueteo del tren lo meciese hasta entrar en un estado de ensoñación, con su mente jugando con pensamientos sobre Evangeline, y entonces un golpe en la ventanilla lo sobresaltó. Una mano blanca e inmensa, con los dedos extendidos como las puntas de una estrella de mar, estaba presionada contra la ventanilla. Sorprendido, Verlaine se echó hacia atrás, intentando examinarla desde un ángulo diferente. Pero entonces apareció otra mano, golpeando el cristal como si pretendiera empujarlo hacia dentro, sacándolo de su marco. Una pluma roja y fibrosa rozó con rapidez la ventanilla. Verlaine parpadeó, tratando de discernir si era posible que se hubiera quedado dormido, si ese extraño espectáculo era en realidad un sueño. Pero al acercarse vio algo que le heló la sangre: dos criaturas gigantescas se sostenían en el aire en el exterior del tren, sus enormes ojos rojos lo miraban amenazadores, sus inmensas alas los mantenían a la altura del vagón. Las observó atemorizado, incapaz de romper el contacto visual. ¿Se estaba volviendo loco o esas extrañas criaturas se parecían a los tipos que había visto destrozar su coche? Para su sorpresa y consternación, llegó a la conclusión de que sí se parecían.

Se puso en pie de un salto, agarró la chaqueta y corrió hacia el servicio, un compartimento pequeño y sin ventanas que apestaba a productos de limpieza. Respirando profundamente, intentó calmarse. Su ropa estaba empapada de sudor, y notaba una ligereza en el pecho que le hacía sentir como si fuera a desmayarse. Sólo se había sentido así una vez antes, en el instituto, cuando bebió demasiado durante su graduación.

Cuando el tren llegó al extrarradio de la ciudad, Verlaine introdujo los mapas y el papel de carta en el fondo de su bolsillo, abandonó el baño y anduvo con rapidez hasta la parte delantera del vagón. Sólo había unos pocos pasajeros que fueran a bajar del tren en Harlem. Cuando descendió al andén, pasada la medianoche, la estación estaba prácticamente desierta, lo cual le provocó la inquietante sensación de que había cometido algún tipo de error. Quizá se había saltado su parada o, peor aún, había tomado el tren equivocado. Recorrió el andén y bajó un tramo de escalones de hierro hasta alcanzar la calle oscura y fría. Era como si algún cataclismo hubiera asolado Nueva York en su ausencia y, a través de algún truco del destino, él hubiera regresado a una ciudad saqueada y vacía.

Upper East Side, ciudad de Nueva York

Sneja le había ordenado a Percival que se quedara en casa. Sin embargo, después de pasear por la sala de billar durante horas esperando a que Otterley llamase con novedades, no podía tolerar seguir solo ni un segundo más. Cuando el séquito de su madre se hubo marchado, dando por terminada la velada, y estuvo seguro de que Sneja se había ido a dormir, Percival se vistió con cuidado —poniéndose un esmoquin y un abrigo negro, como si fuera a asistir a una gala— , bajó en el ascensor y salió a la Quinta Avenida.

Habitualmente, el contacto con el mundo exterior lo dejaba indiferente. De joven, cuando vivía en París y no tenía más remedio que enfrentarse al hedor de la humanidad, había aprendido a ignorar por completo a la gente. No tenía ninguna necesidad de escrutar sin pausa las actividades humanas: el trabajo incansable, las festividades, las diversiones. Todo aquello le aburría. No obstante, su enfermedad lo había transformado. Había empezado a contemplar a los seres humanos, examinando con interés sus extrañas costumbres. Había comenzado a sentir simpatía por ellos.

Sabía que eso era un síntoma de cambios más importantes, que le habían advertido que ocurrirían y que estaba preparado para aceptar como la progresión natural de su metamorfosis. Le habían dicho que gradualmente notaría sensaciones nuevas y sorprendentes, e incluso había descubierto que retrocedía incómodo ante la visión de los sufrimientos de aquellas criaturas lastimosas. Al principio esas extrañas reacciones lo habían envenenado con absurdos brotes emotivos. Sabía muy bien que los seres humanos eran inferiores y que sus sufrimientos estaban en proporción directa con su posición en el orden del universo. Lo mismo sucedía con los animales, cuya miseria parecía sólo ligeramente más pronunciada que la de los humanos. Con todo, Percival empezó a ver belleza en sus rituales, en su amor a la familia, en su dedicación al culto, en su valentía frente a la debilidad física. A pesar de su desprecio por ellos, comprendió la tragedia de su maldición: vivían y morían como si su existencia importase. Si hubiera mencionado esos pensamientos a Otterley o Sneja, ellas se habrían burlado sin piedad.

Lenta y dolorosamente, Percival Grigori pasó junto a los majestuosos edificios de apartamentos de su vecindario; su respiración era trabajosa, el bastón lo ayudaba a avanzar por las aceras heladas. El viento frío no le molestaba porque no sentía nada más que el rechinar del arnés sobre su caja torácica, el ardor en el pecho cuando respiraba y el crujido de las rodillas y la cadera mientras sus huesos se pulverizaban lentamente. Le habría gustado quitarse la chaqueta y liberar su cuerpo, dejar que el aire frío aliviase las abrasiones de su piel. Las alas maltrechas y en descomposición presionaban la ropa, dándole la apariencia de un jorobado, una bestia, un ser deforme rechazado por el mundo. Durante los paseos nocturnos como ése, le habría gustado entrar en los lugares con la despreocupación de la gente saludable que pasaba por su lado. Casi podría consentir en convertirse en humano si eso lo liberase del dolor.

Después de un rato, el esfuerzo del paseo lo abrumó. Percival se detuvo en un bar de vinos, un selecto espacio de bronce reluciente y terciopelo rojo. En el interior había mucha gente y el ambiente estaba caldeado. Pidió un Macallan, un whisky escocés de malta, y eligió la mesa de un rincón apartado, desde donde podría contemplar el jolgorio de los vivos.

Acababa de apurar su primera copa cuando una mujer en el extremo más alejado de la sala le llamó la atención. Era joven, con el cabello negro y reluciente cortado al estilo de los años treinta. Estaba sentada a una mesa, con un grupo de amigos. Aunque vestía ropa moderna y barata —vaqueros ajustados y una blusa de encaje escotada—, su belleza tenía una pureza clásica que Percival asociaba con mujeres de otra época. La joven parecía la hermana gemela de su amada Gabriella Lévi-Franche.

Durante una hora no le quitó el ojo de encima. Compuso un perfil de sus gestos y expresiones, dándose cuenta de que era como Gabriella en algo más que en el aspecto. Quizá, razonó, estaba demasiado desesperado por ver los rasgos de Gabriella: en el silencio de la joven, Percival detectó la inteligencia analítica de ella; en su mirada impasible, vio la tendencia de Gabriella a atesorar secretos. La mujer parecía reservada entre sus amigos, al igual que Gabriella siempre había sido reservada en medio de la multitud. Percival supuso que su presa prefería escuchar, dejando que sus amigos siguieran relatando el ameno sinsentido que llenaba sus vidas, mientras que en privado evaluaba sus costumbres, catalogando sus virtudes y sus defectos con una frialdad clínica. Decidió que esperaría hasta que estuviera sola para poder hablar con ella.

Después de pedir muchos más Macallan, la joven recogió por fin su abrigo y se encaminó hacia la puerta. Al pasar por su lado, Percival bloqueó su paso con el bastón y el ébano pulido rozó su pierna.

—Perdóneme por acercarme a usted de una forma tan directa —la abordó poniéndose en pie—. Pero me gustaría invitarla a una copa.

La joven lo miró, sorprendida. Percival no sabía qué la había sorprendido más: el bastón interceptando su camino o el acercamiento tan poco habitual para pedirle que se quedase con él.

—Va usted exageradamente arreglado —comentó ella mirando su esmoquin. Su voz era aguda y emocional, exactamente opuesta a la voz fría y desapasionada de Gabriella, una diferencia que derribó en un instante la fantasía de Percival. Quería creer que había descubierto a Gabriella, pero estaba claro que esa mujer no se parecía tanto a ella como había esperado. Aun así, deseaba hablar con ella, mirarla, recrear el pasado.

Con un gesto la invitó a sentarse frente a él. La joven dudó sólo un instante, examinó de nuevo su ropa cara y finalmente tomó asiento. Para su decepción, el parecido físico con Gabriella disminuyó todavía más cuando la estudió de cerca. Su piel estaba cubierta de pequeñas pecas; la de Gabriella era cremosa e inmaculada. Sus ojos eran castaños; los de Gabriella, de un verde brillante. Sin embargo, la curva de sus hombros y la manera en que caía la media melena de cabello negro sobre sus mejillas era lo suficientemente similar para retener su fascinación. Pidió una botella de champán —la más cara— y empezó a contarle historias de sus aventuras en Europa, alterando el relato para ocultar su edad o, mejor dicho, la ausencia de la misma. Aunque había residido en París en los años treinta, le explicó que había vivido allí en los ochenta. Fingió que era él quien gestionaba su propia empresa, cuando en realidad los negocios estaban totalmente bajo el mando de su padre. Ella no se percató de los puntos más delicados ni de los detalles de lo que él le contaba, porque parecía que le importaba muy poco lo que dijera, simplemente bebía el champán y escuchaba, ajena al desasosiego que a él le provocaba. Daba igual si era muda como un maniquí, siempre y cuando Percival pudiera mantenerla delante de él, en silencio y con los ojos bien abiertos, medio divertida y medio impresionada, su mano descansando indiferente sobre la mesa, conservando su fugaz parecido con Gabriella intacto. Todo cuanto importaba era la ilusión de que el tiempo había vuelto atrás.

La fantasía le permitió recordar la furia ciega que le había provocado la traición de Gabriella. Habían planeado juntos el robo del tesoro de las Ródope. Su plan había sido calibrado con precisión y, en su opinión, era brillante. Su relación había sido pasional, pero también de provecho mutuo. Gabriella le había proporcionado información sobre el trabajo angelológico —informes detallados sobre las posesiones y el paradero de los angelólogos—, y Percival le había brindado a ella datos que le habían permitido progresar con facilidad en la jerarquía de la sociedad. Sus interacciones mercantiles —no había otra palabra para esos intercambios mundanos— sólo habían servido para hacerle sentir admiración por Gabriella. Su avidez de éxito la convertía en una persona muy preciada para él.

Con la ayuda de Gabriella, la familia Grigori supo de la segunda expedición angelológica. Su plan había sido brillante. Percival y ella habían orquestado juntos el secuestro de Seraphina Valko, diseñando la ruta que tomaría la caravana para atravesar París, asegurándose de que la maleta de piel permanecería en manos de Gabriella. Habían apostado a que un trato —liberar a los angelólogos a cambio de la maleta que contenía los tesoros— sería aprobado instantáneamente por el consejo de angelólogos. La doctora Valko no era sólo una angelóloga de fama mundial, sino que también era la esposa del jefe del consejo, Raphael Valko. No existía ninguna posibilidad de que el consejo la dejase morir, sin importar lo preciosos que fueran los objetos en cuestión. Gabriella le había garantizado que su plan funcionaría y él la había creído. Pero pronto quedó claro que algo había ido terriblemente mal. Cuando se percató de que no iba a haber trato, Percival asesinó personalmente a Seraphina Valko. La mujer había muerto en silencio, aunque habían hecho todo lo posible para animarla a divulgar la información sobre el objeto que había recuperado. No obstante, lo peor de todo fue que Gabriella lo había traicionado.

La noche en que ella le entregó la maleta de piel que contenía la lira, él se habría casado con ella. La habría introducido en su círculo, a pesar de las objeciones de sus padres, que sospechaban desde hacía tiempo que era una espía que trataba de infiltrarse en la familia Grigori. Percival la había defendido. Pero cuando su madre se llevó la lira para que la examinase un especialista en instrumentos musicales alemán, un hombre al que recurrían con frecuencia para verificar los tesoros nazis, descubrieron que la lira no era más que una buena réplica, una antigüedad siria confeccionada con hueso bovino. Gabriella le había mentido. Percival fue humillado y ridiculizado por su confianza en ella, una persona de la que Sneja jamás se había fiado.

Después de su traición, se había desentendido de Gabriella, dejándosela a los demás, una decisión que le había resultado terriblemente dolorosa. Más adelante, supo que su castigo había sido excepcionalmente severo. Su intención había sido que muriese —de hecho, había dado instrucciones de que la matasen, no de que la torturasen—, pero mediante una combinación de suerte y una planificación extraordinaria por parte de sus colegas, había sido rescatada. La joven se recuperó y se casó con Raphael Valko, un matrimonio que la ayudó a progresar en su carrera. Percival era el primero en admitir que ella era la mejor en su campo, una de los pocos angelólogos que habían logrado introducirse por completo en su mundo.

En realidad no había hablado con Gabriella en más de cincuenta años. Como los demás, estaba bajo vigilancia continua, sus actividades profesionales y personales eran monitorizadas permanentemente, de día y de noche. Sabía que vivía en la ciudad de Nueva York y que seguía con su trabajo contra él y su familia, pero conocía muy pocos detalles sobre su vida personal. Después de su relación, su familia se aseguró de que no pudiera acceder a ninguna información sobre Gabriella Lévi-Franche Valko.

Lo último que había oído era que Gabriella seguía luchando contra la decadencia inevitable de la angelología, combatiendo la falta de esperanzas de su causa. Imaginaba que ahora sería una anciana, su rostro aún bello pero ajado. No se parecería en nada a la joven frívola y estúpida que estaba ahora sentada delante de él. Se recostó en la silla y examinó a la mujer: la ridícula blusa escotada y las zafias joyas. Se había emborrachado; de hecho, lo más probable era que ya estuviera borracha antes incluso de que él pidiera el champán. La joven carente de gusto sentada frente él no era en absoluto como Gabriella.

—Ven conmigo —dijo Percival, dejando un fajo de billetes sobre la mesa.

Se puso el abrigo, recogió el bastón y salió a la noche, rodeando a la joven por la cintura. Era alta, delgada y de huesos más largos que los de Gabriella. Percival podía sentir la pura atracción sexual entre ellos: desde el principio había sido así, las mujeres humanas se sentían subyugadas por el encanto angelical.

Ésa no era diferente de las demás. Se fue voluntariamente con Percival. Caminaron en silencio algunas manzanas hasta que, al encontrar un callejón apartado, él la tomó de la mano y la condujo hacia las sombras. El deseo insoportable, casi animal, que sentía por ella alimentó su furia. La besó, la penetró y, entonces, ciego de rabia, rodeó su cuello delicado y caliente con sus largos y fríos dedos y presionó los huesos hasta que éstos empezaron a crujir. La joven gruñó y lo empujó, tratando de liberarse de sus garras, pero ya era demasiado tarde: Percival Grigori se vio transportado por el asesinato. El éxtasis de su dolor, la dicha pura que le despertaba su lucha, hizo que lo atravesaran temblores de deseo. Imaginar que era Gabriella la que se encontraba entre sus manos sólo provocó que el placer fuera más intenso.

Convento de Saint Rose, Milton, Nueva York

Evangeline se despertó a las tres de la madrugada presa del pánico. Después de años ciñéndose a una estricta rutina, tenía tendencia a desorientarse cuando se desviaba de su programa. Mirando alrededor de su habitación y sintiendo el aturdimiento fruto del sueño, decidió que lo que estaba viendo no era en absoluto su dormitorio, sino un cuarto pequeño y ordenado con ventanales inmaculados y estantes sin polvo que existía en un sueño, y volvió a dormirse.

Una imagen fugaz de sus padres apareció ante de ella. Estaban juntos en su apartamento en París, el hogar de su infancia. En el sueño, su padre era joven y guapo, más feliz de lo que Evangeline lo había visto nunca después de la muerte de su madre. Angela —incluso en la neblina de un sueño, Evangeline luchaba por verla— estaba lejos, no era más que una sombra, su rostro quedaba oculto bajo un sombrero. Intentó alcanzarla, desesperada por tocar la mano de su madre. Desde las profundidades del sueño, la llamó para que se acercara. Pero al estirarse para aproximarse a ella, su madre se alejaba, disolviéndose como una niebla diáfana e insustancial.

Evangeline se despertó por segunda vez, sorprendida por la intensidad del sueño. La brillante luz roja de su reloj-despertador formaba tres cifras: 4.55. La recorrió un escalofrío: estaba a punto de llegar tarde a su hora de adoración. Mientras parpadeaba y miraba alrededor de la habitación, se

359

dio cuenta de que había dejado abiertas las cortinas, y la estancia absorbía el cielo nocturno. Sus sábanas blancas estaban teñidas de un color púrpura grisáceo, como si estuvieran cubiertas de ceniza. De pie junto a la cama, se puso la falda negra, se abotonó la blusa blanca y se ajustó el velo sobre el cabello.

Al recordar el sueño, la envolvió una sensación de añoranza. No importaba el tiempo que había pasado, Evangeline sentía la ausencia de sus padres con la misma intensidad que cuando era una niña. Su padre había muerto repentinamente tres años atrás; su corazón se había detenido mientras dormía. Aunque todos los años conmemoraba la fecha de su muerte rezando una novena en su honor, le resultaba difícil aceptar el hecho de que él no sabría nunca que ella había crecido y cambiado desde que había tomado los votos, y cómo se parecía más a él de lo que ninguno de ellos habría creído posible. Su padre le había dicho muchas veces que en temperamento ella era como su madre: ambas eran ambiciosas y resueltas, la vista obstinadamente clavada en el objetivo más que en los medios. Pero, en realidad, había sido el sello de su personalidad el que había quedado impreso en Evangeline.

Estaba a punto de salir cuando recordó las tarjetas de su abuela que tanto la habían frustrado la noche anterior. Metió la mano bajo la almohada, las revisó y, a pesar del hecho de que ya llegaba tarde a la adoración, decidió intentar comprender una vez más el caos de palabras que le había enviado su abuela.

Sacó las tarjetas de los sobres y las colocó sobre la cama. Una de las imágenes le llamó la atención. A causa del cansancio, no se había dado cuenta la noche anterior. Se trataba de un dibujo de un ángel cuyas manos descansaban sobre los travesaños de una escala. Estaba segura de que había visto antes la imagen, aunque no podía recordar dónde o por qué le resultaba tan familiar. Este indicio de reconocimiento la empujó a coger otra tarjeta y, al hacerlo, algo encajó en su mente. De repente las imágenes cobraron sentido: los esbozos de los ángeles de las tarjetas eran fragmentos de una imagen más grande.

Evangeline volvió a colocar las piezas, probando varias composiciones, ajustando colores y bordes como si estuviera construyendo un rompecabezas, hasta que emergió un paisaje completo: un enjambre de luminosos ángeles subiendo por una elegante escalera de caracol hasta alcanzar un rayo de luz celestial. Conocía muy bien la imagen. Se trataba de una reproducción de *La escalera de Jacob* de William Blake, una acuarela que su padre la había llevado a ver de niña en el Museo Británico. A su madre le gustaba Blake: coleccionaba ediciones de sus libros de poemas y de sus grabados, y su padre había comprado una reproducción de *La escalera de Jacob* como un regalo para Angela. Lo habían llevado consigo a Norteamérica después de la muerte de Angela. Era una de las pocas imágenes que adornaban su sencillo apartamento en Brooklyn.

Evangeline abrió la tarjeta de la esquina superior izquierda y sacó el trozo de papel de su interior. Luego abrió la segunda tarjeta y repitió la misma operación. Poniendo los papeles uno al lado del otro vio que el mensaje de su abuela funcionaba de la misma forma que las imágenes. El mensaje debió de escribirse de una sola vez y luego fue cortado en cuadrados y guardado en sobres que Gabriella había ido enviando en intervalos de un año. Si Evangeline ponía las hojas de color crema una al lado de la otra, el amasijo de palabras se unía para formar frases comprensibles. Su abuela había encontrado una forma de proteger el mensaje.

La joven dispuso los papeles en el orden apropiado, colocando una hoja al lado de la siguiente, hasta que toda la extensión de la elegante letra de Gabriella estuvo ante ella. Al leerlo en la nueva ordenación, vio que estaba en lo cierto. Los fragmentos encajaban a la perfección. Evangeline casi podía oír la voz serena y autoritaria de Gabriella mientras repasaba las líneas.

En el momento que leas esto serás una mujer de veinticinco años y —si todo ha funcionado de acuerdo con los deseos de tu padre y los míos— estarás viviendo una existencia segura y contemplativa bajo la supervisión de nuestras Hermanas de la Adoración Perpetua en el convento de Saint Rose. Escribo esto en 1988. Sólo tienes doce años. Seguramente te preguntarás cómo puedo estar tan segura de que recibirás las cartas ahora, tanto tiempo después de que fueran escritas. Quizá yo haya muerto antes de que las leas. Quizá tu padre también se haya ido. No se puede vislumbrar el futuro. Son el pasado y el presente los que deben ocuparnos. A esto te pido que vuelvas tu atención.

Asimismo es posible que te preguntes por qué he estado tan ausente de tu vida en los últimos años. Tal vez estés enfadada porque no he mantenido el contacto contigo durante tu estancia en Saint Rose. El tiempo que pasamos juntas en Nueva York, en esos años tan importantes antes de que ingresaras en el convento, ha sido mi sostén durante muchos períodos de confusión. Lo mismo que el tiempo que pasamos juntas en París, cuando no eras más que un bebé. Es posible que me recuerdes de esa época, aunque lo dudo. Solíamos llevarte a los Jardines de Luxemburgo, tu madre y yo. Fueron tardes felices que aún hoy atesoro. Eras muy pequeña cuando ella fue asesinada. Fue un crimen que te la robasen cuando eras tan niña. A menudo me pregunto si sabes lo vital y brillante que era, lo mucho que te amaba. Estoy segura de que tu padre, que adoraba a Angela, te habrá hablado mucho de ella.

Del mismo modo debe de haberte dicho que insistió en abandonar París inmediatamente después del incidente, convencido de que estaríais más seguros en Estados Unidos. Y os fuisteis, para no volver jamás. No lo culpo por llevarte lejos, tenía todo el derecho a protegerte, en especial después de lo que le ocurrió a tu madre.

Sé que resultará difícil de entender; sin embargo, no importa cuánto desee verte, no me es posible ponerme en contacto contigo de forma directa. Mi presencia resultaría peligrosa para ti, para tu padre y, si has obedecido sus deseos, para las buenas hermanas del convento de Saint Rose. Después de lo que le ocurrió a tu madre, no tengo libertad para correr semejantes riesgos. Sólo puedo esperar que a los veinticinco años seas lo suficientemente madura como para comprender el cuidado que debes tener, la responsabilidad que comporta conocer la verdad de tu legado y de tu destino, que, en nuestra familia, son dos ramas de un mismo árbol.

No está en mi poder saber cuánto te han contado sobre el trabajo de tus padres. Por lo que conozco a tu padre, imagino que no te habrá mencionado una palabra sobre la angelología, y habrá intentado protegerte incluso de los rudimentos de nuestra disciplina. Luca es un buen hombre, y sus motivos son sensatos, pero yo te habría criado de forma bastante diferente. Por eso es muy posible que no sepas que tu familia está tomando parte en una de las grandes batallas secretas entre el cielo y la tierra y, aun así, los hijos más brillantes lo ven y lo escuchan todo. Sospecho que tú eres una de esos hijos. ¿Es posible que descubrieras el secreto de tu padre por tus propios medios? ¿Sabes ya que tu puesto en Saint Rose fue acordado antes de tu primera comunión, cuando la madre Perpetua, de acuerdo con los requisitos de las instituciones angelológicas, accedió a alojarte? Tal vez sepas que tú, hija de angelólogos, nieta de angelólogos, eres nuestra esperanza para el futuro. Si ignoras todas estas cuestiones, mi carta puede provocarte un sobresalto importante. Por favor, lee mis palabras hasta el final, querida Evangeline, no importa la inquietud que te causen.

Tu madre inició su trabajo en la angelología como química. Era una destacada matemática y una científica más genial aún. De hecho, su mente era capaz de contener a la vez ideas literales y fantásticas. En su primer libro se imaginó la extinción de los nefilim como una inevitabilidad darwiniana, la conclusión lógica de su cruce con la humanidad, las cualidades angelicales diluidas como rasgos recesivos ineficaces. Aunque yo no entendí totalmente su punto de vista —mis intereses y mi formación residen en el área sociomitológica—, comprendí la noción de entropía material y la antigua verdad de que el espíritu siempre agotará a la carne. El segundo libro de Angela sobre la hibridación de nefilim con humanos —aplicando la investigación genética iniciada por Watson y Crick— deslumbró a nuestro consejo. Angela ascendió rápidamente en la sociedad. Se la recompensó con una cátedra a la edad de veinticinco años, un honor insólito en nuestra institución, y *se puso a su disposición el apoyo tecnológico más moderno, el mejor laboratorio y fondos de investigación ilimitados.*

Pero con la fama llegó el peligro, y Angela se convirtió muy pronto en un objetivo. Hubo numerosas amenazas contra su vida. Los niveles de seguridad alrededor de su laboratorio eran altos, me aseguré personalmente de ello. Y aun así fue en su laboratorio donde la abdujeron.

Sospecho que tu padre no te ha explicado los detalles del secuestro. Es doloroso relatarlo y yo misma no he sido nunca capaz de hablar de ello con nadie. No mataron inmediatamente a tu madre. La capturaron en su laboratorio y los nefilim la retuvieron durante algunas semanas en un recinto secreto en Suiza. Ése es su método habitual: secuestrar a importantes figuras angelológicas con el propósito de realizar un intercambio estratégico. Nuestra política ha sido siempre negarnos a negociar, pero cuando se llevaron a Angela me desesperé. Política o no política, habría entregado el mundo para que volviera sana y salva.

Por una vez, tu padre estuvo de acuerdo conmigo. Muchos de los cuadernos de investigación de tu madre estaban en su poder, y decidimos ofrecerlos a cambio de la vida de Angela. Aunque yo no comprendía los detalles de su trabajo en genética, entendía lo suficiente: los nefilim estaban sucumbiendo a una enfermedad, su número mermaba y querían una cura. Comuniqué a los secuestradores de Angela que los cuadernos contenían información secreta que salvaría su raza. Para mi alegría, aceptaron cerrar un trato.

Quizá fui ingenua al pensar que mantendrían su parte del acuerdo. Cuando llegué a Suiza y les entregué los cuadernos de Angela, me dieron un féretro de madera que contenía el cuerpo de mi hija. Llevaba muchos días muerta. Su piel estaba magullada; su cabello, cubierto de sangre. Besé su frente fría y supe que había perdido lo que más me importaba. Me temo que sus últimos días los pasó sometida a torturas. El espectro de sus horas finales está siempre presente en mi mente.

Perdóname por ser la portadora de esta horrible historia. Me siento tentada de permanecer en silencio, evitándote los detalles más escabrosos. Pero ahora eres una mujer y con la edad debemos enfrentarnos a la realidad de las cosas. Debemos entender incluso los reinos más oscuros de la existencia humana. Debemos lidiar con la fuerza del mal, su persistencia en el mundo, su poder inmortal sobre la humanidad, y nuestra voluntad de soportarlo. Estoy segura de que resulta un exiguo consuelo saber que no estás sola en tu desesperación. Para mí, la muerte de Angela es la más oscura de todas las regiones oscuras. Mis pesadillas se hacen eco de su voz y de la voz de su asesino.

Tu padre no podía vivir en Europa después de lo ocurrido. Su huida a Estados Unidos se organizó con rapidez y fue definitiva: interrumpió todo contacto con sus conocidos, incluyéndome a mí, para poder criarte solo y en paz. Te dio una infancia normal, un lujo que no hemos podido experimentar muchos de nosotros en las familias angelológicas. Pero había otra razón para su huida.

Los nefilim no estaban satisfechos con la información de incalculable valor que yo les había entregado tan alegremente. Poco después, registraron mi apartamento en París y se llevaron objetos de gran valor para mí y para nuestra causa, incluido uno de los diarios de tu madre. De la colección de cuadernos que entregué en Suiza, hubo uno que dejé atrás creyendo que estaría seguro entre mis pertenencias. Se trataba de una curiosa colección de trabajos teóricos que Angela estaba compilando para su tercer libro. Se encontraba en sus fases iniciales y por eso estaba incompleto, pero tras el primer examen del cuaderno había comprendido lo brillante, peligroso y precioso que era. De hecho, creía que era a causa de esas teorías que los nefilim se habían llevado a Angela.

Tan pronto como esa información cayó en manos de los nefilim, supe que todos mis intentos de mantener en secreto su contenido habían fracasado. Me sentía mortificada por la pérdida del cuaderno, pero tenía un consuelo: lo había copiado palabra por palabra en un diario de tapas de cuero que debería resultarte muy familiar: es el mismo cuaderno de notas que me dio mi mentora, la doctora Seraphina Valko, y el mismo cuaderno que yo te di a ti después de la muerte de tu madre. En su momento, ese cuaderno perteneció a mi maestra. Ahora está a tu cuidado.

El cuaderno contenía la teoría de Angela sobre los efectos físicos de la música en las estructuras moleculares. Había empezado con experimentos sencillos utilizando formas de vida elementales —plantas, insectos, lombrices—, y había progresado hacia organismos más grandes, incluido, si se puede confiar en su diario de experimentos, un mechón de cabello de un niño nefilim. También probó los efectos de algunos instrumentos celestiales —teníamos algunos de ellos en nuestro poder y Angela disfrutaba de libre acceso a ellos— utilizando muestras genéticas nefilim como plumas desprendidas de las alas y viales de sangre. Angela descubrió que la música de algunos de esos supuestos instrumentos celestiales tenía realmente el poder de alterar la estructura genética de los tejidos nefilim. Es más, ciertas sucesiones armónicas lograban disminuir los poderes nefilim, mientras que otras parecían incrementarlos.

Angela había discutido extensamente la teoría con tu padre. Él comprendía su trabajo mejor que cualquier otra persona, y aunque los detalles son muy complicados y yo ignoro los métodos científicos exactos, tu padre me ayudó a entender que Angela tenía pruebas de los efectos más increíbles de las vibraciones musicales en las estructuras celulares. Ciertas combinaciones de acordes y progresiones provocaban importantes efectos físicos en la materia. La música de piano daba como resultado mutaciones en la pigmentación de las orquídeas: los études de Chopin dejaban manchas rosadas sobre pétalos blancos, Beethoven salpicaba de marrón los pétalos amarillos. La música de violín ocasionaba el aumento del número de segmentos en un gusano de tierra. El tintineo incesante de un triángulo causaba que una proporción de moscas comunes nacieran sin alas. Y muchos ejemplos más.

Podrás imaginarte mi fascinación cuando, hace algún tiempo, muchos años después de la muerte de Angela, descubrí que un científico japonés llamado Masaru Emoto había llevado a cabo un experimento similar utilizando el agua como el medio para probar las repercusiones de las vibraciones musicales. Empleando una avanzada tecnología fotográfica, el doctor Emoto fue capaz de capturar los cambios drásticos de la estructura molecular del agua después de someterla a determinadas vibraciones musicales. Afirmaba que una serie de sonidos musicales creaban nuevas formaciones moleculares en el agua. En esencia, estos experimentos coincidían con los experimentos de tu madre, corroborando que la vibración musical actúa en el nivel más básico de la materia orgánica cambiando su composición estructural.

Esta línea de experimentación aparentemente frívola se vuelve muy interesante si se contempla a la luz del trabajo de Angela sobre la biología angelical. Tu padre fue anormalmente renuente en relación a los experimentos de Angela, negándose a explicarme más de lo que había visto en los cuadernos. Pero a partir de una exposición tan pequeña pude ver que tu madre había estado probando los efectos de algunos instrumentos celestiales en nuestro poder sobre muestras genéticas nefilim, principalmente plumas tomadas de las alas de las criaturas. Descubrió que algunos de esos supuestos instrumentos musicales tenían el poder de alterar los propios nucleótidos genéticos que formaban el tejido nefilim. Es más, ciertas sucesiones armónicas tocadas por dichos instrumentos tenían el poder no sólo de alterar la estructura celular, sino de corromper la integridad del genoma nefilim. Estoy segura de que Angela dio su vida por este descubrimiento. La intrusión en mi casa convenció a tu padre de que no estabas segura en París. Quedaba claro que los nefilim sabían demasiado.

Pero la historia que ha generado estas cartas gira en torno a una hipótesis profundamente enterrada entre las muchas teorías demostradas por Angela. Se trata de una hipótesis relacionada con la lira de Orfeo, que ella sabía que había sido escondida en Estados Unidos por Abigail Rockefeller en 1943. Angela había propuesto una teoría que conectaba sus descubrimientos científicos basados en los instrumentos celestiales con la lira de Orfeo, que se creía que era mucho más poderosa que todos los demás instrumentos combinados. A pesar de que, antes de apoderarse de los cuadernos, los nefilim sólo tenían una vaga idea sobre la importancia de la lira, a partir del trabajo de Angela descubrieron que se trataba de un instrumento crucial que podría devolverlos a un estado de pureza angelical nunca visto en la tierra desde la época de los guardianes. Es posible que Angela hubiera encontrado la solución a la decadencia de los nefilim en la música de la lira de los guardianes, conocida hoy en día como la lira de Orfeo.

Quedas advertida, querida Evangeline: comprender el significado de la lira de Orfeo ha demostrado ser una prueba. La leyenda rodea a Orfeo con tanta fuerza que no podemos discernir los contornos precisos de su vida mortal. No sabemos el año de su nacimiento, su verdadero linaje o la medida real de su talento con la lira. Se le atribuía haber nacido de la musa Calíope y del dios del río Eagro, pero esto, por supuesto, es mitología, y nuestro trabajo consiste en separar lo mitológico de lo histórico, extirpar la leyenda de los hechos, discernir la magia de la verdad. ¿Regaló la poesía a la humanidad? ¿Descubrió la lira en su legendario viaje al infierno? ¿Fue tan influyente durante su vida como asegura la historia? En el siglo VI a. J.C. era conocido en todo el mundo griego como el maestro de las canciones y de la música, pero cómo tropezó con el instrumento de los ángeles es motivo de un amplio debate entre los historiadores. El trabajo de tu madre sólo confirmó teorías largamente mantenidas sobre la importancia de la lira. Su hipótesis, tan esencial para nuestro progreso contra los nefilim, la llevó a la muerte. Ahora ya lo sabes. Lo que quizá no sepas es que su trabajo no está finalizado. Me he pasado la vida luchando para completarlo. Y tú, Evangeline, lo continuarás algún día donde yo lo dejé.

No sé si tu padre te habrá explicado los avances y las contribuciones de Angela a nuestra causa. No tengo manera de saberlo. Hace muchos años que se cerró ante mí, y no albergo la esperanza de que vuelva a confiar en mí. Tú, sin embargo, eres diferente. Si le pides que te desvele los pormenores del trabajo de tu madre, te lo explicará todo. Tu papel es continuar con la tradición de tu familia. Es tu legado y tu destino. Luca te guiará allá adonde yo no pueda, de eso estoy segura. Sólo tienes que preguntarle directamente. Y, querida, debes perseverar. Con mi bendición más sincera, te insto a hacerlo.

Mas debes ser consciente de tu papel en el futuro de nuestra disciplina sagrada y de los graves peligros que te aguardan. Existen muchos que querrían ver nuestro trabajo destruido y que matarán indiscriminadamente para alcanzar dicho objetivo. Tu madre murió a manos de la familia Grigori, cuyos esfuerzos han mantenido viva la batalla entre nefilim y angelólogos. Me atrevo a decir que se te debe advertir de los peligros a los que te enfrentas y que debes guardarte de aquellos que te desean el mal.

Evangeline estuvo a punto de gritar de frustración ante el abrupto final de la misiva. La carta amputada no daba más explicaciones de cómo debía proceder. Rebuscó entre las tarjetas y releyó una vez más las palabras de su abuela, desesperada por descubrir algo que se le hubiera pasado por alto.

El relato del asesinato de su madre le provocó tanto dolor, que Evangeline que tuvo que obligarse a seguir leyendo las palabras de Gabriella. Los detalles eran horripilantes y parecía que había algo cruel, casi inhumano, en el relato de su abuela sobre el horror de la muerte de Angela. Intentó imaginarse el cuerpo de su madre, magullado y roto, su bello rostro desfigurado. Enjugándose las lágrimas con el dorso de la mano, Evangeline comprendió al fin por qué su padre se la había llevado tan lejos de su país natal.

Mientras releía las tarjetas por tercera vez se detuvo a examinar las líneas que versaban sobre los asesinos de su madre: «Existen muchos que querrían ver nuestro trabajo destruido y que matarán indiscriminadamente para alcanzar dicho objetivo. Tu madre murió a manos de la familia Grigori, cuyos esfuerzos han mantenido viva la batalla entre nefilim y angelólogos.» Había oído antes ese nombre pero no podía decir dónde, hasta que recordó que Verlaine trabajaba para un hombre llamado Percival Grigori. De repente comprendió que Verlaine —cuyas intenciones eran obviamente puras— estaba sirviendo a su mayor enemigo.

La monstruosidad de esa conclusión la dejó completamente abatida. ¿Cómo podía ayudar a Verlaine cuando él ni siquiera se daba cuenta del peligro en el que se hallaba? Es más, existía el riesgo de que informara de sus hallazgos a Percival Grigori. Lo que había creído que era el mejor plan —enviar a Verlaine de vuelta a Nueva York y seguir en Saint Rose como si no hubiera pasado nada significativo— los había puesto a los dos en grave peligro.

Empezó a guardar las tarjetas cuando, leyendo las líneas por encima, reparó en una que le resultó extraña: «En el momento que leas esto serás una mujer de veinticinco años.» Evangeline recordó que Celestine había sido instruida para que le entregara las tarjetas cuando cumpliese veinticinco años. Por tanto, la misiva debió de concebirse y escribirse en su totalidad más de diez años antes, cuando ella tenía doce, puesto que cada carta había sido enviada cada año en una sucesión ordenada. Ahora ella tenía veintitrés, lo cual significaba que debían de existir dos tarjetas más, las dos piezas restantes del rompecabezas que había elaborado su abuela, a la espera de ser encontradas.

Cogiendo de nuevo los sobres, los colocó en orden cronológico y comprobó las fechas del matasellos impresas sobre las estampillas. La última tarjeta había sido sellada antes de las Navidades anteriores, el 21 de diciembre de 1998. De hecho, todas las tarjetas tenían la misma fecha en el matasellos: habían sido enviadas unos días antes de Navidad. Si la tarjeta del año en curso se había depositado en correos siguiendo la tradición, era posible que ya hubiera llegado, tal vez se hallaba en las sacas de correo de la tarde anterior. Evangeline ató las cartas, las metió en el bolsillo de su falda y salió corriendo de la celda.

Universidad de Columbia, Morningside Heights,
ciudad de Nueva York

Había sido un largo y frío paseo desde la estación de la calle 125, en Harlem, hasta su oficina, pero Verlaine se había abotonado el abrigo decidido a enfrentarse al gélido viento. Cuando llegó al campus de la Universidad de Columbia, lo encontró extremadamente tranquilo, más silencioso y oscuro de lo que lo había visto nunca antes. Las vacaciones habían enviado a todo el mundo —incluso a los estudiantes más entregados— de vuelta a casa hasta después de Año Nuevo. A lo lejos, los coches circulaban por Broadway, sus luces se reflejaban en los edificios. Atisbaba en la distancia Riverside Church, cuyo imponente campanario se alzaba incluso por encima de los edificios más altos del campus, alcanzaba a ver los vitrales iluminados desde el interior.

El corte en la mano de Verlaine había vuelto a abrirse durante la caminata, y un fino reguero de sangre florecía a través de la seda de su corbata estampada con flores de lis. Después de buscar un poco encontró las llaves de su oficina y entró en Schermerhorn Hall, la sede del Departamento de Historia del Arte y Arqueología, un imponente edificio de ladrillo próximo a la capilla de San Pablo, que en su momento había albergado los diferentes departamentos de ciencias naturales. De hecho, Verlaine había oído que había sido la cuna de los primeros trabajos del Proyecto Manhattan, una nimiedad que encontraba fascinante. Aunque sabía que estaba solo, no se sentía lo suficientemente tranquilo para coger el ascensor y arriesgarse a quedar atrapado dentro. En su lugar, Verlaine subió corriendo la escalera hasta la oficina de los estudiantes de posgrado.

Una vez allí, cerró la puerta con llave a sus espaldas y recogió de su mesa la carpeta que contenía las cartas de Innocenta, poniendo buen cuidado de que su mano ensangrentada no entrara en contacto con el frágil y quebradizo papel. Sentado en su silla, encendió la lámpara y bajo el pálido haz de luz examinó las misivas. Las había leído en numerosas ocasiones, tomando nota de cada insinuación que era posible distinguir y de cada giro de una frase que pudiera ser potencialmente alusivo. Sin embargo, incluso entonces, después de pasar horas releyéndolas en aquella espeluznante soledad, encerrado en su despacho, tuvo la sensación de que las cartas eran, aunque pareciese mentira, extrañamente banales. A pesar de que los acontecimientos del día anterior lo impulsaban a leer hasta el más mínimo detalle con nuevos ojos, no pudo encontrar casi nada que indicase la existencia de un plan oculto entre aquellas dos mujeres. De hecho, bajo el halo de luz de la lámpara de su mesa, las cartas de Innocenta no parecían mucho más que anodinas digresiones propias de la hora del té sobre los rituales cotidianos del convento y sobre el inequívoco buen gusto de la señora Rockefeller.

Verlaine se puso en pie, empezó a meter los papeles en una bolsa de mensajero que guardaba en un rincón de la oficina, y, cuando estaba a punto de dar por finalizada la noche, se quedó helado. Había algo raro en las cartas. No podía detectar una pauta obvia. De hecho, casi con toda seguridad estaban mezcladas a propósito, pero había ciertos halagos extraños y recurrentes de Innocenta hacia la señora Rockefeller. Al final de muchas de las misivas, Innocenta alababa el buen gusto de la otra mujer. Anteriormente, Verlaine había pasado por encima de esos pasajes creyendo que eran una fórmula trillada para terminar las cartas. Las sacó de la bolsa y las releyó de nuevo, esta vez anotando cada uno de los muchos pasajes de halagos artísticos.

Los elogios giraban siempre en torno al gusto de la señora Rockefeller en la elección de una imagen o un diseño. En una de las cartas Innocenta había escrito: «Sepa que la perfección de su visión artística y la ejecución de sus ideas son muy valoradas y aceptadas.» Al final de la segunda carta, Verlaine leyó: «Nuestra más admirada amiga, no podemos dejar de maravillarnos ante sus delicadas interpretaciones o recibirlas con humilde agradecimiento y comprensión agradecida.» Y otra más decía: «Como siempre, su mano nunca falla al expresar lo que el ojo más desea retener.»

Se quedó perplejo durante un momento ante estas referencias. ¿Qué era toda aquella cháchara sobre interpretaciones artísticas? ¿La cartas de Abigail Rockefeller a Innocenta incluían imágenes o diseños? Evangeline no había mencionado que hubiera encontrado nada que acompañase a la carta en los archivos, pero las respuestas de Innocenta parecían sugerir que de hecho había algo de esa naturaleza unido a la mitad de la correspondencia de su benefactora. Si Abigail Rockefeller había incluido dibujos originales suyos y él conseguía descubrirlos, su vida profesional experimentaría un cambio astronómico. La excitación de Verlaine era tan grande que casi no podía ni pensar.

Para comprender en su totalidad las referencias de Innocenta, debía encontrar las cartas originales. Evangeline tenía una en su poder. Seguramente las demás debían de estar en algún sitio en el convento de Saint Rose, lo más probable era que estuvieran archivadas en la cámara de seguridad de la biblioteca. Verlaine se preguntó si sería posible que Evangeline hubiera descubierto la carta de Abigail Rockefeller y hubiera pasado por alto un documento adjunto, o si quizá había descubierto un sobre con la carta. Aunque la religiosa le había prometido buscar las otras misivas, no tenía ninguna razón para hacerlo. Si hubiera dispuesto de un coche, habría conducido de regreso al convento y la habría ayudado en su búsqueda. Verlaine registró la mesa en busca del número de teléfono del convento de Saint Rose. Si Evangeline no localizaba las cartas allí, entonces lo más probable era que no se encontraran nunca. Sería una pérdida terrible para la historia del arte, por no decir para la carrera de Verlaine. De repente se sintió avergonzado por haberse sentido tan asustado y por su renuencia a regresar a su apartamento. Tenía que recuperarse de inmediato y volver a Saint Rose, al norte del estado, fuera como fuese.

Cuarta planta del convento de Saint Rose, Milton, Nueva York

Antes del día anterior, Evangeline había creído ciegamente lo que le habían contado sobre su pasado. Confiaba en los relatos que había escuchado de su padre y la secuencia de acontecimientos que le habían referido las hermanas. Sin embargo, la carta de Gabriella había destruido su fe en la historia de su vida. Ahora desconfiaba de todo.

Reuniendo todas sus fuerzas, penetró en el vestíbulo inmaculado y desierto con los sobres bajo el brazo. Se sentía débil y mareada después de leer las cartas de su abuela, como si acabara de escapar de las redes de una horrible pesadilla. ¿Cómo era posible que nunca hubiera comprendido del todo la importancia del trabajo de su madre y, lo que era aún más sorprendente, su muerte? ¿Qué era lo que había querido decirle su abuela? ¿Cómo podía esperar a las próximas dos cartas para comprenderlo todo? Luchando contra la urgencia de correr, Evangeline bajó andando los escalones de piedra, avanzando hacia el lugar donde sabía que podía hallarse la respuesta.

Las oficinas de Misión y Reclutamiento estaban situadas en la esquina suroeste del convento, en una serie de salas redecoradas con moqueta de color rosa pálido, una centralita de teléfono, mesas de roble sólido y archivadores metálicos que contenían las fichas personales de todas las hermanas: certificados de nacimiento, informes médicos, títulos académicos, documentos legales y —para aquellas que habían abandonado este mundo— certificados de defunción. El Centro de Reclutamiento —además de la Oficina del Ama de Novicias debido al declive de la membresía— ocupaba el lado izquierdo de las dependencias, mientras que la Oficina Misionera ocupaba el derecho. Juntos formaban los brazos abiertos que conectaban el mundo exterior con el corazón burocrático del convento de Saint Rose.

En los últimos años, el tráfico había aumentado en la Oficina Misionera, mientras que el reclutamiento había caído en una profunda crisis. En otra época, las jóvenes habían acudido en masa a Saint Rose por la igualdad, la educación y la independencia que la vida conventual ofrecía a las mujeres jóvenes que se resistían a contraer matrimonio. En la actualidad, el convento se había vuelto más estricto, pidiendo a las mujeres que decidiesen por sí mismas tomar los votos, sin coerción por parte de la familia y sólo después de una conversión espiritual.

Así, mientras el reclutamiento decaía, la Oficina Misionera se había convertido en el departamento con más trabajo de Saint Rose. En una de sus paredes colgaba un gran mapamundi plastificado con banderas rojas pinchadas en los países afiliados: Brasil, Zimbabue, China, India, México, Guatemala... Había fotografías de hermanas con ponchos y saris sosteniendo bebés, administrando medicamentos y cantando en coros con las poblaciones nativas. En la última década habían desarrollado un programa de intercambio comunitario internacional con iglesias extranjeras, lo cual llevaba a Saint Rose a hermanas de todo el mundo para participar en la adoración perpetua, estudiar inglés y trabajar en su crecimiento espiritual personal. El programa era un gran éxito. En los últimos años habían acogido a religiosas de doce países. Las fotografías de las hermanas colgaban por encima del mapa: doce mujeres sonrientes con doce velos negros idénticos enmarcando sus caras.

Al llegar a una hora tan temprana, Evangeline había contado con que la Oficina Misionera estuviera vacía, pero resultó que ya estaba allí la hermana Ludovica, la más anciana de su comunidad, instalada en su silla de ruedas con una radio de plástico en su regazo en la que sonaba la primera edición de un programa de la National Public Radio. La mujer era frágil y de piel rosada, su cabello blanco asomaba por los bordes de su velo. Ludovica miró a Evangeline, sus ojos oscuros brillaban de una forma que confirmaba la creciente especulación entre las hermanas de que la anciana estaba perdiendo la cabeza, alejándose cada vez más de la realidad con el paso de cada año. El verano anterior, un agente de policía de Milton había descubierto a Ludovica empujando su silla de ruedas por la autovía 9W a medianoche.

Últimamente sus intereses se habían volcado hacia la botánica. Sus conversaciones con las plantas eran inocuas pero reflejaban de un modo más patente su desintegración. Mientras atravesaba el convento en silla de ruedas con una regadera roja colgando del lateral de la misma, o mientras regaba y podaba, se podía oír la voz estentórea de Ludovica recitando *El paraíso perdido*: «Nueve veces el espacio que mide / el día y la noche de los hombres / yació vencido, con su horrenda turba, / revolviéndose en el ardiente golfo, / confuso aunque inmortal.»

A ojos de Evangeline no cabía duda de que las cintas de la Oficina Misionera se habían ganado el afecto de Ludovica: habían crecido hasta alcanzar unas proporciones sorprendentes, y sus brotes colgaban sobre los archivadores. Las plantas se habían vuelto tan profusas en su fecundidad que las hermanas habían empezado a podar los retoños y los colocaban en agua hasta que echaban las raíces. Una vez trasplantadas, las nuevas cintas crecían igualmente enormes, ya estaban repartidas por todo el convento, llenando cada una de las cuatro plantas con una maraña de brotes verdes.

—Buenos días, hermana —saludó Evangeline, esperando que Ludovica la reconociera.

—¡Oh! —respondió la anciana, sobresaltada—. ¡Me has asustado!

—Siento molestarla, pero no pude recoger el correo ayer por la tarde. ¿Está la saca del correo en la Oficina Misionera?

—¿La saca del correo? —preguntó Ludovica frunciendo el ceño—. Creía que se encargaba de ello la hermana Evangeline.

—Sí, Ludovica —contestó la joven—. Yo soy Evangeline. Pero ayer no pude recoger el correo. Debieron de dejarlo aquí. ¿Lo ha visto usted?

—¡Desde luego! —respondió Ludovica, desplazando la silla hasta el armario que había detrás de su mesa, donde la saca colgaba de un gancho. Como siempre, estaba llena hasta arriba—. Por favor, entrégasela directamente a la hermana Evangeline.

Evangeline llevó la saca hasta un extremo de la Oficina Misionera, a un rincón poco iluminado en el que disfrutaría de una mayor intimidad. Tras verter su contenido sobre la mesa, vio que contenía la mezcla habitual de peticiones personales, publicidad, catálogos y facturas. Evangeline había clasificado ese caos de correspondencia con tanta frecuencia y conocía tan bien el tamaño de cada clase de carta que sólo tardó unos segundos en localizar la tarjeta de Gabriella. Era un sobre perfectamente cuadrado y verde dirigido a Celestine Clochette. El remite era el mismo que el de las demás, una dirección de la ciudad de Nueva York que Evangeline no reconocía.

Apartándola del montón, metió la tarjeta con el resto en su bolsillo. Después se acercó al archivador metálico. Una de las cintas de Ludovica había enterrado el mueble entre las hojas, de manera que Evangeline se encontró retirando los brotes verdes para abrir el cajón que contenía las fichas de las hermanas.

Aunque sabía que su dossier personal existía, nunca antes se le había pasado por la cabeza echarle un vistazo. Las únicas dos veces que había necesitado identificarse habían sido para obtener el carnet de conducir y para matricularse en el Bard College, e incluso entonces había utilizado la identificación proporcionada por la diócesis. Mientras pasaba las carpetas, le sorprendió pensar de nuevo que había vivido toda su vida aceptando las historias de los demás —de su padre, de las hermanas de Saint Rose y, ahora, además, de su abuela— sin plantearse verificarlas.

Para su consternación, el dossier tenía más de dos centímetros de grosor, mucho más extenso de lo que habría imaginado. Dentro había esperado encontrar su certificado de nacimiento francés, sus papeles de naturalización norteamericana y un diploma —no era lo suficientemente mayor para haber acumulado más documentos que ésos—, pero al abrir la carpeta descubrió un gran paquete de papeles atados juntos. Retiró la banda elástica que sujetaba las páginas y empezó a leer. Había varias hojas de lo que a su ojo poco entrenado le parecieron resultados de laboratorio, quizá análisis de sangre. Había también páginas escritas a mano, quizá notas de una visita a la consulta del médico, aunque Evangeline siempre había estado sana y no lograba recordar cuándo podía haber sido eso. De hecho, su padre siempre se había resistido a llevarla al médico, poniendo mucho cuidado en que nunca enfermara. Para su mayor consternación, había unas hojas de plástico negro opalescente que, al examinarlas de cerca, Evangeline comprendió que eran placas de rayos X. En el encabezamiento de cada una de ellas pudo leer su nombre: Evangeline Angelina Cacciatore.

Las hermanas no tenían prohibido consultar sus fichas personales, sin embargo, Evangeline tenía la sensación de que estaba rompiendo un estricto código de etiqueta. Frenando por el momento su curiosidad por los informes médicos de su dossier, se ocupó de los papeles relacionados con su noviciado, una serie de impresos de admisión normales y corrientes que su padre había tenido que rellenar al llevarla a Saint Rose. La visión de la letra de su padre provocó que la recorriera una oleada de dolor. Hacía años que no lo veía. Siguió con un dedo su caligrafía, recordando el sonido de su risa, el olor de su oficina, su costumbre de leer todas las noches hasta quedarse dormido. Qué extraño, pensó sacando los impresos de la carpeta, que las marcas que había dejado atrás tuvieran el poder de devolverlo a la vida, aunque sólo fuera durante un instante.

Al leer los impresos descubrió una serie de hechos sobre su existencia. Allí estaba la dirección en la que habían vivido en Brooklyn, su número de teléfono, su lugar de nacimiento y el nombre de soltera de su madre. Después, cerca del final, anotado como el contacto de emergencia para Evangeline, descubrió lo que estaba buscando: la dirección y el número de teléfono en la ciudad de Nueva York de Gabriella Lévi-Franche Valko. La dirección coincidía con el remite de las tarjetas de Navidad.

Antes de que Evangeline tuviera oportunidad de pensar en las repercusiones de sus acciones, levantó el auricular del teléfono y marcó el número de Gabriella, su expectación ahogó cualquier otro sentimiento. Si alguien sabía lo que había que hacer, esa persona sería su abuela. La línea sonó una, dos veces, y entonces Evangeline oyó la voz seca y autoritaria de Gabriella:

—*Allo?*

Apartamento de Verlaine, Greenwich Village, Nueva York

Las veinticuatro horas transcurridas desde que había abandonado su apartamento le parecieron a Verlaine una eternidad. El día anterior había recogido su dossier, se había puesto sus calcetines favoritos y había bajado corriendo los cinco tramos de escalera, con las punteras resbalando en las protecciones de goma húmedas de los escalones. Había sido el día anterior cuando había estado preocupado por evitar las fiestas navideñas y por cuadrar sus planes de Año Nuevo. No alcanzaba a comprender cómo la información que había recopilado lo había conducido al estado lamentable en el que ahora se encontraba.

Había metido las cartas originales de Innocenta y la mayor parte de sus cuadernos de notas en una bolsa de mensajero, había cerrado su oficina con llave y se había encaminado hacia el centro. La luz del sol matutino caía sobre la ciudad y la suave difusión de tonalidades amarillas y anaranjadas cruzaba el severo cielo invernal con un elegante movimiento. Anduvo manzana tras manzana bajo el frío, pero en un momento dado se rindió y tomó el metro para el resto del camino. Cuando abrió la puerta de entrada de su edificio casi se había convencido de que los acontecimientos de la noche anterior habían sido una ilusión. Quizá, se dijo, lo había imaginado todo.

Verlaine abrió la puerta de su apartamento, la cerró con un golpe de talón y dejó caer la bolsa sobre en el sofá. Se quitó los zapatos destrozados, se deshizo de los calcetines mojados y entró descalzo en su humilde morada. Esperaba encontrarla en ruinas, pero lo cierto es que todo parecía estar exactamente igual que lo había dejado el día anterior. Una maraña de sombras bañaba las paredes de ladrillo visto, la mesa de formica de los años cincuenta cubierta de libros apilados, los bancos de cuero color turquesa, la mesita del café de resina en forma de riñón, todas sus piezas modernas de mediados de siglo, deslucidas y sin conjuntar, lo estaban aguardando pacientemente.

Los libros de arte de Verlaine ocupaban toda una pared. Había ediciones enormes de Phaidon Press, reducidos libros de bolsillo de crítica de arte y lujosos volúmenes tamaño folio que contenían reproducciones de sus artistas modernistas favoritos: Kandinsky, Sonia Delaunay, Picasso, Braque. Poseía más libros de los que realmente cabían en un apartamento tan pequeño, pero se negaba a venderlos. Hacía años que había llegado a la conclusión de que un estudio no era el lugar ideal para un coleccionista.

Junto a su ventana en el quinto piso, retiró la corbata Hermès de seda que había estado utilizando a modo de vendaje, separando lentamente la tela de la carne cubierta de costra. La corbata era irrecuperable. Verlaine la dobló y la depositó en el alféizar. En el exterior, un fragmento de cielo matutino se expandía a lo lejos, por encima de las filas de edificios, como si se elevara sobre unos zancos. La nieve se había acumulado en las ramas de los árboles y en los codos de los tubos de desagüe, y goteaba en puñales de hielo. Los depósitos de agua que coronaban las azoteas completaban el cuadro. Aunque no era propietario de nada, sintió que esa vista le pertenecía. Contemplar con intensidad ese rincón de la ciudad podía absorber toda su atención. Esta mañana, sin embargo, sólo quería aclarar la mente y pensar en qué haría a continuación.

Un café podía ser un buen comienzo, se dijo. Se dirigió a la cocina, encendió su cafetera exprés, llenó el portafiltro de café bien molido y, después de calentar un poco de leche, se preparó un capuchino en una antigua taza Fiestaware, una de las pocas que no había roto. Cuando tomó el primer sorbo, la luz parpadeante de su contestador captó su atención: tenía un mensaje. Pulsó el botón y escuchó. Alguien había estado llamando y colgando durante toda la noche. Verlaine contó hasta diez intentos de alguien que sólo oía la línea, como si esperara que contestase. Finalmente sonó un mensaje en el que la persona que llamaba habló. Era la voz de Evangeline, la reconoció al instante: «Si tomó el tren de medianoche, ya debería estar de vuelta. No puedo dejar de preguntarme dónde está y si se encuentra bien. Llámeme en cuanto pueda.»

Verlaine fue entonces hasta el armario, donde desenterró un viejo petate de cuero. Abrió la cremallera y metió un par de vaqueros Hugo Boss limpios, unos calzoncillos Calvin Klein, una sudadera de la Brown University —su alma máter— y dos pares de calcetines. Sacó unas Converse All-Stars del fondo del armario, se puso un par de calcetines limpios y se las calzó. No tenía más tiempo para pensar en qué podría necesitar. Alquilaría un coche y conduciría de vuelta a Milton de inmediato, tomando la misma ruta que había seguido la tarde anterior, pasando por el Tappan Zee Bridge y recorriendo las estrechas carreteras a lo largo del río. Si se daba prisa, podía estar allí a la hora de comer.

De repente sonó el teléfono, el timbre tan agudo e inesperado que Verlaine soltó la taza de café. Se estrelló contra el borde de la ventana con un crujido sordo, manchando el suelo de café con leche. Ansioso por hablar con Evangeline, dejó la taza donde había aterrizado y contestó.

—¿Evangeline? —dijo.

—Señor Verlaine. —La voz era suave, femenina, y se dirigía a él con una confianza inusual. El acento de la mujer, italiano o francés, no podía asegurarlo, unido a una ligera ronquera le dio la impresión de que era de mediana edad, quizá mayor, aunque todo eso era pura especulación.

—Sí, al habla —contestó, desilusionado. Miró la taza rota, consciente de que había vuelto a reducir su colección—. ¿Qué puedo hacer por usted?

—Muchas cosas, espero —replicó la mujer.

Durante una fracción de segundo Verlaine pensó que podría tratarse de una operadora de telemarketing. Pero su número no figuraba en el listín y normalmente no recibía llamadas no deseadas. Además, era obvio que el tono de voz no era el que usaba habitualmente la gente que se dedicaba a vender suscripciones a revistas.

—Eso es muy pretencioso por su parte —repuso, intentando poner fin a los extraños modales al teléfono de la mujer que llamaba—. ¿Por qué no empieza diciéndome quién es usted?

—¿Puedo formularle antes una pregunta?

—Puede. —Verlaine estaba empezando a ponerse nervioso con el tono de voz tranquilo, insistente y casi hipnótico de la mujer, bastante distinto del de Evangeline.

—¿Cree usted en los ángeles?

—¿Perdón?

—¿Cree usted que los ángeles viven entre nosotros?

—Escuche, si se trata de algún tipo de grupo evangelista... —contestó Verlaine, agachándose junto a la ventana para recoger los fragmentos de la taza. El polvo blanco y granulado de la cerámica se deshizo entre sus dedos—. Ha dado usted con el hombre equivocado. Soy un agnóstico convencido, a la izquierda de la izquierda, liberal, consumidor habitual de leche de soja y metrosexual casi converso. Creo tanto en los ángeles como en el conejito de Pascua.

—Extraordinario —comentó la mujer—. Tenía la impresión de que esas criaturas de ficción eran una amenaza para su vida.

Verlaine dejó de apilar los pedazos de la taza.

—¿Quién es usted? —preguntó finalmente.

—Mi nombre es Gabriella Lévi-Franche Valko —contestó la mujer—. He dedicado muchos años a encontrar las cartas que obran en su poder.

—¿Cómo ha conseguido este número? —inquirió, cada vez más confuso.

—Yo sé muchas cosas. Por ejemplo, sé que las criaturas de las que escapó la pasada noche están frente a su apartamento. —Gabriella hizo una pausa, como si quisiera dejar

384

que Verlaine asimilara lo que acababa de decir; al cabo de unos instantes, continuó—: Si no me cree, mire usted por la ventana, señor Verlaine.

Él se inclinó hacia el cristal, un mechón de cabello negro le caía sobre los ojos. Todo parecía igual que hacía unos minutos.

—No sé de qué me está hablando —contestó.

—Mire a la izquierda —sugirió Gabriella—. Verá un todoterreno Mercedes de color negro que le resultará familiar.

Verlaine siguió las instrucciones de la mujer. De hecho, a la izquierda, en la esquina con la calle Hudson, el conocido todoterreno Mercedes de color negro estaba parado en la calle. Un hombre alto y vestido de negro —el mismo que había reventado su coche el día anterior y, si no había estado alucinando, el mismo que había visto en el exterior de la ventanilla del tren— bajó del vehículo y echó a andar bajo las farolas.

—Ahora, si mira usted a la derecha —sugirió Gabriella—, verá una furgoneta blanca. Yo estoy dentro. He estado esperándolo desde primera hora de esta mañana. He venido a ayudarlo a petición de mi nieta.

—¿Y quién es su nieta?

—Evangeline, naturalmente —dijo la mujer—. ¿Quién más podría ser?

Verlaine se rascó la nuca y vislumbró una furgoneta blanca oculta en un estrecho callejón de servicio al otro lado de la calle. El callejón estaba bastante lejos y casi no podía ver nada. Como si la mujer comprendiera su confusión, bajó la ventanilla y por ella apareció una pequeña mano enfundada en un guante de piel que le hizo un gesto perentorio.

—¿Qué está pasando exactamente? —preguntó él, avergonzado. A continuación anduvo hasta la puerta, cerró con llave y aseguró la cadena—. ¿Le importaría explicarme por qué está vigilando mi apartamento?

—Mi nieta cree que se encuentra usted en peligro. Y tiene razón. Ahora quiero que recoja las cartas de Innocenta y que baje de inmediato —ordenó Gabriella con calma—. Pero evite salir del edificio por la puerta principal.

—No hay otra forma de salir —replicó Verlaine, intranquilo.

—¿Una salida de emergencia, quizá?

—La escalera de incendios se ve desde la entrada principal. Me descubrirán en cuanto empiece a bajar —dijo, mirando el esqueleto de metal que oscurecía la esquina de la ventana y descendía por la parte frontal del edificio—. Por favor, ¿puede usted decirme por qué...?

—Querido —lo interrumpió Gabriella con voz cálida, casi maternal—, utilice la imaginación. Le advierto que debe salir de ahí. Ya mismo. Pueden ir a por usted en cualquier momento. Ahora mismo, usted no les importa en absoluto. Quieren las cartas —afirmó con calma—, y como quizá ya sepa, no se las pedirán educadamente.

Como si hubiera estado esperando el pie de Gabriella, el segundo hombre —tan alto y pálido como el primero— se apeó también del todoterreno. Juntos, los dos hombres cruzaron la calle, en dirección al edificio de Verlaine.

—Tiene razón. Ya vienen —confirmó él. A toda prisa, se volvió desde la ventana, cogió el petate y metió la cartera, las llaves y el ordenador portátil debajo de la ropa. Sacó la carpeta con las cartas originales de Innocenta de la bolsa de mensajero y las protegió entre las páginas de un libro de reproducciones de Rothko que introdujo con cuidado en el petate; luego cerró la cremallera con determinación—. ¿Qué debo hacer? —preguntó finalmente.

—Espere un momento. Puedo verlos con claridad —dijo Gabriella—. Sólo siga mis instrucciones y todo irá bien.

—Quizá debería llamar a la policía...

—Aún no haga nada. Siguen en la entrada. Comprobarán si pretende escapar —afirmó la mujer, su voz inquietantemente tranquila, un contrapunto extraño a la velocidad de la sangre que latía en los oídos de él—. Escúcheme, señor Verlaine, es esencial que no se mueva hasta que yo se lo diga.

Verlaine quitó el pestillo de la ventana y la abrió. Una ráfaga de aire helado le azotó el rostro. Se inclinó hacia delante a través de la ventana y vio a los hombres en la calle.

Hablaban en voz baja y, entonces, tras introducir algo en la cerradura, abrieron la puerta y entraron en el edificio con una facilidad sorprendente. La pesada puerta se cerró de golpe a sus espaldas.

—¿Tiene las cartas? —preguntó Gabriella.

—Sí —contestó Verlaine.

—Entonces salga, ahora. Por la escalera de incendios. Estaré esperándolo.

Verlaine soltó el teléfono, se colgó el petate del hombro y salió por la ventana al frío exterior. Notó que el metal estaba helado bajo la cálida piel de sus palmas cuando agarró la escalera oxidada. Con toda su fuerza, dio un tirón y la escalera traqueteó hasta el pasaje lateral. El dolor le atravesó la mano cuando la piel se tensó, volviendo a abrir la herida causada por el alambre de espino. Ignorando el dolor, descendió por los travesaños, sus zapatillas resbalaban en el metal helado. Y casi había llegado al pasaje cuando por encima de su cabeza oyó un fuerte ruido. Los dos hombres habían derribado la puerta de su apartamento.

Verlaine se dejó caer finalmente al pasaje lateral, asegurándose de proteger el petate bajo el brazo. Al salir a la calle, la furgoneta blanca se acercó hasta el bordillo. La puerta se abrió lateralmente y una mujer pequeña y delicada con los labios pintados de un rojo brillante y el cabello negro cortado a lo paje lo urgió a subir al asiento trasero.

—Entre —exigió Gabriella, dejándole sitio—. De prisa.

Verlaine subió a la furgoneta junto a Gabriella mientras el conductor aceleraba el vehículo, giraba en la esquina y se encaminaba hacia la parte alta de la ciudad.

—¿Qué demonios está pasando? —preguntó Verlaine, mirando por encima del hombro, casi esperando encontrar el Mercedes justo detrás.

Gabriella descansó su mano delgada y enfundada en piel sobre la suya fría y temblorosa.

—He venido a ayudarlo.

—¿Ayudarme en qué?

—Querido, no tiene usted ni idea del problema en el que nos ha metido a todos.

Ático de los Grigori, Upper East Side, Nueva York

Percival pidió que las cortinas siguieran echadas para proteger sus ojos de la luz. Había regresado a pie hasta su casa al amanecer, y el claro cielo matutino había bastado para provocarle dolor de cabeza. Cuando la habitación estuvo lo suficientemente a oscuras, se deshizo de su ropa, tirando al suelo la chaqueta del esmoquin, la sucia camisa blanca y los pantalones, y se echó en un sofá de cuero. Sin decir palabra, la anakim liberó el arnés, un procedimiento laborioso que él soportó con paciencia. Después vertió aceite en sus piernas y las masajeó desde los tobillos hasta las caderas, introduciendo los dedos en los músculos hasta que le ardieron. La criatura era hermosa y muy silenciosa, una combinación que encajaba con los anakim, en especial con las hembras, a las que Percival encontraba especialmente estúpidas. Se quedó mirándola mientras movía sus dedos cortos y rechonchos arriba y abajo por sus piernas. El calor del dolor de cabeza igualaba el de sus piernas. Agotado, cerró los ojos y trató de dormir.

El origen exacto de su enfermedad seguía siendo desconocido incluso para los médicos más experimentados de su familia. Percival había contratado al mejor equipo, trayendo especialistas a Nueva York desde Suiza, Alemania, Suecia y Japón, y todo cuanto podían decirle era lo que todos sabían: una virulenta infección viral se había extendido a través de una generación de nefilim europeos, atacando los sistemas nervioso y pulmonar. Los médicos recomendaban tratamientos y terapias para mejorar la salud de las alas y para aflojar los músculos, de manera que pudiera respirar y andar con mayor facilidad. Los masajes diarios eran uno de los elementos más placenteros de dichos tratamientos. Percival llamaba a la anakim a sus habitaciones para que le masajeara las piernas muchas veces a lo largo del día, y sumado a las peticiones de whisky escocés y sedantes, había llegado a depender de su presencia todas las horas del día.

En circunstancias normales no habría permitido que entrase en sus aposentos privados una horrible sirvienta —no lo había hecho en los siglos previos a su enfermedad—, pero el dolor se había vuelto insoportable en el último año, tenía los músculos tan agarrotados que las piernas habían empezado a deformarse y adquirir una posición antinatural. La anakim estiraba cada miembro hasta que se relajaban los tendones y masajeaba los músculos, deteniéndose cuando él se estremecía. Contempló cómo sus manos presionaban su piel pálida. Ella lo aliviaba, y por eso le estaba agradecido. Su madre lo había abandonado, tratándolo como a un inválido, y Otterley estaba realizando el trabajo que debería haber estado haciendo él. No quedaba nadie más que la anakim para ayudarlo.

Al relajarse, cayó en un sueño ligero. Durante un momento breve y dichoso, recordó el placer de su paseo de madrugada. Cuando la mujer murió, le había cerrado los ojos y la había mirado, acariciando su mejilla con las yemas de los dedos. Con la muerte, su piel había adquirido un tono de alabastro. Para su delicia, Percival vio claramente a Gabriella Lévi-Franche, su cabello negro y su piel maquillada. Por un momento la había poseído una vez más.

Mientras se deslizaba por la frágil frontera entre la vigilia y el sueño, Gabriella se le apareció como un mensajero luminoso. En su fantasía le pidió que volviera con ella, le dijo que todo estaba olvidado, que lo retomarían donde lo habían dejado. Le dijo que lo amaba, palabras que nadie —humano o nefilim— le había dicho antes. Fue un sueño extraordinariamente doloroso y Percival debió de hablar dormido. Se despertó sobresaltado y descubrió que la sirviente anakim lo miraba con intensidad, sus enormes ojos amarillos brillaban a causa de las lágrimas, como si hubiera llegado a comprender algo sobre él. Ella suavizó la presión y musitó algunas palabras de consuelo. Percival se dio cuenta entonces de que ella lo compadecía, la presunción de semejante intimidad lo enojó y ordenó a la bestia que se fuera de inmediato. Ella asintió sumisa, puso el tapón en la botella de aceite, recogió la ropa sucia y se fue en un instante, aprisionándolo en un capullo de oscuridad y desesperación. Yacía despierto, sintiendo el rastro de las manos de la doncella sobre su piel.

La anakim regresó poco después y depositó un vaso de whisky escocés sobre una bandeja lacada.

—Su hermana está aquí, señor —anunció—. Si lo desea, puedo decirle que está usted durmiendo.

—No es necesario que mientas por él. Puedo ver que está despierto —dijo Otterley, pasando junto a la anakim y sentándose al lado de Percival. A continuación despidió a la sirvienta con un gesto, cogió el aceite de masaje, abrió el bote y vertió un poco en la palma de su mano—. Date la vuelta —ordenó.

Percival obedeció la orden de su hermana, poniéndose boca abajo. Mientras Otterley le masajeaba la espalda, se preguntó qué sería de ella —y de su familia— cuando la enfermedad se lo hubiera llevado. Él había sido una vez su gran esperanza, sus masculinas alas majestuosas y doradas prometían que un día ascendería hasta la cima del poder, reemplazando incluso a los ancestros avariciosos de su padre y la sangre noble de su madre. Ahora no era más que una decepción sin alas para su familia. Se había imaginado a sí mismo como un gran patriarca, el padre de un elevado número de hijos nefilim. Sus descendientes se desarrollarían hasta recibir las alas multicolores de la familia de Sneja, un plumaje espléndido que proporcionaría honor a los Grigori. Sus hijas tendrían las cualidades de los ángeles: serían espirituales y brillantes, y se las entrenaría en las artes celestiales.

Ahora, en su decadencia, no tenía nada, y comprendía lo estúpido que había sido al malgastar cientos de años persiguiendo la satisfacción de sus placeres.

El hecho de que Otterley también fuera una decepción hacía que su derrota fuera incluso más dura de afrontar. Su hermana había fracasado a la hora de proporcionarle un heredero a la familia Grigori, de la misma forma en que él había fracasado en convertirse en el ser angelical que su madre había anhelado que fuera.

—Dime que me traes buenas noticias —dijo Percival, estremeciéndose por el contacto de las manos de Otterley sobre la carne delicada y abierta cerca de los muñones de las alas—. Dime que has recuperado el mapa y matado a Verlaine, y que no hay nada más de lo que preocuparse.

—Mi querido hermano —contestó ella, acercándose mientras le masajeaba los hombros—. Realmente has armado un buen lío. Primero, contratas a un angelólogo.

—Yo no he hecho nada de eso. No es más que un simple historiador del arte —replicó él.

—Seguidamente, dejas que se quede con el mapa.

—Dibujos arquitectónicos —la corrigió Percival.

—Después te escabulles en medio de la noche y regresas en tan terrible estado. —Otterley acarició los muñones podridos de sus alas, una sensación que Percival encontró deliciosa aunque le habría gustado apartar las manos de su hermana.

—No sé de qué me estás hablando.

—Madre sabe que has salido, me pidió que te vigilara de cerca. ¿Qué ocurriría si sufrieras un colapso en la calle? ¿Cómo les explicaríamos tu situación a los médicos del hospital Lenox Hill?

—Dile a Sneja que no hay necesidad de preocuparse —repuso él.

—Pero tenemos razones para preocuparnos —replicó Otterley al tiempo que se limpiaba las manos en una toalla—. Verlaine sigue vivo.

—Creía que habías enviado a los gibborim a su apartamento.

—Lo hice —confirmó ella—, pero la situación ha dado un giro inesperado. Ayer simplemente nos preocupaba que Verlaine pudiera desaparecer con información y ahora sabemos que es mucho más peligroso.

Percival se sentó y se encaró a su hermana.

—¿Cómo es posible que sea peligroso? Nuestros anakim representan una amenaza mucho mayor que un hombre como él.

—Está colaborando con Gabriella Lévi-Franche Valko —informó Otterley, recreándose en la pronunciación de cada palabra—. Está claro que es uno de ellos. Todo lo que hemos hecho para protegernos de los angelólogos ha sido en vano. Levántate —le ordenó, lanzándole el arnés— y vístete. Vendrás conmigo.

Capilla de la Adoración, iglesia de Maria Angelorum, Milton, Nueva York

Evangeline humedeció un dedo en la pila de agua bendita y se persignó antes de echar a correr por el amplio pasillo central de Maria Angelorum. Cuando entró en el espacio tranquilo y contemplativo de la capilla, su respiración era laboriosa. Nunca antes se había perdido la adoración, se trataba de una transgresión impensable, una que no podría haber imaginado que fuera a cometer. Casi no podía creer en qué clase de persona se estaba convirtiendo. El día anterior, sin ir más lejos, le había mentido a la hermana Philomena. Ahora se había saltado la hora que tenía asignada para la adoración. La hermana Philomena debía de estar sorprendida por su ausencia. Evangeline se sentó sigilosamente en un banco próximo a las hermanas Mercedes y Magdalena, compañeras de oración de siete a ocho de la mañana, con la esperanza de que su presencia no las molestase. Incluso cuando cerró los ojos para orar, le ardía el rostro de vergüenza.

Debería haber sido capaz de rezar, en cambio abrió los ojos y estudió la capilla, contemplando la custodia, el altar, las cuentas del rosario entre los dedos de la hermana Magdalena. Tan pronto como se dio a aquella observación, la presencia de los vitrales de las esferas celestiales la sorprendió como si fuera un añadido nuevo a la capilla: el tamaño, la complejidad, los colores vibrantes y suntuosos de los ángeles que se arremolinaban en el cristal. Si los examinaba detenidamente, alcanzaba a ver que las vidrieras estaban iluminadas por pequeñas luces halógenas ubicadas a su alrededor, dirigidas hacia las imágenes como si las estuvieran adorando. Evangeline aguzó la vista para distinguir la población de ángeles. Arpas, flautas, trompetas, sus instrumentos diseminados como monedas de oro a lo largo de los vidrios azules y rojos. El sello que Verlaine le había mostrado en los dibujos arquitectónicos estaba colocado en ese preciso lugar. Pensó en las tarjetas de Gabriella y en las maravillosas reproducciones de los ángeles de cada una de ellas. ¿Cómo era posible que Evangeline hubiera mirado con tanta frecuencia esos vitrales y que nunca se hubiera percatado de su verdadero significado?

Debajo de una de las ventanas, grabado en la piedra, se podía leer el siguiente pasaje:

Entonces hay un mensajero junto a él, un intercesor entre mil,
que indica al hombre su deber.
Y tenga piedad de él y diga:
«Líbralo de descender al sepulcro,
he encontrado el rescate para su vida.»

JOB 33, 23-24

Evangeline había leído esas palabras a diario, todos los años pasados en Saint Rose, y cada día el pasaje le había parecido un rompecabezas irresoluble. La frase se había deslizado a través de sus pensamientos, ingeniosa e inasible, moviéndose por su mente sin que pudiera atraparla. Ahora las palabras «intercesor», «sepulcro» y «rescate» cobraban sentido paulatinamente. La hermana Celestine tenía razón: en cuanto empezase a mirar, descubriría que la angelología vivía y respiraba por todas partes.

Estaba consternada por el hecho de que las hermanas le hubieran ocultado tantas cosas. Recordando la voz de Gabriella al teléfono, Evangeline se preguntó si debería recoger sus cosas e ir a Nueva York. Quizá su abuela podría ayudarle a entenderlo todo con más claridad. El vínculo que sentía con el convento sólo el día anterior había disminuido considerablemente a raíz de lo que había descubierto.

Una mano en su hombro la desvió de sus pensamientos. La hermana Philomena le hizo un gesto para que la siguiera. Evangeline, obediente abandonó la capilla de la Adoración presa de una mezcla de vergüenza y rabia. Las hermanas no habían sido honestas con ella. ¿Cómo podía confiar en ellas?

—Ven, hermana —ordenó Philomena cuando se encontraron en el vestíbulo.

Cualquier enfado que Philomena hubiera podido sentir por la ausencia imprevista de Evangeline había desaparecido. Su actitud era inexplicablemente gentil y resignada. No obstante, algo en la conducta de la religiosa parecía falso. Evangeline no creía totalmente que fuera sincera, aunque desconocía la causa de sus recelos. Atravesaron el vestíbulo principal del convento, pasando junto a las fotografías de las madres y hermanas distinguidas y las pinturas de santa Rosa de Viterbo, hasta que se detuvieron frente a las familiares puertas de madera. Era lógico que Philomena la condujese a la biblioteca, donde podrían hablar con mayor intimidad. La hermana abrió las puertas y Evangeline penetró en la habitación en penumbra.

—Siéntate, niña, siéntate —le ordenó la monja de más edad.

Evangeline se acomodó en el sofá de terciopelo verde que había delante de la chimenea. En la habitación hacía frío, a causa del tiro perennemente obstruido. La hermana Philomena se acercó a una mesa auxiliar y encendió un hervidor eléctrico. Cuando el agua hirvió, la vertió en una tetera de porcelana. Tras disponer dos tazas en una bandeja, regresó a trompicones al sofá y depositó el juego de té sobre una mesita baja. Tomando asiento en la silla de madera frente a Evangeline, abrió una caja de metal y ofreció a la joven un surtido de galletas de mantequilla de las Hermanas Franciscanas de la Adoración Perpetua; habían sido horneadas, glaseadas, empaquetadas y vendidas por las hermanas para la campaña de recaudación de fondos de Navidad.

La fragancia del té —negro con un matiz de albaricoque seco— hizo que el estómago de Evangeline se revolviera.

—No me siento muy bien —se excusó.

—Anoche te echamos de menos durante la cena y, por supuesto, te hemos hechado a faltar en la adoración de esta mañana —señaló Philomena, eligiendo una galleta con forma de árbol de Navidad y glaseada de verde. Levantó la tetera y sirvió té en las tazas—. Aunque tampoco me sorprende demasiado. La conversación con Celestine fue una experiencia terrible, ¿verdad? —Philomena se irguió en la silla, rígida, sostenía la taza de té por encima del platillo, y Evangeline supo que estaba a punto de abordar el quid de la cuestión.

—Sí —respondió, esperando que la impaciente y severa Philomena regresase en cualquier momento.

Ella chasqueó la lengua.

—Era inevitable que algún día descubrieras la verdad de tus orígenes —empezó—. No sabía por qué, pero estaba convencida de que sería imposible enterrar por completo el pasado, incluso en una comunidad tan hermética como la nuestra. En mi humilde opinión —prosiguió Philomena, dando cuenta de la galleta y cogiendo otra—, para Celestine ha supuesto un peso enorme guardar silencio. Ha sido una carga para todas nosotras permanecer de brazos cruzados ante la amenaza que nos rodea.

—¿Estaba al tanto del papel de Celestine en esta...? —tartamudeó Evangeline, intentando dar con las palabras adecuadas para referirse a la angelología. Tenía la terrible sensación de que era posible que fuera la única hermana franciscana de la Adoración Perpetua a la que habían mantenido en la ignorancia—. ¿Esta... disciplina?

—Oh, sí —contestó Philomena—. Todas las hermanas mayores lo saben. Las hermanas de mi generación cursamos estudios angelológicos: Génesis 28, 12-17, Ezequiel 1, 1-14, Lucas 1, 26-38... ¡Santo Dios, teníamos ángeles por la mañana, por la tarde y por la noche! —Philomena se removió en la silla, haciendo que la madera crujiera bajo su peso, y continuó—: Un día estaba profundamente inmersa en el currículo prescrito por los angelólogos europeos, nuestros mentores desde hacía mucho tiempo, y al día siguiente nuestro convento estaba prácticamente destruido. Todos nuestros estudios, nuestros esfuerzos para librar al mundo de la plaga de los nefilim, parecía que habían sido en vano. De repente éramos simplemente unas monjas que vivían dedicadas exclusivamente a rezar. Créeme, he luchado sin descanso para llevarnos de vuelta al combate, para declararnos combatientes. Aquéllas de entre nosotras que creen que es demasiado peligroso son estúpidas y cobardes.

—¿Peligroso? —preguntó Evangeline.

—El incendio de 1944 no fue un accidente —respondió Philomena entornando los ojos—. Fue un ataque directo. Se podría decir que fuimos descuidadas, que subestimamos la naturaleza ávida de sangre de los nefilim aquí, en Norteamérica. Conocían muchos, si no todos, de los enclaves de los angelólogos en Europa. Cometimos el error de pensar que nuestro país seguía siendo tan seguro como lo había sido. Lamento decir que la presencia de la hermana Celestine expuso el convento de Saint Rose a un gran peligro. Con Celestine, llegaron también los ataques. Y no sólo contra nuestro convento, créeme. Se produjeron cerca de un centenar de ataques contra otros conventos norteamericanos ese año, un esfuerzo concertado de los nefilim para descubrir cuál escondía lo que querían.

—Pero ¿por qué?

—A causa de Celestine, por supuesto —contestó Philomena—. El enemigo la conocía muy bien. Cuando llegó, vi con mis propios ojos cuán enfermiza, magullada y asustada que estaba. No cabía duda de que su huida había sido un calvario. Y lo que quizá era más significativo, traía un paquete para la madre Innocenta, algo que se suponía que estaría seguro aquí, con nosotras. Celestine tenía algo que ellos querían. Sabían que se había refugiado en Estados Unidos, pero no exactamente dónde.

—¿Y la madre Innocenta estaba al corriente de todo?

—Por supuesto —respondió Philomena, alzando las cejas sorprendida—. La madre Innocenta fue la estudiosa más prominente de su época en Norteamérica. Se había formado con la madre Antonia, que fue alumna de la madre Clara, nuestra abadesa más querida, que, a su vez, fue instruida por la propia madre Francesca, que, para el beneficio de nuestra gran nación, llegó a Milton directamente desde la Sociedad Angelológica Europea para fundar la sede norteamericana. El convento de Saint Rose era el corazón del Proyecto Angelológico Norteamericano, una gran empresa, mucho más ambiciosa que cualquier cosa que Celestine Clochette hubiera estado haciendo en Europa antes de unirse a la segunda expedición. —Philomena, que había estado hablando con gran rapidez, se detuvo para tomar aliento—. De hecho —continuó, sopesando sus palabras—, la madre Innocenta jamás habría abandonado la lucha con tanta facilidad si no hubiera sido asesinada a manos de los nefilim.

—Creía que había muerto en el incendio —comentó Evangeline.

—Eso es lo que contamos al mundo exterior, pero no es la verdad. —La piel de Philomena enrojeció y después adquirió un color muy pálido, como si el hecho de hablar sobre el incendio pusiera su piel en contacto con un calor fantasmal—. Yo me encontraba en la galería de Maria Angelorum cuando estalló el incendio —prosiguió—. Estaba limpiando los tubos del órgano Casavant, una tarea terriblemente difícil. Con mil cuatrocientos veintidós tubos, veinte registros y treinta filas, quitar el polvo al órgano ya era de por sí una tarea bastante dura, pero la madre Innocenta me había asignado el trabajo semestral de pulir el bronce de los tubos. ¡Imagínate! Creo que Innocenta me estaba castigando por algo, aunque no era incapaz de figurarme qué podía haber hecho para disgustarla tanto.

Evangeline sabía sin lugar a dudas que Philomena se sumiría en una pena inconsolable al relatar las circunstancias del incendio. Pero, en lugar de interrumpirla, dejó las manos sobre el regazo y se dispuso a escucharla como penitencia por haberse perdido la adoración esa mañana.

—Estoy segura de que usted no hizo nada para disgustar a nadie —comentó.

—De pronto percibí una conmoción inusual —continuó Philomena, como habría hecho de todas formas con o sin los ánimos de Evangeline— y me acerqué al enorme rosetón de la parte trasera del coro. Si has limpiado el órgano, o participado en nuestro coro, sabrás que el rosetón da al patio central. Esa mañana, en el patio había cientos de hermanas. En seguida descubrí el humo y las llamas que habían consumido el cuarto piso, aunque, atrapada como estaba en la galería de la iglesia, sin una vista clara de las zonas superiores, no tenía ni idea de lo que estaba ocurriendo en los demás pisos del convento. Sin embargo, después supe que los daños habían sido considerables. Lo perdimos todo.

—Qué espanto —exclamó Evangeline, reprimiendo la urgencia de preguntar cómo podía interpretarse eso como un ataque nefilim.

—Fue terrible, desde luego —confirmó Philomena—. Pero no te lo he contado todo. La madre Perpetua me ordenó que guardara silencio al respecto, pero finalmente he decidido romperlo. Como te he dicho, la madre Innocenta fue asesinada. ¡Asesinada!

—¿Qué quiere decir? —preguntó Evangeline, intentando comprender la seriedad de la acusación de Philomena. Sólo unas horas antes había descubierto que su madre había sido asesinada a manos de aquellas criaturas, y ahora, Innocenta. De repente parecía que Saint Rose era el lugar más peligroso en el que podría haberla dejado su padre.

—Desde el coro oí cómo se cerraba de golpe una puerta de madera. En cuestión de segundos, la madre Innocenta apareció en el piso de abajo. La vi correr por el pasillo central, seguida de cerca por un grupo de hermanas: dos novicias y dos profesas. Parecía que se dirigían a la capilla de la Adoración, quizá a rezar. Eso era algo habitual en Innocenta: para ella la oración no era simplemente una devoción o un ritual, sino una solución para todo lo que era imperfecto en el mundo. Creía tan firmemente en el poder de la oración que casi me inclino a pensar que creía que podría detener el fuego con ella.

Philomena suspiró, se quitó las gafas y limpió los cristales con un pañuelo blanco. Colocándose de nuevo las gafas, ahora limpias, sobre la nariz, miró con perspicacia a Evangeline, como si estuviera evaluando su idoneidad como receptora de la historia.

—De repente —continuó—, dos enormes figuras emergieron por los pasillos laterales. Eran extraordinariamente altos y tenían notorias complexiones, sus manos blancas y sus rostros parecían iluminados por el fuego. Su cabello y su piel, incluso desde la distancia, daban la impresión de brillar con una luz suave y blanca. Tenían unos grandes ojos azules, los pómulos marcados y unos labios rosados y gruesos. El cabello rizado enmarcaba sus rostros. Sus hombros eran anchos y vestían pantalones y gabardina, ropa de caballero, como si no fueran más que unos simples banqueros o abogados. Dado que su vestimenta secular descartaba la posibilidad de que fueran hermanos de la Santa Cruz, que en esa época llevaban hábito marrón y la cabeza tonsurada, no pude adivinar quién o qué eran las criaturas.

»Ahora sé que se llaman gibborim, la clase guerrera de los nefilim. Son criaturas brutales, ávidas de sangre, seres sin sentimientos cuyos ancestros, por el lado angelical, se remontan al gran guerrero Miguel. Se trata de un linaje demasiado noble para criaturas tan horrendas, y eso explica su turbadora belleza. Mirando atrás ahora, con plena conciencia de qué eran, comprendo que su belleza era una terrorífica manifestación del mal, un encanto frío y diabólico que los ayudaba a hacer daño con mayor facilidad. Físicamente eran perfectos, pero se trataba de una perfección alejada de Dios: una belleza vacía y sin alma. Imagino que Eva encontró una belleza similar en la serpiente. Su presencia en la iglesia provocó que se apoderara de mí un estado antinatural. He de confesar que me cogieron totalmente desprevenida.

Una vez más, Philomena sacó el pañuelo de algodón blanco y limpio del bolsillo, lo desplegó entre las manos y se enjugó con él el sudor de la frente.

—Desde el coro pude verlo todo con claridad. Las criaturas salieron de las sombras a la luz brillante de la nave. Los vitrales relucían bajo la luz del sol, como es habitual a mediodía, y los haces de color se proyectaban el suelo de mármol, creando un brillo diáfano en su piel pálida mientras avanzaban. La madre Innocenta se sobresaltó profundamente al verlos. Alcanzó el respaldo de un banco para apoyar su peso y les preguntó qué querían. Algo en el tono de su voz me convenció de que reconocía a las criaturas. Quizá incluso estuviera esperándolos.

—No me parece factible que los esperara —intervino Evangeline, asombrada por la descripción que Philomena estaba haciendo de la horrible catástrofe como si fuera un acontecimiento providencial—. Habría advertido a las demás...

—No tengo modo de saberlo —contestó Philomena, enjugándose de nuevo la frente y arrugando el pañuelo de algodón sucio en la mano—. Antes de que pudiera entender lo que estaba pasando, las criaturas atacaron a mis queridas hermanas. Los malvados seres fijaron en ellas sus ojos y tuve la impresión de que las hechizaban, pues las seis mujeres se quedaron mirando boquiabiertas a las criaturas como si estuvieran hipnotizadas. Una de las criaturas puso las manos sobre la madre Innocenta y fue como si una descarga eléctrica recorriese su cuerpo: empezó a convulsionarse y se desplomó en el suelo de inmediato, como si le hubiera absorbido el espíritu. La bestia sintió placer en el acto de matar, como todos los monstruos. Parecía que el asesinato lo había hecho más fuerte, más vibrante, mientras que el cuerpo de la madre Innocenta quedó prácticamente irreconocible.

—Pero ¿cómo es posible? —preguntó Evangeline, pensando en si su madre habría encontrado el mismo desdichado destino.

—No lo sé. Me tapé los ojos aterrorizada —respondió Philomena—. Cuando volví a mirar por encima de la balaustrada, vi en el suelo de la iglesia a las seis hermanas, muertas. En el tiempo que me llevó correr desde el coro hasta la iglesia, unos quince segundos más o menos, las criaturas ya habían desaparecido, dejando los cuerpos de nuestras hermanas completamente profanados. Estaban desecados, como si les hubieran extraído no sólo los fluidos vitales, sino también su misma esencia. Sus cuerpos parecían consumidos; el cabello de todas estaba quemado, la piel, arrugada como una pasa. Aquello, mi querida niña, fue un ataque nefilim contra el convento de Saint Rose. Y nosotras respondimos renunciando a nuestra labor contra ellos. Nunca he llegado a comprenderlo. La madre Innocenta, que Dios guarde su alma, nunca habría dejado que el asesinato de nuestra gente quedase sin vengar.

—Entonces, ¿por qué nos detuvimos? —dijo Evangeline.

—Queríamos que creyeran que no éramos más que una abadía de monjas —contestó Philomena—. Si pensaban que éramos débiles y que no representábamos ninguna amenaza contra su poder, dejarían de buscar el objeto que sospechaban que poseíamos.

—Pero nosotras no lo tenemos. Abigail Rockefeller no reveló su localización antes de su muerte.

—¿Realmente crees eso, mi querida Evangeline? ¿Después de que se te haya ocultado todo? ¿Después de que se me ha ocultado todo a mí? Celestine Clochette convenció a la madre Perpetua de que era mejor adoptar una postura pacifista. A Celestine no le interesa que aparezca la lira de Orfeo, pero apostaría mi propia vida, mi alma, a que posee información sobre su paradero. Si me ayudas a encontrarla, juntas libraremos de una vez por todas al mundo de esas bestias monstruosas.

La luz del sol entraba por las ventanas de la biblioteca, bañando las piernas de Evangeline y acumulándose en la chimenea. La joven cerró los ojos, evaluando la historia en el marco de todo lo que había descubierto en las últimas veinticuatro horas.

—Acabo de saber que esas bestias monstruosas asesinaron a mi madre —susurró. Extrajo las cartas de Gabriella del bolsillo de su vestido, pero Philomena se las arrancó antes de que pudiera dárselas.

Philomena revolvió las tarjetas, leyéndolas con avidez. Finalmente, al llegar a la última, comentó:

—La carta está incompleta. ¿Dónde está el resto?

Evangeline cogió la última tarjeta de Navidad que había

recogido en la saca de correos esa misma mañana. Le dio la vuelta y empezó a leer en voz alta las palabras de su abuela:

Te he contado mucho de los horrores del pasado y algo de los peligros a los que te enfrentas en el presente, pero en mi comunicación ha habido muy poco sobre tu futuro papel en nuestra labor. No puedo decir cuándo te será útil esta información; también es posible que vivas tus días en paz, en tranquila contemplación, desempeñando fielmente tu cometido en Saint Rose. No obstante, es posible que seas requerida para un propósito más elevado. Existe una razón por la cual tu padre eligió el convento como tu hogar, y una razón para que hayas sido formada en la tradición angelológica que ha nutrido nuestro trabajo durante más de un milenio.

La madre Francesca, la abadesa fundadora del convento en el que has vivido y crecido en los últimos trece años, creó Saint Rose a partir de la simple fuerza de la fe y del trabajo duro, diseñó cada sala y cada escalera para que sirviese a las necesidades de nuestros angelólogos en Estados Unidos. La capilla de la Adoración fue un hito de la imaginación de Francesca, un rutilante tributo a los ángeles que estudiamos. Cada pieza de oro fue dispuesta para rendir honor, cada pieza de vidrio, ensamblada en alabanza. Lo que tal vez no sepas es que en el centro de esa capilla existe un objeto pequeño pero de incalculable valor histórico y espiritual.

—Esto es todo —concluyó Evangeline, doblando la carta y guardándola de nuevo en el sobre—. El fragmento termina aquí.

—¡Lo sabía! La lira está aquí, con nosotras. Ven, niña, tenemos que compartir estas maravillosas noticias con la madre Perpetua.

—Pero la lira fue escondida por Abigail Rockefeller en 1944 —dijo Evangeline, confundida por el hilo argumental de los pensamientos de Philomena—. La carta no nos dice nada.

—Nadie sabe a ciencia cierta qué hizo Abigail Rockefeller con la lira —replicó Philomena, poniéndose en pie y encaminándose hacia la puerta—. De prisa, tenemos que hablar de inmediato con la madre Perpetua. Hay algo escondido en el mismo centro de la capilla de la Adoración. Algo que nos resultará útil.

—Espere —exigió Evangeline con la voz quebrada por la tensión que le provocaba lo que debía decir—. Hay algo más que debo contarle, hermana.

—Dime, chiquilla —la apremió Philomena, de pie en el umbral de la puerta.

—A pesar de su advertencia, ayer por la tarde dejé que alguien entrara en nuestra biblioteca. En lugar de echarlo, como me había indicado, le permití que leyera la carta de Abigail Rockefeller que había descubierto.

—¿Una carta de Abigail Rockefeller? Me he pasado cincuenta años buscando esa carta. ¿La llevas encima?

Evangeline se la tendió a la hermana Philomena, que se la arrancó de los dedos con urgencia. Mientras leía, su decepción resultaba evidente.

—Aquí no hay ninguna clase de información útil —comentó mientras le devolvía la misiva.

—El hombre que vino a visitar los archivos no opinaba lo mismo —replicó Evangeline, preguntándose si Philomena detectaría su interés en Verlaine.

—¿Y cómo reaccionó ese caballero? —se interesó la anciana monja.

—Con gran interés y excitación —respondió Evangeline—. Él cree que la carta es un indicio de un misterio más grande, uno que le ha encargado desvelar la persona que lo ha empleado.

Los ojos de Philomena se abrieron como platos.

—¿Pudiste determinar los motivos que se escondían detrás de su interés?

—Creo que sus motivos son inocentes pero, y esto es lo que quería explicarle, acabo de enterarme que su cliente es uno de los que quieren hacernos daño. —Evangeline se mordió el labio, insegura de si podría pronunciar su nombre—. Verlaine trabaja para Percival Grigori.

—¡Dios santo! —exclamó Philomena, aterrorizada—. ¿Por qué no nos has avisado?

—Por favor, perdóneme —se disculpó Evangeline—. No lo sabía.

—¿Te das cuenta del peligro en que nos hallamos? Debemos alertar cuanto antes a la madre Perpetua. Cada vez es más evidente que hemos cometido un terrible error. El enemigo se ha vuelto más fuerte. Una cosa es desear la paz y otra muy distinta fingir que la guerra misma no existe.

Con esto, Philomena dobló los papeles que sujetaba en las manos y salió rápidamente de la biblioteca, dejando sola a Evangeline. Estaba claro que la religiosa padecía una obsesión mórbida e insana por vengar los sucesos de 1944. De hecho, su reacción había sido de fanatismo, como si hubiera estado esperando durante muchos años esa información. Evangeline se dio cuenta de que nunca debería haber mostrado a Philomena la carta de su abuela ni haberle revelado una información tan delicada a una mujer a la que siempre había considerado un poco inestable. Desesperada, intentó decidir qué debía hacer a continuación. De repente recordó la orden de Celestine sobre las cartas: «Cuando las hayas leído, regresa a mi lado.» Se puso en pie y se apresuró a acudir a la celda de Celestine.

Times Square, ciudad de Nueva York

El conductor avanzó a través del tráfico de la hora punta hasta detenerse en la esquina de la Cuarenta y dos con Broadway. Los vehículos estaban prácticamente parados delante del Departamento de Policía de la ciudad, donde se estaban realizando los preparativos para las celebraciones de la Nochevieja del milenio. Entre la multitud de oficinistas camino del trabajo, Verlaine distinguió a la policía obligando a que cerraran las tapas de la alcantarillas y estableciendo puntos de control. Si la temporada navideña llenaba la ciudad de turistas, Verlaine se percató de que Nochevieja iba a ser una verdadera pesadilla, en especial ésa.

Gabriella le ordenó que bajara de la furgoneta. Al internarse en la masa de personas que abarrotaban las calles, se vieron inmersos en un caos de movimiento y luces de neón parpadeantes. Verlaine se echó el petate al hombro, temeroso de perder su preciado contenido. Después de lo ocurrido en su apartamento, no podía deshacerse de la sensación de que los estaban vigilando, de que cada persona cercana era sospechosa, de que los hombres de Percival Grigori los aguardaban tras cada esquina. Miró por encima del hombro y vio un mar interminable de personas.

Gabriella andaba con rapidez por delante de él, maniobrando a través de la multitud a un ritmo que Verlaine se esforzaba por igualar. Al tiempo que la gente se arremolinaba a su alrededor, se percató de la imponente presencia de Gabriella. Era una mujer menuda, de escaso metro cincuenta de altura, extraordinariamente delgada y con los rasgos muy marcados. Vestía un abrigo negro a medida que parecía de corte eduardiano: una elegante chaqueta entallada de seda, que se cerraba con una fila de pequeños botones de obsidiana. Le quedaba tan ajustada que parecía diseñada para llevarla encima de un corsé. En contraste con su ropa oscura, la tez de Gabriella era de un blanco níveo, con unas arrugas muy finas, la piel de una mujer anciana. Aunque debía de rebasar los setenta, había algo antinaturalmente juvenil en ella. Se movía con la impronta propia de una mujer mucho más joven. Su cabello corto y reluciente estaba perfectamente peinado; la espalda recta, su modo de andar, equilibrado. Caminaba de prisa, como si estuviera retando a Verlaine a que mantuviera su paso.

—Debe de estar preguntándose usted por qué lo he traído aquí, en medio de todo este caos —comentó haciendo un gesto con la mano en dirección a la multitud. Su voz traslucía la misma ecuanimidad serena que al teléfono, un tono que Verlaine encontraba inquietante y profundamente tranquilizador—. Times Square en Navidades no es el lugar más tranquilo para pasear.

—Normalmente evito este sitio —replicó él, mirando a su alrededor los escaparates repletos de neones y los titulares informativos que parpadeaban de manera incesante en las pantallas de teletipos, relámpagos de electricidad que destilaban información a mayor velocidad de la que Verlaine podía leer—. Llevaba casi un año sin venir por aquí.

—En caso de peligro, lo mejor es esconderse entre la multitud —observó Gabriella—. No queremos llamar la atención y nunca se es lo suficientemente precavido.

Tras unas cuantas manzanas, la mujer aminoró el paso, conduciendo a Verlaine más allá de Bryant Park, donde todo estaba plagado de adornos navideños. Con la nieve reciente y el brillo de la luz matinal, la escena le evocó a Verlaine la imagen perfecta de las Navidades en Nueva York, la clase de cuadro a lo Norman Rockwell que le irritaba. Al acercarse a la grandiosa estructura de la Biblioteca Pública de Nueva York, Gabriella se detuvo una vez más, miró por encima del hombro y cruzó la calle.

—Venga —le susurró, acercándose a un elegante coche negro mal aparcado delante de uno de los leones de piedra situados a la entrada de la biblioteca. La matrícula de Nueva York decía ANGEL 27. Al ver que se acercaban, el conductor arrancó el motor—. Éste es nuestro transporte —comentó Gabriella.

Giraron a la derecha hacia la Treinta y nueve y recorrieron la Sexta Avenida. Al detenerse en un semáforo, Verlaine echó un fugaz vistazo por encima del hombro, preguntándose si encontraría el todoterreno Mercedes negro detrás de ellos. No los seguían. De hecho, lo enervaba descubrir que casi se sentía cómodo en compañía de Gabriella. La conocía tan sólo hacía cuarenta y cinco minutos. Ella iba sentada a su lado, mirando por la ventanilla, como si el hecho de que los persiguieran por Manhattan a las nueve de la mañana fuera algo completamente habitual en su vida.

En Columbus Circle, el conductor se detuvo junto al bordillo, y Gabriella y Verlaine descendieron a las heladas ráfagas de viento que soplaban desde Central Park. Ella andaba con rapidez delante de él, atenta al tráfico y mirando más allá de la rotonda, casi perdiendo su calma impenetrable.

—¿Dónde están? —murmuró volviéndose hacia la entrada del parque.

A continuación pasó junto a un quiosco rodeado de grandes pilas de los periódicos del día y penetró en las sombras de Central Park West. Mantuvo el paso durante una serie de manzanas, giró en dirección a una calle lateral y se detuvo mirando a su alrededor.

—Llegan tarde —masculló.

En ese preciso instante, un Porsche antiguo dobló la esquina y se detuvo con un fuerte chirrido de neumáticos; la carrocería pintada de blanco resplandecía bajo la luz matinal. La matrícula, para diversión de Verlaine, era ANGEL 1.

Una mujer joven bajó del asiento del conductor.

—Mis disculpas, doctora—dijo depositando un juego de llaves en la mano de Gabriella antes de alejarse andando con rapidez.

—Suba —ordenó ella, dejándose caer en el asiento del conductor.

Verlaine siguió sus órdenes, embutiéndose en el coche diminuto y cerrando la puerta. El salpicadero era de lustrosa madera de arce veteada, y el volante, de cuero. Se acomodó en el reducido asiento del acompañante y movió el petate para poder alcanzar el cinturón de seguridad, pero descubrió que no había.

—Bonito coche —señaló.

Gabriella le dirigió una mirada tajante y arrancó el motor.

—Es un 356, el primer Porsche que se fabricó. La señora Rockefeller compró unos cuantos para la sociedad. Resulta divertido que tantos años después sigamos sobreviviendo gracias a sus migajas.

—Unas migajas bastante lujosas —señaló Verlaine, pasando la mano por los asientos de cuero de color caramelo—. Nunca habría sospechado que a Abigail le gustasen los coches deportivos.

—Hay muchas cosas que uno no habría sospechado de ella —replicó Gabriella al tiempo que daba media vuelta, se incorporaba al tráfico y se dirigía hacia el norte siguiendo los límites de Central Park.

Finalmente aparcó en una calle tranquila y flanqueada de árboles por encima de la calle Ochenta. Encajada entre dos edificaciones similares, la casa de piedra marrón a la que lo condujo parecía que se mantenía vertical a causa de la presión que ejercían las casas vecinas. Gabriella abrió la puerta principal y le indicó con un gesto a Verlaine que pasara; los movimientos de la mujer eran tan decididos que él no tuvo ni un instante para situarse antes de que ella cerrara la puerta y girara la llave. Le llevó un momento asimilar que habían abandonado el frío y el exterior.

Gabriella se apoyó en la puerta, cerró los ojos y dejó escapar un profundo suspiro. En la oscuridad irregular del vestíbulo, él percibió su cansancio. Le temblaban las manos mientras se retiraba un mechón de pelo de los ojos y se colocaba una mano en el pecho, a la altura del corazón.

—En serio —dijo con suavidad—, me estoy haciendo demasiado vieja para esto.

—Disculpe el atrevimiento —dijo Verlaine, permitiendo que le traicionase la curiosidad— pero ¿qué edad tiene usted?

—Soy lo suficientemente mayor como para levantar sospechas —contestó ella.

—¿Sospechas?

—Sobre mi humanidad —dijo Gabriella entornando los ojos de un sorprendente color verde mar, intensamente maquillados con sombra gris—. Algunas personas en la organización creen que soy una de «ellos». En realidad, debería retirarme. He tenido que soportar esas sospechas durante toda mi vida.

Verlaine la miró de arriba abajo, desde las botas a los labios rojos. Quería pedirle que se explicase, que le explicase qué había sucedido la tarde anterior, que le dijese por qué la habían enviado a su apartamento para que lo vigilase.

—Vamos, no tenemos tiempo para mis quejas —cortó Gabriella, girando sobre sus talones y subiendo un tramo de estrechos escalones de madera—. Vayamos al piso de arriba.

Verlaine siguió a la mujer por la escalera chirriante. Una vez arriba, ella abrió una puerta y lo condujo a una habitación a oscuras. Cuando sus ojos se acostumbraron, vio un cuarto alargado y estrecho lleno de sillones demasiado mullidos, librerías del suelo al techo, lámparas Tiffany colocadas en los extremos de mesitas auxiliares como pájaros de plumaje brillante en precario equilibrio. Una serie de pinturas al óleo en contundentes marcos dorados —estaba demasiado oscuro para distinguir los motivos— colgaban de las paredes. Un techo inclinado e irregular alcanzaba su punto más alto en el centro de la habitación, y presentaba manchas amarillentas producto de las humedades.

Gabriella le indicó con un gesto que tomara asiento mientras ella corría las cortinas de una serie de ventanas altas y estrechas y la habitación se llenaba de luz. Verlaine se acercó a un conjunto de sillas neogóticas situadas cerca de una ventana, dejó con delicadeza el petate a su lado y se hundió en el asiento duro como una piedra. Las patas de la silla crujieron bajo su peso.

—Voy a serle franca, señor Verlaine —empezó Gabriella, sentándose a su lado—. Tiene usted suerte de seguir con vida.

—¿Quiénes eran? —preguntó él—. ¿Qué querían?

—Igualmente afortunado —prosiguió ella, haciendo caso omiso de las preguntas de Verlaine y de su creciente agitación— es el hecho de que haya podido eludirlos usted y haya salido completamente ileso. —Tras dirigir una mirada a su fea herida, que ya contaba con una incipiente costra, añadió—: O casi ileso. Ha tenido suerte. Ha escapado usted con algo que ellos quieren.

—Debió de estar allí durante horas. ¿Cómo sabía que me estarían vigilando? ¿Cómo sabía que asaltarían mi casa?

—No tengo poderes psíquicos —respondió Gabriella—. Es cuestión de esperar el tiempo suficiente: verás llegar a los demonios.

—¿La llamó Evangeline? —preguntó Verlaine, pero la mujer no dijo nada. Estaba claro que no iba a revelar sus secretos a alguien como él—. Supongo que sabe lo que tenían planeado hacer cuando me encontraran... —dijo a continuación.

—Se habrían llevado las cartas, por supuesto —respondió Gabriella con calma—. En cuanto las hubiesen tenido en su poder, lo habrían matado.

Verlaine dio vueltas a esa idea durante un momento. No alcanzaba a comprender por qué eran tan importantes las cartas.

—¿Tiene usted alguna teoría acerca de la razón por la que harían algo así? —preguntó finalmente.

—Yo tengo una teoría acerca de todo, señor Verlaine. —La mujer sonrió por primera vez desde que se conocían—. En primer lugar, creen, como yo, que las cartas que obran en su poder contienen información valiosa. En segundo lugar, quieren esa información con todas sus fuerzas.

—¿Tanto como para matar?

—Desde luego. Han matado muchas veces por información mucho menos importante.

—No lo comprendo —dijo Verlaine, colocando el petate sobre su regazo, un gesto de protección que, por el brillo que pudo ver en su mirada, no escapó a la atención de Gabriella—. Ellos no han tenido acceso a las cartas de Innocenta.

Su afirmación dio que pensar a Gabriella.

—¿Está usted seguro?

—No se las entregué a Grigori —respondió él—. Dudaba de su autenticidad cuando las encontré y quería asegurarme antes de compartir con él el contenido. En mi trabajo, resulta esencial verificarlo todo de antemano.

Gabriella abrió el cajón de un pequeño secreter, sacó un cigarrillo de una cajetilla, lo ajustó a una boquilla lacada y lo encendió con un discreto mechero dorado. El aroma a tabaco especiado llenó la habitación. Cuando le acercó la cajetilla a Verlaine para ofrecerle un cigarrillo, él aceptó. Incluso consideró la posibilidad de pedir una bebida fuerte para acompañarlo.

—Sinceramente —dijo al fin—, no tengo la menor idea de cómo me he visto envuelto en todo esto. No sé por qué esos hombres, o lo que sean, estaban en mi casa. Admito que he recabado algunos datos extraños sobre Grigori mientras trabajaba para él, pero todo el mundo sabe que ese hombre es un excéntrico. Con franqueza, estoy empezando a plantearme si es posible que me esté volviendo loco. ¿Puede usted explicarme por qué estoy aquí?

Gabriella lo evaluó en silencio, como si estuviera considerando la respuesta adecuada.

—Lo he traído aquí, señor Verlaine, porque nosotros lo necesitamos —respondió al fin.

—¿«Nosotros»? —replicó él.

—Queremos que nos ayude a recuperar algo muy valioso.

—¿El hallazgo de las montañas Ródope?

El rostro de Gabriella palideció al escuchar sus palabras.

Verlaine sintió un breve arrebato de triunfo: ahora la había sorprendido.

—¿Sabe usted algo de la expedidición a las Ródope? —preguntó ella tras recuperar la compostura.

—Se menciona en una carta de Abigail Rockefeller que Evangeline me mostró ayer. Llegué a la conclusión de que hablaban de la recuperación de algún tipo de antigüedad, quizá una pieza de cerámica griega o de artesanía tracia. Aunque ahora veo que el descubrimiento debió de ser algo mucho más valioso que unas ánforas de arcilla.

—Un poco más valioso, sí —confirmó Gabriella, terminando el cigarrillo y apagando la colilla en un cenicero—. Pero su valor se calcula en unos términos diferentes a los que pueda estar usted pensando. No es un valor que se pueda cuantificar en dinero, aunque durante los últimos dos mil años se ha gastado muchísimo oro intentando recuperarlo. Permítame que lo exprese de la siguiente forma: tiene un valor antiguo.

—¿Se trata de un objeto histórico? —preguntó Verlaine.

—Podría llamarlo así —dijo ella cruzando los brazos sobre el pecho—. Es muy antiguo, pero no es una pieza de museo. Es tan relevante en la actualidad como lo fue en el pasado. Puede afectar a la vida de millones de personas y, lo que es más importante, puede cambiar el curso del futuro.

—Parece un acertijo —comentó Verlaine, apagando el cigarrillo a su vez.

—No voy a jugar con usted. No tenemos tiempo. La situación es mucho más complicada de lo que cree. Lo que le ha ocurrido esta mañana empezó hace muchos años. No sé cómo se ha visto implicado en este asunto, pero las cartas en su poder lo sitúan de manera inamovible en el centro del mismo.

—No lo entiendo.

—Tendrá que confiar en mí —concluyó Gabriella—. Se lo explicaré todo, pero esto tiene que ser un intercambio. A cambio de esta información tendrá que entregar su libertad. Después de esta noche, o se convierte usted en uno de nosotros o tendrá que esconderse. En cualquier caso se pasará el resto de su vida mirando por encima del hombro. En cuanto conozca la historia de nuestra misión y sepa cómo se vio implicada en ella la señora Rockefeller, que sólo es un componente menor de una historia mucho más larga y compleja, formará parte de un drama terrible, uno del que no es posible salir del todo. Dicho así, puede que suene exagerado, pero una vez conozca la verdad, su vida cambiará para siempre. No hay vuelta atrás.

Verlaine se miró las manos mientras sopesaba lo que le había dicho Gabriella. Aunque se sentía como si le hubieran pedido que saltase por un precipicio —de hecho, era más bien como si se lo hubiesen ordenado—, no podía evitar seguir adelante por voluntad propia.

—Usted cree que las cartas revelan lo que descubrieron durante la expedición —comentó al fin.

—No lo que descubrieron, sino lo que permanecía oculto —replicó la mujer—. Viajaron a las montañas Ródope para recuperar una lira. Una cítara para ser exactos. Estuvo un breve período de tiempo en nuestro poder. Ahora vuelve a estar escondida. Nuestros enemigos, un grupo extremadamente rico e influyente, quieren encontrarla tanto como nosotros.

—¿Ésos han sido los que han asaltado mi casa?

—Los hombres en su apartamento fueron contratados por ese grupo, sí.

—¿Percival Grigori forma parte de ese grupo?

—Sí —contestó Gabriella—. Es una parte importante del mismo.

—Así que, al trabajar para él —concluyó Verlaine—, he estado trabajando en su contra.

—Como le he dicho, en realidad usted no significa nada para ellos. A Gregori le resulta extremadamente perjudicial y arriesgado aparecer en público, de manera que siempre ha contratado a gente prescindible, la expresión es suya, no mía, para que investiguen para él. Los utiliza para encontrar información y después los mata. Se trata de una medida de seguridad extremadamente eficaz. —Gabriella encendió otro cigarrillo, y el humo formó una voluta en el aire.

—¿Abigail Rockefeller trabajaba para ellos?

—No. Todo lo contrario. La señora Rockefeller estaba trabajando con la madre Innocenta para encontrar un escondite adecuado para la maleta que contenía la lira. Por razones que no comprendemos, Abigail Rockefeller interrumpió toda comunicación con nosotros después de la guerra, lo que causó bastantes problemas en nuestra red. No teníamos ni idea de dónde había ocultado el contenido de la maleta. Algunos creen que está en la ciudad de Nueva York. Otros creen que lo envió de vuelta a Europa. Hemos intentado desesperadamente descubrir dónde lo escondió si es que realmente lo hizo.

—Yo he leído las cartas de Innocenta —confesó Verlaine, dubitativo—. No creo que le digan lo que espera encontrar. Tiene más sentido ir a hablar con Grigori.

Gabriella, cansada, respiró profundamente.

—Hay algo que me gustaría mostrarle —dijo—. Es posible que lo ayude a comprender con qué clase de criaturas nos enfrentamos.

La mujer se puso de pie y se quitó la chaqueta. Después empezó a desabrocharse la blusa de seda negra, sus manos cubiertas de pronunciadas venas manipularon los botones hasta que cada uno de ellos estuvo liberado.

—Esto —dijo en voz baja, sacando de las mangas primero el brazo izquierdo y después el derecho— es lo que ocurre cuando te atrapa el otro lado.

Verlaine observó cómo Gabriella se volvía a la luz de una ventana cercana. Su torso estaba cubierto de gruesas cicatrices que le cruzaban la espalda, el pecho, el estómago y los hombros. Parecía como si la hubieran cortado con un cuchillo de carnicero extremadamente afilado. Por la extensión del tejido dañado y los rugosos bordes de las cicatrices, supuso que las heridas no fueron suturadas de forma adecuada. Bajo la débil luz, la piel parecía rosada y cruda. El dibujo sugería que Gabriella había sido azotada o, peor aún, cortada con una cuchilla de afeitar.

—Dios mío —exclamó Verlaine, sobrecogido al ver la carne lacerada y el color rosado de las cicatrices; eran horribles, pero aun así tenían la delicada tonalidad de la concha de una ostra—. ¿Qué pasó?

—En una ocasión, tiempo atrás, creí que podía ser más lista que ellos —contestó Gabriella—. Creía que era más sabia, más fuerte, más apta. Durante la guerra era la mejor angelóloga de todo París. A pesar de mi edad, ascendí por la jerarquía con mayor rapidez que nadie. Eso es un hecho. Créame: soy y siempre he sido muy buena en mi trabajo.

—¿Eso ocurrió durante la guerra? —preguntó Verlaine, intentando encontrar algún sentido para tanta brutalidad.

—Durante mi juventud trabajé como agente doble. Me convertí en la amante del heredero de una de las familias enemigas más poderosas. Al principio tuve bastante éxito, pero al final me descubrieron. Si alguien hubiera podido salir airoso de semejante situación, esa persona habría sido yo. Observe con detenimiento lo que me ocurrió, señor Verlaine, e imagine lo que podrían hacer con usted. Su ingenua creencia norteamericana de que el bien siempre triunfa sobre el mal no lo habría salvado. Se lo garantizo: estará condenado.

Verlaine no podía soportar mirar a Gabriella, pero al mismo tiempo no podía dejar de hacerlo. Su mirada siguió la rosada senda sinuosa de las cicatrices desde la clavícula hasta la cadera, la palidez de su piel presente en todo su cuerpo. Sintió náuseas.

—¿Cómo puede tener la esperanza de derrotarlos?

—Eso —respondió ella, volviendo a ponerse la blusa y ajustando los botones— es algo que le explicaré después de que me haya mostrado las cartas.

Verlaine puso su ordenador portátil sobre la mesa de Gabriella y lo encendió. El disco duro ronroneó y la pantalla cobró vida. En un instante, aparecieron los iconos de todos sus archivos —incluidos los documentos de la investigación y las cartas escaneadas— en la superficie parpadeante de la pantalla eran como globos de colores brillantes flotando en un cielo azul electrónico. Verlaine seleccionó la carpeta

«Rockefeller/Innocenta» y se apartó del ordenador, dejando espacio a Gabriella para que leyera. Desde la ventana sucia de polvo, observó el parque tranquilo y frío. Sabía que más allá se encontraban los estanques helados, la pista de patinaje vacía, aceras cubiertas de nieve, el carrusel parado durante el invierno. Un destacamento de taxis se dirigían al norte por Central Park West, llevando gente hacia la parte alta de la ciudad, una ciudad que proseguía con su frenesí habitual.

Contempló luego a Gabriella. La mujer leía las cartas conteniendo la respiración, absorta en la pantalla del ordenador, como si las palabras incandescentes fueran a desaparecer en cualquier momento. El monitor arrojaba un brillo verde y blanco sobre su piel, acentuando las arrugas alrededor de la boca y los ojos y revelando en su cabello negro un matiz de color púrpura. Sacó una hoja de papel del cajón de la mesa y empezó a tomar notas, escribiendo mientras leía, sin mirar ni una sola vez a Verlaine o el torrente de frases que salían de su pluma. La atención de la mujer estaba tan intensamente centrada en la pantalla —las curvas amplias y angulosas de la letra de la madre Innocenta, los pliegues del papel reproducidos con exactitud en la copia digital— que hasta que Verlaine se colocó a su lado para leer por encima de su hombro no recordó que seguía allí.

—Hay una silla en el rincón —comentó sin apartar los ojos de la pantalla—. Descubrirá que está más cómodo que mirando por encima de mi hombro.

Verlaine acercó una antigua banqueta de piano desde el rincón, la colocó suavemente al lado de Gabriella y tomó asiento.

Ella alzó entonces una mano, como si esperara que se la besasen, y dijo:

—Un cigarrillo, *s'il vous plaît*.

Verlaine sacó uno de la caja de porcelana, lo colocó en la boquilla lacada y lo depositó entre los dedos de Gabriella, que, sin levantar la mirada, se llevó el cigarrillo a los labios.

—*Merci* —agradeció, inhalando mientras él encendía el mechero.

Finalmente, Verlaine abrió el petate, sacó una carpeta del interior y, atreviéndose a interrumpirla, le dijo:

—Antes debería haberle dado esto.

Gabriella se volvió desde el ordenador y cogió las cartas que le ofrecía Verlaine.

—¿Los originales? —preguntó mientras las examinaba.

—Material ciento por ciento original sustraído del archivo de la familia Rockefeller —contestó él.

—Gracias —replicó ella, abriendo la carpeta y hojeando las cartas—. Obviamente me preguntaba qué habría pasado con ellas, y sospechaba que podía tenerlas usted. Dígame, ¿qué otras copias existen de estas cartas?

—Esto es todo —contestó Verlaine—. En las manos tiene los originales. —Después señaló los documentos abiertos en la pantalla del ordenador—. Y ahí los escaneados.

—Muy bien —asintió ella en voz baja.

Verlaine sospechaba que la mujer quería decir más, en cambio se puso en pie, sacó una lata de café molido de un cajón y preparó una cafetera sobre una placa eléctrica. Cuando el café estuvo listo, Gabriella acercó la cafetera al ordenador y, sin previo aviso, vertió el contenido sobre el portátil, inundando por completo el teclado con el líquido hirviendo. La pantalla se puso blanca y después negra. El aparato hizo un horrible ruido crepitante hasta que finalmente se hizo el silencio.

Verlaine se inclinó sobre el teclado saturado de café, intentando no perder la calma. No lo consiguió.

—¿Qué ha hecho?

—No podemos permitir que haya más copias de las absolutamente necesarias —contestó Gabriella, limpiándose las manos con parsimonia.

—Sí, pero ha destruido mi ordenador... —Verlaine pulsó el botón de encendido, esperando que de algún modo volviera a la vida.

—Los aparatos tecnológicos pueden reemplazarse con facilidad —replicó Gabriella, sin rastro de arrepentimiento en la voz. Se acercó a la ventana y se apoyó en el cristal con los brazos cruzados sobre el pecho y la expresión serena—.

No podemos permitir que nadie lea estas cartas. Son demasiado importantes.

Reordenándolas, las colocó una al lado de la otra sobre una mesa baja hasta que ésta estuvo cubierta de hojas amarillentas. Había cinco cartas, cada una compuesta de numerosas páginas. Verlaine se situó al lado de Gabriella. Las páginas estaban escritas en una alambicada caligrafía cursiva. Tras levantar una hoja suave y ajada, intentó leer la letra: elegante, angulosa, excepcionalmente ilegible. Las palabras se extendían sobre el papel en oleadas de un color azul descolorido. Era casi imposible descifrarla bajo la luz mortecina.

—¿Puede leerlo? —preguntó Gabriella inclinándose sobre la mesa y girando una de las páginas, como si aproximándose desde otro ángulo pudiera esclarecer la maraña de letras—. Me resulta difícil descifrar su letra.

—Lleva un tiempo acostumbrarse —contestó Verlaine—. Pero sí, lo he conseguido.

—Entonces me puede echar una mano —señaló ella—. Necesitamos determinar si esta correspondencia nos será de alguna ayuda.

—Lo intentaré —se ofreció Verlaine—. Pero antes tendrá que decirme qué estoy buscando.

—Ubicaciones concretas que se mencionen en la correspondencia. Sitios a los que Abigail Rockefeller tenía libre acceso. Quizá una institución en la que tuviera autoridad para entrar y salir a voluntad. Referencias aparentemente inocentes a direcciones, calles, hoteles. Lugares seguros, por supuesto, pero no demasiado.

—Eso puede ser la mitad de Nueva York —replicó Verlaine—. Si tengo que encontrar algo en estas cartas, debo saber exactamente qué está buscando.

Gabriella miró por la ventana.

—Hace mucho tiempo —dijo finalmente— una banda de ángeles desobedientes llamados los guardianes fueron condenados a permanecer encerrados en una cueva situada en una de las regiones más remotas de Europa. Encargados de poner a buen recaudo a los prisioneros, los arcángeles encadenaron a los guardianes y los encarcelaron en una caverna muy profunda. Cuando los guardianes cayeron, los arcángeles escucharon sus gritos de angustia. Era una agonía tan desoladora que, en un rapto piadoso, el arcángel Gabriel arrojó una lira de oro a esas desdichadas criaturas, una lira de perfección angelical cuya música era tan milagrosa que los prisioneros pasarían cientos de años apaciguados por su melodía. Pero el error de Gabriel tuvo graves repercusiones: la lira resultó ser el consuelo y la fuerza de los guardianes. No sólo se entretuvieron en las profundidades de la tierra, sino que se volvieron más fuertes, y sus deseos, más ambiciosos. Descubrieron que la música de la lira les otorgaba poderes extraordinarios.

—¿Qué clase de poderes? —inquirió Verlaine.

—El poder de jugar a ser Dios —respondió la mujer. Encendió otro cigarrillo y prosiguió—: Se trata de un fenómeno que se enseña exclusivamente en nuestros seminarios sobre musicología celestial para los alumnos avanzados de las academias angelológicas. Al igual que el universo fue creado por la vibración de la voz de Dios, por la música de Su verbo, también puede ser alterado, mejorado o completamente deshecho por la música de Sus mensajeros, los ángeles. La lira y otros instrumentos celestiales confeccionados por ellos, muchos de los cuales han caído en nuestro poder a lo largo de los siglos, tienen el poder de obrar semejantes cambios, o eso es lo que creemos. El grado de poder de dichos instrumentos varía. Nuestros musicólogos celestiales creen que con la frecuencia correcta podrían acaecer toda clase de cambios cósmicos. Quizá el cielo se torne rojo, el mar púrpura y la hierba naranja. Quizá el sol hiele el aire en lugar de calentarlo. Quizá los demonios pueblen los continentes. Se cree que uno de los poderes de la lira es devolver la salud a los enfermos.

Verlaine se quedó mirándola, estupefacto al escuchar semejantes palabras de boca de una mujer tan aparentemente racional.

—Ahora no tiene ningún sentido para usted —concluyó ella, cogiendo las misivas originales y entregándoselas a Verlaine—. Pero léame las cartas. Me gustaría escucharlas. Me ayudará a pensar.

420

Él revisó las hojas, encontró la fecha inicial de la correspondencia —5 de junio de 1943— y empezó a leer. Aunque el estilo de la madre Innocenta representaba un reto —cada frase tenía un tono grandilocuente, cada pensamiento estaba redactado como si de golpes de martillo se tratara—, pronto sucumbió a la cadencia de su prosa.

La primera contenía poco más que un educado intercambio de formalidades y estaba compuesta en un tono tentativo y contenido, como si Innocenta se estuviera abriendo camino hacia Abigail Rockefeller a través de un vestíbulo a oscuras. Aun así, la extraña referencia a la habilidad artística de la señora Rockefeller estaba presente incluso en esa carta —«Sepa que la perfección de su visión artística y la ejecución de sus ideas son muy valoradas y aceptadas»—, una referencia que resucitó las ambiciones de Verlaine en el mismo instante que la leyó. La segunda era más larga, una misiva ligeramente más íntima en la que Innocenta expresaba su gratitud a la señora Rockefeller por el importante papel que desempeñaba en el futuro de su misión, y —según notó Verlaine con una sensación íntima de triunfo— comentaba el dibujo que la señora Rockefeller debía de haber incluido en su carta: «Nuestra más admirada amiga, no podemos dejar de maravillarnos ante sus delicadas interpretaciones o recibirlas con humilde agradecimiento y comprensión agradecida.» El tono daba indicios de que las dos mujeres habían llegado a un acuerdo, aunque no se podía encontrar nada concreto y, desde luego, nada que sugiriese que se hubiera trazado un plan. La cuarta carta contenía otra de las referencias a algo artístico: «Como siempre, su mano nunca falla al expresar lo que el ojo más desea retener.»

Verlaine empezó a exponer su teoría sobre la obra artística de la señora Rockefeller, pero Gabriella lo presionó para que siguiera leyendo, claramente molesta porque se hubiera detenido.

—Lea la última carta —ordenó—. La que lleva fecha del 15 de diciembre de 1943.

Él pasó las páginas hasta que la encontró.

15 de diciembre de 1943

Estimada señora Rockefeller:

Su última carta me llegó en un momento de lo más oportuno, puesto que hemos estado dedicadas a la preparación de las celebraciones navideñas de todos los años y ahora estamos totalmente listas para conmemorar el nacimiento de Nuestro Señor. La recaudación anual de fondos de las hermanas ha sido todo un éxito mayor de lo que augurábamos y me atrevo a decir que seguiremos atrayendo muchas donaciones. Su ayuda también es una fuente de gran alegría para nosotras. Damos gracias al Señor por su generosidad y la tenemos presente en nuestras oraciones diarias. Su nombre permanecerá largo tiempo en los labios de las hermanas de Saint Rose.

La donación descrita en su carta de noviembre ha sido recibida con gran aprobación de todas en el convento, y espero que sea de gran ayuda en nuestros esfuerzos para atraer nueva membresía. Después de los trabajos y las penurias de nuestras batallas más recientes, las grandes privaciones y la decadencia de los últimos años, vemos que está a punto de emerger una claridad mucho mayor.

A pesar de que un ojo entrenado es como la música de los ángeles —precisa, medida y misteriosa más allá de la razón—, su poder reside en la presencia de la luz. Queridísima benefactora, sabemos que selecciona usted sus reproducciones con sabiduría. Esperamos con ansia más iluminación y le pedimos que nos escriba con la debida urgencia para que las noticias de su obra levanten nuestros espíritus.

Su compañera en la búsqueda,

INNOCENTA MARIA MAGDALENA FIORI, ASA

Mientras Verlaine leía la quinta carta, una frase en particular llamó la atención de Gabriella, que le pidió que la repitiese. Él volvió atrás y leyó:

—«... un ojo entrenado es como la música de los ángeles —precisa, medida y misteriosa más allá de la razón—, su poder reside en la presencia de la luz.»

Verlaine dejó los papeles amarillentos en su regazo.

—¿Ha escuchado algo de interés? —preguntó, ansioso por poner a prueba su teoría sobre los pasajes.

Gabriella parecía perdida en sus pensamientos, mirándolo sin verlo, contemplando algo al otro lado de la ventana con la barbilla descansando en la mano.

—La mitad está ahí —comentó al fin.

—¿La mitad? —inquirió él—. ¿La mitad de qué?

—La mitad de nuestro misterio —contestó la mujer—. Las cartas de la madre Innocenta confirman algo que he sospechado desde hace mucho tiempo: las dos mujeres trabajaban juntas. Tendría que leer la otra mitad de esta correspondencia para estar segura —prosiguió—, pero creo que Innocenta y la señora Rockefeller estaban eligiendo localizaciones. Incluso meses antes de que Celestine trajese el instrumento desde París, de que fuera recuperado de las Ródope, estaban planeando la mejor forma de guardarlo a toda costa. Es una bendición que Innocenta y Abigail Rockefeller tuvieran la inteligencia y la previsión de encontrar un lugar seguro. Ahora sólo tenemos que comprender sus métodos. Debemos dar con la localización de la lira.

Verlaine arqueó una ceja.

—¿Eso es posible?

—No estaré segura hasta que lea las cartas de Abigail Rockefeller a Innocenta. Está claro que Innocenta era una angelóloga brillante, mucho más lista de lo que se le reconoció en vida. Durante todo el tiempo, presionó a Abigail para que garantizara el futuro de la angelología. Los instrumentos fueron puestos al cuidado de la señora Rockefeller tras meticulosas reflexiones. —Gabriella paseó por la habitación, como si el movimiento ordenara sus pensamientos. De pronto se detuvo en seco—. La lira debe de estar aquí, en Nueva York.

—¿Está segura? —preguntó Verlaine.

—No hay forma de saberlo con seguridad, pero creo que está aquí. Abigail Rockefeller no habría querido perderla de vista.

—Usted debe de haber visto algo en estas cartas que a mí

se me escapa —señaló él—. Para mí sólo son una colección de comunicaciones amistosas entre dos ancianas. El único elemento potencialmente interesante se menciona una y otra vez, pero en realidad no se encuentra ahí.

—¿Qué quiere decir? —inquirió Gabriella.

—¿Se ha dado usted cuenta de que Innocenta vuelve una y otra vez al tema de las imágenes visuales? Parece como si Abigail hubiera incluido dibujos, esbozos y otro tipo de representaciones artísticas en sus cartas. Esas imágenes deben de encontrarse en la otra mitad de la correspondencia, o tal vez se hayan perdido.

—Tiene razón —concedió Gabriella—. Existe un patrón inaprensible en las cartas, y estoy segura de que lo podremos confirmar cuando leamos las otras. Seguramente las ideas propuestas por Innocenta eran refinadas. Quizá envió nuevas sugerencias. Sólo cuando logremos reunir toda la correspondencia tendremos la imagen completa.

Cogió las cartas que sujetaba Verlaine y volvió a hojearlas, releyéndolas como si quisiera memorizar las frases. Después se las metió en el bolsillo.

—Debemos ser extremadamente cautelosos —comentó—. Resulta esencial que evitemos que estas cartas, y los secretos que insinúan, caigan en manos de los nefilim. ¿Está seguro de que Percival no las ha visto?

—Evangeline y usted son las únicas personas que las han leído, pero lo cierto es que le mostré otra cosa que ahora desearía que no hubiera visto —confesó Verlaine, sacando los dibujos arquitectónicos de la bolsa.

Gabriella cogió los dibujos y los examinó con atención, endureciendo la expresión.

—Esto es muy desafortunado —comentó al fin—. Esto lo cambia todo. Cuando vio estos papeles, ¿comprendió su significado?

—No parecía que pensase que eran importantes.

—Ah —exclamó Gabriella sonriendo ligeramente—. Percival estaba equivocado. Debemos ir de inmediato, antes de que comprenda lo que ha encontrado usted.

—Y exactamente, ¿qué es lo que he encontrado? —preguntó Verlaine con la sensación de que al fin descubriría el significado de los dibujos con el sello dorado estampado.

Gabriella los depositó sobre la mesa y los alisó con las manos.

—Se trata de instrucciones —empezó—. El sello marca una localización. Si se fija, se halla en el centro de la capilla de la Adoración.

—Pero ¿por qué? —preguntó él, estudiando el sello por enésima vez mientras elucubraba de nuevo sobre su significado.

Gabriella se puso la chaqueta negra de seda y se encaminó hacia la puerta.

—Venga conmigo al convento de Saint Rose y se lo explicaré todo.

Quinta Avenida, Upper East Side, ciudad de Nueva York

Percival Grigori esperaba en el vestíbulo de su edificio, las gafas de sol le protegían los ojos de la insoportable luz matinal. Su mente estaba totalmente absorta en la situación presente, que se había vuelto aún más desconcertante con la implicación de Gabriella Lévi-Franche Valko. Su presencia en el apartamento de Verlaine era indicio suficiente de que habían tropezado con algo verdaderamente significativo. Debían ponerse en marcha de inmediato, antes de perderles la pista.

El todoterreno Mercedes negro se detuvo delante del edificio y Percival reconoció a los gibborim que su hermana había enviado para matar a Verlaine a primera hora de la mañana. Estaban sentados en los asientos delanteros con expresión imperturbable; carecían de la inteligencia o la curiosidad necesaria para cuestionar la superioridad de Percival y Otterley. Grigori sintió una oleada de rechazo ante la idea de viajar en el mismo vehículo que las criaturas, seguramente Otterley no esperaría que estuviera de acuerdo con semejante arreglo. En su trato con formas de vida inferiores, había ciertas líneas que no pensaba cruzar.

Su hermana, en cambio, no tenía tantos escrúpulos. Bajó del asiento trasero tan arreglada como siempre: su largo cabello rubio estaba recogido en un moño perfecto; la chaqueta de esquí forrada de piel, abrochada hasta la barbilla, y las mejillas, arreboladas a causa del frío. Otterley

426

dirigió unas palabras a los gibborim y el Mercedes se alejó de inmediato para solaz de Percival. Sólo entonces salió a saludar a su hermana por segunda vez esa mañana, feliz de encontrarse en una posición menos comprometida que la vez anterior.

—Tendremos que coger mi coche —comentó Otterley—. Gabriella Lévi-Franche Valko vio el Mercedes frente al apartamento de Verlaine.

Con tan sólo escuchar el nombre de Gabriella, su resolución se vio debilitada.

—¿La has visto?

—Seguramente habrá comunicado el número de la matrícula a todos los angelólogos de Nueva York —respondió ella—. Será mejor que utilicemos el Jaguar. No quiero correr riesgos.

—¿Y qué pasa con las bestias?

Otterley sonrió, a ella también le disgustaba trabajar con los gibborim, pero nunca permitiría que se le notase.

—Les he ordenado que se adelanten. Tienen que cubrir una zona específica. Si encuentran a Gabriella, han recibido instrucciones de capturarla.

—Dudo mucho que tengan las habilidades necesarias para detenerla —comentó Percival.

Otterley le lanzó las llaves al portero, que fue a recoger el coche en el garaje que se encontraba a la vuelta de la esquina. De pie en el bordillo, con la Quinta Avenida extendiéndose delante de ellos, Percival luchó por respirar. Cuanto más desesperado estaba por conseguir aire, más doloroso le resultaba inhalarlo, por lo que fue un alivio que el Jaguar blanco se detuviera ante ellos precisamente cuando el cansancio ascendía desde lo más profundo de su ser. Otterley se sentó en el asiento del conductor y esperó mientras Percival se sentaba trabajosamente en el asiento de cuero del acompañante, jadeando y resollando. Reprimió el deseo de gritar de dolor cuando ella puso en marcha el coche y se incorporó con rapidez al tráfico.

De camino a West Side Highway, Percival subió la calefacción, con la esperanza de que el aire caliente le permitiera respirar con mayor facilidad. En los semáforos, su hermana se volvía para observarlo con los ojos entornados. No hablaba, sin embargo, estaba claro que no sabía qué hacer con el ser débil y agobiado que una vez había sido el futuro de la familia Grigori.

Percival sacó una arma de la guantera, comprobó que estuviera cargada y luego se la metió en el bolsillo interior del abrigo. El arma era pesada y fría. Recorriéndola con los dedos, se preguntó qué se sentiría al apuntar con ella a la cabeza de Gabriella, apretándola contra su suave sien para asustarla. No importaba lo que hubiera ocurrido en el pasado, no importaba las veces que había soñado con ella. Percival no iba a permitir que interfiriese. Esta vez la mataría con sus propias manos.

Puente de Tappan Zee, I-87 Norte, Nueva York

A causa del anticuado motor del Porsche y su chasis bajo realizaron un trayecto ruidoso y con mucho traqueteo. Ajeno al estrépito, Verlaine descubrió que el viaje le resultaba profundamente tranquilizador. Miró a Gabriella, sentada en el asiento del conductor con el brazo descansando apoyado contra la ventanilla. Tenía el aspecto de alguien que planeara el robo de un banco: su actitud era concentrada, seria y cuidadosa. Había llegado a pensar en ella como en una persona extraordinariamente reservada, una mujer que no había dicho nada más que lo imprescindible. Aunque Verlaine la había presionado para obtener información, pasó algún tiempo hasta que ella le desveló sus pensamientos.

A petición de Verlaine, habían dedicado el trayecto a hablar sobre el trabajo de Gabriella, su historia y propósito, sobre cómo se había visto envuelta Abigail Rockefeller y sobre cómo Gabriella se había pasado la vida atrincherada en la angelología, hasta que Verlaine comprendió la gravedad del peligro en el que había caído. La familiaridad entre los dos aumentó con el paso de los minutos y para cuando atravesaron el puente, se había establecido entre ellos una inusual complicidad.

Desde su enclave elevado que dominaba una amplia extensión del Hudson, Verlaine divisó témpanos de hielo en las orillas nevadas. Contemplando el paisaje, le dio la impresión de que la tierra se había abierto en una gran grieta geomórfica. El sol bruñía la superficie del río, de manera que rielaba de calor y color, fluida y brillante como una lengua de fuego.

Los carriles de la autopista estaban desiertos en comparación con las calles abarrotadas de Manhattan. Tras cruzar el puente, Gabriella condujo cada vez a más velocidad por la carretera. El Porsche sonaba tan cansado como él: su motor rugía como si fuera a explotar. A Verlaine le dolía el estómago a causa del hambre; los ojos le escocían por el agotamiento. Se miró en el retrovisor y, para su sorpresa, vio que tenía el mismo aspecto que si hubiera participado en una pelea. Tenía los ojos inyectados en sangre y el cabello revuelto. Gabriella lo había ayudado a vendar bien la herida, envolviéndole la mano en gasa de tal manera que parecía un guante de boxeo. Parecía lo apropiado: en las últimas veinticuatro horas se había convertido en un hombre machacado, golpeado y magullado.

Pero aun así, en presencia de tanta belleza —el río, el cielo azul, el reflejo blanco del Porsche—, Verlaine se asombró ante la súbita expansión de su percepción. De pronto era consciente de lo confinada que había estado su vida en los últimos años. Había pasado días y días desplazándose por una senda muy estrecha que discurría entre su apartamento, su oficina y unos pocos cafés y restaurantes. Muy rara vez, si es que lo hacía en alguna ocasión, se desviaba de su rutina. No podía recordar la última vez que realmente había sido consciente de lo que lo rodeaba o que había mirado de verdad a la gente a su alrededor. Había estado perdido en un laberinto, y la idea de que nunca fuera a recuperar esa vida le resultaba al mismo tiempo aterradora y estimulante.

Gabriella abandonó la autopista y se internó en una pequeña carretera regional. Se estiró, arqueando la espalda como una gata.

—Tenemos que repostar —comentó, al tiempo que buscaba con la vista una gasolinera.

Al girar en una curva, Verlaine vislumbró una estación de servicio abierta las veinticuatro horas. Gabriella abandonó la carretera y se detuvo al lado de un surtidor. No puso objeciones cuando él se ofreció a llenar el depósito, aunque le indicó que se asegurase de que era gasolina premium.

Mientras pagaba, Verlaine observó los estantes de productos pulcramente ordenados que se vendían en la estación de servicio —refrescos, comida rápida y la selección habitual de revistas—, y cayó en la cuenta de lo sencilla que podía ser la vida. El día anterior no habría dedicado ni un segundo a pensar en las comodidades que ofrecía la tienda de una gasolinera. Habría estado demasiado fastidiado por la cola y por las luces de neón para mirar realmente lo que le rodeaba. Ahora sentía una admiración perversa por cualquier cosa que le ofreciese una familiaridad tan reconfortante. Añadió un paquete de cigarrillos a la cuenta y regresó al coche.

En el exterior, Gabriella esperaba en el asiento del conductor. Verlaine subió al vehículo y le entregó la cajetilla de cigarrillos. Ella los aceptó con una seca sonrisa, pero él notó que el gesto la complacía. Entonces, sin esperar ni un instante más, puso en marcha el coche y condujo de vuelta a la carretera regional.

Verlaine cogió el paquete de cigarrillos del salpicadero, donde ella lo había dejado, sacó uno y lo encendió para Gabriella. La mujer bajó una rendija de la ventanilla y el humo del tabaco se dispersó en una corriente de aire fresco.

—No parece que esté asustado, pero sé que lo que le he dicho debe de haberle afectado.

—Sigo dándole vueltas —replicó Verlaine, pensando incluso mientras hablaba que eso era quedarse muy corto. En realidad, estaba perplejo por lo que había descubierto. No podía comprender cómo ella era capaz de estar tan serena—. ¿Cómo lo hace? —dijo al fin.

—¿Hacer qué? —preguntó ella sin apartar la vista de la carretera.

—Vivir de esta forma. Como si no ocurriera nada anormal, como si lo hubiera aceptado.

—Me involucré en esta batalla hace tanto tiempo que me he endurecido. Me resulta imposible recordar cómo es vivir sin saberlo. Descubrir su existencia es como que te digan que la Tierra es redonda: va en contra de todo lo que tus sentidos te dicen que es verdad. Sin embargo, es la realidad. No puedo imaginar lo que es vivir sin ellos acechando mis pensamientos, despertarme por la mañana y creer que vivimos en un mundo justo, libre e igualitario. Supongo que he ajustado mi visión de las cosas para poder hacer frente a esta realidad. Lo veo todo en blanco y negro, bueno y malo. Nosotros somos buenos, ellos son malos. Si debemos vivir, ellos tienen que morir. Algunos de los nuestros creen en la posibilidad de contemporizar, de que podamos encontrar una forma de vivir juntos, pero otros muchos también creen que no podremos descansar hasta que hayan sido exterminados.

—Tenía la impresión —intervino Verlaine, sorprendido por la firmeza en la voz de la mujer— de que sería mucho más complicado que eso.

—Por supuesto que es más complicado. Si lo siento de ese modo es porque existen razones para ello. Aunque he sido angelóloga toda mi vida adulta, no siempre he odiado a los nefilim como los odio en la actualidad —confesó Gabriella en voz baja, casi vulnerable—. Voy a contarle una historia, una que muy pocos han escuchado antes. Quizá le ayude a comprender mi extremismo. Tal vez entonces verá por qué es tan importante para mí que muera hasta el último de ellos.

Tiró el cigarrillo por la ventanilla y encendió otro, su mirada seguía centrada en las curvas de la carretera.

—Durante el segundo año de mi formación en la Sociedad Angelológica en París, conocí al amor de mi vida. Esto no es algo que hubiera admitido en aquel momento, ni tampoco lo habría hecho en mi madurez, pero ahora soy una anciana, mayor de lo que aparento incluso, y puedo decir con gran certeza que nunca volveré a amar como lo hice en el verano de 1939. Entonces tenía quince años, tal vez era demasiado joven para enamorarme. O es posible que sólo entonces, con el rocío de la niñez aún en los ojos, fuera capaz de vivir semejante amor. Nunca lo sabré, por supuesto.

Gabriella se detuvo un instante, como si estuviera sopesando sus palabras, y al cabo de un instante continuó.

—Yo era una chica peculiar, por decirlo con suavidad. Estaba obsesionada con mis estudios de la misma manera en que uno se obsesiona por la riqueza, el amor o la fama. Procedía de una acomodada familia de angelólogos; muchos de mis parientes se habían formado en la academia. También era extraordinariamente competitiva. Socializar con mis iguales estaba fuera de cuestión, y no pensaba en otra cosa que en trabajar noche y día para triunfar. Quería estar a la cabeza de mi curso en todos los aspectos, y habitualmente lo estaba. En el segundo trimestre de mi primer año quedó claro que sólo había dos alumnos que destacaran entre los demás: yo misma y una joven llamada Celestine, una chica brillante que después se convirtió en mi amiga.

Verlaine estuvo a punto de atragantarse.

—¿Celestine? —exclamó—. ¿Celestine Clochette, que llegó al convento de Saint Rose en 1943?

—Fue en 1944 —le corrigió Gabriella—. Pero ésa es otra historia. Esta historia se inicia una tarde de abril de 1939, una tarde fría y lluviosa como suelen serlo las tardes de abril en París. Los adoquines se inundaban de lluvia cada primavera, anegando las alcantarillas, los jardines y el Sena. Recuerdo esa tarde con precisión. Era la una en punto del 7 de abril, un viernes. Yo había terminado mis clases de la mañana y, como siempre, salí a buscar algo para almorzar. Lo que no era habitual ese día era que me había olvidado el paraguas en casa. Al salir del ateneo me di cuenta de que me calaría hasta los huesos y sin duda echaría a perder los papeles y los libros que llevaba bajo el brazo, por lo que me resguardé bajo el gran pórtico de la entrada principal de la escuela, observando cómo caía el agua.

»En un momento dado, de entre el diluvio surgió un hombre con un paraguas enorme de color violeta; una elección inusual para un caballero, pensé. Lo contemplé al pasar por el patio de la escuela, elegante, erguido y extremadamente bien parecido. Quizá fue el deseo que sentí por el santuario hueco y seco del paraguas, pero el caso es que me quedé mirando al extraño con la esperanza de que se acercase a mí, como si tuviera el poder de hechizarlo.

»Aquélla era otra época. Si era indecoroso que una mujer mirase a un caballero atractivo, era igualmente indecoroso que él la ignorara. Sólo un sinvergüenza de lo más maleducado habría dejado a una dama bajo la lluvia. El hombre se detuvo en mitad del patio, descubrió que lo estaba mirando, giró bruscamente sobre los talones de sus botas de cuero y acudió en mi auxilio.

»Se quitó el sombrero de modo que sus grandes ojos azules se encontraron con los míos. «¿Puedo acompañarla bajo esta lluvia torrencial para protegerla?», preguntó. Su voz rebosaba una confianza optimista, seductora, casi cruel. Esa primera mirada, esa sola frase fue todo cuanto necesité para ganarme.

»—Puede llevarme allí adonde quiera —contesté. Percatándome de inmediato de mi indiscreción, añadí—: Siempre que consiga alejarme de esta horrible lluvia.

»Él me preguntó cómo me llamaba y, cuando se lo dije, vi en seguida que el nombre le complacía.

»—Se llama así por un ángel —dijo

»—El mensajero de la buenas nuevas —respondí.

»Él me miró a los ojos y sonrió, satisfecho con mi rápida respuesta. Sus ojos eran del azul más frío y cristalino que había visto nunca. Su sonrisa era dulce y deliciosa, como si supiera el poder que ejercía sobre mí. Unos años después, cuando se descubrió que mi tío, Victor Lévi-Franche, había deshonrado a nuestra familia al trabajar como espía para ese hombre, me pregunté si su deleite ante mi nombre estaba relacionado con la posición de mi tío y no, como sugirió, con su procedencia angelical.

»Me ofreció la mano y dijo: «Ven, mi mensajera de buenas nuevas, vámonos.» Le di mi mano, y en ese momento, con el primer contacto de su piel, la vida que había llevado hasta entonces quedó relegada y empezó una nueva.

»Más tarde se presentó como Percival Grigori III.

Gabriella dirigió una mirada a Verlaine para evaluar su reacción.

—No el mismo... —empezó a decir él, incrédulo.

—Sí —respondió ella—. El mismo que viste y calza. En aquel momento no tenía ni idea de quién era o de qué significaba el apellido de su familia. Si hubiera sido algo mayor y hubiera tenido oportunidad de aprender más en la academia, me habría alejado corriendo de él. En mi ignorancia, quedé hechizada.

»Caminamos al amparo del paraguas violeta. Me cogió del brazo y me condujo por calles estrechas e inundadas hasta un vehículo, un brillante Mercedes 500K Roadster, un deslumbrante coche plateado que relucía incluso bajo la lluvia. No sé si le gustan los automóviles, pero ése era una máquina espléndida, con todos los lujos disponibles en aquella época: limpiaparabrisas y cierres automáticos, suntuosos asientos... Mi familia era propietaria de un coche, que ya era un lujo en sí mismo, pero yo no había visto nunca nada como el Mercedes de Percival. Eran extraordinariamente raros. De hecho, un 500K de antes de la guerra fue subastado hace unos años, en Londres. Acudí al acto para poder ver de nuevo el vehículo. Se vendió por setecientas mil libras esterlinas.

»Percival me abrió la puerta con gran deferencia, como si me diera paso a un carruaje real. Me hundí en el confortable asiento, mi piel húmeda se pegaba al cuero; respiré profundamente: el habitáculo olía a colonia mezclada con un leve rastro de humo de cigarrillo. El salpicadero de carey relucía, lleno botones y tiradores, cada uno de ellos esperando a ser presionado o girado; un par de guantes de conducción de cuero yacían doblados sobre el salpicadero, aguardando a que unas manos los llenasen. Era el coche más bonito que había visto en mi vida. Al arrellanarme profundamente en el asiento me consumía la felicidad.

»Recuerdo como si fuera hoy el sentimiento que me embargaba mientras él conducía el Mercedes por el bulevar Saint-Michel y atravesaba la Île de la Cité, la lluvia cayendo cada vez con más violencia, como si hubiera estado esperando que nos refugiásemos antes de precipitarse sobre las flores primaverales y la tierra verde y receptiva. Mi sentimiento era de miedo, creo, aunque en aquel momento me dije que era amor. El peligro que suponía Percival me era desconocido. A juzgar por lo que veía, sólo era un hombre joven que conducía imprudentemente. Ahora creo que me inspiró temor de forma instintiva. Aun así, había cautivado mi corazón sin ningún esfuerzo. Yo lo miraba, contemplando su encantadora piel pálida y sus dedos largos y delicados sobre la palanca de cambios. No podía hablar. Aceleró sobre el puente y después hacia la rue Rivoli, los limpiaparabrisas moviéndose frenéticos sobre los cristales, abriendo una portilla a través del agua.

»—Naturalmente, la llevo a almorzar —afirmó, mirándome de reojo mientras se detenía ante un majestuoso hotel en la place de la Concorde—. Veo que tiene hambre.

»—¿Y cómo puede ver algo como el hambre? —repliqué, retándolo, aunque tenía razón: no había tomado nada para desayunar y estaba hambrienta.

»—Tengo una habilidad especial —respondió él poniendo el coche en punto muerto, fijando el freno de mano y quitándose los guantes de conducir—. Sé exactamente lo que desea antes de que lo sepa usted misma.

»—Entonces, dígame —le pedí con la esperanza de que me encontrase descarada y sofisticada, algo que yo sabía que no era—. ¿Qué es lo que más deseo?

»Me estudió durante un momento. Vi, al igual que en los primeros segundos de nuestro encuentro, la crueldad fugaz y sensual detrás de sus ojos azules. «Una bonita muerte», respondió en voz tan baja que no estuve segura de haberlo escuchado correctamente. Después, abrió la puerta y bajó del coche.

»Antes de que tuviera tiempo de interrogarlo sobre su extraña contestación, abrió la puerta del pasajero, me ayudó a salir del coche y anduvimos del brazo en dirección al restaurante. Tras detenernos ante un espejo dorado, se desprendió del sombrero y el abrigo, mirando a su alrededor como si la flota de camareros que corrían para ayudarlo fueran demasiado lentos para su gusto. Me quedé contemplando el cristal mientras su reflejo se movía, examinando su perfil, el traje maravillosamente cortado, de una tela de gabardina ligera y gris que en la intensa claridad del espejo parecía casi azul, a juego con sus ojos. Su piel era mortalmente pálida, casi transparente, y aun así esa cualidad tenía el extraño efecto de hacerlo más atractivo, como si fuera un objeto precioso que se hubiera resguardado de los efectos del sol.

Mientras escuchaba la historia de Gabriella, Verlaine intentó conciliar su descripción con el Percival Grigori que había visto la tarde anterior, pero no lo logró. Estaba claro que Gabriella no hablaba de ese hombre enfermo y decrépito, obviamente se refería al hombre que había sido una vez Grigori. En lugar de hacerle preguntas, que era lo que deseaba, Verlaine se recostó contra el asiento y prestó atención.

—En cuestión de segundos, un camarero había recogido nuestros abrigos y nos conducía hacia el comedor, una antigua sala de baile remodelada que se abría hacia un patio ajardinado. Todo el tiempo notaba cómo él me miraba con profundo interés, como si estuviera evaluando mis reacciones.

»No hubo dudas sobre la carta o la elección de platos. Las copas de vino se llenaban y los platos llegaban, como si todo hubiera sido orquestado de antemano. Por supuesto, Percival consiguió el efecto deseado. Mi asombro fue inmenso, aunque intenté disimularlo. A pesar de que me habían enviado a las mejores escuelas y me había criado entre la clase burguesa de la ciudad, era consciente de que ese hombre estaba más allá de cualquier cosa que yo hubiera conocido. Mirando mi ropa, me di cuenta horrorizada de que iba en uniforme, un detalle que me había pasado por alto con la excitación del trayecto en coche. Además de mis ropas sin gracia, mis zapatos estaban desgastados y me había olvidado de ponerme mi perfume favorito antes de abandonar mi apartamento.

»—Se está ruborizando usted —señaló—. ¿Por qué?

»Yo bajé la mirada hacia mi falda plisada de lana y la blusa blanca almidonada, y él comprendió el apuro que sentía.

»—Es la criatura más adorable de esta sala —replicó sin el menor atisbo de ironía—. Parece usted un ángel.

»—Parezco exactamente lo que soy —contesté, con el orgullo superando todos los demás sentimientos—: una colegiala almorzando con un hombre rico y mayor.

»—No soy mucho más viejo que usted —repuso él, juguetón.

»—¿Cuánto es no mucho más viejo? —pregunté. Aunque parecía estar a principios de la veintena, una edad que no lo convertía, tal como había dicho, en mucho más viejo que yo, su comportamiento y la confianza con que se movía parecían propios de un hombre de dilatada experiencia.

»—Estoy más interesado en usted —contestó, ignorando mi pregunta—. Dígame, ¿le gustan sus estudios? Me parece que sí. Soy propietario de unos apartamentos cerca de su escuela y la había visto antes. Siempre tiene el aspecto de alguien que ha pasado demasiado tiempo en la biblioteca.

»Aunque debería haberme alertado que supiera de mi existencia antes de ese día, lo cierto es que sentí que una oleada de placer me recorría el cuerpo.

»—¿Se había fijado usted en mí? —pregunté, demasiado ávida de su atención.

»—Por supuesto —contestó tras dar un sorbo al vino—. No podía cruzar el patio sin reprimir el deseo de verla. Últimamente se había convertido en algo bastante enojoso, en especial cuando usted no estaba. Seguramente es consciente de su belleza.

»Temerosa de hablar, no respondí, me concentré en mi magret de pato.

»—Tiene usted razón, disfruto inmensamente con mis estudios —dije tras unos instantes.

»—Si son interesantes —repuso—, tiene que contármelo todo al respecto.

»Y así siguió la tarde, se sucedían los platos de manjares, las copas de vino, y la conversación no decaía. A lo largo de los años he tenido pocos confidentes, usted quizá sea el tercero, con los que haya hablado abiertamente sobre mí misma. No soy la clase de mujer a la que le gusta la chácharara insustancial. Sin embargo, ni un instante de silencio se interpuso entre Percival y yo. Era como si ambos hubiéramos atesorado historias para contárnoslas. Mientras hablábamos y comíamos, yo iba sintiéndome cada vez más atraída por él, y la brillantez de su conversación me mantenía en trance. Al final me enamoré de su cuerpo con el mismo abandono, pero fue su inteligencia lo primero que adoré.

»A lo largo de las semanas fui sintiéndome cada vez más unida a él, tan unida que no podía soportar un solo día sin verlo. A pesar de la pasión que sentía por mis estudios y mi dedicación comprometida a la angelología, no había nada que pudiera ocultarle. Nos encontrábamos en los apartamentos que poseía cerca de la Sociedad Angelológica, donde pasamos las cálidas tardes de verano de 1939. Mis clases quedaron en un segundo plano en oposición a las horas de placer en su dormitorio, con las ventanas abiertas al sofocante aire veraniego. Empecé a ofenderme ante las preguntas de mi compañera de piso; empecé a odiar a los profesores por mantenerme alejada de él.

»Después de nuestro primer encuentro, comencé a sospechar que había algo inusual en Percival, pero ignoré mis instintos, tomando la decisión de seguir viéndolo a pesar de mis reticencias. Más tarde, después de nuestra primera noche juntos, supe que había caído en alguna clase de trampa, aunque no podía articular la naturaleza del peligro que sentía ni sabía el daño que me iba a causar. No fue hasta algunas semanas más tarde cuando comprendí totalmente que era un nefilim. Hasta entonces había mantenido sus alas plegadas, un engaño que debería haber descubierto, sin embargo, no lo hice. Una tarde, mientras hacíamos el amor, simplemente las abrió, sumergiéndome en un abrazo de brillo dorado. En ese momento debería haberlo abandonado, mas era demasiado tarde, estaba completa e irrevocablemente bajo su hechizo. Dicen que eso mismo fue lo que ocurrió entre los ángeles desobedientes y las mujeres en los tiempos antiguos: la suya fue una gran pasión que puso patas arriba el cielo y la tierra. Yo sólo era una niña. Habría entregado mi alma por su amor.

»Y, en muchos sentidos, eso fue lo que hice. Cuando nuestra relación creció en intensidad, empecé a ayudarle a conseguir secretos de la Sociedad Angelológica. A cambio, él me daba herramientas para medrar con rapidez, para ganar prestigio y poder. Al principio me pedía información aparentemente inocua, la ubicación de nuestras oficinas en París o las fechas de las reuniones de la sociedad, y yo se la daba de buen grado. Cuando sus demandas aumentaron, me acomodé a ellas. En el momento en el que comprendí lo peligroso que era y que debía escapar de su influencia, había cruzado la línea: él me amenazó con contar nuestra relación a mis maestros. Yo estaba aterrorizada de que me descubrieran. Eso habría significado pasar la vida exiliada de la única comunidad que había conocido.

»Sin embargo, no resultaba fácil mantener en secreto mi relación. Cuando quedó claro que me iban a descubrir, se lo confesé todo a mi maestro, el doctor Raphael Valko, que decidió que mi posición podía serle útil a la angelología. Así fue cómo me convertí en espía. Aunque Percival creía que estaba trabajando para él, en realidad hacía todo lo que podía para debilitar a su familia. La relación continuó, haciéndose progresivamente más traicionera con el avance de la guerra. A pesar de mi sufrimiento, cumplí con mi parte. Facilité a los nefilim información falsa sobre las misiones angelológicas; comuniqué al doctor Valko los secretos que descubrí sobre el cerrado mundo del poder nefilim, que a su vez servía para formar a nuestros estudiosos, y organicé lo que acabaría por representar la mayor victoria de nuestras vidas, un plan para entregar a los nefilim una réplica de la lira mientras seguíamos conservando en nuestro poder la lira auténtica.

»El plan era sencillo. La doctora Seraphina y el doctor Raphael sabían que los nefilim estaban al tanto de nuestra expedición a la gruta y que nos combatirían hasta que tuvieran la lira en su poder. Los Valko sugirieron que orquestáramos un plan que despistara a los nefilim. Lo arreglaron todo para fabricar una lira que tuviera todas las características de las de la antigua Tracia: los brazos curvados, la pesada base, los largueros. El instrumento fue creado por nuestro musicólogo más brillante, el doctor Josephat Michael, que trabajó cada uno de los detalles, incluso halló las cuerdas de seda trenzadas con las crines de la cola de un caballo blanco. Tras descubrir la lira auténtica, vimos que era mucho más sofisticada que la versión falsa: el cuerpo estaba construido en un material metálico semejante al platino, un elemento que nunca había sido clasificado y que no se podía considerar terrenal. El doctor Michael llamó a la sustancia valkina, en honor a los Valko, que habían trabajado tanto para descubrir la lira. Las cuerdas estaban fabricadas en lujosas hebras de oro trenzadas, que el doctor Michael concluyó que estaban hechas de mechones del cabello del arcángel Gabriel.

»A pesar de las diferencias obvias, los Valko creían que no tenían más alternativa que actuar. Metimos la lira falsa en una maleta de piel idéntica a la de la lira verdadera. Le filtré a Percival la información de que nuestra caravana atravesaría París a medianoche y él preparó la emboscada. Si todo hubiera salido según lo planeado, Percival habría capturado a la doctora Seraphina Valko, habría exigido al consejo angelológico que entregase la lira a cambio de su vida y los nefilim habrían creído que habían conseguido el premio mayor. Pero algo fue terriblemente mal.

»El doctor Raphael y yo habíamos acordado que votaríamos a favor del intercambio. Supusimos que los miembros del consejo seguirían el ejemplo del doctor Raphael y votarían a favor de cambiar la lira por la doctora Seraphina. Sin embargo, por razones ajenas a nuestro entendimiento, los miembros del consejo votaron en contra del acuerdo, lo que dio al traste con el plan. Hubo un empate y pedimos a uno de los miembros de la expedición, a Celestine Clochette, que lo rompiera. Ella no tenía forma de conocer nuestros planes, de manera que votó de acuerdo con el protocolo, que se ajustaba a su carácter disciplinado y meticuloso. Al final no cerramos el trato. Yo intenté remediar el error entregando personalmente la lira falsa a Percival, diciéndole que la había robado para él, pero era demasiado tarde. Percival había matado a la doctora Seraphina Valko.

»He pasado toda mi vida reprochándome lo que le ocurrió a Seraphina. No obstante, mi desazón no fue el final de aquella noche terrible. Verá, a pesar de todo, yo amaba a Percival Grigori, o al menos era terriblemente adicta a lo que sentía en su presencia. Ahora me parece sorprendente, pero incluso después de que ordenara mi captura y permitiera que me torturaran con brutalidad, no podía abandonarlo. Estuve con él por última vez en 1944, cuando los estadounidenses estaban liberando Francia. Sabía que huiría antes de que pudieran capturarlo y necesitaba verlo de nuevo para decirle adiós. Pasamos la noche juntos y algunos meses después supe, para mi horror, que me había quedado embarazada. En mi desesperación por ocultar mi estado, me dirigí a la única persona que conocía de veras la naturaleza de mi relación con Percival. Mi antiguo maestro, el doctor Raphael Valko, comprendió todo lo que había sufrido por mi relación con la familia Grigori y que mi hijo debía permanecer oculto para ellos a cualquier precio. Raphael se casó conmigo, dejando que el mundo creyera que era el padre del niño. Nuestro matrimonio provocó un escándalo entre los angelólogos leales a la memoria de Seraphina, sin embargo, me permitió preservar mi secreto. Mi hija, Angela, nació en 1945. Muchos años después, Angela tuvo una hija, Evangeline.

Al oír el nombre de Evangeline, Verlaine se sobresaltó.

—¿Percival Grigori es su abuelo? —exclamó, incapaz de ocultar su incredulidad.

—Sí —respondió Gabriella—. Ha sido la nieta de Percival Grigori la que le ha salvado la vida esta mañana.

Sala Rosa, convento de Saint Rose, Milton, Nueva York

Evangeline maniobró la silla de ruedas de Celestine para acceder a la Sala Rosa y la estacionó al borde de una larga mesa de reuniones. Nueve hermanas mayores encorvadas y arrugadas —los mechones de cabello blanco asomando por debajo de sus velos, las espaldas deformadas por la edad— estaban sentadas alrededor de la misma. Entre ellas se encontraba la madre Perpetua, una mujer severa y gruesa que vestía el mismo atuendo moderno que Evangeline. Las religiosas contemplaron a la joven y a Celestine con gran interés, una señal segura de que la hermana Philomena las había puesto sobre aviso de lo acaecido los últimos días. De hecho, cuando Evangeline tomó asiento junto a la mesa, Philomena habló con gran pasión al respecto. La aprensión de la joven fue en aumento al ver que Philomena había extendido las cartas de Gabriella sobre la mesa, frente a las hermanas.

—La información que tengo delante —decía Philomena, levantando los brazos como si invitase a las demás a que se unieran a ella en la observación de las cartas— puede proporcionarnos la victoria que llevamos esperando desde hace tanto tiempo. Si la lira se esconde entre nosotras, debemos encontrarla con rapidez. Entonces tendremos todo lo que necesitamos para avanzar.

—Por favor, dígame, hermana Philomena —terció la madre Perpetua, examinándola dubitativa—, ¿avanzar en qué dirección?

—No creo que Abigail Rockefeller muriera sin dejar ninguna información concreta sobre el paradero de la lira —contestó Philomena—. Ha llegado el momento de descubrir la verdad. De hecho, hemos de saberlo todo. ¿Qué nos has estado ocultando, Celestine?

Evangeline miró a la anciana, preocupada por su salud. Celestine estaba patentemente desmejorada, un cambio que se había producido en las últimas veinticuatro horas. Su cara parecía de cera, tenía las manos entrelazadas y se inclinaba tanto en la silla que parecía a punto de caerse de ella. Evangeline había dudado acerca de la conveniencia de llevar a Celestine a la reunión, pero en cuanto se enteró de todo lo ocurrido —la visita de Verlaine y las cartas de Gabriella—, la anciana había insistido.

—Mis conocimientos sobre la lira son tan incompletos como los tuyos, Philomena —la voz de Celestine sonaba débil—. Durante todos estos años yo, como tú, me he preguntado sobre su localización. Aunque a diferencia de ti, yo he aprendido a apaciguar mi deseo de venganza.

—En mi deseo de encontrar la lira hay mucho más que simple venganza —replicó Philomena—. Vamos, ahora es el momento. Los nefilim darán con ella si no lo hacemos nosotras antes.

—Aún no la han encontrado —afirmó la madre Perpetua—. Creo que podemos confiar en que seguirá perdida durante algún tiempo más.

—Vamos, Perpetua, eres demasiado joven para comprender por qué me opongo a quedarnos de brazos cruzados —intervino Philomena—. Tú no has visto la destrucción que provocan esas criaturas. No has visto tu querido hogar en llamas. No has perdido a tus hermanas. No has temido a diario que regresen.

Celestine y Perpetua se miraron con una mezcla de preocupación y cansancio, como si ya hubieran oído antes a Philomena disertar sobre el tema.

—Comprendemos que lo que viste durante el ataque de 1944 alimenta tu deseo de lucha. De hecho presenciaste las peores pérdidas de la despiadada destrucción causada por los nefilim. Es difícil contenerse a la inacción ante semejante horror, pero hace mucho tiempo acordamos mantener la paz. Pacifismo, neutralidad, secretismo, ésas son las bases de nuestra existencia en Saint Rose.

—Mientras no se conozca el paradero de la lira, los nefilim no hallarán nada —intervino Celestine.

—Pero nosotras lo haremos —repuso Philomena—. Estamos muy cerca de conseguirlo.

La hermana Celestine alzó la mano y se volvió hacia las hermanas reunidas alrededor de la mesa, su voz era tan baja que la hermana Boniface, sentada al otro lado de la habitación, ajustó su audífono. Celestine se agarró a los reposabrazos de su silla de ruedas con los nudillos blancos por el esfuerzo, como si estuviera sosteniéndose ante un precipicio.

—Es verdad, se acerca una época de conflicto —declaró—, pero no puedo estar de acuerdo con Philomena. Yo sostengo que nuestra posición de resistencia pacífica es sagrada. No debemos temer este giro de los acontecimientos. El universo ha dispuesto que los nefilim prosperen y caigan. Nuestro deber es resistir y tenemos que estar dispuestas a enfrentarnos a ellos. No obstante, lo más importante es que no podemos rebajarnos a la altura de nuestros enemigos y actuar de forma traicionera. Debemos preservar nuestro legado de pacifismo civilizado y digno. Hermanas, no olvidemos los ideales de nuestras fundadoras. Si permanecemos fieles a nuestras tradiciones, con el tiempo venceremos.

—¡Tiempo es precisamente lo que no tenemos! —replicó Philomena con ferocidad, el fervor distorsionaba sus rasgos—. Pronto se precipitarán sobre nosotras, tal como hicieron hace tantos años. ¿No recordáis la destrucción que sufrimos? ¿La sed de sangre de las criaturas? ¿No recordáis el terrible destino de la madre Innocenta? Nos destruirán si no hacemos nada.

—Nuestra misión es demasiado valiosa para ponerla en jaque con una acción precipitada —afirmó Celestine.

Su rostro había enrojecido al hablar, y durante un instante fugaz Evangeline pudo imaginar la intensidad de la joven que llegó al convento de Saint Rose casi sesenta años antes. El esfuerzo físico de su discurso la agotó y, llevándose una mano temblorosa hasta la boca, empezó a toser. Parecía como si observase su fragilidad física con una atención desapasionada, como si su mente ardiese con el mismo brillo de siempre mientras su cuerpo iba camino de convertirse en polvo.

—Tu salud ha afectado tu capacidad de pensar con claridad —replicó Philomena, los pliegues del velo negro rozando sus hombros—. No estás en condiciones de tomar decisiones tan trascendentales.

—Innocenta compartía buena parte de ese sentimiento —intervino la madre Perpetua—. Recordemos su dedicación a la resistencia pacífica.

—Y mira adónde la llevó su resistencia pacífica —repuso Philomena—. La asesinaron sin piedad. —Volviéndose hacia Celestine, añadió—: No tienes derecho a mantener en secreto la localización de la lira, Celestine. Sé que los medios para encontrarla están aquí.

—No sabes lo más importante sobre la lira o sobre los peligros que la acompañan —replicó la anciana con la voz tan frágil que Evangeline casi no podía oír sus palabras. Celestine se volvió hacia ella, puso la mano en su brazo y susurró—: Vamos, no tiene sentido que sigamos discutiendo. Hay algo que quiero mostrarte.

Evangeline salió de la Sala Rosa empujando la silla de ruedas de Celestine, atravesaron el vestíbulo y se acercaron a un ascensor desvencijado en el extremo más alejado del convento. Tras encajar la silla en el interior, Evangeline puso el freno a las ruedas. Las puertas se cerraron con un suave beso metálico. Cuando iba a pulsar el botón de la cuarta planta, Celestine la detuvo. Alzó una mano temblorosa y apretó un botón sin marca alguna. De forma brusca, el ascensor comenzó a descender, finalmente se detuvo en el sótano y las puertas se abrieron con un chirrido.

Evangeline asió los mangos de la silla de ruedas y la empujó en dirección a una sala a oscuras. Celestine encendió un interruptor y una serie de luces tenues iluminaron el espacio. Después de que los ojos de Evangeline se acomodaran a la penumbra, comprobó que se hallaba en el sótano del convento. Podía oír el zumbido de los lavavajillas industriales por encima de sus cabezas, el agua corriendo por las cañerías, así dedujo que debían de estar directamente debajo de la cafetería. Siguiendo las indicaciones de la anciana, empujó la silla a través del sótano, encaminándose hacia el extremo más alejado del mismo. Una vez allí, la hermana Celestine miró por encima del hombro para asegurarse de que estaban solas y señaló una puerta de madera, tan común y corriente que Evangeline habría supuesto que se trataba de un armario de productos y útiles de limpieza.

Celestine sacó una llave del bolsillo y se la entregó a la joven, que la introdujo en la cerradura. Sólo después de varios intentos consiguió hacerla girar.

Evangeline abrió, tiró de una cuerda que colgaba delante de la puerta y una bombilla iluminó un estrecho pasillo de ladrillo que giraba en dirección a un pronunciado tramo descendente. Mientras sostenía con fuerza la silla de ruedas de Celestine para evitar que bajase a toda velocidad, Evangeline midió sus pasos. La luz era cada vez más débil hasta que al final el pasillo desembocaba en un húmedo habitáculo. La joven tiró de una segunda cuerda, que no habría visto si no le hubiera rozado la mejilla con la suavidad de un hilo de telaraña. La luz se propagaba desde una bombilla muy antigua, que crepitaba como si fuera a fundirse en cualquier momento. El moho crecía en las paredes y una serie de bancos rotos cubrían el suelo. A lo largo de las paredes se alineaban fragmentos de vitrales rotos y unas cuantas losas de mármol lechoso del mismo color y variedad que las del altar de la iglesia: restos de la construcción original de Maria Angelorum. En el mismo centro de la sala había una caldera oxidada, cubierta de telarañas y polvo, pesados como una piel vieja, fruto de muchos años de desuso. La habitación, determinó Evangeline, no se había limpiado en muchas décadas, si es que se había limpiado alguna vez.

Más allá de la caldera vislumbró otra puerta tan sencilla como la primera. Llevó la silla de ruedas de Celestine directamente hasta ella, sacó su propio juego de llaves del bolsillo y probó la maestra. Milagrosamente, la puerta se abrió. Una vez dentro, descubrió los contornos de una espaciosa habitación atestada de muebles. Al pulsar un interruptor cercano a la puerta, su intuición se vio confirmada. Larga y estrecha, la cámara casi era del mismo tamaño que la nave de la iglesia, con un techo bajo que se apoyaba en varias filas de vigas de madera oscura. Unas alfombras orientales de varios colores —carmesí, esmeralda y azul marino— cubrían el suelo y en las paredes colgaban tapices de ángeles, confeccionados con numerosos tejidos de hilos dorados que a Evangeline le parecieron bastante antiguos, quizá medievales. Una gran mesa ocupaba el centro de la habitación, y su superficie estaba cubierta de manuscritos.

—Una biblioteca secreta —susurró antes de poder evitarlo.

—Sí —confirmó Celestine—. Es una sala de lectura angelológica. En el siglo XIX estudiosos y dignatarios de visita se alojaban con nosotras y pasaban mucho tiempo aquí. Innocenta la utilizaba para las reuniones generales. Lleva muchos años abandonada. También es —añadió— el lugar más seguro en el convento de Saint Rose.

—¿Alguien conoce su existencia?

—No muchas. Cuando el incendio de 1944 comenzó a extenderse, la mayoría de las hermanas corrieron hacia el patio. Sin embargo, la madre Innocenta se fue a la iglesia para alejar a los nefilim del convento. Antes de eso me ordenó que viniese aquí para depositar sus papeles a buen recaudo. Yo no conocía demasiado bien el convento y ella no tuvo oportunidad de darme instrucciones precisas, pero al final encontré esta sala. Dejé lo que me había confiado y luego corrí hacia el patio. Para mi pesar, todo estaba en llamas cuando regresé. Los nefilim habían llegado y se habían ido, e Innocenta estaba muerta.

Celestine tocó la mano de Evangeline.

—Ven —le dijo—. Tengo algo más para ti.

Le señaló un magnífico tapiz de la Anunciación en el que

Gabriel, con las alas plegadas a su espalda y la cabeza inclinada, daba a la Virgen la noticia de la llegada de Cristo.

—El mensajero de las buenas nuevas —comentó la anciana—. Aunque, por supuesto, la santidad de las noticias depende del receptor. Tú, querida, eres digna. Ve y retira la tela de la pared.

Siguiendo las instrucciones de Celestine, Evangeline retiró el tapiz revelando una caja de seguridad empotrada en el hormigón.

—Tres-tres-tres-nueve —recitó la anciana, apuntando a la rueda de la combinación—. Los números perfectos de las esferas celestiales seguidos del total de las especies de ángeles en el coro celestial.

Evangeline entornó los ojos para ver los números de la combinación en la rueda y, tal como Celestine le había mostrado, giró el dial a la derecha, después a la izquierda y nuevamente a la derecha, escuchando el suave susurro de los discos metálicos. Finalmente, la caja hizo clic y, con un rápido giro de la manecilla, se abrió. En el interior había una maleta de piel. Con dedos temblorosos, la llevó hasta la mesa y acercó la silla de Celestine hasta ella.

—Traje esta maleta conmigo a Estados Unidos desde París —comentó la anciana, suspirando, como si todos sus esfuerzos hubieran conducido a ese preciso instante—. Lleva aquí protegida y segura desde 1944.

Evangeline pasó las manos por encima de la piel fría y lustrosa. Los cierres de bronce relucían como peniques nuevos.

La hermana Celestine cerró los ojos y se aferró a los brazos de su silla de ruedas.

Evangeline recordó la gravedad de la enfermedad que padecía la anciana. El viaje a las profundidades del convento se estaba cobrando un precio muy alto.

—Está exhausta —comentó—. Ha sido una insensatez por mi parte permitirle que me trajera aquí. Creo que ha llegado el momento de que regrese a su habitación.

—Calla, niña —la cortó Celestine, levantando una mano para que dejase de protestar—. Hay algo más que debo darte.

Deslizó la mano en el interior de su hábito, sacó un trozo de papel y lo puso en la palma de Evangeline.

—Memoriza esta dirección. Es donde reside tu abuela como cabeza de la Sociedad Angelológica. Ella te dará la bienvenida y continuará donde yo lo he dejado.

—Es la misma dirección que vi esta mañana en mi ficha en la Oficina Misionera —dijo la joven—. La misma dirección que figura en las cartas de Gabriella.

—La misma —confirmó Celestine—. Ha llegado tu momento. Pronto comprenderás tu objetivo, pero por ahora tienes que alejar esta maleta de nuestros dominios. Percival Grigori no es el único que persigue las cartas de Abigail Rockefeller.

—¿Las cartas de la señora Rockefeller? —susurró Evangeline—. ¿Esta maleta no contiene la lira?

—Las cartas te llevarán hasta la lira. Nuestra querida Philomena lleva más de medio siglo buscándolas. Aquí ya no están seguras. Debes llevártelas en seguida.

—Si me voy, ¿me permitirán volver?

—Si lo haces, comprometerás la seguridad de las demás. La angelología es para siempre. Cuando empiezas, ya no puedes abandonarla. Y tú, Evangeline, ya lo has hecho.

—Pero usted dejó atrás la angelología —replicó ella.

—Y mira los problemas que he causado —dijo Celestine, tocando el rosario que rodeaba su cuello—. Se podría decir que mi retirada al convento de Saint Rose es en parte responsable del peligro en el que se encuentra ahora tu joven visitante.

La anciana hizo silencio, como si quisiera dejar que sus palabras causaran efecto.

—No temas —afirmó cogiendo la mano de Evangeline—. Hay un momento para cada cosa. Abandonarás esta vida pero ganarás otra. Formarás parte de una tradición larga y honorable: Cristina de Pisa, Clara de Asís, sir Isaac Newton, incluso santo Tomás de Aquino no se sintieron avergonzados de nuestra labor. La angelología es una vocación noble, quizá la más elevada de todas. No es algo que se pueda elegir a la ligera. Hay que tener valor.

En el transcurso de su conversación, algo había cambiado en Celestine: su enfermedad parecía haber remitido y sus ojos color avellana pálida daban la impresión de brillar de orgullo. Cuando hablaba, su voz era fuerte y confiada.

—Gabriella estará muy orgullosa de ti —comentó—, pero yo lo estaré aún más. Desde el momento en que llegaste supe que serías una angelóloga excepcional. Cuando tu abuela y yo éramos estudiantes en París, podíamos discernir con exactitud quiénes de nuestros iguales triunfarían y quiénes no. Es como un sexto sentido, la habilidad para descubrir nuevos talentos.

—Entonces espero no decepcionarla, hermana.

—Resulta perturbador lo mucho que me recuerdas a ella. Tus ojos, tu boca, la forma en que te mueves al andar. Es extraño. Podrías ser su hermana gemela. Rezaré para que ames la angelología como la amaba Gabriella.

Evangeline ansiaba desesperadamente preguntar qué había ocurrido entre Celestine y ella, pero antes de que pudiera articular sus pensamientos, la anciana volvió a hablar con la voz transida de emoción.

—Dime una última cosa. ¿Quién es tu abuelo? ¿Eres nieta del doctor Raphael Valko?

—No lo sé —respondió Evangeline—. Mi padre se negaba a hablar del tema.

Una expresión oscura ensombreció los rasgos de Celestine pero se dispersó con rapidez, reemplazada por una preocupación ansiosa.

—Ha llegado el momento de que te vayas —sugirió—. Salir de aquí requiere algo de habilidad.

Evangeline intentó regresar a su posición detrás de la silla de ruedas pero, para su sorpresa, Celestine la acercó a ella y la abrazó.

—Dile a tu abuela que la perdono —susurró en su oído—. Dile que entonces las elecciones no eran fáciles. Hicimos lo que teníamos que hacer para sobrevivir. Dile que no fue culpa suya lo que le ocurrió a la doctora Seraphina y, por favor, dile que todo está olvidado.

Evangeline le devolvió el abrazo, sintiendo el delgado y frágil cuerpo de la anciana debajo del amplio hábito.

Cogiendo la maleta y calibrando su peso, pasó la correa de cuero por encima de su hombro y empujó la silla de Celestine de vuelta por los largos pasillos hasta el ascensor. Una vez en el cuarto piso, sus movimientos debían ser rápidos y discretos. Ya podía sentir cómo Saint Rose se alejaba de ella, retirándose hacia un lugar inalcanzable. Nunca más se despertaría a las cuatro y cuarenta y cinco de la mañana y recorrería a la carrera los pasillos a oscuras para rezar. Evangeline no podía imaginar que llegara a querer nunca otro lugar tanto como quería el convento y, aun así, de repente su partida parecía inevitable.

Convento de Saint Rose, Milton, Nueva York

Otterley aparcó el Jaguar marcha atrás en una depresión del terreno colindante con las instalaciones del convento, y el vehículo quedó oculto en las profundidades del follaje de árboles perennes. Detuvo el motor y salió a la nieve, dejando las llaves puestas en el contacto. Habían acordado que lo mejor para Percival —que no podía ser de ninguna ayuda en cualquier esfuerzo físico— era que se mantuviera a distancia. Sin dirigirle palabra, Otterley cerró la puerta del coche y anduvo con rapidez por la senda helada en dirección al convento.

Percival conocía lo suficiente a Gabriella para saber que su captura requeriría una estrategia coordinada. Ante su insistencia, Otterley había llamado a los gibborim para comprobar dónde se hallaban y así se había enterado de que estaban a unos cuantos kilómetros al sur desde su posición, merodeando por las carreteras regionales al norte del puente de Tappan Zee. Dudaba que lograsen sacarle ventaja a Gabriella, por lo que estaba preparado para intervenir personalmente si los gibborim fracasaban. Era imprescindible detenerla antes de que llegase al convento.

Percival estiró las piernas, entumecidas en el reducido espacio del coche, y miró a través del parabrisas salpicado de copos de nieve. El convento se encontraba delante de él, un imponente edificio de ladrillo y piedra que apenas se veía a través del bosque. Si todo iba como estaba programado,

453

los gibborim que había enviado Sneja —había prometido al menos un centenar— ya deberían estar posicionados en la zona, esperando la señal de Otterley para atacar. Percival sacó el teléfono y marcó el número de su madre, pero sonó una y otra vez y ella no respondió. Había intentado contactar con Sneja cada hora durante toda la mañana sin suerte. Había dejado mensajes a la anakim cuando ésta se molestó en contestar, pero estaba claro que había olvidado transmitírselos a Sneja.

Frustrado por la impotencia de su situación, Percival abrió la puerta del coche y salió al gélido aire de la mañana. Debería haber organizado la operación personalmente, dirigir la entrada de los gibborim en el convento. En cambio, era su hermana pequeña quien estaba al mando y a él le habían encomendado la misión de llamar a su madre ausente, que lo más probable era que en ese instante se estuviera bañando en el *jacuzzi* ajena por completo a su estado.

Caminó hasta el borde de la autopista buscando señales de Gabriella antes de marcar de nuevo el número. Para su sorpresa, alguien descolgó tras el primer tono.

—Sí —contestó una voz ronca y dominante que reconoció de inmediato.

—Estamos aquí, madre —informó Percival. Distinguió la música y las voces de fondo y en seguida supo que estaba dando una de sus fiestas.

—¿Y los gibborim? —preguntó Sneja—. ¿Están listos?

—Otterley ha ido a prepararlos.

—¿Sola? —preguntó Sneja con un dejo de reproche en la voz—. ¿Cómo va a conseguirlo tu hermana sola? Hay cerca de cien criaturas a las que dar órdenes.

Percival sintió como si su madre lo hubiera abofeteado. Seguramente sabía que su enfermedad le impedía luchar. Ceder el control a Otterley era humillante y requería un nivel de autocontrol que había pensado que Sneja admiraría.

—No va a ser necesario —respondió manteniendo a raya la furia que lo dominaba—. Otterley es más que capaz. Estoy vigilando la entrada del convento para asegurarme de que no haya interferencias.

—Bueno —replicó Sneja—, que sea o no capaz no tiene nada que ver con el asunto.

Percival sopesó el tono de voz de su madre, intentando comprender el mensaje que trataba de darle.

—¿Ha demostrado lo contrario?

—Querido, ella no tiene nada que demostrar. A pesar de todas sus bravatas, nuestra Otterley se encuentra en un terrible aprieto.

—Realmente no tengo ni la menor idea de lo que quieres decir —replicó Percival.

En la distancia, un ligerísimo rastro de humo empezó a levantarse desde el convento, indicando que el ataque había empezado. Parecía que su hermana se las estaba arreglando bastante bien sin él.

—¿Cuándo fue la última vez que viste las alas de Otterley? —preguntó Sneja.

—No lo sé —respondió él—. Hace siglos.

—Te diré cuándo fue la última vez que las viste —lo cortó Sneja—. En 1848, en su puesta de largo en París.

Percival recordaba el acontecimiento con precisión. Las alas de Otterley eran nuevas y, como todos los jóvenes nefilim, las había desplegado con gran orgullo. Eran multicolores, como las de Sneja, aunque más pequeñas. Se esperaba que alcanzaran su envergadura final con el tiempo.

—Si te has preguntado por qué hace tanto tiempo que Otterley no muestra sus alas como es debido —prosiguió ella—, la razón es que no se han desarrollado. Son minúsculas e inútiles, las alas de un niño. No puede volar y desde luego no está en posición de exhibirlas en público. ¿Puedes imaginarte lo ridícula que parecería Otterley si desplegara semejantes apéndices?

—No tenía ni idea —confirmó Percival, incrédulo. A pesar del resentimiento que sentía contra su hermana, albergaba una actitud profundamente protectora hacia ella.

—No me sorprende —le reprendió Sneja—. No parece que te des cuenta de mucho, aparte de tu propio placer y tus propios sufrimientos. Tu hermana ha intentado ocultar su situación ante todos nosotros durante más de un siglo. Sin embargo, el quid de la cuestión es que ella no es como tú o como yo. Tus alas fueron gloriosas en su momento, y las mías son incomparables. Otterley es de una casta inferior.

—Crees que es incapaz de dirigir a los gibborim —afirmó Percival, comprendiendo al fin por qué su madre le había revelado el secreto de Otterley—. Crees que perderá el control del ataque.

—Si tú pudieras asumir el papel que te corresponde, hijo mío... —se quejó Sneja con un tono de decepción, como si ya se hubiera resignado al fracaso de Percival—. Si al menos estuvieras tú para defender nuestra causa, quizá nosotros...

Incapaz de escuchar una palabra más, Percival colgó. Examinando la autopista, vio cómo se alejaba de él el asfalto negro, girando entre los árboles y desapareciendo tras una curva. No podía hacer nada para ayudar a Otterley. Era incapaz de devolver la gloria a su familia.

Autovía 9W, Milton, Nueva York

A la hora que finalmente llegaron a la modesta autovía a las afueras de Milton, Gabriella y Verlaine ya se habían fumado media cajetilla de cigarrillos, inundando el Porsche del aroma pesado y acre del humo de tabaco. Verlaine abrió un poco la ventanilla, permitiendo así que una ráfaga de aire helado penetrase en el habitáculo. Deseaba que Gabriella siguiera con su historia pero no quería presionarla. Parecía frágil y cansada, como si el simple acto de recordar el pasado la hubiera dejado exhausta: bajo sus ojos habían aparecido unas pronunciadas ojeras y sus hombros se encorvaban ligeramente hacia delante. El exceso de humo hacía que a Verlaine le escocieran los ojos, sin embargo, daba la impresión de que no le producía el mismo efecto a Gabriella, que pisó a fondo el acelerador para llegar cuanto antes al convento.

Verlaine miraba por la ventanilla el bosque nevado que dejaban atrás a toda velocidad. Los árboles se extendían desde la autopista hasta donde le alcanzaba la vista; hileras tras hilera de abedules, arces y robles desnudos por los rigores del invierno. Miró hacia el margen de la carretera, en busca de algún indicio de que ya se aproximaban a su destino: el cartel de madera que señalizaba la entrada al convento o la torre de la iglesia elevándose por encima de los árboles. En su apartamento había repasado en el mapa la ruta desde la ciudad de Nueva York hasta Saint Rose, fijándose

457

con mayor atención en los puentes y las autopistas. De acuerdo con sus cálculos y recordando la visita anterior, casi deberían de estar allí.

—Mire por el retrovisor —le dijo Gabriella, con un tono de voz antinaturalmente tranquilo.

Verlaine siguió sus instrucciones. Un Mercedes todoterreno negro los seguía a cierta distancia.

—Los llevamos detrás desde hace rato —comentó ella—. Parece que no le dan por perdido.

—¿Está segura de que son ellos? —preguntó Verlaine mirando por la luna trasera—. ¿Qué vamos a hacer?

—Si estoy en lo cierto, nos seguirán. Manteniendo esta velocidad, llegaremos a la vez a Saint Rose y tendremos que enfrentarnos a ellos allí.

—¿Y entonces qué?

—No nos dejarán escapar —contestó Gabriella—. Esta vez, no.

De repente pisó el freno y giró con brusquedad el volante, penetrando precipitadamente en un camino de grava. Las ruedas traseras del Porsche derraparon trazando un semicírculo sobre la carretera nevada, el deportivo se inclinó hacia un lado a causa de la inercia. Durante un instante pareció que el coche no respondía a las leyes de la gravedad, inmerso en un estado de caída libre sobre el hielo, no era más que una caja de metal coleando a derecha e izquierda mientras los neumáticos buscaban tracción. Gabriella aminoró la velocidad y agarró con fuerza el volante para tratar de recuperar el control. Cuando estabilizó el vehículo, pisó de nuevo el acelerador hasta que el coche ganó velocidad, subiendo por la amplia ladera de escaso desnivel de una colina con un ensordecedor ruido del motor. La gravilla rebotaba en el parabrisas como una salva de explosiones.

Verlaine miró por encima del hombro. El Mercedes negro había girado también y los seguía a cierta distancia.

—Ahí vienen —informó él, y Gabriella aceleró, ascendiendo aún más por la colina.

Cuando el camino llegó al punto más elevado, los grupos de árboles dieron paso a la blanca extensión de un valle, en cuyo fondo se levantaba un granero en ruinas tan rojo como una gota de sangre sobre la nieve.

—Por mucho que me guste este coche, debo reconocer que no tiene capacidad para correr —señaló Gabriella—. Va a resultar imposible dejarlos atrás. Tenemos que encontrar una forma de perderlos, o de escondernos.

Verlaine inspeccionó el valle. Desde la autovía hasta el granero sólo había campos helados y expuestos. Más allá del granero, el camino ascendía serpenteando otra colina, abriéndose paso entre un macizo de árboles perennes.

—¿Conseguiremos llegar a la cima? —preguntó.

—No parece que tengamos otra elección.

Gabriella pasó junto al granero, donde la carretera empezaba un ascenso lento y constante. Cuando alcanzaron el bosquecillo, el Mercedes negro había ganado tanto terreno que Verlaine podía distinguir los rasgos de los hombres en los asientos delanteros.

El que viajaba en el asiento del copiloto sacó el torso por la ventanilla, apuntó una arma y disparó. Falló.

—No puedo ir más de prisa —dijo Gabriella, cada vez más frustrada. Con una mano en el volante, le lanzó un bolso de piel a Verlaine—. Busque mi arma; está dentro.

Él abrió la cremallera y rebuscó entre un sinfín de objetos hasta que sus dedos rozaron metal. A continuación sacó una pequeña pistola plateada del fondo del bolso.

—¿Ha disparado antes?

—Nunca.

—Le daré un cursillo acelerado —replicó Gabriella—. Quite el seguro. Ahora baje la ventanilla. Mantenga la posición. Bien, ahora levante el brazo.

Mientras Verlaine ponía la pistola en posición, el hombre del todoterreno apuntaba de nuevo.

—Un momento —dijo Gabriella.

Se deslizó hacia el carril opuesto y redujo la velocidad, ofreciendo a Verlaine un disparo claro al parabrisas.

—Dispare —ordenó—. Ahora.

Verlaine apuntó el arma hacia el Mercedes y apretó el gatillo. El parabrisas del coche se resquebrajó en una red de filamentos. Gabriella pisó el freno cuando el vehículo de sus perseguidores golpeó el guardarraíl y saltó por encima del borde de la carretera, abollándose al dar vueltas de campana. Verlaine contempló el vehículo boca abajo, con las ruedas girando en el aire.

—Un disparo brillante —le alabó ella, deteniéndose a un lado del camino y parando el motor. Le dirigió una mirada orgullosa que dejaba claro que estaba agradablemente sorprendida por su puntería—. Deme el arma. Debo asegurarme de que están muertos.

—¿De verdad cree que es lo más inteligente?

—Por supuesto —le respondió ella cortante, cogiendo el arma. A continuación, bajó del coche y pasó por encima del guardarraíl—. Venga, es posible que aprenda algo.

Verlaine siguió a Gabriella en el descenso por la ladera helada siguiendo sus huellas sobre la nieve. Miró al cielo y vio que sobre sus cabezas se había reunido una masa de nubes negras. Estaban anormalmente bajas, como si fueran a caer sobre el valle en cualquier momento. Cuando llegaron al todoterreno, Gabriella le dio instrucciones para que le diese una patada al parabrisas. Verlaine pisó trozos de cristal con el talón de sus zapatillas deportivas al tiempo que ella se agachaba y echaba un vistazo al interior.

—Le ha dado al conductor —confirmó Gabriella, haciendo que la mirada de Verlaine se desplazara hacia el hombre muerto.

—La suerte del principiante.

—Yo opino lo mismo. —Hizo un gesto hacia el segundo hombre, cuyo cuerpo yacía a unos seis metros de distancia, boca abajo sobre la nieve—. Dos pájaros de un tiro. El segundo salió disparado cuando el coche volcó.

Verlaine casi no daba crédito a lo que tenía delante. El cuerpo del hombre se había transformado en la criatura que había visto por la ventanilla del tren la noche anterior. Un par de alas escarlatas se extendían abiertas sobre su espalda, con las plumas acariciando la nieve. Con el viento helado batiéndose sobre él, a Verlaine le resultaba imposible distinguir si su cuerpo temblaba a causa del frío o de la impresión por lo que estaba viendo.

Entre tanto, Gabriella había conseguido forzar la puerta y estaba registrando el Mercedes todoterreno. Emergió con una bolsa de deporte, la misma que él había dejado en su Renault la tarde anterior.

—Eso es mío —exclamó Verlaine—. Se lo llevaron ayer cuando registraron mi coche.

La mujer abrió la cremallera de la bolsa, sacó una carpeta y revisó su contenido.

—¿Qué está buscando?

—Algo que pueda decirnos cuánto sabe Percival —respondió ella, examinando los papeles—. ¿Ha visto esto?

Verlaine miró por encima de su hombro.

—Yo no le entregué estos archivos, pero es posible que estos tipos sí lo hicieran.

Gabriella se alejó del todoterreno siniestrado y regresó al coche por la ladera nevada de la colina.

—Será mejor que nos demos prisa —indicó—. Las buenas hermanas de Saint Rose se encuentran en un peligro mucho más inmediato de lo que había pensado.

Verlaine se puso al volante, decidido a conducir los kilómetros que quedaban hasta el convento. Hizo girar el Porsche en redondo y se encaminó hacia la autovía. El paisaje que se extendía ante él estaba en calma y en silencio. Las suaves colinas parecían dormidas bajo sábanas de nieve. El granero se hundía, abandonado, y en lo alto, el cielo cubierto de pesadas nubes era sólido como una cúpula. Excepto por unos cuantos arañazos y el ronroneo en el motor, el viejo Porsche estaba aguantando el accidentado trayecto con una resistencia admirable. De hecho, parecía que nada hubiera cambiado significativamente en los últimos diez minutos, salvo Verlaine. El volante de cuero empezó a resbalar bajo sus manos, y descubrió que el corazón le latía con fuerza en el pecho. En su mente, bailaban las imágenes de los hombres muertos.

—Hizo lo correcto —le aseguró Gabriella, intuyendo sus pensamientos.

—Hasta hoy no había tenido nunca una arma en las manos.

—Eran asesinos brutales —afirmó ella en tono neutro, como si matar fuera algo que hiciese de forma habitual—. En un mundo de buenos y malos, es inevitable hacer distinciones.

—No se trata de una distinción en la que hubiera pensado demasiado.

—Eso —confirmó ella con suavidad— cambiará si sigue con nosotros.

Verlaine redujo la velocidad y se detuvo ante una señal de stop antes de regresar a la autovía. El convento se encontraba a escasos kilómetros.

—¿Evangeline es una de ustedes? —preguntó.

—Ella sabe muy poco sobre la angelología. No le explicamos nada al respecto cuando era una niña. Es joven y obediente, rasgos que la destrozarían si no fuera extremadamente brillante. Dejarla en manos de las hermanas del convento de Saint Rose fue idea de su padre, que era un hombre católico afiliado a la idea romántica de que la mejor forma de proteger a las damas jóvenes es ocultarlas en un claustro. No podía evitarlo: era italiano, lo llevaba en la sangre.

—¿Y ella lo escuchaba?

—¿Perdón?

—¿Su nieta renunció a todo por lo que vale la pena vivir por la sencilla razón de que se lo pidió su padre?

—Es posible que haya cabida para el debate sobre por qué vale y por qué no vale la pena vivir —respondió Gabriella—. Pero tiene usted razón. Evangeline hizo al pie de la letra lo que se le pidió. Luca la trajo a Estados Unidos después del asesinato de su madre, mi hija Angela. Imagino que su educación fue rigurosamente religiosa. Supongo que debió de prepararla desde la más tierna edad para la posibilidad de su entrada en Saint Rose. ¿De qué otra forma en esa época y con su edad iba a hacerlo por voluntad propia una joven con sus dones?

—Parece bastante medieval —señaló Verlaine.

—Pero usted no conoció a Luca —repuso ella—. Y tampoco conoce a Evangeline. El afecto que sentían el uno por el otro es algo a tener en cuenta. Eran inseparables. Creo que Evangeline habría hecho cualquier cosa, absolutamente cualquier cosa, que le hubiera pedido su padre, incluso consagrar su vida a la Iglesia.

Condujeron por la autopista en silencio, con la vibración del motor del Porsche de fondo y el bosque extendiéndose a ambos lados. Sólo una hora antes parecía un viaje extrañamente apacible. Pero cada grupo de árboles, cada curva en la carretera, cada senda estrecha que desembocaba en su camino representaba la oportunidad para una emboscada. Verlaine apretó el pie contra el acelerador, aumentando cada vez más la velocidad. Comprobaba el retrovisor cada pocos segundos, como si el Mercedes fuera a aparecer en cualquier momento con los asesinos regresando de la muerte.

Convento de Saint Rose, Milton, Nueva York

Evangeline y Celestine subieron hasta el cuarto piso en el ascensor; la correa de la maleta de piel le hacía notar su peso al presionarle el hombro. Cuando las puertas se abrieron, la anciana monja la detuvo.

—Vete, querida —le dijo—. Yo distraeré a las demás para que puedas salir sin que te vean.

Evangeline besó a Celestine en la mejilla y la dejó en el ascensor. Tan pronto como empezó a alejarse, la anciana pulsó un botón y las puertas se cerraron de nuevo. Estaba sola.

Al llegar a su celda, revolvió todos los cajones, reunió sus objetos más preciosos —un rosario y una discreta suma de dinero que había ahorrado a lo largo de los años— y los metió en su bolsillo. Se le encogió el corazón cuando echó un vistazo a la estancia. Hasta no hacía mucho, creía que nunca la abandonaría. Entendía que la vida se mostraba ante ella como una sucesión interminable de rituales, rutina y plegaria. Se figuraba que se despertaría todas las mañanas para rezar y se acostaría todas las noches en una habitación con vistas a la oscura presencia del río. Pero de la noche a la mañana, esas certezas se habían desvanecido, disolviéndose como el hielo en la corriente del Hudson.

Los pensamientos de Evangeline se vieron interrumpidos por una cacofonía de ruidos sordos procedentes del patio. Abandonó a la carrera su habitación, se asomó por una ventana y miró en dirección a la entrada al tiempo que una procesión de furgonetas negras entraba por el sendero en forma de herradura que daba acceso a la capilla de Maria Angelorum. Las puertas de los vehículos se abrieron y un grupo de extrañas criaturas se desplegó por el patio del convento. Entornando los ojos, Evangeline intentó verlas con mayor claridad. Llevaban abrigos negros, todos iguales, que levantaban la nieve cuando caminaban, guantes de cuero también negros y botas de estilo militar. Mientras avanzaban por el patio, acercándose al convento, observó que su número se multiplicaba con rapidez; cada vez había más, como si tuvieran la capacidad de materializarse a partir del aire helado. Al examinar los alrededores de las propiedades del convento, comprobó que las criaturas emergían de las sombras del bosque y escalaban el muro de piedra para entrar a continuación por el portón de hierro del sendero de la entrada. Era posible que llevaran esperando, escondidos, desde hacía horas. El convento de Saint Rose estaba rodeado de gibborim.

Asiendo con decisión la maleta de piel, Evangeline se apartó asustada de la ventana y corrió por el pasillo, llamando a las puertas y sacando a las hermanas del estudio y la oración. Giró los reguladores de las luces para que brillaran al máximo, una iluminación intensa que barrió de un plumazo el aire íntimo y agradable de la cuarta planta y dejó en evidencia la moqueta desgastada, la pintura desconchada y la deprimente uniformidad de sus vidas enclaustradas. Si algo habían aprendido del anterior ataque al convento, era que las hermanas debían abandonar de inmediato el edificio.

Los esfuerzos de Evangeline sacaron de sus habitaciones a las hermanas mayores, que se quedaron de pie en el pasillo mirando en todas direcciones, confusas, con el cabello sin velo totalmente despeinado. Evangeline oyó que Philomena gritaba en la distancia, preparando a las religiosas para luchar.

—Váyanse —exclamó Evangeline—. Cojan la escalera posterior hasta el primer piso y sigan las órdenes de la madre Perpetua. Confíen en mí. Pronto lo comprenderán todo.

Resistiendo el impulso de conducirlas personalmente, Evangeline se abrió camino entre la multitud de mujeres y, dirigiéndose a la puerta que estaba al final del vestíbulo, la cruzó y subió corriendo la escalera de caracol. La habitación en la cima del torreón estaba helada y en penumbra. Se arrodilló ante la pared de ladrillo y extrajo la piedra de su escondite. En el hueco del muro, encontró la caja de metal que contenía el diario angelológico con la fotografía resguardada en su interior. Pasó las páginas hasta el final del cuaderno; allí se encontraban las notas científicas de su madre, copiadas por Gabriella con una letra pulcra y precisa. Su madre había muerto por esa sarta de números: Evangeline no podía perderlos.

Las ventanas del torreón estaban cubiertas de escarcha, el hielo había creado figuras fractales azules y blancas sobre el vidrio. Intentó fundirlo con su aliento, luego frotando el vidrio con la palma de la mano, pero siguió tapado. Ansiosa por echar un vistazo al patio, se quitó un zapato, rompió la ventana con el tacón y retiró los fragmentos de vidrio del marco con gestos rápidos, consiguiendo así obtener un reducido panorama del patio.

El aire helado penetraba a ráfagas en el torreón. Evangeline divisaba el río y más allá el bosque, que bordeaba el patio por tres lados. Las criaturas se habían congregado en el centro del terreno, conformaban una masa de figuras vestidas de oscuro. Incluso a cierta distancia destacaban por su altura, lo cual hizo que un escalofrío la recorriera. Bajo su ventana se habían reunido cincuenta, quizá cien de las criaturas, que formaban rápidamente en filas.

De repente, como si respondieran a una orden, se despojaron al unísono de sus voluminosos abrigos. Las extremidades de las criaturas estaban desnudas, su piel emitía resplandecientes halos de luz hacia la nieve. Cuando estaban de pie, su imponente altura les hacía parecer estatuas griegas dispuestas en un paseo abandonado. En su espalda, se extendían unas alas rojas, grandes y de bordes afilados, cuyas plumas estriadas relucían bajo la mortecina luz del sol matinal. En un instante reconoció a las criaturas: estaba contemplando bestias similares a los seres angélicos que había observado la tarde que siguió a su padre a aquel almacén de Nueva York. La única diferencia era que, en los años que habían pasado desde entonces, ella había crecido hasta convertirse en mujer, un cambio que la hacía sensible a una seducción que no había experimentado entonces. Sus cuerpos eran extremadamente bellos, tan sensuales que sintió cómo la invadía una oleada de deseo. Pero incluso a través de la neblina de la lujuria, Evangeline descubrió que todo lo relacionado con ellos —desde la forma en que esperaban hasta la inmensa envergadura de sus alas— le parecía monstruoso.

Respiró profundamente para apaciguar sus pensamientos y percibió un olor peculiar. Con matices de arcilla y carbón, era el aroma distintivo del humo. Tras buscar intensamente, descubrió a un grupo de criaturas reunidas junto al convento que avivaban las llamas con sus alas. El fuego parpadeante crecía cada vez más alto. Los demonios estaban atacando.

Evangeline metió el diario angelológico en la maleta de piel, bajó los escalones del torreón tan rápido como fue capaz y tomó el pasaje directo a la capilla de la Adoración. El olor del humo aumentaba a medida que descendía, y por el hueco de la escalera ascendían densas volutas. No había ninguna forma segura de saber hasta dónde se había extendido el fuego y, dándose cuenta de que podía quedar atrapada, apretó el paso con la maleta de piel fuertemente abrazada. El aire era cada vez más denso, pero ella bajaba corriendo los tramos sucesivos de la escalera, confirmando su idea de que el incendio se limitaba a las áreas de planta baja del convento. Incluso así, parecía imposible que las llamas se hubieran propagado con tanta rapidez y fuerza. Recordó a las criaturas de pie delante del fuego, batiendo sus poderosas alas, avivándolo. Se estremeció. Los gibborim no pararían hasta que todo el convento quedara reducido a cenizas.

Convento de Saint Rose, Milton, Nueva York

Verlaine apenas pudo distinguir las palabras «Saint Rose» labradas en el portón de hierro forjado a causa del denso humo que salía del convento. Junto al muro de piedra caliza se encontraba su Renault destrozado con las ventanillas hechas añicos. Durante la noche se había ido llenando de nieve y hielo, pero seguía donde él lo había dejado. La puerta de entrada al convento estaba abierta y, cuando aparcaron el Porsche, Verlaine vio una fila de furgonetas negras alineadas una detrás de otra ante la iglesia.

—¿Ve ese coche? —preguntó Gabriella señalando un Jaguar blanco escondido entre el follaje al final del sendero de acceso al convento—. Pertenece a Otterley Grigori.

—¿Familiar de Percival?

—Su hermana —repuso ella—. Tuve el gran placer de conocerla en Francia. —Gabriella cogió el arma y bajó del Porsche—. Si se encuentra aquí, podemos suponer que Percival también, y que ambos están detrás del incendio.

Verlaine miró más allá de Gabriella hacia el convento que se alzaba a poca distancia. El humo oscurecía la parte superior de la estructura y, aunque vio movimiento en la planta baja, estaba demasiado lejos para discernir qué estaba pasando. Bajó del coche y siguió a la mujer hacia el convento.

—¿Qué está haciendo? —preguntó ella, mirándolo con escepticismo.

—Voy con usted.

—Debo saber que estará usted esperando en el coche. Cuando encuentre a Evangeline, tendremos que irnos a toda prisa. Dependo de usted para estar segura de que será así. Prométame que se quedará usted aquí. —Sin aguardar una respuesta, Gabriella reemprendió el camino hacia el convento, metiendo el arma en un bolsillo de su larga chaqueta negra.

Verlaine se apoyó en una de las furgonetas mientras observaba cómo Gabriella desaparecía por el lateral del convento. Se sintió tentado de unirse a ella a pesar de sus instrucciones, en cambio avanzó ocultándose en la fila de vehículos para acercarse al Jaguar blanco. Haciendo visera con las manos sobre los ojos, espió el interior a través de las ventanillas. En el asiento de cuero beige había una de las carpetas de su investigación con la fotocopia de la moneda tracia encima. Intentó abrir la puerta pero estaba cerrada, de manera que miró a su alrededor en busca de algo con lo que romper el cristal. En ese preciso instante vio junto a la carretera a Percival Grigori, que regresaba al coche.

Sin perder un instante, Verlaine se agachó detrás del muro de Saint Rose. Se acercó aún más al convento, la nieve helada crujía bajo sus zapatillas, y se detuvo en un hueco que daba paso al patio principal. La escena que se desarrollaba delante de él lo dejó atónito. Un humo denso y oscuro se elevaba sobre un fuego enfurecido, las llamas lamían el edificio del convento. Para su asombro, un ejército de criaturas —idénticas a las que había matado con Gabriella— revoloteaban por el patio, quizá había un centenar de reptilianos monstruos alados reunidos para atacar.

Entornó los ojos tratando de ver la escena con mayor claridad. Los seres eran un híbrido de pájaro y bestia, parte humano, parte monstruo en igual medida. Sus alas, exuberantes y rojas, estaban ancladas a sus espaldas, los rodeaba de un resplandor tan intenso que parecían cubiertos por una malla luminiscente. Aunque Gabriella le había hablado de los gibborim con gran detalle y él los había reconocido como los mismos seres que había visto en el tren la noche anterior, se dio cuenta de que hasta ese momento no había creído que pudieran existir tantos.

A través de las llamas y el humo, Verlaine atisbó cada vez más grupos de gibborim abalanzándose sobre el convento, batiendo sus enormes alas con furia. Se elevaban en el aire poderosamente, a gran altura, ligeros como cometas planeando sobre el edificio. Parecían de una ligereza inaudita, como si sus cuerpos fueran insustanciales. Sus movimientos estaban tan coordinados, eran tan vigorosos, que de pronto comprendió que sería imposible derrotarlos. Las criaturas volaban en un elaborado ballet de ataque, ascendían desde el suelo en una grácil orquestación de violencia, uno pasando junto a otro mientras las llamas se alzaban hacia el cielo. Verlaine contempló la destrucción sobrecogido.

En el lindero del bosque divisó a una criatura apartada de las demás. Decidido a examinarla de cerca, se parapetó entre el espeso follaje más allá del muro de piedra y se aproximó hasta que estuvo a menos de tres metros de la criatura, al resguardo de los matorrales. Distinguió la elegancia de sus rasgos: nariz aquilina, rizos dorados, terroríficos ojos rojos. Respiró profundamente, inhalando el dulce aroma de su cuerpo: Gabriella le había contado que aquéllos que habían tenido la fortuna, o la desgracia, de encontrarse con él llamaban a ese perfume ambrosía. De inmediato, Verlaine fue consciente del halo de peligro que emanaba de la criatura. Los había imaginado horrendos, los hijos malogrados de un terrible error histórico, híbridos malformados de lo sagrado y lo profano; no había valorado la posibilidad de que pudiera hallarlos hermosos.

De repente, la criatura se volvió. Barrió el bosque con la mirada, como si hubiera percibido su presencia entre los matorrales. El veloz movimiento del gibborim expuso a la vista un destello de su nuca, un brazo largo y delgado, el contorno de su cuerpo. Mientras el gigante se acercaba al muro con sus vibrantes alas rojas envolviéndolo, Verlaine olvidó completamente por qué había ido allí, qué se proponía y qué debía hacer a continuación. Sabía que debía tener miedo, pero al aproximarse el gibborim, cuya piel proyectaba un resplandor sobre el suelo, notó cómo se sumía en una calma espeluznante. La estridente y titilante luz del fuego cada vez era más intensa, y arrojaba una claridad sobre la criatura que se mezclaba con su luminiscencia natural. Verlaine estaba hipnotizado. En vez de correr, como era consciente de lo que debía hacer, deseaba acercarse a la criatura para tocar su cuerpo fuerte y pálido. Abandonó la seguridad del bosque y se quedó delante del gibborim, como si estuviera entregándose. Miró en sus ojos vidriosos como si estuviera buscando la respuesta a un oscuro y violento misterio.

Lo que encontró Verlaine lo sorprendió más allá de su imaginación. En lugar de malevolencia, la mirada de la criatura era la de un animal asustado, vacía, desprovista de maldad o bondad. Era como si la criatura fuera incapaz de comprender lo que tenía delante. Sus ojos eran lupas que magnificaban un vacío absoluto. El ser, sin embargo, no detectó su presencia. Más bien miraba por encima de él, como si no fuera más que otro elemento del bosque, el tronco de un árbol o un montón de hojas. Verlaine comprendió entonces que estaba en presencia de una criatura sin alma.

Con un movimiento ágil, la criatura desplegó sus alas rojas. Girando una ala y después la otra, de tal modo que el intenso resplandor del fuego se deslizó sobre ellas, tomó impulso y se separó del suelo, tan ligero y despreocupado como una mariposa, y fue a unirse a los demás en el ataque.

Capilla de la Adoración, convento de Saint Rose, Milton, Nueva York

Evangeline encontró la capilla de la Adoración atestada de humo. Intentó respirar, pero el aire caliente y venenoso que le quemaba la piel y se le adhería a los ojos se lo impedía. En pocos segundos, su visión quedó emborronada a causa de las lágrimas. A través de la niebla alcanzó a vislumbrar las siluetas de las hermanas reunidas en la capilla; le pareció que sus hábitos se fundían formando una única mancha negra y perfecta. La luz suave y ahumada que bañaba la iglesia también caía delicadamente sobre el altar. No conseguía adivinar por qué las hermanas seguían aún allí: si no salían pronto, morirían asfixiadas a causa del humo.

Confundida, dio media vuelta para escapar a través de la iglesia de Maria Angelorum cuando tropezó con algo y cayó a plomo sobre el suelo de mármol golpeándose en la barbilla. La maleta de piel salió despedida de sus manos, volando hacia la niebla que tenía delante. Aterrada, vio el rostro de la hermana Ludovica que la miraba a través de la nube de humo con una expresión de miedo congelada en su cara. Evangeline había tropezado con el cuerpo de la anciana, cuya silla de ruedas volcada yacía boca abajo a su lado, con una rueda todavía girando. Inclinándose sobre ella, Evangeline colocó las manos sobre sus mejillas calientes y murmuró una plegaria, una última despedida para la mayor de las hermanas mayores. Luego, con delicadeza, cerró los párpados de Ludovica.

A cuatro patas, inspeccionó la situación lo mejor que pudo a través del humo. El piso de la capilla de la Adoración estaba cubierto de cuerpos; contó cuatro mujeres que yacían separadas entre los bancos, asfixiadas. Evangeline sintió que la desesperación se apoderaba de ella. Los gibborim habían abierto grandes agujeros en los vitrales de las esferas angelicales, bombardeando los cadáveres con escombros. Los fragmentos de colores de los vidrios estaban esparcidos por toda la capilla, desparramados como trozos de caramelos sobre el suelo de mármol. Los bancos estaban rotos, el delicado reloj de péndulo dorado, destrozado, y los ángeles de mármol, derribados. Los enormes agujeros en los ventanales permitían ver el patio del convento. Las criaturas se arremolinaban en los terrenos nevados mientras el humo se alzaba hacia el cielo, recordándole que el fuego avanzaba. En el devastado interior, soplaban ráfagas de gélido viento helado que pasaban por encima de la capilla en ruinas. Sin embargo, lo peor de todo era que los reclinatorios ante el relicario estaban vacíos. La cadena de oración perpetua se había roto. La visión era tan terrible que Evangeline contuvo la respiración.

El aire a la altura del suelo era ligeramente más frío, y el humo, menos denso, de manera que Evangeline se dejó caer sobre el pecho y se arrastró sobre el mármol buscando la maleta de piel. Le ardían los ojos, los brazos le dolían por el esfuerzo. El humo había transformado la que fuera la conocida capilla en un lugar peligroso: un campo de minas amorfo y nublado, plagado de trampas imprevistas. Si el humo se cernía aún más sobre ella, corría el riesgo de perder la conciencia como las demás. Si se arrastraba directamente hacia Maria Angelorum para salir al exterior, podía pasar por alto la valiosa maleta y perderla.

Finalmente, vislumbró un brillo metálico: los cierres de cobre de la maleta relucían bajo la luz del fuego. Alargó la mano y agarró el asa, dándose cuenta mientras se acercaba a la maleta de que la piel se había chamuscado. Tras incorporarse se cubrió la nariz y la boca con la manga tratando de no respirar el humo. Recordó las preguntas que Verlaine le había hecho en la biblioteca, la ávida curiosidad que había mostrado por la posición del sello en los dibujos de la madre Francesca. La última tarjeta de su abuela había confirmado su teoría: los dibujos arquitectónicos se habían realizado con el fin de señalar un objeto escondido, un secreto de la madre Francesca que se había guardado durante casi doscientos años. La precisión de los planos de la capilla no dejaban lugar para las dudas. Francesca había ocultado algo en el tabernáculo.

Evangeline subió los escalones del altar abriéndose paso a través del humo hasta el ornamentadísimo tabernáculo. Éste se encontraba sobre un pilar de mármol, en las puertas tenía incrustaciones doradas con los símbolos alfa y omega, el principio y el fin. Era del tamaño de un armario pequeño, lo suficientemente grande para guardar algo de valor. Evangeline se puso la maleta de piel bajo el brazo y tiró de las puertas. Estaban cerradas.

De repente, un ruido la alertó de una nueva presencia en la capilla. Se dio media vuelta en el preciso instante en que dos criaturas penetraban a través de una de las vidrieras destrozando la luminosa imagen de la primera esfera angélica y lanzando fragmentos de cristal dorado, rojo y azul sobre las religiosas. Agachándose detrás del altar, sintió cómo se le erizaba el vello en la nuca cuando observó a los gibborim. Eran aún más grandes de lo que le habían parecido desde el torreón, altos y esbeltos, con unos grandes ojos rojos y alas color carmesí que se plegaban sobre sus hombros como si de mantos se tratara.

Una de las criaturas agarró los reclinatorios, los tiró al suelo y los pateó, mientras que el otro decapitaba la figura de mármol de un ángel, separando la cabeza del cuerpo con un furioso golpe. En el extremo más alejado de la capilla, otra de las bestias cogía por la base un candelabro dorado y lo arrojaba con una fuerza extraordinaria contra una vidriera, una reproducción preciosa del arcángel Miguel. El vidrio se rompió al instante, con un crujido sinfónico que llenó el aire como si miles de cigarras cantaran a la vez.

Detrás del altar, Evangeline apretaba la maleta de piel

contra su pecho. Sabía que debía medir cada movimiento con sumo cuidado. El menor ruido delataría su presencia a las criaturas. Estaba repasando la capilla en busca de la mejor ruta de huida cuando descubrió a Philomena acurrucada en un rincón. La religiosa alzó lentamente la mano, indicándole con un gesto que siguiera en silencio, vigilase y esperase. Desde su escondite cerca del tabernáculo, Evangeline observó cómo Philomena reptaba por el suelo.

Entonces, en un movimiento sorprendente por su rapidez y precisión, la monja agarró la custodia colgada encima del altar. Era de oro macizo, del tamaño de un candelabro, y debía de ser extraordinariamente pesada. Aun así, Philomena la levantó sobre su cabeza y la lanzó contra el suelo de mármol. La custodia no sufrió daño alguno con el golpe, en cambio, el pequeño ojo de cristal de su centro, el orbe que guardaba la hostia, quedó destrozado. Desde su escondite, Evangeline oyó el ruido característico del cristal al romperse.

La acción de Philomena constituía un gesto tan sacrílego, tan horrible en su violación de las oraciones de las hermanas y de sus creencias, que la joven se quedó helada de asombro. En medio de la destrucción y el horror de la muerte de sus compañeras, no parecía que hubiera ninguna razón para arreciar en el vandalismo. Sin embargo, Philomena siguió ensañándose con la custodia, pulverizando el cristal. Mientras se preguntaba qué locura se habría apoderado de la mujer, Evangeline salió de su escondite.

El comportamiento de Philomena llamó la atención de las criaturas, que se acercaron a ella con sus alas bermellón moviéndose al ritmo de la respiración. De repente, una de ellas intentó atrapar a la religiosa. Poseída por el celo de sus creencias y por una fortaleza que Evangeline nunca habría sospechado que fuera capaz de desplegar, Philomena se libró de la presa del monstruo y, en un elegante movimiento, lo cogió por las alas y se las retorció. Los grandes apéndices rojos se desgarraron del cuerpo de la criatura. El gibborim cayó al suelo, retorciéndose en un charco de un fluido azul y espeso que manaba de la herida mientras chillaba en una agonía horrible. A Evangeline le dio la impresión de que había descendido al infierno. La capilla más sagrada de su hermandad, el templo de sus plegarias diarias, había sido profanado.

Philomena regresó a continuación a la custodia, retiró los cristales rotos y entonces, con un gesto de triunfo, levantó algo por encima de su cabeza. Evangeline intentó distinguir el objeto en las manos de su compañera: era una diminuta llave. Philomena se había cortado con el cristal y le caían por las muñecas y los brazos unos regueros de sangre. La visión de semejante caos repugnó a la joven —casi no podía mirar el cuerpo de la criatura desmembrada—, sin embargo, Philomena no parecía perturbada en lo más mínimo. De todos modos, y a pesar del miedo que sentía, Evangeline se maravilló ante el descubrimiento de la hermana.

Philomena la llamó para que se acercase, pero Evangeline no pudo hacer nada: las criaturas supervivientes cayeron a la vez sobre su compañera, desgarrando sus ropas como halcones devorando a un roedor. La tela negra del hábito se vio engullida por un conglomerado de oleosas alas rojas. Y entonces Evangeline vio cómo Philomena se libraba momentáneamente del embrollo y, como si reuniese todas las fuerzas que le restaban, le lanzó la llave. Evangeline la recogió del suelo y se ocultó detrás del pilar de mármol.

Cuando volvió a mirar, una luz fría bañaba el cuerpo carbonizado de la hermana Philomena, los gibborim se habían desplazado hacia el centro de la capilla, con sus enormes alas desplegadas como si fueran a echar a volar en cualquier instante.

En el umbral de la puerta se arremolinaba una multitud de hermanas. Evangeline quería gritar para advertirles, pero antes de que pudiera abrir la boca, la gran uniformidad de mujeres con hábito se dispersó y por la periferia emergió la hermana Celestine, cuya silla de ruedas empujaban unas ayudantes. No llevaba velo, y su cabello blanco puro intensificaba la tristeza que surcaba su rostro. Las ayudantes llevaron la silla de ruedas al pie del altar; a cada paso, un mar de hábitos negros y escapularios blancos engullían el camino que cubrían.

Los gibborim también observaban a Celestine mientras sus ayudantes encendían velas y dibujaban símbolos en el suelo alrededor de ella, utilizando trozos de madera carbonizada por el fuego; eran símbolos arcanos que Evangeline reconoció del diario angelológico que le había dado su abuela. Había pasado horas contemplando esos símbolos, aunque nunca había sabido qué significaban.

Sin previo aviso, sintió el contacto de una mano y, al volverse, se encontró con el abrazo de Gabriella. Durante un breve instante, el terror que la congojaba desapareció y pasó a ser simplemente una joven en brazos de su añorada abuela. Gabriella la besó y, rápidamente, se dio media vuelta para mirar a Celestine, examinando sus acciones con ojo experto. Evangeline se quedó mirando a su abuela con el corazón en la garganta. Aunque parecía más mayor y estaba más delgada de lo que la recordaba, su presencia le transmitía una seguridad familiar. Deseaba tener la oportunidad de hablar con ella a solas. Sus preguntas necesitaban respuestas.

—¿Qué está ocurriendo? —preguntó mientras estudiaba a las criaturas, que se habían quedado extrañamente quietas.

—Celestine ha ordenado la construcción de un cuadrado mágico dentro de un círculo sagrado. Es la preparación para una ceremonia de invocación.

Las ayudantes llevaron a la anciana una corona de lilas y la colocaron sobre su cabello blanco.

—Ahora están colocando una corona de flores sobre la cabeza de Celestine —comentó Gabriella—, lo que subraya la pureza virginal de la invocadora. Me sé de memoria el ritual, aunque no lo he presenciado nunca. Invocar a un ángel puede atraer una ayuda muy poderosa, eliminará en un instante a nuestros enemigos. En una situación como la actual, el convento asediado y la población de Saint Rose superada en número, puede ser una medida muy útil, quizá la única que puede llevar a la victoria. Sin embargo, es increíblemente peligroso, aún más para una mujer de la edad de Celestine. Normalmente los peligros no compensan los beneficios, sobre todo en el caso de llamar a un ángel para intervenir en una batalla.

Evangeline se volvió hacia Gabriella. Un colgante dorado, una réplica exacta del que le había regalado a ella, relucía en el cuello de su abuela.

—Y una batalla —prosiguió Gabriella— es exactamente lo que pretende Celestine.

—Pero los gibborim se han quedado quietos de repente, como apaciguados —señaló Evangeline.

—Celestine los ha hipnotizado; el método se conoce como el encantamiento de los gibborim. Lo aprendimos de niñas. ¿Ves sus manos?

Evangeline aguzó la vista para enfocar a Celestine en su silla. Sus manos estaban entrelazadas sobre su pecho y los dos dedos índices apuntaban hacia el corazón.

—Tiene el efecto de dejar a los gibborim momentáneamente aturdidos —explicó Gabriella—. No obstante, eso sólo durará un momento y luego Celestine tendrá que actuar con mucha rapidez.

La anciana monja levantó los brazos en el aire con un movimiento rápido, liberando a las criaturas del hechizo. Antes de que pudieran reemprender el ataque, empezó a hablar, su voz retumbando en la cúpula de la capilla:

—*Angele Dei, qui custos es mei, me tibi commissum pietate superna, illumina, custodi, rege, et guberna.*

Evangeline tenía conocimientos de latín. Reconoció la fórmula como un conjuro y, para su sorpresa, el hechizo empezó a tomar cuerpo. La manifestación se inició como una suave brisa, un ligerísimo viento, y creció en cuestión de segundos hasta convertirse en un vendaval que recorrió la nave entera. En una ráfaga de luz cegadora, una figura brillantemente iluminada apareció en el centro del viento arremolinado, cerniéndose sobre Celestine. Evangeline olvidó el peligro que suponía la invocación, el peligro de las criaturas que las rodeaban por todos lados, y simplemente se quedó mirando al ángel. Era inmenso, tenía unas alas doradas que abarcaban toda la anchura de la elevada nave central y había extendido los brazos en un gesto que parecía invitar a todos a que se acercasen. Relucía con una luz intensa, su vestido ardía con más fuerza que el fuego. La luz se derramó sobre las monjas y cayó sobre el suelo de la iglesia, refulgente y fluida como la lava. El cuerpo del ángel parecía a la vez material y etéreo, flotaba sobre ellas, y aun así Evangeline estaba segura de que podía ver a través de él. Quizá lo más extraño de todo fue que el ángel empezó a adquirir los rasgos de Celestine, recreando la apariencia física que debía de tener en su juventud. Cuando la criatura se transformó en la réplica exacta de su invocadora, convirtiéndose en la gemela de Celestine envuelta en oro, Evangeline pudo ver cómo había sido la hermana de niña.

El ángel estaba suspendido a media altura, brillante y sereno. Cuando habló, su voz reverberó dulce y cadenciosa por toda la iglesia, vibrando con una belleza antinatural.

—¿Me has llamado en nombre de Dios? —preguntó.

Celestine se levantó de su silla de ruedas con una inesperada facilidad y se arrodilló en medio del círculo de velas, las ropas blancas caían en cascada sobre ella.

—Te he llamado como sirviente del Señor para que realices la obra del Señor.

—En Su santo nombre —replicó el ángel—, te pregunto si tus intenciones son puras.

—Tan puras como Su sagrada palabra —contestó Celestine, su voz cada vez más fuerte, más vibrante, como si la presencia del ángel la hubiera fortalecido.

—No temas nada porque soy el mensajero del Señor —afirmó el ángel, con su voz como una melodía—. Yo canto la alabanza del Señor.

En un cataclismo de viento, la iglesia se llenó de música: un coro celestial había empezado a cantar.

—Guardián —habló Celestine—, nuestro santuario ha sido profanado por el dragón. Nuestra casa, quemada; nuestras hermanas, asesinadas. Como el arcángel Miguel aplastó la cabeza de la serpiente, así te pido que aplastes a estos repugnantes invasores.

—Instrúyeme —respondió el ángel, batiendo sus alas, su

cuerpo flexible revoloteando en el aire—. ¿Dónde se esconden esos demonios?

—Se encuentran aquí entre nosotros, saqueando Su sagrado santuario.

En un instante, tan veloz que Evangeline no tuvo tiempo de reaccionar, el ángel se transformó en una pared de fuego que se dividió en cientos de lenguas de fuego, cada llama convirtiéndose en un ángel completamente formado. Evangeline se agarró al brazo de Gabriella, sujetándose contra el viento. Le ardían los ojos, pero ni siquiera podía parpadear cuando, blandiendo sus espadas, los ángeles guerreros descendieron sobre la capilla. Las monjas huyeron aterrorizadas, corriendo en todas direcciones, un pánico que sacó a Evangeline del trance en el que se había sumido a raíz de la invocación. Los ángeles golpearon a los gibborim hasta la muerte, sus cuerpos se derrumbaban sobre el altar y caían desde el aire mientras intentaban emprender el vuelo.

Gabriella corrió entonces hacia Celestine con su nieta pisándole los talones. La anciana monja yacía en el suelo de mármol, con sus ropas blancas extendidas a su alrededor y su corona de lilas destrozada. Poniendo la mano sobre la mejilla de Celestine, Evangeline comprobó que tenía la piel muy caliente, como si la invocación hubiera hecho que su temperatura corporal aumentara. Examinándola de cerca, intentó comprender cómo una mujer tan frágil como Celestine había tenido el poder de derrotar a semejantes bestias.

Inexplicablemente, las velas habían permanecido encendidas a lo largo del huracán de la invocación, como si la violenta presencia del ángel no se hubiera traducido al mundo material. Parpadeaban brillantes, arrojando un falso brillo de vida sobre la piel de la anciana. Evangeline arregló su vestido, plegando con cuidado la tela blanca. La mano de Celestine, que sólo unos segundos antes estaba caliente, se había quedado helada. En el transcurso de un solo día, la hermana se había convertido en su verdadera guardiana, guiándola a través de la confusión y encaminándola hacia la senda correcta. Evangeline no podía estar segura, pero le parecía que se habían formado lágrimas en los ojos de Gabriella.

—Ha sido una invocación brillante, amiga mía —le susurró mientras se inclinaba y besaba la frente de Celestine—. Sencillamente brillante.

Recordando a Philomena, Evangeline abrió la mano y le entregó la llave a su abuela.

—¿Dónde has encontrado esto? —preguntó Gabriella.

—La custodia —respondió Evangeline, señalando los trozos de cristal sobre el suelo—. Estaba dentro.

—Así que ahí era donde la guardaban —comentó Gabriella, dándole vueltas a la llave en la mano. Después, tras acercarse al tabernáculo, introdujo la llave en la cerradura y abrió la puerta. Dentro había un pequeña bolsa de cuero—. Aquí ya no tenemos nada más que hacer —concluyó. Le indicó con un gesto a Evangeline que la siguiera y añadió—: Ven, tenemos que salir de aquí de inmediato. Aún no estamos fuera de peligro.

Convento de Saint Rose, Milton, Nueva York

Verlaine atravesó el patio del convento con los pies hundiéndose en la nieve. Sólo unos segundos antes, el recinto estaba a punto de sucumbir al ataque. Los muros del convento estaban envueltos por las llamas, el patio repleto de criaturas malvadas y beligerantes. Y entonces, para su absoluto desconcierto, la batalla había terminado abruptamente. En un instante, el fuego había desaparecido, dejando tras de sí ladrillos chamuscados, metal al rojo vivo y el olor acre del carbón. Las criaturas se habían desplomado en el suelo como si las hubiera alcanzado una corriente eléctrica, dejando montones de cuerpos maltrechos sobre la nieve. Verlaine observó el patio en silencio, los últimos restos de humo se dispersaban en el cielo de la tarde.

Se acercó a uno de los cuerpos y se agachó delante de él. Había algo extraño en el aspecto de la criatura: no sólo había desaparecido la luminosidad, sino que había cambiado toda su materialidad. En la muerte, la piel se había cubierto de imperfecciones: pecas, lunares, arañazos, zonas de vello negro. El blanco transparente de las uñas se había oscurecido, y cuando Verlaine puso el cuerpo boca abajo, descubrió que las alas habían desaparecido por completo, dejando un rastro de polvo rojo. En vida, las criaturas eran medio hombres, medio ángeles. En la muerte, parecían totalmente humanas.

Verlaine desvió su atención del cuerpo al oír voces en el

extremo más alejado de la iglesia. Las hermanas del convento de Saint Rose salían al patio y empezaban a arrastrar los cuerpos de los gibborim hasta la orilla del río. Verlaine buscó a Gabriella entre ellas, pero no consiguió verla. Había docenas de monjas, todas ellas vestidas con pesados abrigos y botas. Las mujeres mostraban una gran determinación ante tan desagradable tarea, organizándose en pequeños grupos y emprendiendo la labor más acuciante sin titubear. Como los cuerpos eran grandes y pesados, era necesario el esfuerzo de cuatro hermanas para transportar a cada criatura. Arrastraron poco a poco los cadáveres por el patio hasta la orilla del Hudson, formando un camino de nieve aplastada que acabó convirtiéndose en hielo. Después de apilar las criaturas una encima de la otra bajo las ramas de un abedul, las empujaron al río. Los cuerpos se hundieron bajo la superficie reflectante como si estuvieran lastrados con plomo.

Mientras las religiosas trabajaban, Gabriella salió de la iglesia con una mujer joven, las caras de ambas ennegrecidas por el humo. Verlaine reconoció en ella los rasgos de Gabriella: la forma de la nariz, la punta de la barbilla, los pómulos prominentes. Era Evangeline.

—Vamos —le ordenó Gabriella a Verlaine apretando una maleta de piel marrón bajo el brazo—. No tenemos tiempo que perder.

—Pero el Porsche sólo tiene dos asientos —señaló él, dándose cuenta del problema a medida que hablaba.

Gabriella se detuvo en seco, como si su incapacidad de prever el dilema que se le presentaba la irritase más de lo que habría querido demostrar.

—¿Hay algún problema? —preguntó Evangeline, y Verlaine se sintió atraído por la cualidad musical de su voz, la serenidad de sus gestos, la sombra fantasmal de Gabriella en sus rasgos.

—Nuestro coche es bastante pequeño —respondió él, preguntándose qué debía de estar pensando Evangeline.

La joven lo miró durante un instante demasiado largo, como si quisiera verificar que era el mismo hombre que había conocido el día anterior. Cuando sonrió, Verlaine supo que no se había equivocado. Algo se había establecido entre ambos.

—Seguidme —ordenó Evangeline, dándose media vuelta y alejándose con rapidez. Atravesó el patio con agilidad y determinación, hundiendo en la nieve sus pequeños zapatos negros. Y Verlaine supo entonces que la habría seguido allá donde ella hubiese querido ir.

Agachándose entre dos de las furgonetas, Evangeline los condujo por un sendero helado y a través de la puerta lateral de un garaje de ladrillo. En el interior, el aire estaba libre del denso olor del fuego. Cogió un juego de llaves que colgaban de un gancho y las agitó en el aire.

—Subid —les indicó señalando un turismo marrón de cuatro puertas—. Yo conduciré.

EL CORO CELESTIAL

Al poco, el ángel empezó a cantar, su voz subiendo y bajando con la lira. Como si de un pie para esa progresión se tratara, los demás se unieron en coro, cada voz elevándose para crear la música del cielo, una confluencia digna de la congregación descrita por Daniel, diez mil veces diez mil ángeles.

Notas sobre la primera expedición angelológica,
por el venerable padre CLEMATIS DE TRACIA.
Traducidas por el doctor Raphael Valko

Ático de los Grigori, Upper East Side, Nueva York
24 de diciembre de 1999, 12.41 horas

Percival estaba de pie en el dormitorio de su madre, un espacio abierto y escrupulosamente blanco situado en la misma cúspide del ático. Una pared de cristal ofrecía una panorámica de la ciudad, una vista gris de edificios coronados por el cielo azul. El sol de la tarde se deslizaba sobre una serie de grabados de Gustave Doré en la pared opuesta, regalos que el padre de Percival había hecho a Sneja muchos años antes. Los grabados representaban legiones de ángeles disfrutando de la luz del sol, gradas y más gradas de mensajeros alados reunidos en círculos, imágenes magnificadas por el marco etéreo de la habitación. En su momento, Percival se había sentido unido a los ángeles de las imágenes; en cambio, en su situación actual, apenas podía mirarlos.

Sneja estaba tendida en la cama, durmiendo. En su placidez —las alas plegadas convertidas en una suave película sobre su espalda—, parecía una niña inocente y bien alimentada. Percival colocó la mano sobre su hombro y, cuando pronunció su nombre, ella abrió los ojos y los clavó en los suyos. El aura de paz que la envolvía momentos antes desapareció repentinamente. Se sentó en la cama, desplegó sus alas y las dispuso alrededor de los hombros. Estaban cuidadas con pulcritud, las capas de plumas de colores dispuestas en un orden meticuloso, como si hubiera ordenado que se las limpiasen antes de acostarse.

—¿Qué quieres? —preguntó mirando a Percival de arriba abajo, como si tratara de entender a fondo su apariencia decepcionante—. ¿Qué ha ocurrido? Tienes un aspecto horrible.

—Tengo que hablar contigo —respondió él, intentando mantener la calma.

Sneja bajó los pies de la cama, se levantó y se acercó a la ventana. Era temprano por la tarde. En la luz evanescente, sus alas parecían brillar como el nácar.

—Creo que era obvio que estaba durmiendo la siesta.

—No te molestaría si no fuera urgente —replicó Percival.

—¿Dónde está Otterley? —preguntó Sneja, mirando por encima del hombro de su hijo—. ¿Ha regresado de la operación de recuperación? Estoy ansiosa por escuchar los detalles. Hacía mucho tiempo que no utilizábamos a los gibborim. —Miró a Percival y él se dio cuenta de repente de lo preocupada que estaba—. Debería haber ido yo personalmente —afirmó con los ojos brillantes—. Las llamas de los fuegos, el batir de las alas, los gritos de los desprevenidos: como en los viejos tiempos.

Él se mordió el labio, inseguro de cómo debía responder.

—Tu padre acaba de llegar de Londres —le informó Sneja envolviéndose en un largo kimono de seda; sus alas, sanas e inmateriales como habían sido en su momento las de Percival, se deslizaron sin esfuerzo a través de la tela—. Ven, lo abordaremos durante su almuerzo.

Percival acompañó a su madre hasta el comedor, donde el señor Percival Grigori II, un nefilim de estatura mediana que rondaba los cuatrocientos años y que guardaba un sorprendente parecido con su hijo, estaba sentado a la mesa. Se había quitado la chaqueta y había permitido que sus alas surgieran a través de la espalda de su jersey de pico. En su época de estudiante problemático, Percival se había encontrado a menudo a su padre esperándolo en su estudio, sus alas crispadas igual que ahora. El señor Grigori era un hombre estricto, de mal carácter, frío e implacablemente agresivo, cuyas alas se hacían eco de su temperamento: eran unos apéndices austeros y estrechos con plumas plateadas sin brillo, del mismo color que las escamas de un pez, a las que les faltaban el grosor y la envergadura adecuados. De hecho, las alas de su padre eran exactamente lo opuesto a las de Sneja. A Percival le pareció apropiado que sus aspectos físicos fueran tan distintos. Sus padres no vivían juntos desde hacía casi un siglo.

El señor Grigori daba golpecitos a la superficie de la mesa con una pluma estilográfica Meisterstück de antes de la segunda guerra mundial, otra señal de impaciencia e irritación que Percival reconocía de su infancia.

—¿Dónde has estado? —inquirió, mirándolo—. Llevamos todo el día esperándote.

Sneja se acomodó las alas a su alrededor y se sentó a la mesa.

—Sí, querido, cuéntanos —dijo volviéndose hacia Percival—, ¿qué novedades tienes del convento?

Percival se dejó caer en una silla a la cabecera de la mesa, dejó el bastón a su lado y tomó una bocanada de aire profunda y laboriosa. Las manos le temblaban. Sentía a la vez frío y calor, y tenía la ropa empapada en sudor. Cada bocanada de aire le escaldaba los pulmones, como si el aire avivara un fuego de astillas. Se estaba asfixiando lentamente.

—Tranquilízate, hijo —le recomendó el señor Grigori, dedicándole una mirada de desprecio.

—Está enfermo —intervino Sneja, depositando su mano regordeta sobre el brazo de su hijo—. Tómate tu tiempo, querido. Explícanos qué te ha llevado a semejante estado.

Percival percibió la decepción de su padre y la creciente impotencia de su madre. No sabía cómo iba a reunir las fuerzas para hablar del desastre que se había cernido sobre ellos. Sneja había ignorado sus llamadas durante toda la mañana. Durante el solitario viaje de regreso a la ciudad había insistido sin descanso, pero ella se había negado a descolgar. Habría preferido darle la noticia por teléfono.

—La misión no ha tenido éxito —dijo Percival finalmente.

Sneja se quedó petrificada, comprendiendo por el tono de la voz de su hijo que había más malas noticias.

—Pero ¡eso es imposible! —exclamó.

—Acabo de llegar del convento —informó él—. Lo he visto con mis propios ojos. Hemos sufrido una derrota terrible.

—¿Qué ha pasado con los gibborim? —preguntó el señor Grigori.

—Han desaparecido —respondió Percival.

—¿Se han retirado? —preguntó Sneja.

—Están muertos —contestó él.

—Imposible —replicó su padre—. Enviamos casi un centenar de nuestros guerreros más fuertes.

—Cada uno de ellos fue derribado —informó Percival—. Murieron al instante. Pasé por allí poco después y pude ver sus cuerpos. No ha quedado con vida ni un solo gibborim.

—Esto es inaudito —exclamó el señor Grigori—. En toda mi vida no he presenciado una derrota semejante.

—Fue una derrota antinatural —comentó Percival.

—¿Quieres decir que hubo una invocación? —preguntó Sneja, incrédula.

Percival entrelazó las manos sobre la mesa, aliviado de que hubieran dejado de temblar.

—Nunca lo hubiera creído posible. No quedan muchos angelólogos vivos que hayan sido iniciados en el arte de la invocación, menos aún en Estados Unidos, donde no cuentan con maestros. Sin embargo, es la única explicación para una destrucción tan completa.

—¿Qué dice Otterley de todo esto? —preguntó Sneja, retirando la silla y poniéndose en pie—. Seguramente ella no creerá que tengan la fuerza para realizar una invocación. Esa práctica está casi extinta.

—Madre —respondió Percival con la voz tensa por la emoción—, perdimos a todo el mundo en el ataque.

Sneja miró a su hijo y luego a su marido, como si sólo su reacción pudiera hacer que las palabras de Percival fueran ciertas.

La voz de Percival titubeó de vergüenza y desesperación cuando continuó:

—Me encontraba a cierta distancia del convento cuando ocurrió el ataque, pero pude ver el terrible remolino de ángeles. Descendieron sobre los gibborim. Otterley se encontraba entre ellos.

—¿Viste su cuerpo? —inquirió Sneja caminando de un extremo al otro de la habitación. Sus alas se habían plegado con fuerza contra su cuerpo, una reacción física involuntaria—. ¿Estás seguro?

—No hay duda —respondió Percival—. Vi cómo los humanos se deshacían de los cuerpos.

—¿Y qué hay del tesoro? —preguntó Sneja, frenética—. ¿Qué hay de tu fiel empleado? ¿Qué hay de Gabriella Lévi-Franche Valko? Dime que has ganado algo con nuestras pérdidas...

—Cuando llegué ya se habían ido. El Porsche de Gabriella estaba abandonado en el convento. Cogieron lo que habían ido a buscar y se fueron. Ya está hecho, no queda esperanza.

—Deja que haga un resumen —propuso el señor Grigori. Aunque Percival sabía que su padre adoraba a Otterley y que debía de estar desesperado, hablaba con la gélida calma que tanto lo asustaba en su infancia—. Permitiste que tu hermana se enfrentara sola al ataque. Después dejaste que escaparan los angelólogos que la habían asesinado, perdiendo así la oportunidad de recuperar el tesoro que buscamos desde hace un millar de años, ¿y crees que has acabado?

Percival miró a su padre con odio y anhelo al mismo tiempo. ¿Cómo era posible que no hubiera perdido el vigor con la edad y que él, que debería estar en el cenit de su fuerza, se encontrara tan debilitado?

—Vas a perseguirlos —le ordenó el señor Grigori irguiéndose en toda su estatura, sus alas plateadas desplegadas alrededor de sus hombros—. Los encontrarás y recuperarás el instrumento. Y me mantendrás informado de los progresos de la cacería. Haremos todo lo que sea necesario para conseguir la victoria.

Upper West Side, Nueva York

Evangeline entró en la calle Setenta y nueve Oeste, circulando despacio detrás de un autobús urbano. Al detenerse en un semáforo en rojo, contempló el paisaje de Broadway con los ojos entornados mientras sentía una oleada de reconocimiento. Había pasado muchos fines de semana paseando por esas calles con su padre; solían desayunar en alguna de las cafeterías abarrotadas que se sucedían a lo largo de las avenidas. El caos de la gente abriéndose paso entre la nieve pisoteada y sucia, la marabunta de edificios, el movimiento incesante del tráfico en todas direcciones: la ciudad de Nueva York le resultaba profundamente familiar a pesar de los años que llevaba fuera.

Gabriella vivía sólo a unas manzanas. Aunque Evangeline no había estado en el apartamento de su abuela desde que era pequeña, lo tenía muy presente: la fachada desvaída de ladrillo de color marrón, la elegante verja de metal forjado, la vista parcial del parque. Antes solía recordar esas imágenes con detenimiento; sin embargo, en ese momento la avasallaban los pensamientos sobre Saint Rose. Por mucho que se esforzaba, no podía apartar de su mente cómo la habían mirado las hermanas cuando abandonaba la iglesia, como si el ataque fuera de alguna manera culpa suya; el miembro más joven de su comunidad había llamado a los gibborim contra ellas, decían sus ojos. Evangeline no apartó la mirada del camino mientras se alejaba. Fue todo cuanto pudo hacer para llegar al garaje sin mirar atrás.

Al final había obrado en contra de sus instintos y había mirado el retrovisor. Vio la nieve cubierta de hollín y las hermanas ceñudas reunidas a la orilla del río. El convento parecía un castillo en ruinas, y el jardín estaba cubierto de las cenizas del incendio. Ella también había cambiado. En cuestión de minutos se había deshecho de su papel de hermana Evangeline, hermana franciscana de la Adoración Perpetua, y se había convertido en Evangeline Angelina Cacciatore, angelóloga. Mientras se alejaban del convento con los abedules alzándose a ambos lados del coche como pilares de mármol, creyó ver la sombra de un ángel de fuego brillando en la distancia, animándola a seguir adelante.

En el trayecto hasta la ciudad de Nueva York, Verlaine había ocupado el asiento del copiloto, ya que Gabriella había insistido en viajar detrás, donde había extraído el contenido de la maleta de piel y lo había examinado. Quizá el silencio impuesto a Evangeline en Saint Rose había llegado a resultarle pesado, porque durante el viaje había hablado largo y tendido con Verlaine sobre su vida, el convento e incluso, para su sorpresa, sobre sus padres. Le habló de su infancia en Nueva York, de cómo la marcaron los paseos con su padre por el puente de Brooklyn. Le contó que el famoso camino que cubría toda la extensión del puente había sido el único sitio en el que había sentido una felicidad despreocupada y pura, razón por la cual seguía siendo su lugar preferido. Verlaine le formulaba cada vez más preguntas, al tiempo que ella se sorprendía por lo rápida y abiertamente que contestaba a cada una de ellas, como si lo conociera desde siempre. Hacía mucho que no había hablado con nadie como él: atractivo, inteligente, interesado en los detalles. De hecho, habían pasado años desde que había sentido algo por alguien del sexo opuesto. Sus ideas sobre los hombres le parecieron, de repente, infantiles y superficiales. Seguramente su comportamiento le resultaría cómicamente ingenuo.

Después de que Evangeline encontró una plaza de aparcamiento, Verlaine y ella siguieron a Gabriella hacia el edificio de ladrillo. La calle estaba extrañamente vacía. La nieve cubría las aceras; los coches aparcados estaban cubiertos de una fina capa de hielo. No obstante, las ventanas del apartamento de Gabriella brillaban. Evangeline detectó movimiento al otro lado del cristal, como si un grupo de amigos esperasen su llegada. Imaginó el *Times* extendido por secciones sobre mullidas alfombras orientales, tazas de té manteniendo el equilibrio al borde de las mesas, chimeneas encendidas: ésos habían sido los domingos de su infancia, las tardes que había pasado al cuidado de su abuela. Por supuesto, eran recuerdos infantiles, plagados de nostalgia y romanticismo. Ahora no tenía ni idea de lo que le esperaba.

Al llegar frente a la puerta principal, alguien retiró el pestillo desde dentro, hizo girar un pomo de bronce y abrió. Un hombre con apariencia de oso y de cabello oscuro, que llevaba una sudadera con capucha y barba de dos días, apareció ante ellos. Evangeline no lo había visto nunca, pero daba la impresión de que Gabriella lo conocía íntimamente.

—Bruno —saludó, abrazándolo con calidez, un gesto de intimidad poco habitual en ella. El hombre rondaría los cincuenta años. Evangeline lo examinó más de cerca, preguntándose si, a pesar de la diferencia de edad, su abuela se podría haber vuelto a casar—. Gracias a Dios que estás aquí —dijo Gabriella.

—Por supuesto que estoy aquí —respondió él, también aliviado de verla—. Los miembros del consejo te están esperando.

Volviéndose hacia Evangeline y Verlaine, que se habían quedado en el umbral, Bruno sonrió y les indicó con un gesto que lo siguieran a través del vestíbulo de entrada. El aroma del hogar de Gabriella —sus libros y sus muebles antiguos pulidos— les dio la bienvenida al instante, y Evangeline sintió que su ansiedad se disipaba con cada paso que daba en la casa. Las estanterías repletas de libros, las paredes cubiertas de retratos enmarcados de angelólogos famosos, el aire de seriedad que reinaba en las estancias como si de niebla se tratara, todo en la casa estaba exactamente como ella lo recordaba.

Quitándose el abrigo, de repente se vio en el espejo del recibidor. La persona que se encontraba delante de ella la sorprendió. Unas profundas ojeras le enmarcaban los ojos, y su piel estaba manchada de humo. Nunca había tenido una apariencia tan gris, tan apagada, tan fuera de lugar como en ese momento, en contraposición a la refinadísima vida de su abuela. Verlaine se colocó detrás de ella y le puso la mano en el hombro, un gesto que el día anterior la habría llenado de terror y confusión. Ahora lamentó que la retirara un momento después.

A la luz de todo lo ocurrido, le pareció casi inaceptable que sus pensamientos se desviaran hacia él. Verlaine sólo se hallaba a unos centímetros de ella, y cuando le miró a los ojos a través del espejo deseó que estuviera más cerca. Quería comprender mejor los sentimientos de Verlaine. Quería que él dijera algo para asegurarle que sentía el mismo intenso placer cuando sus miradas se encontraban.

Evangeline fijó de nuevo la atención en su propio reflejo, dándose cuenta al hacerlo de lo ridícula que la hacía su alboroto interior. Verlaine debía de pensar que era una tonta con su ropa negra y adusta y sus zapatos con suelas de goma. Su forma de ser había sido moldeada en el convento.

—Debe de estar preguntándose cómo ha llegado hasta aquí —comentó Evangeline, tratando de adivinar sus pensamientos—. Se ha visto envuelto en todo esto por accidente.

—Sin duda, tengo que admitir —respondió él, ruborizándose— que han sido unas Navidades sorprendentes. Pero si Gabriella no me hubiera encontrado y no me hubiera visto envuelto en todo esto, no la habría vuelto a ver.

—Quizá habría sido lo mejor.

—Su abuela me habló un poco de usted. Sé que las cosas no son siempre lo que parecen. Sé que ingresó en Saint Rose como una medida de precaución.

—Fui allí por más que eso —dijo Evangeline, dándose cuenta de lo complejas que habían sido sus motivaciones para quedarse en el convento y cuán difícil sería explicárselas a Verlaine.

—¿Regresará? —preguntó él, expectante, como si su respuesta le importase sobremanera.

Ella se mordió el labio, ardiendo en deseos de poder decirle lo compleja que le parecía la pregunta.

—No —respondió al fin—. Nunca.

Verlaine, a su espalda, se inclinó hacia ella y la cogió de la mano. Su abuela, el trabajo que tenían entre manos..., todo se disolvió en su presencia. Entonces él la alejó del espejo y la condujo hasta el comedor, donde esperaban los demás.

Algo se estaba preparando en la cocina: el sabroso aroma de carne y tomates invadía la habitación. Bruno hizo un gesto en dirección a la mesa, dispuesta con servilletas de lino y la vajilla de Gabriella.

—Debéis almorzar —sugirió Bruno.

—Realmente, no creo que haya tiempo para esto —replicó Gabriella, mirando a su alrededor—. ¿Dónde están los demás?

—Sentaos —ordenó Bruno señalando las sillas—. Tenéis que comer algo. —Retiró una silla y esperó hasta que Gabriella se hubo sentado en ella—. Sólo os llevará un minuto —y tras decir eso desapareció en la cocina.

Evangeline se sentó junto a Verlaine. Las copas de cristal relucían bajo la débil luz. Una jarra de agua, con rodajas de limón flotando en la superficie, ocupaba el centro de la mesa. La joven sirvió un vaso y se lo pasó a Verlaine, su mano rozando la de él y enviándole una descarga que la recorrió de pies a cabeza. Al encontrarse con sus ojos, a Evangeline la sorprendió que lo hubiera conocido el día anterior. Con qué rapidez se alejaba su etapa en Saint Rose, dejándola con la sensación de que su antigua vida había sido poco menos que un sueño.

Bruno no tardó en regresar con una gran olla humeante de chile. La idea de comer no había cruzado la mente de Evangeline en todo el día —se había acostumbrado al rugido de su estómago y al ligero mareo resultado de la constante falta de agua—, pero, en cuanto tuvo delante el plato, descubrió que estaba hambrienta. Revolvió el chile con una cuchara, enfriando las alubias, los tomates y los trozos de salchicha, y empezó a comer. Estaba picante y el calor que producía la golpeó de repente. En Saint Rose la dieta de las hermanas consistía en verduras, pan y carne sin sazonar. Lo más sabroso que había ingerido en los últimos años había sido un budín de ciruela que habían preparado para la celebración navideña anual. En un acto reflejo, Evangeline tosió, cubriéndose la boca con una servilleta mientras el calor se extendía por su cuerpo.

Verlaine dio un salto y le sirvió un vaso de agua.

—Beba esto —le aconsejó.

Ella bebió el agua, sintiéndose como una estúpida.

—Gracias —le dijo cuando se le hubo pasado el ataque—. Hacía mucho tiempo que no comía nada igual.

—Te hará bien —comentó Gabriella, valorándola—. Parece que no hayas comido en meses. En realidad —añadió, levantándose y dejando la comida sin terminar—, creo que será mejor que te asees un poco. Seguro que tengo algo de ropa que te quedará bien.

Su abuela la condujo al cuarto de baño, al otro lado del recibidor, donde le ordenó que se quitase la falda de lana cubierta de hollín y se desprendiese de la blusa que apestaba a humo. A continuación, Gabriella recogió la ropa sucia, la tiró al cubo de la basura y le entregó a su nieta jabón y toallas limpias para que pudiera lavarse. Le dio un par de vaqueros y un suéter de lana de cachemira, todo le quedaba a la perfección, confirmando que su abuela y ella tenían exactamente la misma altura y el mismo peso. Después de que Evangeline se duchara, Gabriella contempló su aspecto con una aprobación obvia por la transformación de su nieta en una persona totalmente nueva. A su regreso en el comedor, Verlaine se quedó mirándola maravillado, como si no estuviera seguro de que fuera la misma persona.

Cuando acabaron de comer, Bruno los condujo hacia la estrecha escalera de madera. El corazón de Evangeline se aceleró ante la idea de lo que les aguardaba. En el pasado, sus encuentros con angelólogos siempre habían ocurrido por accidente, reuniones informales de su padre o su abuela, encuentros indirectos y fugaces que no le permitían estar del todo segura de que hubiera ocurrido algo inusual. Sus breves vistazos al mundo de su madre siempre le habían despertado curiosidad y temor a partes iguales. En verdad, la perspectiva de encontrarse cara a cara con los miembros del consejo angelológico la aterrorizaba. Sin duda le preguntarían por lo que había sucedido esa mañana en Saint Rose. Estaba convencida de que las acciones de Celestine serían para ellos objeto de una profunda fascinación, y Evangeline no sabía cómo respondería a ese interrogatorio.

Tal vez presintiendo su angustia, Verlaine rozó sus dedos contra la mano de Evangeline, un gesto de consuelo y cuidado que envió de nuevo una corriente eléctrica por todo su cuerpo. Se volvió y le miró a los ojos. Eran de color castaño oscuro, casi negros, y muy expresivos. ¿Notaría él cómo reaccionaba ella cuando él la miraba? ¿Se había dado cuenta en la escalera de que había perdido la capacidad de respirar cuando él la había tocado? Evangeline apenas sentía su propio cuerpo mientras subía los escalones que faltaban detrás de su abuela.

En lo alto de la escalera entraron en una habitación que siempre había permanecido cerrada durante las visitas de infancia de Evangeline: recordaba los grabados en la pesada puerta de madera, el gran pomo de bronce, el ojo de la cerradura por el que había intentado espiar. En el pasado, mirando a través de la cerradura, sólo había visto retazos de cielo. Ahora comprendió que la habitación estaba repleta de estrechas ventanas. El cristal abría el espacio a la luz cenicienta y púrpura de la oscuridad que se acercaba. Jamás habría sospechado que le ocultaran un lugar semejante.

Entró en la estancia, desconcertada. Las paredes del estudio estaban cubiertas de pinturas de ángeles, figuras con halos brillantes ataviadas con relucientes ropajes, y con alas extendidas sobre arpas y flautas. Vio estanterías atiborradas de libros, un antiguo secreter y una selección de sillones y sofás ricamente tapizados. A pesar de la majestuosidad de los muebles, la habitación tenía un aspecto decadente: la pintura estaba desconchada en las volutas del techo, los bordes del enorme radiador se habían oxidado. Evangeline recordaba la escasez de fondos que su abuela —y de hecho todos los angelólogos— habían sufrido en los últimos años.

En el extremo más alejado de la habitación divisó un conjunto de sillas antiguas y una mesa baja de mármol junto a la que esperaban los angelólogos. Evangeline reconoció de inmediato a algunos de ellos: los había conocido en compañía de su padre muchos años antes, aunque en aquel momento no sabía a qué se dedicaban.

Gabriella presentó a Evangeline y a Verlaine al consejo. Allí estaba Vladimir Ivanov, un anciano bien parecido, emigrado ruso, que formaba parte de la organización desde la década de 1930, después de huir de la persecución en la Unión Soviética; Michiko Saitou, una joven brillante que era la estratega y coordinadora angelológica internacional encargada de gestionar los asuntos financieros globales de la Sociedad Angelológica desde Tokio, y Bruno Bechstein, el hombre que habían conocido en la planta baja, un estudioso angelológico de mediana edad que había sido enviado a Nueva York desde sus oficinas en Tel Aviv.

De los tres, Vladimir era el que le resultaba más familiar a Evangeline, aunque había envejecido considerablemente desde la última vez que lo había visto. Su rostro estaba surcado de profundas arrugas y parecía más serio de lo que ella recordaba. La tarde que su padre la había dejado al cuidado de Vladimir, él había sido muy amable y ella le había desobedecido. Evangeline se preguntó qué lo habría tentado a volver a la línea de trabajo que en el pasado desaprobada con tanta firmeza.

Gabriella se acercó a los angelólogos y depositó la maleta de piel sobre la mesa.

—Bienvenidos, amigos. ¿Cuándo habéis llegado?

—Esta mañana —respondió Saitou-san—. Aunque nos habría gustado llegar antes.

—Vinimos en cuanto nos enteramos de lo que estaba ocurriendo —añadió Bruno.

Gabriella señaló tres butacas tapizadas, de brazos intrincadamente labrados y sin brillo, vacías.

—Sentaos. Debéis de estar exhaustos.

Evangeline se hundió en el suave cojín de un sofá, con Verlaine a su lado. Gabriella se sentó en el borde de un sillón, poniéndose la maleta en su regazo. Los angelólogos la miraron con una atención ávida.

—Bienvenida, Evangeline —saludó Vladimir con gravedad—. Han pasado muchos años, querida. —Señaló la maleta—. No podía imaginar que estas circunstancias nos volverían a reunir.

Gabriella giró la maleta de piel y accionó los cierres, abriéndolos con un chasquido. Evangeline comprobó que el contenido de la maleta seguía siendo exactamente el mismo: el diario angelológico, los sobres sellados que contenían la correspondencia de Abigail Rockefeller y la bolsa de cuero que habían sacado del tabernáculo.

—Éste es el diario de la doctora Seraphina Valko —explicó Gabriella sacándolo de la maleta—. Celestine y yo solíamos referirnos a él como el grimorio de Seraphina, un término que sólo en parte usábamos en broma. Está lleno de trabajos, hechizos, secretos y fantasías de angelólogos del pasado.

—Creía que se había perdido —comentó Saitou-san.

—No, sólo estaba bien escondido —respondió Gabriella—. Yo lo traje a Estados Unidos. Evangeline lo ha tenido consigo todo este tiempo en el convento de Saint Rose, seguro y a salvo.

—Bien hecho —alabó Bruno, cogiéndolo de manos de Gabriella. Mientras lo sopesaba, le guiñó un ojo a Evangeline, gesto que ella correspondió con una sonrisa.

—Dinos —preguntó Vladimir, mirando la maleta de piel—, ¿qué otros descubrimientos has hecho?

A continuación, Gabriella sacó la bolsa de cuero y desató con cuidado el cordón que la ceñía. En su interior descansaba un objeto metálico muy peculiar, no se parecía a nada que Evangeline hubiera visto antes. Era tan pequeño como el ala de una mariposa y estaba hecho de un fino metal martillado que brilló entre los dedos de su abuela. Parecía delicado, pero cuando Gabriella permitió a Evangeline que lo sostuviera, se sorprendió al ver que era rígido.

—¡El plectro de la lira! —exclamó Bruno—. Qué gran idea separarlo del instrumento.

—Si recordáis —explicó Gabriella—, el venerable Clematis separó el plectro del cuerpo de la lira durante la primera expedición angelológica. Fue enviado a París, donde estuvo en poder de los angelólogos europeos hasta principios del siglo XIX, cuando la madre Francesca lo trajo a Estados Unidos para protegerlo.

—Y construyó la capilla de la Adoración a su alrededor —intervino Verlaine—. Lo que explicaría sus elaborados dibujos arquitectónicos.

Vladimir parecía incapaz de apartar los ojos del objeto.

—¿Puedo? —preguntó por fin. Cogió con delicadeza el plectro que le entregaba Evangeline y lo sostuvo en la mano—. Es maravilloso —comentó. Evangeline se sintió conmovida al presenciar con qué cuidado el hombre pasaba el dedo sobre el metal, como si estuviera leyendo braille—. Increíblemente maravilloso.

—Es más —añadió Gabriella—, está forjado en valkina pura.

—Pero ¿cómo se ha guardado en el convento durante todo este tiempo? —preguntó Verlaine.

—En la capilla de la Adoración —contestó ella—. Evangeline puede ser más precisa que yo porque ha sido ella quien lo ha descubierto.

—Estaba escondido en el tabernáculo —explicó Evangeline—. El tabernáculo estaba cerrado, y la llave estaba escondida en la custodia encima del mismo. No estoy del todo segura acerca de cómo llegó allí la llave, pero parece que estaba en un lugar muy seguro.

—Brillante —confirmó su abuela—. Tiene su lógica guardarlo en la capilla.

—¿Por qué? —preguntó Bruno.

—La capilla es el lugar de la adoración perpetua de las hermanas —explicó Gabriella—. ¿Conoces el ritual?

—Dos hermanas rezan delante de la Sagrada Forma —respondió Vladimir, pensativo—. Cada hora son reemplazadas por otras dos. ¿Correcto?

—Exactamente así —contestó Evangeline.

—¿Están atentas durante la adoración? —preguntó Gabriella, volviéndose hacia su nieta.

—Por supuesto —respondió ella—. Es un momento de concentración extrema.

—¿Y en qué se focaliza toda esa concentración?

—En la Hostia.

—¿Y dónde se encuentra?

—Claro —contestó Evangeline, siguiendo la línea de pensamiento de su abuela—, las hermanas dirigen toda su atención a la Hostia, que se guarda en la custodia situada encima del altar y en el tabernáculo. Como el plectro estaba escondido dentro, sin ser conscientes de ello, las hermanas vigilaban el instrumento mientras rezaban. La adoración perpetua era un elaborado sistema de seguridad.

—Exacto —confirmó Gabriella—. La madre Francesca descubrió un ingenioso modo de vigilar el plectro las veinticuatro horas del día, siete días a la semana. En realidad, no había manera de que pudiera ser descubierto, ni mucho menos robado, con unas vigilantes que estaban siempre presentes y atentas.

—Excepto durante el ataque de 1944 —intervino Evangeline—. La madre Innocenta fue asesinada de camino a la capilla. Los gibborim la mataron antes de que pudiera llegar allí.

—Es extraordinario —comentó Verlaine—. Durante cientos de años las hermanas han estado representando una farsa muy elaborada.

—No creo que pensaran en ello como en una farsa —lo corrigió Evangeline—. Simplemente cumplían con dos deberes a la vez: rezar y proteger. Ninguna de nosotras sabía lo que había realmente dentro del tabernáculo. Yo no tenía ni idea de que en la adoración diaria hubiera algo más que plegarias.

Vladimir golpeó el metal con la punta de los dedos.

—El sonido debe de ser extraordinario —comentó—. Durante medio siglo he intentado imaginar el tono exacto de la cítara al tañerla con el plectro.

—Sería un gran error comprobarlo —señaló Gabriella—. Sabes tan bien como yo lo que puede pasar si alguien la toca.

—¿Qué podría pasar? —preguntó Vladimir, aunque era evidente que conocía la respuesta a su pregunta.

—La lira fue confeccionada por un ángel —respondió Bruno—. En consecuencia, produce un sonido celestial, que es a un tiempo maravilloso y destructivo, y que tiene ramificaciones extraterrenas, algunos dirían incluso que profanas.

—Bien dicho —exclamó Vladimir, sonriendo a Bruno.

—Estoy citando tu obra magna, doctor Ivanov —replicó Bruno.

Gabriella encendió un cigarrillo.

—Vladimir sabe muy bien que no se puede anticipar lo que podría ocurrir —dijo a continuación—. Sólo son teorías, la mayor parte de las cuales son suyas. El instrumento propiamente dicho no ha sido estudiado con detenimiento. Nunca lo hemos tenido el tiempo suficiente en nuestro poder para hacerlo, pero sabemos por el relato de Clematis, y por las notas de campo tomadas por Seraphina Valko y Celestine Clochette, que la lira ejerce una fuerza seductora sobre todos los que entran en contacto con ella. Eso es lo que la hace tan peligrosa: incluso los que tienen las mejores intenciones se ven tentados de tocarla. Y las repercusiones de su música pueden ser mucho más devastadoras que cualquier cosa que podamos imaginar.

—Con el tañido de una cuerda, el mundo tal como lo conocemos podría desaparecer —recalcó Vladimir.

—Se podría transformar en el infierno —añadió Bruno—, o en el paraíso. El mito dice que Orfeo descubrió la lira durante su viaje al averno, y que la tocó. La música propició una nueva era en la historia humana: el aprendizaje y la agricultura florecieron, las artes se convirtieron en el principal sostén de la vida humana. Ésa es una de las razones por las que Orfeo es tan venerado. Y ése fue un ejemplo de los beneficios de la lira.

—Y ésa es una muestra extraordinariamente peligrosa de pensamiento romántico —replicó Gabriella con dureza—. Se sabe que la música de la lira es destructiva. Sueños utópicos como ésos nos conducirán a la aniquilación.

—Vamos —dijo Vladimir, señalando el objeto sobre la mesa—, tenemos aquí una parte de la lira, delante de nosotros, esperando a que la estudiemos.

Todos los ojos se dirigieron al plectro. Evangeline se maravilló ante su poder, su encanto, la tentación y el deseo que inspiraba.

—Algo que no entiendo —intervino— es qué pretendían conseguir los guardianes al tocar la lira. ¿Cómo podría haberlos salvado eso?

—Al final del relato del Venerable Clematis —respondió Vladimir—, aparecía escrito de su puño y letra el salmo 150.

—La música de los ángeles —susurró Evangeline, reconociendo el salmo al instante. Era uno de sus favoritos.

—Sí —confirmó Saitou-san—. Eso es: la música de alabanza.

—Es muy posible —añadió Bruno— que los guardianes estuvieran intentando reconciliarse con su Creador cantando Sus alabanzas. El salmo 150 ofrece consejos para todos aquellos que quieran ganarse el favor celestial. Si su intento hubiera tenido éxito, los ángeles encarcelados habrían sido reincorporados a la hueste celestial. Quizá sus esfuerzos se dirigían a su propia salvación.

—Tal vez —replicó Saitou-san—. Pero también es posible que estuviesen intentando destruir el universo del que habían sido expulsados.

—Un objetivo —añadió Gabriella al tiempo que apagaba el cigarrillo— en el que obviamente han fracasado. Vamos, sigamos adelante con el propósito de esta reunión —concluyó, claramente irritada—. Durante las últimas décadas, todos los instrumentos celestiales en nuestro poder han sido robados de nuestros lugares seguros en Europa. Suponemos que están en manos de los nefilim.

—Algunos creen que semejante sinfonía podría liberar a los guardianes —comentó Vladimir.

—Pero todos los que hayan leído sobre el tema estarán de acuerdo en que los nefilim no se preocupan en lo más mínimo por los guardianes —replicó Gabriella—. Es más, antes de que Clematis fuera a la gruta, los guardianes tocaban la lira con la esperanza de atraer a los nefilim para que los ayudasen. Tampoco en eso tuvieron éxito. No, los nefilim están interesados en los instrumentos por razones puramente egoístas.

—Quieren curarse a sí mismos y a su raza —añadió Bruno—. Quieren fortalecerse para seguir esclavizando a la humanidad.

—Y están demasiado cerca de descubrir el paradero de la lira como para que no pasasen a la acción —remachó Gabriella—. Creo que se han apoderado de los demás instrumentos celestiales para protegerse de nosotros. Sin embargo, desean la lira por una razón diferente. Están tratando de recuperar un estado de perfección que su raza no ha conocido en cientos de años. Aunque estábamos consternados, por así decirlo, por el silencio perpetuo de Abigail Rockefeller sobre su paradero, no nos preocupaba que la lira pudiera ser descubierta. Es evidente que esa situación ya ha expirado. Ahora los nefilim están de caza y tenemos que estar preparados.

—Después de todo, parece que la señora Rockefeller tenía en mente nuestros mejores intereses —comentó Evangeline.

—Era una aficionada —replicó Gabriella, desdeñosa—. Se interesó por los ángeles de la misma forma que sus amigas ricas se volcaban en los actos benéficos.

—Fue bueno que lo hiciera —intervino Vladimir—. ¿Cómo crees que recibimos un apoyo tan crucial durante la guerra, por no hablar de la financiación de nuestra expedición de 1943? Era una mujer devota que creía que las grandes fortunas debían utilizarse para grandes fines. —Vladimir se recostó en la butaca y cruzó las piernas.

—Lo que, para bien o para mal, resultó ser un callejón sin salida —murmuró Bruno.

—No necesariamente —repuso Gabriella, mirándolo. Devolvió el plectro a su bolsa de cuero y sacó un sobre gris de la maleta. En el anverso del sobre aparecían unas letras romanas dentro de un cuadrado. Si Celestine estaba en lo cierto, el sobre contenía las cartas Rockefeller. Gabriella lo dejó en la mesa ante los angelólogos—. Celestine Clochette le dio órdenes a Evangeline de traernos esto.

El interés de los angelólogos era palpable mientras contemplaban el símbolo estampado en el sobre. Su reacción encendió la curiosidad de Evangeline.

—¿Qué significa? —preguntó.

—Se trata de un sello angelológico, un cuadrado de Sator-Rotas —respondió Vladimir—. Este mismo sello se ha estampado en numerosos documentos durante cientos de años. Advierte de la importancia del mismo y verifica que ha sido enviado por uno de los nuestros.

Gabriella cruzó los brazos sobre el pecho, como si tuviera frío.

—Esta mañana —empezó—, he tenido la oportunidad de leer las cartas de Innocenta a Abigail Rockefeller. No me cabe ninguna duda de que Innocenta y la señora Rockefeller se estaban comunicando de manera encubierta sobre la localización de la lira, aunque ni Verlaine ni yo hemos sido capaces de descubrir cómo.

Evangeline lo observaba todo desde el borde del sofá, sentada la espalda completamente recta. Experimentó una extraña sensación de *déjà vu* cuando Vladimir cogió de manos de Verlaine el sobre gris con serena determinación. Cerró los ojos, susurró una serie de palabras incomprensibles —un hechizo o una oración, Evangeline no pudo discernir qué era— y lo abrió.

En el interior había una serie de sobres maltratados por el paso del tiempo de la longitud y la anchura de la mano extendida de Evangeline. Tras ajustarse las gafas, Vladimir se acercó las cartas a los ojos para ver con mayor claridad la escritura.

—Están dirigidas a la madre Innocenta —dijo, colocando los sobres en la mesa ante ellos.

Había cinco sobres que contenían cinco misivas, que contando con la que había hallado Evangeline y que añadió al resto de la correspondencia, sumaban una más de las que había escrito Innocenta. Evangeline se quedó mirándolas. En el anverso de cada sobre se podían ver las estampillas mataselladas: un sello rojo de dos centavos y uno verde de un centavo.

Tras coger una de las cartas y darle la vuelta, Evangeline vio el apellido de los Rockefeller impreso en el reverso junto con una dirección de remite en la calle Cincuenta y cuatro Oeste, a un kilómetro escaso de allí.

—Seguramente en estas cartas está la localización de la lira —comentó Saitou-san.

—No creo que podamos llegar a ninguna conclusión antes de leerlas —sugirió Evangeline.

Sin más dilación, Vladimir colocó cada uno de los sobres y las cinco pequeñas tarjetas sobre la mesa. La cartulina era gruesa y de un blanco cremoso, con los bordes ribeteados en oro. Tenían diseños idénticos impresos en el anverso: diosas griegas con coronas de laurel sobre las cabezas bailando en medio de un enjambre de querubines. Dos de los ángeles —querubines regordetes y parecidos a bebés con alas redondeadas de mariposa— sostenían liras en las manos.

—Éste es un motivo *art déco* clásico de la década de 1920 —explicó Verlaine, cogiendo una de las tarjetas y examinándola—. Las letras son de la misma fuente que utilizaba la revista *New Yorker* en su portada. Y la disposición simétrica de los ángeles también es clásica. Los dos querubines con sus liras son imágenes especulares, reflejo la una de la otra, un elemento esencial en el art déco. —Inclinándose sobre la tarjeta, de manera que el cabello le caía sobre los ojos, prosiguió—: Y ésta es sin duda la caligrafía de Abigail Rockefeller. He examinado muchas veces sus diarios y su correspondencia personal. No hay lugar a dudas.

Vladimir recogió las tarjetas y las leyó, sus ojos azules siguiendo las líneas. Después, con el aire de un hombre que ha sido paciente durante demasiados años, volvió a dejarlas sobre la mesa y se levantó.

—No dicen nada en absoluto —comentó—. Las primeras cinco tarjetas son tan sugerentes como una lista de la compra. La última está en blanco, excepto por un nombre: «Alistair Carroll, miembro del consejo de administración, Museo de Arte Moderno.»

—Tienen que proporcionar alguna información sobre la lira —dijo Saitou-san, cogiendo las tarjetas.

Vladimir miró a Gabriella durante un instante, como si estuviera valorando la posibilidad de que se le hubiera pasado algo por alto.

—Por favor —le pidió—. Léelas. Dime que estoy equivocado.

Gabriella leyó las tarjetas una a una y se las pasó luego a Verlaine, que las leyó con tal rapidez que Evangeline se preguntó cómo podía haber comprendido lo que decían.

Gabriella suspiró.

—En cuanto al tono y al contenido son exactamente iguales que las cartas de Innocenta.

—¿Y eso qué quiere decir? —preguntó Saitou-san.

—Quiere decir que hablan del tiempo, de actos de beneficencia, de almuerzos y de las supuestas contribuciones artísticas de Abigail Rockefeller a la recaudación de fondos navideña anual de las hermanas del convento de Saint Rose —respondió Gabriella—. No dan instrucciones directas para encontrar la lira.

—Hemos depositado todas nuestras esperanzas en Abigail Rockefeller —comentó Bruno—. ¿Qué pasará si estamos equivocados?

—Yo no me apresuraría a desdeñar el papel de la madre Innocenta en este intercambio —contestó Gabriella mirando a Verlaine—. Era conocida como una mujer muy sutil, y asimismo pudo haber persuadido a los demás en el arte de la sutileza.

Verlaine estaba sentado en silencio, examinando las tarjetas. Finalmente se puso en pie, sacó una carpeta de su bandolera y depositó cinco cartas en la mesa junto a las tarjetas.

—Éstas son las cartas de Innocenta —declaró, sonriendo

508

avergonzado a Evangeline, como si incluso ahora lo estuviera juzgando por robarlas del archivo Rockefeller. Luego dispuso las tarjetas de Abigail y las cartas de Innocenta unas al lado de las otras en orden cronológico. A continuación, rápidamente, retiró cuatro de las tarjetas de Abigail Rockefeller y, tras disponerlas delante él, estudió cada cubierta. Evangeline estaba desconcertada por las acciones de Verlaine, sensación que se acentuó aún más cuando él empezó a sonreír como si hubiera algo en las tarjetas que le resultase divertido. Finalmente, dijo—: Creo que la señora Rockefeller era aún más lista de lo que suponíamos.

—Lo siento —se disculpó Saitou-san, inclinándose sobre las tarjetas—, pero no logro comprender cómo estas cartas pueden significar nada.

—Deje que se lo demuestre —se ofreció Verlaine—. La respuesta está aquí, en las tarjetas. Ésta es la correspondencia en orden cronológico. Ante la ausencia de unas instrucciones directas sobre la ubicación de la lira, podemos suponer que el contenido de la mitad Rockefeller de la correspondencia es nulo, una especie de espacio en blanco sobre el que las respuestas de Innocenta proyectaban un significado. Como le señalé a Gabriella esta mañana, existe un modelo recurrente en las cartas de Innocenta. En cuatro de ellas comenta la naturaleza de algún tipo de diseño que Abigail Rockefeller había incluido en su correspondencia. Ahora veo —concluyó Verlaine, señalando las tarjetas de la señora Rockefeller extendidas en la mesa delante de él— que Innocenta estaba comentando específicamente estas cuatro muestras de papel de carta.

—Léanos los comentarios, Verlaine —pidió Gabriella.

Él cogió las cartas de Innocenta y leyó en voz alta los pasajes que alababan el gusto artístico de Abigail Rockefeller, repitiendo los fragmentos que le había leído esa mañana a Gabriella.

—Al principio creí que Innocenta se estaba refiriendo a dibujos, quizá incluso a obras de arte originales incluidas en las cartas, algo que habría supuesto el descubrimiento del siglo para un especialista en arte moderno como yo. Pero siendo realistas, la inclusión de semejantes diseños era bastante improbable en el caso de la señora Rockefeller. Ella era una coleccionista y una amante del arte, no una artista en sí.

Verlaine separó cuatro tarjetas de color crema de la procesión de papeles y las distribuyó entre los angelólogos.

—Éstas son las cuatro tarjetas que admiraba Innocenta —comentó.

Evangeline examinó la tarjeta que Verlaine le había entregado. Vio que había sido estampada con una plancha cubierta de tinta que había dejado una reproducción de una calidad sorprendente de dos liras antiguas sostenidas en las manos de dos querubines gemelos. Las tarjetas eran bonitas y muy adecuadas para una mujer del gusto de Abigail Rockefeller, pero Evangeline no vio nada que pudiera desvelar el misterio al que se enfrentaban.

—Miren de cerca los querubines gemelos —sugirió Verlaine—. Fíjense en la composición de las liras.

Los angelólogos examinaron las tarjetas, intercambiándolas para que todos pudieran verlas por turnos.

—Existe una anomalía en las impresiones —concluyó finalmente Vladimir, después de estudiarlas a fondo—. Las liras son diferentes en cada tarjeta.

—Sí —confirmó Bruno—. El número de cuerdas en la lira de la izquierda es distinto del de la derecha.

Evangeline vio que su abuela examinaba su tarjeta y, como si hubiera empezado a comprender la idea de Verlaine, sonreía.

—Evangeline —dijo—. ¿Cuántas cuerdas cuentas en cada una de las liras?

Ella miró más de cerca la tarjeta y vio que Vladimir y Bruno tenían razón —el número de cuerdas era diferente en cada lira—, aunque le pareció más bien una peculiaridad de las tarjetas no algo de vital importancia.

—Dos y ocho —respondió Evangeline—, pero ¿qué significa?

Verlaine sacó un lápiz de su bolsillo y, en un trazo casi ilegible, garabateó algunas cifras debajo de las liras. Luego pasó el lápiz y pidió a los demás que hicieran lo mismo.

—Me parece que estamos exagerando con una reproducción muy poco realista de un instrumento musical —comentó Vladimir, desdeñoso.

—El número de cuerdas en cada lira debió de ser el método para codificar información —explicó Gabriella.

Verlaine recogió las tarjetas de Evangeline, Saitou-san, Vladimir y Bruno.

—Aquí lo tenemos —dijo—: veintiocho, treinta y ocho, treinta y treinta y nueve. En ese orden. Si estoy en lo cierto, estos números, juntos, proporcionan la localización de la lira.

Evangeline se quedó mirando a Verlaine al tiempo que se preguntaba si se había perdido algo. Para ella los números no tenían ningún significado.

—¿Cree usted que estos nombres indican una dirección?

—No exactamente —respondió él—, pero debe de haber algo en la secuencia que señala hacia una dirección.

—O coordenadas en un mapa —sugirió Saitou-san.

—Pero ¿dónde? —preguntó Vladimir con las cejas fruncidas mientras pensaba en las posibilidades—. Existen cientos de miles de direcciones en la ciudad de Nueva York.

—Ahí es donde me he quedado atascado —confesó Verlaine—. Es evidente que estos números eran extremadamente importantes para Abigail Rockefeller, pero no hay forma de saber cómo se utilizan.

—¿Qué clase de información se podría ocultar en ocho números? —preguntó Saitou-san, como si estuviera construyendo mentalmente una lista de posibilidades.

—O, quizá, cuatro cifras de dos dígitos —añadió Bruno, claramente divertido por lo incierto del ejercicio.

—Todos los números se encuentran entre el veinte y el cuarenta —sugirió Vladimir.

—Debe de haber algo más en las tarjetas —dijo Saitou-san—. Estos números son demasiado azarosos.

—Para la mayor parte de las personas serían números al azar —comentó Gabriella—. Sin embargo, para Abigail Rockefeller estos números debían de formar una secuencia lógica.

—¿Dónde vivían los Rockefeller? —preguntó Evangeline dirigiéndose a Verlaine, pues sabía que ése era su campo de conocimiento—. Quizá estos números indican su dirección.

—Vivieron en diferentes direcciones de la ciudad de Nueva York —contestó él—, pero su residencia en la calle Cincuenta y cuatro Oeste es la más conocida. Al final Abigail Rockefeller donó el lugar al Museo de Arte Moderno.

—El cincuenta y cuatro no está entre nuestros números —comentó Bruno.

—Espere un momento —intervino Verlaine—. No sé por qué no lo he visto antes. El Museo de Arte Moderno fue una de las iniciativas más importantes de Abigail Rockefeller. También fue el primero de una serie de museos y monumentos públicos que fundaron ella y su marido. El museo se inauguró en 1928.

—El veintiocho es el primer número de las tarjetas —confirmó Gabriella.

—Exactamente —asintió Verlaine, cada vez más excitado—. Los números dos y ocho del grabado de la lira podrían apuntar en esta dirección.

—Si ése es el caso —intervino Evangeline—, deberían existir otras tres ubicaciones que coincidieran con las otras tres reproducciones de las liras.

—¿Cuáles son los otros números? —preguntó Bruno.

—Treinta y ocho, treinta y treinta y nueve —contestó Saitou-san.

Gabriella se inclinó hacia Verlaine.

—¿Es posible que exista alguna correspondencia? —preguntó.

La expresión de Verlaine era de concentración intensa.

—De hecho —respondió al fin—, The Cloisters, el gran amor de John D. Rockefeller Junior, se inauguró en 1938.

—¿Y 1930? —preguntó Vladimir.

—Riverside Church, que, para ser honesto, nunca me ha resultado interesante, debió de completarse hacia 1930.

—Con lo que sólo nos queda 1939 —intervino Evangeline, tan nerviosa por la excitación previa al descubrimiento que casi no podía hablar—. ¿Construyeron los Rockefeller algo en 1939?

Verlaine permaneció en silencio, con las cejas fruncidas, como si estuviera repasando la multitud de direcciones y fechas almacenadas en su memoria.

—De hecho, sí —dijo de repente—. El Rockefeller Center, su propia obra magna de art déco, fue inaugurado en 1939.

—Los números que Abigail comunicó a Innocenta debían de referirse a esas ubicaciones —concluyó Vladimir.

—Bien hecho, Verlaine —lo felicitó Saitou-san, alborotando sus rizos despeinados.

La atmósfera en la habitación había cambiado drásticamente hasta convertirse en un zumbido inquieto de emoción. Por su parte, Evangeline sólo podía mirar las tarjetas sorprendida. Habían permanecido en una caja fuerte debajo de ella y de las demás hermanas durante más de cincuenta años sin que ninguna sospechase nada.

—Sin embargo —intervino Gabriella, rompiendo el encantamiento—, la lira sólo puede estar en una de esas cuatro localizaciones.

—En ese caso, lo mejor sería que nos dividiésemos en grupos y los registrásemos todos —propuso Vladimir—. Verlaine y Gabriella irán a The Cloisters. El museo estará lleno de turistas, de manera que sacar algo de allí será un proceso delicado. Creo que lo mejor es que vaya alguien habituado a sus costumbres. Saitou-san y yo iremos a Riverside Church. Y Evangeline y Bruno irán al Museo de Arte Moderno.

—¿Y el Rockefeller Center? —preguntó Verlaine.

—Hoy es imposible hacer nada allí —respondió Saitousan—. Es Nochebuena, por el amor de Dios. El lugar será una casa de locos.

—Espero que por eso lo eligiese Abigail Rockefeller —comentó Gabriella—. Cuánto más difícil sea el acceso, mejor.

Después cogió la maleta de piel que contenía el plectro y el diario angelológico en una mano, y entregó a cada grupo la tarjeta asociada con su ubicación.

—Sólo nos cabe esperar que las tarjetas nos ayuden a encontrar la lira.

—¿Y si es así? —preguntó Bruno—. ¿Entonces, qué?

—Ah, ése es el gran dilema al que nos enfrentamos —contestó Vladimir, pasándose los dedos por su cabello plateado—. Preservar la lira o destruirla.

—¿Destruirla? —exclamó Verlaine—. De acuerdo con todo lo que han dicho, resulta obvio que la lira es una preciosidad de un valor incalculable.

—La lira no es sólo un objeto antiguo —replicó Bruno—. No es algo que pueda exhibirse en el Museo Metropolitano. Los peligros que encierra superan con mucho cualquier importancia histórica que pueda tener. No hay más alternativa que destruirla.

—O volver a esconderla —propuso Vladimir—. Existen diversos lugares donde podríamos ocultarla con seguridad.

—Lo intentamos en 1943, Vladimir —replicó Gabriella—. Está claro que ese método ha fracasado. Preservar la lira pondría en peligro a las generaciones futuras, incluso en el más seguro de los escondites. Hay que destruirla, eso está claro. La cuestión es cómo.

—¿Qué quieres decir? —preguntó Evangeline.

—Se trata de una de las cualidades primarias de todos los objetos celestiales —contestó Vladimir—. Fueron creados por el cielo y sólo pueden ser destruidos por criaturas celestiales.

—No entiendo —intervino Verlaine.

—Sólo los seres celestiales, o criaturas con sangre angelical, pueden destruir la materia celestial —le aclaró Bruno.

—Incluidos los nefilim —puntualizó Gabriella.

—En consecuencia, si queremos destruir la lira —concluyó Saitou-san—, tenemos que ponerla en manos de las mismas criaturas de las que queremos mantenerla alejada.

—Es todo un dilema —dijo Bruno.

—Entonces, ¿para qué buscarla? —preguntó Verlaine, consternado—. ¿Para qué recuperar de un lugar seguro algo con el fin de destruirlo?

—No hay alternativa —respondió Gabriella—. Se nos

presenta la inusual oportunidad de hacernos con la lira. Deberemos encontrar una forma de deshacernos de ella una vez la hayamos recuperado.

—Si es que la recuperamos —añadió Bruno.

—Estamos perdiendo el tiempo —constató Saitou-san poniéndose en pie—. Ya decidiremos lo que vamos a hacer con la lira cuando la tengamos en nuestro poder. No podemos arriesgarnos a que la descubran los nefilim.

—Son casi las tres —informó Vladimir consultando su reloj—. Nos encontraremos en el Rockefeller Center exactamente a las seis. Eso nos da tres horas para establecer contacto, registrar los edificios y volver a reunirnos. No podemos cometer errores. Planificad la ruta más rápida. Velocidad y precisión son imprescindibles.

Abandonando sus asientos, todos los presentes se pusieron las chaquetas y las bufandas, preparándose para enfrentarse al frío crepúsculo invernal. En cuestión de segundos, los angelólogos estuvieron listos para empezar. Mientras se encaminaban hacia la escalera, Gabriella se volvió hacia Evangeline.

—Con las prisas no debemos perder de vista los peligros de nuestro trabajo. Te lo advierto: ten mucho cuidado. Los nefilim estarán vigilando. De hecho llevan mucho tiempo esperando este momento. Las instrucciones que nos ha dejado Abigail Rockefeller son los papeles más importantes que has tocado nunca. En cuanto los nefilim sepan que los hemos descubierto, nos atacarán sin piedad.

—Pero ¿cómo van a saberlo? —preguntó Verlaine, acercándose a Evangeline.

Gabriella esbozó una sonrisa triste y significativa.

—Mi querido muchacho, ellos saben exactamente dónde estamos. Tienen informadores por toda la ciudad. En cada momento, en todos los lugares, nos están esperando. Incluso ahora están cerca, vigilándonos. Por favor —pidió, mirando directamente a su nieta una vez más—, ten cuidado.

Museo de Arte Moderno, ciudad de Nueva York

Evangeline acarició con la mano la pared de ladrillo que recorría la calle Cincuenta y cuatro Oeste, con el viento helado cortándole la piel. Sobre su cabeza, los paneles de cristal reflejaban el Jardín de las Esculturas, mostrando simultáneamente los intrincados interiores del museo y devolviendo la imagen del propio jardín. Habían bajado las luces de las galerías. Los visitantes y empleados del museo se movían por las salas de exposición, Evangeline los veía de refilón. En el cristal apareció un reflejo más oscuro del jardín, retorcido, distorsionado, irreal.

—Parece como si estuvieran a punto de cerrar —comentó Bruno, metiendo las manos hasta el fondo de los bolsillos de su chaqueta de esquí y caminando hacia el acceso principal—. Será mejor que nos demos prisa.

En la entrada se abrió paso entre la multitud dirigiéndose hacia la taquilla, donde un hombre alto y delgado con perilla y unas gafas de carey estaba leyendo una novela de Wilkie Collins. Levantó la vista, miró a Evangeline y luego a Bruno y dijo:

—Cerramos dentro de media hora. Mañana el museo no abre porque es Navidad, pero volverá a abrir el veintiséis —y, diciendo esto, volvió al libro, como si ellos no siguieran allí.

—Estamos buscando a alguien que es posible que trabaje aquí —dijo Bruno inclinándose sobre el mostrador.

—No estamos autorizados a proporcionar información personal sobre los empleados —respondió el hombre sin levantar la vista de la novela.

Bruno deslizó dos billetes de cien dólares sobre el mostrador.

—No necesitamos información personal. Sólo queremos saber dónde podemos encontrarlo.

Mirando por encima de las gafas, el hombre puso la mano sobre el mostrador y deslizó el dinero en su bolsillo.

—¿Cuál es su nombre?

—Alistair Carroll —contestó Bruno, entregándole la tarjeta que se incluía en la sexta carta de Abigail Rockefeller—. ¿Ha oído hablar de él?

El hombre echó un vistazo a la tarjeta.

—El señor Carroll no es un empleado.

—Así que lo conoce —insistió Evangeline, aliviada y al tiempo sorprendida de que el nombre correspondiera a una persona real.

—Todo el mundo conoce al señor Carroll —respondió el hombre saliendo de detrás del mostrador y acompañándolos a la calle—. Vive enfrente del museo —agregó señalando un elegante edificio de apartamentos de antes de la guerra algo deteriorado por el paso del tiempo. Un tejado abuhardillado de cobre salpicado de grandes ojos de buey coronaba la edificación; una pátina hacía que el bronce se viera verdoso—. Pero se pasa todo el tiempo aquí. Pertenece a la vieja guardia del museo.

Bruno y Evangeline cruzaron corriendo la calle en dirección al edificio de apartamentos. Una vez dentro del portal, localizaron el nombre de Carroll escrito en un buzón de bronce: apartamento nueve, quinto piso. Subieron al desvencijado ascensor, la cabina de madera olía intensamente a una esencia floral, como si recientemente hubiera transportado a un grupo de ancianas damas de camino a la iglesia. Evangeline pulsó un botón negro que tenía grabado un número cinco en blanco. Las puertas se cerraron con un chirrido y la cabina empezó a moverse, elevándose lentamente. Bruno sacó la tarjeta de Abigail Rockefeller del bolsillo y la sostuvo en la mano.

En la quinta planta había dos apartamentos, los dos igual de silenciosos. Bruno comprobó el número y, al dar con la puerta correcta —tenía un número nueve de bronce atornillado a ella—, llamó.

La puerta del apartamento se entreabrió y un anciano los observó desde el interior. Sus grandes ojos azules brillaban, curiosos.

—¿Sí? —murmuró, su voz era prácticamente inaudible—. ¿Quién es?

—¿Señor Carroll? —preguntó Bruno, afable y educado, como si hubiera llamado a cientos de puertas como ésa—. Sentimos mucho molestarlo, pero nos han dado su nombre y su dirección...

—Abby —dijo, tenía la vista clavada en la tarjeta que sostenía Bruno. Abrió del todo la puerta y los invitó a pasar—. Por favor, entre. He estado esperándolos.

Un par de Yorkshire terriers con lazos rojos anudados en la coronilla saltaron de un sofá y se abalanzaron hacia la puerta mientras Bruno y Evangeline entraban en el apartamento, ladrando como si pudieran asustar a los intrusos.

—Oh, mis niñas tontas —les recriminó Alistair Carroll. Levantó a las perras del suelo, colocando una debajo de cada brazo, y las llevó a cuestas por el pasillo.

El apartamento era espacioso; los muebles, antiguos y sencillos. Cada objeto parecía preciado a la vez que descuidado, como si la decoración hubiera sido minuciosamente escogida con la intención de que pasase inadvertida. Evangeline se sentó en el sofá, los cojines aún estaban calientes de los perros. En una chimenea de mármol ardía un pequeño pero intenso fuego que calentaba la habitación. Una mesita de café Chippendale pulida se encontraba delante de ella, con un cuenco de cristal con caramelos en su centro. Excepto por el *Sunday Times* discretamente plegado en un extremo de la mesa, daba la impresión de que en la estancia no se hubiera movido nada en cincuenta años. Una litografía en color enmarcada descansaba sobre la chimenea, era el retrato de una mujer corpulenta y sonrosada, con los rasgos de un pájaro asustado. Evangeline nunca había tenido ninguna razón o deseo de buscar una imagen de la señora Abigail Rockefeller, pero supo al instante que ella era la mujer del retrato.

Alistair Carroll regresó sin los perros. Llevaba el pelo corto, pantalones de pana marrones, una chaqueta de *tweed* y tenía unos modales tranquilizadores que hicieron que Evangeline se sintiese cómoda desde un principio.

—Deben de perdonar a mis niñas —se disculpó, sentándose en un sillón cerca del fuego—. No están acostumbradas a la compañía. Últimamente tenemos muy pocos invitados. Sencillamente estaban emocionadas de verlos. —Se cogió las manos sobre el regazo—. Pero ya está bien —dijo—. No han venido a hacer una visita de cortesía.

—Quizá usted pueda decirnos por qué estamos aquí —propuso Bruno uniéndose a Evangeline en el sofá y depositando la tarjeta Rockefeller sobre la mesa—. No había ninguna aclaración, sólo su nombre y la referencia al Museo de Arte Moderno.

Alistair Carroll cogió unas gafas y se las puso. Tras tomar el sobre, lo examinó de cerca.

—Abby escribió esta tarjeta en mi presencia —explicó—. Pero veo que sólo tienen una. ¿Dónde están las demás?

—Somos seis personas trabajando juntas —contestó Evangeline—. Nos hemos dividido en grupos para ganar tiempo. Mi abuela tiene dos sobres.

—Dígame —preguntó Alistair—, ¿su abuela es Celestine Clochette?

Evangeline se sorprendió al oír el nombre de la hermana Celestine, en especial de boca de un hombre que posiblemente la había conocido.

—No —respondió—. Celestine Clochette ha muerto.

—Siento mucho oír eso —replicó Alistair, negando con la cabeza consternado—. Del mismo modo que siento oír que la búsqueda se está haciendo por partes. Abby estableció requerimientos específicos acerca de que la recuperación estuviera en manos de una sola persona, ya fuera la madre Innocenta o, si pasaba más tiempo, como ha ocurrido, una mujer llamada Celestine Clochette. Recuerdo muy bien las condiciones: fui el asistente de la señora Rockefeller en esta cuestión, yo mismo entregué en mano esta tarjeta en el convento de Saint Rose.

—Pero yo creía que la señora Rockefeller había tomado posesión permanente de la lira —comentó Bruno.

—Oh, por supuesto que no —replicó Alistair—. La señora Rockefeller y la madre Innocenta habían acordado un plazo de tiempo para devolver los objetos que estaban a nuestro cuidado; Abby no esperaba ser responsable de ellos para siempre. Pretendía devolverlos en cuanto considerara que era seguro hacerlo, es decir, al final de la guerra. Supusimos que Innocenta, o Celestine Clochette si fuera necesario, cuidarían de los sobres y, cuando llegase el momento, seguirían sus instrucciones en un orden concreto. Los requerimientos se hicieron para garantizar tanto la seguridad de los objetos como de la persona encargada de su recuperación.

Bruno y Evangeline intercambiaron una mirada. Ella estaba segura de que la hermana Celestine no sabía nada acerca de esas instrucciones.

—No recibimos ningunas indicaciones específicas —explicó Bruno—. Sólo una tarjeta que nos trajo aquí.

—Quizá Innocenta no transmitió la información antes de su muerte —comentó Evangeline—. Estoy convencida de que Celestine se habría asegurado de que se cumplieran los deseos de la señora Rockefeller si los hubiera conocido.

—Bueno —replicó Alistair—, ya veo que ha habido una confusión. La señora Rockefeller tenía la impresión de que Celestine Clochette abandonaría el convento para regresar a Europa. Yo creía que la señorita Clochette era una huésped temporal.

—Al final no fue así —intervino Evangeline, recordando lo frágil y enferma que había estado Celestine durante los últimos días de su vida.

Alistair Carroll cerró los ojos, como si estuviera considerando cuál era el camino correcto para cumplir con el cometido que se le presentaba.

—Bueno —dijo mientras se levantaba de forma abrupta—, no se puede hacer nada más que seguir adelante. Por favor, acompáñenme, me gustaría mostrarles una extraordinaria vista que tiene el apartamento.

Siguieron al hombre hasta una pared cubierta de grandes ventanas de ojo de buey, las mismas que Evangeline había visto desde la calle. Desde su posición privilegiada, el Museo de Arte Moderno se extendía a sus pies. Evangeline apoyó las manos en el marco de cobre de la ventana circular y miró hacia abajo. Directamente debajo de ellos, contenido y ordenado, se encontraba el famoso Jardín de las Esculturas, su planta rectangular estaba enlosada de mármol gris. Un estrecho estanque relucía en el centro del jardín, creando una oscuridad de un color verde obsidiana. Bajo los pequeños montículos de nieve, algunas losas de mármol gris parecían de color púrpura.

—Desde aquí puedo contemplar el jardín de noche y de día —comentó Alistair Carroll en voz baja—. La señora Rockefeller compró este apartamento con ese propósito: yo soy el guardián del jardín. He observado cómo se han sucedido los cambios en los años transcurridos desde su muerte. El jardín ha sido desmontado y rediseñado; la colección de esculturas se ha ampliado. —Se volvió hacia Evangeline y Bruno—. No podíamos prever que los miembros del consejo de administración considerarían oportuno modificar las cosas de forma tan drástica a lo largo de los años. El diseño del jardín de Philip Johnson en 1953, el modelo de jardín contemporáneo que a uno le viene a la cabeza, eliminó cualquier rastro del original que conoció Abby. Después, por alguna extraña razón, decidieron modernizar el jardín de Philip Johnson, una farsa, un terrible error de juicio. Primero arrancaron el mármol, un mármol maravilloso de Vermont de un tono gris azulado único, y lo sustituyeron por otro de una calidad inferior. Más tarde descubrieron que el original era muy superior, pero ésa es otra cuestión. Entonces volvieron a levantarlo todo y cambiaron el mármol nuevo por otro más parecido al original. Habría sido de lo más descorazonador contemplarlo si no hubiera tomado cartas en el asunto. —Alistair Carroll cruzó los brazos sobre el pecho al tiempo que componía una expresión satisfecha—. Verán, el tesoro estuvo originalmente escondido en el jardín.

—¿Y ahora? —preguntó Evangeline, sin aliento—. ¿Ya no está ahí?

—Abby lo escondió debajo de una de las estatuas: *Mediterráneo*, de Arístides Maillol, que tiene un gran hueco en la base. Creía que Celestine Clochette vendría a buscarlo al cabo de unos meses, quizá un año como mucho. Habría estado a salvo durante un corto espacio de tiempo. Pero en el momento de la muerte de Abby, en 1948, Celestine aún no había venido. Poco después se establecieron los planes para que Philip Johnson crease su moderno Jardín de las Esculturas. Yo me encargué de trasladarlo personalmente antes de que destrozaran el jardín.

—Eso parece algo bastante difícil —comentó Bruno—. Sobre todo teniendo en cuenta las medidas de seguridad del Museo de Arte Moderno.

—Soy miembro vitalicio del consejo de administración del museo y mi acceso, aunque no tan libre como el de Abby, era considerable. No fue difícil arreglar su retirada. Bastó con trasladar la estatua para su limpieza y sacar el tesoro del escondite. Afortunadamente tuve la previsión de hacerlo: el tesoro habría sido descubierto o dañado si lo hubiera dejado allí. Cuando Celestine Clochette no apareció, supe que tan sólo debía seguir adelante y esperar.

—Debía de haber formas más seguras de proteger algo tan valioso... —comentó Bruno.

—Abby creía que el tesoro estaría más seguro en un entorno concurrido. Los Rockefeller crearon magníficos espacios públicos. La señora Rockefeller, siempre una mujer práctica, quería utilizarlos. Por supuesto, con tantas piezas de arte de un valor incalculable en su interior, los museos también eran los lugares más seguros en la isla de Manhattan. El Jardín de las Esculturas y The Cloisters están bajo vigilancia permanente. Riverside Church fue una elección más sentimental: la familia construyó la iglesia en el emplazamiento de la antigua escuela del señor Rockefeller. Y el Rockefeller Center, el gran símbolo del poder y la influencia de la familia, era una reverencia al estatus de los Rockefeller en la ciudad. Representaba el alcance de su poder. Supongo que la señora Rockefeller podría haber metido las cuatro piezas en la cámara acorazada de un banco y haberlas dejado allí, pero no era su estilo. Los escondites son simbólicos: dos museos, una iglesia y un centro comercial. Dos partes de arte, una de religión y otra dinero. Ésas eran las proporciones exactas en las que la señora Rockefeller quería que la recordasen.

Bruno dirigió a Evangeline una mirada divertida ante el discurso de Alistair Carroll, sin embargo, no dijo nada.

El anciano abandonó la habitación y regresó al cabo de unos instantes con una caja metálica larga y rectangular. Se la entregó a Evangeline y le dio una pequeña llave.

—Ábrala.

Ella insertó la llave en la minúscula cerradura y la hizo girar. El mecanismo de metal chirrió, el óxido bloqueaba la maniobra, y después saltó. Tras abrir la tapa, Evangeline vio dos largas y delgadas barras, esbeltas y doradas, que descansaban sobre un lecho de terciopelo negro.

—¿Qué son? —preguntó Bruno; su sorpresa era manifiesta.

—Los travesaños, por supuesto —respondió Alistair—. ¿Qué esperaban?

—Pensábamos... —contestó Evangeline— que usted guardaba la lira.

—¿La lira? No, no. No escondimos la lira en el museo. —El hombre sonrió como si finalmente le hubieran dado permiso para desvelar su secreto—. Al menos, no entera.

—¿Se tomaron la libertad de desmantelarla? —preguntó Bruno.

—Habría sido demasiado arriesgado esconderla en un solo lugar —respondió Alistair, negando con la cabeza—. Por eso la desmontamos. Ahora está dividida en cuatro piezas.

Evangeline se quedó mirando al anciano con incredulidad.

—Tiene miles de años de antigüedad —dijo por fin—. Debe de ser extraordinariamente frágil.

—Se trata de un instrumento de una resistencia asombrosa —replicó Alistair—. Y contamos con la ayuda de los mejores profesionales que el dinero pudo comprar. Ahora, si no les importa... —Hizo un gesto y los acompañó de regreso junto a la chimenea y tomó asiento en el sillón—. Hay cierta información que se me asignó referirles. Como ya he mencionado, la señora Rockefeller daba por hecho que las piezas serían recogidas por una persona y que se recuperarían en determinado orden. Ella planeó la recuperación de forma muy meticulosa. El Museo de Arte Moderno era la primera localización, por eso se incluía una tarjeta con mi nombre para ustedes, seguido de Riverside Church, The Cloisters y después el *Prometeo*.

—¿El *Prometeo*? —preguntó Evangeline.

—La estatua de Prometeo en el Rockefeller Center —respondió él, irguiéndose en su asiento de manera que de repente parecía más alto, más patricio que antes—. El orden estaba concebido así para que pudiera facilitarles instrucciones específicas, así como una serie de consejos y advertencias. En Riverside Church encontrarán a un hombre, el señor Gray, un empleado de la familia Rockefeller. Abby le confió el puesto, aunque francamente nunca he alcanzado a comprender por qué. No puedo decir si se ha mantenido fiel a los deseos de la señora Rockefeller después de todos estos años; se ha acercado a mí en algunas ocasiones para pedirme dinero. Según mis principios, la indigencia no es nunca una buena señal. En cualquier caso, si tienen tiempo, les sugiero que se salten al señor Gray. —Alistair Carroll sacó un papel del bolsillo interior de su chaqueta de *tweed* y lo desplegó sobre la mesa de café—. Aquí se muestra la localización exacta de la caja de resonancia de la lira.

Le entregó el papel a Evangeline para que pudiera examinar el laberinto que había en el centro.

—El laberinto que hay entre el coro y el presbiterio de Riverside Church es similar al de la catedral de Chartres en Francia —explicó Alistair—. Tradicionalmente los laberintos se utilizaban como herramientas de meditación. Para nuestros fines, se instaló una cámara de seguridad poco profunda bajo la flor central del laberinto, un compartimento de una sola pieza que se puede sacar y sustituir sin dañar el suelo. Abby guardó en su interior la caja de resonancia. Se debía retirar siguiendo estas instrucciones.

»En cuanto a las cuerdas de la lira —continuó—, se trata de una cuestión completamente diferente. Están escondidas en The Cloisters y han de retirarse con la ayuda de la directora, una mujer que fue informada de los deseos de la señora Rockefeller y que sabrá cuál es la forma más adecuada de actuar en estas circunstancias. El museo estará abierto durante otra media hora, más o menos. La directora tiene órdenes de permitir el acceso completo. Con una llamada por mi parte, quedará resuelto. No existe otra forma de hacerlo sin desatar un caos. ¿Han dicho ustedes que sus colegas se encuentran allí ahora?

—Mi abuela —confirmó Evangeline.

—¿Cuánto tiempo hace que salieron hacia allí? —preguntó Alistair.

—Ya deberían de haber llegado —respondió Bruno consultando su reloj.

Alistair palideció de repente.

—Me turba profundamente escuchar eso. Con el orden de las cosas tan alterado, ¿quién puede saber los peligros que les aguardan? Debemos intentar intervenir. Por favor, dígame el nombre de su abuela; llamaré de inmediato.

Tras acercarse a un teléfono de dial, levantó el auricular y marcó. Al cabo de unos segundos estaba explicando la situación a la persona que estaba al otro lado de la línea. La actitud relajada de Alistair hizo que Evangeline intuyera que había discutido la situación con la directora en ocasiones anteriores.

—Estoy más tranquilo —anunció después de colgar—. Esta tarde no ha ocurrido nada inusual en The Cloisters. Es posible que su abuela esté allí, pero no se ha acercado al escondite. Gracias a Dios, todavía hay tiempo. Mi contacto hará todo lo que esté en su mano para encontrar a su abuela y ayudarla.

Después abrió la puerta de un armario, se enfundó un

pesado abrigo de lana y luego se ajustó una bufanda de seda al cuello. Siguiendo su ejemplo, Evangeline y Bruno se levantaron del sofá.

—Ahora debemos irnos —anunció Alistair acompañándolos hasta la puerta—. Los miembros de su grupo no están seguros. De hecho, ahora que se ha iniciado la recuperación del instrumento, ninguno de nosotros lo está.

—Acordamos encontrarnos en el Rockefeller Center a las seis —le informó Bruno.

—El Rockefeller Center se halla a cuatro manzanas de aquí —dijo Alistair Carroll—. Los acompañaré. Creo que puedo ser de ayuda.

The Cloisters, Museo Metropolitano, Fort Tryon Park, Nueva York

Verlaine y Gabriella bajaron del taxi y avanzaron apresuradamente por el sendero de acceso al museo. Un conjunto de edificios de piedra se alzaba delante de ellos, más allá había las murallas que se elevaban sobre el río Hudson. Verlaine había visitado The Cloisters muchas veces en el pasado, su intachable parecido con un monasterio medieval le resultaba una fuente de solaz así como un refugio frente a la intensidad de la ciudad. Era tranquilizador hallarse en presencia de la historia, incluso aunque todo tuviera un vago aire de falsedad. Se preguntaba qué pensaría Gabriella acerca del museo, teniendo en cuenta que el original estaba en París: los frescos antiguos, los crucifijos y las estatuas medievales que conformaban la colección de The Cloisters se habían reunido para emular el Museo Nacional de la Edad Media de París, un lugar sobre el que él sólo había leído en los libros.

Estaban en el punto álgido de la temporada de vacaciones y el museo estaría lleno de personas que habrían ido a pasar la tarde disfrutando tranquilamente del arte medieval. Si los estaban siguiendo, como Verlaine sospechaba, la multitud los protegería. Estudió la fachada de piedra caliza, el imponente torreón central, la sólida muralla exterior, preguntándose si las criaturas estarían escondidas en el interior. No tenía ninguna duda de que estaban allí, esperándolos.

Mientras subían con rapidez los escalones de piedra, Verlaine evaluó la misión que tenían entre manos. Habían ido al museo sin la menor idea de por dónde empezar a buscar. Sabía que Gabriella era buena en lo que hacía y confiaba en que encontraría una forma de llevar a cabo su parte de la misión, pero, a priori, era una tarea desalentadora. A pesar de su inquebrantable amor por la búsqueda intelectual de restos, la inmensa dificultad de lo que les aguardaba era suficiente para que quisiera dar media vuelta, buscar un taxi e irse a casa.

En el arco de entrada del museo, una mujer menuda con un brillante cabello rojo se acercaba de prisa en dirección a ellos. Llevaba una blusa de seda y un collar de perlas que reflejaba la luz mientras se aproximaba. A Verlaine le dio la impresión de que la habían colocado en la puerta para esperarlos, aunque sabía que eso era imposible.

—¿Doctora Gabriella Valko? —preguntó. Verlaine reconoció el acento parecido al de Gabriella y dedujo que la mujer era francesa—. Soy Sabine Clementine, directora adjunta de restauración de The Cloisters. Me han enviado para que los ayude esta tarde en su tarea.

—¿Enviado? —preguntó Gabriella, mirando a la mujer con desconfianza—. ¿Quién la ha enviado?

—Alistair Carroll —susurró al tiempo que les hacía un gesto para que la siguieran—. El señor Carroll trabajaba a las órdenes de la difunta Abigail Rockefeller. Vengan, por favor, se lo explicaré mientras andamos.

Como para corroborar las predicciones de Verlaine, el vestíbulo de entrada estaba abarrotado de personas con cámaras y guías en la mano. Los visitantes hacían cola en la caja registradora de la librería del museo, y la fila serpenteaba entre las mesas donde se apilaban libros de historia medieval, de arte, estudios de arquitectura gótica y románica. A través de una estrecha ventana, Verlaine vislumbró otra vista del río Hudson, fluyendo más abajo, oscuro y constante. A pesar del peligro, sentía el cuerpo relajado: los museos siempre habían tenido un efecto tranquilizador sobre él, lo que podría haber sido —si quería autoanalizarse— una de las razones por las que eligió la historia del arte como su campo de actividad. El ambiente de conservación profesional del propio edificio, con su colección de monasterios medievales desmembrados —fachadas, frescos y puertas tomados de estructuras prácticamente derruidas de España, Francia e Italia, y reconstruidos en un *collage* de ruinas antiguas—, contribuía a su tranquilidad creciente, al igual que los turistas sacando fotos, las parejas jóvenes paseando de la mano y los jubilados estudiando los colores delicados y desvaídos de un fresco. Su desprecio por los turistas, tan pronunciado sólo un día antes, se había transformado en gratitud por su presencia.

Entraron en el museo propiamente dicho y recorrieron las diversas galerías interconectadas, una sala abriéndose a la siguiente. Aunque no tenían tiempo para detenerse, Verlaine observó las obras de arte al pasar, buscando algo que pudiera darle la clave de qué habían ido a hacer a The Cloisters. Quizá una pintura o una estatua podrían tener alguna correspondencia con algo en las tarjetas de Abigail Rockefeller, aunque lo dudaba. Las ilustraciones de Rockefeller eran demasiado modernas, un claro ejemplo de art déco de la ciudad de Nueva York. Aun así, examinó un arco anglosajón, un crucifijo esculpido, un mosaico de vidrio, un conjunto de columnas de acanto, restauradas y relucientes. Cualquiera de esas piezas maestras podría albergar el instrumento en su interior.

Sabine Clementine los llevó hasta una espaciosa sala que contaba con una pared repleta de ventanas que bañaban el suelo de tarima con una brillante luz. Una serie de tapices colgaban de las paredes. Verlaine los reconoció de inmediato. Los había estudiado en la asignatura que ahondaba en las obras maestras de la historia del arte universal durante su primer año de carrera y se había encontrado con reproducciones de los tapices una y otra vez en revistas y carteles, aunque por alguna razón hacía tiempo que no los visitaba. Sabine Clementine los había conducido ante los famosos tapices de *La caza del unicornio*.

—Son maravillosos —comentó Verlaine, examinando los ricos rojos y los relucientes verdes de la flora tejida.

—Y brutales —añadió Gabriella señalando la muerte del

unicornio, que la mitad de la partida de caza presenciaba con placidez e indiferencia, mientras la otra mitad clavaba lanzas en el cuello de la criatura indefensa.

—Ésta era la gran diferencia entre Abigail Rockefeller y su marido —explicó Verlaine haciendo un gesto hacia el tapiz que tenían delante—. Ella fundó el Museo de Arte Moderno y se volcó en adquirir Picassos, Van Goghs y Kandinskys, en cambio, su marido coleccionaba arte de la época medieval. Detestaba el modernismo y se negaba a apoyar la pasión de su esposa. Creía que era profano. Resulta divertido cómo el pasado se considera tan a menudo sagrado mientras que el mundo moderno levanta sospechas.

—Con frecuencia existen buenas razones para sospechar de la modernidad —replicó Gabriella, mirando por encima del hombro la masa de turistas, como si quisiera comprobar si los habían seguido.

—Pero sin los beneficios del progreso —repuso Verlaine—, seguiríamos atrapados en la Edad Oscura.

—Querido Verlaine —dijo Gabriella cogiéndolo del brazo y penetrando más adentro en la galería—, ¿realmente cree que hemos dejado atrás la Edad Oscura?

—Bien —intervino Sabine Clementine, acercándose a ellos para bajar la voz—, mi predecesor me instruyó para que memorizase una clave, aunque hasta ahora no había comprendido del todo su propósito. Presten atención.

Gabriella se volvió hacia ella sorprendida y Verlaine detectó un leve rastro de condescendencia en su expresión mientras escuchaba a Sabine.

—«La alegoría de la caza narra un cuento dentro de otro cuento» —susurró la mujer—. «Sigue el curso de la criatura de la libertad al cautiverio. Reniega de los perros, finge modestia ante la doncella, rechaza la brutalidad de la matanza y busca la música donde la criatura vuelve a vivir. Como una mano teje este misterio en el telar, del mismo modo una mano debe descubrirlo. *Ex angelis*, el instrumento se muestra él mismo.»

—¿«*Ex angelis*»? —repitió Verlaine, como si fuera la única frase de la clave que lo dejara perplejo.

—Es latín —explicó Gabriella—. Significa «de los ángeles». Está claro que utiliza la frase para describir el instrumento angélico, que fue construido por los ángeles, aunque es una extraña forma de hacerlo. —Se interrumpió para dirigir a Sabine Clementine una mirada de gratitud, reconociendo por primera vez la legitimidad de su presencia antes de continuar—. De hecho, las iniciales «EA» aparecían con frecuencia en los sellos de los documentos que los angelólogos se enviaban durante la Edad Media, pero las letras significaban *Epistula Angelorum*, o carta de los ángeles, algo completamente diferente. Es posible que la señora Rockefeller no lo supiera.

—¿Hay alguna otra cosa que lo pueda explicar? —preguntó Verlaine, inclinándose sobre el hombro de Gabriella mientras ella extraía la tarjeta de Abigail Rockefeller de la maleta y le daba la vuelta, mirando el reverso.

—Hay una especie de dibujo —dijo Gabriella girando la tarjeta en un intento de examinarla mejor. Había una serie de líneas de trazo suave, ordenadas según su longitud, con un número escrito junto a cada una—. Y esto explica exactamente... nada.

—Así que tenemos un mapa sin leyenda —concluyó Verlaine.

—Quizá —concedió Gabriella. Luego le pidió a Sabine que repitiera la clave.

Ella la repitió palabra por palabra.

«La alegoría de la caza narra un cuento dentro de otro cuento. Sigue el curso de la criatura de la libertad al cautiverio. Reniega de los perros, finge modestia ante la doncella, rechaza la brutalidad de la matanza y busca la música donde la criatura vuelve a vivir. Como una mano teje este misterio en el telar, una mano debe descubrirlo. *Ex angelis*, el instrumento se muestra él mismo.»

—Claramente nos indica que sigamos el orden de la cacería, que empieza en el primer tapiz —comentó Verlaine, sorteando a los visitantes hasta situarse delante de la primera escena representada en el tapiz—. Aquí la partida de caza se encamina hacia el bosque, donde descubren un unicornio, lo persiguen con denuedo y después lo matan. Los perros, a los que la señora Rockefeller nos advierte que ignoremos, forman parte de la partida, y la doncella, a la que también debemos dejar de lado, debe de ser una de las mujeres que se quedan a mirar. Se supone que no debemos prestar atención a todo eso y sí buscar donde la criatura vuelve a vivir. Eso —prosiguió Verlaine, conduciendo a Gabriella del brazo hacia el último tapiz— debe de ser esto.

Estaban delante del más famoso de los tapices, una pradera de un verde brillante llena de flores salvajes, el unicornio echado en el centro de una valla circular, domado.

—Desde luego éste es el tapiz —confirmó Gabriella—, en el que debemos «buscar la música donde la criatura vuelve a vivir».

—Pero aquí no parece que haya nada que haga referencis a la música —señaló Verlaine.

—*Ex Angelis* —dijo Gabriella casi para sí, como si estuviera dando vueltas a la frase en la cabeza.

—Abigail Rockefeller nunca empleó frases en latín en sus cartas a Innocenta —comentó Verlaine—. Resulta obvio que su uso aquí tiene el objetivo de llamar nuestra atención.

—Los ángeles aparecen en casi todas las obras de arte de este museo —dijo Gabriella, claramente frustrada—. Pero aquí no hay ni uno solo.

—Tiene razón —confirmó Verlaine, estudiando el unicornio—. Estos tapices son una anomalía. Aunque la caza del unicornio se puede interpretar, como menciona la señora Rockefeller, como una alegoría, una recreación de la crucifixión y la resurrección de Cristo, es una de las pocas piezas en este museo que no contiene figuras o imágenes manifiestamente cristianas. No hay representaciones de Cristo, ni imágenes del Antiguo Testamento, ni tampoco ángeles.

—Observe —repuso Gabriella, señalando las esquinas del tapiz— cómo las letras «A» y «E» están tejidas por todas partes a lo largo de las escenas. Se encuentran en cada uno de los tapices y siempre en pareja. Debían de ser las iniciales del mecenas que encargó los tapices.

—Tal vez —concedió Verlaine, mirando las letras más de cerca y dándose cuenta de que estaban bordadas con hilos de oro—. Pero mire: la «E» está vuelta hacia atrás en todos los casos. Las letras están invertidas.

—Y si las invertimos —dijo Gabriella—, tenemos «EA».

—*Ex angelis* —repitió Verlaine.

Se acercó tanto al tapiz que alcanzó a distinguir la intrincada trama de las hebras que componían el tejido de la escena. El material olía a arcilla, los siglos de exposición al polvo y al aire formaban una parte inmanente del mismo. Sabine Clementine, que permanecía a su espalda en silencio, esperando ser de ayuda, se acercó a su lado.

—Vengan —dijo en voz baja—. Ustedes están aquí por los tapices, que son mi especialidad.

Sin esperar una respuesta, la mujer se encaminó hacia el primer panel.

—Los tapices de *La caza del unicornio* son las grandes obras maestras de la época medieval, siete paneles tejidos en lana y seda. El conjunto representa una partida de caza cortesana: pueden ver perros, caballeros, doncellas y castillos, enmarcados por fuentes y bosques. La procedencia precisa de los tapices sigue siendo un misterio incluso después de años de estudio, pero los historiadores del arte están de acuerdo en que el estilo apunta a Bruselas alrededor del año 1500. La primera documentación escrita del *Tapiz del unicornio* aparece en el siglo XVII, cuando los tapices fueron catalogados como parte de las propiedades de una familia noble francesa. Fueron descubiertos y restaurados a mediados del siglo XIX. John D. Rockefeller pagó más de un millón de dólares por ellos en la década de 1920. En mi opinión, fue una ganga. Muchos historiadores creen que son el mejor ejemplo del arte medieval que existe en el mundo.

Verlaine contempló el tapiz, atraído por su color vibrante y el unicornio echado en el centro de la escena, un animal de un blanco puro, con su gran cuerno enhiesto.

—Disculpe, mademoiselle —preguntó Gabriella con un matiz retador en su tono de voz—, ¿ha venido a ayudarnos o a ofrecernos una visita guiada?

—Van a necesitar un guía —replicó Sabine, molesta—. ¿Ven ese bloque de puntos entre las letras? —dijo señalando las iniciales «EA» sobre el unicornio.

—Parece un trabajo de restauración bastante intensivo —contestó Verlaine, como si la respuesta a la pregunta de Sabine fuera lo más obvio del mundo—. ¿Estaba dañado?

—Extensamente —contestó la mujer—. Los tapices fueron saqueados durante la Revolución francesa, robados de un *château* y utilizados durante décadas por los campesinos para evitar que se helaran los árboles frutales. Aunque la tela ha sido restaurada con gran cuidado y dedicación, el daño resulta evidente si se mira de cerca.

Mientras Gabriella examinaba el tapiz, sus pensamientos parecieron dar un giro completamente nuevo.

—La señora Rockefeller se enfrentó al enorme reto de esconder el instrumento, y según las instrucciones que dio, de hecho decidió esconderlo aquí, en The Cloisters.

—Eso es lo que parece —confirmó Verlaine, mirándola expectante.

—Para ello necesitaba encontrar una ubicación que estuviera a la vez a buen recaudo y aun así expuesta, segura pero accesible, de manera que el instrumento pudiera ser recuperado en caso de necesidad. —Gabriella respiró profundamente y miró alrededor de la sala. La multitud se había congregado delante de los tapices. Bajó la voz hasta que ésta se convirtió en un susurro y añadió—: Como podemos suponer, esconder algo tan pesado y difícil de manejar como una lira, un instrumento que consta de un cuerpo de un tamaño considerable y de unos travesaños, generalmente de buenas proporciones, en un museo tan reducido como The Cloisters sería prácticamente imposible. Y, sin embargo, sabemos que consiguió hacerlo.

—¿Está sugiriendo que en realidad la lira no está aquí? —preguntó Verlaine.

—No, no es eso lo que estoy diciendo en absoluto; es exactamente lo contrario. No creo que Abigail Rockefeller quisiera enviarnos a cazar fantasmas. He estado valorando la posibilidad de que existan cuatro localizaciones para un instrumento y he llegado a la conclusión de que Abigail fue de una sagacidad extraordinaria al esconder la lira. Encontró las localizaciones más adecuadas, pero también dispuso la lira en su forma más segura. Creo que es posible que el instrumento no tenga la forma que esperamos.

—Ahora sí que me he perdido —reconoció Verlaine.

—Como cualquier angelólogo —intervino Sabine— que haya cursado un semestre de musicología celestial, de historia de los coros celestiales, o cualquier otro de los seminarios centrados en la construcción e implementación de instrumentos sabe, existe un componente esencial en la lira: las cuerdas. Mientras que otros muchos instrumentos celestiales fueron construidos con el metal precioso conocido como valkina, la resonancia única de la lira surge de sus cuerdas. Están fabricadas en una sustancia sin identificar que los angelólogos creen desde tiempo ha que es una mezcla de seda y mechones del cabello de los propios ángeles. Sea cual sea dicho material, el sonido es algo fuera de lo común a causa de la sustancia de las cuerdas y de la forma en que están trenzadas. El marco es, para todos los casos y propósitos, intercambiable.

—Usted ha asistido a la academia de París —dijo Gabriella, impresionada.

—*Bien sûr*, doctora Valko —replicó Sabine con una ligera sonrisa—. ¿De qué otra forma me habrían confiado una posición como ésta? No me recordará, pero yo asistí a su seminario sobre introducción a la guerra espiritual.

—¿En qué año? —preguntó la mujer estudiando a Sabine.

—El primer trimestre de 1987.

—Mi último año en la academia —señaló Gabriella.

—Era mi asignatura favorita.

—Me alegra oír eso —replicó Gabriella—. Y ahora puede agradecérmelo ayudándome a resolver un rompecabezas: «Como una mano teje este misterio del mismo modo en el telar, una mano debe descubrirlo.» —Gabriella se quedó mirando a Sabine mientras repetía la frase de la carta de la señora Rockefeller, buscando un destello de reconocimiento.

—Estoy aquí para ayudar en la recuperación —reconoció la joven—. Y ahora sé qué se supone que debo liberar del tapiz.

—¿La señora Rockefeller bordó las cuerdas en el tapiz? —preguntó Verlaine.

—De hecho, contrató a un profesional muy capacitado para que hiciera el trabajo por ella. Pero sí, están ahí, dentro del tapiz *El unicornio en cautividad*.

Verlaine observó el tejido con escepticismo.

—¿Cómo demonios las vamos a sacar?

—Si la información de que dispongo es correcta —respondió Sabine sin alterarse—, la inserción se realizó de forma muy habilidosa y en cualquier caso no dejará ningún daño.

—Resulta extraño que Abby Rockefeller eligiera una obra de arte tan delicada como escudo —señaló Gabriella.

—Debo recordarles que en su momento estos tapices fueron propiedad privada de los Rockefeller —señaló Sabine—. Estuvieron colgados en la sala de estar de Abigail Rockefeller desde 1922, cuando los compró su marido, hasta finales de la década de 1930, cuando los trajeron aquí. La señora Rockefeller tenía un profundo conocimiento de los tapices, incluidas sus partes más débiles. —La joven indicó una zona muy reconstruida en el tejido—. ¿Ven lo irregular que es? Un pequeño corte en el hilo de reparación y se abrirá un desgarrón.

Un guardia de seguridad del museo que se encontraba en el extremo más alejado de la sala se aproximó a ellos de forma casual.

—¿Está lista para que intervengamos, señorita Clementine? —preguntó.

—Sí, gracias —respondió Sabine, cuya actitud había adquirido un aire cortante y profesional—. Pero primero tendremos que evacuar la galería. Por favor, llame a los demás. —Se volvió hacia Gabriella y Verlaine—. Lo he arreglado todo para aislar la zona durante el procedimiento. Necesitaremos total libertad para trabajar en el tapiz, una tarea imposible con semejante multitud.

—¿Puede hacer eso? —preguntó Verlaine, contemplando la sala atestada.

—Por supuesto. Soy la directora adjunta de restauración. Puedo decidir arreglos en cuanto lo creo oportuno.

—¿Qué pasa con eso? —preguntó Verlaine, haciendo un gesto con la cabeza hacia la cámara de seguridad.

—Me he ocupado de todo, monsieur.

Verlaine contempló el tapiz, percatándose de que tenían muy poco tiempo para localizar las cuerdas y retirarlas. Como había sospechado desde el principio, el tejido reparado sobre el cuerno del unicornio, en el tercio superior del tapiz, era donde estaba el defecto más grande. Estaba muy alejado del suelo, quizá hasta dos metros. Sería necesario usar una silla o un taburete para alcanzarlo. El ángulo no iba a ser en absoluto el ideal y existía la posibilidad de que el desgarrón fuera demasiado difícil de abrir y que hiciera falta bajar el tapiz de la pared, extenderlo en el suelo y abrirlo en esa posición. Esto, sin embargo, debía ser el último recurso.

Unos cuantos guardias de seguridad entraron en la galería y empezaron a dirigir a la gente hacia la salida. Una vez que el espacio estuvo despejado, los guardias se apostaron para vigilar la puerta.

Con la galería vacía, Sabine escoltó a un hombre bajo y calvo hasta el tapiz, ante el cual depositó un maletín metálico en el suelo y desplegó una escalera. Sin echar ni siquiera un vistazo a Gabriella o a Verlaine, el hombre subió la escalera y empezó a examinar el desgarro.

—La lupa, señorita Clementine —pidió.

Sabine abrió el maletín, dejando al descubierto una hilera de escalpelos, hilos, tijeras y una gran lupa que captó un brillante remolino de luz de la sala y lo condensó en una única bola de fuego.

Verlaine observó al hombre mientras trabajaba, fascinado por su aplomo. Con frecuencia se había preguntado por las destrezas que requería la restauración, e incluso había estado en una exhibición que demostraba los procesos químicos que se utilizaban para limpiar tejidos como ése. Sosteniendo la lupa en una mano y un escalpelo en la otra, el hombre introdujo la punta de la hoja en una fila de puntos apretados y limpios. Ejerciendo una sutil presión, los puntos se soltaron. Así, liberó un punto detrás de otro, hasta que en el tapiz apareció un agujero del tamaño de una manzana. El hombre continuó con su tarea con la concentración de un cirujano.

Poniéndose de puntillas, Verlaine contempló el tejido retirado, aunque no pudo ver nada más que un manojo de hebras finas como un pelo. El hombre pidió una herramienta de la maleta y Sabine le entregó un gancho largo y delgado que insertó en el agujero en el tejido. Entonces deslizó la mano directamente entre la «A» y la «E». Tiró hacia atrás y una chispa brillante llamó la atención de Verlaine: había una cuerda opalescente enrollada alrededor del gancho.

Verlaine fue contando las cuerdas a medida que el hombre se las entregaba. Eran tan delgadas como cabellos y tan suaves que se deslizaban entre sus dedos como si estuvieran enceradas. Cinco, siete, diez cuerdas, flexibles y suntuosas, colgadas sobre su brazo. El hombre bajó de la escalera.

—Eso es todo —anunció con seriedad, como si acabara de profanar un santuario.

Sabine cogió las cuerdas, las enrolló muy apretadas y las metió en una bolsa de tela cerrada con cremallera.

—Síganme, madame, monsieur —ordenó mientras apretaba la pequeña bolsa en la palma de Verlaine y los conducía a él y a Gabriella hacia la entrada de la galería.

»¿Saben cómo fijarlas? —preguntó a continuación.

—Me las arreglaré, estoy segura —respondió Gabriella.

—Sí, por supuesto —reconoció la joven. Tras chasquear los dedos, los guardias de seguridad se reunieron a su alrededor, tres a cada lado—. Tengan cuidado —advirtió, besando a Gabriella en las mejillas a la manera parisina—. Buena suerte.

Al tiempo que los guardias de seguridad los escoltaban a través del museo abriendo paso entre la multitud omnipresente, a Verlaine le pareció que los estudios que había realizado, las frustraciones y las investigaciones infructuosas de su vida académica, de alguna manera, lo habían conducido a ese momento de triunfo. Gabriella caminaba a su lado, la mujer que lo había llevado a comprender su vocación como angelólogo y su futuro —si se atrevía a albergar esperanzas— con Evangeline. Cruzaron un arco tras otro, la pesada arquitectura románica cedía el paso al ligero enrejado del gótico y, en todo momento, Verlaine agarró con fuerza en la mano la bolsa que contenía las cuerdas de la lira.

Riverside Church, Morningside Heights,
ciudad de Nueva York

Riverside Church era una imponente catedral neogótica que se alzaba por encima de la Universidad de Columbia. Vladimir y Saitou-san subieron juntos los escalones hasta una puerta de madera adornada con discos de hierro, las botas de tacón alto de Saitou-san crujían sobre el hielo cubierto de sal, llevaba un chal negro bien ajustado alrededor de los hombros.

Al entrar en el templo, la luz se redujo a un resplandor color miel. Vladimir parpadeó, su vista acomodándose a la iluminación del atrio. La iglesia estaba vacía. Ajustándose la corbata, Vladimir pasó frente a un mostrador de recepción desierto, subió un tramo de escaleras y penetró en una amplia antecámara. Los muros de piedra color crema se levantaban hasta confluir en arcos entrelazados, encontrándose los unos con los otros como velas que capturan el viento pero están retenidas en un puerto abarrotado. Más allá, a través de un conjunto de amplias puertas de dos hojas, atisbó la profundidad de la nave de la iglesia.

Su primer impulso fue buscar allí, pero se contuvo, dos placas de cobre colgadas de la pared llamaron su atención. La primera conmemoraba la generosidad de John D. Rockefeller Jr. al construir la iglesia. La segunda estaba dedicada a Laura Celestia Spelman Rockefeller.

—Laura Celestia Spelman era la suegra de Abigail —susurró Saitou-san tras leer la placa.

540

—Creo que los Rockefeller eran muy devotos —comentó Vladimir—, en especial la generación de Cleveland. John D. Rockefeller Jr. costeó la construcción de esta iglesia.

—Eso explicaría la libertad de acceso de la señora Rockefeller —concluyó Saitou-san—. Sería imposible guardar nada aquí si no hubiera tenido a alguien que la ayudara desde dentro.

—Alguien que la ayudara —intervino una voz quejosa y aguda— y un montón de dinero.

Vladimir se volvió y se encontró con un anciano parecido a un sapo con un elegante traje gris y el cabello cano perfectamente peinado que había aparecido con sigilo en el vestíbulo. Un monóculo cubría su ojo izquierdo, la cadena de oro colgando junto a su mejilla. Vladimir dio instintivamente un paso atrás.

—Perdone que los haya asustado —se disculpó el hombre—. Soy el señor Gray, y no he podido evitar que llamaran ustedes mi atención. —Parecía ansioso, miraba nerviosamente a su alrededor en el vestíbulo, hasta que acabó por posar la vista en Vladimir y Saitou-san.

»Les preguntaría quiénes son —dijo señalando la tarjeta de Abigail Rockefeller en la mano de Vladimir—, pero ya lo sé. ¿Me permite? —El señor Gray cogió la tarjeta que Vladimir le entregaba, la miró con atención y declaró—: La he visto antes. De hecho, ayudé en los preparativos para la impresión de estas tarjetas cuando trabajaba como chico de los recados de la señora Rockefeller. Sólo tenía catorce años. Una vez la escuché decir que le gustaban mis modales obsequiosos, lo que quise considerar como un cumplido. Me hacía recorrer la ciudad de arriba abajo con sus recados: al centro a por papel, a la parte alta para ver a los impresores, al centro a pagar a los artistas...

—Entonces quizá podrá explicarnos el significado de la tarjeta —sugirió Saitou-san.

—Creía que vendrían los angelólogos —continuó el hombre, ignorándola.

—Y finalmente hemos venido —intervino Vladimir—. ¿Puede decirnos cómo se supone que debemos proceder?

—Contestaré directamente a sus preguntas —respondió el señor Gray—. Pero primero debemos ir a mi oficina, donde podremos hablar con mayor libertad.

Descendieron por una escalera de piedra que surgía de la antecámara, el hombre bajaba a paso rápido, saltando varios escalones de una vez por las prisas. Al final se extendió ante ellos un pasillo a oscuras. Gray abrió una puerta y los hizo pasar a una oficina estrecha con grandes pilas de papeles. Montones de correo sin abrir mantenían el equilibrio al borde de una mesa metálica. El suelo estaba repleto de virutas de lápiz. Un calendario de pared del año 1978 colgaba junto a un archivador, mostrando el mes de diciembre.

Una vez dentro de la oficina, el comportamiento del señor Gray reflejaba una profunda indignación.

—¡Bueno! Desde luego se han tomado su tiempo para venir —exclamó—. Estaba empezando a pensar que había sucedido algún malentendido. La señora Rockefeller se habría enfurecido; se hubiera revuelto en su tumba si llego a morir sin entregar el paquete de la forma que ella quería. Una mujer muy exigente, la señora Rockefeller, pero muy generosa: mis hijos y los hijos de mis hijos se beneficiarán del acuerdo, aunque yo mismo, que llevo esperando media vida a que llegaran, no lo haga. Era un hombre joven cuando fui contratado para supervisar las tareas de la oficina de la iglesia, recién desembarcado de Inglaterra, sin un lugar donde caerme muerto en el mundo. La señora Rockefeller me ofreció este puesto en esta oficina, indicándome que esperase su llegada, algo que he hecho sin descanso. Por supuesto, se establecieron medidas por si fallecía antes de su llegada, algo que debo decir que puede ocurrir en cualquier momento porque resulta bastante obvio que ya no soy un hombre joven. Pero no nos permitamos recrearnos en pensamientos tan morbosos, no, señor. En este momento tan importante sólo deben preocuparnos los deseos de nuestra benefactora, y sus pensamientos estaban dirigidos a una esperanza única y solemne: el futuro. —El señor Gray parpadeó y se ajustó el monóculo—. Centrémonos en el asunto que nos ocupa, pues.

542

—Excelente idea —confirmó Vladimir.

Gray se acercó al archivador, sacó un manojo de llaves del bolsillo y empezó a probarlas una a una hasta que encontró la que correspondía. Con un giro de la llave, el cajón se abrió de golpe.

—Déjenme ver —dijo, esforzándose para ver las fichas—. ¡Ah, sí! Aquí. Los documentos que necesitamos. —Pasó las hojas y se detuvo ante una larga lista de nombres—. Esto es sólo una formalidad, por supuesto, pero la señora Rockefeller especificó que sólo los que aparecen en esta lista, o los descendientes de estas personas, están autorizados a recibir el paquete. ¿Se encuentra su nombre, o el nombre de alguno de sus padres o abuelos, o incluso bisabuelos en esta lista?

Vladimir la revisó, reconociendo a todos los grandes angelólogos del siglo xx. Encontró su propio nombre a mitad de la última columna, junto al de Celestine Clochette.

—Si no le importa, deberá firmar aquí y aquí. Y después una vez más en esta línea al pie.

Vladimir examinó el papel, un largo texto legal que, leído a vista de pájaro, afirmaba que el señor Gray había cumplido la tarea de entregar el objeto.

—Verá —explicó Gray a modo de disculpa—. No recibiré mi remuneración hasta que haya realizado la entrega, como evidencia su firma. El documento legal es bastante específico y los abogados son implacables; como podrán imaginar, ha sido muy inconveniente vivir sin una recompensa por mi labor. Todos estos años he ido ahorrando, esperando su llegada para poder retirarme y abandonar esta oficina destartalada. Y aquí están por fin —concluyó, entregando un bolígrafo a Vladimir—. Una simple formalidad, si no le importa.

—Antes de firmar —replicó él, apartando el documento—, debo tener el objeto que guarda para mí.

Un temblor casi imperceptible endureció los rasgos del señor Gray.

—Por supuesto —repuso lacónico. Deslizó el contrato debajo del brazo y metió el bolígrafo en el bolsillo de su traje gris—. Por aquí —indicó con voz tensa mientras los conducía fuera de la oficina y escaleras arriba.

Cuando regresaron al nivel superior de la iglesia, Vladimir se rezagó en los recovecos del vestíbulo. Su estudio de la musicología celestial había consumido su juventud, llevándolo a profundizar cada vez más en el cerrado mundo del trabajo angelológico. Después de la guerra había abandonado la disciplina y había dirigido una humilde pastelería, haciendo dulces y galletas, un empleo cuya simplicidad le aportaba consuelo. Había llegado a pensar que su trabajo era inútil, que la humanidad podía hacer muy poco para detener a los nefilim. Regresó sólo después de que Gabriella lo visitó personalmente y le rogó que se sumara a sus esfuerzos. Ella le había dicho que lo necesitaban. En ese momento había dudado, pero Gabriella podía ser muy persuasiva y él percibía los oscuros cambios que habían empezado a producirse. No podía decir cómo lo sabía —quizá era el riguroso entrenamiento que había recibido durante su juventud o simple intuición—, pero Vladimir comprendió que no podían confiar en el señor Gray.

Gray avanzó por el pasillo central de la nave, precediendo a Vladimir y Saitou-san en la iglesia fría y oscura. El aroma le resultó inmediatamente familiar a Vladimir, la húmeda fragancia del incienso impregnando el aire. A pesar de los innumerables vitrales, el espacio permanecía a oscuras, casi impenetrable. En lo alto, los candelabros góticos colgaban de gruesas cuerdas, ruedas de hierro oxidado de intrincados calados coronados de velas. Un enorme púlpito gótico, anillo tras anillo de figuras esculpidas subiendo por los laterales, se alzaba en el altar, mientras que las ponsetias navideñas, con brillantes lazos rojos en sus tiestos, estaban dispuestas sobre pedestales a lo largo de toda la iglesia. Separado de la nave por un grueso cordón granate, el ábside se encontraba envuelto en las sombras.

El señor Gray retiró el cordón de terciopelo y lo dejó caer al suelo, el golpe reverberó por toda la nave. Había un laberinto de mampostería incrustado en el suelo de mármol. Gray lo golpeó con los pies, nervioso, creando un ritmo frenético.

—La señora Rockefeller lo colocó aquí —indicó, deslizando el zapato sobre el dibujo—. En el centro del laberinto.

Vladimir recorrió la extensión del diseño, examinando con cuidado la disposición de las piedras; parecía imposible que se pudiera esconder nada allí dentro. Habría sido necesario romper las piedras, algo que no concebía que la señora Rockefeller o cualquiera que estuviera involucrado en el cuidado y la preservación de obras de arte hubiera permitido.

—Pero ¿cómo? —preguntó Vladimir—. Parece absolutamente liso.

—Ah, sí —respondió Gray, acercándose a él—. Es sólo una ilusión. Venga, mire más de cerca.

Vladimir se arrodilló en el suelo y estudió el mármol. Un delgado filo había sido cortado alrededor del borde de la piedra central.

—Resulta casi invisible —dijo.

—Apártese —ordenó Gray. Acto seguido se colocó sobre la piedra y presionó en el centro. Ésta se levantó a continuación como si estuviera montada sobre muelles.

Con un giro de muñeca, el señor Gray retiró la piedra central del laberinto.

—Asombroso —reconoció Saitou-san, mirando por encima del hombro de Gray.

—No hay nada que la abundancia de dinero y un buen cantero no puedan conseguir —replicó él—. ¿Conocieron a la difunta señora Rockefeller?

—No —respondió Vladimir—. En persona, no.

—Ah, bueno, una pena. Tenía un profundo sentido de la justicia social subrayado por una locura de naturaleza poética, una combinación bastante rara en una mujer de su posición. Originalmente decidió que, cuando llegasen los angelólogos para reclamar el objeto a mi cargo, debía conducir a quien apareciese hasta este laberinto y debía pedirle una serie de números. La señora Rockefeller me aseguró que quien viniese conocería esos números. Yo, por supuesto, los he memorizado.

—¿Números? —preguntó Vladimir, perplejo ante esa prueba inesperada.

—Números, señor. —Gray hizo un gesto con la mano en dirección al centro del laberinto. Bajo la piedra se encontraba una caja fuerte con una rueda de combinación en su centro—. Los necesitarán para abrirla. Supongo que se imaginarán a sí mismos como el Minotauro avanzando por el laberinto de piedra. —Sonrió, disfrutando de la perplejidad que había provocado en los angelólogos.

Vladimir se quedó mirando la caja, la puerta estaba nivelada a ras con el suelo bajo del laberinto; entre tanto, Saitou-san se inclinaba sobre ella.

—¿Cuántos números en cada combinación? —preguntó Saitou-san.

—Eso no puedo decírselo —respondió el señor Gray.

Saitou-san giró sucesivamente la rueda.

—Las tarjetas de Abigail Rockefeller estaban redactadas con el fin específico de que Innocenta las descifrase —empezó a decir despacio, como si estuviera buscando en sus pensamientos—. Las respuestas de Innocenta afirman que había contado las cuerdas de las liras en las tarjetas y que, según supongo, había apuntado los números.

—La secuencia —intervino Vladimir— era veintiocho, treinta, treinta y ocho y treinta y nueve.

Saitou-san hizo girar la rueda hasta cada dial para que se correspondiera con los números y tiró del pomo de la caja, pero ésta no se abrió.

—Es la única secuencia de números de que disponemos —reflexionó Saitou-san—. Deben funcionar de alguna manera.

—Cuatro números y cuatro diales —comentó Vladimir—. Eso da veinticuatro posibles combinaciones. No podemos intentarlas todas. No tenemos tiempo.

—Excepto —intervino Saitou-san— que los números tengan un orden concreto. ¿Recuerdas la cronología con la que los envió? Verlaine dijo la secuencia en la que aparecían los números en las tarjetas.

Vladimir pensó durante un momento.

—Veintiocho, treinta y ocho, treinta y finalmente treinta y nueve.

Saitou-san movió la rueda hasta cada dial, alineando los números con cuidado. Luego colocó los dedos alrededor de la manecilla de metal y tiró del pomo de la caja. Se levantó sin ofrecer resistencia, exhalando un suave siseo. A continuación metió la mano dentro de la cavidad, sacó una pesada bolsa de terciopelo verde y la desató, la caja de resonancia de la lira arrojó destellos dorados sobre las piedras del laberinto.

—Es bellísima —comentó Saitou-san, examinándola desde todos los ángulos. La base era redondeada. Dos brazos idénticos se ahuecaban hacia afuera y después los extremos se inclinaban hacia dentro, como los cuernos de un toro. Las superficies doradas eran suaves y tan pulidas que relucían—. Pero no tiene cuerdas.

—Ni tampoco está el yugo —dijo Vladimir. Se arrodilló a su lado y miró el instrumento que ella acunaba en sus manos—. Sólo es una parte de la lira. Una pieza muy importante, pero sola resulta inútil. Ésta debe de ser la razón de que nos hayan enviado a cuatro lugares distintos. Las piezas están separadas.

—Debemos decírselo a los demás —dijo Saitou-san, devolviendo con cuidado el cuerpo de la lira a su bolsa de terciopelo—. Tienen que saber lo que están buscando.

Vladimir se volvió y se enfrentó al señor Gray, que se encontraba de pie, temblando, entre los dos.

—Usted no conocía la combinación. Ha estado esperando a que llegásemos y se la diéramos. Si la hubiera sabido, se habría quedado el instrumento para usted.

—No hay ninguna necesidad de preocuparse por lo que sé o lo que no sé —replicó el hombre enrojeciendo violentamente—. El tesoro no les pertenece a ninguno de los dos.

—¿Qué quiere decir? —preguntó Saitou-san con incredulidad.

—Lo que quiere decir —respondió una voz desde el extremo más alejado del ábside; una voz familiar que aterró a Vladimir— es que el juego se terminó hace muchos años. Y los angelólogos han perdido la partida.

Al señor Gray, visiblemente aterrorizado, se le cayó el

monóculo del ojo. Sin titubear, se escabulló del ábside en dirección a uno de los pasillos laterales de la nave, con la tela de su traje gris apareciendo y desapareciendo mientras atravesaba charcos de luz y sombras. Mientras observaba huir al hombre, Vladimir divisó grupos de gibborim a lo largo de los pasillos de la iglesia, sus cabellos rubios y sus alas rojas visibles bajo la luz mortecina. Las criaturas se volvieron para mirar pasar al señor Gray, ávidas como girasoles con el movimiento del sol. Sin embargo, antes de que el hombre pudiera escapar, los gibborim lo atraparon. Mientras Vladimir presenciaba la escena, sus dudas acerca de la naturaleza del encuentro se aclararon repentinamente: los angelólogos habían caído en una trampa. Percival Grigori los había estado esperando.

La última vez que se había encontrado con Grigori había sido muchas décadas antes, cuando Vladimir era un joven protegido de Raphael Valko. Había visto de primera mano las atrocidades que la familia Grigori había cometido durante la guerra y había sido testigo del indecible dolor que habían infligido a los angelólogos: Seraphina Valko había perdido la vida a causa de las maquinaciones de Percival Grigori, y Gabriella también había estado cerca de morir. En aquel entonces, Percival era una figura extraordinaria y temible. Ahora era un mutante enfermizo.

Grigori hizo un gesto con la mano y los gibborim llevaron a Gray a su presencia.

Sin previo aviso, Grigori separó la empuñadura de marfil de la caña de su bastón, desenvainando la hoja de acero de una daga. Durante un segundo, el cuchillo brilló bajo la débil luz. Entonces, con un movimiento rápido, Grigori dio un paso adelante y hundió la daga en el cuerpo del señor Gray. La expresión del hombre cambió de sorpresa a incredulidad, y después a una angustia marchita y desconsolada. Cuando Percival sacó el cuchillo, el señor Gray se desplomó en el suelo, gimiendo con suavidad, la sangre formando charcos a su alrededor. En cuestión de segundos sus ojos adquirieron la expresión acuosa de la muerte. Con la misma rapidez con la que había blandido el cuchillo, Percival lo limpió con un pañuelo de seda y lo insertó de nuevo en la caña del bastón.

Vladimir vio que Saitou-san había ido alejándose de él con la caja de resonancia en las manos, desplazándose en silencio hacia la parte trasera de la iglesia. Cuando Percival se percató de ello, ya estaba cerca de la puerta. Grigori levantó la mano y ordenó a los gibborim que la detuvieran. La mitad de las criaturas se dirigieron hacia ella, mientras que los restantes gibborim avanzaron rodeando el ábside, con los bordes de sus ropas rozando el suelo. Con un segundo gesto, Percival les indicó que capturasen a Vladimir.

Fuertemente sujeto, Vladimir inhaló el olor que exhalaba la piel de las criaturas, sintiendo la vibración de sus cuerpos en la espalda. Una fría ráfaga de aire le rozó la nuca cuando los gibborim empezaron a batir las alas con constancia y ritmo.

—¡Ella le llevará la lira a Gabriella! —gritó Vladimir, luchando contra la presión que ejercían las criaturas.

Percival lo miró con desprecio.

—Esperaba ver a mi querida Gabriella. Sé que está detrás de esta ridícula misión de recuperación. Se ha vuelto muy escurridiza con los años.

Vladimir cerró los ojos. Recordó que la infiltración de Gabriella en la familia Grigori había sido la sensación de la comunidad angelológica, la misión encubierta más importante e influyente de la década de 1940. De hecho, su trabajo había abierto el camino de la vigilancia actual de las familias nefilim y les había proporcionado una información muy útil, pero había creado un legado muy peligroso para todos ellos. Después de tantos años, Percival Grigori seguía reclamando venganza.

Apoyándose pesadamente en el bastón, Grigori cojeó hasta Vladimir.

—Dime —empezó—. ¿Dónde está?

Percival se inclinó muy cerca de Vladimir, de manera que él pudo ver las bolsas púrpura bajo sus ojos, gruesas como cicatrices en su piel blanca. Sus dientes estaban perfectamente igualados, tan blancos que parecían labrados en perla. Y aun así, Percival estaba envejeciendo: una fina red de arrugas había aparecido alrededor de su boca. Ya debía de haber alcanzado por lo menos los trescientos años de edad.

—Te recuerdo —dijo Percival, entornando los ojos como si estuviera comparando al hombre que tenía delante con alguien en su memoria—. Estuviste en mi presencia en París. Recuerdo tu cara, aunque el tiempo te ha cambiado hasta hacerte casi irreconocible. Tú ayudaste a Gabriella a engañarme.

—Y tú —replicó Vladimir, recuperando el equilibrio— traicionaste todo aquello en lo que creías: tu familia, tus ancestros... Incluso ahora no la has olvidado. Dime: ¿cuánto echas de menos a Gabriella Lévi-Franche?

—¿Dónde está? —repitió Percival, mirándolo a los ojos.

—Eso no te lo diré jamás —respondió Vladimir alzando la voz, consciente de que sus palabras eran su sentencia de muerte.

Grigori soltó el bastón con la empuñadura de marfil, que cayó al suelo reverberando con un eco agudo a través de la iglesia. Luego puso sus dedos largos y fríos sobre el pecho del ruso, como si quisiera sentir los latidos de su corazón, y una vibración eléctrica traspasó a Vladimir, aniquilando su capacidad para pensar. En los últimos minutos de su vida, le ardían los pulmones en una búsqueda desesperada de aire. Vladimir se vio atraído por la horrible transparencia de los ojos de su asesino, eran claros y estaban bordeados por sus párpados enrojecidos, intensos como un fuego químico estabilizado en una atmósfera helada.

Mientras su conciencia se disolvía, Vladimir recordó la deliciosa sensación del cuerpo de la lira, pesado y frío en sus manos, y cómo había deseado escuchar su melodía celestial.

Pista de patinaje sobre hielo del Rockefeller Center,
Quinta Avenida, Nueva York

Evangeline observaba la pista, siguiendo el avance lento y circular de los patinadores. Las luces de colores incidían en la superficie brillante del hielo, resbalando bajo las cuchillas y desapareciendo en las sombras. En la distancia se erigía un gran árbol de Navidad frente a un edificio gris, sus lujes rojas y plateadas reluciendo como millones de luciérnagas capturadas bajo un cono de cristal. De pie, bajo el árbol, como una legión de centinelas, había filas de majestuosos ángeles heraldos, sus alas delicadas y blancas como pétalos de lilas, sus cuerpos de alambre, iluminados, sus largas trompetas de bronce levantadas en una alabanza coral a los cielos. Los comercios alrededor de la plaza —librerías y tiendas de ropa, papelerías y chocolaterías— habían empezado a cerrar y mandaban a los clientes de vuelta a la noche con regalos y bolsas de la compra.

Ciñéndose el abrigo, Evangeline se sumergió en un capullo de calor. En las manos acunaba la fría caja de metal, que en su interior guardaba seguros los travesaños de la lira. A su lado, Bruno Bechstein y Alistair Carroll estudiaban a la gente más allá de la pista. Centenares de personas llenaban la plaza. El villancico *Blanca Navidad* sonaba en unos pequeños altavoces sobre sus cabezas, la melodía puntuada por las risas procedentes de la pista de patinaje. Faltaban quince minutos para la hora fijada para la reunión y no veían a los demás. El aire era gélido y olía a nieve. Evangeline inspiró y le sobrevino un acceso de tos. Sus pulmones estaban tan contraídos que casi no podía respirar. Lo que había empezado como un simple malestar en el pecho había ido en aumento las últimas horas hasta convertirse en un verdadero catarro. Cada inhalación le costaba trabajo y le proporcionaba sólo una ligerísima bocanada de aire.

Alistair Carroll se quitó la bufanda y la colocó con suavidad alrededor del cuello de Evangeline.

—Se está quedando helada, querida —señaló—. Protéjase de este viento.

—Casi no me había dado cuenta —replicó ella, apretando la lana gruesa y suave alrededor de su cuello—. Estoy demasiado preocupada para sentir nada. Los demás ya deberían estar aquí.

—Fue en esta época del año cuando vinimos al Rockefeller Center con la cuarta pieza de la lira —explicó Alistair—. Las Navidades de 1944. Conduje aquí a Abby en medio de la noche y la ayudé a atravesar una tormenta terrible. Afortunadamente, había tenido la previsión de llamar al personal de seguridad para informarles de nuestra llegada. Su ayuda resultó de lo más útil.

—¿Así que sabe lo que está escondido aquí? —preguntó Bruno—. ¿Lo ha visto?

—Oh, sí —respondió el anciano—. Empaqueté yo mismo las clavijas de la lira en su caja. Fue un verdadero calvario encontrar un recipiente que nos permitiera esconderlas aquí, pero Abby estaba segura de que éste era el mejor lugar. Llevé la caja personalmente y ayudé a la señora Rockefeller a esconderla. Las clavijas son delgadas, de manera que la caja tiene el peso de un reloj de bolsillo sin su leontina. Es tan pequeña que uno no puede imaginarse que contenga algo tan esencial para el instrumento. Pero es un hecho: la lira no producirá una sola nota sin las clavijas.

Evangeline trató de imaginarlas, pensando cómo encajarían en los travesaños.

—¿Sabe cómo volver a montarla? —preguntó.

—Como todas las cosas, el procedimiento exige un determinado orden a seguir —respondió Alistair—. Una vez insertados los travesaños en los brazos de la base de la lira, hay que enrollar las cuerdas en las clavijas, cada una con una tensión concreta. La dificultad, creo, estriba en afinar el instrumento, una habilidad que requiere de un oído entrenado. —El hombre dirigió su atención hacia los ángeles reunidos ante el árbol de Navidad y añadió—: En realidad, la lira no se parece en nada a los instrumentos estereotipados que sostienen los ángeles heraldos. Los ángeles de alambre en la base del árbol de Navidad fueron introducidos en el Rockefeller Center en 1954, un año después de que Philip Johnson completara el Jardín de Esculturas Abby Aldrich Rockefeller y diez años después de la colocación del tesoro. Aunque la aparición aquí de esas adorables criaturas fue pura coincidencia, la señora Rockefeller ya había fallecido por entonces y nadie, salvo yo mismo, sabía lo que había escondido ahí; encuentro que el simbolismo es exquisito. Esa colección de heraldos encaja a la perfección, ¿no le parece? Uno lo siente en el momento en que entra en la plaza durante las Navidades: aquí se encuentra el tesoro de los ángeles, esperando a ser recuperado.

—¿La caja no fue colocada cerca del árbol de Navidad? —preguntó Evangeline.

—En absoluto —contestó Alistair, haciendo un gesto hacia el otro extremo de la pista de patinaje, donde se alzaba la estatua de Prometeo por encima de la pista, con la lisa superficie de bronce envuelta en luz—. La caja forma parte de esa estatua. Allí está, en su prisión dorada.

Evangeline estudió la escultura de Prometeo: la figura parecía atrapada en el aire, el fuego robado del hogar de los dioses ardía entre sus dedos y un anillo de bronce con los signos del zodíaco rodeaba sus pies. Ella conocía bien el mito de Prometeo. Después de robar el fuego de los dioses, fue castigado por Zeus, que lo encadenó a una roca y envió a una águila para que devorase su cuerpo durante toda la eternidad. El castigo de Prometeo se correspondía con su crimen: el regalo del fuego señaló el inicio de la innovación y la tecnología humanas, lo que marcó la irrelevancia creciente de los dioses.

—Nunca he visto la estatua de cerca —comentó Evangeline. Bajo la luz de la pista de patinaje, la piel de la escultura parecía derretirse. Prometeo y el fuego que había robado conformaban una única entidad incendiaria.

—No es una obra maestra —señaló Alistair—. Aun así, resulta perfecta para el Rockefeller Center. Paul Manship era amigo de la familia Rockefeller, conocían bien su trabajo y le encargaron la creación de la escultura. Existe mucho más que una referencia superflua a mis anteriores jefes en el mito de Prometeo: su ingenuidad y su crueldad, sus artimañas, su poder. Manship sabía que dichas referencias no pasarían inadvertidas a John D. Rockefeller Junior, que había utilizado todas sus influencias para construir el Rockefeller Center durante la Gran Depresión.

—Ni tampoco han pasado desapercibidas para nosotros —comentó Gabriella, sorprendiendo a Evangeline al aparecer entre ellos, con Verlaine a su lado—. Prometeo sostiene el fuego en sus manos, pero gracias a la señora Rockefeller sostiene también algo incluso más importante.

—¡Gabriella! —exclamó Evangeline, y se sintió aliviada al estrechar a su abuela. Sólo entonces, al sentir su frágil abrazo, se dio cuenta de lo preocupada que había estado.

—¿Tenéis las otras piezas de la lira? —preguntó Gabriella impaciente—. Mostrádmelas.

Evangeline abrió la caja que contenía los travesaños, revelando el contenido a su abuela. Gabriella abrió la maleta de piel en la que había guardado la bolsa de tela que contenía las cuerdas de la lira, el plectro y el diario angelológico y metió también la caja. Sólo después de introducir las piezas del instrumento en la maleta y asegurarse de que estaba bien cerrada, Gabriella reparó en que Alistair Carroll también estaba allí. Lo examinó con recelo hasta que Evangeline lo presentó, explicando su relación con Abigail Rockefeller y la ayuda que les había prestado.

—¿Sabe cómo retirar las clavijas de la estatua? —preguntó Gabriella. Su actitud era de máxima concentración, como si toda una vida de estudios se hubiera destilado en ese preciso momento—. ¿Sabe dónde están escondidas?

—La localización precisa, señora —respondió Alistair—, está grabada en mi mente desde hace medio siglo.

—¿Dónde están Vladimir y Saitou-san? —preguntó Bruno, dándose cuenta de repente de que faltaban dos angelólogos.

Verlaine consultó su reloj. Estaba tan cerca de Evangeline que ella también pudo verlo: las 18.13 horas.

—Ya deberían haber llegado —comentó.

Bruno miró la estatua de Prometeo que brillaba al otro lado de la pista de patinaje.

—No podemos esperar mucho más.

—No podemos esperar ni un segundo más —replicó Gabriella—. Es muy peligroso exponernos de esta manera.

—¿Los han seguido? —preguntó Alistair, claramente alarmado por la actitud ansiosa de la mujer.

—Gabriella cree que sí —respondió Verlaine—, aunque hemos tenido la suerte de completar sin problemas nuestra tarea en The Cloisters.

—Eso formaba parte de su plan —rectificó Gabriella contemplando la multitud, como si pudiera descubrir al enemigo agazapado entre la masa de compradores—. Abandonamos The Cloisters sin que nos molestasen porque ellos decidieron que así fuera. No podemos esperar ni un instante más. Vladimir y Saitou-san llegarán de inmediato.

—En ese caso, procedamos de inmediato —sugirió Alistair, haciendo gala de una tranquilidad que Evangeline encontró admirable y que le recordó a las fieles hermanas del convento de Saint Rose que había dejado atrás.

El anciano los guió por el borde de la plaza y luego bajaron por una escalera de cemento hasta la pista. Caminando junto a la valla que rodeaba el hielo, se acercaron a la estatua. El edificio de General Electric se elevaba delante de ellos, su grandiosa fachada fracturada por una fila de banderas —estadounidense, británica, francesa, portuguesa, alemana, holandesa, española, japonesa, italiana, china, griega, brasileña, coreana— que el imparable viento hacía ondear en el aire formando un remolino de color. Quizá los años de aislamiento en el convento habían vuelto a Evangeline sensible a las multitudes, pues se descubrió examinando a las personas que se reunían alrededor de la pista. Había adolescentes con vaqueros ajustados y chaquetas de esquí; había padres con niños pequeños, jóvenes amantes y parejas de mediana edad, todos ellos patinando unos alrededor de los otros. La multitud hacía que comprendiera lo alejada del mundo que había vivido hasta entonces.

De repente vislumbró una figura vestida de negro a metro y medio de ella. Alto, de piel pálida, con unos grandes ojos rojos, la criatura la miraba intencionadamente, con expresión amenazadora. Evangeline se volvió en todas las direcciones mientras oleadas de pánico recorrían su cuerpo. Los gibborim se habían mezclado con la muchedumbre, figuras altas y oscuras en actitud atenta.

Evangeline agarró la mano de Verlaine y lo acercó.

—Mire —susurró—. Están aquí.

—Tiene que irse —le ordenó mirándola a los ojos—. Ahora, antes de que quedemos atrapados aquí.

—Creo que es demasiado tarde para eso —replicó ella, mirando a su alrededor, cada vez más aterrorizada. El número de gibborim se había multiplicado—. Están por todas partes.

—Venga conmigo —indicó él, alejándola del grupo de angelólogos—. Podemos irnos juntos.

—Ahora no —repuso Evangeline, acercándose de manera que sólo él pudiera oírla—. Tenemos que ayudar a Gabriella.

—Pero ¿qué ocurrirá si fracasamos? —preguntó Verlaine—. ¿Qué pasará si le ocurre algo a usted?

Ella sonrió débilmente.

—¿Sabe que es la única persona en el mundo que conoce mi lugar favorito? Algún día me gustaría ir allí con usted.

Evangeline escuchó su nombre y ambos se volvieron. Gabriella se estaba acercando a ellos.

Cuando se unieron de nuevo a los angelólogos, Alistair estaba rastreando la multitud con la mirada, con expresión congelada en un rictus de horror. Evangeline siguió la dirección de su mirada hasta el otro lado de la pista de patinaje,

556

donde un grupo de criaturas muy blancas, con las alas cuidadosamente escondidas bajo largos abrigos negros, se habían reunido junto a la estatua de Prometeo. Entre ellos se encontraba un hombre alto y elegante que se apoyaba en un bastón.

—¿Quién es ése? —preguntó Evangeline señalando al hombre.

—Eso... —contestó Gabriella— es Percival Grigori.

La joven reconoció el nombre de inmediato. Era el cliente de Verlaine, Percival Grigori, de la infame familia Grigori. El mismo hombre que había matado a su madre. Lo contempló en la distancia, demudada por el terrible espectáculo. No lo había visto nunca hasta entonces, pero Percival Grigori era quien había destruido a su familia.

—Tu madre se parecía mucho a él —dijo Gabriella—. Su altura, el color de la piel y sus grandes ojos azules. Siempre me preocupó que fuera mucho más como él. —Hablaba en voz tan baja que Evangeline apenas podía oírla—. Me aterrorizaba lo nefilim que parecía mi querida Angela. Mi mayor temor era que al crecer se convirtiera en un ser como él.

Antes de que Evangeline pudiera responder a tan críptico mensaje —y sus horribles implicaciones—, Grigori alzó una mano y las criaturas que se encontraban mezcladas con la multitud avanzaron. Eran más numerosas de lo que en principio había creído Evangeline, porque fila tras fila de criaturas de abrigos negros, pálidas y esqueléticas, aparecieron desde la nada, como si se hubieran materializado en el aire frío y seco de la última hora de la tarde. Sobrecogida, contempló, cómo se acercaban a ella. Pronto la periferia del hielo se oscureció con una aureola de criaturas. Una consternación colectiva pareció inmovilizar a los patinadores cuando los gibborim los rodearon. Alejándose de su círculo hipnótico, observaron con recelo la creciente muchedumbre que se reunía a su alrededor, deteniéndose para examinar las extrañas figuras con algo más próximo a la curiosidad que al miedo. Los niños los señalaban maravillados, mientras los adultos, quizá inmunizados por los espectáculos habituales de la ciudad, fingían ignorar los extraños aconte-

cimientos. Entonces, en un rápido movimiento, los gibborim saltaron las vallas de la plaza y el trance colectivo de inmovilidad quedó destrozado en un instante. La masa de personas asustadas se vio repentinamente rodeada por todas
partes. Los angelólogos se vieron atrapados en el centro de
una red muy elaborada.

Evangeline escuchó a alguien gritar el nombre de su abuela y se volvió para descubrir a Saitou-san abriéndose camino
entre el gentío; supo al instante que algo terrible debía de
haber ocurrido en Riverside Church. Saitou-san estaba herida: diversos cortes cubrían su cara y su chaqueta estaba desgarrada. Pero lo peor de todo era que estaba sola.

—¿Dónde está Vladimir? —preguntó Gabriella mirando
con preocupación detrás de ella.

—¿No ha llegado aún? —repuso Saitou-san, sin aliento—. Nos separamos en Riverside Church. Nos esperaban
los gibborim, con Grigori. No sé cómo sabían que debían
venir aquí, salvo que Vladimir se lo dijera.

—¿Lo dejaste allí? —inguirió Gabriella.

—Huí. No tenía elección. —Saitou-san sacó una bolsa de
terciopelo que llevaba escondida dentro del abrigo, acunán-
dola contra su cuerpo como si fuera un bebé—. Era la única
forma de salir con esto.

—La base de la lira —dijo Gabriella, tomándola de manos de Saitou-san—. La hallasteis.

—Sí —respondió ella—. ¿Habéis recuperado las otras
piezas?

—Todas excepto las clavijas —contestó Evangeline—,
que se encuentran allí, en medio de los gibborim.

Saitou-san y Gabriella miraron en dirección a la pista de
patinaje, que se había llenado de criaturas.

Tras llamar a Bruno para que se acercase, Gabriella le
dio algunas instrucciones en voz baja. Aunque lo intentó,
Evangeline no pudo entender las palabras de su abuela, sólo
la urgencia con que las pronunciaba. Finalmente, Gabriella
cogió a su nieta del brazo.

—Vete con Bruno —le ordenó, colocando en sus manos
la maleta que contenía las distintas partes del instrumen-

558

to—. Haz exactamente lo que él te diga. Tienes que llevarte esto tan lejos de aquí como puedas. Si todo va bien, me reuniré pronto con vosotros.

El contorno de la pista de patinaje se desdibujó en la visión de Evangeline a medida que los ojos se le llenaban de lágrimas: de alguna manera, a pesar de que su abuela asegurara lo contrario, sentía que no volvería a verla más. Quizá Gabriella comprendió sus pensamientos, ya que abrió los brazos y acogió a Evangeline en ellos, estrechándola con fuerza.

—La angelología no es únicamente una ocupación —susurró mientras la besaba en las mejillas—. Es una vocación. Tu trabajo sólo está empezando, mi querida Evangeline. Ya eres todo lo que yo esperaba que fueras.

Sin añadir nada más, Gabriella siguió a Alistair a través de la multitud. Abriéndose camino a lo largo de la pista de patinaje, desaparecieron en la caótica aglomeración de movimiento y ruido.

Bruno cogió entonces a Verlaine y a Evangeline del brazo y los guió escaleras arriba hacia la plaza principal, seguidos de cerca por Saitou-san. No se detuvieron hasta que se hallaron entre las filas de banderas que había detrás de la estatua de Prometeo. Desde allí, Evangeline constató el peligro en que se encontraban Gabriella y Alistair: la pista de patinaje se había convertido en un enjambre sólido de criaturas, una congregación horrible que la dejó helada.

—¿Qué están haciendo? —preguntó Verlaine.

—Se dirigen al centro de los gibborim —respondió Saitou-san.

—Tenemos que ayudarles.

—Gabriella ha sido clara sobre lo que debíamos hacer —replicó Bruno, aunque la preocupación en su voz y las profundas arrugas que rodeaban sus cejas desmentían sus palabras. Resultaba obvio que el proceder de Gabriella también lo aterrorizaba—. Ella debe de saber lo que está haciendo.

—Quizá sea así —insistió Verlaine—, pero ¿cómo demonios va a salir de ahí?

En el nivel inferior, los gibborim se apartaron, abriendo un camino para que Gabriella y Alistair se acercasen sin impedimento a Grigori, que se encontraba cerca de la estatua de Prometeo. Gabriella parecía más pequeña, más frágil a la sombra de las criaturas, y la realidad de la situación golpeó a Evangeline con toda su fuerza: la misma pasión y dedicación que había empujado al venerable padre Clematis a descender a las profundidades de la gruta subterránea y enfrentarse a lo desconocido, así como el ansia de conocimiento que había sellado el asesinato de su propia madre eran el motor que empujaba a su abuela a luchar contra Percival Grigori.

En un lugar distante de su conciencia, Evangeline comprendió la coreografía del plan de Gabriella: la vio discutiendo con Grigori, desviando su atención mientras Alistair corría hacia la estatua de Prometeo. Aun así, se vio sorprendida por lo directo de la ejecución de Alistair: bajando con precaución al estanque, el anciano caminó hasta la base de la estatua, donde la bruma de la fuente le empapó la ropa y el cabello mientras escalaba hasta el anillo de oro que rodeaba el cuerpo de Prometeo. El hielo debía de haber vuelto resbaladizos los bordes, ya que en lugar de seguir escalando, pasó la mano por el interior del anillo y agarró algo detrás de él. Desde su posición encima de la estatua, Evangeline no tenía modo de saber con seguridad cuál era la mecánica del procedimiento, no obstante, daba la impresión de que Alistair estaba desatando algo detrás del anillo. Cuando lo levantó, vio que había separado una pequeña caja de bronce.

—¡Evangeline! —llamó Alistar, su voz casi ahogada por el ruido de la fuente, de manera que ella apenas podía oírlo—. ¡Cójalo!

Alistair lanzó la caja. Ésta voló por encima de la estatua de Prometeo y de la valla que separaba la pista de patinaje de la plaza, y finalmente aterrizó a los pies de Evangeline. La recogió del suelo y la sostuvo en la mano. La caja era oblonga y tan pesada como un huevo de oro.

Apretándola contra su pecho, miró una vez más en dirección a la plaza. A un lado, la pista de hielo estaba repleta de personas que se quitaban los patines con estudiada despreocupación. Los gibborim habían empezado a rodear lentamente a Alistair en el hielo. El hombre parecía frágil y vulnerable comparado con ellos, y cuando las criaturas cayeron sobre él, Evangeline acarició la suave bufanda de lana que Alistair le había dado, deseando poder a hacer algo para ayudarle a escapar. Sin embargo, era imposible de todo punto acercarse. Al cabo de unos minutos las criaturas terminarían su espantosa labor con Alistair Carroll y se volverían contra los angelólogos.

Consciente del giro funesto de su situación, Bruno buscó por toda la explanada una vía de escape. Al final pareció llegar a una conclusión.

—Vengan —ordenó, haciendo un gesto a Verlaine y a Evangeline para que lo siguieran.

Grigori les gritó algo y, tras sacar una arma del bolsillo, la apoyó contra la cabeza de Gabriella.

—Vamos, Evangeline —repitió Bruno con la voz llena de urgencia—. Ahora.

Pero la joven no podía seguirlo. Mirando desde donde estaba Bruno a su abuela, cautiva en medio del hielo, comprendió que debía actuar con rapidez. Sabía que Gabriella quería que siguiera a Bruno —no había ninguna duda de que la maleta que contenía la lira era más importante que la vida de ninguno de ellos—, pero aun así no podía darse la vuelta sin más y dejarla morir.

Apretó la mano de Verlaine y, tras soltarse, corrió hacia su abuela. Bajó los escalones y corrió por el hielo, a sabiendas incluso de que estaba exponiendo sus vidas —y mucho más— en peligro. Sin embargo, no podía abandonarla. Lo había perdido todo en la vida; Gabriella era todo cuanto le quedaba.

En el hielo, los gibborim la retenían al lado de Grigori, una de las terribles criaturas la sujetaba por cada brazo. Los gibborim se acercaban por detrás de Evangeline mientras ésta se abría paso por la pista de patinaje, bloqueando su camino. No podía volver atrás.

—Ven —ordenó Grigori, haciendo un gesto a Evangeline con el bastón. Al ver la caja de bronce que le había lanzado Alistair, añadió—: Tráemela aquí, dámela.

Evangeline se aproximó hasta situarse delante de Grigori. Contemplándolo, se percató de su apariencia, sorprendida por su estado. No era en absoluto como se lo había imaginado. Estaba encorvado, frágil y demacrado. Percival extendió sus manos marchitas y la joven colocó en su palma la caja de bronce procedente de la estatua de Prometeo. Él la sostuvo entonces contra la luz y la examinó, inseguro de qué podría contener una caja tan pequeña. Sonriendo, la dejó caer en su bolsillo y, con un rápido movimiento, le arrebató a Evangeline la maleta de piel.

Pista de patinaje sobre hielo del Rockefeller Center,
Quinta Avenida, Nueva York

Verlaine sabía que las alas de las criaturas estaban escondidas bajo sus abrigos, era consciente de la destrucción que eran capaces de causar si las desplegaban. Sin embargo, para la gente normal, las criaturas parecían ser poco más que una banda de hombres vestidos de forma extraña que llevaban a cabo un ritual exótico sobre el hielo. Siguiendo las órdenes de Grigori, reunidos a su alrededor en el centro de la pista, habían creado un muro impenetrable entre él y los angelólogos. La orquestación de los gibborim habría absorbido toda la atención de Verlaine de no haber sido por el hecho de que Evangeline se encontraba rodeada por aquella oscura horda de criaturas.

—Quédese aquí —ordenó Bruno haciendo un gesto a Verlaine para que permaneciera donde estaba, por encima de la estatua de Prometeo—. Saitou-san, ve por la escalera. Yo iré hacia el otro lado de la pista y veré si puedo distraer a Grigori.

—Eso es imposible —replicó ella—. Mira cuántos son.

Bruno se detuvo mirando en dirección a la pista.

—No podemos dejarlas ahí —dijo, claramente angustiado—. Tenemos que intentar algo.

Bruno y Saitou-san salieron corriendo, dejando a Verlaine mirando impotente desde su observatorio. Le resultaba difícil contener el impulso de saltar al hielo por encima de la valla. Le enfermaba la visión de Evangeline en peligro, sin embargo, no podía hacer nada en absoluto para rescatarla. La conocía tan sólo desde el día anterior y, a pesar de eso, la idea de perderla, fuera cual fuese el futuro que le aguardase con ella, lo aterrorizaba. Gritó su nombre y a través del caos de criaturas ella levantó los ojos y lo miró. Incluso mientras Grigori la empujaba, conduciéndola a ella y a su abuela fuera de la pista, había oído a Verlaine gritar su nombre.

Durante un segundo, Verlaine se sintió como si estuviera fuera de sí mismo, observando su sufrimiento desde la distancia. No le pasaba desapercibida la ironía de su posición: se había convertido en el protagonista, indigente y tragicómico, que contempla cómo la mujer que ama es conducida lejos de él por un villano ruin y cobarde. Resultaba sorprendente cómo el amor tenía el poder de hacerlo sentir como si fuera a la vez un estereotipo de Hollywood y alguien tremendamente original. Amaba a Evangeline, eso lo sabía con seguridad, y haría cualquier cosa por ella.

En el extremo opuesto de la pista, Bruno miraba a las criaturas. Era evidente que se vería en una desventaja insalvable si se internaba en la masa de gibborim. Incluso si lo hacían los tres a la vez, sería imposible llegar hasta Gabriella y Evangeline. Desde su lugar en la escalera, Saitou-san esperaba la señal para intervenir. Pero Bruno, como Verlaine, se daba cuenta de lo desesperado de su posición: no podían hacer nada excepto presenciar el desarrollo de los acontecimientos.

De repente un ruido sordo acalló los sonidos propios de la ciudad. Al principio Verlaine fue incapaz de distinguir la fuente: había empezado como un suave rumor en la distancia y había aumentado en cuestión de segundos hasta convertirse en el distintivo rugido de un motor. Mirando a su alrededor vio que una furgoneta negra, idéntica a las que había visto aparcadas frente al convento de Saint Rose, estaba atravesando la explanada hasta la pista de patinaje, abriéndose paso a través de la multitud.

Al acercarse el vehículo, Grigori apuntó el arma hacia Gabriella y Evangeline, empujándolas escaleras arriba. Verlaine aguzó la vista para localizar a Evangeline, pero los gibborim la rodeaban, bloqueando su visión. Cuando la comitiva pasó junto a Saitou-san, Verlaine pudo detectar un momento de indecisión en su postura. Por un instante pareció que iba a empujar a los gibborim y atacar al propio Grigori, pero al darse cuenta de que estaba en inferioridad de condiciones, no hizo nada.

Grigori obligó a Evangeline y a Gabriella a subir al vehículo, empujándolas con el arma y cerrando luego la puerta rápidamente. Cuando la furgoneta empezó a alejarse, Verlaine llamó a Evangeline con desesperación, con la impotencia llenándolo de ira. Corrió detrás del vehículo, pasando al lado de las luces navideñas, de los heraldos con sus trompetas doradas levantadas hacia el oscuro cielo nocturno, del inmenso árbol perenne adornado con luces de colores. La furgoneta se internó en el tráfico y desapareció. Evangeline se había ido.

Los gibborim se dispersaron, subieron la escalera y desaparecieron entre la multitud de personas confusas, escabulléndose como si no hubiera pasado nada en absoluto. Cuando la pista de hielo estuvo despejada, Verlaine bajó corriendo la escalera y fue hasta donde había estado Evangeline. Resbaló adelante y atrás sobre las suelas de sus zapatillas, intentando mantener el equilibrio mientras avanzaba. Los focos orientados hacia el hielo proyectaban volutas sobre su superficie, doradas, azules y naranja, como si de un ópalo se tratara. Algo en el centro de la pista le llamó la atención. Se agachó sobre sus talones y, pasando el dedo sobre la superficie helada, levantó una reluciente cadena de oro. Un colgante en forma de lira había quedado incrustado en el hielo.

Esquina de la calle Cuarenta y ocho Este con Park Avenue, Nueva York

Percival Grigori ordenó al conductor que girase en dirección a Park Avenue y se dirigiese hacia su apartamento, donde lo estarían esperando Sneja y su padre. La amplia avenida estaba atascada a causa del tráfico, por lo que avanzaban a trompicones. Las ramas negras de los árboles invernales habían sido cubiertas con miles de luces de colores que subían y bajaban por el bulevar, lo que le recordó que los humanos seguían celebrando sus reuniones navideñas. Sosteniendo la maleta, la piel antigua y curtida, rugosa bajo sus dedos, Percival supo que por una vez Sneja estaría complacida. Casi podía imaginar el placer que mostraría cuando colocase la lira y a Gabriella Lévi-Franche Valko a sus pies. Sin Otterley, él era la última esperanza de su madre. Aquello seguramente lo redimiría.

Gabriella estaba sentada frente a él, mirándolo con desprecio. Habían pasado más de cincuenta años desde su último encuentro, y aun así sus sentimientos por ella eran tan intensos —y conflictivos— como lo habían sido el día que había ordenado su captura. Ahora Gabriella lo odiaba, eso estaba claro, pero él siempre había admirado la fuerza de sus sentimientos: ya fuera pasión, odio o miedo, sentía cada emoción con la totalidad de su ser. Percival había creído que el poder que ejercía sobre él había terminado; sin embargo, sentía cómo se debilitaba en su presencia. Ella había perdido su juventud y su belleza, pero continuaba siendo peligrosamente magnética. Aunque él tenía el poder de quitarle la vida en un instante, Gabriella parecía ajena al miedo. Eso cambiaría en cuanto se presentasen ante su madre. Sneja nunca se había sentido intimidada por ella.

Cuando la furgoneta aminoró la marcha para detenerse en un semáforo, Percival estudió a la joven sentada junto a ella. Era absurdo, pero el parecido con la Gabriella que había conocido cincuenta años antes —su piel de un blanco cremoso, la forma de sus ojos verdes— era sorprendente. Parecía como si la Gabriella de sus fantasías se hubiera materializado ante sus ojos. La joven también llevaba una lira de oro colgada del cuello, un colgante idéntico al que Gabriella llevaba en París, un collar del que él sabía que no se habría separado nunca.

De repente, antes de que él tuviera oportunidad de reaccionar, Gabriella abrió la puerta del vehículo, agarró la maleta del regazo de Percival y se precipitó a la calle con la joven siguiéndola de cerca.

Grigori le gritó al conductor que las siguiera. Saltándose el semáforo en rojo, la furgoneta giró a la derecha hacia la calle Cincuenta y uno, metiéndose en sentido contrario por una calle de una sola dirección, pero, incluso cuando el vehículo se les echó encima, las mujeres lo eludieron, cruzando a la carrera la avenida Lexington y desapareciendo por un escalera en dirección al metro. Percival cogió su bastón y saltó por la puerta que Gabriella había dejado abierta, impulsándose hacia delante con todas sus fuerzas. Corrió lo mejor que pudo a través de la multitud, su cuerpo dolorido con cada paso vacilante.

Nunca había estado en el interior de una estación de metro en la ciudad de Nueva York, y las máquinas expendedoras de billetes, los planos y los torniquetes le resultaban extraños e incomprensibles. Estaba perdido en lo que se refería a su funcionamiento. Hacía muchos años había estado en el metro de París; la inauguración del Métro con el cambio de siglo lo había llevado bajo tierra por curiosidad, y había cogido los trenes en más de una ocasión mientras había sido una moda, pero el interés se había disipado con rapidez. En Nueva York, dicho medio de transporte quedaba totalmente descartado. La idea de estar tan cerca de tantos seres humanos, todos apelotonados los unos contra los otros, le daba náuseas.

Se detuvo ante los torniquetes para recuperar el aliento y después empujó la barra de metal; sin embargo, ésta no se movió de su sitio. Empujó por segunda vez y de nuevo la barra no se movió. Colgando el bastón del torniquete, maldijo de pura frustración, dándose cuenta de que la gente se detenía para mirarlo como a un loco. En su momento habría pasado sin dificultad por encima de las barreras de metal. Cincuenta años antes sólo habría sido una cuestión de segundos que consiguiese atrapar a Gabriella —que tampoco podía moverse con tanta agilidad como lo había hecho en su momento— y a su colega. Pero ahora se sentía impotente. No le quedaba otra alternativa que atravesar esas ridículas barreras de metal siguiendo el misterioso procedimiento que ello requiriera.

Un hombre joven con chándal entró en la estación y sacó una tarjeta de plástico del bolsillo. Percival aguardó a que se acercase hasta los torniquetes, y entonces, justo en el momento en que el hombre estaba a punto de pasar la tarjeta, Grigori sacó la empuñadura del bastón de la caña y, presionando con la punta la espalda del otro, empujó con todas sus fuerzas. El cuerpo del hombre se tambaleó hacia delante, golpeó el torniquete y cayó hacia atrás a los pies de Percival. Mientras el hombre herido gemía de dolor, él agarró la tarjeta de sus manos, la pasó y cruzó el acceso al metro. En la distancia, oyó el traqueteo de un tren que se aproximaba a la estación.

*Estación de la calle Cincuenta y uno con la avenida
Lexington, tren local número 6 en dirección al centro,
Nueva York*

Cuando el tren entró en la estación, una ráfaga de aire caliente recorrió la piel de Evangeline. La joven respiró profundamente, inhalando el olor a aire viciado y metal caliente. Las puertas del vagón se abrieron y una multitud de pasajeros bajó al andén. Gabriella y ella habían corrido menos de una manzana hasta la estación, pero el esfuerzo había dejado sin aire a su abuela. Mientras Evangeline la ayudaba a acomodarse en un asiento de plástico, se dio cuenta lo débil que estaba su abuela. Mientras Gabriella se reclinaba en el asiento, intentando recuperarse, la joven se preguntó cuánto tiempo serían capaces de aguantar si Percival Grigori las seguía.

El vagón estaba vacío salvo por un borracho tumbado en una fila de asientos en el otro extremo, y al olfatear un poco, Evangeline comprendió por qué no había otros pasajeros en las proximidades. El hombre se había vomitado encima y sobre los asientos, dejando un hedor acre. Ella sentía que estaba a punto de vomitar a su vez por el olor pero no podía arriesgarse a volver al andén. En su lugar intentó descubrir en qué tren habían subido y, al encontrar un plano, dedujo su posición: estaban en la línea verde 4-5-6. Siguiendo la línea hacia el sur vio que terminaba en la estación de Brooklyn Bridge-City Hall. Conocía como la palma de su mano las calles cercanas al puente. Si conseguían llegar allí, no tendría dificultades para encontrar un lugar donde esconderse. Debían irse cuanto antes. Sin embargo, las puertas, que Evangeline había esperado que se cerrasen al instante, seguían abiertas.

Una voz alta y chirriante surgió de pronto del sistema de megafonía, pronunciando una rápida retahíla de palabras, cada una de ellas atropellando a la siguiente. El anuncio, según dedujo Evangeline, debía de tener algo que ver con un retraso, aunque no tenía ningún medio de estar segura. Las puertas seguían abiertas, dejándolas expuestas. Una oleada de pánico la recorrió ante la idea de estar atrapada, pero la súbita agitación de su abuela trasladó sus pensamientos a un segundo plano.

—¿Qué ocurre? —preguntó Evangeline.

—No está —respondió Gabriella, palpándose el cuello visiblemente sorprendida—. Se me ha caído mi amuleto.

Siguiendo un acto reflejo, Evangeline se tocó el cuello, notando el frío metal del colgante de oro en forma de lira. De inmediato empezó a desabrocharlo para entregárselo a su abuela, pero ella la detuvo.

—Ahora vas a necesitar tu colgante más que nunca.

Con el colgante o sin él, era demasiado peligroso quedarse allí sentadas, esperando. Evangeline miró el andén y calculó la distancia hasta la salida. Estaba a punto de coger a su abuela del brazo y acompañarla fuera del tren cuando, a través de una ventanilla cubierta de grafitis, apareció el contorno de su perseguidor, que bajó cojeando la escalinata y penetró en el andén para registrar el tren. Evangeline se agachó detrás de la ventanilla, empujando consigo a Gabriella con la esperanza de que Grigori no las hubiera visto. Para su alivio, sonó el aviso acústico y las puertas empezaron a cerrarse. El vagón se alejaba ya de la estación, con las ruedas chirriando sobre el metal a medida que ganaban velocidad.

Pero cuando Evangeline levantó la mirada, el corazón le dio un vuelco. Un bastón ensangrentado ocupaba su campo visual. Percival Grigori se cernía sobre ella, su rostro contorsionado de rabia y cansancio. Su respiración era tan laboriosa que la joven estimó que serían capaces de dejarlo atrás corriendo si llegaban a la siguiente estación; dudaba que fuera capaz de seguirlas incluso por el tramo más corto de escaleras. Pero cuando Percival sacó el arma del bolsillo y les hizo un gesto para que se pusieran en pie, supo que estaban atrapadas. Agarrándose a una de las barras de sujeción para no perder el equilibrio, Evangeline se mantenía muy cerca de su abuela.

—Aquí estamos de nuevo —dijo él, su voz era poco más que un susurro mientras se inclinaba hacia delante y le arrebataba a Gabriella la maleta de piel—. Aunque quizá esta vez nos ocupemos de lo que realmente importa.

Mientras el tren seguía su camino por la oscuridad de los túneles, balanceándose en una curva del pasaje subterráneo, Percival depositó la maleta sobre el asiento de plástico y la abrió. El tren se detuvo en una estación y las puertas se abrieron, pero cuando los pasajeros subieron, percibieron el hedor del hombre ebrio y cambiaron de vagón. Ajeno a lo que ocurría a su alrededor, Percival desenvolvió el cuerpo de la lira de la tela de terciopelo verde, sacó el plectro de su bolsa de cuero, extrajo los travesaños de su caja y desenrolló las cuerdas. De su bolsillo sacó la pequeña caja de bronce que había recuperado Alistair Carroll en el Rockefeller Center, la abrió y examinó las clavijas de valkina. Las piezas del instrumento se encontraban delante de ellos, meciéndose con el movimiento del tren, esperando a ser ensambladas.

Percival sacó el diario del fondo de la maleta, las tapas de piel y el cierre en forma de ángel dorado brillaban de forma intermitente bajo la luz parpadeante. Volvió las páginas, pasando por alto las conocidas secciones de información histórica, cuadrados mágicos y sellos, y deteniéndose en el punto en que comenzaban las fórmulas matemáticas de Angela.

—¿Qué son estos números? —preguntó, examinando el cuaderno con cuidado.

—Míralos bien —respondió Gabriella—. Sabes perfectamente lo que son.

Mientras leía las páginas por encima, su expresión consternada pasó a ser de placer.

—Son las fórmulas que te quedaste —dijo tras unos instantes.

—Querrás decir —replicó Gabriella— que son las fórmulas por las que mataste a nuestra hija.

Evangeline contuvo la respiración, comprendiendo al fin las palabras crípticas que Gabriella había pronunciado en la pista de patinaje. Percival Grigori era su abuelo. La constatación la llenó de horror. Grigori también parecía sorprendido. Intentó hablar, pero lo asaltó un acceso de tos. Luchó por conseguir aire hasta que al final logró decir:

—No te creo.

—Angela nunca supo quién era su padre. Le ahorré el dolor de saber la verdad. Evangeline, sin embargo, no ha podido disfrutar de ese beneficio. Ha presenciado de primera mano la vileza de su abuelo.

Percival la miró a ella y luego a la joven, sus rasgos demacrados se endurecieron a medida que comprendía en toda su extensión lo que Gabriella quería decir.

—Una heredera humana no tiene ningún valor —replicó él con brusquedad—. A Sneja sólo le preocupa la sangre angelical.

El tren llegó a una estación, las luces blancas del andén inundaron el interior, y se detuvieron en Union Square con una sacudida. Las puertas se abrieron y un grupo de personas entraron, alegres a causa de alguna celebración. No parecían haberse fijado en Percival o en el hedor que flotaba en el aire, además se sentaron cerca, hablando y riendo en voz alta. Alarmada, Gabriella se movió para tapar la maleta.

—No deberías exponer el instrumento de esta manera —le recriminó a Percival—. Es muy peligroso.

Él hizo un gesto en dirección a Evangeline con el arma y la joven recogió las piezas una a una, deteniéndose a examinarlas antes de devolverlas a la maleta. Cuando sus dedos rozaron la base metálica de la lira, se vio asaltada por una sensación extraña. Al principio no le hizo caso, pensando que no era más que el pánico que le inspiraba Percival Grigori. Pero entonces oyó algo sobrenatural: una música dulce y perfecta llenó su mente, las notas ascendían y caían, cada una enviando un escalofrío por todo su cuerpo. El sonido era tan gozoso, tan alegre, que se concentró para escucharlo con mayor atención. Miró a su abuela, que había empezado a discutir con Grigori, pero a través de la música no podía oír lo que estaba diciendo Gabriella. Era como si una gruesa cúpula de cristal hubiera descendido sobre ella, separándola del resto del mundo. Nada importaba excepto el instrumento que tenía delante. Y aunque aquel efecto la había hipnotizado sólo a ella, sabía que la música no era un producto de su imaginación. La lira la estaba llamando.

Sin previo aviso, Percival cerró de golpe la tapa de la maleta y la apartó con brusquedad de ella, rompiendo el hechizo que el instrumento había arrojado sobre la joven. Una violenta oleada de desesperación la asaltó cuando perdió contacto con la maleta y, antes de tener oportunidad de comprender sus acciones, se abalanzó sobre Percival y se la arrebató. Para su sorpresa, había sido capaz de recuperar el instrumento con facilidad. La impulsaba una fuerza nueva, una vitalidad que no conocía sólo unos momentos antes. Su vista era más aguda, más precisa. Evangeline apretó la maleta contra su cuerpo, dispuesta a protegerla.

El tren se detuvo en otra estación y el grupo de personas bajó del vagón, ajenos a la escena que se desarrollaba a escasos metros de ellos. Sonó el aviso y las puertas se cerraron. Estaban de nuevo solos con el borracho maloliente al otro extremo del vagón.

Evangeline se alejó entonces de Gabriella y de Percival y abrió la maleta. Allí estaban las piezas, esperando que las uniesen. Con rapidez, ajustó los travesaños a la base de la lira, enroscó las clavijas en los mismos y extendió las cuerdas, enrollándolas lentamente hasta que estuvieron tensas. Aunque se había figurado que el montaje sería complicado, fue capaz de ajustar con facilidad cada pieza con las demás. Al tensar las cuerdas, las sintió vibrar bajo sus dedos.

Pasó la mano sobre la lira. El metal era frío y suave al tacto. Deslizó un dedo sobre la seda firme de una cuerda y ajustó la clavija, escuchando cómo la nota cambiaba de registro. Cogió el plectro, su superficie relucía bajo las intensas luces del vagón del metro, y lo desplazó sobre las cuerdas. En un instante la textura del mundo cambió. El ruido del metro, la amenaza de Percival Grigori, el latido incontrolable de su corazón, todo quedó en silencio y una vibración cadenciosa y dulce, mucho más poderosa que antes, llenó sus sentidos. Se sentía a la vez despierta y dormida. Las sensaciones frescas y vívidas de la realidad la rodeaban —el balanceo del tren, la empuñadura de marfil del bastón de Percival—, sin embargo, se sentía como si hubiera caído en un sueño. El sonido era tan puro, tan poderoso que la desarmaba por completo.

—Para —ordenó Gabriella. Aunque su abuela se encontraba sólo a unos pocos centímetros, a Evangeline su voz le sonaba como si procediera de una habitación distante—. No, no sabes lo que estás haciendo, Evangeline.

Miró a su abuela como si lo hiciera a través de unos prismáticos. Gabriella se encontraba a su lado, pero ella casi no podía verla.

—No se sabe nada acerca del modo correcto en que hay que tocar la lira —añadió Gabriella—. Los horrores que puedes traer al mundo son inimaginables. Detente, te lo ruego.

Percival miraba a Evangeline con una expresión de gratitud y placer en el rostro. El sonido del instrumento había empezado a obrar su magia sobre él. Acercándose, sus dedos trémulos de placer, tocó la lira. De repente su expresión cambió y observó a la joven con una mirada de horror y aprensión, terror y admiración a partes iguales.

Gabriella la miró a su vez aterrada.

—Evangeline, cariño, ¿qué ha ocurrido?

Ella no lograba entender lo que quería decir su abuela. Se miró a sí misma y no notó ningún cambio. Entonces, al volverse, vio su reflejo en el cristal oscuro de la ventanilla y contuvo la respiración. Desplegadas alrededor de sus hombros, brillando envueltas en un halo de luz dorada, había un par de alas luminosas y amplias, tan hipnóticas en su belleza que no pudo evitar quedarse fascinada, mirándose a sí misma. Con una sutil presión de sus músculos, las alas se extendieron en toda su envergadura. Eran tan ligeras que durante un instante se preguntó si serían una ilusión óptica causada por la luz. Movió los hombros para poder observarlas mejor: las plumas eran de un color púrpura diáfano, veteado de plata. Inspiró profundamente y las alas se elevaron, batiendo al ritmo de su respiración.

—¿Quién soy? —preguntó Evangeline, la realidad de su metamorfosis cayendo de repente sobre ella—. ¿En qué me he convertido?

Percival se acercó más a ella. Ya fuera por los efectos de la música de la lira o por su nuevo interés en la joven, su figura marchita y encorvada se había transformado en la de una criatura imponente cuyo peso empequeñeció a Gabriella. A Evangeline le pareció que su piel estaba alimentada por un fuego interno, sus ojos brillaban, su espalda se enderezó.

—Tus alas son iguales que las de tu tatarabuela Grigori —comentó Percival tirando el bastón al suelo del vagón—. Sólo he oído a mi padre hablar de ellas, pero representan la mayor pureza de nuestra especie. Te has convertido en una de nosotros. Eres una Grigori.

Puso la mano sobre el brazo de Evangeline. Sus dedos helados hicieron que la recorriera un escalofrío, pero la sensación la llenó al mismo tiempo de placer y fuerza. Era como si toda su vida hubiera vivido en un opresivo caparazón y, ahora, en un instante, se hubiera desprendido de él. De repente se sentía viva.

—Ven conmigo —sugirió Percival con voz sedosa—. Ven a conocer a Sneja. Ven a casa con tu familia. Te daremos todo lo que necesitas, todo lo que tanto has anhelado, todo lo que puedas desear tener. Nunca más tendrás un deseo insatisfecho. Vivirás mucho después de que este mundo haya desaparecido. Yo te enseñaré cómo. Te enseñaré todo lo que sé. Sólo nosotros podemos brindarte un futuro.

Al mirar en los ojos de Percival, Evangeline comprendió todo lo que él podía proporcionarle. Su familia y sus poderes podían ser suyos. Podía tener todo lo que había perdido: un hogar, una familia. Gabriella no podía darle ninguna de esas cosas.

Volviéndose hacia su abuela, se sorprendió al ver cuánto

había cambiado Gabriella en un momento. De repente no parecía más que una mujer débil e insignificante, un ser humano frágil con lágrimas en los ojos.

—Tú sabías que era así —dijo Evangeline.

—Tu padre y yo —explicó ella— te hicimos examinar cuando eras pequeña y vimos que tus pulmones estaban formados como los de un niño nefilim, pero a partir de nuestros estudios y del trabajo que había desarrollado Angela sobre la decadencia nefilim, sabíamos que un gran porcentaje de nefilim no llegan a desarrollar alas jamás. La genética no es suficiente. Tienen que estar presentes otros muchos factores.

Gabriella tocó las alas de su nieta, como si se sintiera atraída por su belleza deslumbrante. Ella se echó hacia atrás, asqueada.

—Me engañaste —le reprochó—. Creías que yo destruiría la lira. Sabías en lo que podía convertirme.

—Siempre había temido que fuera Angela porque guardaba un enorme parecido con Percival. Pero creía que, incluso si ocurría lo peor y se volvía como él, desde el punto de vista físico, ella lo trascendería en espíritu.

—Pero mi madre no era como yo —replicó Evangeline—. Ella era humana.

Quizá percibiendo el conflicto que explotaba en la mente de su nieta, Gabriella añadió:

—Sí, ella era humana en todos los aspectos. Era amable, compasiva, amaba a tu padre con un corazón humano. Quizá era una ilusión de madre, pero yo creí que Angela podría desafiar sus orígenes. Su trabajo nos llevó a pensar que las criaturas se estaban extinguiendo. Teníamos la esperanza de que surgiría una nueva raza de nefilim, una en la que triunfarían los rasgos humanos. Creíamos que si la estructura biológica de Angela era nefilim, su destino consistiría en ser la primera de esa nueva especie. Pero ése no era el destino de Angela. Es el tuyo.

Cuando el tren traqueteó hasta detenerse y las puertas se abrieron, Gabriella se acercó a su nieta. Evangeline apenas pudo oír sus palabras.

—Corre, Evangeline —le susurró apresurada—. Coge la lira y destrúyela. No caigas víctima de las tentaciones que sientes. Está en tus manos hacer lo que es correcto. Corre, querida, y no mires atrás.

Evangeline descansó un instante en los brazos de Gabriella. La calidez del cuerpo de su abuela le recordaba la seguridad que había sentido en presencia de su madre. La anciana estrechó el abrazo una vez más y luego, con un leve empujón, la soltó.

Estación de Brooklyn Bridge-City Hall, Nueva York

Percival agarró a Gabriella de los brazos y la arrastró fuera del tren; la notaba ligera, con las muñecas delgadas y frágiles como ramitas. Nunca se le había podido equiparar, pero en París había sido lo suficientemente fuerte para ofrecer alguna resistencia. Ahora era tan débil, estaba tan derrotada, que podía hacerle daño sin esfuerzo. Casi deseaba que fuera más fuerte: quería ver cómo luchaba mientras la mataba.

El terror en sus ojos mientras la arrastraba por el andén debería haber sido suficiente. Cuando la cogió por el cuello, los pequeños botones de su chaqueta negra saltaron y se esparcieron sobre el hormigón del andén como cucarachas huyendo de la luz. La piel que quedó al descubierto era pálida y arrugada, excepto donde una cicatriz rosada y sinuosa recorría la parte superior del esternón. Cuando alcanzó una escalera a oscuras en el extremo más alejado del andén, Grigori la tiró por los escalones y él saltó detrás hasta que su sombra cayó sobre ella. Gabriella intentó alejarse rodando, pero él la sostuvo contra el frío suelo de hormigón inmovilizándola con la rodilla. No iba a dejar que se escapase.

A continuación puso sus manos sobre el corazón de la mujer; éste latía con rapidez y fuerza contra sus palmas, con el pulso tan rápido como el de un pequeño animal.

—Gabriella, mi querubín —dijo Percival.

Ella no lo miró ni tampoco le respondió, pero al tiempo que él deslizaba sus manos sobre la delgada caja torácica, sintió su miedo: sus palmas se humedecieron con el sudor que le cubría la piel. Grigori cerró los ojos. La había deseado durante décadas. Para su delicia, ella se revolvió bajo su presa, retorciéndose e intentando darse la vuelta, pero la lucha no tenía sentido. Su vida le pertenecía a él.

Cuando Percival la miró de nuevo, Gabriella estaba muerta. Sus grandes ojos verdes estaban fijos y abiertos, tan claros y bellos como el día que la conoció. No podía explicarlo, pero lo asaltó un momento de ternura. Tocó su mejilla, su cabello negro, sus pequeñas manos cubiertas por unos guantes de cuero ajustados. El asesinato había sido glorioso; no obstante, le dolía el corazón.

Un sonido devolvió la atención de Percival al andén. Evangeline estaba de pie en lo alto de la escalera, contemplándolo, sus espectaculares alas se extendían desde su cuerpo. Nunca había visto nada igual: se elevaban desde su espalda en perfecta simetría, latiendo al ritmo de su respiración. Incluso en el momento álgido de su juventud, las alas de Percival no habían sido tan majestuosas. Aun así, él también se notaba cada vez más fuerte. La exposición a la música de la lira le había proporcionado una fuerza renovada. Cuando poseyera el instrumento, sería más poderoso de lo que había sido jamás.

Se acercó a Evangeline. Sus músculos ya no sufrían calambres; el roce del arnés no lo ralentizaba. La joven acunaba entre las manos la lira, cuyo metal relucía. Luchando contra la urgencia de arrebatarle el instrumento, Percival midió sus movimientos. Debía permanecer tranquilo, no debía asustarla.

—Me has esperado —constató, sonriendo a Evangeline.

A pesar del poder que le conferían sus alas, había algo infantil en el comportamiento de ella. Vacilaba al mirarlo a los ojos.

—No podía irme —replicó—. Tenía que ver por mí misma lo que significa...

—¿Lo que significa ser una de nosotros? —preguntó Percival—. Ah, tienes mucho que aprender. Hay mucho que puedo enseñarte.

Alzándose en toda su envergadura, apoyó la mano en la espalda de Evangeline, deslizando los dedos sobre la delicada piel en la base de las alas. Al presionar el punto donde los apéndices se unían a la espina dorsal, ella se sintió de repente vulnerable, como si Percival hubiera tocado una debilidad oculta.

—Pliégalas —ordenó él—. Alguien podría verte. Sólo debes abrirlas en privado.

Siguiendo sus instrucciones, Evangeline recogió las alas, su sustancia vaporosa se fundió al desaparecer de la vista.

—Bien —señaló él, conduciéndola por el andén—. Muy bien. Lo comprenderás todo con gran rapidez.

Juntos, subieron por la escalera, recorrieron el vestíbulo de la estación dejando atrás las luces fluorescentes y salieron a la noche fría y clara. El puente de Brooklyn se levantaba ante ellos, con sus enormes torres iluminadas por focos. Percival buscó un taxi, pero las calles estaban desiertas. Tendrían que encontrar una forma de regresar al apartamento. Seguramente Sneja lo estaría esperando. Incapaz de contenerse por más tiempo, cogió la lira de manos de Evangeline y la sostuvo cerca de su pecho, disfrutando de su conquista. Su nieta le había llevado la lira. Pronto regresaría toda su fuerza. Sólo deseaba que Sneja hubiera estado allí para que hubiera sido testigo de la gloria de los Grigori. Así, su triunfo habría sido completo.

Estación de Brooklyn Bridge-City Hall, Nueva York

Sin la lira, los sentidos de Evangeline regresaron y empezó a entender el hechizo que el instrumento había arrojado sobre ella. Había permanecido subyugada a la lira, en un trance hipnótico que sólo logró comprender por completo cuando Percival Grigori se la arrebató. Horrorizada, recordó cómo había presenciado el asesinato de Gabriella a manos de él. Su abuela había luchado bajo su poder, y Evangeline —que estaba lo suficientemente cerca como para oír la exhalación de su último aliento— se había quedado observando su sufrimiento, sin sentir nada más que un interés remoto y casi clínico por el asesinato. Se había fijado en cómo Percival había colocado las manos sobre el pecho de su abuela, cómo se había resistido ella y, después, como si le hubieran aspirado la vida, cómo se había quedado inmóvil. Observando a Percival, Evangeline comprendió el placer que había obtenido de la muerte y, para su horror, deseó experimentar la sensación en persona.

Los ojos se le llenaron de lágrimas. ¿Gabriella había muerto de la misma forma que Angela? ¿Su propia madre había luchado y sufrido a manos de Percival? Asqueada, se tocó los hombros y la espalda. Sus alas habían desaparecido. Aunque recordaba claramente que Percival le había enseñado a plegarlas y que ella había sentido cómo se acomodaban debajo de la ropa, descansando con ligereza contra su piel cuando las había escondido, no estaba segura de que hubieran existido en realidad. Quizá todo había sido una terrible pesadilla. Sin embargo, la lira en poder de Percival demostraba que había ocurrido tal como ella lo recordaba.

—Ven, ayúdame —ordenó Percival. Desabotonándose el abrigo y después la camisa de seda que llevaba debajo, reveló la parte frontal de un intrincado arnés de cuero negro—. Desabróchalo. Tengo que verlo por mí mismo.

Los cierres eran pequeños y difíciles de soltar, pero al poco lo consiguió. Evangeline sintió náuseas cuando sus dedos rozaron la carne fría y blanca de su abuelo. Él se despojó de la camisa y dejó que el arnés cayera al suelo. Sus costillas estaban marcadas con quemaduras y rozaduras causadas por el cuero. Evangeline estaba tan cerca de Percival que podía oler su cuerpo; su proximidad le hizo sentir repulsión.

—Mira —exclamó él con un gesto triunfante. Se volvió y ella distinguió unas pequeñas protuberancias de carne rosada y nueva en su espalda, cubiertas con plumas doradas—. Están volviendo, exactamente como sabía que ocurriría. Todo ha cambiado ahora que te has unido a nosotros.

Evangeline lo miró, digiriendo sus palabras, valorando las alternativas que se le presentaban. Sería fácil seguir a Grigori, unirse a su familia y convertirse en una de ellos. Tal vez él estaba en lo cierto cuando había dicho que ella era una Grigori. Pero las palabras de su abuela resonaban en su cabeza: «No caigas víctima de las tentaciones que sientes. Está en tus manos hacer lo que es correcto.» Miró más allá de Grigori y divisó el puente de Brooklyn elevándose hacia el cielo nocturno. Pensó en Verlaine, en cómo había confiado en él.

—Estás equivocado —le espetó de pronto a Grigori con rabia incontenible—. Yo no me he unido a ti. Nunca me uniré a ti ni a tu familia de asesinos.

Evangeline se abalanzó entonces hacia delante y, recordando la intensa sensación de inseguridad que había sentido cuando Percival la había tocado en la base de las alas, agarró la carne suave en su espalda, se aferró a las protuberancias que él le había mostrado con tanto orgullo y lo arrojó al suelo. Sorprendida de su fortaleza, vio cómo Percival se golpeaba con violencia contra el hormigón. Mientras él se retorcía, presa de un agónico dolor, a sus pies, Evangeline aprovechó su ventaja para ponerlo boca abajo y dejar expuestos los muñones. Le había roto una de las alas y de la carne desgarrada fluía un líquido espeso y azul. La carne estaba desprendida y una enorme herida se abría donde había estado el ala, lo que permitió observar el terrible colapso de sus pulmones.

Cuando Grigori murió, su cuerpo empezó a transformarse. La inquietante blancura de su piel se amortiguó, su cabello dorado se disolvió, sus ojos se convirtieron en un vacío negro y las minúsculas alas en desarrollo se descompusieron en un fino polvo metálico. Evangeline se inclinó, presionó el dedo contra el polvo y, levantándolo en alto de manera que podía ver los gránulos brillantes reluciendo contra su piel, los sopló al frío viento.

La lira estaba atrapada bajo el brazo de Percival. Evangeline la cogió, aliviada de tenerla en su poder a pesar de que el poder hipnótico que podía ejercer sobre ella la aterrorizaba. Asqueada ante la visión del cadáver, se alejó corriendo del cuerpo de Percival, como si éste pudiera contaminarla. En la distancia, los cables del puente cruzaban su campo de visión. Los focos iluminaban las torres de granito que se elevaban hacia el gélido cielo nocturno. Si tan sólo hubiera podido cruzar el puente y descubrir que su padre la estaba esperando para regresar a casa...

Tras subir por la rampa de hormigón, emergió sobre una plataforma de madera que la condujo rápidamente hasta la pasarela para peatones en el centro del puente. Evangeline apretó la lira contra su cuerpo y echó a correr. El viento la azotaba con toda su fuerza, empujándola hacia atrás, pero aun así ella luchaba por avanzar, manteniendo la vista fija en las luces de Brooklyn. La pasarela estaba desierta, la corriente de coches recorría a toda velocidad la calzada en ambas direcciones, sus faros parpadeaban entre las barras del guardarraíl.

Cuando alcanzó la primera torre, Evangeline se detuvo. Había empezado a nevar: unos copos grandes y húmedos se precipitaban entre la maraña de cables hasta aterrizar sobre la lira en su mano, sobre la pasarela, sobre el río oscuro debajo de ella. La ciudad se extendía a su alrededor, con sus luces re-

583

flejándose sobre la superficie oscura del East River como si fuera la única cúpula de vida en un vacío infinito. Contemplando el puente en toda su extensión, Evangeline sintió que se le partía el corazón. Nadie la estaba esperando. Su padre estaba muerto. Su madre, Gabriella, las hermanas que había llegado a querer, todos se habían ido. Ahora estaba completamente sola.

Con una flexión de sus músculos desplegó las alas en su espalda, abriéndolas en toda su envergadura. Le sorprendió lo fácil que le resultaba controlarlas; era como si las hubiera tenido toda su vida. Se subió a la protección de la pasarela situándose de cara al viento y se concentró en las estrellas que titilaban en la distancia. Una ráfaga le hizo perder momentáneamente el equilibrio, pero logró recuperarlo con un grácil giro de sus alas. Tras extenderlas, Evangeline se alejó de un salto del mundo sólido. El viento la impulsó hacia el aire, pasando entre los gruesos cables de acero y volando hacia arriba, hacia el abismo infinito del cielo.

Se dirigió hacia la cima de la torre. El asfalto, muy por debajo de ella, había quedado cubierto por una capa de nieve de un blanco puro. Se sentía extrañamente inmune al aire helado, como si estuviera entumecida. De hecho, ya no sentía nada en absoluto. Contemplando el río, Evangeline se concentró en su interior y, en un momento de determinación, supo lo que debía hacer.

Cogió la lira entre las manos, cerró las palmas alrededor de los bordes fríos de la base y sintió cómo el metal se ablandaba y se calentaba. Al aumentar la presión, el instrumento se volvió menos resistente en sus manos, como si la valkina hubiera reaccionado químicamente con su piel y hubiera empezado a disolverse poco a poco. Muy pronto, la lira empezó a brillar con un calor líquido sobre su carne. En manos de Evangeline se había transformado en una bola de fuego más brillante que cualquiera de las luces que relucían en el cielo por encima de ella. Durante un instante fugaz se sintió tentada de conservar la lira intacta. Pero entonces, tras recordar las palabras de Gabriella, arrojó el instrumento de fuego lejos de sí. Cayó al río como una estrella fugaz, su luz se disolvió en la oscuridad densa como la tinta.

Residencia de Gabriella Lévi-Franche Valko, Upper West Side, Manhattan

Aunque Verlaine quería ayudar a los angelólogos, estaba claro que no tenía la formación o la experiencia necesarias para poder ser de utilidad, de manera que se quedó a un lado, observando sus esfuerzos frenéticos por localizar a Gabriella y a Evangeline. Los detalles de su secuestro se repetían en su mente: los gibborim asaltando la pista, Gabriella y Alistair descendiendo hacia el hielo, la huida de Grigori. Pero cuando se refugiaba en su interior, sus pensamientos se volvían extrañamente tranquilos. Los acontecimientos recientes lo habían dejado entumecido; quizá se encontraba en estado de *shock*. Era incapaz de conciliar el mundo en el que vivía el día anterior con el que lo rodeaba ahora. Hundiéndose en un sofá, se quedó mirando por la ventana la oscuridad que se extendía al otro lado. Sólo unas horas antes, Evangeline había estado sentada a su lado allí mismo, tan cerca que podía notar todos su movimientos. La intensidad de sus sentimientos hacia ella lo dejaba perplejo. ¿Era posible que la hubiera conocido el día anterior? Ahora, después de tan poco tiempo, ella llenaba sus pensamientos. Estaba desesperado por encontrarla. Sin embargo, para localizar a Evangeline los angelólogos tendrían que rastrear a los nefilim, lo que parecía tan imposible como atrapar una sombra. Las criaturas prácticamente habían desaparecido en la pista de patinaje, dispersándose entre la multitud en el mismo instante en que Grigori se había marchado. Ésa, comprendió, era su mayor fortaleza: aparecían de la nada y se evaporaban en la noche, invisibles, mortales e intocables.

Después de que Grigori hubo abandonado el Rockefeller Center, Verlaine se había unido a Bruno y a Saitou-san en la explanada principal y los tres habían huido. Bruno paró un taxi y pronto se dirigieron a toda velocidad hacia la zona alta en dirección a la residencia de ladrillo de Gabriella, donde se les unió una furgoneta con agentes de campo. Bruno tomó el mando, abriendo a los angelólogos las habitaciones en la parte superior de la casa. Verlaine veía cómo su mirada se dirigía intermitentemente hacia las ventanas, como si esperase que Gabriella regresara de un momento a otro.

Poco después de medianoche se enteraron de la muerte de Vladimir. Verlaine escuchó la noticia —transmitida por un angelólogo enviado a Riverside Church— con una inquietante sensación de ecuanimidad, como si hubiera perdido la capacidad de asombrarse ante la violencia de los nefilim. El doble asesinato de Vladimir y del señor Gray había sido descubierto poco después de la fuga de Saitou-san con la caja de resonancia. El extraño estado del cuerpo del ruso —carbonizado e irreconocible, no muy diferente del de Alistair Carroll, en lo que Verlaine empezaba a identificar como la firma de los nefilim— seguramente aparecería en todas las noticias a la mañana siguiente. Con un angelólogo muerto y dos desaparecidos, estaba claro que su misión había acabado en desastre.

No obstante, la determinación de Bruno se vio incrementada tras enterarse de la muerte de Vladimir. Empezó a bramar órdenes a los demás mientras Saitou-san se instalaba en el secreter y realizaba varias llamadas telefónicas pidiendo ayuda e información de sus agentes en las calles. Bruno colgó un mapa de Nueva York en el centro de la habitación, dividiéndolo en cuadrantes y enviando a agentes por toda la ciudad para descubrir algún dato sobre el paradero de Grigori. Verlaine incluso se enteró de que había centenares, si no millares, de nefilim en Manhattan. Grigori podía estar escondido en cualquier parte. Aunque su apartamento en la Quinta Avenida ya estaba bajo vigilancia, Bruno envió agentes adicionales al otro lado del parque. Cuando quedó claro que no se encontraba allí, volvió a los mapas y a más búsquedas infructuosas.

Bruno y Saitou-san elaboraban teorías cada una más improbable que la anterior. Aunque no se rindieron ni por un instante, Verlaine sintió que no llegarían a ninguna parte con todo aquello. De repente, los esfuerzos de los angelólogos por localizar a Grigori parecieron inútiles. Sabía que lo que estaba en juego era mucho, y las consecuencias de no encontrar la lira, incalculables. Los angelólogos se preocupaban por el instrumento; Evangeline casi no importaba en sus esfuerzos. Sólo ahora, sentado en el sofá que habían compartido la tarde anterior, lo asaltó la verdad de la cuestión: si quería encontrar viva a Evangeline, tenía que hacer algo personalmente.

Sin decirles ni una palabra a los demás, Verlaine se puso el abrigo, bajó los escalones de dos en dos y salió por la puerta principal. Respiró el helado aire nocturno y consultó su reloj: eran las dos de la madrugada pasadas del día de Navidad. La calle estaba vacía; toda la ciudad dormía. Sin guantes, Verlaine se metió las manos en los bolsillos y echó a andar hacia el sur a lo largo de Central Park West, demasiado perdido en sus pensamientos para darse cuenta del frío intenso. En algún lugar de esa ciudad inhóspita y laberíntica lo esperaba Evangeline.

Cuando llegó al centro y empezó a moverse hacia el East River, estaba cada vez más furioso. Andaba de prisa, pasando junto a tiendas a oscuras, dando vueltas en la cabeza a planes posibles. Por mucho que lo intentaba, no podía reconciliarse con la realidad de que había perdido a Evangeline. Revisó todas las estrategias que pudo imaginar para encontrarla, pero —como Bruno y Saitou-san— no llegó a nada en absoluto. Por supuesto, era una locura pensar que iba a tener éxito donde ellos habían fracasado. En su delirio de frustración, las cicatrices tejidas sobre la piel de Gabriella aparecieron en su mente y tembló, acosado por el frío. No podía permitirse considerar la posibilidad de que Evangeline estuviera sufriendo.

En la distancia, vio el puente de Brooklyn iluminado desde abajo por los focos y recordó la relación nostálgica de Evangeline con el mismo. En su mente recordó su perfil mientras los conducía desde el convento hasta la ciudad y compartía con él los recuerdos de los paseos de su infancia con su padre. La pureza de sus sentimientos y la tristeza en su voz habían hecho que le doliera el corazón. Había visto el puente cientos de veces antes, por supuesto, pero de repente éste adquirió una innegable resonancia personal.

Verlaine miró de nuevo su reloj. Eran cerca de las cinco de la mañana, y un ligero rastro de luz coloreó el cielo más allá del puente. La ciudad parecía extraña y tranquila. Los faros de los ocasionales taxis parpadeaban sobre las rampas del puente, rompiendo la gasa de oscuridad. Las bocanadas de vapor caliente se arremolinaban en el aire gélido. El puente se elevaba fuerte y poderoso frente a los edificios de la otra orilla. Por un momento se quedó simplemente mirando la construcción de acero, hormigón y granito.

Como si hubiera llegado a un destino imprevisto pero final, estaba a punto de dar media vuelta y regresar a la casa de ladrillo cuando un movimiento en lo más alto llamó su atención. Levantó la vista. Apoyada sobre la torre occidental, con sus alas extendidas, se encontraba una de las criaturas. De pie bajo la penumbra del amanecer, sólo pudo distinguir la sorprendente elegancia de sus alas. La criatura estaba sobre la torre como si vigilara la ciudad. Cuando se esforzó para examinar más de cerca su magnificencia de otro mundo, detectó algo inusual en su apariencia. Mientras que las otras criaturas que había visto eran enormes —más altas y más fuertes que los seres humanos—, ésta era pequeña. De hecho, parecía casi frágil bajo sus grandes alas. Contempló sobrecogido cómo las extendía, como si se preparase para volar. Cuando saltó del filo de la torre, Verlaine contuvo la respiración. El ángel monstruoso era Evangeline.

Su primer impulso fue llamarla, pero no pudo encontrar su voz. Se sentía sobrecogido por el horror y una venenosa sensación de traición. Evangeline lo había engañado; peor aún, les había mentido a todos. Asqueado, dio media vuelta y corrió, con la sangre retumbando en sus oídos y el corazón latiendo por el esfuerzo. El aire helado llenaba sus pulmones, abrasándolos mientras respiraba. No podía decir si el dolor en su pecho se debía al frío o a la pérdida de Evangeline.

Fueran cuales fuesen sus sentimientos, sabía que debía avisar a los angelólogos. Gabriella le había dicho una vez —¿había sido realmente la mañana anterior?— que si se convertía en uno de ellos, nunca podría volver atrás. Verlaine comprendió ahora que estaba en lo cierto.

*Torre occidental, puente de Brooklyn, entre Manhattan y
Brooklyn, ciudad de Nueva York*

Evangeline se despertó antes del alba, con la cabeza apoyada en el suave cojín de sus alas. La desorientación del sueño
nublaba sus pensamientos; casi esperaba ver los objetos
familiares de su habitación en Saint Rose: sus sábanas blancas almidonadas, la pequeña cómoda de madera y, desde
una esquina de la ventana, el río Hudson fluyendo al otro
lado del cristal. Pero al levantarse y contemplar la ciudad a
oscuras, con las alas extendidas a su alrededor como una
gran capa púrpura, la golpeó la realidad de todo cuanto había sucedido. Comprendió lo que era y supo que ya nunca
podría volver atrás. Todo lo que había sido y todo lo que
había pensado que sería había desaparecido para siempre.

Tras mirar hacia abajo para asegurarse de que nadie
presenciaba su descenso, descendió por el borde de granito
de la torre. El viento elevó sus alas soplando a través de
ellas, hinchándolas. A tan elevada altura, con el mundo a
sus pies, la asaltó un momento de inquietud. Volar era nuevo para ella, y la caída parecía interminable. Pero al inspirar
profundamente y saltar de la torre, con el corazón subién-
dole a la garganta ante el vacío que se extendía debajo de
ella, supo que sus alas no podían fallarle. Con un movimiento liviano, se alzó en las corrientes de aire helado.